U0601288

中國古典文學基本叢書

韓偓集繫年校注

下册

〔唐〕韓偓 撰

吴在慶 校注

中華書局

韓偓集繫年校注卷六

本卷文除另注出處外，均録自《全唐文》（上海古籍出版社一九九〇年縮印版）卷八二九《韓偓集》。

紅芭蕉賦①〔一〕

瞥見紅蕉，魂隨魄消。陰火與朱華共映〔二〕，神霞將日腳相燒〔三〕。謝家之麗句難窮〔四〕，多烘藺紙〔五〕；洛浦之下裳頻換〔六〕，剩染鮫綃〔七〕。鶴頂儘侔②，雞冠詎擬。蘭受露以殊忝③，楓經霜而莫比。趙合德裙間一點④〔八〕，願同白玉唾壺〔九〕；鄧夫人額上微殷〔一〇〕，卻賴水晶如意。森森嶁嶁〔一一〕，脈脈亭亭。蒨玉之瑳來若指⑤〔一二〕，彤雲之剪出如屏〔一三〕。鶯舌無端，妒含桃而未咽⑥；猩唇易染，鸚浮蟻以難醒〔一四〕。在物無雙，於情可溺⑦。橫波映紅臉之豔⑧〔一五〕，含貝發朱唇之色〔一六〕。僧虔蜜炬⑨〔一七〕，爍桂棟以難藏⑩；潘岳金釭〔一八〕，蔽繡幃而不隔⑪。大凡人之麗者必動物，物之尤者必移人。不言而信，其速如神。所以月彩下蠙珠之水〔一九〕，梅酸生鶴嗉之津〔二〇〕。寧關巧運，自含天真。有影先知，無聲已認⑫。體疏而意密，跡遠而情近。天穿地朽⑬，幾人語絶色難逢；萬古千秋，唯我睠紅英不盡〔三二〕。

【校　記】

①此賦又見韓集舊鈔本與吴校本、石印本之《香奩集》。又，清人周昂爲《十國春秋》作《拾遺》（見《十國春秋》卷一百十五），於《閩》末記：「黄滔詩如『寺寒三伏雨，松偃數朝枝』，『青山寒帶雨，古木夜啼猿』，又如《聞雁》之『一聲初觸夢，半白已侵頭』。與韓致光、吴融輩並遊，未知孰是。滔以詞賦名家，有《紅芭蕉》、《黄蜀葵》諸賦，皆膾炙人口。」則將《紅芭蕉》、《黄蜀葵》二賦屬之於黄滔，未知何據。今檢諸典籍，未見將此二賦屬之黄滔者，故所説頗爲可疑，録以備考。

②「儘」，韓集舊鈔本《香奩集》下校：「本作豈。」

③「受」，韓集舊鈔本《香奩集》作「浥」，下校「本作受」，吴校本《香奩集》校：「一作浥。」

④「合德」，韓集舊鈔本《香奩集》作「飛燕」，下校「一作合德」，吴校本《香奩集》校：「一作飛燕。」

⑤「蒨」，原作「舊」，據韓集舊鈔本《香奩集》、吴校本《香奩集》校改。

⑥「含」，原作「夭」，韓集舊鈔本《香奩集》、吴校本《香奩集》均作「含」，今據改。含桃，鄭玄注：「含桃，櫻桃也。」《淮南子·時則訓》：「羞以含桃。」高誘注：「含桃，鶯所含食，故言含桃。」

⑦「溺」，吴校本《香奩集》校：「原作惜。」

⑧「映」，韓集舊鈔本《香奩集》作「接」，吴校本《香奩集》校：「一作接。」按，作「接」誤。

⑨「僧虔蜜炬」，原作「僧虔密炬」，據清陳元龍《歷代賦彙·補遺》卷十五、清汪灝等《佩文齋廣群芳譜》卷八十九改。

⑩「桂」，吴校本《香奩集》校：「一作畫。」

⑪「蔽」，吴校本《香奩集》作「敞」。

⑫「已」，韓集舊鈔本《香奩集》作「以」。按，作「以」誤。

⑬「天穿地杇」，原作「天穿地巧」，據韓集舊鈔本、汲古閣本、吴校本之《香奩集》及清汪灝等《佩文齋廣群芳譜》卷八十九改。

【注釋】

〔一〕紅芭蕉：即紅蕉，紅色美人蕉。唐皇甫松《憶江南》詞：「蘭燼落，屏上暗紅蕉。」宋孫道絢《如夢令·宫詞》詞：「翠柏紅蕉影亂，月上朱欄一半。」明李時珍《本草綱目·草四·甘蕉》（集解）引蘇頌曰：「漸大則花出瓣中，極繁盛。紅者如火炬，謂之紅蕉。」

〔二〕陰火：地火；地熱。唐杜甫《奉同郭給事湯東靈湫作》詩：「陰火煮玉泉，噴薄漲巖幽。」仇兆鼇注：「《博物志》：凡水源有硫磺，其泉則温，故云陰火若煮。」唐顧況《送從兄使新羅》詩：「颸風晴汩起，陰火暝潛燒。」

〔三〕日腳：太陽穿過雲隙射下來的光線。唐岑參《送李司諫歸京》詩：「雨過風頭黑，雲開日腳黄。」唐杜甫《羌村》：「峥嶸赤雲西，日脚下平地。」

〔四〕「謝家」句：謝家，蓋指南朝宋謝靈運。靈運於會稽始寧縣有依山傍水的莊園，後因用以代稱貴族家園。唐李端《鮮于少府宅看花》詩：「謝家能植藥，萬簇相縈倚。」鍾嶸《詩品》卷上《宋臨川太守謝靈運》評謝靈運詩謂：「然名章迥句，處處間起；麗典新聲，絡繹奔會。譬猶青松之拔灌木，白玉之映塵沙，未足貶其高潔也。」《南史·顔延之傳》記顔延之問鮑照己與靈運優劣，照曰：「謝五言如初發芙蓉，自然可愛；君詩若鋪錦列繡，亦雕繢滿眼。」

〔五〕繭紙：用蠶繭製作的紙。唐朱逵《懷素上人草書歌》：「幾年出家通宿命，一朝卻憶臨池聖。轉腕摧鋒增崛崎，秋毫繭紙常相隨。」

〔六〕洛浦：洛水之濱。漢張衡《思玄賦》：「載太華之玉女兮，召洛浦之宓妃。」此處借指洛神宓妃。唐梁鍠《名姝詠》：「臨津雙洛浦，對月兩嫦娥。」下裳，下身穿的衣服。古多指裙。《方言》第四「繞衿謂之裙」，晉郭璞注：「俗人呼接下，江東通言下裳。」韓偓《晝寢》詩：「撲粉更添香體滑，解衣唯見下裳紅。」

〔七〕鮫綃：亦作「鮫鮹」。傳説中鮫人所織的綃。亦借指薄絹、輕紗。南朝梁任昉《述異記》卷上：「南海出鮫綃紗，泉室潛織，一名龍紗。其價百餘金，以爲服，入水不濡。」唐温庭筠《張静婉採蓮曲》：「掌中無力舞衣輕，剪斷鮫鮹破春碧。」

〔八〕趙合德：漢代美女。趙飛燕之妹。相傳其膚滑體香，性醇粹，善音辭。爲捲髮，號新髻，爲薄眉，號遠山黛。後爲成帝所幸，謂爲温柔鄉。漢伶玄《趙飛燕外傳》：「合德新沐，膏九曲沉水香，爲卷髮，號新髻；爲薄眉，號遠山黛；施小朱，號慵來粧。」

〔九〕白玉唾壺：《嬌艷記》：「漢成帝寵趙昭儀，昭儀妒其姐，媚且凌乎其姐。每以唇承帝壺，謂之白玉唾壺。」

〔一〇〕「鄧夫人」二句：鄧夫人，三國孫和之夫人。王嘉《拾遺記》卷八：「孫和悦鄧夫人，嘗置膝上。和於月下舞水精如意，誤傷夫人頰，血流污褲，嬌姹彌苦。自舐其瘡，命太醫合藥。醫曰：『得白獺髓，雜玉與琥珀屑，當滅此痕。』即購致百金，能得白獺髓者，厚賞之。有富春漁人云：『此物知人欲取，則逃入石穴。伺其祭魚之時，獺有鬬死者，穴中應有枯骨。雖無髓，其骨可合玉春爲粉，噴於瘡上，其痕則滅。』和乃命合此膏，琥珀太多，及差而有赤點如朱，逼而視之，更益其妍。諸嬖人欲要寵，皆以丹脂點頰而後進幸。妖惑相動，遂成淫俗。」

〔一一〕巙巙：山峰聳起貌。唐杜甫《封西嶽賦》：「風御冉以縱巙，雲螭縒而遲踞。」

〔一二〕蒨玉：指絳色的玉。蒨，絳色。唐杜牧《村行》詩：「蓑唱牧牛兒，籬窺蒨裙女。」瑳，玉色鮮潔貌。《詩·鄘風·君子偕老》：「瑳兮瑳兮，其之展也。」

〔一三〕彤雲：紅雲，彩雲。《文選·陸機〈漢高祖功臣頌〉》：「彤雲晝聚，素靈夜哭。」李善注：「彤，丹色也。」《文選・孫綽〈遊天台山賦〉》：「彤雲斐亹以翼櫺，皦日炯晃於綺疏。」呂向注：「彤雲，彩雲也。斐亹，文色貌。」

〔一四〕嬲：糾纏，煩擾。《文選・嵇康〈與山巨源絶交書〉》：「足下若嬲之不置，不過欲爲官得人，以益時用耳。」李善注：「嬲，擿嬈也。音義與嬈同。」浮蟻，酒面上的浮沫。漢張衡《南都賦》：「醪敷徑寸，浮蟻若蓱。」唐劉禹錫《酬樂天衫酒見寄》詩：「動摇浮蟻香濃甚，裝束輕鴻意態生。」此處借指酒。唐駱賓王《秋日餞陸道士陳文林》：「玉柱離鴻怨，金罍浮蟻空。」

〔一五〕横波：即秋波，比喻美女的眼睛目光，形容其清澈明亮。唐李白《長相思》：「昔日横波目，今成流淚泉。」唐温庭筠《江南曲》：「横波巧能笑，彎蛾不識愁。」

〔一六〕含貝：口銜海貝。海貝色潔白，因以「含貝」喻牙齒的潔白。《文選・宋玉〈登徒子好色賦〉》：「眉如翠羽，肌如白雪，腰如束素，齒如含貝。」李善注：「《莊子》：『孔子謂盗蹠曰：將軍齒如齊貝。』貝，海螺，其色白。」亦指潔白的牙齒。南朝齊陸厥《南郡歌》：「玉齒徒粲然，誰與啟含貝。」

〔一七〕僧虔蜜炬：僧虔，即王僧虔，傳見《南齊書》卷三十三，《南史》卷二十二。蜜炬，即蠟燭。《南齊書・王僧虔傳》：「王僧虔，琅邪臨沂人也。……父曇首，右光禄大夫。曇首兄弟集會諸子孫，弘子僧達下地跳戲，僧虔年數歲，獨正坐採蠟燭珠爲鳳凰。弘曰：『此兒終當爲長者。』僧虔弱冠，弘厚，善隸書。宋文帝見其書素扇，歎曰：『非唯跡逾子敬，方當器雅過之。』」

〔一八〕潘岳金釭：潘岳，傳見《晉書》卷五十五。金釭，亦作「金缸」。金質的燈盞、燭臺。《文選·謝莊〈宋孝武宣貴妃誄〉》：「庭樹驚兮中帷響，金釭曖兮玉座寒。」劉良注：「金釭，謂金盞置燈也。」唐齊己《江寺春殘寄幕中知己》詩之二：「秋加玉露何傷白，夜醉金缸不那紅。」

〔一九〕蠙珠：即蚌珠。珍珠。漢賈誼《新書·兵車之容》：「上有雙珩，下有雙璜，衝牙蠙珠，以納其間，琚瑀以雜之。」

〔二〇〕鶴嗉：鶴的嗉囊。

〔二一〕睠：垂愛；依戀。韓偓《李太舍池上玩紅薇醉題》詩：「酩酊不能羞白鬢，顛狂猶自睠紅英。」宋孫光憲《生查子》詞：「眷方深，憐恰好，唯恐相逢少。」紅英，紅花。此處指紅蕉。

【集評】

《擬唐韓偓〈紅芭蕉賦〉》（以題爲韻）有序：唐承旨翰林學士韓偓，累貶鄧州司馬，後隱南安九日山。石林葉氏稱在閩著作甚夥。唐《藝文志》載其文，皆閨房不雅馴。《紅芭蕉賦》亦猶是也。偓出處頗知大義，豈其流落無聊，姑以爲戲，然不可爲訓矣。今效揚雄反騷之作，規其體而舍其詞，曰：萬緑叢裏，雲隨朵起。其色嫣然，其花卓爾。揚翠扇以飄摇，矗青旗而旖旎。芳蕤匝地，一庭之蒼翠堪娱；嘉蔭彌天，六月之光風可擬。有芭蕉焉，青油細點，黛葉徐揚。朝迎薄靄，暮納微涼。席常招夫鹿覆，陰未許夫鴉藏。幾疑地近仙居，是色是相；雅見光生佛國，亦皇亦唐。其爲紅也，繽紛霧結，的皪星攢。燦若猩脣之染紫，斑若鶴頂之凝丹；爛若鳳苞之揚顙，奇若鷸彩之聚冠。火然雨後，金剪雲端。依稀寶相之花，生當午殿；恍惚珊瑚之樹，貢達辰韓。則見紺宇牆邊，琳宫屋角；葉密陰團，花濃翠駁。映曉日以全烘，灑浮塵而細撲。印寫金經，圍張赤幄。掩映菩提旃樹，參世界於葛懷；交加珠草瑶花，住仙人之籛偓。其在紫薇省畔，紅杏林中。亭亭帶雨，灑灑迎瓜。月映蟾而遠界，雲移雉以輕籠。紙敲窗而鹿鹿，蓮撤炬以熊熊。以爲臺閣絲綸，藺曾抽碧；可有文章黼黻，箋亦題紅。若夫屋横烏几，櫺透絳紗；籬疎穿眼，簷矮垂牙。浸紅瓷而穠郁，連碧砌以横斜。誰俾予美，曰惟汝嘉。結緑成天，恰喜書工。懷素研朱滴露，允堪易點侯芭。亦有望郵亭之渺渺，瞻驛路之迢迢。植依辛塢，生傍午橋。霞明絳點，露挺紅翹。華半舒而半卷，華弗琢而弗雕。旁若無人，肯效女蘿施柏；引爲知己，喜逢修竹彈蕉。夫豈以綺結羅張，炎趨勢附。窈窕襲人，婷娉成維。覆蔭以無私，乃堅貞其永固。偉質天修，恩光日鑄。朱草合朔，可能儗於其倫；冬蕉卷心，正是全其所賦。（清陳慶鏞《籀經堂類稿》卷六）

黄蜀葵賦①〔一〕

色配中央，心傾太陽。布葉近臨於玉砌②，移根遠自於銅梁〔二〕。蕚緑華未遇楊羲③〔三〕，冠簪駊騀〔四〕；杜蘭香喜逢張碩〔五〕，巾帔飄揚〔六〕。銀漢之星璣欲曙④〔七〕，金臺之漏箭初長〔八〕。動人妖豔⑤，馥鼻生香。千里鵠雛，濫得名於太液⑥〔九〕；三秋菊蕊，虚長價於柴桑〔一〇〕。向日微困⑦，迎風欲翔⑧。周昉神疲〔一一〕，吮筆而深慚思拙；江淹色沮⑨〔一二〕，擘牋而所恨才荒〔一三〕。蝶翅堪憎，蜂鬚可妒；幾多之金粉遭竊〔一四〕，一點之檀心被污⑩〔一五〕。何須逼視，漢夫人之鴛寢多羞⑪〔一六〕；不待含情，晉天子之羊車自駐〔一七〕。激電寒暄⑫〔一八〕，跳丸烏兔〔一九〕；得不淹留，深勞顧慕⑬。懊恨張京兆⑭〔二〇〕，唯將桂葉添眉⑮；悵望齊東昏〔二一〕，卻把蓮花襯步。騷人易老〔二二〕，絶色多愁；曷忍在綺窗側畔，唯當居繡户前頭。目斷猶駐，魂消未收。映葉而似擎歌扇，偎欄而若墮妝樓〔二三〕。感荀粲之殷勤⑯〔二四〕，誓無緘著；怨謝鯤之强暴〔二五〕，未近風流。清旦鶯啼，黄昏客散；鶴頸兮長引〔二六〕，猿腸兮屢斷。攀條立處，林烏應笑於後棲。欹枕看時，梁燕或聞於長歎。已而已而，唯有醉眠於東籬叢畔⑰〔二七〕。

【校　記】

①此賦又見韓集舊鈔本與吴校本、石印本之《香奩集》。又，清人周昂爲《十國春秋》作《拾遺》（見《十國春秋》卷一百十五），於《閩》末記：「黄滔詩如『寺寒三伏雨，松偃數朝枝』，『青山寒帶雨，古木夜啼猿』，又如《聞雁》之『一聲初觸夢，半白已侵頭』。與韓致光、吴融輩並遊，未知孰是？滔以詞賦名家，有《紅芭蕉》、《黄蜀葵》諸賦，皆膾炙人口。」則將《紅芭蕉》、《黄蜀葵》二賦屬之於黄滔，未知何據？今檢諸典籍，未見將此二賦屬之黄滔者，故所説頗爲可疑，録以備考。

②「臨」，韓集舊鈔本《香奩集》下校「本作鄰」，吴校本《香奩集》校：「一作鄰。」

③「遇」，韓集舊鈔本《香奩集》作「見」。

④「機」，韓集舊鈔本《香奩集》作「璣」，下校：「本作機。」石印本《香奩集》亦作「璣」。按「星機」同「星璣」。「璣」爲北斗的第三星。《史記·天官書》：「北斗七星，所謂『旋、璣、玉衡以齊七政』。」司馬貞索隱引《春秋運斗樞》：「斗，第一天樞，第二旋，第三璣，第四權，第五衡，第六開陽，第七摇光。」

「曙」，石印本《香奩集》作「没」。

⑤「妖蠱」，清褚人穫《堅瓠集》補集卷五、清彭遵泗《蜀故》卷十九均作「妖冶」。

⑥「濫得名」，清褚人穫《堅瓠集》補集卷五、清彭遵泗《蜀故》卷十九均作「浪得名」。

⑦「向」，韓集舊鈔本《香奩集》、清汪灝等《佩文齋廣群芳譜》卷四十七、清陳元龍《歷代賦彙》補遺卷十六均作「送」。

⑧「欲翔」，清褚人穫《堅瓠集》補集卷五、清彭遵泗《蜀故》卷十九均作「待翔」。

⑨「沮」，韓集舊鈔本《香奩集》作「退」，下校：「本作沮。」石印本《香奩集》作「退」。

⑩「被污」，韓集舊鈔本《香奩集》作「未許」，下校：「本作被污。」石印本《香奩集》作「未許」。

⑪「夫人」，韓集舊鈔本《香奩集》作「人主」，下校「本作夫人」，石印本《香奩集》作「人主」，吴校本《香奩集》校：「一作人主。」

⑫「寒暄」，石印本《香奩集》作「寒煖」。

⑬「顧慕」，石印本《香奩集》作「願慕」。按，「願慕」乃「顧慕」之誤。

⑭「恨」，韓集舊鈔本《香奩集》下校「本作惱」，吴校本《香奩集》校：「一作惱。」

⑮「葉」，韓集舊鈔本《香奩集》作「炷」，下校「本作葉」，吴校本《香奩集》校：「一作炷。」「桂葉添眉」，石印本《香奩集》、清褚人穫《堅瓠集》補集卷五、清彭遵泗《蜀故》卷十九均作「桂炷沾眉」。按，應作「桂葉添眉」。

⑯「粲」，韓集舊鈔本《香奩集》作「倩」，下校：「本作粲。」石印本《香奩集》作「倩」。

⑰「唯」，韓集舊鈔本《香奩集》作「正」，石印本《香奩集》作「止」。「東籬叢畔」，原作「叢畔」，韓集舊鈔本、石印本《香奩集》均作「東籬叢畔」，吴校本《香奩集》校「一作東籬叢畔」，今據補。韓集舊鈔本《香奩集》於文末「正醉眠於東籬叢畔」下校：「本作只有醉於叢畔，本作正有醉眠於叢畔。」

【注　釋】

〔一〕蜀葵：植物名。春生苗葉，葉尖狹多刻缺。夏末開花，淺黄色。花有紅、紫、黄、白等色，供觀賞。《太平御覽》卷九九四引晉傅玄《蜀葵賦》序：「蜀葵，其苗如瓜瓠，嘗種之，一名引苗而生華，經二年春乃發。」

〔二〕銅梁：山名。在四川省合川縣南。山有石梁横亘，色如銅。《古文苑·揚雄〈蜀都賦〉》：「銅梁金堂，火井龍湫。」章樵注：「銅梁山在宕渠縣。」北周庾信《上益州上柱國趙王》詩之一：「銅梁影棠樹，石鏡寫褰帷。」倪璠注：「銅梁影棠樹者，言趙王出鎮益州巴蜀，銅梁是聽政之所，若召伯《甘棠》矣。」

〔三〕萼緑華：據南朝梁陶弘景《真誥·運象》篇載，傳説萼緑華是女仙名。自言是九嶷山中得道女羅郁。晉穆帝時，夜降羊權家，贈權詩一篇，火澣手巾一方，金玉條脱各一枚。楊羲，宋張君房《雲笈七籤》卷一〇六《楊羲真人傳》：「楊羲者不知何許人也，仕晉簡文帝爲舍人。……少好道，服食精思，遂能進靈接真，屢降玄人。……羲恭受勤行得仙。簡文後師羲得道。」

〔四〕駊騀：高大貌。《文選·揚雄〈甘泉賦〉》：「崇丘陵之駊騀兮，深溝嶔巖而爲谷。」李善注：「駊騀，高大貌也。」

〔五〕「杜蘭香」句：杜蘭香，神話傳説中的仙女。詳參卷四《春悶偶成十二韻》「張碩夢」條注釋。

〔六〕巾帔：頭巾和披肩。《北史·李翥傳》：「（李翥）嘗著巾帔，終日對酒，招致賓客，風調詳雅。」《舊唐書·西戎傳·波斯國》：「婦人亦巾帔裙衫，辮髮垂後，飾以金銀。」

〔七〕星機：同星璣，指星座、星星。李商隱《寓懷》：「星機抛密緒，月杵散靈氛。」韓偓《南安寓止》：「豈知卜肆嚴夫子，潛指星機認海槎。」

〔八〕金臺：神話傳説中神仙居處。《海内十洲記·昆侖》：「其一角有積金爲天墉城，而方千里，城上安金臺五所，玉樓十二所。」南朝宋劉義慶《幽明録》：「海中有金臺，出水百丈，結搆巧麗，窮盡神功。」唐吴筠《遊仙》詩之七：「金臺羅中天，羽客恣遊息。」漏箭，漏壺的部件。上刻時辰度數，隨水浮沉以計時。唐白居易《聞楊十二新拜省郎遥以詩賀》：「曉日雞人傳漏箭，春風侍女護朝衣。」唐元稹《飲致用神麴酒三十韻》：「遥城傳漏箭，鄉寺響風鈴。」

〔九〕太液：古池名。漢太液池，在陝西省長安縣西。據《三輔黄圖》卷四，太液池乃武帝元封元年開鑿，周回十頃。池中築漸台，高二十餘丈；又起三山，以象瀛洲、蓬萊、方丈三神山，刻金石爲魚龍奇禽異獸之屬。漢班固《西都賦》：「前唐中而後太液。」

〔一〇〕柴桑：古縣名。西漢置，因縣西南有柴桑山得名，治所在今江西省九江市西南。此處亦借指晉陶潛。因其故里在柴桑，故稱。陶潛有「採菊東籬下，悠然見南山」詩。

〔一一〕周昉：唐代著名畫家。唐張彦遠《歷代名畫記》卷十：「周昉字景玄，官至宣州長史。初効張萱畫，後則小異。頗極風姿，全法衣冠，不近閭里。衣裳勁簡，彩色柔麗，菩薩端嚴，妙創水月之體。」朱景玄《唐朝名畫録·神品中一人》：「周昉字仲朗，京兆人也，節制之後，好屬文，窮丹青之妙，遊卿相間，貴公子也。……又畫士女，爲古今冠絶。……其畫佛像、真仙、人物、士女，皆神品也；惟鞍馬、鳥獸、草木、林石，不窮其狀。」

〔一二〕江淹：南朝梁著名作家，傳見《梁書》卷十四、《南史》卷五十九。《梁書》本傳謂「江淹字文通，濟陽考城人也。少孤貧好學，沉静少交遊。起家南徐州從事，轉奉朝請。……遷金紫光禄大夫，改封醴陵侯。……淹少以文章顯，晚節才思微退，時人皆謂之才盡。凡所著述百餘篇，自撰爲前後集，并《齊史》十志，並行於世。」

〔一三〕擘牋：亦作「擘箋」。謂裁紙。唐錢珝《江行無題一百首》：「擘牋嘲白鷺，無意喻梟鸞。」宋陸游《閬中作》詩：「擘牋授管相逢晚，理鬢薰衣一笑嘩。」

〔一四〕金粉：黄色的花粉。此處指黄蜀葵的花粉。唐李白《酬殷明佐見贈五雲裘歌》：「輕如松花落金粉，濃似錦苔含碧滋。」宋蘇轍《歙縣歲寒堂》詩：「暗長茯苓根自大，旋收金粉氣尤清。」

〔一五〕檀心：淺紅色的花蕊。唐秦韜玉《牡丹》：「壓枝金蘂香如撲，逐朵檀心巧勝裁。」宋蘇軾《黄葵》詩：「檀心自成暈，翠葉森有芒。」

〔一六〕漢夫人：蓋指漢武帝李夫人。鴛寢，比喻夫婦共眠之處。後蜀魏承班《滿宫花》詞：「雪霏霏，風凜凜。玉郎何處狂飲，醉時想得縱風流，羅帳香帷鴛寢。」

〔一七〕「晉天子」句：晉天子指晉武帝。《晉書》卷三十一《后妃上・胡貴嬪》：「胡貴嬪名芳……時帝多内寵，平吴之後，復納孫皓宫人數千，自此掖庭殆將萬人，而並寵者甚衆。帝莫知所適，常乘羊車恣其所之，至便宴寢。宫人乃取竹葉插户，以鹽汁灑地而引帝車。然芳最蒙愛幸，殆有專房之寵焉。」

〔一八〕寒暄：猶冬夏。指歲月。南朝陳徐陵《爲貞陽侯答王太尉書》：「自皇家禍亂，亟積寒暄，九州萬國之人、蟠木流沙之地，莫不行號卧泣，想望休平。」唐李商隱《爲賀拔員外上李相公啟》：「葭灰檀火，屢變於寒暄。」

〔一九〕跳丸：比喻日月運行。謂時間過得很快。唐韓愈《秋懷詩》之九：「憂愁費晷景，日月如跳丸。」唐杜牧《寄浙東韓八評事》：「一笑五雲溪上舟，跳丸日月十經秋。」烏兔，神話謂日中有烏，月中有兔，故以「烏兔」指日月。晉左思《吴都賦》：「籠烏兔於日月，窮飛走之棲宿。」

〔二〇〕「懊恨張京兆」二句：《漢書》卷七十六《張敞傳》：「張敞字子高，本河東平陽人也。……敞爲京兆，朝廷每有大議，引古今，處便宜，公卿皆服，天子數從之。然敞無威儀，時罷朝會，過走馬章臺街，使御吏驅，自以便面拊馬。又爲婦畫眉，長安中傳張京兆眉憮。有司以奏敞。上問之，對曰：『臣聞閨房之内，夫婦之私，有過於畫眉者。』上愛其能，弗備責也。然終不得大位。」

〔二〕「悵望齊東昏」二句：《南史》卷五：「廢帝東昏侯諱寶卷，字智藏，明帝第二子也。……太子所生母黄貴嬪早亡，令潘妃母養之。拜潘氏爲貴妃，乘卧輿，帝騎馬從後，著織成袴褶，金薄帽，執七寶縛矟。又有金銀校具，錦繡諸帽數十種，各有名字。……又别爲潘妃起神仙、永壽、玉壽三殿，皆帀飾以金璧。其玉壽中作飛仙帳，四面繡綺，窗間盡畫神仙。又作七賢，皆以美女侍側。鑿金銀爲書字，靈獸、神禽、風雲、華炬，爲之玩飾。……莊嚴寺有玉九子鈴，外國寺佛面有光相，禪靈寺塔諸寶珥，皆剥取以施潘妃殿飾。……又鑿金爲蓮華以帖地，令潘妃行其上，曰：『此步步生蓮華也。』塗壁皆以麝香，錦幔珠簾，窮極綺麗。」

〔三〕騷人：詩人，文人。南朝梁蕭統《〈文選〉序》：「騷人之文，自兹而作。」《宣和畫譜·李公麟》：「吾爲畫如騷人賦詩吟詠情性而已。」

〔三〕墮妝樓：此蓋以緑珠爲喻。墮樓，跳樓自殺。墮樓人，指晉石崇侍女緑珠。緑珠爲晉石崇愛妾，相傳本白州（今廣西壯族自治區博白縣）梁氏女，美而豔，善吹笛，後爲孫秀所逼，墜樓而死。唐杜牧《題桃花夫人廟》詩：「至竟息亡緣底事，可憐金谷墮樓人。」

〔四〕「感荀粲」句：荀粲，三國魏國人。字奉倩，潁川潁陰人。事跡見《三國志》卷十《魏書·荀彧、荀攸傳》裴松之注引《晉陽秋》所載。據《晉陽秋》：荀「顗弟粲，字奉倩。何劭爲粲傳曰：粲字奉倩。粲諸兄並以儒術論議，而粲獨好言道。……粲常以婦人者，才智不足論，自宜以色爲主。

驃騎將軍曹洪女有美色，粲於是聘焉，容服帷帳甚麗，專房歡宴。歷年後，婦病亡，未殯，傅嘏往唁粲。粲不哭而神傷。嘏問曰：『婦人才色並茂爲難。子之娶也，遺才而好色。此自易遇，今何哀之甚？』粲曰：『佳人難再得！顧逝者不能有傾國之色，然未可謂之易遇。』痛悼不能已，歲餘亦亡，時年二十九。粲簡貴，不能與常人交接，所交皆一時俊傑。至葬夕，赴者裁十餘人，皆同時知名人也，哭之，感動路人。」又，《世説新語·惑溺》：「荀奉倩與婦至篤，冬月婦病熱，乃出中庭自取冷，還以身熨之。婦亡，奉倩後少時亦卒。以是獲譏於世。」

〔二五〕「怨謝鯤」二句：謝鯤，晉人，傳見《晉書》卷四十九。其本傳載：「謝鯤字幼輿，陳國陽夏人也。……鄰家高氏女有美色，鯤嘗挑之，女投梭，折其兩齒。時人爲之語曰：『任達不已，幼輿折齒。』鯤聞之，慠然長嘯曰：『猶不廢我嘯歌。』越尋更辟之，轉參軍事。鯤以時方多故，乃謝病去職，避地于豫章。嘗行經空亭中夜宿，此亭舊每殺人。將曉，有黄衣人呼鯤字令開户，鯤憺然無懼色，便於窗中度手牽之，胛斷，視之，鹿也，尋血獲焉。爾後此亭無復妖怪。……鯤不徇功名，無砥礪行，居身於可否之間，雖自處若穢，而動不累高。」

〔二六〕長引：指聲音拉得很長。晉成公綏《嘯賦》：「喟仰抃而抗首，嘈長引而憀亮。」

〔二七〕東籬叢畔：此以晉陶淵明自喻。陶淵明《雜詩二首》云：「結廬在人境，而無車馬喧。……采菊東籬下，悠然見南山。」「秋菊有佳色，裛露掇其英。泛此忘憂物，遠我達世情。一觴雖獨進，杯盡壺自傾。日入群動息，歸鳥趨林鳴。嘯傲東軒下，聊復得此生。」

【集　評】

傾心小圃陽初照，束火中庭雨不霑。裊娜腰支渾欲舞，好令韓偓賦香奩。（陳思《兩宋名賢小集》卷八十二《歸愚集·蜀葵》）

院落曉生涼，新羅試薄粧。倚風微側面，映日獨傾陽。葉影紛披翠，花容淺淡黄。何人稱賦手，韓偓擅詞場。唐韓偓有《秋葵賦》。（高士奇《高士奇集·秋葵》，見《苑西集》卷七）

諫奪制還位疏①〔一〕

貽範處喪未數月〔二〕，遽使視事，傷孝子心。今中書事一相可辦，陛下誠惜貽範才，俟變縗而召可也〔三〕。何必使出峨冠廟堂，入泣血柩側。毀瘠則廢務〔四〕，勤恪則忘哀〔五〕，此非人情可處也。

【校　記】

①此文最早見於《新唐書·韓偓傳》：「宰相韋貽範母喪，詔還位，偓當草制，上言云云（文略）。學士使

馬從皓逼偓求草，偓曰：『腕可斷，麻不可草！』」

【注釋】

〔一〕據《資治通鑑》卷二六三天復二年七月載：「韋貽範之爲相也，多受人賂，許以官；既而以母喪罷去，日爲債家所譟。親吏劉延美，所負尤多，故汲汲於起復，日遣人詣兩中尉、樞密及李茂貞求之。甲戌，命韓偓草貽範起復制，偓曰：『吾腕可斷，此制不可草！』即上疏論貽範遭憂未數月，遽令起復，實駭物聽，傷國體。學士院二中使怒曰：『學士勿以死爲戲！』（胡注：時韓全誨等使二中使監學士院，以防上與之密議國事，兼掌傳宣回奏。以偓不肯草制，故怒）偓以疏授之，解衣而寢；二使不得已奏之。上即命罷草，仍賜敕褒賞之。八月，乙亥朔，班定，無白麻可宣，宦官喧言韓侍郎不肯草麻，聞者大駭。茂貞入見上曰：『陛下命相而學士不肯草麻，與反何異？』上曰：『卿輩薦貽範，朕不之違；學士不草麻，朕亦不之違。況彼所陳，事理明白，若之何不從！』茂貞不悦而出，至中書，見蘇檢曰：『奸邪朋黨，宛然如舊。』扼腕者久之。貽範猶經營不已，茂貞語人曰：『我實不知書生禮數，爲貽範所誤，會當於邠州安置。』貽範乃止。」據此，則奏文乃天復二年（公元九〇二年）七月所上。

〔二〕貽範：即韋貽範，當時曾任宰相。傳見《新唐書》卷一八二。

〔三〕變縗：謂脱除喪服。縗，舊時喪服。用麻布條披於胸前。服三年之喪（臣爲君、子爲父、妻爲夫）者用之。《左傳·襄公十七年》：「齊晏桓子卒，晏嬰麤縗斬。」杜預注：「縗在胸前。」孔穎達疏：「衰（縗）用布爲之，廣四寸，長六寸，當心。」《舊唐書·李晟傳》：「愬早喪所出，保養於晉國夫人王氏，及卒，晟以本非正室，令服緦，號哭不忍，晟感之，因許服縗。」

〔四〕毁瘠：哀傷過度而消瘦。《禮·曲禮上》：「居喪之禮，毁瘠不形。」疏：「毁瘠，羸瘦也；形，骨露也。」《荀子·禮論》：「故量食而食之，量要而帶之，相高以毁瘠，是姦人之道也，非禮義之文，非孝子之情也，將以有爲者也。」

〔五〕勤恪：勤勉恭謹。《後漢書·袁紹傳》：「勤恪之功，不見書列，而州郡牧守，競盜聲名。」晉干寶《晉紀總論》：「當官者以望空爲高，而笑勤恪。」

【集評】

韋貽範於鳳翔城中，挾李茂貞起復作相，偓當草制，抗疏論其不可，夜半，以授翰林院使。使，中人也，語偓曰：「學士無以性命爲戲！」偓不答，扃户而寢。明日，無麻制宣讀，茂貞曰：「學士不肯草制，與反何異？」昭宗曰：「卿輩薦貽範，朕不敢拒；偓不草制，朕亦不拒，其如道理分明何！」（曾慥《類説》卷七韓偓《金鑾密記·不草制》）

論宦官不必盡誅①

東内之變〔一〕，敕使誰非同惡〔二〕！處之當在正旦，今已失其時矣。臣見陛下詔書云：「自劉季述等四家之外〔三〕，其餘一無所問。」夫人主所重，莫大於信，既下此詔，則守之宜堅；若復戮一人，則人人懼死矣。然後來所去者已爲不少，此其所以恟恟不安也。陛下不若擇其尤無良者數人，明示其罪，置之於法，然後撫諭其餘曰：「吾恐爾曹謂吾心有所貯，自今無可疑矣。」乃擇其忠厚者使爲之長。其徒有善則獎之，有罪則懲之，咸自安矣。今此曹在公私者以萬數，豈可盡誅邪②！夫帝王之道，當以重厚鎮之，公正御之。至於瑣細機巧，此機生則彼機應矣③，終不能成大功，所謂理絲而棼之者也〔四〕。況今朝廷之權，散在四方；苟能先收此權，則事無不可爲者矣。

【校　記】

①此文録自《全唐文》，《全唐文》乃從《資治通鑑》卷二六二天復元年六月所載而節録，《資治通鑑》所載較完整。

② 「邪」，吳校本作「耶」。

③ 「矣」，原作「以」，據《資治通鑑》卷二六二、吳校本改。

【注釋】

〔一〕此文乃天復元年（公元九〇一年）六月韓偓奏對唐昭宗之文。

東内之變：指唐昭宗光化三年十一月左右軍中尉劉季述、王仲先廢昭宗，幽昭宗於東内問安宮，請皇太子裕監國事。參卷二《感事三十四韻》「東内幽辱」條引。

〔二〕敕使：皇帝的使者。《晉書·何無忌傳》：「無忌僞著傳詔服，稱敕使，城中無敢動者。」宋王讜《唐語林·自新》：「（田神功）見李光弼與敕使打毬，聞判官張傪至，光弼答拜。」此處指宦官。

〔三〕劉季述：東内之變時爲左軍中尉，與右軍中尉王仲先等人囚禁昭宗，立皇太子。後敗，昭宗返正，被殺。傳見《新唐書》卷二〇八。

〔四〕理絲而棼：猶治絲而棼。謂理絲不找頭緒，就會越理越亂。比喻解決問題的方法不正確，使問題更加複雜。語本《左傳·隱公四年》：「臣聞以德和民，不聞以亂。以亂，猶治絲而棼之也。」杜預注：「棼，絲見棼緼，益所以亂。」唐陳子昂《麈尾賦》：「天之浩浩兮物亦云云，性命變化兮如絲之棼。」理絲，抽理蠶絲。《晉書·后妃傳上·左貴嬪》：「躬執桑曲，率導媵姬，修成蠶蔟，分繭理絲。」棼，紛亂，紊亂。

御試繳狀①〔一〕

臣才不邁群，器非拔俗。待價既殊於櫝玉〔二〕；窮經有媿於籯金②〔三〕。遭遇清時，涵濡睿澤〔四〕。峨冠振珮，已塵象闕之班〔五〕；舐筆和鉛，更辱金門之召③〔六〕。擊鉢謝捷④〔七〕，纂組非工〔八〕。撫己循涯〔九〕，以榮爲懼。

【校　記】

① 此文録自《全唐文》，又見於宋曾慥《類説》卷七《金鑾密記·召入院試文》、宋朱勝非《紺珠集》卷十韓偓《金鑾密記·學士試五題》、明陶宗儀《説郛》卷四及卷七十五、明陳耀文《天中記》卷三十引《金鑾密記》等。

② 「籯金」，《類説》卷七作「囊螢」。

③ 「更辱」，原作「更入」，據《類説》卷七、《紺珠集》卷十、《説郛》卷四及卷七十五改。

④ 「擊鉢」，原作「擊鉢」，今據《紺珠集》卷十、《天中記》卷三十改。「謝捷」，原作「謝楗」，今據《類説》卷七、《紺珠集》卷十、《説郛》卷四及卷七十五、《天中記》卷三十改。

【注釋】

〔一〕此文又見於宋曾慥《類説》卷七韓偓《金鑾密記·召入院試文》：「昭宗召入院，試文五篇：《萬邦咸寧賦》、《禹拜昌言詩》、《武臣授東川節度制》、《答佛誓國王進貢書》、《批三功臣讓圖形表》。繳狀云云（文略）。據此此文爲韓偓初入翰林爲學士，循例試文時所進文。考《文苑英華》卷三百八十四《授司勳郎中兼侍御史知雜事賜緋魚韓偓本官充翰林學士制》，韓偓授翰林學士乃錢珝所撰制文。據岑仲勉《郎官石柱題名新考訂·補僖昭哀三朝翰林學士記》、《唐才子傳校箋·韓偓傳校箋》、《韓偓年譜》所考，韓偓初入翰林爲學士在光化三年（公元九〇〇年）六月，此文即此時之作。又據曾慥《類説》卷七韓偓《金鑾密記·召入院試文》所云，本年韓偓尚有《萬邦咸寧賦》、《禹拜昌言詩》、《武臣授東川節度制》、《答佛誓國王進貢書》、《批三功臣讓圖形表》等五文，惜文今已佚。按，高文顯《韓冬郎年譜》此文繫於龍紀元年，今不取。

〔二〕「待價」句：櫝玉，謂藏于匣中之美玉。比喻懷藏之才。此句即待價而沽之意，典出《論語·子罕》：「子貢曰：『有美玉於斯，韞匵而藏諸？求善賈而沽諸？』子曰：『沽之哉！沽之哉！我待賈者也。』」《文選·嵇康〈琴賦〉》：「經千載以待價兮，寂神跱而永康。」張銑注：「待價謂待人來求也。」隋王通《中説·周公》：「賈瓊請《六經》之本，曰：『吾恐夫子之道或墜也。』子曰：『爾將爲名乎？有美玉姑待價焉。』」阮逸注：「待明王出當自求行之。」

〔三〕籯金：亦作「籯金」。一籯之金。古人常用籯存放貴重金銀財寶，故亦用以喻指財富。《後漢書·西域傳論》：「先馴則賞籯金而賜龜綬，後服則繫頭顙而釁北闕。」《宋書·臧燾徐廣傅隆傳論》：「漢世登士，閭黨爲先，崇本務學，不尚浮詭，然後可以俯拾青組，顧蔑籯金。」《漢書·韋賢傳》：「遺子黄金滿籯，不如一經。」後以「籯金」指儒經。此處即用此意。唐黄滔《司直陳公墓誌銘》：「詞人亹亹，若陳厚慶陳泛……俱以夢筆之詞，籯金之學，半生隨計，没齒銜冤。」

〔四〕涵濡：滋潤，沉浸。唐元結《大唐中興頌》：「蠲除袄災，瑞慶大來，凶徒逆儔，涵濡天休。」元結《雲門》：「雲溶溶兮垂雨濛濛，類我聖澤兮涵濡不窮。」睿澤，皇帝的恩澤。唐劉禹錫《代謝貸錢物表》：「天光下濟，睿澤曲流。銜恩未酬，居寵彌懼。」

〔五〕象闕：即象魏。此處代指宫室、朝廷。象闕，古代天子、諸侯宫門外的一對高建築，亦叫「闕」或「觀」，爲懸示教令的地方。《周禮·天官·太宰》：「正月之吉，始和，布治於邦國都鄙，乃縣治象之灋于象魏，使萬民觀治象，挾日而斂之。」鄭玄注引鄭司農曰：「象魏，闕也。」賈公彦疏：「鄭司農云『象魏，闕也』者，周公謂之象魏，雉門之外，兩觀闕高魏魏然，孔子謂之觀。」班，指朝班。古代群臣朝見帝王時按官品分班排列的位次。朝堂列班時，除侍奉官外，一般官品越高的班列離帝王越近。歷代朝儀不一，分班情況各異。如唐設文武一品至五品班，清設文武一品至九品班。後泛稱朝廷百官之列。《宋書·徐湛之傳》：「顯居官次，垢穢朝班，厚顔何地，可以自處。」

〔六〕金門之召：金門，即金馬門。此處指翰林學士院。金馬門爲漢代宫門名。學士待詔之處。《史記·滑稽列傳》：「金馬門者，宦（者）署門也。門傍有銅馬，故謂之曰『金馬門』。」漢揚雄《解嘲》：「與群賢同行，歷金門上玉堂有日矣。」唐劉禹錫《爲郎分司寄上都同舍》詩：「籍通金馬門，身在銅駝陌。」

〔七〕擊鉢謝捷：此語乃出於《南史》卷五十九《王僧孺傳》：「丘國賓，吴興人，以才志不遇，著書以譏揚雄。蕭文琰，蘭陵人。丘令楷，吴興人。江洪，濟陽人。竟陵王子良嘗夜集學士，刻燭爲詩，四韻者則刻一寸，以此爲率。文琰曰：『頓燒一寸燭，而成四韻詩，何難之有。』乃與令楷、江洪等共打銅鉢立韻，響滅則詩成，皆可觀覽。」後以「擊鉢催詩」指限時成詩，亦以喻詩才敏捷。亦省作「擊鉢」。宋陳師道《次韻蘇公蠟梅》：「坐想明年吴與越，行酒賦詩聽擊鉢。」清趙翼《自鳴鐘》詩：「投籤常恐就睡酣，擊鉢不怕催詩惡。」鉢，盛器。形似盆而小，用來盛飯、菜、茶水等。

〔八〕纂組：原有編織義。多指編織精美的織物。《管子·輕重甲》：「伊尹以薄之游女工文繡纂組，一純得粟百鍾於桀之國。」唐吴兢《貞觀政要·求諫》：「雕琢害農事，纂組傷女工。」此處意爲搜集編撰。宋張九成《孟子傳》卷二：「至於纂組爲工，駢儷爲巧，以要富貴而取召聲，而曰

『此吾之學也』，嗚呼！其亦可用乎？」

〔九〕撫己：省察自己，自問。晉陶潛《歲暮和張常侍》：「撫己有深懷，履運增慨然。」唐虞世南《和鑾輿頓戲下》：「撫己慚龍幹，承恩集鳳條。」唐宋之問《扈從登封告成頌應制》：「撫已貧非病，時來本不愚。」循涯，意爲循省，檢查，省察。《梁書·任昉傳》：「顧己循涯，寔知塵忝。」《文苑英華》卷五八八唐邵説《爲王仲昇謝加兵馬使表》：「念臣微忠，特全要領，再加驅策。位兼風憲，職典禁兵。撫己循涯，實爲塵忝。」

【集　評】

凡初遷者，中書門下召令右銀臺門候旨，其日入院試制、書、答共三首，詩一首；自張仲素後，加賦一首。試畢，封進。可者，翌日受宣，乃定。事下中書門下，於麟德殿候對，本院賜宴。（李肇《翰林志》）

唐王言有七，其二曰制書，大除授用之。學士初入院，試制書批答有三篇（小注：又詩、賦各一道，號曰五題。後唐停詩、賦。白居易入翰林，以所試制《加段祐兵部尚書領涇州》。韓偓試《武臣授東川節度制》），此試制之始也。（王應麟《玉海》卷二百二《辭學指南》，又見陳鴻墀《全唐文紀事》卷二引《辭學指南》）

香奩集序①〔一〕

余溺於章句②，信有年矣。誠知非士大夫所爲③，不能忘情，天所賦也。自庚辰辛巳之際〔二〕，迄己亥庚子之間④〔三〕，所著歌詩，不啻千首。其間以綺麗得意者⑤，亦數百篇，往往在士大夫口⑥，或樂工配入聲律⑦。粉牆椒壁〔四〕，斜行小字，竊詠者不可勝紀⑧。大盜入關〔五〕，緗帙都墜〔六〕。遷徙流轉，不常厥居⑨。求生草莽之中，豈復以吟詠爲意⑩。或天涯逢舊識，或避地遇故人⑪，醉詠之暇，時及拙唱。自爾鳩集⑫〔七〕，復得百篇，不忍棄捐，隨即編録⑬。遐思宮體〔八〕，未解稱庾信工文⑭〔九〕；卻誚《玉臺》〔一〇〕，何必使徐陵作序⑮〔一一〕。粗得捧心之態⑯，幸無折齒之慙〔一二〕。柳巷青樓〔一三〕，未嘗糠粃〔一四〕；金閨繡户，始預風流⑰。咀五色之靈芝，香生九竅〔一五〕；咽三危之瑞露〔一六〕，美動七情⑱〔一七〕。若有責其不經⑲，亦望以功掩過。玉山樵人韓致堯序⑳。

【校　記】

① 此《香奩集序》，《全唐文》卷八二九收入《韓偓集》中，題爲《香奩集自序》，然所録文不全，今據吴校本

所收録入。韓集舊鈔本、玉山樵人本、統籤本、石印本《香奩集》亦均收此文。

②「於」，韓集舊鈔本、玉山樵人本、統籤本、石印本《香奩集》均無此字。

③「士大夫」，玉山樵人、統籤本均作「丈夫」。

④「己亥庚子」，玉山樵人本、統籤本均作「辛丑庚子」，韓集舊鈔本、石印本《香奩集》均作「己丑庚子」。按，應作「己亥庚子」。

⑤「得意者」，玉山樵人本作「得意」。

⑥「士大夫口」，玉山樵人本、統籤本均作「士大夫之口」。

⑦「工」，原作「官」，吴校本校「一作工」，今據韓集舊鈔本、玉山樵人本、石印本《香奩集》改。

⑧「紀」，韓集舊鈔本、玉山樵人本、統籤本、石印本《香奩集》均作「記」。

⑨「遷徙流轉，不常厥居」，韓集舊鈔本、統籤本、石印本《香奩集》均作「遷徙不常厥居」，玉山樵人本作「遷徙不常」。

⑩「詠」，玉山樵人本作「諷」，韓集舊鈔本、吴校本均校：「一作諷。」

⑪「避」，石印本《香奩集》作「辟」。

⑫「集」，韓集舊鈔本、玉山樵人本、統籤本、石印本《香奩集》均作「輯」。

⑬「即」，玉山樵人本、統籤本均作「時」。

⑭「解」，原作「降」，韓集舊鈔本作「解」，《全唐文》卷八二九作「敢」，吴校本校：「一作解。」今據韓集舊

鈔本改爲「解」。「工」，原作「攻」，據《全唐文》改。

⑮「使」，玉山樵人本、統籤本、《全唐文》均作「倩」。

⑯「粗」，玉山樵人本作「初」。

⑰「預」，石印本《香奩集》作「與」。

⑱「美」，玉山樵人本、統籤本、《全唐文》均作「春」。韓集舊鈔本校：「一作春。」

⑲「若」，玉山樵人本、統籤本、《全唐文》均作「如」。

⑳「玉山樵人」，吴校本原倒誤作「玉樵山人」，今據韓集舊鈔本、《唐才子傳·韓偓》改。又「玉山樵人韓致堯序」，玉山樵人本、統籤本均作「翰林學士承旨行尚書户部侍郎知制誥韓偓叙」。

【注　釋】

〔一〕此篇《香奩集序》乃韓偓貶官入閩後晚年所作。《香奩集》中收有《無題》詩，其詩序云：「余辛酉年戲作《無題》十四韻，故奉常王公相國首於繼和……是歲十月末，余在内直，一旦兵起，隨駕西狩，文稿咸棄，更無孑遺。丙寅年九月，在福建寓止，有前東都度支院蘇暐端公，挈余淪落詩稿見授，中得《無題》一首。因追味舊作，缺忘甚多，唯第二、第四首髣髴可記，其第三首才得數句而已。今亦依次編之，以俟他時偶獲全本。餘五人所和，不復憶省矣。」據此序知，韓偓「丙寅年九月，在福建寓止」方得到包括《無題》詩在内的「淪落詩稿」，則此序之作當在「丙寅年九月」之後。丙寅年乃唐昭宣帝天祐三年（公元九〇六年），其年九月詩人已在福州。又今《香奩集》詩尚存《多情》一詩，此詩乃開平四年所作，則至是年《香奩集》恐尚未編成，如此則《香奩集序》或作於開平四年或之後歟？其確年則未能確知。

〔二〕庚辰辛巳：指唐懿宗咸通元年（庚辰）、咸通二年（辛巳），即公元八六〇、八六一年。

〔三〕己亥庚子：指唐僖宗乾符六年（己亥）、廣明元年（庚子），即公元八七九、八八〇年。

〔四〕椒壁：以椒和泥所塗的牆壁。

〔五〕大盜入關：指黄巢攻入長安事，而非朱温入長安之謂。故陳寅恪謂「此集冬郎自序中『大盜入關』之語實指黄巢陷長安而言。震鈞即唐晏作《韓承旨年譜》乃誤以大盜屬之朱全忠，遂解釋詩旨，多所附會，殊不可信也」。

〔六〕緗帙都墜：謂書籍書卷均失落。緗帙，淺黄色書套。亦泛指書籍、書卷。《宋書·順帝紀》：「詔曰：『……姬夏典載，猶傳緗帙；漢魏餘文，布在方册。』」南朝梁蕭統《〈文選〉序》：「詞人才子，則名溢於縹囊；飛文染翰，則卷盈乎緗帙。」

〔七〕鳩集：搜集，聚集。《後漢書·孔融傳》：「稍復鳩集吏民爲黄巾所誤者男女四萬餘人。」晉葛洪《抱朴子·金丹》：「余考覽養性之書，鳩集久視之方，曾所披涉篇卷以千計矣。」

〔八〕宫體：指宫體詩。南朝梁簡文帝蕭綱爲太子時，與徐摛、徐陵及庾肩吾、庾信等人在東宫互相賦詩唱和。其内容多描寫宫廷生活和男女私情，形式上追求辭藻靡麗，華而不實，時稱其爲宫體。後亦將艷情詩稱爲宫體。

〔九〕庾信：北周南陽新野人，字子山。善宫體詩，文章綺麗，與徐陵齊名，時稱徐庾體。《周書·庾信傳》云：「庾信，字子山，南陽新野人也。……父肩吾，梁散騎常侍，中書令。信幼而俊邁，聰敏絶倫，博覽群書，尤善《春秋左氏傳》。……起家湘東國常侍，轉安南府參軍。時肩吾爲梁太子中庶子掌管記，東海徐摛爲左衛率，摛子陵及信並爲抄撰學士。父子在東宫，出入禁闥，恩禮莫與比隆。既有盛才，文並綺艷，故世號爲徐庾體焉。當時後進競相模範，每有一文，京都莫不傳誦。」傳見《周書》卷四十一，《北史》卷八十三。

〔一〇〕《玉臺》：指南朝陳徐陵所輯之《玉臺新詠》。該書爲《詩經》、《楚辭》之後的古詩選集。前八卷録自漢至梁五言詩，第九卷爲歌行，末卷録五言二韻之詩。保存了一部分樂府民歌及六朝前已佚詩篇，然大部分皆爲艷情宫體之作。

〔一一〕徐陵作序：指徐陵爲《玉臺新詠》撰序。徐陵，南朝東海剡人。字孝穆。仕梁爲通直散騎常侍，入陳官至尚書，當時詔策誥命，多出其手。其文章綺艷，與庾信齊名，時稱徐庾體。《陳書·徐陵傳》：「徐陵字孝穆，東海剡人也。……陵年數歲，家人攜以候之，寶誌手摩其頂曰：『天上石麒麟也！』光宅惠雲法師每嗟陵早成就，謂之顔回。八歲能屬文，十二通莊老義。既長博涉史籍，縱横有口辯。梁普通二年，晉安王爲平西將軍寧蠻校尉，父摛爲王諮議。王又引陵參寧蠻府軍事。大通二年，王立爲皇太子。東宫置學士，陵充其選。……起爲南平王府行參軍，遷通直散騎侍郎。梁簡文在東宫，撰長春殿義記，使陵爲序。……陵爲尚書吏部郎，掌詔誥。……世祖、高宗之世，國家有大手筆，皆陵草之。其文頗變舊體，緝裁巧密，多有新意。每一文出手，好事者已傳寫成誦，遂被之華夷，家藏其本。後逢喪亂多散失，存者三十卷。」傳見《陳書》卷二十六、《南史》卷六十二。

〔三〕「幸無折齒」句：《晉書·謝鯤傳》：「謝鯤，字幼輿，陳國陽夏人也。……鯤少知名，通簡有高識，不修威儀。好老易，能歌，善鼓琴……鄰家高氏女有美色，鯤嘗挑之，女投梭，折其兩齒。時人爲人語曰：『任達不已，幼輿折齒。』鯤聞之，傲然長嘯，曰：『猶不廢我嘯歌。』」偓此處當用此故實。又《舊唐書·温庭筠傳》：「初至京師，人士翕然推重。然士行塵雜，不修邊幅，能逐絃吹之音，爲側艷之詞，公卿家無賴子弟裴誠（慶按，《新唐書》本傳作「裴諴」，是）、令狐滈之徒，相與蒲飲，酣醉終日……咸通中，失意歸江東，路由廣陵，心怨令狐綯在位時不爲成名。既至，與新進少年狂遊狹邪，久不剌謁。又乞索於楊子院，醉而犯夜，爲虞候所擊，敗面折齒，方還揚州訴之。令狐綯捕虞候治之，極言庭筠狹邪醜迹，乃兩釋之。自是汙行聞于京師。庭筠自至長安，致書公卿間雪冤。」兩《唐書》記温宫庭筠「敗面折齒」事雖在唐後，然其事在韓偓年輕時即「聞于京師」，偓當知此事，則其晚年作《香奩集序》或亦兼用此事。

〔一三〕柳巷青樓：柳巷與青樓，舊時皆指妓院。

〔一四〕未嘗糠粃：糠粃，原是穀皮和癟穀。比喻粗劣而無價值之物。《世説新語・文學》「傅嘏善言虚勝，荀粲談尚玄遠」，劉孝標注引《荀粲别傳》：「然則六籍雖存，固聖人之糠秕。」《隋書・律曆志中》：「蓋是失其菁華，得其糠粃者也。」此句意爲未嘗與柳巷青樓之女交遊。

〔一五〕九竅：指耳、目、口、鼻及尿道、肛門的九個孔道。《周禮・天官・疾醫》：「兩之以九竅之變。」鄭玄注：「陽竅七，陰竅二。」《楚辭・高唐賦》：「九竅通鬱，精神察滯。」宋范成大《問天醫賦》：「百骸九竅，無一得適。」

〔一六〕三危：指三危山，傳説中的仙山。《吕氏春秋・本味》：「水之美者，三危之露。」

〔一七〕七情：人的七種感情或情緒。指喜、怒、哀、懼、愛、惡、欲。《禮記・禮運》：「何謂七情？喜、怒、哀、懼、愛、惡、欲，七者弗學而能。」南朝梁劉勰《文心雕龍・明詩》：「人禀七情，應物斯感。」

【集評】

和魯公凝有艷詞一編，名《香奩集》，凝後貴乃嫁其名爲韓偓，今世傳韓偓《香奩集》乃凝所爲也。（沈括《夢溪筆談》卷十六藝文三）

偓《香奩集自序》云：「遐思宫體（下略）……如有責其不經，亦望以功掩過。」此知制誥時作也。

（周昂《十國春秋拾遺·閩》，見吴任臣《十國春秋》卷一一五《拾遺·閩》）

懿宗咸通元年庚辰。《香奩集序》：「自庚辰辛巳之際，迄己亥庚子之間，所著歌詩，不啻千首。」孫棨《北里志序》：「自大中皇帝好儒術，進士由此日盛。京中飲妓，籍屬教坊，新進士設宴，可行牒追，其所贈資優於常數。諸妓居平康里，如不恡所費，則下車，水陸備矣。余頻隨計吏，久寓京華，時亦偷遊其中。常欲紀述其事，以爲他時談藪。俄逢喪亂，鑾輿巡省，靜思陳事，追念無因，聊以編次爲太平遺事耳。中和甲辰。」按，咸通二年至廣明元年皆盛極之時，與偓序恰合，疑皆即事詩也。（繆荃孫《韓翰林詩譜略》）

懿宗咸通元年庚辰下《香奩集序》：「自庚辰辛巳之際，迄己亥庚子之間，所著歌詩，不啻千首。」又云：「大盜入關，緗帙都墜，遷徙不常厥居，求生草莽之中，豈復以吟詠爲意。」審如此説，則致堯之詩均作於未及第以前咸通廣明之間矣。乃今集中詩凡有年之可考者，均在貶官以後。即《翰林集》亦始於及第之年，未及第前無一詩在，抑又何也？以此見《香奩集序》乃故爲迷謬之詞，用以避文字之禍，都非正言（之）也。（震鈞《香奩集發微》附《韓承旨年譜》）

致堯一序，自有深恉，非倉卒所可解。大抵云「麤得捧心之態，幸無折齒之慙。柳衖青樓，未嘗糠粃；金閨繡户，始與風流」均致堯自況語也。夫以《香奩》艷語連篇，而云得捧心之態，無折齒之慙，金閨繡户，始足與此，此豈論詩之優劣乎！直是自叙其身世耳。明眼人自能辨之。序中所書甲子，大都迷謬其詞，未可信也。其謂庚辰、辛巳迄己丑（慶按，己丑應作己亥）、庚子之間者，考其時在僖宗之代，致堯方居翰林也。而一卷《香奩》，全屬舊君故國之思，彼時安所用此，此未可信也。又謂大盜入關者，似指黄巢矣，而云遷徙不常厥居，求生草莽之中，豈復以吟詠爲意，則益可疑。考巢賊亂後，致堯始貴，並無避地之舉，直至梁移唐祚，致堯始不常厥居。所謂天涯逢故舊，辟地遇故人者，正此時也。然則大盜，蓋指朱温，而辟地則貶濮州，貶滎懿，徙鄧州，南依王審知，均是也。故《無題》詩序云「丙寅年在福建寓止」。可徵《香奩》一卷，編於晚年，梁氏既禪以後，故不得不迷謬其詞，以求自全云爾。一卷《香奩》，須知其純是自況。《落花》則比西子，《詠浴》則自比合德，《遥見》則自比楊妃，至於明妃、弄玉、玉兒，處處陪襯，以自形其身分之高，其命意於詩中别是一格，然實三百篇之遺法。小儒以綺語呵之，固致堯所不受。即《全唐詩録》於《李波小妹歌》，疑其别有所感，亦未道出致堯心事也。《香奩集》命意，去詞近，去詩卻遠。然三百篇之西方美人，静女其姝，何一非比物此志也。詩有六義，後代賦多而比興少。《香奩集》則純乎比興矣。所以最近三百篇。自序謂百篇，實則詩百一篇，詞二篇，賦二篇，共百五篇也。（震鈞《香奩集發微》卷首論《香奩集》語）

韓致堯有唐之屈靈均也，《香奩集》有唐之《離騷》、《九歌》也。自後人不善讀，而古人之命意晦。自後人不能尚論古人，而古人扶植綱常之詞，且變爲得罪名教之作矣，不亦重可惜哉！致堯官翰林承旨，見怒於朱温，被忌於柳璨，斥逐海嶠，使天子有失股肱之痛，唐季名臣未有或之先者。似此大節彪炳，即使其小作艷語，如廣平之賦梅花，亦何貶於致堯。迺夷考其辭，無一非忠君愛國之忱，纏綿於無窮者。然則靈均《九歌》所云「滿堂兮美人，忽獨與余兮目成」，信爲名教罪人乎？《香奩》之作，亦猶是也。然自唐末至今近千歲矣，絶無一人表而出之，徒使耿耿孤忠，不白於天下，世之閲者，遂與《疑雨集》等量齊觀，可異哉。即以其序所云若有責其不經，亦望以功掩過。夫果爲艷詩，亦何足言功。作者深心，於兹可會。柰爲後人粗心讀過，沈薶久矣。作者又爲之發明曰：「緝綴小詩鈔卷裹，尋思閒事上心頭。自吟自淚無人會，腸斷蓬山第一流。」則致堯亦早見及後人但以艷體詩待之矣。其奈後人依然不解也。至此《香奩集》真可付之劫火，沈之濁流矣。然而彼蒼降鑒，竟使之流傳至今，是天知之矣。天知之而人不察，依然以艷詩待之，不幾疑於綺語之可無罪，而馬腹之説爲虚言也。是不可不爲之發明以彰忠藎之苦心，俾綺語之讕言，無所藉口，仁人志士，庶幾瞑目，亦史遷表彰《離騷》之義也。爰以篝鐙餘暇，加以評釋。史公所謂爭光於日月可也，掩過云乎哉！震鈞序於白下之古東府城。（震鈞《香奩集發微》卷首《香奩集發微序》）

晚唐詩人以温李冬郎並稱。《金荃》一集，明曾益注之，而清顧予咸、嗣立父子復爲增補。義山詩集，清朱鶴齡、姚培謙迭爲箋釋，而馮浩集其大成，固已家絃户誦，人有其書。獨韓氏則《翰林》一集，世鮮傳本，即《香奩》一集，亦等諸《疑雨》、《疑雲》，不復臧弆，冬郎之詩，幾湮没弗彰。蓋致堯仕唐昭宗爲翰林承旨，爲朱温所怒，貶斥海嶠，依王審知而卒。見忌權奸，洊遭離亂，於是，憤逆臣之竊命，慨唐室之不興，乃本詩人忠厚之旨，爲屈子幽憂之辭，託諸美人，著爲篇什，以抒忠愛，此《香奩集》之所爲作也。然無人爲之詮釋，則作者之意終焉晦塞，而辭深旨遠，其難殆倍於温李。今得曼殊震鈞氏爲之發微，並作年譜附後，探賾索隱，能將作者心事曲曲道出，遂使承旨忠憤之氣躍然紙上，而讀者知人論世，亦當不僅以艷體目之，洵足媲美顧、馮二家，而爲韓氏功臣矣。惟是書鋟板京師，南方傳本絶希。掃葉主人乃覓得初本重付石印，以廣流傳。庶與顧、馮之書並垂不朽云。甲寅夏至，松江雷瑨跋。（雷瑨《香奩集發微跋》，見震鈞《香奩集發微》卷首）

又唐代新興之進士詞科階級異于山東之禮法舊門者，尤在其放浪不羈之風習。故唐之進士一科與倡伎文學有密切關係，孫棨《北里志》所載即是一證。又韓偓以忠節著聞，其平生著述中《香奩》一集，浮豔之詞，亦大抵應進士舉時所作（寅恪案：此集冬郎自序中「大盜入關」之語實指黄巢陷長安而言。震鈞即唐晏作《韓承旨年譜》乃誤以大盜屬之朱全忠，遂解釋詩旨，多所附會，殊不可信也）。（陳寅恪《唐代政治史述論稿》中篇）

【按】《香奩集序》乃韓偓晚年寓居福建，編成《香奩集》後所撰。序中謂「自庚辰辛巳之際，迄己亥庚子之間，所著歌詩，不啻千首」，據此可知其自唐懿宗咸通元年至唐僖宗廣明時曾作詩千餘首。後因時局動盪變亂，所作詩歌多散失。及至貶官後，「或天涯逢舊識，或避地遇故人，醉詠之暇，時及拙唱。自爾鳩集，復得百篇，不忍棄捐，隨即編録入」成《香奩集》。以此亦知其早年所成之香奩詩，均作於未及第以前之咸通廣明之間。序中所謂「大盜入關」，並非指朱全忠軍入長安，而是指黄巢攻入長安之事。震鈞謂「序中所書甲子，大都迷謬其詞，未可信也。其謂庚辰辛巳迄己丑（慶按，「己丑」應爲「己亥」）庚子之間者，考其時在僖宗之代，致堯方居翰林也。而一卷《香奩》，全屬舊君故國之思，彼時安所用此？此未可信也」，此説實誤。韓偓在僖宗時尚未及第入仕，何能「居翰林」？而《香奩集》亦非「全屬舊君故國之思」。此誠如陳寅恪《唐代政治史述論稿》中篇所駁「此集冬郎自序中『大盜入關』之語實指黄巢陷長安而言。震鈞即唐晏作《韓承旨年譜》乃誤以大盜屬之朱全忠，遂解釋詩旨，多所附會，殊不可信也」。可見震鈞等人以爲《香奩集》中詩多有寄託，並以韓偓在唐昭宗朝事加以解説，此實不可信。又今所見《香奩集》中詩，又有偓作於廣明之後者，此中有些乃作者晚年輯《香奩集》時所編入。

手簡十一帖①

第一帖

昨日奉示及，不任悚荷。偓以風毒〔一〕，脚氣發動〔二〕，今日亦不任入謁。彼此抱病，徒切詠思②〔三〕。出得且以相面爲意③，幸甚幸甚。謹狀。八月二日偓狀。某所聞甚不恒，勿惜示及。

【校記】

①韓偓「手簡十一帖」，録自《全唐文》（上海古籍出版社一九九〇年縮印版）卷八二三。今以《四庫全書》本明汪砢玉撰《珊瑚網》卷二（下簡稱「珊瑚本」）、清卞永玉撰《式古唐彙考·書畫彙考》卷八（下簡稱「彙考本」）、清倪濤撰《六藝之一録》卷三百九十三《歷朝書譜》八十三《唐賢墨蹟·啟札》（下簡稱「墨蹟本」）以及吴校本所録對校。此「手簡十一帖」大致乃韓偓入閩後與人之書信，各帖寫作時間不一，僅個别帖尚能考知大約時間。

②「徒切」，原作「切徒」，據珊瑚本、彙考本、墨蹟本改。

③「相面」，原作「面相」，據珊瑚本、彙考本、墨蹟本改。

【注釋】

〔一〕風毒：指與所居處潮濕低下有關的致病因素。三國魏嵇康《難〈宅無吉凶攝生論〉》：「夫危邦不入，所以避亂政之害；重門擊柝，所以避狂暴之災；居必爽塏，所以遠風毒之患。」

〔二〕腳氣：由缺乏維生素B₁的病症。患者有下肢肌肉疼痛麻木、水腫或心跳氣喘等症狀。漢張仲景《金匱要略·中風曆節》：「烏頭湯方，治腳氣疼痛不可屈伸。」唐柳宗元《答韋中立論師道書》：「僕自謫過以來，益少志慮，居南中九年，增腳氣病。」

〔三〕詠思：詠歎思念。唐高適《奉酬睢陽路太守見贈之作》：「帝簡登藩翰，人和發詠思。」唐劉眘虛《暮秋揚子江寄孟浩然》：「詠思勞今夕，江漢遙相望。」

第二帖

偓今日衰迫情地〔一〕，旦夕難勝。況又孤侄已下，兼與小男等四處分散。中夜往往驚叫，便達曉號咽。衰邁之年，不自堪忍。計中令聞此冤慟，必賜軫念〔二〕，不更滯留。亦望眷私委曲〔三〕，見爲仰托，仰托。小版計日夕相見①〔四〕。諸郎君學問當進，自此分飛，未知何日復遂相見②？言及此，黯然久之。珍重，珍重。謹狀。偓狀。輔家筆可以賜及十數管否③？

【校　記】

①「仰托」二字原無，據珊瑚本、彙考本增補。

②「何日」，珊瑚本、彙考本、墨蹟本作「何時」。「相見」，彙考本作「拜見」。

③「輔家筆可以賜及十數管否」，此句原無，據珊瑚本、彙考本增補。「輔」，珊瑚本作「轉」。

【注釋】

〔一〕此文《韓偓年譜》繫於後梁太祖開平三年己巳（公元九〇九年），韓偓時年六十八歲，今從之。

情地：處境，置身之地。《宋書·毛修之傳》：「臣聞在生所以重生，實有生理可保。臣之情地，生途已竭。」《魏書·王肅傳》：「昨四郊之外已蒙滂澍，唯京城之内微爲少澤。蒸民未闕一餐，陛下輟膳三日，臣庶惶惶，無復情地。」

〔二〕軫念：悲痛地思念。《梁書·沈約傳》：「思幽人而軫念，望東皋而長想。」《舊唐書·忠義傳上·王同皎》：「陛下雖納隍軫念，亦罔能救此生靈。」

〔三〕眷私委曲：眷私，垂愛，眷顧。唐韓愈《答魏博田僕射書》：「愈雖未獲拜識，嘗承僕射眷私，猥辱薦聞，待之上介。」宋曾鞏《回人賀授史館修撰狀》：「敢意眷私之厚，特迂慶問之勤。」委曲，周全；調和。宋葉適《舒顏升墓誌銘》：「不幸而難從，非賢者順導委曲，而不抵突以敗，寡矣。」

〔四〕小版：户部員外郎的別稱。五代王定保《唐摭言·慈恩寺題名遊賞賦詠雜紀》：「（大順中）王拯自小版拜少勳。」

【集評】

《韓偓年譜》論此文云：「此信包含若干重要内容。信云『不更滯留』，『自此分飛，未知何日復遂相見』，可知是移居異地時作；又云『偓今日衰迫情地，旦夕難勝』，『衰邁之年，不自堪忍』，可知是年老移居異地時作；偓年老移居異地，實際只有去年戊辰離福州移居沙縣及本年己巳離沙縣移居閩南尤溪、桃林、南安兩次。而本年偓六十八歲，與自述『衰邁之年』更相符合。職此之故，此帖繫年於此。受信人爲誰，已難確考。但是，觀信中『計中令聞此冤慟，必賜軫念，不更滯留。亦望眷私委曲，見爲仰托』等語，希望對方能諒解自己此次移居，則受信人當爲王審知。信云『孤侄』，當是指兄儀之子。信云『小男』，當爲北宋鄭文寶《南唐近事》所記『韓寅亮，偓之子也』。信云『孤侄已下，兼與小男等四處分散，中夜往往驚叫，便達曉號咽。衰邁之年，不自堪忍』，又云『不更滯留』，可知偓在沙縣，入閩親族並非居住一處。信云『孤侄已下，兼與小男等四處分散』，可知子侄不止一二人。《新唐書·韓偓傳》云：『挈其族南依王審知而卒。』《南唐近事》云：『韓寅亮，偓之子也。嘗爲予言，偓捐館之日……有老僕泫然而言曰……余丱歲延平家有老尼，嘗説斯事……尼即偓之妾云耳。』可知偓族人入閩，包括偓妻裴郡君、妾、子侄輩、老僕等，人數較多。」

第三帖

特惠粉藥，無非濟安，不任佩荷之至。楊氏方寫了，竟未勘畢。既承切要徐送，何故又忽急徵此方也？本欲來拜謁，見取藥方。或慮無暇接客，以俟别日。香粉合複，并裹半袜複，并元樸楊子方複子①〔一〕，伏奉撫。偓熱躁甚，曲不成字。此信。偓狀。右紅花複子共三个〔二〕，廿日②。王信之行更俟面復③。

【校　記】

①「複」，吴校本此字及下文同字均作「複」。按，應作「複」，「複」誤。「袜」，吴校本此字作「秣」。「樸」，吴校本作「撲」。

②「右紅花複子共三个，廿日」，此句原無，據彙考本增補。珊瑚本作「右紅花複子共三个」。

③「王信之行更俟面復」，此句原無，據珊瑚本、彙考本增補。

【注　釋】

〔一〕香粉：搽臉或身體的芳香的粉。北魏賈思勰《齊民要術·種紅藍花梔子》：「作米粉法……曝之，乃至粉乾足，手痛挼勿住。擬人客作餅，乃作香粉，以供粧摩身體。作香粉法：唯多著丁香於粉合中，自然芬馥。」《新唐書·李適傳》：「(天子)冬幸新豐，歷白鹿觀，上驪山，賜浴湯池，給香粉蘭澤。」複子，即複方，中醫七方之一。指由兩個以上的成方配成的方子。複，中醫指七方之一的複方。金成無己《傷寒明理論·藥方序》：「制方之體，宣、通、補、瀉、輕、重、澀、滑、燥、濕十劑是也。制方之用，大、小、緩、急、奇、耦、複七方是也。」明李時珍《本草綱目·序例上·七方》引完素曰：「流變在乎病，主病在乎方，制方在乎人。方有七：大、小、緩、急、奇、偶、複也。」

〔二〕紅花：即紅藍花。亦指紅藍花的花。中醫入藥，性温味辛。有祛瘀生新、通經活血及止痛等作用。《南史·循吏傳·王洪範》：「先是青州資魚鹽之貨，或强借百姓麥地以種紅花，多與部下交易，以祈利益。」明沈受先《三元記·挺生》：「消痰加枳殼，活血用紅花。」又，紅藍，菊科。一年生草本植物。高三四尺，其葉似藍。夏季開紅黄色花，古代以之制胭脂及紅色顔料。中醫以之入藥，稱紅花。晉崔豹《古今注·草木》：「燕支葉似薊，花似蒲公，出西方，土人以染，名爲燕支，中國亦謂爲紅藍。以染粉爲婦人色，謂之燕支粉。」《北堂書鈔》卷一三五引晉習鑿齒《與燕王書》：「此下有紅藍花，足下先知之不？北方人採紅藍，取其華，染緋黄，挼取其英鮮者作煙支，婦人粉時爲顔色。」複子共三个，指前文所謂「香粉合複」、「裹半袜複」、「元樸楊子方複子」三複子。

第四帖

虵藥神效已顯驗〔一〕，紫微不小悉〔二〕，兒必達中喜。虵垂不濟，入口便拔。特謝謹疏，乞不容易與人，必恐所言詮處〔三〕，切托，切托①。不是惡心肚，蓋名方神藥，自古皆禁妄傳。縮水法亦乞不泄，見有人相尤〔四〕，竟未見他，非試驗不敢發。大道無事，且下訪。何太疏徐，所不會悋〔五〕。十二日偓狀。眷憶諸郎君，言極熱②。

【校　記】

①「切托，切托」，原作「切切，托托」，今據珊瑚本、彙考本改。

②「眷憶諸郎君，言極熱」，此句原無，今據珊瑚本、彙考本增補。

【注　釋】

〔一〕虵藥：即蛇藥。治蛇咬傷的藥。

〔二〕紫微不小悉：紫微，唐宋以來中書舍人的代稱。此處指中書舍人王滌。王滌，詳見《第六帖》注釋〔三〕。不小悉，即不稍悉，不甚知悉。

〔三〕言詮：謂以言語解説。《陳書·傅縡傳》：「言爲心使，心受言詮。」唐張説《聞雨》詩：「聲真不世識，心醉豈言詮。」

〔四〕相尤：互相指責。《淮南子·俶真訓》：「(萬物)交被天和，食於地德，不以曲故，是非相尤，茫茫沉沉，是謂大治。」《資治通鑑·晉海西公太和五年》：「吾聞東朝比來始更悔悟，主、后相尤。」胡三省注：「相尤，言相責過。」

〔五〕慳：即吝，吝嗇；愛惜；捨不得。《論語·泰伯》：「子曰：『如有周公之才之美，使驕且吝，其餘不足觀也已。』」《文選·鮑照〈行藥至城東橋〉》詩：「開芳及稚節，含采吝驚春。」李善注：「春草之驚春，花葉必盛；盛必有衰，固所當惜也。」

第五帖

悶甚，欲略出。人馬若閒，伏願一借。若可允，遂稍早令來，免衝甚熱〔一〕。苟或有幸他使，亦乞在賜斯處。謹狀。廿一偓狀。燈下狀，曲不成字。

【注釋】

〔一〕衝：冒。指不顧惡劣環境而向前行進。唐韓愈《廣宣上人頻見過》詩：「三百六旬長擾擾，不衝風雨即塵埃。」宋朱敦儒《好事近·漁父》詞：「生計綠簑青笠，慣披霜衝雪。」

第六帖

旬日前所諮啟，乞一書與建州〔一〕，爲右司李郎中經過〔二〕，希稍延接。況承舍人亦與正郎舊知聞〔三〕，必切於施分。今晚有的人去，若可踐言，速乞封示。幸甚，幸甚。偓雖承建州八座眷私〔四〕，自是旅客，難於托人，伏惟照察。偓狀。十月十五日偓狀。

【注　釋】

〔一〕此文之作年，《韓偓年譜》繫於後梁開平元年（公元九〇七年）十月，謂「此帖無作年，但是觀其內容，是在閩中時作。其中『偓雖承建州八座眷私，自是旅客，難於托人』，與本年詩《李太舍池上玩紅薇醉題》『乍爲旅客顔常厚』，同以『旅客』自稱，同爲自述在王審知治下棲身之不安心情，當爲同時之作，故繫於此」。

建州：此處指下文之「建州八座」，即王審知。唐杜佑《通典》卷一百八十二《州郡十二》福州：「大唐初爲建州，後此置泉州（原注：移建州於建安縣置），後此復爲閩州，開元十三年，改爲福州。」建州即指福州。《通典》卷二十二《職官四·尚書省·歷代尚書》附「八座」條：「隋以六尚書、左右僕射及令爲八座，大唐與隋同。」可見唐以尚書省及六部長官合稱八座，其中之一也可稱八座。考《十國春秋》卷九十《閩一·太祖世家》：「光化元年三月己丑，唐以審知充武威軍留後、檢校刑部尚書。冬十月癸卯，授金紫光禄大夫、右僕射、本軍節度使。」王審知任刑部尚書、右僕射，故稱之爲「建州八座」。

〔二〕右司李郎中：即李冉。《通典》卷二十二《尚書省》：「都堂居中，左右分司。……都堂之西，有兵部、刑部、工部三行，每行四司，右司統之。」此李郎中，當爲《奉和峽州孫舍人……牽課》所述「李郎中冉」。

〔三〕舍人亦與正郎：「舍人」乃偓《和王舍人撫州飲席贈韋司空》詩所和之王舍人，亦即黄滔《丈六金身碑》所述之「中書舍人琅琊王公滌」。王滌與偓曾一道入閩，此信云「旬日前所諮啟，乞一書與建州」，「偓雖承建州八座眷私，自是旅客，難於托人」，則滌此時當在王審知之幕任職。又正郎，指李冉。

〔四〕眷私：垂愛，眷顧。唐韓愈《答魏博田僕射書》：「愈雖未獲拜識，嘗承僕射眷私，猥辱薦聞，待之上介。」宋曾鞏《回人賀授史館修撰狀》：「敢意眷私之厚，特迂慶問之勤。」

【集評】

囑李右司狀，情至曲折可喜。元祐元年十月己亥，黄庭堅。（汪砢玉撰《珊瑚網》卷二《法書題跋》）

偓爲李冉經過福州，一再寫信與王滌，期望王滌請托審知接待李冉，此是第二封信，殷殷期盼王滌顧念過去俱爲唐朝大臣之舊情，用力促成此事。文字雖短，具見關切朋友之心。「偓雖承建州八座眷私，自是旅客」，表示自己雖受王審知照顧但僅是流寓者，並非王審知下屬。可見偓在閩中，對於自己唐朝遺民之身份、獨立自由之人格，持守極嚴。（鄧小軍《韓偓年譜》）

第七帖

楊學士兄弟來此〔一〕。消梨子兩日前已尋得〔二〕，花時伏望拴拔〔三〕。謹狀。十四日偓狀。

【注釋】

〔一〕此文之「楊學士兄弟」，當即韓偓《中秋永夕奉寄楊學士兄弟》（據玉山樵人本、統籤本）詩之「楊學士兄弟」。岑仲勉《唐人行第録・唐集質疑》於天祐七年（即後梁開平四年庚午）下謂韓偓「其《中秋寄楊學士》詩，一作《中秋永夕奉寄楊學士兄弟》，余謂楊學士贊圖也。新表，承休、楊堪之子，虞卿之孫，與贊圖爲從昆，故曰學士兄弟也。全文八二九《手簡帖》『楊學士兄弟來此』，亦同」。陶敏《全唐詩人名彙考》亦謂：「楊學士兄弟，謂楊贊圖、楊承休兄弟。《全唐文》卷八二五黄滔《丈六金身碑》：『我公粵天祐三年丙寅秋七月乙卯，鑄金銅像一丈有六尺之高。……其明年正月十有八日乙未，設二十萬人齋。……座客有右常侍隴西李公洵、翰林承旨制誥兵部侍郎昌黎韓公偓……刑部員外郎弘農楊公承休、弘文館直學士弘農楊公贊圖……皆……謂安莫安于閩越，誠莫誠于我公，依劉表，起襄漢，其地也，交轍及館。』楊贊圖乃楊知退子，承休乃楊堪子，均楊虞卿孫，見《新唐書・宰相世系表一下》楊氏越公房。」據上所考，謂楊學士兄弟爲楊贊圖兄弟可信。至於楊學士兄弟指楊贊禹、楊贊圖，或楊贊圖、楊承休，則以楊贊圖、楊承休爲較可信。據韓偓《手簡帖》「楊學士兄弟來此」，知此楊氏兄弟乃皆來閩者，而楊贊圖、楊承休兄弟於唐將亡時即來閩，並與韓偓一起出席天祐四年春佛齋會。而楊贊禹是否來寓閩，未見文獻記載，故難於確定其是否來閩與韓偓往還。此詩之作年，據本書前所考，乃在後梁開平四年（公元九一〇年）中秋。詩謂「寄」，則開平四年中秋韓偓在閩尤溪時楊學士兄弟不在尤溪。此文謂「楊學士兄弟來此」，考韓偓開平後數年生平行蹤，開平元年在福州，時楊贊圖亦在福州。開平二年中離福州往居沙縣，至開平三年冬中又離開沙縣移居尤溪。故「楊贊圖兄弟來此」之「此」地或即指沙縣，蓋沙縣離福州較尤溪近，楊氏兄弟來「此」較爲方便。又本文謂「花時伏望拴拔」，則撰文時恐在春時，亦約在開平三年（公元九〇九年）春時。

〔二〕消梨子：指消梨，梨的一種。又稱香水梨、含消梨。體大、形圓，可入藥。宋蘇軾《答任師中家漢公》詩：「高樹紅消梨，小池白芙蕖。」王文誥注引《三秦記》：「漢武帝園有大梨如五升瓶，落地則破，名含消梨。」明李時珍《本草綱目·果二·梨》：「消梨即香水梨也。俱爲上品，可以治病。」明謝肇淛《五雜俎·人部一》：「梁新遇朝士風疾，告以不可治，趙鄂教以食消梨而愈。」

〔三〕拴拔：捆綁摘拔。

第八帖

今日若不他出，可以略借人馬否？先冀到宅，兼別行一兩處。人事脱或有所拘牽〔一〕，即乞不垂形跡〔二〕，以俟後期。伏惟照察。謹狀。六月廿七日早偓狀。

【注釋】

〔一〕脱或：或者，也許。表示「可能」之意。《後漢書·李通傳》：「不如詣闕自歸。事既未然，脱可免禍。」拘牽，牽掛；牽制。唐權德輿《酬陸四十楚源春夜宿虎丘山對月寄梁四敬之兼見貽之作》：「拘牽尚多故，夢想何由并。」

〔二〕不垂形跡：垂，施與，賜予。漢桓寬《鹽鐵論·本議》：「陛下垂大惠，哀元元之未贍，不忍暴士大夫於原野。」晉葛洪《抱朴子·行品》：「垂惻隱於有生，恒恕己以接物者，仁人也。」拘禮；客套。南唐劉崇遠《金華子雜編》卷上：「此風聲婦人。員外如要，但言之，何用形跡。」宋司馬光《與范堯夫經略龍圖第二書》：「荷堯夫知待，固非一日。望深賜教，督以所不及，聞其短拙，隨時示諭，勿復形跡。」

第九帖

前者三賢采戲〔一〕，共輸弟羅。吾弟主辨，偓偶先擲五隻，深覺巋然①。幸有輸右省長行三鐶②〔二〕，輒欲助成。一味，適舍人傳語來使〔三〕，今謹送上。所以在前狀中不言，今特修此③。伏惟照察。謹狀。念六日偓狀〔四〕。乏楮〔五〕，甚小，簡甚。欲拜侍，且是怕惱亂〔六〕。此會不知何時，定爲之。

【校記】

①「巋然」，疑爲「愧然」之誤。蓋「巋然」意爲高大獨立貌，與上文所言、下文「幸有輸右省長行三鐶，輒欲助成一味」云云語意不合。

②「鐶」，原作「儇」，誤，今據彙考本改。

③吴校本在「此」下有「狀」字，然諸本均無「狀」字。吴校本此「狀」字蓋誤奪下句句首「伏」字而成。

【注釋】

〔一〕采戲：謂擲骰賭采爲戲。宋樂史《楊太真外傳》卷下：「上與妃采戲，將北，唯重四轉敗爲勝。」宋陸游《南唐書·後妃諸王列傳》：「（後主昭惠后）工琵琶……至於采戲、弈棋，靡不妙絶。」

〔二〕右省：唐代中書省的別稱。以其在宣政殿廊廡右面，故稱。《通典·職官三》：「亦謂門下省爲左省，中書爲右省，或通謂之兩省。」此處蓋指參加采戲的任職於中書省者。長行，即長行局。古代的一種博戲，盛行於唐。唐李肇《唐國史補》卷上：「今之博戲，有長行最甚。其具有局有子，子有黄黑各十五，擲采之骰有二。其法生於握槊，變於雙陸。」鐶，銅錢。多用作錢幣量詞，表示價值很小。唐白行簡《三夢記》：「昨夢二人從東來，一髯而短者祝酹，獲錢二鐶焉。」宋周密《武林舊事·驕民》：「都民素驕……若住屋則動蠲公私房賃，或終歲不償一鐶。」明謝肇淛《五雜俎·事部三》：「二品之禄，豈不能捐數鐶，置一布帳乎。」

〔三〕舍人：即中書舍人。此處舍人或指韓偓《和王舍人撫州飲席贈韋司空》詩所和之王舍人，亦即黄滔《丈六金身碑》所述之「中書舍人琅琊王公滌」。

〔四〕念六日：即二十六日。念，二十的俗稱。五代丘光庭《兼明書》卷五：「今人呼菘爲蔓菁……魏武之父諱嵩，故北人呼蔓菁，而江南不爲之諱也。亦由吴主之女名二十，而江南人呼二十爲念，而北人不爲之避也。」清顧炎武《金石文字記》卷三：「（開業寺碑）碑陰多宋人題名，有曰：『……元祐辛未陽月念五日題。』以廿爲念，始見於此。」

〔五〕楮：指紙。楮皮可製皮紙，故有此代稱。《新唐書·王元感傳》：「年雖老，讀書不廢夜。所撰《書糾謬》……等凡數百篇，長安時上之，丐官筆楮寫藏祕書。」宋蘇軾《書鄢陵王主簿所畫折枝》：「若人富天巧，春色入毫楮。」

⑥惱亂：煩憂，打擾。唐白居易《和微之十七與君別及隴月花枝之詠》：「别時十七今頭白，惱亂君心三十年。」

第十帖

眷私借及女使衣服，不任悚荷。來早令入州人馬〔一〕，必希踐言〔二〕。泉州書謹封納書中，亦説皆諮托。必望周而述之，幸甚，謹狀。九日偓狀①。

【校　記】

①「九日偓狀」，珊瑚本、彙考本均作「九月偓狀」。按應作「九日偓狀」，「九月偓狀」誤。蓋韓偓前數手簡署時間者，凡是署月份者，必署某日期。而無月份者，則均署某日。依此例，則此處當作「九日偓狀」。

【注　釋】

〔一〕此文《韓偓年譜》繫於後梁開平五年（公元九一一年），時韓偓居南安縣。《韓偓年譜》謂：「偓在南安，嘗借衣、借米於他人。《手簡十一帖》第十帖：……又第十一帖：『憂眷借及米二碩，不任濟荷。鈍拙無謀，惟勞知與，不勝愧赧之至。即冀拜謁，它冀面述。謹狀。念二日。偓狀。』按：《手簡十一帖》第十帖、第十一帖，雖作年不詳，但是觀第十帖『泉州書謹封納書中，亦説皆諮托』，語及『泉州』，當是作于南安。第十帖有『眷私借及女使衣服』之語，第十一帖亦有『憂眷借及米二碩』之語，當爲同時之作。第十帖云『眷私借及女使衣服』，又云『泉州書謹封納書中，亦説皆諮托』，則借衣者並非王延彬。偓在南安，雖不能不于州刺史延彬有所『諮托』，但從此帖看，亦是輾轉托人達於延彬，則所托必有限度。」入州，指入泉州。

〔三〕踐言：履行諾言。《禮記·曲禮上》：「修身踐言，謂之善行。」晉葛洪《抱朴子·廣譬》：「立德踐言，行全操清，斯則富矣，何必玉帛之崇乎？」

【集評】

余觀韓致堯出内庭後詩，忠義感激，詩語亦清壯，超一時體律，未嘗不嘆賞也。今觀十一帖，字字筆到。亂離中借衣、乞米，真復可憐。囑李右司狀，情至曲折可喜。元祐元年十月己亥，黄庭堅。（明汪砢玉撰《珊瑚網》卷二《法書題跋》）

第十一帖

憂眷借及米貳碩〔一〕，不任濟荷。鈍拙無謀〔二〕，惟撓知與〔三〕，不勝愧赧之至。即冀拜謁〔四〕，它冀面述。謹狀。念二日偓狀。

【注釋】

〔一〕此文作於後梁開平五年（公元九一一年），詳見上文注釋〔一〕。

碩：通「石」（今讀dàn）。容量單位。容十斗。宋趙令畤《侯鯖録》卷四：「義倉之積穀數千碩可以支散以救下民。」金元好問《程震碑》：「運京師糧八萬碩賑徐邳。」又通「石」（今讀dàn）。重量單位。重一百二十四斤。《古謡諺》卷三十六引《洴澼百金方·製器》：「箭頭重過三錢，箭去不過百步；箭身重過十錢，弓力當用一碩。」唐韓愈《河南令舍池臺》：「欲將層級壓籬落，未許波瀾量十碩。」

〔二〕鈍拙：遲鈍笨拙。北齊顔之推《顔氏家訓·名實》：「有一士族，讀書不過二三百卷，天才鈍拙，而家世殷厚。」唐李紳《七年初到洛陽寓居》詩：「惟有門人憐鈍拙，勸教沈醉洛陽春。」

〔三〕撓：擾亂或煩擾。《逸周書·史記》：「外内相間，下撓其民，民無所附，三苗以亡。」五代王定保《唐摭言·慈恩寺題名遊賞賦詠雜紀》：「時俯及關宴，鈞未辦醵率，撓形於色。」宋歐陽修

《與梅聖俞書》：「某爲近得君貺家書，報薛家夫人不安，老妻日夕憂撓。」知與，指所交往的朋友。

〔四〕冀：希望，盼望。《楚辭·離騷》：「冀枝葉之峻茂兮，願竢時乎吾將刈。」《南齊書·垣崇祖傳》：「淮北士民，力屈胡虜，南向之心，日夜以冀。」

【集評】

余觀韓致堯出内庭後詩，忠義感激，詩語亦清壯，超一時體律，未嘗不嘆賞也。今觀十一帖，字字筆到。亂離中借衣、乞米，真復可憐。囑李右司狀，情至曲折可喜。元祐元年十月己亥，黄庭堅。（明汪砢玉撰《珊瑚網》卷二《法書題跋》）

韓偓借米，與魯公乞米何異哉！蔣之奇穎叔題。（卞永譽《式古堂書畫彙考》卷八書八）

元祐五年三月十四日，孫元忠、王揚休、朱世英觀太學北齋。與人簡牘，事盡則言止，至唐末尚然。元祐庚午三月丙子，繡江李格非題。

舊聞韓偓有《香奩集》，意其爲人，才情風調而已。今觀此心畫與其簡中所及，亦骨鯁之人。是可尚也！至元辛卯夏六月戊寅，因之江西，拜别吾友清臣侍御於真陽獲觀。滏陽馬昫題。

唐韓致堯手簡十一帖，計其歲月，四百餘年矣。觀古人率爾而作，八法俱備，今人雖盡思爲書，不能到也。中有楊學士一帖，簡齋慕其姓職相同，因以市之，爲拾襲之藏。暇日出示，命識其後云。延

祐丙辰冬十月既望後三日，張仲壽題於有何不可之閣。（以上均見明汪砢玉《珊瑚網》卷二《法書題跋》）

裴郡君祭文（已佚，文缺）〔一〕

【注釋】

〔一〕慶按，劉克莊《跋韓致光帖》云：「致光自癸亥去國，至甲戌悼亡，十有二年，流落久矣，而乃心唐室，始終不衰，其自書《裴郡君祭文》首書『甲戌歲』，銜書『前翰林學士承旨、銀青光禄大夫、行尚書户部侍郎、知制誥、昌黎縣開國男、食邑三百户韓某』，是歲朱氏篡唐已八年，爲乾化四年，猶書唐故官而不用梁年號，賢於楊風子輩遠矣。」宋王應麟《困學紀聞》卷十四記云：「韓偓自書《裴郡君祭文》，首書『甲戌歲』，銜書『前翰林學士承旨、銀青光禄大夫、行尚書户部侍郎、知制誥、昌黎縣開國男、食邑三百户韓某』。是歲朱氏篡唐已八年，爲乾化四年，猶書唐故官而不用梁年號。」清顧炎武《日知録》卷十三《書前代官》亦記云：「陶淵明以宋元嘉四年卒，而顔延之身爲宋臣，乃其作誄，直云『有晉徵士』。……韓偓自書《裴郡君祭文》，書『甲戌歲』，書『前翰林學士承旨、銀青光禄大夫、行尚書户部侍郎、知制誥、昌黎縣開國男、食邑三百户韓偓』。是歲朱氏篡唐已八年，猶書唐官，而不用梁年號。」據此，自宋至清之學者均謂韓偓曾爲其妻裴氏作《裴郡君祭文》，文乃作於「甲戌歲」，即後梁乾化四年（公元九一四年）。惜此文今已佚，今補其文題於此。

韓偓集繫年校注卷七

《金鑾密記》輯佚〔一〕

【注釋】

〔一〕慶按：《金鑾密記》乃韓偓晚年任翰林學士時所撰。《新唐書》卷五十八《藝文志》二雜史類著録韓偓《金鑾密記》五卷，王堯臣《崇文總目》卷二雜史類則記爲一卷，晁公武《郡齋讀書志》卷二上記「《金鑾密記》一卷。右唐韓偓撰。天復中爲翰林學士，從昭宗西幸。梁祖以兵圍鳳翔。偓每與謀議，因密記之，及所聞見。事止復京師，偓貶去」。陳振孫《直齋書録解題》卷五雜史類亦記「《金鑾密記》三卷。唐翰林學士承旨京兆韓偓致堯撰，具述在翰苑時事，危疑艱險甚矣。昭宗屢欲相之，卒不果而貶，竟終於閩，非不幸也，不然與崔垂休輩駢肩就戮於朱温之手矣」。《文獻通考》卷一九六謂「一本釐天復二年、三年各爲一卷，首尾詳略頗不同。互相讎校，凡改正千有餘字云」。據上文晁公武所言，《金鑾密記》乃韓偓「天復中爲翰林學士」所記，而

「事止復京師，偓貶去」。考復京師在天復三年正月，是年二月韓偓貶濮州司馬，則《金鑾密記》即作於天復元至三年初間。然韓偓光化三年中即入翰林院爲學士，今《金鑾密記》中又有其入院時試文五篇之記載，則《金鑾密記》中文乃作於光化三年至天復三年初間。此書宋以後佚失，陳尚君先生曾「採輯諸書所引，凡得十七則」，刊於《中華野史·唐朝卷》，未作校勘記，亦未注釋。今重新採輯諸典籍所引，凡十八則。此十八則今大致按其寫作時間排列。另有四則是否韓偓《金鑾密記》文，疑未能定，故録於附録備考。又有五則有謂出於《金鑾密記》者，然實非韓偓《金鑾密記》文，今亦録於附録辨誤。所輯《金鑾密記》文，多有同一内容而諸書所録文字有所不同者，今均並列於同則中。且爲保存各書所引原貌，以利讀者比勘異同，今不採用每則均加以校勘的方式，僅修改其中明顯錯誤之處，並加以説明。注釋則注於各則首條。

第一則

昭宗召入院〔一〕，試文五篇：《萬邦咸寧賦》、《禹拜昌言詩》、《武臣授東川節度制》、《答佛誓國王進貢書》、《批三功臣讓圖形表》。繳狀云：「臣才不邁群，器非拔俗。待價既殊於櫝玉，窮經有愧於囊螢。遭遇清時，涵濡睿澤。峨冠振珮，已蒙象闕之班；舔筆和鉛，更辱金門之召。擊鉢謝捷，纂組非工。撫已循崖，以榮爲懼。」（宋曾慥《類説》卷七《召入院試文》，北京圖

書館古籍珍本叢刊，書目文獻出版社一九八八年版）

【注　釋】

〔一〕此文乃唐昭宗光化三年（公元九〇〇年），韓偓入翰林學士院爲學士時所試。其繫年以及其他語詞之注釋，均見本書卷六《御試繳狀》文之注釋。

偓於昭宗朝宣入院，試學士，試文五篇：《萬邦咸寧賦》、《禹拜昌言詩》、《武臣授東川節度使制》、《答佛誓國王進貢書》①、《讓圖形表》。其繳狀云：「臣才不邁群，器非拔俗。待價既殊於櫝玉，窮經有愧於籯金。而乃遭遇清時，涵濡睿澤。峨冠振佩，已塵象闕之班；忝筆和鉛，更辱金門之侶。擊鉢謝捷，纂組慚工。撫已循涯，以榮爲懼。」（宋朱勝非《紺珠集》卷十韓偓《金鑾密記·學士試五題》，清文淵閣四庫全書本）

【校　記】

①「佛誓國」，原作「佛詹國」。按其他各本有作「佛誓國」者，且宋《册府元龜》所記多作「佛誓國」，如卷九六四載唐開元「十二年八月制曰：尸利佛誓國王尸利施羅拔摩遠修職貢，載勤忠欵，嘉其乃誠，宜有褒錫」；卷九七〇載「長安元年十二月，佛誓國遣使貢方物」。宋羅願《爾雅翼》卷八《牛蘄》記「然

醫方不專食之，但用以作飲食，與蘹香及佛誓國所生時羅等並同大小，芳香皆相似」。其他諸種文獻除此文及《説郛》記爲「佛詹國」外，亦均記爲「佛誓國」，故當以「佛誓國」爲是。

昭宗召偓入院，試文五篇：《萬邦咸寧賦》、《禹拜昌言詩》、《武臣授東川節度制》、《答佛詹（慶按，「詹」應作「佛」，詳上條）國進貢書》、《批三功臣讓圖形表》。繳狀云：「臣才不邁群，器非拔俗。待價既殊於櫝玉，窮經有愧於籯金。遭逢清時，涵濡睿澤。峨冠振珮，已塵象闕之班；舐筆和鉛，更辱金門之召。擊鉢謝捷，纂組非工。撫已循涯，以榮爲懼。」（明陶宗儀《説郛》卷四。據涵芬樓一九二七年版）

偓於昭宗朝召入院，試文五篇：《萬邦咸寧賦》、《禹拜昌言詩》、《武臣授東川節度使制》、《答佛詹（慶按，「詹」應作「佛」，詳上條）國王進貢書》、《批三功臣讓圖形表》。其繳狀云：「臣才不邁群，器非拔俗。待價既殊于櫝玉，窮經有愧於籯金。而乃遭遇清時，涵濡睿澤。峨冠振珮，以塵象闕之班；舐筆和鉛，更辱金門之召。擊鉢謝捷，纂組非工。撫已循涯，以榮爲懼。」（明陶宗儀《説郛》卷七十五。據涵芬樓一九二七年版）

昭宗召韓偓入院，試文五篇：《萬邦咸寧賦》、《拜昌言詩》、《武臣授東川節度制》、《答佛誓國王進貢書》、《批三功臣讓圖形表繳》。狀云：『臣才不邁群，器非拔俗。待價既殊於櫝玉，窮經有愧於籝金。遭遇清時，涵濡睿澤。峩冠振佩，已塵象闕之班；舐筆和鉛，更辱（慶按，「辱」字原缺，今補）金門之詔。擊鉢謝捷，纂組非工。撫已循涯，以榮爲懼。』（明陳耀文《天中記》卷三十引《金鑾密記·試五題》，文淵閣四庫全書版）

【集 評】

參卷六《御試繳狀》集評。

第二則

偓對昭宗云：「當留兵之時，臣五六度與崔胤力爭〔一〕，胤曰：『其實不留兵，是兵不肯去。』臣曰：『其初何用召來？』又胤云：『且喜岐兵只留三千人〔二〕。』」（《資治通鑑》卷二六二大復元年正月《考異》引韓偓《金鑾密記》）

【注釋】

〔一〕「臣五六度」句：此事《資治通鑑》卷二六二天復元年正月記載云：「李茂貞辭還鎮。崔胤以宦官典兵，終爲肘腋之患，欲以外兵制之，諷茂貞留兵三千於京師，充宿衛，以茂貞假子繼筠將之。左諫議大夫萬年韓偓以爲不可，胤曰：『兵自不肯去，非留之也。』偓曰：『始者何爲召之邪？』胤無以應。偓曰：『留此兵則家國兩危，不留則家國兩安。』胤不從。」《考異》即引韓偓《金鑾密記》此文於此記載之下。據此，《金鑾密記》此文即天復元年（公元九〇一年）正月所記。崔胤，唐昭宗天復時宰相，傳見《舊唐書》卷一七七、《新唐書》卷二二三下。

〔二〕岐兵：指鳳翔節度使李茂貞的兵士。

第三則

天復元年正月〔一〕，敕：「近宰臣延英奏事〔二〕。樞密使侍側，争論紛然；既出，又稱上旨未允，復有改易，撓權亂政。自今並依大中舊制〔三〕，俟宰臣奏事畢，方得升殿承受公事。」癸卯，韓全誨等令上入閤〔四〕，召百官追寢敕書，悉如咸通以來近例〔五〕。是日，開延英，全誨等即侍側同議政事。（明王禕《大事記續編》卷六十七「解題」引韓偓《金鑾密記》）

【注　釋】

〔一〕按，《資治通鑑》卷二六三天復元年正月丙午所載之「敕」文與「解題」所引《金鑾密記》此文之「敕」文同，惟「近宰臣」《通鑑》作「近年宰臣」而已。據此，此文乃韓偓於唐昭宗天復元年（公元九〇一年）正月癸卯後所記。

〔二〕延英：即唐長安宫城内延英殿。

〔三〕大中：唐宣宗年號，自公元八四七年至八六〇年。

〔四〕韓全誨：唐昭宗時宦官，任樞密使、左軍中尉。傳見《新唐書》卷二〇八。

〔五〕咸通：唐懿宗年號，自公元八六〇年至八七四年。

第四則

上問崔胤〔一〕：「請於兩軍取鹽麯如何〔二〕？」對曰：「鹽麯本度支課利〔三〕。張濬判使日〔四〕，楊復恭奏請權借一年〔五〕，自此索未得。今度支庶事不濟，若復舊制，公用稍寬。」上然之。（明王禕《大事記續編》卷七十天復元年四月「丁丑，大赦，改元。雪王涯等十七家」下「解題」引韓偓《金鑾密記》）

【注釋】

〔一〕此文乃《大事記續編》卷七十記天復元年四月丁丑日之事下《解題》所引《金鑾密記》，檢《資治通鑑》此時亦略載此事，則《金鑾密記》此文蓋記在天復元年（公元九〇一年）四月丁丑後。上：指唐昭宗。崔胤，唐昭宗天復時宰相，傳見《舊唐書》卷一七七、《新唐書》卷二二三下。

〔二〕兩軍：指樞密使左右軍。

〔三〕度支：官署名。魏晉始置。掌管全國的財政收支。長官爲度支尚書。南北朝以度支尚書領度支、金部、倉部、起部四曹。隋開皇初改度支尚書爲民部尚書。唐因避太宗李世民諱，改民部爲户部，旋復舊稱。

〔四〕張濬：字禹川，河間人。乾符中，爲樞密使楊復恭自處士薦，任太常博士。累轉度支員外郎。後任諫議大夫、門下侍郎、兼户部尚書、同中書門下平章事等。傳見《舊唐書》卷一七九、《新唐書》卷一八五。

〔五〕楊復恭：幼爲宦官，入内侍省。咸通十年，遷樞密使。後任右軍中尉、觀軍容使，封魏國公。傳見《舊唐書》卷一八四、《新唐書》卷二〇八。

第五則

二十日入直〔一〕，隔夜，崔公傳語〔二〕，明日請相看。侵早到門〔三〕，崔出御札相示。（《資治通鑑》卷二六二天復元年十月《考異》引韓偓《金鑾密記》）

【注釋】

〔一〕二十日入直：《考異》引韓偓《金鑾密記》此文，乃爲《資治通鑑》卷二六二天復元年十月所記事作注釋，《資治通鑑》記此事謂：「韓全誨聞朱全忠將至，丁酉，令李繼筠、李彦弼等勒兵劫上，請幸鳳翔，宫禁諸門皆增兵防守，人及文書出入搜閲甚嚴。上遣人密賜崔胤御札，言皆悽愴，末云：『我爲宗社大計，勢須西行，卿等但東行也。』」《考異》所引《金鑾密記》語即置於「宫禁諸門皆增兵防守」一句之後。據此，此文乃天復元年（公元九〇一年）十月二十二日後韓偓所記。「二十日」，即指天復元年十月二十日。入直，指韓偓值班於翰林學士院。

〔二〕崔公傳語：即指崔胤傳達唐昭宗密賜他的御札，即《資治通鑑》所記：「上遣人密賜崔胤御札，言皆悽愴，末云：『我爲宗社大計，勢須西行，卿等但東行也。』」

〔三〕侵早：天剛亮，拂曉。唐杜甫《贈崔十三評事公輔》詩：「天子朝侵早，雲臺仗數移。」宋華岳《驟雨》詩：「牧童家住溪西曲，侵早騎牛牧溪北。」

第六則

十七日早，聞岐師昨夜二更卻回〔一〕，云軍大衄〔二〕。汴令有表迎駕〔三〕，并述行止。汴軍在岐東下寨〔四〕。十八日、十九日，白麻〔五〕：「盧光啟可諫議大夫、參知機務〔六〕。」二十日，翰林學士姚洎兼知外制誥〔七〕。二十四日，汴令有表，奉辭東去。二十五日，汴軍離發延英門〔八〕。（《資治通鑑》卷二六二天復元年十一月《考異》引《金鑾密記》）

【注　釋】

〔一〕此文之背景《資治通鑑》卷二六二天復元年十一月有所載云：「戊辰，朱全忠至鳳翔，軍於城東。李茂貞登城謂曰：『天子避災，非臣下無禮；讒人誤公至此。』全忠報曰：『韓全誨劫遷天子，今來問罪，迎扈還宫。岐王苟不預謀，何煩陳諭！』上屢詔全忠還鎮，全忠乃拜表奉辭。辛未，移兵北趣邠州。」《考異》即引《金鑾密記》此文於此段記載之後。據此，此文乃天復元年十一月二十五日後所記。

〔二〕岐師：指鳳翔李茂貞軍。大衄，指軍隊受重創。《舊唐書·段秀實傳》：「七載，高仙芝代靈察，舉兵圍怛邏斯。黑衣救至，仙芝大衄，軍士相失。」

〔三〕汴：此指朱全忠，蓋其駐守汴州，故稱。

〔四〕岐東：岐城之東，即鳳翔城東。《資治通鑑》載「戊辰，朱全忠至鳳翔，軍於城東」。下寨，安營紮寨。唐李德裕《李文饒集》卷第十六《李克勤請官軍一千二百人自引路取涉縣斷賊山東三州道路狀》：「今請於儀州置軍糧，迤邐下寨。」《舊五代史・太祖紀三》：「兖州城内及官軍下寨四面去州五里内，今年所徵夏秋税及沿徵錢物並放。」

〔五〕白麻：即白麻紙詔書。用㯶麻製造的紙稱白麻紙。唐制，由翰林學士起草的凡赦書、德音、立后、建儲、大誅討及拜免將相等詔書都用白麻紙。因以指重要的詔書。唐白居易《杜陵叟》詩：「白麻紙上書德音，京畿盡放今年税。」宋葉夢得《石林燕語》卷三：「學士制不自中書出，故獨用白麻紙而已。」瞿蜕園《歷代職官簡釋・翰林學士》：「凡詔書皆用黄麻紙，概由中書省頒布，惟翰林學士所撰以上各種詔書則用白麻紙。」亦省稱「白麻」。《新唐書・百官志一》：「凡拜免將相，號令征伐，皆用白麻。」

〔六〕盧光啟：傳見《新唐書》卷一八二。本傳云：「盧光啟，字子忠，不詳何所人。第進士，爲張濬所厚，擢累兵部侍郎。昭宗幸鳳翔，宰相皆不從，以光啟權總中書事，兼判三司，進左諫議大夫，參知機務。復拜兵部侍郎、同中書門下平章事。俄罷爲太子少保，改吏部侍郎。」

〔七〕姚洎：姚洎，兩唐書無傳。今考諸種典籍而知，其曾於唐昭宗光化間任拾遺。天復元年在翰林學士任，同年十一月兼知外制誥。天祐二年由中書舍人改尚書户部侍郎，充朱全忠元帥府判官。後梁時任兵部侍郎，乾化三年遷中書侍郎、平章事。兼知外制誥，即指兼任中書舍人。

〔八〕延英門：長安宮城門之一，内有延英殿。《唐六典·尚書·工部》：「宣政之左曰東上閤，右曰西上閤，次西曰延英門，其内之左曰延英殿。」

第七則

昭宗宴侍臣〔一〕，捕池魚以爲饌。茂貞曰〔二〕：「本畜此魚，以俟車駕。」又以巨杯勸帝酒，帝不欲飲。茂貞舉杯，扣帝頤頷，坐上皆憤其無禮。（宋曾慥《類説》卷七《茂貞無禮》）

【注釋】

〔一〕《資治通鑑》卷二六三天復二年載：「三月，庚戌，上與李茂貞及宰相、學士、中尉、樞密宴，酒酣，茂貞及韓全誨亡去。上問韋貽範：『朕何以巡幸至此？』對曰：『臣在外不知。』固問，不對。上曰：『卿何得於朕前妄語云不知？』又曰：『卿既以非道取宰相，當於公事如法；若有不可，必準故事。』怒目視之，微言曰：『此賊兼須杖之二十。』顧謂韓偓曰：『此輩亦稱宰相！』貽範屢以大盃獻上，上不即持，貽範舉盃直及上頤。」據此記載，此文乃天復二年（公元九〇二年）三月所撰。

〔二〕茂貞：即李茂貞，唐昭宗時駐守鳳翔府的藩鎮主帥，傳見《舊五代史》卷一三二、《新五代史》卷四十。

昭宗在鳳翔①，宴侍臣，捕魚爲饌。李茂貞曰：「本畜此魚，以待車駕。」又以巨杯勸帝酒，帝不欲飲。茂貞舉杯，扣帝頤頷，坐上皆憤其無禮。（明陶宗儀《説郛》卷四）

【校　記】

① 此條又見《説郛》卷七十五，與《説郛》卷四相較，個别文字有所不同：「以待車駕」，作「以俟車駕」；「茂貞舉杯」，作「李茂貞舉杯」。

【集　評】

（天復）二年春正月戊申朔，上在鳳翔。丁卯，以給事中韋貽範爲工部侍郎、同平章事。丙子，遣給事中嚴龜充岐汴協和使，賜全忠姓李，與茂貞爲兄弟，全忠不從。二月戊寅朔，全忠還軍河中。帝酗酒酣宴，常與茂貞、全誨等飲。貽範舉盃，直至上頤。既醉，顧學士韓偓曰：「朕何以至此？」侍坐者不覺失笑。（明邵經邦《弘簡録》卷十一）

第八則

五月三日〔一〕，岐馬步軍敗，迴戈傷中不少〔二〕。八日，聞四面百姓盡般移入城内。二十一日，聞汴帥於郿縣築城及寶雞下寨〔三〕。二十三日，聞汴帥至石鼻〔四〕，又至横渠〔五〕。二十四日，聞汴帥至城南十里。（《資治通鑑》卷二六三天復二年五月《考異》引《金鑾密記》）

【注　釋】

〔一〕此文所記背景《資治通鑑》卷二六三天復二年五月所記云：「鳳翔人聞朱全忠且來，皆懼；癸丑，城外居民皆遷入城。己未，全忠將精兵五萬發河中，至東渭橫橋，遇霖雨，留旬日。」《考異》所引《金鑾密記》此文即置於「全忠將精兵五萬發河中」句下。據此，本文乃韓偓天復二年（公元九〇二年）五月二十四日後所記。

〔二〕迴戈：掉轉兵戈；回師。漢揚雄《長楊賦》：「夫天兵四臨，幽都先加，迴戈邪指，南越相夷，靡節西征，羌僰東馳。」三國魏阮籍《爲鄭沖勸晉王箋》：「迴戈弭節，以麾天下；遠無不服，邇無不肅。」

〔三〕郿縣：戰國秦置，治所在今陝西眉縣東十五里渭河北岸。唐武德三年移治今眉縣，屬稷州。七年改屬岐州。至德後屬鳳翔府。寶雞，唐時縣名，屬今陝西省。秦陳倉縣地，唐乾元元年改名寶雞，以相傳秦文公在此得陳寶鳴雞，故名。

〔四〕石鼻：指石鼻寨，亦名靈壁。在今陝西寶雞市東三十里。胡三省注《資治通鑑》唐光啟二年，田令孜劫帝幸寶雞，「留禁兵守石鼻爲後拒」云：「石鼻，在寶雞西南，亦曰靈壁。蘇軾曰：鳳翔府寶雞縣武城鎮，即俗所謂石鼻寨也，諸葛武侯所築城。」

〔五〕横渠：在今陝西眉縣西北。顧祖禹《讀史方輿紀要》卷五十五郿縣：横渠「在縣西北，即横水下游地也。自鳳翔縣流入縣界，東南流合于渭水」。

第九則

韋貽範於鳳翔圍城中①〔一〕，挾李茂貞起復作相〔二〕。偓當草制，抗疏論其不可。夜半，以授翰林院使。使，中人也，語偓曰：「學士無以性命爲戲。」偓不答，扃户而寢〔三〕。明日，無麻制宣讀〔四〕。茂貞曰：「陛下命相，學士不肯草制，與反何異？」昭宗曰：「卿薦貽範，朕不敢拒；偓不草制，朕亦不拒。其如道理分明何！」（宋曾慥《類説》卷七《不草制》）

【校　記】

①「韋貽範」，原作「崔貽範」，據《資治通鑑》卷二六三天復二年七月所記「韋貽範」改。下文同則原亦作「崔貽範」，亦均改正。

【注釋】

〔一〕此則所記亦見於《資治通鑑》卷二六三天復二年七月，「秋，七月，……韋貽範之爲相也，多受人賂，許以官；既而以母喪罷去，日爲債家所譟。親吏劉延美，所負尤多，故汲汲於起復，日遣人詣兩中尉、樞密及李茂貞求之。甲戌，命韓偓草貽範起復制，偓曰：『吾腕可斷，此制不可草！』即上疏論貽範遭憂未數月，遽令起復，實駭物聽，傷國體。學士院二中使怒曰：『學士勿以死爲戲！』偓以疏授之，解衣而寢；二使不得已奏之。上即命罷草，仍賜敕褒賞之。八月，乙亥朔，班定，無白麻可宣；宦官喧言韓侍郎不肯草麻，聞者大駭。茂貞入見上曰：『陛下命相而學士不肯草麻，與反何異！』上曰：『卿輩薦貽範，朕不之違；學士不草麻，朕亦不之違。況彼所陳，事理明白，若之何不從！』茂貞不悦而出，至中書，見蘇檢曰：『姦邪朋黨，宛然如舊。』扼腕者久之。貽範猶經營不已，茂貞語人曰：『我實不知書生禮數，爲貽範所誤，會當於邠州安置。』貽範乃止。」據此，則本文乃天復二年（公元九〇二年）八月所記。

韋貽範：唐昭宗天復時宰相，傳見《新唐書》卷一八二。

〔二〕起復：封建時代官員遭父母喪，守制尚未滿期而應召任職。《舊唐書·房玄齡傳》：「其年，玄齡丁繼母憂去職，特敕賜以昭陵葬地。未幾，起復本官。」《宋史·富弼傳》：「故事，執政遭喪皆起復，帝虚位五起之，弼謂此金革變禮，不可施於平世，率不從命。」

〔三〕扃户：閉户。唐李白《贈清漳明府侄聿》詩：「牛羊散阡陌，夜寢不扃户。」宋洪邁《夷堅丁志·留怙香囊》：「入室即扃户，非温清與賓客至，輒不出。」

〔四〕麻制：唐宋委任宰執大臣的詔命。因寫在白麻紙上，故稱。唐康駢《劇談録·劉相國宅》：「是時昇道鄭相國在内庭，夜草麻制。」宋曾鞏《英宗實録院申請札子》：「乞下中書編機房，合要嘉祐八年四月至治平四年正月八日已前，除改麻制文字照會。」宋趙彦衛《雲麓漫鈔》卷五：「至唐置翰林學士，以文章侍從，而本朝因之。翰林學士司麻制、批答等，爲内制。中書舍人六員，分房行詞，爲外制。」

韋貽範於鳳翔圍城中，挾李茂貞起復作相。偓當草制，抗疏論其不可。夜半，中人以詞頭投偓曰：「學士無以性命爲戲。」偓不答，扃户而寢。明日，無麻制宣讀。茂貞曰：「陛下命相，學士不肯草制，與反何異？」昭宗曰：「卿薦貽範，朕不拒；偓不草制，朕亦不拒。其如道理分明何！」（《説郛》卷十三上《唐給事中草制學士不草制》，文淵閣四庫全書本）

韋貽範於鳳翔圍城中，據李茂真起復作相。偓當草制，抗疏論其不可。夜半，以授翰林院學士使。中人馬從皓語偓曰：「學士無以性命爲戲。」偓不答，扃户而寢。明日，無麻制宣讀。茂真曰：「陛下命相，學士不肯草制，與反何異？」昭宗曰：「卿薦貽範，朕不拒；偓不草制，朕亦不拒。其如道理分明何！」（《説郛》卷五十一上《不草制》，文淵閣四庫全書本）

韋貽範于鳳翔圍城中，挾李茂貞起復作相。偓當草制，抗疏論其不可。夜半，中人以詞頭投偓曰：「學士毋以性命爲戲。」偓不答，扃户而寢。明日，遂無制宣讀。茂貞曰：「陛下命相，學士不肯草制，與反何異？」昭宗曰：「卿薦貽範，朕不拒；偓不草制，朕亦不拒。其如道理分明何！」（明徐應秋《玉芝堂談薈》卷七《封還詞頭》，文淵閣四庫全書本）

韋貽範於鳳翔圍城中，據李茂真起復作相。偓當草制，抗疏論其不可。夜半，以授翰林院學士使。中人馬從皓語偓曰：「學士無以性命爲戲。」偓不答，扃户而寢。明日，無麻制宣讀。茂真曰：「陛下命相，學士不肯草制，與反何異？」昭宗曰：「卿薦貽範，朕不拒；偓不草制，朕亦不拒。其如道理分明何！」（明陳耀文《天中記》卷三十《不草制》，文淵閣四庫全書本）

第十則

天復二年，大駕在岐，皇女生三日，賜洗兒果子〔一〕、金銀錢、銀葉坐子、金銀鋌子①〔二〕。（洪邁《容齋隨筆·容齋四筆》卷六《洗兒金錢》引韓偓《金鑾密記》，上海古籍出版社一九七八年版）

【校　記】

①「金銀鋌子」，明徐應秋《玉芝堂談薈》卷二十八《洗兒錢》引韓偓《金鑾密記》（文淵閣四庫全書本）所記同，惟「金銀鋌子」作「金銀錠子」。按，「錠子」爲鑄成塊狀的金銀或其他金屬，義同「鋌子」。

【注　釋】

〔一〕據此文所記，本文乃天復二年（公元九〇二年）所作。

〔二〕洗兒：舊俗，嬰兒出生後三日或滿月時替其洗身，稱「洗兒」。前蜀花蕊夫人《宮詞》之六十三：「中尉傳聞三日宴，翰林當撰洗兒文。」《資治通鑑·唐玄宗天寶十載》：「上聞後宮歡笑，問其故，左右以貴妃三日洗祿兒對。上自往觀之，喜，賜貴妃洗兒金銀錢。」

〔三〕鋌子：熔鑄成條塊等固定形狀的金屬。《北史·崔宏傳》：「常置金銀銅鋌於酢器中，令青，夜有所見，即以鋌畫紙作字，以記其異。」宋吴淑《江淮異人録·耿先生》：「乃取雪，實之，削爲銀鋌狀。」

第十一則

汴人列十餘柵①〔一〕，圍岐城〔二〕，掘蚰蜒壕攻城②〔三〕。城中大窘，燒人糞，煮人肉而食。

茂貞不肯與梁和〔四〕，宣諭曰：「全忠兵未退，城内窘急，十六宅諸王日奏三兩人下世〔五〕，皆凍餓所致。在内公主、美人等一日食粥，一日食不托〔六〕，今已竭矣！願速與梁和。」（宋曾慥《類説》卷七《速與梁和》）

【校記】

①「汴人」，原作「汴令」，據以下諸條作「汴人」改。

②「蚰蜒壕」，原作「蚰蜒濠」，據下條「蚰蜒壕」改。

【注釋】

〔一〕此條所記内容，《資治通鑑》卷二六三昭宗天復二年十二月丁酉亦記及，謂：「丁酉，上召李茂貞、蘇檢、李繼誨、李繼岌、李繼遠、李繼忠食，議與朱全忠和，上曰：『十六宅諸王以下，凍死者數人。在内諸王及公主、妃嬪，一日食粥，一日食湯餅，今亦竭矣。卿等意如何？』皆不對。上曰：『速當和解耳！』」據此，本文乃天復二年（公元九〇二年）十二月所記。

汴人：指朱全忠軍隊。朱全忠軍駐守之地在汴州，故稱。

〔二〕岐城：岐州城，此處指唐鳳翔府城。

〔三〕蚰蜒壕：迂回曲折的壕溝。《資治通鑑·唐昭宗天復二年》：「朱全忠穿蚰蜒壕圍鳳翔，設犬鋪、鈐架以絶内外。」

〔四〕梁：指朱全忠。朱全忠駐守在大梁，即今河南開封市。

〔五〕十六宅諸王：《資治通鑑》胡注：「十六宅諸王，上之兄弟及群從也。」

〔六〕不托：湯餅的别名。《舊五代史·世襲傳一·李茂貞》：「軍有鬭而訴者，茂貞曰：『喫令公一椀不托，與爾和解。』」宋歐陽修《歸田録》卷二：「湯餅，唐人謂之不托，今俗謂之餺飥矣。」宋程大昌《演繁露·不托》：「湯餅一名餺飥，亦名不托……不托，言不以掌托也。」清毛奇齡《曼殊回生記》：「葛先生饑，乃就鄰人買不托食之。」

汴人列十餘栅，圍岐城，掘蚰蜒壕攻城。城中大窘，燒人糞，煮人肉而食。昭宗在岐城，李茂貞不肯與梁和，宣諭曰：「全忠兵未退，城内窘急，十六宅兼諸王日奏兩人下世，皆凍餒所致。公主、美人一日食粥，一日食餺飥，今亦竭矣。速與梁和。」（宋朱勝非《紺珠集》卷十《蚰蜒壕》）

汴人列十餘栅，圍岐城，掘蚰蜒壕攻城①。城中大窘，燒人糞，煮人肉而食。李茂貞不肯與梁和，昭宗諭曰：「在内公主、美人等一日食粥，一日食不托，今已竭矣！願速與梁和。」（明陶宗儀《説郛》卷四，據涵芬樓一九二七年版）

【校　記】

①「蚰蜒壕」，原作「蚰蜒濠」，據上條「蚰蜒壕」改。

汴人列十餘栅，圍岐城，掘蚰蜒壕攻城①。城中大窘，燒人糞，煮人肉而食。昭宗在岐城，李茂貞不肯與梁和，宣諭曰：「全忠兵未退，城内窘急，十六宅諸王奏三兩人下世，皆凍餒所致。在内公主、夫人等一日食粥，一日食不飥，今已竭矣！願速與梁和。」（明陶宗儀《説郛》卷七十五，據涵芬樓一九二七年版）

【校　記】

①「蚰蜒壕」，原作「蚰蜒」，據上文諸條增補「壕」字。

第十二則

六日，誅全誨等（一）。（《資治通鑑》卷二六三天復三年正月己酉《考異》引《金鑾密記》）

【注　釋】

〔一〕《資治通鑑》卷二六三天復三年正月記載此事背景云：「戊申，李茂貞獨見上，中尉韓全誨、張彦弘、樞密使袁易簡、周敬容皆不得對。茂貞請誅全誨等，與朱全忠和解，奉車駕還京。上喜，即遣内養帥鳳翔卒四十人收全誨等，斬之。以御食使第五可範爲左軍中尉，宣徽南院使仇承坦爲右軍中尉，王知古爲上院樞密使，楊虔朗爲下院樞密使。是夕，又斬李繼筠、李繼誨、李彦弼及内諸司使韋處廷等十六人。己酉，遣韓偓及趙國夫人詣全忠營；又遣使囊全誨等二十餘人首以示全忠，曰：『曏來脅留車駕，懼罪離間，不欲協和，皆此曹也。今朕與茂貞決意誅之，卿可曉諭諸軍以豁衆憤。』辛亥，全忠遣觀察判官李振奉表入謝。」《考異》所引《金鑾密記》此記載即在《通鑑》此文「又遣使囊全誨等二十餘人首以示全忠」後。據此。文中「六日」，即指天復三年（公元九〇三年）正月六日，此文即記於此時之後。全誨，即韓全誨，唐昭宗時宦官，任樞密使、左軍中尉。傳見《新唐書》卷二〇八。

第十三則

是夜處置内官一十九人〔一〕。（《資治通鑑》卷二六三天復三年正月己酉《考異》引《金鑾密記》）

【注釋】

〔一〕《資治通鑑》卷二六三天復三年正月記載此事背景云：「戊申，李茂貞獨見上，中尉韓全誨、張彦弘、樞密使袁易簡、周敬容皆不得對。茂貞請誅全誨等，與朱全忠和解，奉車駕還京。上喜，即遣内養帥鳳翔卒四十人收全誨等，斬之。以御食使第五可範爲左軍中尉，宣徽南院使仇承坦爲右軍中尉，王知古爲上院樞密使，楊虔朗爲下院樞密使。是夕，又斬李繼筠、李繼誨、李彦弼及内諸司使韋處廷等十六人。」據此，「是夜」即指《金鑾密記》上文所記天復三年正月「六日，誅全誨等」之六日夜。則此文即記於天復三年（公元九〇三年）正月六日後。内官，指「李繼筠、李繼誨、李彦弼及内諸司使韋處廷等」朝中宦官。

第十四則

二十八日，處置第五可範已下四百五十人〔一〕。（《資治通鑑》卷二六三天復三年正月《考異》引《金鑾密記》）

【注釋】

〔一〕《資治通鑑》卷二六三天復三年正月記載此事背景云：「庚午，全忠、崔胤同對。胤奏：『國初承平之時，宦官不典兵預政。天寶以來，宦官浸盛。貞元之末，分羽林衛爲左、右神策軍以便衛從，始令宦官主之，以二千人爲定制。自是參掌機密，奪百司權，上下彌縫，共爲不法，大則構扇藩鎮，傾危國家；小則賣官鬻獄，蠹害朝政。王室衰亂，職此之由，不翦其根，禍終不已。請悉罷諸司使，其事務盡歸之省寺，諸道監軍俱召還闕下。』上從之。是日，全忠以兵驅宦官第五可範等數百人於内侍省，盡殺之。冤號之聲，徹於内外。」則「二十八日」，即指天復三年（公元九〇三年）正月二十八日，韓偓是文即記於此時之後。第五可範，唐昭宗時宦官，天復三年爲左軍都尉。

第十五則

上曰：「朕以濮王處長。」〔一〕（《資治通鑑》卷二六四天復三年二月《考異》引《金鑾密記》）

【注釋】

〔一〕《資治通鑑》卷二六四天復三年二月戊寅記此事背景云：「上議褒崇全忠，欲以皇子爲諸道兵馬元帥，以全忠副之；崔胤請以輝王祚爲之，上曰：『濮王長。』胤承全忠密旨，利祚沖幼，固請之，己卯，以祚爲諸道兵馬元帥。」據此，此文乃韓偓天復三年（公元九〇三年）二月戊寅後所記。濮王，《資治通鑑》注引《考異》謂「《金鑾記》所云濮王，蓋德王改封耳」。據《新唐書》，唐昭宗有十七子，長子乃「德王裕」。

第十六則

面處分〔一〕，自此賜無畏，兼賜金三十兩。（宋陸游《老學庵筆記》卷六引韓偓《金鑾密記》，明津逮秘書本）

【注　釋】

〔一〕此則以及以下第十七則均見於陸游《老學庵筆記》卷六所引韓偓《金鑾密記》，其書云：「俗説唐五代間事，每及功臣多云賜無畏，其言甚鄙淺。予兒時聞之，每以爲笑。及觀韓偓《金鑾密記》云：『面處分，自此賜無畏，兼賜金三十兩。』又云：『已曾賜無畏，卿宜凡事皆盡言。』直是鄙俚之言亦無畏。以此觀之，無畏者，許之無所畏憚也！然君臣之間乃許之無所畏憚，是何義理？必起於唐末耳。」又，清人彭元瑞注、宋歐陽修撰《五代史記注》（清道光八年刻本）卷一注亦引陸游《老學庵筆記》卷六此言，則陸游當據所見《金鑾密記》而言，其言當可信。《金鑾密記》此兩則文當亦天復元年至三年二月初貶濮州司馬間所撰，然具體時間未詳。

第十七則

已曾賜無畏〔一〕，卿宜凡事皆盡言。（宋陸游《老學庵筆記》卷六引韓偓《金鑾密記》，明津逮秘書本）

【注　釋】

〔一〕詳見上第十六則注釋〔一〕。

第十八則

上執偓手〔一〕，涕泣曰：「我勸你且和同〔二〕，果如此，有何利益？苦殺人。」（明陶宗儀《説郛》卷三十五《苦殺人》。據涵芬樓一九二七年版）

【注　釋】

〔一〕見《新唐書·韓偓傳》所載，參卷一《出官經硤石縣》「集評」按語所引。按，《説郛》引《金鑾密記》此文與《新唐書·韓偓傳》所載此事略同，故《金鑾密記》此段記載大致乃寫於天復三年（公元九〇三年）二月十一日韓偓貶濮州司馬後。

上：此指唐昭宗。

〔二〕和同：即「和光同塵」的略語。和光同塵，《老子》：「和其光，同其塵。」王弼注：「無所特顯，則物無所偏爭也；無所特賤，則物無所偏恥也。」吴澄注：「和，猶平也，掩抑之意；同，謂齊等而與之不異也。鏡受塵者不光，凡光者終必暗，故先自掩其光以同乎彼之塵，不欲其光也，則亦終無暗之時矣。」後以「和光同塵」指隨俗而處，不露鋒芒。《後漢書·張奂傳》：「吾前後仕進，十要銀艾，不能和光同塵，爲讒邪所忌。」北齊顔之推《顔氏家訓·勉學》：「嵇叔夜排俗取禍，豈和光同塵之流也？」唐韓愈《贈别元十八協律》之一：「治惟尚和同，無俟於謇謇。」

按，以下「備考」四則，均首見於署名馮贄之《雲仙雜記》與《雲仙散録》（前者所録實與後者同，僅後二卷爲後人所增添）。此書之引書多爲歷代論家所懷疑，故陳振孫《直齋書録解題》謂此書「稱唐金城馮贄撰，……馮贄者，不知何人。自言取家世所蓄異書，撮其異説，而所引書名皆古今所不聞。且其記事造語如出一手，正如世俗所行東坡詩注之類。然則所謂馮贄者，及其所蓄書，皆子虚烏有也」。胡應麟《四部正譌》卷下亦云：「《雲仙散録》，題馮贄撰，共八卷。昔人皆以爲僞，洪景盧先生尤斥之。余讀其前六卷，所引諸雜説無一實者，蓋僞撰其事，又僞撰書名實之。」近人余嘉錫先生《四庫提要辨證》云：「今案《雲仙散録》，事既詭異，詞復纖巧，相其文章風調，首尾如一，誠有如直齋所云者。……是其填注書名，出於隨意支配。直齋疑爲子虚烏有，良非苟論。然謂所引書名皆古今所未聞，則有不盡然者。……又引《金鑾密記》者亦四條。《唐志》雜史類有韓偓《金鑾密記》五卷，……雖未知《散録》所引，果出原書與否，然不可謂無此書名也。……特其中見於著録者，不過數種，餘皆僅見於此書，無可徵信。不應凡賛之所藏，適爲前人所未見，後世所不傳，其爲杜撰依託，殆無疑義。直齋之言，未嘗不深中其病也。」據此可見，此書雖引録《金鑾密記》四條，然是否即引自韓偓之《金鑾密記》，實可懷疑。又從上述韓偓《金鑾密記》所記，韓偓《金鑾密記》乃記當時其所見所聞所經歷之事，誠如《郡齋讀書志》所云乃韓偓「天復中爲翰林學士，從昭宗西幸。梁祖以兵圍鳳翔。偓每與謀議，因密記之，及所聞見」，恐未必記及中唐白居易以及以下前三條無關政事時務之事。以此之故，以下《雲仙雜録》、《雲仙散録》所引《金鑾密記》四條，是否真爲韓偓《金鑾密記》中文，實屬可疑，故於《附録》中收入，置於《備考》，以爲進一步考證之資。又有謂出於《金鑾密記》者若干條，然實不可信，今亦録以辨誤。

附録一

備考一

《金鑾密記》：金鑾故例，翰林當直學士，春晚困，則日賜成象殿茶果①。（《雲仙雜記》卷六《賜成象殿茶果》；亦見於《雲仙散録》，文淵閣四庫全書本）

【校記】

① 此條又見於他本，個别文字有所不同，今逐録於下：

金鑾故例，翰林當直學士，春晚人困，則日賜成象殿茶果。（清陸廷燦《續茶經》卷下之三，文淵閣四庫全書本）

《金鑾密記》：故例，翰林當直學士，春晚人困，則日賜成象殿茶。（《白孔六帖》卷十五《成象殿茶》，文淵閣四庫全書本）

《金鑾密記》：故例，翰林當直學士，每春晚人困，則日賜成象殿茶。（《御定佩文齋廣群芳譜》卷十八，文淵閣四庫全書本）

故例，翰林當直學士，春晚人困，則日賜成象餅茶。（陳景沂《全芳備祖後集》卷二十八，文淵閣四庫全書本）

韓偓《金鑾密記》：「翰林當直學士，春晚，則日賜成象殿茶。」吴主禮賢，方聞置茗。晉臣愛客，纔有分茶。（宋王應麟《玉海》卷九十《唐賜成象殿茶》，《文淵閣四庫全書本）

《金鑾密記》：故例，翰林學士，春晚人困，則日賜成象殿茶。（《格致鏡原》卷二十一，《錦繡萬花谷》後集卷三十五《成象殿茶》條同，文淵閣四庫全書本）

《金鑾密記》：故例，翰林學士，每春晚人困，則日賜成殿茶。（《山堂肆考》卷一九三《學士例賜》，文淵閣四庫全書本）

備考二

翰林有龍口渠，通内苑，大雨之後，必飄諸花蕊，經由而出，有百種香色，名不可盡，春月尤妙①。（《雲仙雜記》卷八《龍口渠》，文淵閣四庫全書本；亦見於《雲仙散録》）

【校記】

① 此條亦見於文淵閣四庫全書本《説郛》卷一一九下《龍口渠》，《玉芝堂談薈》卷六以及《永樂大典》卷五八三九，文字全同。

備考三

九仙殿銀井有梨二株，枝葉交結，宮中呼爲雌雄樹①。（《雲仙雜記》卷三《雌雄樹》；亦見於《雲仙散録》，文淵閣四庫全書本）

【校　記】

① 此條又見於《説郛》卷一一九《雌雄樹》（文淵閣四庫全書本）、《御定佩文齋廣群芳譜》卷二十七（文淵閣四庫全書本），文字同。他本個別文字有所不同，今逐録於下：

九仙殿銀井有梨花二株，枝葉交結，宮中呼爲雌雄樹。（《銀鑾記》，《記纂淵海》卷九十三《梨花》，文淵閣四庫全書本）

九仙殿銀井有梨二株，枝葉交結，宮中呼爲雌雄。（《錦繡萬花谷後集》卷三十七，文淵閣四庫全書本）

《金鑾密記》曰：「九仙殿銀井有梨二株，枝葉交結，宮中呼爲雌雄梨。（《淵鑑類函》卷四百、《格致鏡原》卷七十，文淵閣四庫全書本）

備考四

《金鑾密記》：白居易在翰林，賜防風粥一甌，剔取防風，得五合餘，食之，口香七日①。（《雲仙雜記》卷五《防風粥》，亦見於《雲仙散録》，文淵閣四庫全書本）

【校　記】

①　此則又見於文淵閣四庫全書本《御定佩文齋廣群芳譜》卷九十四《防風》、《香乘》卷十《口香七日》、《説郛》卷一一九下《防風粥》等，文字全同。亦見於《山堂肆考》卷一九四《口香七日》、《格致鏡原》卷二十二《粥》條，然其文字較之上述書所記均有缺漏，乃作：

《金鑾密記》：白居易在翰林，賜防風粥一甌，食之，口香七日。

附録二

辨誤一

《金鑾密記》曰：天寶初，賀知章見李白文，歎曰：「子謫仙也！」言於元宗，召見金鑾殿，論當世事①。（《御定淵鑑類函》卷三四二《居處部三·殿二》，文淵閣四庫全書本）

【校　記】

①　按，此條大致内容又見於其他諸書所引，如《玉海》卷一五九《唐金鑾殿》條云：「李白傳：天寶中，賀知章言之，召見金鑾殿，論當世事，奏頌一篇。賜食，親爲調羹。」又如文淵閣四庫全書本《錦繡萬花

谷·後集》卷二十三《宫殿》云：「《金鑾》：天寶初，賀知章見李白文，歎曰：『子謫仙人也！』言於元宗，召見金鑾殿，論當世事，奏頌一篇。帝賜食，親爲調羹，有詔供奉翰林。出《李白傳》。」又如潘自牧《記纂淵海》卷三十一《翰苑》亦載：「李白天寶初至長安，往見賀知章。知章見其文而歎曰：『子謫仙人也！』言於玄宗，召見金鑾殿，論當世事，奏頌一篇。有詔供奉翰林。《本傳》」又《天中記》卷十三亦記：「《金鑾》：李白，天寶中，賀知章言於玄宗，召見金鑾殿，論當世事，奏頌一篇。賜食，親爲調羹。《本傳》」據上所引，此條所載李白事，諸書多有記及出自李白《本傳》者，今檢《新唐書》卷二〇二《李白傳》載：「天寶初，南入會稽，與吴筠善，筠被召，故白亦至長安。往見賀知章，知章見其文，歎曰：『子謫仙人也！』言於玄宗，召見金鑾殿，論當世事，奏頌一篇。帝賜食，親爲調羹，有詔供奉翰林。」可見以上諸書所記李白事當源自《新唐書·李白傳》。而《新唐書·李白傳》所記又有取唐孟棨《本事詩·高逸第三》之説：「李太白初自蜀至京師，舍於逆旅。賀監知章聞其名，首訪之。既奇其姿，復請所爲文。出《蜀道難》以示之。讀未竟，稱歎者數四，號爲『謫仙』，解金龜换酒，與傾盡醉。期不間日。由是稱譽光赫。賀又見其《烏棲曲》，嘆賞苦吟曰：『此詩可以泣鬼神矣。』……玄宗聞之，召入翰林。以其才藻絶人，器識兼茂，欲以上位處之，故未命以官。」故「天寶初，賀知章見李白文」云云乃早出現於韓偓《金鑾密記》前。且韓偓《金鑾密記》所記，如前所言乃記唐昭宗朝光化、天復間之世事，當無記載玄宗朝李白之事。故《御定淵鑑類函》以及《錦繡萬花谷·後集》、《天中記》等書所記引自韓偓《金鑾密記》之説，當不可信。

辨誤二

逆韋之變〔一〕，吏部尚書張嘉福河北道存撫使，至懷州武陟驛，有勑所至處斬之。尋有敕矜放，使人馬上昏睡，遲行一驛，比至，已斬訖。（《説郛》卷四十九引韓偓《金鑾密記》，文淵閣四庫全書本）

【注　釋】

〔一〕按，此則以及以下三則，《説郛》卷四十九均謂引自韓偓《金鑾密記》。然此四則皆載唐朝中期前之事，固非唐末韓偓《金鑾密記》所記者。且「逆韋之變」、「周黔府都督謝祐」、「則天后嘗夢一鸚鵡」等前三則皆分別又見於唐朝前期人張鷟所著之《朝野僉載》卷一、卷二、卷三；亦分別見於宋初人所編《太平廣記》卷一四八、二六八、二七七。而「姚南仲滑州苦於監軍使薛盈珍」條，則見於中唐人李肇《唐國史補》卷中。據此可見，此四則均非韓偓《金鑾密記》文。

辨誤三

周黔府都督謝祐兇險忍毒〔一〕。則天朝，徙曹王於黔中，祐嚇云則天賜自盡，祐親奉進止，更無別勑。王怖而縊死。後祐於平閣上卧，婢妾十餘人同宿，夜不覺刺客截祐首去。後曹王破家，簿録事得祐頭，漆之題「謝祐」字，以爲穢器。方知王子令刺客殺之。（《説郛》卷四十九引韓偓《金鑾密記》，文淵閣四庫全書本）

【注　釋】

〔一〕此則非韓偓《金鑾密記》文，詳見前「辨誤二」注釋〔一〕。

辨誤四

則天后嘗夢一鸚鵡〔一〕，羽毛甚偉，兩翅俱折。以問宰臣，群公默然，内史狄仁傑曰：「鵡者，陛下姓也；兩翅折，陛下二子廬陵、相王也。陛下起此二子，兩翅全也。」武承嗣、武三思連項皆赤。後契丹圍幽州，檄朝廷曰：「還我廬陵、相王來！」則天乃憶狄公之言，曰：「卿曾爲我占夢，今乃應矣！朕欲立太子，何者爲得？」仁傑曰：「陛下有賢子，外有賢姪，取捨詳擇，斷在聖衷。」則天曰：「我自有聖子，承嗣、三思是何疥癬！」承嗣等懼，掩耳而走。即降敕追廬陵，立爲太子，充元帥。初募兵，無有應者，聞太子行，北邙山頭皆兵滿，無容人處。賊自退散。（《説郛》卷四十九引韓偓《金鑾密記》，文淵閣四庫全書本）

【注　釋】

〔一〕此則非韓偓《金鑾密記》文，詳見前「辨誤二」注釋〔一〕。

辨誤五

姚南仲滑州苦於監軍使薛盈珍〔一〕，遣部將曹洽奏論盈珍。盈珍亦遣小使偕行。洽自度不得盡言于上，至滋水驛，夜半先殺小使，乃自殺，緘遺表于囊中，以冀上聞也。（《説郛》卷四十九引韓偓《金鑾密記》，文淵閣四庫全書本）

【注　釋】

〔一〕此則非韓偓《金鑾密記》文，詳見前「辨誤二」注釋〔一〕。

韓偓集繫年校注卷八

韓偓對話録

此卷韓偓對話録，乃從五代與宋代若干記載韓偓之奏對與應答言辭之史籍文獻中選擇迻録，今擬其名爲《韓偓對話録》。其中所載韓偓對話言語，有些應是史家根據具有實録性質之文獻典籍中所載而得，有些可能是各文獻典籍作者根據有關韓偓之記載，而以自己之言語表述者。這些韓偓之語録，雖非嚴格意義上之韓偓文，然不妨做爲準韓偓文對待，雖未必具有文章學意義上之文的重要價值，但卻是研究韓偓與唐末史的寶貴文獻資料，故今特選擇某些較爲可靠之記載迻録於此，以供研究之用。爲使讀者更清楚其對話言語之背景語境，特地連同其背景記録文字一併迻録，並將韓偓之言語以粗體字標出，以免混淆。其所言之時間背景儘量加以考明，而有關人物、語詞等，除少量必要者外，一般不加注釋。所録各則，諸典籍各條所載内容大體相同而文字有所不同者視爲一則，且分開依次分列於一則中，以便讀者比勘其異同，得出韓偓所言之最接近完整真實之應對語。所録凡十八則，每則大體依時間順序以一、二、三等順序加以次第排列。

第一則

胤聞，召鳳翔李茂貞入朝，使留族子繼筠宿衛。偓聞，以爲不可，胤不納。偓又語令狐涣，涣曰：「吾屬不惜宰相邪？無衛軍則爲閹豎所圖矣。」偓曰：「不然。無兵則家與國安，有兵則家與國不可保〔一〕。」胤聞，憂，未知所出。（宋歐陽修、宋祁《新唐書》卷一八三《韓偓傳》）

【注釋】

〔一〕此處所載事《資治通鑑》卷二六二天復元年正月《考異》引韓偓《金鑾密記》亦載，謂偓對昭宗云：「當留兵之時，臣五六度與崔胤力爭，胤曰：『其實不留兵，是兵不肯去。』臣曰：『其初何用召來？』又胤云：『且喜岐兵只留三千人。』」則此事乃在天復元年（公元九〇一年）正月。

（韓）全誨等知胤必除己乃已，因諷茂貞留選士四千宿衛，以李繼筠、繼徽總之。胤亦諷朱全忠内兵三千居南司，以婁敬思領之。韓偓聞岐、汴交戍，數諫止胤，胤曰：「兵不肯去耳！」偓曰：「初何爲召邪？」胤不對。議者知京師不復安矣。（《新唐書》卷二〇八《韓全誨傳》）

李茂貞辭還鎮。崔胤以宦官典兵，終爲肘腋之患，欲以外兵制之，諷茂貞留兵三千於京師，充宿衛，以茂貞假子繼筠將之。左諫議大夫萬年韓偓以爲不可，胤曰：『兵自不肯去，非留之也。』偓曰：『始者何爲召之邪？』胤無以應。偓曰：『留此兵則家國兩危，不留則家國兩安。』胤不從。」（《資治通鑑》卷二六二天復元年正月丙午後載）

第二則

昭宗引拜中書侍郎，兼本官同中書門下平章事，尋兼户部尚書。帝疑其外風檢而暱帷薄，逮問翰林學士韓偓，偓曰：「贄，咸通大臣坦從子，内雍友，合疏屬以居，故臧獲猥衆，出入無度，殆此致謗言者〔一〕。」帝每聞咸通事，必肅然斂衽，故偓稱之爲贄地。帝幸鳳翔，爲大明宫留守。（《新唐書》卷一八二《裴坦傳》附《裴贄傳》）

【注　釋】

〔一〕按，據《新唐書·裴坦傳》此處記載，韓偓對答事乃在裴贄任相，兼户部尚書後，唐昭宗幸鳳翔前。據《新唐書》卷六十三《宰相表》，裴贄任相兼户部尚書在天復元年五月。又據《舊唐書·昭宗紀》，昭宗出幸鳳翔在天復元年十一月。則韓偓對答事在天復元年（公元九〇一年）五月至十一月間，時韓偓在翰林學士任。裴贄，傳見《新唐書》卷一八二《裴坦傳》附。

第三則

偓嘗與(崔)胤定策誅劉季述，昭宗反正，爲功臣。帝疾宦人驕横，欲盡去之。偓曰：「陛下誅季述時〔一〕，餘皆赦不問，今又誅之，誰不懼死？含垢隱忍，須後可也。天子威柄，今散在方面，若上下同心，攝領權綱，猶冀天下可治。宦人忠厚可任者，假以恩倖，使自翦其黨，蔑有不濟。今食度支者乃八千人，公私牽屬不減二萬，雖誅六七巨魁，未見有益，適固其逆心耳。」帝前膝曰：「此一事終始屬卿。」(宋歐陽修、宋祁《新唐書》卷一八三《韓偓傳》)

【注　釋】

〔一〕此則所記事本書卷六據《全唐文·韓偓集》所收《論宦官不必盡誅》文已録，然此處所載韓偓對話有所不同，故再收入。此叙韓偓對話之時間，據下條《資治通鑑》所記，乃在天復元年(公元九〇一年)六月丁卯，此即此次談話之時間。季述，即劉季述，傳見《新唐書》卷二〇八。據《資治通鑑》卷二六二所載，劉季述因反亂被殺，事在天復元年正月。

上之返正也，……宦官畏之側目，……胤志欲盡除之，韓偓屢諫曰：「事禁太甚。此輩亦不可全無，恐其黨迫切，更生他變。」胤不從。丁卯，上獨召偓，問曰：「敕使中爲惡者如林，何以處之？」對曰：「東内之變〔一〕，赦使誰非同惡？處之當在正旦，今已失其時矣。」上曰：「當是時，卿何不爲崔胤言之？」對曰：「臣見陛下詔書云：『自劉季述等四家之外，其餘一無所問。』夫人主所重，莫大於信，既下此詔，則守之宜堅；若復戮一人，則人人懼死矣。然後來所去者已爲不少，此其所以恟恟不安也。陛下不若擇其尤無良者數人，明示其罪，置之於法，然後撫諭其餘曰：『吾恐爾曹謂吾心有所貯，自今可無疑矣。』乃擇其忠厚者使爲之長。其徒有善則奬之，有罪則懲之，咸自安矣。今此曹在公私者以萬數，豈可盡誅邪！夫帝王之道，當以重厚鎮之，公正御之，至於瑣細機巧，此機生則彼機應矣，終不能成大功，所謂理絲而棼之者也〔二〕。況今朝廷之權散在四方，苟能先收此權，則事無不可爲者矣。」上深以爲然，曰：「此事終以屬卿。」（《資治通鑑》卷二六二天復元年六月載）

【注釋】

〔一〕東内之變：指昭宗光化三年十一月劉季述等宦官廢昭宗，囚禁昭宗於東宫，立皇太子之事變。見《舊唐書·昭宗紀》，參卷二《感事三十四韻》「東内幽辱」條引。

〔二〕理絲而棼：即治絲而棼。謂理絲不找頭緒，就會越理越亂。比喻解決問題的方法不正確，使問題更加複雜。語本《左傳·隱公四年》：「臣聞以德和民，不聞以亂。以亂，猶治絲而棼之也。」

【集　評】

嗚乎！世固有能知之言之而不能究于行者，韓偓其人也。（《資治通鑑》本文下胡三省注評）

第四則

中書舍人令狐涣任機巧〔一〕，帝嘗欲以當國，俄又悔曰：「涣作宰相或誤國，朕當先用卿。」辭曰：「涣再世宰相，練故事，陛下業已許之。若許涣可改，許臣獨不可移乎？」帝曰：「我未嘗面命，亦何憚？」偓因薦御史大夫趙崇勁正雅重，可以準繩中外。帝知偓，崇門生也，歎其能讓。（宋歐陽修、宋祁《新唐書》卷一八三《韓偓傳》）

【注　釋】

〔一〕此對話《新唐書·韓偓傳》記在「帝疾宦人驕横，欲盡去之。偓曰：『陛下誅季述時，餘皆赦不問』」一段記載後。而據《資治通鑑》卷二六二所載，此段記載時間乃天復元年六月，故此記令狐涣事約在天復元年（公元九〇一年）六月或稍後，時韓偓與令狐涣均任職朝内。

令狐涣：令狐綯子，登進士第。昭宗時曾任中書舍人、翰林學士。傳見《舊唐書》卷一七二、《新唐書》卷一六六《令狐楚傳》附。

第五則

全誨等懼帝誅己，與繼誨、彦弼、繼筠交通謀亂。帝問令狐涣，涣請召胤及全誨等宴内殿和解之。韓偓謂：「不如顯斥一二柄臣，許餘人自新，妄謀必息。不然皆自疑，禍且速，雖和解之，凶焰益肆〔一〕。」帝乃止。（《新唐書》卷二〇八《韓全誨傳》）

【注釋】

〔一〕按此處所載事《新唐書·韓偓傳》亦謂「李彦弼見帝倨甚，帝不平，偓請逐之，赦其黨許自新，則狂謀自破，帝不用」。且下條《資治通鑑》卷二六二所載尤詳，其時間爲天復元年（公元九〇一年）八月甲申後。

（天復元年八月）韓全誨等懼誅，謀以兵制上，乃與李繼昭、李繼誨、李彦弼、李繼筠深相結；繼昭獨不肯從。他日，上問韓偓：「外間何所聞？」對曰：「惟聞敕使憂懼，與功臣及繼筠交結，將致不安，亦未知其果然不耳。」上曰：「是不虚矣。比日繼誨、彦弼輩語漸倔强，令人難耐。令狐涣欲令朕召崔胤及全誨等於内殿，置酒和解之，何如？」對曰：「如此則彼凶悖益甚。」上曰：「爲之奈何？」對曰：「獨有顯罪數人，速加竄逐，餘者許其自新，庶幾可息。若一無所問，彼必知陛下心有所貯，益不自安，事終未了耳。」上曰：「善！」既而宦官自恃黨援已成，稍不遵敕旨；上或出之使監軍，或黜守諸陵，皆不行，上無如之何。（《資治通鑑》卷二六二天復二年八月甲申日後載）

第六則

天復初，帝密語韓偓曰：「陸扆、裴贄孰忠於我？」偓曰：「扆等皆宰相，安有它腸？」帝曰：「外言扆不喜我復位，元日易服奔啟夏門，信不？」偓曰：「孰爲陛下言此？」曰：「崔胤、令狐涣。」偓曰：「設扆如是，亦不足責。且陛下反正，扆素不知謀，忽聞兵起，欲出奔耳。陛下責其不死難則可，以爲不喜，乃讒言也〔一〕。」帝遂悟。累兼户部尚書。（《新唐書》卷一八三《陸扆傳》）

【注　釋】

〔一〕據下條《資治通鑑》卷二六二所載，韓偓此次對話在天復元年（公元九〇一年）八月甲申。陛下反正，指唐昭宗在光化三年、天復元年間爲劉季述等人所囚禁，後劉季述等被殺，昭宗復還帝位之事。《舊唐書·昭宗紀》光化三年十二月載：「癸未夜，護駕鹽州都將孫德昭、周承誨、董彦弼以兵攻劉季述、王仲先，殺仲先，擕其首詣東宫門，呼曰：『逆賊王仲先已斬首訖，請陛下出宫慰諭兵士。』宫人破鑰，帝與皇后方得出。」又「天復元年春正月甲申朔，昭宗反正，登長樂門樓，受朝賀。班未退，孫德昭執劉季述至樓前，上方詰責，已爲亂棒擊死，乃尸之於市。」

（天復元年）八月，甲申，上問韓偓曰：「聞陸扆不樂吾返正，正旦易服，乘小馬出啟夏門，有諸？」對曰：「返正之謀，獨臣與崔胤輩數人知之，扆不知也。一旦忽聞宫中有變，人情能不驚駭！易服逃避，何妨有之！陛下責其爲宰相無死難之志則可也，至於不樂返正，恐出讒人之口，願陛下察之！」上乃止。（《資治通鑑》卷二六二）

第七則

彦弼譖偓及涣漏禁省語，不可與圖政，帝怒曰：「卿有官屬，日夕議事，奈何不欲我見學士邪？」繼昭等飲殿中自如，帝怒，偓曰：「三使相有功，不如厚與金帛官爵，毋使豫政事。今宰相不得顓決事，繼昭輩所奏必聽。它日遽改，則人人生怨。初以衛兵檢中人，今敕使、衛兵爲一，臣竊寒心，願詔茂貞還其衛軍。不然，兩鎮兵鬬闕下，朝廷危矣〔一〕。」（宋歐陽修、宋祁《新唐書》卷一八三《韓偓傳》）

【注　釋】

〔一〕按，此處所載事，下條《資治通鑑》卷二六二天復元年九月所載尤詳。據其所記，此事即在天復元年（公元九〇一年）九月癸丑日。

（天復元年）九月，癸丑，上急召韓偓，謂曰：「聞全忠欲來除君側之惡，大是盡忠，然須令與茂貞共其功。若兩帥交爭，則事危矣。卿爲我語崔胤，速飛書兩鎮，使相與合謀，則善矣。」壬戌，上又謂偓曰：「繼誨、彦弼輩驕横益甚，累日前與繼筠同入，輒於殿東令小兒歌以侑酒，令人驚駭。」對曰：「臣必知其然，兹事失之于初。當正旦立功之時，但應以官爵、田宅、金帛酬之，不應聽其出入禁中。此輩素無知識，數求入對，或妄論朝政，或僭易薦人，稍有不從，則生怨望。况惟知嗜利，爲敕使以厚利雇之，令其如此耳。崔胤本留衛兵，欲以制敕使也，今敕使、衛兵相與爲一，將若之何！汴兵若來，必與岐兵鬥于闕下，臣竊寒心。」上但愀然憂沮而已。（《資治通鑑》卷二六二天復元年）

第八則

昭宗幸鳳翔，靈州節度使韓遜表回鶻請率兵赴難，翰林學士韓偓曰：「虜爲國仇舊矣。自會昌時伺邊，羽翼未成，不得逞。今乘我危以冀幸，不可開也〔一〕。」遂格不報。然其國卒

不振，時時以玉、馬與邊州相市云。（《新唐書》卷二一七下《回鶻下》）

【注釋】

〔一〕此則韓偓上言，據下條《資治通鑑》卷二六三所載，其時間乃在天復二年（公元九〇二年）四月乙巳。

（天復二年夏四月）辛丑，回鶻遣使入貢，請發兵赴難；上命翰林學士承旨韓偓答書許之。乙巳，偓上言：「戎狄獸心，不可倚信。彼見國家人物華靡，而城邑荒殘，甲兵彫弊，必有輕中國之心，啟其貪婪。且自會昌以來，回鶻爲中國所破，恐其乘危復怨。所賜可汗書，宜諭以小小寇竊，不須赴難，虚愧其意，實沮其謀。」從之。（《資治通鑑》卷二六三）

回鶻請發兵赴難，上命韓偓答詔許之。偓曰：「戎狄獸心，不可倚信。彼見國家人物華靡，而甲兵凋弊，必有輕中國之心。且自會昌以來，爲國家所破，恐其乘危復怨，宜喻以邦小寇竊，不須赴難，虚愧其意，實沮其謀。」（宋朱熹《通鑑綱目》卷五十三）

第九則

（天復二年五月）庚午，工部侍郎、同平章事韋貽範遭母喪，宦官薦翰林學士姚洎爲相。洎謀於韓偓，偓曰：「若圖永久之利，則莫若未就爲善；儻出上意，固無不可。且汴軍旦夕合圍，孤城難保，家族在東，可不慮乎〔一〕！」洎乃移疾，上亦自不許。（《資治通鑑》卷二六三）

【注　釋】

〔一〕據《資治通鑑》卷二六二此處所記，韓偓此次對答事乃在天復二年（公元九〇二年）五月。

第十則

學士使馬從皓逼偓求草，偓曰：「腕可斷，麻不可草！」從皓曰：「君求死邪？」偓曰：「吾職内署，可默默乎〔一〕？」明日，百官至，而麻不出，宦侍合噪。（宋歐陽修、宋祁《新唐書》卷一八三《韓偓傳》）

【注　釋】

〔一〕此則所記事下條《資治通鑑》卷二六三亦記及，較爲詳悉，事在天復三年（公元九〇三年）七月甲戌。

韋貽範之爲相也，多受人賂，許以官；既而以母喪罷去，日爲債家所譟。親吏劉延美，所負尤多，故汲汲於起復，日遣人詣兩中尉、樞密及李茂貞求之。甲戌，命韓偓草貽範起復制，偓曰：『吾腕可斷，此制不可草！』即上疏論貽範遭憂未數月，遽令起復，實駭物聽，傷國體。學士院二中使怒曰：「學士勿以死爲戲！」偓以疏授之，解衣而寢；二使不得已奏之。上即命罷草，仍賜敕褒賞之。八月，乙亥朔，班定，無白麻可宣；宦官喧言韓侍郎不肯草麻，聞者大駭。茂貞入見上曰：「陛下命相而學士不肯草麻，與反何異！」上曰：「卿輩薦貽範，朕不之違；學士不草麻，朕亦不之違。況彼所陳，事理明白，若之何不從！」茂貞不悦而出，至中書，見蘇檢曰：「姦邪朋黨，宛然如舊。」扼腕者久之。貽範猶經營不已，茂貞語人曰：「我實不知書生禮數，爲貽範所誤，會當於邠州安置。」貽範乃止。（《資治通鑑》卷二六三天復二年七月載）

第十一則

蘇檢數爲韓偓經營入相，言於茂貞及中尉、樞密，且遣親吏告偓，偓怒曰：「公與韋公自貶所召歸，旬月致位宰相，訖不能有所爲；今朝夕不濟，乃欲以此相污邪〔一〕！」（《資治通鑑》卷二六三天復二年十一月甲子日後）

日後。

【注釋】

〔一〕據《資治通鑑》卷二六三此處所記，韓偓此次對答事乃在天復二年（公元九〇二年）十一月甲子日後。

第十二則

茂貞疑帝間出依全忠，以兵衛行在。帝行武德殿前，因至尚食局，會學士獨在，宫人招偓，偓至，再拜哭曰：「崔胤甚健，全忠軍必濟。」帝喜，偓曰：「願陛下還宫，無爲人知。」帝賜以麪豆而去〔一〕。（宋歐陽修、宋祁《新唐書》卷一八三《韓偓傳》）

【注釋】

〔一〕此處所記事，《資治通鑑》卷二六三天復二年亦載及：「是後茂貞或遣兵出擊汴軍，多不爲用，散還。茂貞疑上與全忠有密約，壬寅，更於御院北垣外增兵防衛。十一月，癸卯朔，保大節度使李茂勳帥其衆萬餘人救鳳翔，屯於城北阪上，與城中舉烽相應。甲辰，上使趙國夫人詷學士院二使皆不在，亟召韓偓、姚洎，竊見之於土門外，執手相泣。洎請上速還，恐爲他人所見；上遽去。」據此。此事乃在天復二年（公元九〇二年）十一月甲辰。

第十三則

全誨誅，宫人多坐死。帝欲盡去餘黨，偓曰：「禮，人臣無將，將必誅，宫婢負恩不可赦。然不三十年不能成人，盡誅則傷仁。願去尤者，自内安外，以静群心〔一〕。」帝曰：「善。」（宋歐陽修、宋祁《新唐書》卷一八三《韓偓傳》）

【注釋】

〔一〕按，據《舊唐書·昭宗紀》、《資治通鑑》卷二六三所載，韓全誨等宦官、宫人被誅殺事在天復三年正月。《舊唐書·昭宗紀》天復三年正月記：「丁巳，蔣玄暉與中使同押送中尉韓全誨、張弘彦已下二十人首級，告諭四鎮兵士迴鑾之期。……己巳入京師。天子素服哭于太廟，改服衮旒，謁九廟。禮畢，御長樂樓，大赦，百寮稱賀。全忠處左軍。辛未，宴全忠於内殿，内弟子奏樂。是日，制内官第五可範已下七百人並賜死於内侍省，其諸道監軍及小使，仰本道節度使處斬訖奏，從全忠、崔胤所奏也。帝悲惜之，自爲奠文祭之。」據此，此處韓偓所言事之時間，當在天復三年（公元九〇三年）正月。

第十四則

崔胤請以輝王爲元帥〔一〕，帝問偓：「它日累吾兒否？」偓曰：「陛下在東内時，天陰雺，王聞烏聲曰：『上與后幽困，烏雀聲亦悲。』陛下聞之惻然，有是否？」帝曰：「然。是兒天生忠孝，與人異。」意遂決。偓議附胤類如此。（宋歐陽修、宋祁《新唐書》卷一八三《韓偓傳》）

【注釋】

〔一〕按，「崔胤請以輝王爲元帥」事，《舊唐書·昭宗紀》天復三年記云：「二月壬申朔。甲戌，制賜全忠『迴天再造竭忠守正功臣』名。己卯，制以輝王祚充諸道兵馬元帥。」又《新唐書》卷二二三下《崔胤傳》：「胤議以皇子爲元帥，全忠副之，示褒崇其功。全忠内利輝王沖幼，故胤藉以請。帝曰：『濮王長，若何？』還禁中，召翰林學士韓偓以謀。偓陰佐胤，卒不能郤。」《資治通鑑》卷二六四天復三年二月戊寅亦載「上議褒崇全忠，欲以皇子爲諸道兵馬元帥，以全忠副之；崔胤請以輝王祚爲之，上曰：『濮王長。』胤承全忠密旨，利祚沖幼，固請之，己卯，以祚爲諸道兵馬元帥」。據此，可見韓偓應對事當在天復三年（公元九〇三年）二月戊寅至己卯日間。

第十五則

初，偓侍宴，與京兆鄭元規、威遠使陳班並席，辭曰：「學士不與外班接。」主席者固請，乃坐。既元規、班至，終絶席。全忠、胤臨陛宣事，坐者皆去席，偓不動，曰：「侍宴無輒立，二公將以我爲知禮〔一〕。」全忠怒偓薄己，悻然出。（宋歐陽修、宋祁《新唐書》卷一八三《韓偓傳》）

【注　釋】

〔一〕按，此段記載《新唐書·韓偓傳》乃記於韓偓觸怒朱全忠，被貶濮州司馬稍前。韓偓貶濮州在天復三年二月十一日，則此處所記韓偓之侍宴事，約在天復三年（公元九〇三年）二月初。

第十六則

上謂韓偓曰：「崔胤雖盡忠，然比卿頗用機數。」對曰：「凡爲天下者，萬國皆屬之耳目，安可以機數欺之！莫若推誠直致，雖日計之不足而歲計之有餘也〔一〕。」（《資治通鑑》卷二六四天復三年二月甲戌日後）

【注　釋】

〔一〕據《資治通鑑》卷二六四此處所記，韓偓此次對答事乃在天復三年（公元九〇三年）二月甲戌日後。

第十七則

韓偓，天復初入翰林。其年冬，車駕出幸鳳翔，偓有扈從之功。返正初，上面許偓爲相。奏云：「陛下運契中興，當復用重德，鎮風俗。臣座主右僕射趙崇可以副陛下是選〔一〕，乞迴臣之命，授崇，天下幸甚。」上嘉歎。翌日，制用崇暨兵部侍郎王贊爲相。（五代王定保《唐摭言》卷六）

【注　釋】

〔一〕按《唐摭言》所載此事亦見於《資治通鑑》卷二六四天復三年二月庚辰日後，謂：「初，翰林學士承旨韓偓之登進士第也，御史大夫趙崇知貢舉。上返自鳳翔，欲用偓爲相，偓薦崇及兵部侍郎王贊自代；上欲從之，崔胤惡其分已權，使朱全忠入爭之。全忠見上曰：『趙崇輕薄之魁，王贊無才用，韓偓何得妄薦爲相！』上見全忠怒甚，不得已，癸未，貶偓濮州司馬。」據此，韓偓薦趙崇爲相乃在天復三年（公元九〇三年）二月庚辰日後。趙崇，字爲山，登進士第，累官司勛員外郎、史館修撰。昭宗龍紀元年以禮部侍郎知貢舉，後任御史大夫。天祐元年，爲太子太師、檢校右僕射。天祐二年六月，爲朱全忠所害於白馬驛。據趙崇仕歷，其任「檢校右僕射」乃在韓偓貶官後之天祐元年，故《唐摭言》所載「臣座主右僕射趙崇」之「右僕射」誤。

第十八則

初，翰林學士承旨韓偓之登進士第也，御史大夫趙崇知貢舉。上返自鳳翔，欲用偓爲相，偓薦崇及兵部侍郎王贊自代；上欲從之，崔胤惡其分已權，使朱全忠入爭之。全忠見上曰：「趙崇輕薄之魁，王贊無才用，韓偓何得妄薦爲相！」上見全忠怒甚，不得已，癸未，貶偓濮州司馬。上密與偓泣別，偓曰：「是人非復前來之比，臣得遠貶及死乃幸耳，不忍見篡弒之辱〔一〕！」（《資治通鑑》卷二六四天復三年二月）

【注釋】

〔一〕據《資治通鑑》卷二六四此處所記，韓偓此次對答乃在天復三年（公元九〇三年）二月癸未其被貶濮州司馬時。

附録一　韓偓生平詩文繫年簡譜

唐武宗會昌二年壬戌（八四二）　一歲

韓偓字致堯，小字冬郎，自號「玉山樵人」，唐京兆萬年縣人。父韓瞻，字畏之。

《新唐書》卷一八三《韓偓傳》：「韓偓字致光，京兆萬年人。」宋錢易《南部新書》卷乙：「韓偓，即韓瞻之子也，兄儀。瞻與李義山同年，集中謂之『韓冬郎』是也。……冬郎，偓小名。偓字致光。」宋計有功《唐詩紀事》卷六十五《韓偓》：「偓小字冬郎。……偓，字致堯，今曰致光，誤矣。自號玉山樵人。」

韓偓生於本年（考詳見宣宗大中五年譜）。

唐宣宗大中五年辛未（八五一）　十歲

李商隱離長安赴任柳仲郢東川節度使掌書記，韓偓隨父韓瞻爲其餞行，偓即席有「連宵侍座徘徊久」之句，商隱後來回憶此事，有詩稱贊韓偓「雛鳳清於老鳳聲」。

宋計有功《唐詩紀事》卷六十五《韓偓》：「偓小字冬郎。義山云：『嘗即席爲詩相送，一座盡驚，句有老成之風。』因有詩云：『十歲裁詩走馬成，冷灰殘燭動離情。桐花萬里丹山路，雛鳳清於老鳳聲。』」按，此事源於李商隱詩，其《韓冬郎即席爲詩相送一座盡驚他日余方追吟連宵侍坐徘徊久之句有老成之風因成二絶寄酬兼呈畏之員外》二首，其一云：「十歲裁詩走馬成，冷灰殘燭動離情。桐花萬里丹山路，雛鳳清於老鳳聲。」此詩張采田《玉溪生年譜會箋》大中五年條，考定義山赴東川任柳仲郢東川節度使掌書記在大中五年冬，其罷職入京，在大中十年之春。此詩乃商隱歸京後，追紀大中五年冬郎十歲裁詩相送事。據此大中五年韓偓十歲，其生當在唐武宗會昌二年。

本年有：

《即席送李義山丈》（《韓偓集繫年校注》〔下簡稱作《韓偓集》〕卷五，大中五年冬）

唐懿宗咸通元年庚辰（八六〇）　十九歲

韓偓自本年、明年之間起，至廣明元、二年之間止，作詩千餘首，其中「以綺麗得意者亦數百篇」，頗爲流傳。

《玉山樵人集》卷末有《玉山樵人香奩集》序：「余溺章句，信有年矣。誠知非大夫所爲，不能忘情，天所賦也。自庚辰、辛巳之際，迄辛丑、庚子之間，所著歌詩不啻千首。其間以綺麗得意者亦數百篇，往往在士大夫之口，或樂工配入聲律，粉牆椒壁，斜行小字，竊詠者不可勝記。」據此，今傳《香奩集》中儘管有部分詩非此時期所作，然當有不少詩乃此期間所賦。

唐懿宗咸通七年丙戌（八六六）　二十五歲

韓偓本年前後始參加進士科試，然蹭蹬舉場凡二紀後方於龍紀元年登第。

韓偓有《與吴子華侍郎同年玉堂同值懷恩叙懇因成長句四韻兼呈諸同年》詩，中有「二紀計偕勞筆硯」句，下自注：「余與子華俱久困名場。」按，據徐松《登科記考》卷二十四，韓偓、吴融等人於龍紀元年登進士第，由是年前推二紀爲本年，時偓始試進士。

唐懿宗咸通十二年辛卯（八七一）　三十歲

約本年秋，韓偓離家有江南之行。此行有《離家》等詩多首。

韓偓《夏課成感懷》詩云：「别離終日心忉忉，五湖煙波歸夢勞。淒涼身事夏課畢，濩落生涯秋風高。……誰憐愁苦多衰改，未到潘年有二毛。」按，潘岳三十二歲始見二毛。詩謂「未到潘年」，則時年未到三十二。韓偓生於唐武宗會昌二年（公元八四二年），則其年三十二爲咸通十四年（公元八七三年），「未到潘年」，則最多爲三十一歲，時乃咸通十三年（公元八七二年）。此詩乃在江南時作。其集中遊江南諸作，亦多約作於咸通十三年或稍前（其此行約咸通十二年秋始離家出遊，詳參見《韓偓集・寄京城親友二首》詩注①、《韓偓集・離家》詩注①等所考）。本年有：

《離家》（《韓偓集》）卷三，約咸通十二年八月）

《早發藍關》（《韓偓集》卷三，約咸通十二年秋）

《商山道中》（《韓偓集》）卷三，約咸通十二年八月）

《寄京城親友二首》（《韓偓集》卷三，約咸通十二年秋末）

《過臨淮故里》（《韓偓集》卷二，約咸通十二年秋冬間）

唐懿宗咸通十三年壬辰（八七二）　三十一歲

約本年，韓偓遊於江南，曾到金陵、吴郡等地（考詳見上年譜並本年各詩注釋〔一〕）。

本年有：

《吴郡懷古》（《韓偓集》卷三，約咸通十三年晚春）

《三月》（《韓偓集》卷三，約咸通十三年三月）

《遊江南水陸院》（《韓偓集》卷三，約咸通十三年春）

《再止廟居》（《韓偓集》卷三，約咸通十三年春）

《夏課成感懷》（《韓偓集》卷三，約咸通十三年夏）

《洞庭玩月》（《韓偓集》卷二，約咸通十三年秋）

《江南送别》（《韓偓集》卷三，約咸通十三年秋）

《金陵》（《韓偓集》卷四，疑約咸通十三年）

唐僖宗廣明元年庚子（八八〇）　三十九歲

黄巢軍於本年十二月攻入長安，韓偓遂「遷徙流轉，不常厥居」。故從咸通初至本年，韓偓「所著歌詩不啻千首，其間以綺麗得意者亦數百篇」遂多失落。故今存《香奩集》中未能明確繫年詩，多有咸通初至本年間所作者。

韓偓《香奩集序》：「自庚辰辛巳之際，迄己亥庚子之間，所著歌詩，不啻千首。其間以綺麗得意者，亦數百篇，往往在士大夫口，或樂工配入聲律。粉牆椒壁，斜行小字，竊詠者不可勝紀。大盜入關，緗帙都墜。遷徙流轉，不常厥居。求生草莽之中，豈復以吟詠爲意。或天涯逢舊識，或避地遇故人，醉詠之暇，時及拙唱。自爾鳩集，復得百篇，不忍棄捐，隨即編録。」按，所謂「大盜入關」，即《香奩集序》中所説的「庚子」年黄巢攻入長安事。

唐僖宗中和元年辛丑（八八一）　四十歲

韓偓因黄巢攻入長安，遂離長安外避。

按，《香奩集序》所説「大盗入關，緗帙都墜。遷徙流轉，不常厥居。求生草莽之中，豈復以吟詠爲意」，即指去年末起迄本年以及之後一段時間韓偓外出避黄巢之亂事。

本年有：

《避地寒食》（《韓偓集》卷三，疑約中和元年三月）

唐昭宗龍紀元年己酉（八八九）　四十八歲

韓偓於本年春登進士第，同榜者有吴融等二十五人。知貢舉爲禮部侍郎趙崇。春末，出佐河中幕。曾到隰州、并州，有詩紀之。

《新唐書·韓偓傳》：「韓偓字致光，京兆萬年人。擢進士第，佐河中幕府。」《新唐書》卷二〇三《吴融傳》：「吴融字子華，越州山陰人。……融學自力，富辭調，龍紀初，進士及第。」《登科記考》卷二十四記韓偓與吴融等二十五人登進士第，知貢舉爲禮部侍郎趙崇。

本年有：

《及第過堂日作》（《韓偓集》卷三，龍紀元年春）

《初赴期集》（《韓偓集》，卷二，龍紀元年春）

《余作探使以繚綾手帛子寄賀因而有詩》（《韓偓集》卷三，龍紀元年春）

《别錦兒》(《韓偓集》卷三，龍紀元年春)

《并州》(《韓偓集》卷三，龍紀元年四月)

《邊上看獵贈元戎》(《韓偓集》卷三，龍紀元年秋)

《老將》(《韓偓集》卷三，約龍紀元年冬)

《隰州新驛》(《韓偓集》卷二，龍紀元年)

《隰州新驛贈刺史》(《韓偓集》卷三，龍紀元年)

唐昭宗大順元年庚戌(八九〇)　四十九歲

韓偓在左拾遺任。

《新唐書·韓偓傳》：「佐河中幕府。召拜左拾遺。」《文苑英華》卷三八四錢珝《授司勳郎中兼侍御史知雜事賜緋魚韓偓本官充翰林學士制》敕：「具官韓偓，動人之行，率性自强，慎獨不渝，考祥甚遠。資以講學，見於文章。惟是求己之多，播於群譽矣。朕初嗣丕業，擢升諫曹，繼陳言辭，罔不(一作懼)摩切，雖公賞曾光於赤紙，而直誠尚記於皂囊。愈聞勵脩，宜列左右。故命爾之誥，以詩人孟子之説爲端者，兹不有賴於侍從乎。可依前件。」韓偓去年及第並出佐河中幕，其於昭宗「初嗣丕業」而「擢升諫曹」，即指入任左拾遺事，此事蓋在本年。

唐昭宗大順二年辛亥（八九一）　五十歲

韓偓以疾解左拾遺任約在本年。

《新唐書·韓偓傳》：「召拜左拾遺，以疾解。」

本年有：

《守愚》（《韓偓集》卷三，疑約大順二年春末）

唐昭宗景福二年癸丑（八九三）　五十二歲

韓偓本年在朝任某職。其《代小玉家爲蕃騎所虜後寄故集賢裴公相國》詩或約作於本年。

按，韓偓大順二年以疾解左拾遺任，至乾寧三年（八九六）任刑部員外郎前，應在朝任某職。惜本年任何職，未詳。

本年有：

《代小玉家爲蕃騎所虜後寄故集賢裴公相國》（《韓偓集》卷四，約景福二年冬）

唐昭宗乾寧二年乙卯（八九五）　五十四歲

韓偓在朝任某官。

本年有：

《亂後卻至近甸有感》（《韓偓集》卷三，乾寧二年八月）

《秋雨内宴》（《韓偓集》卷三，乾寧二年秋）

唐昭宗乾寧三年丙辰（八九六）　五十五歲

韓偓本年在刑部員外郎任。秋，李茂貞進逼長安，偓隨昭宗出幸華州，處奉天重圍中，有詩紀之。

韓偓乾寧四年有《余自刑部員外郎爲時權所擠值磐石出鎮藩屏朝選賓佐以余充職掌記鬱鬱不樂因成長句以寄所知》詩，知明年偓自刑部員外郎出佐。又，本年深秋韓偓有《乾寧三年丙辰在奉天重圍作》詩，且據《資治通鑑》卷二六〇乾寧三年七月載「茂貞進逼京師」，昭宗幸華州，則韓偓本年七月當隨駕往華州，後即「在奉天重圍」中。據此，偓隨駕出幸時當已在刑部員外郎任。

本年有：

《乾寧三年丙辰在奉天重圍作》（《韓偓集》卷三，乾寧三年深秋）

唐昭宗乾寧四年丁巳（八九七）　五十六歲

韓偓在華州行在，六月自刑部員外郎出任鳳翔節度使覃王嗣周掌書記，賦詩紀之。

《全唐文》卷八三二錢珝《授竇回鳳翔節度副使崔澄觀察判官韓偓節度掌書記等制》：「漢詔子弟理郡國，必擇諸儒有材行者以左右之。……今朕以汧岐奥壤而輔京師，推擇統臨，重在藩邸，用乃命丞相選賓介於朝。……偓以致用於文，甚多强力。……爾等亮直勤敬，如在諫省郎署時，則安國王尊之賢，與古相望。」又據《資治通鑑》卷二六一，「以覃王嗣周爲鳳翔節度使」在乾寧四年六月己卯，此即偓詩題所云「余自刑部員外郎」「充職掌記」之時。則韓偓本年六月當以刑部員外郎出佐覃王嗣周。

本年有：

《余自刑部員外郎爲時權所擠值盤石出鎮藩屏朝選賓佐以余充職掌記鬱鬱不樂因成長句寄所知》（《韓偓集》卷三，乾寧四年六月）

唐昭宗光化三年庚申（九〇〇）　五十九歲

韓偓於六月以司勳郎中兼侍御史充翰林學士，有《御試繳狀》等文多篇。

《文苑英華》卷三八四錢珝《授司勳［《總目》作封］郎中兼侍御史知雜事賜緋魚韓偓本官充翰林學士制》，據岑仲勉《補唐代翰林兩記》卷上《補僖昭哀三朝翰林學士記》昭宗朝「韓偓光化中自司勳(封)郎中兼侍御史知雜事賜緋充」條所考,謂「夫反正之前,已晉中舍,而初充翰林學士之日,猶是郎中,此初充最遲不過光化之證也。最要者錢珝行制,《新唐書》一七七云:『子珝,……宰相王摶薦知制誥,進中書舍人,摶得罪,珝貶撫州司馬。』摶以光化三年六月賜死(《新唐書》紀),珝貶亦同時(《文苑英華》七百九錢珝《舟中録序》『庚申歲夏六月,以舍人獲譴佐撫州』),尤爲偓充翰學不始天復之鐵案」。按,《新唐書·韓偓傳》:「宰相崔胤判度支,表以自副,王溥薦爲翰林學士。」又《新唐書·宰相表下》光化三年六月載「丁卯,崔胤爲尚書左僕射兼門下侍郎、同中書門下平章事、諸道鹽鐵轉運等使」;《新唐書·崔胤傳》載:「還守司空、門下侍郎、平章事,兼領度支、鹽鐵、户部使,而賜摶死。」可見崔胤爲宰相判度支,王溥賜死均在光化三年六月。而偓充翰學,係錢珝草制,則其充翰學必在光化三年六月宰相崔胤判度支後,王溥賜死、錢珝貶出之前。

又,宋朱勝非《紺珠集》卷十韓偓《金鑾密記·學士試五題》載:「偓於昭宗朝宣入院,試學士,試文五篇:《萬邦咸寧賦》、《禹拜昌言詩》、《武臣授東川節度使制》、《答佛誓國王進貢書》、《讓圖形表》。其繳狀云:『臣才不邁群,器非拔俗。待價既殊於櫝玉,窮經有愧於籯金。而乃遭遇清時,涵濡睿澤。峨冠振佩,已塵象闕之班;舐筆和鉛,更辱金門之侶。擊鉢謝捷,纂組慚工。撫己循涯,以榮爲懼。』」(曾慥《類説》卷七韓偓《金鑾密記·召入院試文》所載同）唐李肇《翰林志》：「凡初遷者，中書門下召令右銀臺門候旨，其日入院試制、書、答共三首，詩一首；自張仲素後，加賦一首。試畢，封進。可者，翌日受宣，乃定。事下中書門下，於麟德殿候對，本院賜宴。」

又，《新唐書·韓偓傳》：「王溥薦爲翰林學士，遷中書舍人。偓嘗與胤定策誅劉季述，昭宗反正，爲功臣。」按，昭宗反正在明年正月，則偓晉中書舍人當在本年六月爲翰林學士後不久。偓遷給事中事詳明年譜。

本年有：

《御試燬狀》（《韓偓集》卷六，光化三年六月。此文亦見《金鑾密記》第一則文中。此下前五文均已佚）

《萬邦咸寧賦》（光化三年六月）

《禹拜昌言詩》（光化三年六月）

《武臣授東川節度制》（光化三年六月）

《答佛誓國王進貢書》（光化三年六月）

《批三功臣讓圖形表》（光化三年六月）

《金鑾密記》第一則（《韓偓集》卷七，光化三年六月）

《朝退書懷》(《韓偓集》卷三,疑光化三年六月)

唐昭宗光化四年、天復元年辛酉(九〇一)　六十一歲

正月一日,昭宗反正,韓偓以與崔胤定策誅劉季述功,由給事中遷左諫議大夫,依前知制誥、充翰林學士。六月,昭宗獨召對偓,偓諫不可盡誅宦官,上深以爲然。約十月前或稍前,偓與吴融等人在朝賦詩唱和,有《無題》四首等作。十一月,韓全誨劫昭宗幸鳳翔,偓夜追及鄠見帝。至鳳翔,遷兵部侍郎,進翰林學士承旨。

《資治通鑑》卷二六二天復元年六月癸亥:「上之返正也,中書舍人令狐涣、給事中韓偓皆預其謀。」按,昭宗反正事在天復元年正月,則此前之光化三年歲末前韓偓已遷爲給事中。

又,《新唐書·韓偓傳》:「王溥薦爲翰林學士,遷中書舍人。偓嘗與胤定策誅劉季述,昭宗反正,爲功臣。帝疾宦人驕横,欲盡去之。偓曰:『陛下誅季述時,餘皆赦不問,今又誅之,誰不懼死?含垢隱忍,須後可也。天子威柄,今散在方面,若上下同心,攝領權綱,猶冀天下可治。宦人忠厚可任者,假以恩倖,使自翦其黨,蔑有不濟。今食度支者乃八千人,公私牽屬不減二萬,雖誅六七巨魁,未見有益,適固其逆心耳。』帝前膝曰:『此一事終始屬卿。』」又《資治通鑑》卷二六二天復元年六月:「時上悉以軍國事委崔胤,每

奏事，上與之從容，或至然燭。宦官畏之側目，事無大小，皆咨胤而後行。胤志欲盡除之，韓偓屢諫曰：『事禁太甚。此輩亦不可全無，恐其黨迫切，更生他變。』胤不從。丁卯，上獨召偓，問曰：『敕使中爲惡者如林，何以處之？』對曰：『東内之變，敕使誰非同惡？處之當在正旦，今已失其時矣。』上曰：『當是時，卿何不爲崔胤言之？』對曰：『臣見陛下詔書云，「自劉季述等四家之外，其餘一無所問。」夫人主所重，莫大於信，既下此詔，則守之宜堅；若復戮一人。則人人懼死矣。然後來所去者已爲不少，此其所以忷忷不安也。陛下不若擇其尤無良者數人，明示其罪，置之於法，然後撫諭其餘曰：「吾恐爾曹謂吾心有所貯，自今可無疑矣。」乃擇其忠厚者使爲之長。其徒有善則獎之，有罪則懲之，咸自安矣。今此曹在公私者以萬數，豈可盡誅邪！夫帝王之道，當以重厚鎮之，公正御之。至於瑣細機巧，此機生則彼機應矣，終不能成大功，所謂理絲而棼之者也。況今朝廷之權，散在四方，苟能先收此權，則事無不可爲者矣。』上深以爲然，曰：『此事終以屬卿。』」

又，韓偓《無題·并序》：「余辛酉年戲作《無題》十四韻，故奉常王公相國首於繼和，故内翰吴侍郎融、令狐舍人涣、閣下劉舍人崇譽、吏部王員外涣相次屬和。余因作第二首卻寄諸公，二内翰及小天亦再和。余復作第三首，二内翰亦三和。王公一首，劉紫微一首，王小天二首，二學士各三首。余又倒押前韻成第四首，二學士笑謂余曰：『謹豎降旗，何朱研如是也。』遂絶筆。是歲十月末，余在内直，一旦兵起，隨駕西狩，文稿咸棄，更無孑遺。」

又，《新唐書・韓偓傳》：「及胤召朱全忠討全誨，汴兵將至，偓勸胤督茂貞還衛卒。又勸表暴内臣罪，因誅全誨等；若茂貞不如詔，即許全忠入朝。未及用，而全誨等已劫帝西幸。偓夜追及鄠，見帝慟哭。至鳳翔，遷兵部侍郎，進承旨。」《資治通鑑》卷二六二天復元年十一月：「壬子，韓全誨等陳兵殿前，言於上曰：『全忠以大兵逼京師，欲劫天子幸洛陽，求傳禪，臣等請奉陛下幸鳳翔，收兵拒之。』上不許，杖劍登乞巧樓，全誨等逼上下樓，上行才及壽春殿，李彦弼已於御院縱火（胡注：御院，天子及後妃所居之地）。……（上）不得已，與皇后、妃嬪、諸王百餘人皆上馬，慟哭聲不絶，出門，回顧禁中，火已赫然。是夕，宿鄠縣。」又，《資治通鑑》卷二六二天復元年十一月記「壬戌，（昭宗）至鳳翔」。則韓偓遷兵部侍郎、進翰林學士承旨在天復元年十一月壬戌後。

本年有：

《韓偓對話録》第一則（《韓偓集》卷八，天復元年正月）

《金鑾密記》第二則（《韓偓集》卷七，天復元年正月）

《金鑾密記》第三則（《韓偓集》卷七，天復元年正月）

《侍宴》（《韓偓集》卷一，天復元年春）

《金鑾密記》第四則（《韓偓集》卷七，天復元年四月）

《韓偓對話録》第二則（《韓偓集》卷八，天復元年五月至十一月間）

《六月十七日召對自辰及申方歸本院》（《韓偓集》卷一，天復元年六月）

《論宦官不必盡誅》（《韓偓集》卷六，天復元年六月）

《韓偓對話録》第三則（《韓偓集》卷八，天復元年六月）

《韓偓對話録》第四則（《韓偓集》卷八，天復元年六月或稍後）

《雨後月中玉堂閒坐》（《韓偓集》卷一，天復元年夏）

《和吴子華侍郎令狐昭化舍人歎白菊衰謝之絶次用本韻》（《韓偓集》卷一，約天復元年秋末）

《中秋禁直》（《韓偓集》卷一，天復元年八月）

《韓偓對話録》第五則（《韓偓集》卷八，天復元年八月）

《韓偓對話録》第六則（《韓偓集》卷八，天復元年八月）

《韓偓對話録》第七則（《韓偓集》卷八，天復元年九月）

《宫柳》（《韓偓集》卷一，天復元年秋）

《金鑾密記》第五則（《韓偓集》卷七，天復元年十月）

《金鑾密記》第六則（《韓偓集》卷七，天復元年十一月）

《辛酉歲冬十一月隨駕幸岐下作》（《韓偓集》卷一，天復元年十一月）

《錫宴日作》（《韓偓集》卷一，約天復元年秋冬間）

《苑中》（《韓偓集》卷一，天復元年）

《與吴子華侍郎同年玉堂同直懷恩叙懇因成長句四韻兼呈諸同年》（《韓偓集》卷一，天復元年）

《從獵三首》（《韓偓集》卷一，天復元年）

《無題四首》（包括《倒押前韻》，《韓偓集》卷四，天復元年）

唐昭宗天復二年壬戌（九〇二）　六十一歲

韓偓本年仍扈從昭宗於鳳翔，仍任兵部侍郎、翰林學士承旨。四月，回鶻請發兵赴難，昭宗命偓答書許之，偓諫止之。七月，偓拒草韋貽範起復詔。後偓改任户部侍郎、翰林學士承旨。

《資治通鑑》卷二六三天復二年四月：「辛丑，回鶻遣使入貢，請發兵赴難，上命翰林學士承旨韓偓答書許之。乙巳，偓上言：『戎狄獸心，不可倚信。彼見國家人物華靡，而城邑荒殘，甲兵凋敝，必有輕中國之心，啟其貪婪。且自會昌以來，回鶻爲中國所破，恐其乘危復怨。所賜可汗書，宜諭以小小寇竊，不須赴難。虚愧其意，實沮其謀。』從之。」

又，《新唐書·韓偓傳》：「宰相韋貽範母喪，詔還位，偓當草制，上言：『貽範處喪未數月，遽使視事，傷孝子心。今中書事，一相可辦。陛下誠惜貽範才，俟變縗而召可也。何必使出峨冠廟堂，入泣血柩側，毁瘠則廢務，勤恪則忘哀，此非人情可處也。』學士使馬從皓逼偓求草，偓曰：『腕可斷，麻不可草！』從皓曰：『君求死邪？』偓曰：『吾職内署，可默默乎？』明日，百官至，而麻不出，宦侍合噪。」據《資治通鑑》卷二六三，韓偓拒草韋貽範起復詔乃在天復二年七月。

又，《舊唐書·昭宗紀》天復三年正月丙午載「上又令户部侍郎韓偓、趙國夫人寵顔宣諭於全忠軍」。則約本年底前，韓偓已由兵部侍郎改任户部侍郎、翰林學士承旨。

本年有：

《金鑾密記》第七則（《韓偓集》卷七，天復二年三月）

《韓偓對話録》第八則（《韓偓集》卷八，天復二年四月）

《韓偓對話録》第九則（《韓偓集》卷八，天復二年五月）

《金鑾密記》第八則（《韓偓集》卷七，天復二年五月）

《恩賜櫻桃分寄朝士》(《韓偓集》卷一,天復二年夏)

《諫奪制還位疏》(《韓偓集》卷六,天復二年七月)

《韓偓對話録》第十則(《韓偓集》卷八,天復二年七月)

《金鑾密記》第九則(《韓偓集》卷七,天復二年八月)

《秋霖夜憶家》(《韓偓集》卷一,天復二年秋)

《寄遠》(《韓偓集》卷四,天復二年深秋)

《冬至夜作》(《韓偓集》卷一,天復二年十一月冬至)

《韓偓對話録》第十一則(《韓偓集》卷八,天復二年十一月)

《韓偓對話録》第十二則(《韓偓集》卷八,天復二年十一月)

《金鑾密記》第十一則(《韓偓集》卷七,天復二年十二月)

《金鑾密記》第十則(《韓偓集》卷七,天復二年)

唐昭宗天復三年癸亥(九〇三)　六十二歲

二月,韓偓以薦王贊、趙崇爲相觸怒朱全忠,從長安朝中被貶濮州司馬。二月二十二日貶經硤石縣,賦詩紀之。後再貶爲榮懿尉,徙鄧州司馬。

《資治通鑑》卷二六四天復三年二月:「初,翰林學士承旨韓偓之登進士第也,御史大夫趙崇知貢舉。上返自鳳翔，欲用偓爲相，偓薦崇及兵部侍郎王贊自代，上欲從之，崔胤惡其分己權，使朱全忠入爭之，全忠見上曰：『趙崇輕薄之魁，王贊無才用，韓偓何得妄薦爲相！』上見全忠怒甚，不得已，癸未，貶偓濮州司馬。上密與偓泣別，偓曰：『是人非復前來之比，臣得遠貶及死，乃幸耳，不忍見篡弑之辱！』」

又，韓偓《出官經硤石縣》詩下自注「天復三年二月二十二日」；詩中「謫宦過東畿，所抵州名濮」句下自注：「是月十一日貶濮州司馬。」則偓貶濮州司馬在本年二月十一日，二月二十二日經硤石縣（治所在今河南陝縣東南五十二里硤石鄉）。

又，《新唐書・韓偓傳》：「全忠怒偓薄己，悻然出。有譖偓喜侵侮有位，胤亦與偓貳。會逐王溥、陸扆，帝以王贊、趙崇爲相，胤執贊、崇非宰相器，帝不得已而罷。贊、崇皆偓所薦爲宰相者。全忠見帝，斥偓罪，帝數顧胤，胤不爲解。全忠至中書，欲召偓殺之。鄭元規曰：『偓位侍郎、學士承旨，公無遽。』全忠乃止，貶濮州司馬。帝執其手流涕曰：『我左右無人矣。』再貶榮懿尉，徙鄧州司馬。」岑仲勉《韓偓南依記》云：偓「二十二日（癸巳），經硤石縣。硤石屬陝州，地志從山不從石。詩云：『謫官過東畿，所抵州名濮。……尚得佐方州，信是皇恩沐。』按偓自濮州再貶榮懿，榮懿屬江南道溱州，又徙山南道鄧州，是否通履三任，無可確考。偓在湖南賦《早翫雪梅有懷親屬》詩，又《家書後批二十八字》詩注，

『在醴陵時聞家在登州』，偓原籍京兆萬年，則似家屬隨至濮州，故得東徙海岸。唐末朝命不行，且偓之貶，出於權姦排擠，爲保身計，意偓以泝江之便，遂轉入湖南，未嘗至滎懿也。」

本年有：

《韓偓對話録》第十三則（《韓偓集》卷八，天復三年正月）

《金鑾密記》第十二至十四則（《韓偓集》卷七，天復三年正月）

《金鑾密記》第十六則（《韓偓集》卷七，天復元年正月至三年二月）

《金鑾密記》第十七則（《韓偓集》卷七，天復元年正月至三年二月）

《金鑾密記》第十五則（《韓偓集》卷七，天復三年二月）

《金鑾密記》第十八則（《韓偓集》卷七，天復三年二月）

《韓偓對話録》第十四至十六則（《韓偓集》卷八，天復三年二月）

《出官經硤石縣》（《韓偓集》卷一，天復三年二月）

唐昭宗天復四年、唐哀帝天祐元年甲子（九〇四）　六十三歲

約本年早春，韓偓已溯江西行，過漢口，再入漢江北上。後轉帆南下，經洞庭湖，二月至湖南。夏五月，自長沙抵醴陵。八月，朱全忠令朱友恭等弑昭宗。冬，偓仍寓居醴陵，有詠梅詩數首以抒抗擊朝中邪佞、强暴勢力之情懷。

韓偓本年有《江行》、《過漢口》、《漢江行次》等三首詩（考詳見各詩注釋〔一〕）。《過漢口》云：「濁世清名一概休，古今翻覆剩堪愁。年年春浪來巫峽，日日殘陽過沔州。」按，去年偓貶濮州，後再貶榮懿尉，徙鄧州司馬，則去年偓當離開濮州往赴榮懿。而今年春經洞庭湖，二月抵湖南，則其上述三首長江、漢水之行詩當均約今年早春時作。又，偓有《雪中過重湖信筆偶題》詩：「道方時險擬如何，謫去甘心隱薜蘿。青草湖將天暗合，白頭浪與雪相和。旗亭臘酎逾年熟，水國春寒向晚多。處困不忙仍不怨，醉來唯是欲傞傞。」據此則最遲至賦此詩時，偓已決心不赴榮懿、鄧州任，而「甘心隱薜蘿」棄官隱居矣。

又，韓偓有《訪同年虞部李郎中》詩，題下自注云：「天復四年二月，在湖南。」

又，韓偓有《甲子歲夏五月自長沙抵醴陵貴就深僻以便疏慵由道林之南步步勝絶去緑口分東入南小江山水益秀村籬之次忽見紫薇花因思玉堂及西掖廳前皆植是花遂賦詩四韻聊寄知心》詩，據此知本年五月，韓偓已經離開長沙抵醴陵縣。

又，《舊唐書》卷二十下《昭宗本紀》天祐元年載：「八月壬辰朔。壬寅夜，朱全忠令左龍武統軍朱友恭、右龍武統軍氏叔琮、樞密使蔣玄暉弑昭宗於椒殿。自帝遷洛，李克用、李茂貞、西川王建、襄陽趙匡凝知全忠篡奪之謀，連盟舉義，以興復爲辭。而帝英傑不群，全忠方事西討，慮變起於中，故害帝以絶人望。」

又，韓偓有《早玩雪梅有懷親屬》、《梅花》、《湖南梅花一冬再發偶題於花援》詩。按，《全唐詩》卷六八〇將此三詩均排列在題下有「在湖南醴陵縣作」自注之《玩水禽》詩後（按，《全唐詩》此卷此一部分詩大致按時間順序排列），《翠碧鳥》詩前。而明年春，偓仍在醴陵，時有《净興寺杜鵑一枝繁艷無比》、《翠碧鳥》（此詩題下小注謂「以上並在醴陵作」）等詩，且明年春夏間偓已在江西袁州，則此三首詠梅詩均作於本年冬在醴陵時。其《梅花》詩云：「梅花不肯傍春光，自向深冬著艷陽。龍笛遠吹胡地月，燕釵初試漢宫妝。風雖强暴翻添思，雪欲侵凌更助香。應笑暫時桃李樹，盗天和氣作年芳。」

本年有：

《江行》（《韓偓集》卷二，天復四年初春）

《過漢口》（《韓偓集》卷三，天復四年初春）

《漢江行次》（《韓偓集》卷二，天復四年初春）

《雪中過重湖信筆偶題》（《韓偓集》卷一，天復四年初春）

《小隱》（《韓偓集》卷一，天復四年春寒時）

《訪同年虞部李郎中》（《韓偓集》卷一，天復四年二月）

《湖南絶少含桃偶有人以新摘者見惠感事傷懷因成四韻》(《韓偓集》卷二,天復四年三月)

《贈湖南李思齊處士》(《韓偓集》卷二,天復四年三月)

《春陰獨酌寄同年虞部李郎中》(《韓偓集》卷一,天復四年春)

《偶題》(《韓偓集》卷二,天復四年春)

《亂後春日途經野塘》(《韓偓集》卷二,疑約天復四年春末)

《同年前虞部李郎中自長沙赴行在余以紫石硯贈之賦詩代書》(《韓偓集》卷三,天復四年春夏間)

《贈漁者》(《韓偓集》卷一,天復四年春夏間)

《奉和峽州孫舍人肇荆南重圍中寄諸朝士二篇時李常侍洵嚴諫議龜李起居殷衡李郎中冉皆有繼和余久有是僨今至湖南方暇牽課》(《韓偓集》卷一,天祐元年初夏)

《寄湖南從事》(《韓偓集》卷一,天復四年春末)

《甲子歲夏五月自長沙抵醴陵貴就深僻以便疎慵由道林之南步步勝絶去緑口分東入南小江山水益秀村籬之次忽見紫薇花因思玉堂及西掖廳前皆植是花遂賦詩四韻聊寄知心》(《韓偓集》卷二,天祐元年五月)

《玩水禽》（《韓偓集》卷一，天祐元年五月後）

《欲明》（《韓偓集》卷一，天祐元年五月後）

《早起五言三韻》（《韓偓集》卷一，天祐元年五月）

《家書後批二十八字》（《韓偓集》卷一，天祐元年五月至寒冬間）

《曛黑》（《韓偓集》卷一，天祐元年秋）

《醉著》（《韓偓集》卷一，天祐元年隆冬）

《梅花》（《韓偓集》卷一，天祐元年深冬）

《早玩雪梅有懷親屬》（《韓偓集》卷一，天祐元年十二月）

《湖南梅花一冬再發偶題於花援》（《韓偓集》卷一，天祐元年臘月）

《曉日》（《韓偓集》卷一，天祐元年）

唐哀帝天祐二年乙丑（九〇五）　六十四歲

春，韓偓仍在醴陵，有《即目二首》之一、《凈興寺杜鵑一枝繁豔無比》詩。是年夏在醴陵有《翠碧鳥》詩，後離開醴陵至袁州，有《贈孫仁本尊師》、《贈易卜崔江處士》等詩。七月偓在江西蕭灘鎮，以病卧至九月。時朝廷以復故官召，偓聞而賦詩以示不赴召及哀悼昭宗之情。

韓偓有《即目二首》，其一中云：「廢城沃土肥春草，野渡空船蕩夕陽。」《浄興寺杜鵑一枝繁豔無比》，中云：「一園紅艷醉坡陀，自蒂連梢簇蒨羅。」上兩詩後又有《翠碧鳥》詩（此詩題下小注謂「以上並在醴陵作」），據此知本年春夏韓偓尚在湖南醴陵。

又，韓偓有《贈孫本仁尊師》，題下有「在袁州」自注。又有《贈易卜崔江處士》，題下亦自注「袁州」。按，本年夏韓偓尚在湖南醴陵，而七月已至江西蕭灘鎮（詳下），袁州乃在湖南醴陵往江西蕭灘鎮之間，則推其初至袁州乃在本年春夏間。

又，韓偓有《乙丑歲九月在蕭灘鎮駐泊兩月忽得商馬楊迢員外書賀余復除戎曹依舊承旨還緘後因書四十字》詩。據此詩題可知，韓偓天祐二年（即乙丑歲）九月已在江西蕭灘鎮駐泊兩月，則其初至蕭灘鎮，蓋約在天祐二年七月左右。又，此詩云：「旅寓在江郊，秋山正寂寥。紫泥虚寵奬，白髮已漁樵。事往淒涼在，時危志氣消。若爲將朽質，猶擬杖於朝。」又《病中初聞復官二首》之一中云：「也知恩澤招讒口，還痛神祇誤直腸。聞道復官翻涕泗，屬車何在水茫茫。」之二中云：「又挂朝衣一自驚，始知天意重推誠。……宦途巇嶮終難測，穩泊漁舟隱姓名。」《新唐書·韓偓傳》亦謂「天祐二年，復召爲學士，還故官，偓不敢入朝，挈其族南依王審知而卒」。則此次召復故官，詩人召而不赴矣。

本年有：

《柳》（《韓偓集》卷一，天祐二年春）
《即目二首》之一（《韓偓集》卷一，天祐二年春）
《浄興寺杜鵑一枝繁艷無比》（《韓偓集》卷一，天祐二年春）
《花時與錢尊師同醉因成二十字》（《韓偓集》卷一，天祐二年春）
《贈易卜崔江處》（《韓偓集》卷二，天祐二年春夏間）
《避地》（《韓偓集》卷一，天祐二年春夏間）
《息兵》（《韓偓集》卷一，天祐二年春夏間）
《翠碧鳥》（《韓偓集》卷一，天祐二年夏）
《贈孫仁本尊師》（《韓偓集》卷一，天祐二年夏秋間）
《病中初聞復官二首》（《韓偓集》卷一，天祐二年九月）
《乙丑歲九月在蕭灘鎮駐泊兩月忽得商馬楊迢員外書賀余復除戎曹依舊承旨還緘後因書四十字》（《韓偓集》卷一，天祐二年九月）
《夜坐》（《韓偓集》卷三，疑約天祐二年九月）

唐哀帝天祐三年丙寅（九〇六）　六十五歲

韓偓本年二月已至江西撫州，有懷諸朝客與贈危全諷司空詩。三月二十七日，自撫州舟行往南城，有詩紀之。秋，已在福州，有《荔枝三首》。九月，前東都度支院蘇暐端公授前偓所淪落詩稿，中有《無題》詩，偓遂編次之，並作序紀之。本年在福州尚有《登南神光寺塔院》、《故都》等詩多首。

韓偓有《丙寅二月二十二日撫州如歸館雨中有懷諸朝客》詩，丙寅即本年。據此，本年二月二十二日偓即在江西撫州客館，並懷念諸朝客。此詩中云：「萍蓬已恨爲逋客，江嶺那知見侍臣」，「侍臣」即所懷之朝客。又有《和王舍人撫州飲席贈韋司空》詩。按，「韋司空」即「危司空」之誤，即指時任撫州刺史之危全諷；王舍人則爲中書舍人王滌（考詳見本詩注釋〔一〕）。

又，韓偓有《三月二十七日自撫州往南城縣舟行見拂水薔薇因有是作》詩。按，統籤本此詩於題後有小注云「丙寅三月二十七日」。則本年三月二十七日，韓偓離開撫州沿盱江往江西南城縣。

又，韓偓有《荔枝三首》，題下自注：「丙寅年秋，到福州。自此後並福州作。」據此，偓本年秋已抵達福州，並有詩多首。其《登南神光寺塔院》詩中云：「無奈離腸日九迴，强攄懷抱立高臺。中華地向城邊盡，外國雲從島上來。」統籤本此詩題下有小注云：「丙寅福州。」

又，韓偓有《故都》詩：「故都遥想草萋萋，上帝深疑亦自迷。塞雁已侵池籞宿，宫鴉猶戀女牆啼。天涯烈士空垂涕，地下强魂必噬臍。掩鼻計成終不覺，馮驩無路斅鳴雞。」此詩亦本年深秋在福州作(考詳見本詩注釋〔一〕)，抒發對廢都長安懷想之情，恨無力以回天。

又，韓偓有《無題并序》：「余辛酉年戲作《無題》十四韻，故奉常王公相國首於繼和，故内翰吴侍郎融、令狐舍人涣、閣下劉舍人崇譽、吏部王員外涣相次屬和。……是歲十月末，余在内直，一旦兵起，隨駕西狩，文稿咸棄，更無孑遺。丙寅年九月，在福建寓止，有前東都度支院蘇暐端公，挈余淪落詩稿見授，中得《無題》一首。因追味舊作，缺忘甚多，唯第二、第四首髣髴可記，其第三首才得數句而已。今亦依次編之，以俟他時偶獲全本。餘五人所和，不復憶省矣。」據此，蘇暐端公本年交給韓偓已失落之詩稿(中有《無題》詩一首)，韓偓遂追味舊作而編次之，並作《無題詩序》以紀之。

本年有：

《丙寅二月二十二日撫州如歸館雨中有懷諸朝客》(《韓偓集》卷一，天祐三年二月)

《和王舍人撫州飲席贈韋司空》(《韓偓集》卷三，天祐三年春)

《三月二十七日自撫州往南城縣舟行見拂水薔薇因有是作》(《韓偓集》卷一，天祐三

年三月）

《荔枝三首》（《韓偓集》卷一，天祐三年秋後）

《寄上兄長》（《韓偓集》卷一，天祐三年秋後）

《寶劍》（《韓偓集》卷一，天祐三年秋後）

《兩賢》、《再思》、《有矚》、《夢仙》（《韓偓集》卷一，天祐三年秋後）

《贈吴顛尊師》（《韓偓集》卷一，天祐三年秋後）

《送人棄官入道》、《科深閒興》、《故都》（《韓偓集》卷一，天祐三年秋後）

《無題詩序》（《韓偓集》卷四，約天祐三年九月後）

《登南神光寺塔院》（《韓偓集》卷一，天祐三年冬末）

唐哀帝天祐四年、後梁太祖開平元年丁卯（九〇七）　六十六歲

本年正月十八日，韓偓與南來右常侍李洵等朝士，參加福州開元寺金銅佛像落成佛會。時偓聞再除其爲兵部侍郎、翰林學士承旨事感而賦詩。四月，王審知等節鎮稱臣於梁，偓有《感事三十四韻》一長詩以實録之筆法記述自己所經唐昭宗朝之經歷，並哀悼李唐之亡。本年尚有《向隅》詩感歎「弟兄消息絶」。

黄滔《丈六金身碑》：「我公粤天祐三年丙寅秋七月乙丑，鑄金銅像一，丈有六尺之高。後二十有三日丁亥，繼之鑄菩薩二，丈有三尺高。……明年正月十有八日乙未，設二十萬人齋號無遮以落之。是日也，彩雲纈天，甘露粒松。香花之氣撲地，經梵之聲入空。座客有右省常侍隴西李公洵；翰林承旨、制誥、兵部侍郎昌黎韓公偓；中書舍人，琅琊王公滌；右補闕，博陵崔徵君道融；大司農，瑯琊王公標；吏部郎中，譙國夏侯公淑；司勳員外郎王公拯；刑部員外郎，宏農楊公承修；宏文館直學士，宏農楊公贊圖；宏文館直學士，瑯琊王公倜；集賢殿校理，吴郡歸公傅懿，皆以文學之奥比偃商，侍從之聲齊褒向，甲乙昇第，巖廊韞望。東浮荆襄，南遊吴楚，謂安莫安於閩越，誠莫誠於我公。……交轍及館，值斯佛之成，斯會之設，俱得放心猿於菩提樹上，歇意馬於清涼山中。」

又，韓偓本年聞再除其爲兵部侍郎、翰林學士承旨感而賦詩事見於元馬端臨《文獻通考》卷二四三《經籍》七十：「石林葉氏曰：韓偓傳自貶濮州司馬後，載其事即不甚詳。其再召爲學士，在天祐二年。吾家所藏偓詩雖不多，然自貶後，皆以甲子歷歷自記其所在，有乙丑年在袁州得人賀復除戎曹依舊承旨詩，即天祐二年也。昭宗前一年已弑，蓋哀帝之命也。末句云『若爲將朽質，猶擬杖於朝』，固不往矣！其後又有丁卯年正月《聞再除戎曹依前充職》詩，末句云『豈獨鴟夷解歸去，五湖魚艇且餔糟』，天祐四年也。是嘗兩召皆辭，《唐史》止書其一。是歲四月，全忠篡，其召命自哀帝之世。自後復召，則癸酉年南安縣之作，即梁之乾化二年（慶按，癸酉年乃乾化三年，此謂乾化二年誤），時全忠亦已被弒，明年梁亡。其兩召不行，非特避禍，蓋終身不食梁禄，其大節與司空表聖略相等。惜乎，《唐史》不能少發明之也！」

又，韓偓有《感事三十四韻》詩，據此詩詩題下「丁卯已後」之自注，知詩乃本年唐亡後作。

又，韓偓有《向隅》：「守道得途遲，中兼遇亂離。剛腸成繞指，玄髮轉垂絲。客路少安處，病牀無穩時。弟兄消息絶，獨斂向隅眉。」此詩亦本年在福州所作（考詳見本詩注釋〔一〕）。

本年有：

《聞再除戎曹依前充職》（《韓偓集》卷五，天祐四年正月）

《息慮》（《韓偓集》卷二，開平元年春）

《感事三十四韻》（《韓偓集》卷二，開平元年四月後）

《社後》（《韓偓集》卷二，開平元年秋）

《秋郊閒望有感》（《韓偓集》卷二，開平元年秋）

《手簡第六帖》（《韓偓集》卷六，開平元年十月十五日）

《早起探春》（《韓偓集》卷二，開平元年臘月）

《向隅》（《韓偓集》卷二，開平元年）

《味道》（《韓偓集》卷二，開平元年）

《李太舍池上玩紅薇醉題》（《韓偓集》卷二，開平元年）

《裹娜》（《韓偓集》卷四，開平元年）

後梁開平二年戊辰（九〇八）　六十七歲

韓偓約本年冬已自福州移居沙縣。

按，宋李綱《梁溪集》卷十一《讀韓偓詩并記有感》云：「韓偓唐昭宗時爲翰林學士承旨，頗與國論，爲崔胤、朱全忠所不容，謫濮州司馬。其後復官，不敢入朝，挈其族依閩中王審知。嘗道沙陽，寓居天王院者歲餘，與老僧藴明相善，以詩贈之。」據此，韓偓「嘗道沙陽，寓居天王院者歲餘」。韓偓至沙縣，鄧小軍《韓偓年譜》於後梁開平二年譜謂「偓去福州居沙縣（今屬福建），當在本年」。其考云：「案：本集明年己巳年有詩題《余寓汀州沙縣病中聞前鄭左丞璘隨外鎮舉薦赴洛兼云繼有急徵旋見脂轄因作七言四韻戲以贈之或冀其感悟也》、《己巳年正月十二日自沙縣抵邵武軍將謀撫信之行到纔一夕爲閩相急腳相召卻其請赴沙縣郊外泊船偶成一篇》，夫明年己巳年正月初已寓居沙縣，正月十二日又離沙縣抵邵武（今屬福建），則偓早在本年戊辰年已離福州遷居沙縣。宋李綱……云偓『嘗道沙陽，寓居天王院者歲餘』，復按偓以明年己巳年歲末離沙縣赴尤溪（詳己巳年譜），則自本年至明年歲末，偓居沙縣適爲歲餘也。」按，至明年歲末韓偓寓居沙縣歲餘，則推其初至沙縣蓋約在本年冬。

後梁開平三年己巳（九〇九）　六十八歲

韓偓於正月十二日自沙縣抵邵武軍將謀撫信之行，然爲閩相王審知之使者召回沙縣。春夏間，訪老僧永明禪師，有詩紀之。在沙縣寓居，病中見前鄭左丞璘隋外鎮舉薦赴洛，遂作詩贈之，冀其感悟。歲末，離沙縣由水路往尤溪，途經建溪，有詩紀溪水之險。

韓偓有《己巳年正月十二日自沙縣抵邵武軍將謀撫信之行到纔一夕爲閩相急腳相召卻請赴沙縣郊外泊船偶成一篇》，據此知本年初偓離開沙縣赴邵武，擬再往江西之撫州、信州，然爲王審知派人追回沙縣。

又，韓偓有《永明禪師房》詩，中云：「景色方妍媚，尋真出近郊。……支公禪寂處，時有鶴來巢。」此詩即本年春夏間訪永明禪師之作（考詳見此詩注釋〔一〕）。

又，韓偓有《余寓汀州沙縣病中聞前鄭左丞璘隨外鎮舉薦赴洛兼云繼有急徵旋見脂轄因作七言四韻戲以贈之或冀其感悟也》詩，中云：「公幹寂寥甘坐廢，子牟歡抃促行期。

移都已改侯王第，惆悵沙堤別築基。」此詩題下有「己巳年」小注，知乃本年所賦。鄭璘此行乃赴朱梁朝爲官，故韓偓以詩爲勸，冀其感悟。

又，韓偓有《建谿灘波心目驚眩余平生溺奇境今則畏怯不暇因書二十八字》詩：「長貪山水羡漁樵，自笑揚鞭趁早朝。今日建谿驚恐後，李將軍畫也須燒。」按，鄧小軍《韓偓年譜》開平三年謂「年底，偓取水道自水溪（今沙溪，順東北流向）入建陽溪（即建溪，今閩江，順東南流向），經黯淡灘諸險，在今尤溪口向西轉入尤溪水，溯尤溪水至尤溪（今福建尤溪）。有《建溪灘波心目驚眩余平生溺奇境今則畏怯不暇因書二十八字》詩紀行。」又謂「此詩編次，集中在《己巳年正月十二日自沙縣抵邵武軍將謀撫信之行到纔一夕爲閩相急腳相召卻請赴沙縣郊外泊船偶成一篇》之後，《自沙縣抵尤溪縣值泉州軍過後村落皆空因有一絶》（題下自注『此後庚午年』）之前。故定此行在本年底，並繫此詩於此。」則此詩乃開平三年底之作。

本年有：

《己巳年正月十二日自沙縣抵邵武軍將謀撫信之行到纔一夕爲閩相急腳相召卻請赴沙縣郊外泊船偶成一篇》（《韓偓集》卷二，開平三年正月）

《寒食日沙縣雨中看薔薇》（《韓偓集》卷三，開平三年三月）

《手簡第七帖》（《韓偓集》卷六，開平三年春）

《永明禪師房》（《韓偓集》卷三，開平三年春夏間）

《余寓汀州沙縣病中聞前鄭左丞璘隨外鎮舉薦赴洛兼云繼有急徵旋見脂轄因作七言四韻戲以贈之或冀其感悟也》（《韓偓集》卷二，開平三年）

《又一絶請爲申達京洛親交知余病廢》（《韓偓集》卷二，開平三年）

《訪明公大德》（《韓偓集》卷三，約開平三年）

《手簡第二帖》（《韓偓集》卷六，開平三年）

《夢中作》（《韓偓集》卷二，開平三年）

《建谿灘波心目驚眩余平生溺奇境今則畏怯不暇因書二十八字》（《韓偓集》卷二，開平三年末）

後梁開平四年庚午（九一〇）　六十九歲

韓偓本年春已自沙縣抵達尤溪，有詩寫村落因軍過而荒寒之景象。隨後寓居於南安縣桃林場，有詩記述修整桃林場客舍之前池旁木槿遮蔽之事。又有《此翁》詩表明自己原無仕閩之心，卻被王審知幕下群公所猜忌，並以《閒居》詩一表隱逸之志。約本年亦有《思録舊詩於卷上淒然有感因成一章》詩。其《香奩集序》約作於本年或之後。本年尚有《多情》、《寄隱者》等詩。

韓偓有《自沙縣抵尤溪縣值泉州軍過後村落皆空因有一絶》詩：「水自潺湲日自斜，盡無雞犬有鳴鴉。千村萬落如寒食，不見人煙空見花。」此詩題下自注：「此後庚午年。」則此詩以及排列於此詩後之若干詩均作於本年。

又，韓偓《桃林場客舍之前有池半畝木槿櫛比閡水遮山因命僕夫運斤梳沐豁然清朗復睹太虛因作五言八韻》詩云：「插槿作藩籬，叢生覆小池。爲能妨遠目，因遣去閑枝。……稍寬春水面，盡見晚山眉。」此詩乃排列在上舉詩後，詩中有「稍寬春水面」句，則乃本年春之詩，時韓偓已寓居於南安縣桃林場矣。

又，《此翁》詩云：「高閣群公莫忌儂，儂心不在宦名中。嚴光一唾垂緌紫，何胤三遺大帶紅。金勁任從千口鑠，玉寒曾試幾爐烘。唯應鬼眼兼天眼，窺見行藏信此翁。」詩題下有「此後在桃林場」小注，詩亦本年在桃林場作。

按，岑仲勉《唐集質疑・韓偓南依記》謂「考偓初至福州，後乃之泉，觀《此翁》詩有『高閣群公莫忌儂，儂心不在宦名中』等語，知審知左右忌之者甚衆」。

又，韓偓《閒居》詩云：「厭聞趨競喜閒居，自種蕪菁亦自鋤。麋鹿跳梁憂觸撥，鷹鸇搏擊恐麤疏。拙謀卻爲多循理，所短深慚盡信書。刀尺不虧繩墨在，莫疑張翰戀鱸魚。」

此詩亦本年作於桃林場（考詳見本詩注釋〔一〕）。據此詩所詠，偓已無心出仕而決心隱逸閒居矣。

又，韓偓《思録舊詩於卷上淒然有感因成一章》云：「緝綴小詩鈔卷裏，尋思閒事到心頭。自吟自泣無人會，腸斷蓬山第一流。」此詩疑約作於開平四年或之後（考詳見本詩注釋〔一〕），乃詩人晚年編録《香奩集》時有感之作。詩中所謂「尋思閒事到心頭」之「閒事」，蓋指其年輕時所曾經歷之與一女子刻骨銘心相戀之事。其《香奩集序》亦約本年或稍後所撰。（考詳見本文注釋〔一〕）

本年有：

《自沙縣抵尤溪縣值泉州軍過後村落皆空因有一絶》（《韓偓集》卷二，開平四年春）

《多情》（《韓偓集》卷四，開平四年春）

《寄隱者》（《韓偓集》卷二，開平四年春）

《桃林場客舍之前有池半畝木槿櫛比閡水遮山因命僕夫運斤梳沐豁然清朗復覩太虚因作五言八韻以記之》（《韓偓集》卷二，開平四年春）

《卜隱》（《韓偓集》卷二，開平四年春末）

《暴雨》（《韓偓集》卷二，開平四年夏）

《山院避暑》、《漫作二首》（《韓偓集》卷二，開平四年夏）

《中秋寄楊學士》（《韓偓集》卷二，開平四年中秋）

《此翁》、《失鶴》、《晨興》、《閒興》、《騰騰》、《閒居》、《僧影》、《贈隱逸》、《寄禪師》（《韓偓集》卷二，開平四年）

《思録舊詩於卷上凄然有感因成一章》（《韓偓集》卷四，約作於開平四年或之後）

《香奩集序》（《韓偓集》卷六，約開平四年或之後）

後梁開平五年、後梁乾化元年辛未（九一一）　七十歲

韓偓本年離開桃林塲，徙至南安縣，先寄居九日山僧舍，後率家人在龍興院後葵山墾荒耕種，安置族人。

按，統籤本《火蛾》詩題下有小注：「辛未南安縣作。」據此知辛未年即本年韓偓已經離開桃林塲而至南安縣。又，清康熙《南安縣志》卷二十《雜志》：「龍興院在三都。……唐學士韓偓殁於此。」民國四年《南安縣志》卷五《營建志二》：「龍興院在三都。……學士韓偓寓殁於此。偓自京兆徙此，其詩有『此地三年偶寓家，枳籬茅屋共桑麻』之句。院今廢。」又陳敦貞《唐韓學士偓年譜》後梁太祖乾化元年譜謂：「韓公在桃林塲，似仍未能安心住下去，乃於今年夏間（慶按，此謂「夏間」恐稍晚，應是「春間」）離桃林，取水路南下

至南安縣治，即今豐州鎮，寄居九日山僧舍。山在鎮西里許，去泉州郡城不上十里。……韓公既不到這郡城去，也不住到距豐州鎮五里的潘山之招賢館。」同譜乾化二年譜又謂：「韓公自去年至南安縣治，今年仍在南安縣，而自九日山移居於縣治東門外二里許偏處西北方之三都董埔鄉龍興寺。故老相傳，韓公在董埔鄉寺間，亦自居處。蓋公南來，除了家人，還有族人，有些族人留居閩中，其餘到南安縣來，就在韓公領導下，擇地龍興寺後的葵山，以墾荒耕種，名其地曰杏田，並以安置族人，隨成一小村落，至今猶稱杏田村。」

本年有：

《清興》、《信筆》（《韓偓集》卷二，乾化元年春）

《喜涼》（《韓偓集》卷二，乾化元年初秋）

《手簡第十、十一帖》（《韓偓集》卷六，開平五年）

《淒淒》、《火蛾》、《雷公》、《船頭》、《天鑒》（《韓偓集》卷二，乾化元年）

後梁乾化二年壬申（九一二）　七十一歲

本年韓偓仍居於南安縣。有《江岸閒步》、《八月六日作四首》、《余卧疾深村聞一二郎官今稱繼使閩越笑余迂古潛於異鄉聞之因成此篇》、《安貧》、《感舊》等詩多首。

韓偓《江岸閒步》詩下小注云：「此後壬申年作，在南安縣。」壬申即本年，時偓仍居南安縣。

又，韓偓《八月六日作四首》其一云：「日離黄道十年昏，敏手重開造化門。火帝動爐銷劍戟，風師吹雨洗乾坤。左牽犬馬誠難測，右袒簪纓最負恩。丹筆不知誰定罪，莫留遺跡怨神孫。」此詩乃作於本年八月六日（考詳見本詩注釋〔一〕）。

又，韓偓《余卧疾深村聞一二郎官今稱繼使閩越笑余迂古潛於異鄉聞之因成此篇》：「枕流方采北山薇，驛騎交迎市道兒。霧豹祇憂無石室，泥鰌唯要有洿池。不羞莽卓黄金印，卻笑羲皇白接䍦。莫負美名書信史，清風掃地更無遺。」按，此詩《全唐詩》編於題下有「此後壬申年作，在南安縣」之《江岸閒步》之後第二首，則詩乃後梁乾化二年在南安縣作。

又，韓偓有《安貧》詩：「手風慵展八行書，眼暗休尋九局圖。窗裏日光飛野馬，案頭筠管長蒲盧。謀身拙爲安蛇足，報國危曾捋虎鬚。舉世可能無默識，未知誰擬試齊竽。」按，《全唐詩》編此詩於《江岸閒步》詩後第三首，而《江岸閒步》詩下小注云：「此後壬申年作，在南安縣。」則此詩當作於後梁乾化二年壬申。

又，韓偓有《感舊》詩：「省趨弘閣侍貂璫，指座深恩刻寸腸。秦苑已荒空逝水，楚天無限更斜陽。時昏卻笑朱弦直，事過方聞鎖骨香。入室故寮流落盡，路人惆悵見靈光。」按，《全唐詩》編此詩於《江岸閒步》詩後第八首，而《江岸閒步》詩下小注云：「此後壬申年作，在南安縣。」又此詩後第二首爲《驛步》，其詩題下小注云「癸酉年在南安縣」。則此詩當作於後梁乾化二年壬申，時詩人在南安。

本年有：

《殘春旅舍》（《韓偓集》卷二，乾化二年春末）

《野塘》（《韓偓集》卷二，乾化二年夏）

《八月六日作四首》（《韓偓集》卷二，乾化二年八月）

《即目二首》之二（《韓偓集》卷一，乾化二年秋）

《露》（《韓偓集》卷二，乾化二年秋）

《江岸閒步》（《韓偓集》卷二，乾化二年）

《余卧疾深村聞一二郎官今稱繼使閩越笑余迂古潛於異鄉聞之因成此篇》、《安貧》、《鵲》、《贈僧》、《感舊》（《韓偓集》卷二，乾化二年）

《深村》（《韓偓集》卷三，疑約乾化二年）

後梁乾化三年癸酉（九一三）　七十二歲

韓偓寓居於南安已三年，有《南安寓止》、《驛步》詩紀之。十月初，偓氣疾初愈，賦詩言之。本年尚遊松洋洞，題詩紀之。偓第三次被召不往或在本年。

韓偓有《南安寓止》詩，中云：「此地三年偶寄家，枳籬茅廠共桑麻。」則作此詩時韓偓已在南安縣三年。統籤本《火蛾》詩題下有小注：「辛未南安縣作。」自辛未至本年癸酉，即後梁乾化元年至乾化三年爲三年。則此詩乃作於後梁乾化三年，時在南安縣。又此詩有「蝶矜翅暖徐窺草，蠭倚身輕凝看花」句，當作於是年春間。又《驛步》詩題下小注云「癸酉年在南安縣」，亦是本年偓仍居南安之證。

又，韓偓本年有《十月七日早起作時氣疾初愈》詩：「疾愈身輕覺數通，山無嵐瘴海無風。陽精欲出陰精落，天地苞含紫氣中。」

又，韓偓有《松洋洞》詩：「微茫煙水碧雲間，掛杖南來渡遠山。冠履莫教親紫閣，袖衣且上傍禪關。青邱有地榛苓茂，故國無階麥黍繁。午夜鐘聲聞北闕，六龍繞殿幾時攀。」按，清嘉慶《惠安縣志》卷六《山川》：「松洋山，北接九峰，乃邑山之最高者。有洞，僅容一人側入，其中廓然，容二三百人。洞口石罅有老藤，直垂三丈餘，入者縋以下。不枯，亦不萌。宋元末，居民避亂於此。」同上書卷三十《寓賢·唐韓偓》：「韓偓字致光，一云致堯，小名冬郎，京兆萬年人。擢進士第。……遷兵部侍郎。忤朱全忠，貶濮州司馬。避地入閩，居松洋洞。有詩云（慶按，詩今略。謂「居松洋洞」，乃「遊松洋洞」之誤）。」此詩約本年遊松洋洞所題。

元馬端臨《文獻通考》卷二四三《經籍》七十：「石林葉氏曰：韓偓傳自貶濮州司馬後，載其事即不甚詳。其再召爲學士，在天祐二年。……其後又有丁卯年正月《聞再除戎曹依前充職詩》，末句云『豈獨鴟夷解歸去，五湖魚艇且餔糟』，天祐四年也。是嘗兩召皆辭，《唐史》止書其一。是歲四月，全忠篡，其召命自哀帝之世。自後復召，則癸酉年南安縣之作，即梁之乾化二年（慶按，『癸酉年』乃乾化三年，此謂乾化二年誤），時全忠亦已被弑，明年梁亡。」又，明何喬遠《閩書》卷八《方域志·泉州府·南安縣·山·葵山》記韓偓：「昭宗既弑，哀帝復召爲學士，還故官，偓不敢入朝，挈族依王審知，寓居南安。三年，復有前命，偓復辭，爲詩曰：『豈獨鴟夷解歸去，五湖漁艇且餔糟。』是年，全忠篡唐爲梁。乾化三年，復召，亦辭不往。」又清吴任臣《十國春秋》卷九十五《閩六·韓偓傳》：「已而梁篡唐，乾化三年，復召，亦辭不往。」清康熙《南安縣志》卷十三《唐寓賢列傳·韓偓》：「梁乾化三年，復召，辭不往。明年，梁亡。」據此，本年梁召韓偓入朝，偓亦辭不往。

本年有：

《南安寓止》（《韓偓集》卷二，乾化三年春）

《疏雨》（《韓偓集》卷二，乾化三年春）

《十月七日早起作時氣疾初愈》（《韓偓集》卷二，乾化三年十月）

《驛步》(《韓偓集》卷二,乾化三年)

《訪隱者遇沈醉書其門而歸》(《韓偓集》卷二,乾化三年)

《松洋洞》(《韓偓集》卷五,乾化三年)

後梁乾化四年甲戌(九一四)　七十三歲

韓偓仍在南安寓居。有《即目》、《觀鬥雞偶作》等詩多首。本年其夫人裴氏卒,偓有《裴郡君祭文》。

韓偓有《即目》詩,云:「書牆暗記移花日,洗甕先知醖酒期。須信閒人有忙事,早來衝雨覓漁師。」此詩《全唐詩》排列在《十月十七日早起作時氣疾初愈》、《有感》、《觀鬥雞偶作》、《蜻蜓》諸詩後。據前考,《十月十七日早起作時氣疾初愈》詩作於乾化三年十月,《全唐詩》此處詩排列大致按照時間先後次序,而此詩有「書牆暗記移花日」句,則此詩春日作,其作年應是乾化四年春。

又,韓偓有《觀鬥雞偶作》:「何曾解報稻粱恩,金距花冠氣遏雲。白日梟鳴無意問,唯將芥羽害同群。」此詩乃作於本年(考詳見此詩注釋(一))

又,劉克莊《跋韓致光帖》云:「致光自癸亥去國,至甲戌悼亡,十有二年,流落久矣,而乃心唐室,始終不衰,其自書《裴郡君祭文》首書『甲戌歲』,銜書『前翰林學士承旨、銀青光禄大夫、行尚書户部侍郎、知制誥、昌黎縣開國男、食邑三百户韓某』，是歲朱氏篡唐已八年，爲乾化四年，猶書唐故官而不用梁年號，賢於楊風子輩遠矣。」宋王應麟《困學紀聞》卷十四所記大致同。據此，韓偓曾爲其妻裴氏作《裴郡君祭文》，文乃作於「甲戌歲」，即後梁乾化四年。惜此文今已佚。

本年有：

《即目》（《韓偓集》卷二，乾化四年春）

《有感》（《韓偓集》卷二，約乾化四年春）

《寄鄰莊道侶》（《韓偓集》卷二，乾化四年冬）

《觀鬥雞偶作》（《韓偓集》卷二，乾化四年）

《蜻蜓》（《韓偓集》卷二，乾化四年）

《裴郡君祭文》（文已佚，乾化四年）

後梁乾化五年、貞明元年乙亥（九一五）　七十四歲

韓偓在南安縣。春末有《惜花》、《春盡》詩以寄託身世流離之感傷。深秋有《傷亂》詩以思親傷亂。

韓偓有《惜花》詩：「皺白離情高處切，膩紅愁態静中深。眼隨片片沿流去，恨滿枝枝被雨淋。……臨軒一醆悲春酒，明日池塘是緑陰。」又有《惜春》詩：「惜春連日醉昏昏，醒後衣裳見酒痕。細水浮花歸别澗，斷雲含雨入孤村。人閒易有芳時恨。地迥難招自古魂。……」按，兩詩均本年春末所賦（考詳見兩詩注釋〔一〕，下引詩繫年考同）

又，偓本年深秋尚有《傷亂》詩，云：「岸上花根總倒垂，水中花影幾千枝。一枝一影寒山裏，野水野花清露時。故國幾年猶戰鬭，異鄉終日見旌旗。交親流落身羸病，誰在誰亡兩不知。」

本年有：

《寄友人》（《韓偓集》卷二，乾化五年三月）

《惜花》、《春盡》（《韓偓集》卷二，乾化五年春末）

《半醉》（《韓偓集》卷二，乾化五年春）

《見别離者因贈之》（《韓偓集》卷二，乾化五年秋）

《傷亂》（《韓偓集》卷二，乾化五年深秋）

《睡起》、《南亭》（《韓偓集》卷二，乾化五年）

後梁貞明二年丙子（九一六）　七十五歲

韓偓在南安縣，本年有《幽獨》、《雨》詩。

韓偓《幽獨》詩云：「幽獨起侵晨，山鶯啼更早。門巷掩蕭條，落花滿芳草。煙和魂共遠，春與人同老。默默又依依，淒然此懷抱。」陳繼龍《韓偓詩注》謂此詩「寫作年代不詳，估計爲晚年落寞之作」。所言是。考此詩在《全唐詩》中排列於《見别離者因贈之》、《傷亂》、《南亭》、《太平谷中玩水上花》、《雨》等諸詩後，《全唐詩》此處詩歌排列次序除個别詩外，基本按創作時間先後排列。上言諸詩除《太平谷中玩水上花》、《雨》外，其餘均作於乾化五年。此詩之前第三首《傷亂》詩有「寒山」、「清露」句，乃乾化五年秋之作。《雨》詩所寫「山雨隨風暗原隰」、「餉婦寥翹布領寒，牧童擁腫蓑衣濕」等景象，似在乾化五年秋後翌年之早春時節，即可能作於後梁貞明二年（公元九一六年）早春。而《幽獨》詩在《雨》詩後一首，有「落花滿芳草」、「春與人同老」句，乃晚春時詩，故此詩蓋乃後梁貞明二年晚春之作。

本年有：

《幽獨》（《韓偓集》卷二，貞明二年晚春）

《雨》（《韓偓集》卷二，貞明二年）

後梁均王龍德三年、後唐莊宗同光元年癸未（九二三）　八十二歲

韓偓晚年甚爲窮困，家無餘財。本年卒於南安縣龍興寺，葬於葵山。鄭誠之曾爲撰哀詞。有子韓寅亮。有《内廷集》、《香奩集》、《金鑾密記》傳於世。

清吴任臣《十國春秋》卷九十五《韓偓傳》：「龍德三年，卒于南安龍興寺，葬葵山之麓。所著有《内庭集》、《金鑾别紀》。自貶後，以甲子歷歷自記所在。其詩皆手寫成帙。殁之日，家無餘財，惟燒殘龍鳳燭一器而已。」清康熙《南安縣志》卷十三《唐寓賢列傳・韓偓》：「均王十一年，卒于南安龍興寺。偓所著有《内廷集》、《金鑾别記》，自貶後，以甲子自記所在。其詩皆手寫成卷。」按，均王十一年即本年龍德三年。

宋鄭文寶《南唐近事》：「韓寅亮，偓之子也，嘗爲予言：『偓捐館之日，温陵帥聞其家藏箱笥頗多，而緘鐍甚密，人罕見者。意其必有珍翫，使親信發觀，惟得燒殘龍鳳燭、金縷紅巾百餘條。蠟燭尚新，巾香猶鬱。有老僕泫然而言曰：「公爲學士日，常視草金鑾内殿，深夜方還翰苑。當時皆宫妓秉燭炬以送，公悉藏之。自西京之亂，得罪南遷，十不存一二矣。」余丱歲延平家有老尼，嘗説斯事，與寅亮之言頗同。尼即偓之妾云耳。』」

明何喬遠《閩書》卷八《方域志・泉州府・南安縣・山》：「葵山。自郡雙陽山西北來。山有疊石如篋，號『疊經石』。宋時，上有法華院，下有三華院。唐翰林承旨韓偓、宋邕州守蘇緘、威武軍節度招討使傅實、左丞初寮先生王安中，皆葬是麓。……（偓）均王十一年，卒於邑之龍興寺。偓所著有《内庭集》、《金鑾别記》。自貶後，以甲子歷歷記所在。

其詩皆手寫成卷。」

清康熙《南安縣志》卷二《疆域志》：「葵山。在縣北六七里，屬三都，自雙陽山東北來。有雙石如篋，號『疊經石』，又如葵花狀。宋時上有法華院，下有三華院。唐翰林承旨韓偓……葬是山之麓。」

宋祝穆《方輿勝覽》卷十二《泉州·人物》：「韓偓，鄭誠之哀詞云：『有唐翰林韓偓，因左遷，遂家焉。』」

附録二　韓偓研究資料選編

一、生平傳記資料

韓偓字致光，京兆萬年人。擢進士第，佐河中幕府。召拜左拾遺，以疾解。後遷累左諫議大夫。宰相崔胤判度支，表以自副。王溥薦爲翰林學士，遷中書舍人。偓嘗與胤定策誅劉季述，昭宗反正，爲功臣。帝疾宦人驕横，欲盡去之。偓曰：「陛下誅季述時，餘皆赦不問，今又誅之，誰不懼死？含垢隱忍，須後可也。天子威柄，今散在方面，若上下同心，攝領權綱，猶冀天下可治。宦人忠厚可任者，假以恩倖，使自翦其黨，蔑有不濟。今食度支者乃八千人，公私牽屬不減二萬，雖誅六七巨魁，未見有益，適固其逆心耳。」帝前膝曰：「此一事終始屬卿。」

中書舍人令狐涣任機巧，帝嘗欲以當國，俄又悔曰：「涣作宰相或誤國，朕當先用卿。」辭曰：「涣再世宰相，練故事，陛下業已許之。若許涣可改，許臣獨不可移乎？」帝曰：「我未嘗面命，亦何憚？」偓因薦御史大夫趙崇勁正雅重，可以準繩中外。帝知偓，崇門生也，歎其能讓。

初，李繼昭等以功皆進同中書門下平章事，時謂「三使相」，後稍稍更附韓全誨、周敬容，皆忌胤。胤聞，召鳳翔李茂貞入朝，使留族子繼筠宿衛。偓聞，以爲不可，胤不納。偓又語令狐渙，渙曰：「吾屬不惜宰相邪？無衛軍則爲閹豎所圖矣。」偓曰：「不然。無兵則家與國安，有兵則家與國不可保。」胤聞，憂，未知所出。李彦弼見帝倨甚，帝不平，偓請逐之，赦其黨許自新，則狂謀自破，帝不用。彦弼譖偓及渙漏禁省語，不可與圖政，帝怒曰：「卿有官屬，日夕議事，奈何不欲我見學士邪？」繼昭等飲殿中自如，帝怒，偓曰：「三使相有功，不如厚與金帛官爵，毋使豫政事。今宰相不得顓決事，繼昭輩所奏必聽。它日遽改，則人人生怨。初以衛兵檢中人，今敕使、衛兵爲一，臣竊寒心，願詔茂貞還其衛軍。不然，兩鎮兵鬭闕下，朝廷危矣。」及胤召朱全忠討全誨，汴兵將至，偓勸胤督茂貞還衛卒。又勸表暴内臣罪，因誅全誨等；若茂貞不如詔，即許全忠入朝。未及用，而全誨等已劫帝西幸。偓夜追及鄠，見帝慟哭。至鳳翔，遷兵部侍郎，進承旨。

辛相韋貽範母喪，詔還位，偓當草制，上言：「貽範處喪未數月，遽使視事，傷孝子心。今中書事，一相可辦。陛下誠惜貽範才，俟變縗而召可也。何必使出峨冠廟堂，入泣血柩側，毀瘠則廢務，勤恪則忘哀，此非人情可處也。」學士使馬從皓逼偓求草，偓曰：「腕可斷，麻不可草！」從皓曰：「君求死邪？」偓曰：「吾職内署，可默默乎？」明日，百官至，而麻不出，宦侍合噪。茂貞入見帝曰：「命宰相而學士不草麻，非反邪？」艴然出。姚洎聞曰：「使我當直，亦繼以死。」既而帝畏茂貞，卒詔貽範還相，洎代草麻。自是宦黨怒偓甚。從皓讓偓曰：「南司輕北司甚，君乃崔胤、王溥所薦，今日北司雖殺之可也。兩軍樞密，以君周歲無奉入，吾等議救接，君知之乎？」偓不敢對。

茂貞疑帝間出依全忠，以兵衛行在。帝行武德殿前，因至尚食局，會學士獨在，宫人招偓，偓至，再拜哭曰：「崔胤甚健，全忠軍必濟。」帝喜，偓曰：「願陛下還宫，無爲人知。」帝賜以麪豆而去。全誨誅，宫人多坐死。帝欲盡去餘黨，偓曰：「禮，人臣無將，將必誅，宫婢負恩不可赦。然不三十年不能成人，盡誅則傷仁。願去尤者，自内安外，以靜群心。」帝曰：「善。」崔胤請以輝王爲元帥，帝問偓：「它日累吾兒否？」偓曰：「陛下在東内時，天陰雺，王聞烏聲曰：『上與后幽困，烏雀聲亦悲。』陛下聞之惻然，有是否？」帝曰：「然。是兒天生忠孝，與人異。」意遂決。偓議附胤類如此。

帝反正，勵精政事，偓處可機密，率與帝意合，欲相者三四，讓不敢當。蘇檢復引同輔政，遂固辭。初，偓侍宴，與京兆鄭元規、威遠使陳班並席，辭曰：「學士不與外班接。」主席者固請，乃坐。既元規、班至，終絶席。全忠、胤臨陛宣事，坐者皆去席，偓不動，曰：「侍宴無輒立，二公將以我爲知禮。」全忠怒偓薄己，悻然出。有譖偓喜侵侮有位，胤亦與偓貳。會逐王溥、陸扆，帝以王贊、趙崇爲相，胤執贊、崇非宰相器，帝不得已而罷。贊、崇皆偓所薦爲宰相者。全忠見帝，斥偓罪，帝數顧胤，胤不爲解。全忠至中書，欲召偓殺之。鄭元規曰：「偓位侍郎、學士承旨，公無遽。」全忠乃止，貶濮州司馬。帝執其手流涕曰：「我左右無人矣。」再貶榮懿尉，徙鄧州司馬。天祐二年，復召爲學士，還故官。偓不敢入朝，挈其族南依王審知而卒。

兄儀，字羽光，亦以翰林學士爲御史中丞。偓貶之明年，帝宴文思毬場，全忠入，百官坐廡下，全忠怒，貶儀棣州司馬，侍御史歸藹登州司户參軍。

贊曰：懿、僖以來，王道日失厥序，腐尹塞朝，賢人遁逃，四方豪英，各附所合而奮。天子塊然，所與者，惟佞愎庸奴，乃欲鄣横流、支已顛，寧不殆哉！觀綮、朴輩不次而用，捭豚臑，拒貙牙，趣亡而已。一韓偓不能容，況賢者乎？（宋　歐陽修、宋祁《新唐書》卷一八三《韓偓傳》）

偓父瞻，開成六年李義山同年也。義山有《餞韓同年西迎家室戲贈》云：「籍籍征西萬户侯，新緣貴婿起珠樓。一名我漫居先甲，千騎君翻在上頭。雲路招邀回綵鳳，天河迢遞笑牽牛。南朝禁臠無人近，瘦盡瓊枝爲四愁。」偓小字冬郎。義山云：「嘗即席爲詩相送，一座盡驚，句有老成之風。」因有詩云：「十歲裁詩走馬成，冷灰殘燭動離情。桐花萬里丹山路，雛鳳清於老鳳聲。」偓，字致堯，今曰致光，誤矣。自號玉山樵人。……偓，天復初入翰林，其年冬，駕幸鳳翔，偓有扈從之功。返正初，上面許偓爲相。奏云：「陛下運契中興，當復用重德，鎮風俗。臣座主右僕射趙崇，可充是選，乞迴臣之命授崇，天下幸甚。」上嘉歎。翌日，制用崇暨兵部侍郎王贊爲相。時梁太祖在京，素聞崇之輕佻，贊復有嫌釁，權馳入請見，於上前具言二公長短。上曰：「趙崇是偓薦。」時偓在側，梁主叱之。偓奏曰：「臣不敢與大臣爭。」上曰：「韓偓出。」尋謫官入閩。故有詩曰：「手風慵展八行書，眼暗休看九局圖。窗外日光飛野馬，案前筠管長蒲盧。謀身拙爲安蛇足，報國危曾捋虎鬚。滿世可能無默識，未知誰擬試齊竽？」沈存中云：「《香奩集》，和魯公之詞也。惟其艷麗，故貴後嫁其名於偓。凝平生著述，分爲《縯論》、《遊藝》、《孝悌》、《疑獄》、《香奩》、《籯金》六集。自爲《遊藝集序》云：『予有《香奩》、《籯金》二集，不行於世。』凝在政府，避議論，諱其名，又欲後人知，故於《遊藝集序》實之。此凝之意也。」（宋　計有功《唐詩紀事》卷六十五）

偓字致堯，京兆人。龍紀元年，禮部侍郎趙崇下擢第。天復中，王溥薦爲翰林學士，遷中書舍人。從昭宗幸鳳翔，進兵部侍郎、翰林承旨。嘗與崔胤定策誅劉季述。昭宗反正，論爲功臣。帝疾宦人驕橫，欲去之。偓畫策稱旨，帝前膝曰：「此一事終始以屬卿。」偓因薦座主御史大夫趙崇，時稱能讓。李彦弼倨甚，因譖偓漏禁省語，帝怒曰：「卿有官屬，日夕議事，奈何不欲我見韓學士邪？」帝勵精政事，偓處可機密，率與上意合。欲相者三四，讓不敢當。偓喜侵侮有位，朱全忠亦惡之，乃構禍貶濮州司馬。帝流涕曰：「我左右無人矣！」天祐二年，復召爲學士，偓不敢入朝，挈其族南依王審知而卒。偓自號「玉山樵人」。工詩，有集一卷。又作《香奩集》一卷，詞多側艷新巧，又作《金鑾密記》五卷，今並傳。（元　辛文房《唐才子傳》卷九《韓偓傳》）

韓偓字致堯，一字致光，京兆萬年人，龍紀進士。後王溥薦爲翰林學士，遷中書舍人。從幸鳳翔，進兵部侍郎。朱全忠惡之，貶濮州司馬。天祐中復召入，偓挈家南依王審知，卒。號「玉山樵人」。有詩集一卷，又《香奩集》一卷。（明　陸時雍《唐詩鏡》卷五十四）

韓偓字致光，京兆人。唐龍紀元年進士，累遷諫議大夫、翰林學士。昭宗幸鳳翔，進兵部侍郎、承旨。昭宗反正，勵精政事，偓處分機密，率與意合，欲相之，屢讓不受。朱全忠忌偓，貶濮州司馬，昭宗執偓手，流涕曰：「左右無人矣！」再貶榮經（慶按，「經」應爲「懿」之誤）尉，徙鄧州司馬。

昭宗被弑，哀帝復召爲學士，還故官，偓不敢入朝，挈族來依太祖，僑居南安。天祐三年，復有前命，偓又辭，爲詩曰：「豈獨鴟夷解歸去，五湖漁艇且餔糟。」已而梁篡唐，乾化三年，復召，亦辭不往。

龍德三年，卒于南安龍興寺，葬葵山之麓。所著有《内庭集》、《金鑾别紀》。自貶後，以甲子歷歷自記所在，其詩皆手寫成帙。殁之日，家無餘財，惟燒殘龍鳳燭一器而已。子寅亮，終於閩。（《南唐近事》云：韓寅亮，偓子也。常言偓捐館日，温陵帥聞其家藏箱笥頗多，而緘鐍甚密，使親信發覷，惟得燒殘龍鳳燭、金縷紅巾百餘條。有老僕泫然言曰：「公爲學士日，常視草金鑾殿，深夜方還。翰苑當時皆宫妓秉燭炬以送，公悉藏之。」後延平有老尼亦説斯事。尼即偓妾也。）（清　吴任臣《十國春秋》卷九十五《韓偓傳》）

韓偓字致光，一作堯，京兆萬年人。龍紀元年擢進士第，佐河中幕府，召拜左拾遺。累遷諫議大夫，歷翰林學士、中書舍人、兵部侍郎。以不附朱全忠，貶濮州司馬，再貶榮懿尉，徙鄧州司馬。天祐二年復原官，偓不赴召，南依王審知而卒。《翰林集》一卷，《香奩集》三卷，今合編四卷。（清　曹寅《全唐詩》卷六八〇《韓偓》）

偓字致光，京兆萬年人。第進士，佐河中幕府。召拜左拾遺，累遷左諫議大夫。宰相崔胤判度支，表以自副。入翰林爲學士，遷中書舍人。從昭宗幸鳳翔，遷兵部侍郎，進承

旨。朱全忠惡之，貶濮州司馬，再貶榮懿尉，徙鄧州司馬。挈其族南依王審知，卒。（清　董誥《全唐文》卷八二九《韓偓》）

錢珝《授賓回鳳翔節度副使崔澄觀察判官韓偓節度掌書記等制》敕：具官賓回等。漢詔子弟理郡國，必擇諸儒有材行者以左右之。故韓安國、王尊之徒，皆能守法相導，炯然可觀，而顯位高名，終亦自得。今朕以汧岐奥壤，而輔京師。推擇統臨，重在藩邸。用乃命丞相選賓介於朝，而回以術業克官，丞相先緒。澄以禮義端己，實稟天成。偓致用於文，甚多强力。舉是三美，濟於一方。苟務同心，必聞善政。吾欲保任親戚，表率諸侯。往贊理聲，日當傾聽。爾等亮直勤敬，如在諫省郎署時。則安國、王尊之賢，與古相望。遷秩命服，誠未足多。可依前件。（《全唐文》卷八三二）

錢珝《授司勳郎中兼侍御史知雜事賜緋魚韓偓本官充翰林學士制》敕：執事近臣，上無不可敬，時文墨而分禁職者又加等焉。蓋咨訪之勤，密期弘益。訓詞之暇，必進語言。思引君當道之心，乃多士以寧之本則。授禁職之選，被加等之私，安可徒任筆端，然後爲得。具官韓偓，動人之行，率性自强，慎獨不渝，考祥甚遠。資以講學，見於文章。惟是求己之多，播於群譽矣。朕初嗣丕業，擢升諫曹，繼陳言辭，罔不（一作懼）摩切，雖公賞曾光於赤紙，而直誠尚記於皁囊。愈聞勵脩，宜列左右。故命爾之誥，以詩人孟子之説爲端

者，兹不有賴於侍從乎。可依前件。（《文苑英華》卷三八四）

我公粤天祐三年丙寅秋七月乙丑，鑄金銅像一，丈有六尺之高。後二十有三日丁亥，繼之鑄菩薩二，丈有三尺高。……明年正月十有八日乙未，設二十萬人齋號無遮以落之。是日也，彩雲纈天，甘露粒松。香花之氣撲地，經梵之聲入空。座客有右省常侍隴西李公洵；翰林承旨制誥、兵部侍郎昌黎韓公偓；中書舍人琅琊王公滌；右補闕博陵崔徵君道融；大司農瑯琊王公標；吏部郎中譙國夏侯公淑；司勳員外郎王公拯；刑部員外郎，宏農楊公承修；宏文館直學士宏農楊公贊圖；宏文館直學士瑯琊王公倜；集賢殿校理吴郡歸公傅懿，皆以文學之奥比偃商，侍從之聲齊褒向，甲乙昇第，巖廊韞望。東浮荆襄，南遊吴楚，謂安莫安於閩越，誠莫誠於我公。……交輸及館，值斯佛之成，斯會之設，俱得放心猿於菩提樹上，歇意馬於清涼山中。（唐　黄滔《莆陽黄御史集》下秩《丈六金身碑》）

韓偓，天復初入翰林。其年冬，車駕出幸鳳翔，偓有扈從之功。返正初，上面許偓爲相。奏云：「陛下運契中興，當復用重德，鎮風俗。臣座主右僕射趙崇可以副陛下是選，乞迴臣之命，授崇，天下幸甚。」上嘉歎。翌日，制用崇暨兵部侍郎王贊爲相。時梁太祖在京，素聞崇之輕佻，贊復有嫌釁，馳入請見，於上前具言二公長短。上曰：「趙崇是偓薦。」時偓在側，梁主叱之。偓奏曰：「臣不敢與大臣爭。」上曰：「韓偓出。」尋謫官入閩。故偓有詩曰：「手風慵展八行書，眼暗休看九局圖。窗裏日光飛野馬，案前筠管長蒲盧。謀身拙爲安蛇足，報國危曾捋虎鬚。滿世可能無默識，未知誰擬試秦竽。」（五代　王定保《唐摭言》卷六）

（天復）三年春正月癸卯朔，車駕在鳳翔。甲辰，天子遣中使到全忠軍，茂貞亦令軍將郭啟奇來達上欲還京之旨。丙午，青州牙將劉鄩陷全忠之兗州，又令牙將張厚入奏，是日，亦竊發於華州，殺州將婁敬思。上又令户部侍郎韓偓、趙國夫人寵顔宣諭於全忠軍。辛亥，全忠令判官李振入奏，上令翰林學士姚洎傳宣，令全忠唤崔胤令率文武百僚來迎駕。癸丑，上令禮部尚書蘇循傳詔，賜全忠玉帶，仍令全忠處分蔣玄暉侍帝左右。丁巳，蔣玄暉與中使同押送中尉韓全誨、張弘彦已下二十人首級，告諭四鎮兵士迴鑾之期。戊午，遣中使走馬華州，追崔胤，胤托疾不至。甲子巳時，車駕出鳳翔，幸全忠軍。全忠素服待罪，泣下不自勝，上親解玉帶賜之。乙丑，次扶風，令朱友倫總兵侍衛。丙寅，次武功。丁卯，次興平，宰臣崔胤率百官迎謁。即日降制，以崔胤守司空、門下侍郎、平章事，復太清宫使、弘文館大學士、延資庫使、諸道鹽鐵轉運使、判度支，魏國公封邑如故。戊辰，次咸陽。己巳，入京師。天子素服哭于太廟，改服冕旒，謁九廟。禮畢，御長樂樓，大赦，百僚稱賀。全忠處左軍。辛未，宴全忠於内殿，内弟子奏樂。是日，制内官第五可範已下七百人並賜死於内侍省，其諸道監軍及小使，仰本道節度使處斬訖奏，從全忠、崔胤所奏也。帝悲惜之，自爲奠文祭之。（五代　劉昫《舊唐書》卷二十上《昭宗紀》）

韋貽範、蘇檢等作相，及還京，胤皆貶斥之。又貶陸扆爲沂王傅、王溥太子賓客、學士薛貽矩夔州司户、韓偓濮州司户。（五代　劉昫《舊唐書》卷一七七）

贊，字敬臣，及進士第，擢累右補闕、御史中丞、刑部尚書。昭宗引拜中書侍郎兼本官、同中書門下平章事，尋兼户部尚書。帝疑其外風檢而暱帷薄，逮問翰林學士韓偓，偓曰：「贊，咸通大臣坦從子，内雍友，合疏屬以居，故臧獲猥衆，出入無度，殆此致謗言者。」帝每聞咸通事，必肅然斂衽，故偓稱之爲贊地。（宋　歐陽修、宋祁《新唐書》卷一八二《裴坦傳》附《裴贊傳》）

天復初，帝密語韓偓曰：「陸扆、裴贊孰忠於我？」偓曰：「扆等皆宰相，安有它腸？」帝曰：「外言扆不喜我復位，元日易服奔啟夏門，信不？」偓曰：「孰爲陛下言此？」曰：「崔胤、令狐涣。」偓曰：「設扆如是，亦不足責。且陛下反正，扆素不知謀，忽聞兵起，欲出奔耳。陛下責其不死難則可，以爲不喜，乃讒言也。」帝遂悟。累兼户部尚書。（宋　歐陽修、宋祁《新唐書》卷一八三《陸扆傳》）

審邽字次都。爲泉州刺史，檢校司徒。喜儒術，通《書》、《春秋》。善吏治，流民還者假牛犁，興完廬舍。中原亂，公卿多來依之，振賦以財，如楊承休、鄭璘、韓偓、歸傳懿、楊贊圖、鄭戩等賴以免禍，審邽遣子延彬作招賢院以禮之。（宋　歐陽修、宋祁《新唐書》卷一九〇《王潮傳》附《王審邽傳》）

韓全誨、張彦弘者，皆不知所來，並監鳳翔軍。全誨入爲内樞密使。劉季述之誅，崔胤、陸扆見武德殿右廡，胤曰：「自中人典兵，王室愈亂，臣請主神策左軍，以扆主右，則四方藩臣不敢謀。」昭宗意不決。李茂貞語人曰：「崔胤奪軍權未及手，志滅藩鎮矣。」帝聞，召李繼昭等問以胤所請奈何，對曰：「臣世世在軍，不聞書生主衛兵。且罪人已得，持軍還北司便。」帝謂胤曰：「議者不同，勿庸主軍。」乃以全誨爲左神策中尉，彦弘爲右，皆拜驃騎大將軍，袁易簡、周敬容爲樞密使。胤怒，約京兆鄭元規遣人狙殺之，不克。全誨等知胤必除己乃已，因諷茂貞留選士四千宿衛，以李繼筠、繼徽總之。胤亦諷朱全忠内兵三千居南司，以婁敬思領之。韓偓聞岐、汴交戍，數諫止胤，胤曰：「兵不肯去耳。」偓曰：「初何爲召邪？」胤不對。議者知京師不復安矣。……全誨等懼帝誅己，與繼誨、彦弼、繼筠交通謀亂。帝問令狐渙，渙請召胤及全誨等宴内殿和解之。韓偓謂：「不如顯斥一二柄臣，許餘人自新，妄謀必息。不然皆自疑，禍且速，雖和解之，凶焰益肆。」帝乃止。……（天復）三年正月，茂貞請遣使諭全忠軍，詔崔構挾中人郭遵誨往，既行，又命宫人寵顔馳見全忠，諭密旨，乃以蔣玄暉入衛。二日，茂貞獨見，至日旰，全誨、彥弘恨甚，逮食，不能捉匕，自見勢去，計無所用，垂頭喪氣。帝召韓偓見東横門，執手涕泗。帝曰：「今先去四大惡，餘以次誅矣。」於是内養八輩候廷中授命，每二輩以衛士十人取一首，俄而全誨、彥弘、易簡、敬容皆死。即詔第五可範爲左軍都尉，王知古、楊虔朗爲樞密使，知古領上院，虔朗領下院。繼筠、繼誨、彥弼皆伏誅，茂貞取其輜重。是夜，誅内諸司使韋處廷等二十二人，悉以首内布囊，詔蔣玄暉、學士薛貽矩送全忠，曰：「是皆不肯使乘輿東者，既斬之矣。」全忠大喜，遍告軍中，以姚洎爲岐、汴通和使。全忠詒茂貞書曰：「宦者乘障詈不已，曰『稟王旨』，是乎？」茂貞懼，復誅小使李繼彝等十人，於是開壘門。全忠猶攻北壘，帝遣寵顔賜御巾箱寶器，使罷兵，又捕殺中官七十人，全忠亦使京兆誅黨與百餘人。天子入全忠軍，全忠泥首素服，待罪客省，傳呼徹三仗，有詔釋全忠罪，使朝服見。全忠伏地泣曰：「老臣位將相，勤王無狀，使陛下及此，臣之罪也。」帝亦嗚咽，命韓偓起之，解玉帶以賜，召之食。帝顧衛兵，或有憤發者，因履係解，目全忠：「爲吾繫之。」全忠跪結履，汗浹於背，而左右莫敢動。是夜，帝三召，皆辭，朱友倫以兵衛帝。（宋　歐陽修、宋祁《新唐書》卷二〇八《韓全誨傳》）

昭宗幸鳳翔，靈州節度使韓遜表回鶻請率兵赴難，翰林學士韓偓曰：「虜爲國仇舊矣。自會昌時伺邊，羽翼未成，不得逞。今乘我危以冀幸，不可開也。」遂格不報。然其國卒不振，時時以玉、馬與邊州相市云。（宋　歐陽修、宋祁《新唐書》卷二一七下《回鶻下》）

帝之在鳳翔，以盧光啟、蘇檢爲相，胤皆逐殺之，分斥從幸近臣陸扆等三十餘人，惟裴贄孤立可制，留與偕秉政。帝動静一決於胤，無敢言者。胤議以皇子爲元帥，全忠副之，示褒崇其功。全忠内利輝王沖幼，故胤藉以請。帝曰：「濮王長，若何？」還禁中，召翰林學士韓偓以謀。偓陰佐胤，卒不能卻。全忠還東，到長樂，群臣班辭，胤獨至霸橋置酒，乙夜乃還。帝即召問：「全忠安否？」與飲，命宫人爲舞劍曲，戊夜乃出，賜二宫人，固讓乃許。是時天子孤危，威令盡去，胤之劫持類如此。進侍中、魏國公。（宋　歐陽修、宋祁《新唐書》二二三下《崔胤傳》）

韓寅亮，偓之子也，嘗爲予言：「偓捐館之日，温陵帥聞其家藏箱笥頗多，而緘鐍甚密，人罕見者。意其必有珍翫，使親信發觀，惟得燒殘龍鳳燭、金縷紅巾百餘條。蠟燭尚新，巾香猶鬱。有老僕泫然而言曰：『公爲學士日，常視草金鑾内殿，深夜方還翰苑。當時皆宫妓秉燭炬以送，公悉藏之。自西京之亂，得罪南遷，十不存一二矣。』」余丱歲延平家有老尼，嘗説斯事，與寅亮之言頗同。尼即偓之妾云耳。（宋　鄭文寶《南唐近事》）

（昭宗天復元年正月）李茂貞辭還鎮。崔胤以宦官典兵，終爲肘腋之患，欲以外兵制之，諷茂貞留兵三千於京師，充宿衛，以茂貞假子繼筠將之。左諫議大夫萬年韓偓以爲不可，胤曰：「兵自不肯去，非留之也。」偓曰：「始者何爲召之邪？」胤無以應。偓曰：「留此兵則家國兩危，不留則家國兩安。」胤不從。（宋 司馬光《資治通鑑》卷二六二頁）

（昭宗天復元年）六月，癸亥，朱全忠如河中。

上之返正也，中書舍人令狐涣、給事中韓偓皆預其謀，故擢爲翰林學士，數召對，訪以機密。涣，綯之子也。時上悉以軍國事委崔胤，每奏事，上與之從容，或至然燭。宦官畏之側目，事無大小，皆咨胤而後行。胤志欲盡除之，韓偓屢諫曰：「事禁太甚。此輩亦不可全無，恐其黨迫切，更生他變。」胤不從。丁卯，上獨召偓，問曰：「敕使中爲惡者如林，何以處之？」對曰：「東内之變，敕使誰非同惡！處之當在正旦，今已失其時矣。」上曰：「當是時，卿何不爲崔胤言之？」對曰：「臣見陛下詔書云：『自劉季述等四家之外，其餘一無所問。』夫人主所重，莫大於信，既下此詔，則守之宜堅；若復戮一人，則人人懼死矣。然後來所去者已爲不少，此其所以恟恟不安也。陛下不若擇其尤無良者數人，明示其罪，置之於法，然後撫諭其餘曰：『吾恐爾曹謂吾心有所貯，自今可無疑矣。』乃擇其忠厚者使爲之長。其徒有善則獎之，有罪則懲之，咸自安矣。今此曹在公私者以萬數，豈可盡誅邪！夫帝王之道，當以重厚鎮之，公正御之，至於瑣細機巧，此機生則彼機應矣，終不能成大功，所謂理絲而棼之者也。況今朝廷之權，散在四方；苟能先收此權，則事無不可爲者矣。」上深以爲然，曰：「此事終以屬卿。」（宋　司馬光《資治通鑑》卷二六二）

（天復元年）八月，甲申，上問韓偓曰：「聞陸扆不樂吾返正，正旦易服，乘小馬出啟夏門，有諸？」對曰：「返正之謀，獨臣與崔胤輩數人知之，扆不知也。一旦忽聞宮中有變，人情能不驚駭？易服逃避，何妨有之。陛下責其爲宰相無死難之志則可也，至於不樂返正，恐出讒人之口，願陛下察之！」上乃止。

韓全誨等懼誅，謀以兵制上，乃與李繼昭、李繼誨、李彦弼、李繼筠深相結；繼昭獨不肯從。他日，上問韓偓：「外間何所聞？」對曰：「惟聞敕使憂懼，與功臣及繼筠交結，將致不安，亦未知其果然不耳。」上曰：「是不虛矣。比日繼誨、彦弼輩語漸倔强，令人難耐。令狐渙欲令朕召崔胤及全誨等於内殿，置酒和解之，何如？」對曰：「如此則彼凶悖益甚。」上曰：「爲之奈何？」對曰：「獨有顯罪數人，速加竄逐，餘者許其自新，庶幾可息。若一無所問，彼必知陛下心有所貯，益不自安，事終未了耳。」上曰：「善。」既而宦官自恃黨援已成，稍不遵敕旨；上或出之使監軍，或黜守諸陵，皆不行，上無如之何。（宋　司馬光《資治通鑑》卷二六二）

（天復元年）九月，癸丑，上急召韓偓，謂曰：「聞全忠欲來除君側之惡，大是盡忠，然須令與茂貞共其功。若兩帥交爭，則事危矣。卿爲我語崔胤，速飛書兩鎮，使相與合謀，則善矣。」壬戌，上又謂偓曰：「繼誨、彦弼輩驕橫益甚，累日前與繼筠同入，輒於殿東令小兒歌以侑酒，令人驚駭。」對曰：「臣必知其然，兹事失之于初。當正旦立功之時，但應以官爵、田宅、金帛酬之，不應聽其出入禁中。此輩素無知識，數求入對，或妄論朝政，或僭易薦人，稍有不從，則生怨望。況惟知嗜利，爲敕使以厚利雇之，令其如此耳。崔胤本留衛兵，欲以制敕使也，今敕使、衛兵相與爲一，將若之何！汴兵若來，必與岐兵鬥于闕下，臣竊寒心。」上但愀然憂沮而已。（宋　司馬光《資治通鑑》卷二六二）

（天復元年）冬，十月，戊戌，朱全忠大舉兵發大梁。……韓全誨聞朱全忠將至，丁酉，令李繼筠、李彦弼等勒兵劫上，請幸鳳翔，宫禁諸門皆增兵防守，人及文書出入搜閲甚嚴。上遣人密賜崔胤御札，言皆悽愴，末云：「我爲宗社大計，勢須西行，卿等但東行也。惆悵！惆悵！」

戊戌，上遣趙國夫人出語韓偓：「朝來彦弼輩無禮極甚，欲召卿對，其勢未可。」且言：「上與皇后但涕泣相向。」自是，學士不復得對矣。（宋　司馬光《資治通鑑》卷二六二）

（天復二年）三月，庚戌，上與李茂貞及宰相、學士、中尉、樞密宴，酒酣，茂貞及韓全誨亡去。上問韋貽範：「朕何以巡幸至此？」對曰：「臣在外不知。」固問，不對。上曰：

「卿何得於朕前妄語云不知？」又曰：「卿既以非道取宰相，當於公事如法，若有不可，必準故事。」怒目視之，微言曰：「此賊兼須杖之二十。」顧謂韓偓曰：「此輩亦稱宰相！」貽範屢以大杯獻上，上不即持，貽範舉杯直及上頤。（宋　司馬光《資治通鑑》卷二六三）

（天復二年夏四月）辛丑，回鶻遣使入貢，請發兵赴難，上命翰林學士承旨韓偓答書許之。乙巳，偓上言：「戎狄獸心，不可倚信。彼見國家人物華靡，而城邑荒殘，甲兵雕弊，必有輕中國之心，啟其貪婪。且自會昌以來，回鶻爲中國所破，恐其乘危復怨。所賜可汗書，宜諭以小小寇竊，不須赴難，虛愧其意，實沮其謀。」從之。（宋　司馬光《資治通鑑》卷二六三）

（天復二年五月）庚午，工部侍郎、同平章事韋貽範遭母喪，宦官薦翰林學士姚洎爲相。洎謀於韓偓，偓曰：「若圖永久之利，則莫若未就爲善；儻出上意，固無不可。且汴軍旦夕合圍，孤城難保，家族在東，可不慮乎！」洎乃移疾，上亦自不許。（宋　司馬光《資治通鑑》卷二六三）

（天復二年七月）韋貽範之爲相也，多受人賂，許以官；既而以母喪罷去，日爲債家所譟。親吏劉延美，所負尤多，故汲汲於起復，日遣人詣兩中尉、樞密及李茂貞求之。甲戌，命韓偓草貽範起復制，偓曰：「吾腕可斷，此制不可草。」即上疏論貽範遭憂未數月，遽令起復，實駭物聽，傷國體。學士院二中使怒曰：「學士勿以死爲戲。」偓以疏授之，解衣而寢，二使不得已奏之。上即命罷草，仍賜敕褒賞之。八月，乙亥朔，班定，無白麻可宣。宦官喧言韓侍郎不肯草麻，聞者大駭。茂貞入見上曰：「陛下命相而學士不肯草麻，與反何異！」上曰：「卿輩薦貽範，朕不之違；學士不草麻，朕亦不之違。况彼所陳，事理明白，若之何不從！」茂貞不悦而出，至中書，見蘇檢曰：「奸邪朋黨，宛然如舊。」扼腕者久之。貽範猶經營不已，茂貞語人曰：「我實不知書生禮數，爲貽範所誤，會當於邠州安置。」貽範乃止。（宋　司馬光《資治通鑑》卷二六三）

（天復二年）十一月，癸卯朔，保大節度使李茂勳帥其衆萬餘人救鳳翔，屯於城北阪上，與城中舉烽相應。

甲辰，上使趙國夫人詗學士院二使皆不在，亟召韓偓、姚洎，竊見之於土門外，執手相泣。洎請上速還，恐爲他人所見，上遽去。（宋　司馬光《資治通鑑》卷二六三）

（天復二年十一月）丙子，户部侍郎、同平章事韋貽範薨。

癸亥，朱全忠遣人薙城外草以困城中。甲子，李茂貞增兵守宫門，諸宦者自度不免，互相尤怨。

蘇檢數爲韓偓經營入相，言於茂貞及中尉、樞密，且遣親吏告偓，偓怒曰：「公與韋公自貶所召歸，旬月致位宰相，訖不能有所爲；今朝夕不濟，乃欲以此相污邪！」（宋　司馬光

《資治通鑑》卷二六三）

（天復二年十二月）戊申，李茂貞獨見上，中尉韓全誨、張彦弘、樞密使袁易簡、周敬容皆不得對。茂貞請誅全誨等，與朱全忠和解，奉車駕還京。上喜，即遣内養帥鳳翔卒四十人收全誨等，斬之。以御食使第五可範爲左軍中尉，宣徽南院使仇承坦爲右軍中尉，王知古爲上院樞密使，楊虔朗爲下院樞密使。是夕，又斬李繼筠、李繼誨、李彦弼及内諸司使韋處廷等十六人。己酉，遣韓偓及趙國夫人詣全忠營，又遣使囊全誨等二十餘人首以示全忠，曰：「曏來脅留車駕，懼罪離間，不欲協和，皆此曹也。今朕與茂貞決意誅之，卿可曉諭諸軍以豁衆憤。」辛亥，全忠遣觀察判官李振奉表入謝。（宋　司馬光《資治通鑑》卷二六三）

（天復三年正月）甲子，車駕出鳳翔，幸全忠營，全忠素服待罪；命客省使宣旨釋罪，去三仗，止報平安，以公服入謝。全忠見上，頓首流涕；上命韓偓扶起之。上亦泣，曰：「宗廟社稷，賴卿再安；朕與宗族，賴卿再生。」親解玉帶以賜之。少休，即行。全忠單騎前導十餘里，上辭之；全忠乃令朱友倫將兵扈從，自留部分後隊，焚撤諸寨。友倫，存之子也。

是夕，車駕宿岐山。丁卯，至興平，崔胤始帥百官迎謁，復以胤爲司空、門下侍郎、同平章事，領三司如故。己巳，入長安。（宋　司馬光《資治通鑑》卷二六三）

（天復三年二月）甲戌，門下侍郎、同平章事陸扆責授沂王傅、分司。車駕還京師，賜諸道詔書，獨鳳翔無之。扆曰：「茂貞罪雖大，然朝廷未與之絶，今獨無詔書，示人不廣。」崔胤怒，奏貶之。宫人宋柔等十一人皆韓全誨所獻，及僧、道士與宦官親厚者二十餘人，並送京兆杖殺。

上謂韓偓曰：「崔胤雖盡忠，然比卿頗用機數。」對曰：「凡爲天下者，萬國皆屬之耳目，安可以機數欺之！莫若推誠直致，雖日計之不足而歲計之有餘也。」（宋　司馬光《資治通鑑》卷二六四）

（天復三年二月）初，翰林學士承旨韓偓之登進士第也，御史大夫趙崇知貢舉。上返自鳳翔，欲用偓爲相，偓薦崇及兵部侍郎王贊自代；上欲從之，崔胤惡其分己權，使朱全忠入爭之。全忠見上曰：「趙崇輕薄之魁，王贊無才用，韓偓何得妄薦爲相！」上見全忠怒甚，不得已，癸未，貶偓濮州司馬。上密與偓泣别，偓曰：「是人非復前來之比，臣得遠貶及死乃幸耳，不忍見篡弑之辱！」（宋　司馬光《資治通鑑》卷二六四）

（天復）三年正月，茂貞殺韓全誨等二十人，囊其首示梁軍，約出天子以爲解甲。天子出幸梁軍，遣使者馳召崔胤，胤託疾不至。王使人戲胤曰：「吾未識天子，懼其非是。子來爲我辨之。」天子還至興平，胤率百官奉迎，王自爲天子執轡，且泣且行。行十餘里止之，見者咸以爲忠。《五代史》：三年正月甲寅，岐人啟壁，唐昭宗降使宣問慰勞，兼傳密旨。尋又命翰林學士韓偓、趙國夫人寵顔齎詔押賜帝紫金酒器、御衣玉帶。（宋　歐陽修《五代史記注》卷一）

《學士試五題》：偓於昭宗朝宣入院試學士，試文五篇：《萬邦咸寧賦》、《禹拜昌言詩》、《武臣授東川節度使制》、《答佛誓國王進貢書》、《讓圖形表》。其繳狀云：「臣才不邁群，器非拔俗。待價既殊于櫝玉，窮經有愧于籯金。而乃遭遇清時，涵濡睿澤。峨冠振佩，已塵象闕之班；舐筆和鉛，更辱金門之侶。擊鉢謝捷，纂組慚工；撫己循涯，以榮爲懼。」（宋　朱勝非《紺珠集》卷十韓偓《金鑾密記》）

韓偓自書《裴郡君祭文》，首書「甲戌歲」，銜書「前翰林學士承旨、銀青光禄大夫、行尚書户部侍郎、知制誥，昌黎縣開國男、食邑三百户韓某」。是歲朱氏篡唐已八年，爲乾化四年，猶書唐故官而不用梁年號。（慶曆中詔官其四世孫奕。若璩按：王氏晚歲自撰誌銘，有曰「其仕其止如偓如圖」，聞者咸以爲實録。偓即韓偓，圖則卷二十之司空表聖。丘邇求云：「慶曆當作景祐，蓋龐籍爲漕時奏上偓詩，始得官其裔孫也。」）（宋　王應麟《困學紀聞》卷十四）

南州九里，臨江。《舊記》：昔越王餘善於此釣得白龍，以爲瑞，遂於所坐之處築爲壇臺。黃蓴詩有「釣沈新月落，龍起暮江寒」之句。其序云：「臺高四丈，周回三十六步。」唐翰林承旨韓偓詩：「無奈離腸易九回，强攄懷抱立高臺。中華地向城邊盡，外國雲從島上來。四序有花長見雨，一冬無雪卻聞雷。日宫紫氣生冠冕，試望扶桑病眼開。」本朝蔡公襄、王公逵、元公絳、蔣公之奇皆有詩。（宋　梁克家《淳熙三山志》卷三十三《釣龍臺山》）

韓偓，字致光，京兆人。佐河中府，拜左拾遺，遷中書舍人，官至翰林學士。有詩集行于世，自號「玉山樵人」。所著歌詩頗多，其間綺麗得意者數百篇，往往膾炙人口，或樂工配入聲律，粉牆椒壁竊詠者，不可勝紀。自謂「咀五色之靈芝，咽三清之瑞露」。不然，何清詞麗句如此之秀穎耶！考其字畫，雖無譽於當世，然而行書亦復可喜。嘗讀其《題懷素草書詩》云「怪石奔秋澗，寒藤挂古松。若教臨水畔，字字恐成龍」之句，非潛心字學，其作語不能迨此。後人有得其石本詩以贈，謂字體遒麗，辭句清逸，則知其「茹芝飲露」之語，不爲過也。今御府所藏行書二：《僕射帖》、《芝蘭帖》。（宋　佚名《宣和書譜》卷十）

韓偓，即瞻之子也，兄儀。瞻與李義山同年，集中謂之韓冬郎是也。故題偓云：「七歲裁詩走馬成。」冬郎，偓小名。偓，字致光。（宋　錢易《南部新書》乙）

唐韓偓與姚洎皆爲翰林學士，從昭宗幸岐。偓每與兩使敕會棋，兩使稍不勝，洎即以手壞之，偓呼爲「白鸜鵒」。若洎不在坐，兩使將輸，必大呼「白鸜鵒」，洎應聲至上，即爲壞

局。偓曰：「求知之道，一何卑耶？」因撥局而起。（宋　馬永易《實賓録》卷八）

晚唐詩綺靡乏風骨，或者薄之，且因王維、儲光羲輩，而並薄其人。然氣節之士，亦往往出於其間。昭宗末年，朱温篡形已成。韓偓在翰林，蘇檢數爲經營入相，偓怒曰：「公不能有所爲，今朝夕不濟，乃欲以此相汙耶！」昭宗欲相偓，偓辭，而薦趙崇。崔胤怒，使温譖而逐之。昭宗與之泣别，偓泣曰：「臣得遠貶，及死乃幸，不忍見篡弑之辱也。」司空圖初爲禮部員外郎，棄官隱居王官谷，累徵不起。柳璨以詔書徵之，圖懼，詣洛陽入見，佯爲衰野，墜笏失儀。乃下詔以爲傲代釣名，放還山。羅隱乾符中舉進士十上不第，黄巢亂，歸依錢鏐。及朱温篡，詔至，痛哭勸鏐舉義，鏐不能從。温聞其名，以諫議大夫招之，不就。事鏐終於著作佐郎。若三子者，又可以晚唐詩人薄之乎？（宋　羅大經《鶴林玉露》乙編卷六《晚唐詩人》）

一編名《香奩集》，凝後貴，乃嫁其名爲韓偓，今世傳韓偓《香奩集》乃凝所爲也。（宋　沈括《夢溪筆談》卷十六《藝文》三）

唐韓偓爲詩極清麗，有手寫詩百餘篇，在其四世孫奕處。偓天復中避地泉州之南安縣，子孫遂家焉。慶曆中，予過南安，見奕出其手集，字極淳勁可愛。後數年，奕詣獻之。以忠臣之後，得司士參軍，終於殿中丞。又予在京師見偓《送翌光上人詩》，亦墨跡也，與

此無異。（宋　沈括《夢溪筆談》卷十七）

《唐史》偓傳，貶濮州後，即不甚詳。吾家所得偓詩，皆以甲子歷歷自記。有天祐二年乙丑在袁州，得人賀復除戎曹，依舊承旨詩。又有丁卯年聞再除戎曹，依前充職詩。蓋兩召皆辭不赴也。終身不食梁禄，大節與司空表聖略相等。惜乎《唐史》止書乙丑一召，不爲少發明之。（韓偓《翰林集》附録引宋葉夢得《石林詩話》）

韓偓故居（小注：在南安）。（宋　王象之《輿地紀勝》卷一百三十《泉州·古迹》）

唐翰林韓偓墓。（宋　王象之《輿地紀勝》卷一百三十《泉州·古迹》）

唐韓偓（小注：鄭誠之哀詞云：「有唐翰林韓偓，因左遷遂家焉。有《南安寓居》詩云：『迹爲亂離飄嶺海，文從歌頌變風騷。故都禾黍身難到，寶劍塵埃思謾勞。』」）（宋　王象之《輿地紀勝》卷第一百三十《泉州·人物》）

遐方不許貢珍奇，密詔惟教進荔枝（韓偓《荔枝》）。聞得鄉人説刺桐，葉先花後始年豐。我今到此憂民切，只愛青青不愛紅（韓偓《刺桐》）。（宋　王象之《輿地紀勝》卷一百三十《泉州·泉南花木詩》）

韓偓，鄭誠之哀詞云：有唐翰林韓偓，因左遷遂家焉。（宋　祝穆《方輿勝覽》卷十二《泉州·人物》）

《續通典》：學士入院，除中書舍人不試。餘皆試麻制、答蕃書、批、答、詩賦，號曰試五題。韓偓《金鑾密記》曰：「召入院試文五篇。」（宋　王應麟《玉海》卷一百六十七）

唐王言有七，其二曰制書，大除授用之。學士初入院，試制書批答有三篇，又詩賦各一道，號曰五題。後唐停詩賦。白居易入翰林，以所試制《加段祐兵部尚書領涇州》，韓偓試《武臣授東川節度制》，此試制之始也。舍人不試，多自學士遷……（宋　王應麟《玉海》卷二百二《辭學指南》）

韓偓、崔胤請以渾王爲元帥。帝問偓：「他日累吾兒否？」偓曰：「陛下在東内時天陰，雺王聞烏聲，曰：『上與后幽困，烏鵲亦悲。』陛下聞之惻然，有是否？」帝曰：「然，是兒集天生忠孝，與人異意。」遂決。（宋　謝維新《事類備要》别集卷七十二《飛禽門·烏聲悲》）

《金鑾密記》一卷（一作三卷）。晁氏曰：「唐韓偓撰。偓天復元年爲翰林學士，從昭宗西幸。朱温圍岐三年，偓因密記其謀議及所聞見事，止於貶濮州司馬。予嘗謂偓有君子之道四焉：唐之末，南北分朋而忘其君。偓，崔胤門生，獨能棄家從上，一也；其時搢紳無不交通内外以躐取爵禄，偓獨能力辭相位，二也；不肯草韋貽範起復麻，三也；不肯致拜於朱温，四也。詩曰：『風雨如晦，雞鳴不已。』偓之謂矣。而宋子京薄之，奈何！一本釐天復二年、三年各爲一卷，首尾詳略頗不同。互相讎，一作三卷。校凡改正千有餘字云。」陳氏曰：「具述在翰苑時事，危疑艱險甚矣。昭宗屢欲相之，卒不果而貶，竟終於閩。非不幸也，不然與崔垂休輩駢首就戮於朱温之手矣。」（元　馬端臨《文獻通考》卷一九六）

《韓偓詩》二卷、《香奩集》一卷。晁氏曰：「唐韓偓致光，京兆人。龍紀元年進士，累遷諫議大夫、翰林學士。昭宗幸鳳翔，進兵部侍郎、承旨。朱全忠怒，貶濮州司馬、滎懿尉。天祐初，挈族依王審知而卒。」《香奩集》，沈括《筆談》以爲和凝所作，凝既貴，惡其側艷，故詭稱偓著。或謂括之言妄。《許彦周詩話》：「高秀實言，元微之詩艷麗而有骨，韓偓《香奩集》麗而無骨。李端叔意喜韓偓詩，誦其序云：『咀五色之靈芝，香生九竅；咽三危之瑞露，美動七情。』秀實云：『勸不得也。』」

石林葉氏曰：「偓在閩所爲詩，皆手自寫成卷。嘉祐間，裔孫奕出其數卷示人。龐潁公爲漕取奏之，因得官。詩文氣格不甚高，吾家僅有其詩百餘篇。世傳別本有名《香奩集》者，《唐書·藝文志》亦載其辭，皆閨房不雅馴。或謂江南韓熙載所爲，誤以爲偓。若然，何爲録於《唐志》乎！熙載固當有之，然吾所藏偓詩中，亦有一二篇絶相類，豈其流落亡聊中，姑以爲戲。然不可以爲訓矣。」

又曰：「韓偓傳自貶濮州司馬後，載其事即不甚詳。其再召爲學士，在天祐二年。吾家所藏偓詩雖不多，然自貶後，皆以甲子歷歷自記其所在，有乙丑年在袁州得人賀復除戎曹依舊承旨詩，即天祐二年也。昭宗前一年已弒，蓋哀帝之命也。末句云『若爲將朽質，猶擬杖於朝』。固不往矣。其後又有丁卯年正月聞再除戎曹依前充職詩，末句云『豈獨鴟夷解歸去，五湖魚艇且餔糟』。天祐四年也。是嘗兩召皆辭。《唐史》止書其一。是歲四月，全忠篡，其召命自哀帝之世，自後復召，則癸酉年南安縣之作，即梁之乾化二年（慶按，「癸酉年」乃乾化三年，此謂乾化二年誤），時全忠亦已被弒，明年梁亡。其兩召不行，非特避禍，蓋終身不食梁禄，其大節與司空表聖略相等。惜乎，《唐史》不能少發明之也。（元馬端臨《文獻通考》卷二四三《經籍》七十）

唐韓偓本京兆人，爲翰林學士承旨。昭宗時，朱全忠怒其薄己，斥偓罪欲殺之，以鄭元規解乃止，累貶鄧州司馬。天祐初復召爲學士，偓不敢入朝，挈家南依王審知。居南安有詩云：「此地三年偶寓家，枳籬茅屋共桑麻。」（元祝誠《蓮堂詩話》卷上《韓偓南遷》）

黃滔字文江，乾寧二年乙卯趙觀文牓進士。光化中除四門博士，尋遷監察御史裏行，充威武軍節度推官。王審知據有全閩而終其身爲節將者，滔規正有力焉。中州若李絢、韓偓、王滌、崔道融、王標、夏侯淑、王拯、楊承休、楊贊圖、王倜、歸傳懿避地于閩，悉主於滔。時閩中所爲碑碣，皆其文也。今浮圖荒隴舊刻猶存。（唐黃滔《黃御史集》附録《莆陽志》）

葵山。自郡雙陽山西北來。山有疊石如篋，號「疊經石」。宋時，上有法華院，下有三華院。唐翰林承旨韓偓、宋邕州守蘇緘、威武軍節度招討使傅實、左丞初寮先生王安中，皆葬是麓。（明　何喬遠《閩書》卷八《方域志・泉州府・南安縣・山》）

韓偓，字致堯，京兆萬年人。龍紀元年進士，官至翰林學士承旨。昭宗時，朱全忠忌其薄己，斥於上前欲殺之，以鄭元規救解乃止。累貶鄧州司馬。天祐初，復召爲學士，不敢入朝，挈其族南依王審知，號「玉山樵人」。（明　黃仲昭修纂《八閩通志》卷六十三《人物・福州府・寓賢》）

韓偓，天祐初來依王審知，與王延彬遊從甚歡。十一年，卒於南安龍興寺，年七十二。有《入内廷集》、《金鑾密記》、《香奩》諸集行於世。餘見《福州志・人物志》。（明　黃仲昭修纂《八閩通志》卷六十八《人物・泉州府・寓賢》）

偓流寓閩中，所作詩僅傳《南臺懷古》一首（文略）。偓卒於閩，其子寅亮與鄭文寶言，偓捐館日，温陵帥聞其家藏箱笥頗多，而扃鐍甚固。發觀得燒殘龍鳳燭、金縷紅巾百餘條，蠟泪尚新，巾香猶鬱。乃偓爲學士日視草金鑾，夜還翰苑，當時皆秉燭以送，悉藏之。又文寶少遊於延平，見一老尼亦説斯事，尼乃偓之妾耳。第未考偓葬於何所也。（韓偓《翰林集》附録引明徐𤊹《筆精》）

韓偓故居：在南安縣，偓自京兆徙此。其詩有「此地三年偶寓家，枳籬茅屋共桑麻」

之句。（明　李賢《明一統志》卷七十五）

志云：夜郎里有廢扶歡縣址。按《寰宇記》：扶歡縣，唐貞觀十七年與榮懿縣同置，以縣東扶歡山爲名也，屬溱州。《唐書》貶韓偓爲榮懿尉，即此地。（明　曹學佺《蜀中廣記》卷二十）

韓偓……卒於南安。有《内庭集》、《金鑾密記》、《香奩》諸集行於世。蔚按《十國春秋》，偓卒於南安龍興寺，葬葵山之麓。（明　陳鳴鶴《東越文苑》卷一）

韓偓字致堯，刻多致光，非也，見《紀事》偓下，有辨甚明。而《紀事》别見又作致光，録者誤也。（明　胡應麟《詩藪》外編四）

蘇檢字聖用，舉進士，歷中書舍人。昭宗天復二年，拜工部侍郎、同中書門下平章事。朱全忠、崔胤反復爲姦，朝廷急於累卵。檢以韓偓有才辨，數言于李茂貞，欲以相偓。偓陰附胤，知事不可，不肯拜。初，茂貞與諸宦者，恐上自别用人，故協力薦檢。明年二月丙子，胤與全忠竟害檢。（明　康海《（正德）武功縣志》卷三）

【陵墓】韓偓墓，南安縣。（明　陸應陽《廣輿記》卷十八）

王延彬，閩王審知弟審邽之子。官節度使時，中原人士楊承休、鄭璘、韓偓、歸傳懿、楊贊圖、鄭戩等皆避亂入閩依審邽。審邽振賦以財，遣延彬作招賢館禮焉。（清　曹寅《全唐

詩》卷七六三）

九日山石刻，在南安縣西。……自晉以來，縉紳方外多登憩焉。唐秦系隱居於此，姜公輔、韓偓後先寄跡。熙定間守陳偁監郡日，子瓘來構山房。紹興丙子朱文公尉同安，秩滿與傅伯成載酒過此。後淳熙乙巳，復與陳知柔賦詩懷古。上有朱子書「九日山」三字。（清　馮登府《閩中金石志》卷十一）

韓偓，字致光，京兆萬年人。……轉徙閩中，依王審知，卒于南安龍興寺。宋慶曆中，丞相龐籍進遺稿，官其孫奕。（清　魯曾煜《（乾隆）福州府志》卷六十四《流寓》引《閩大記》）

【唐】姜公輔墓，在南安縣西九日山麓。韓偓墓，在南安縣北葵山麓。王潮墓，在惠安縣西南盤龍山下。（清　穆彰阿《（嘉慶）大清一統志》卷四二八《陵墓》）

天王院留題，在沙縣壁間有唐韓偓題詩。（清　倪濤《六藝之一録》卷一〇七）

偓字致光……富才情，詞靡麗。初喜爲閨閣詩，後遭故遠遁，出語依於節義，得詩人之正焉。（清　徐倬《全唐詩録》卷九十三《韓偓》）

韓瞻字畏之，韓偓父也。開成二年與義山同登進士第，亦與義山爲友女婿。《舊書·紀》開成二年六月，以左金吾衛將軍李執方爲河陽三城懷州節度使。按：執方爲王茂元妻兄弟，故曰家人，自出也。此時執方欲辟之入幕，故啟謝之。徐氏以爲即表中懷州中

丞，則其時不得兼稱河陽。餘皆誤矣。此約當開成二三年。（清　馮浩《樊南文集詳注》卷三《爲韓同年瞻上河陽李大夫啟》）

均王十一年，卒於南安龍興寺。（清　康熙《南安縣志》卷十三《唐賢列傳·韓偓》）

俗稱踏斗墓。在福建南安縣豐州葵山之麓。韓偓（八四四—九二三），晚唐著名詩人，京兆萬年人，官至兵部侍郎。唐末避禍挈族入閩，後隱居于南安九日山、葵山等地，卒葬於此。墓範圍約三百六十平方米。三面環山，面朝杏田村。墳堆呈圓甑狀，周圍壘砌條石，墓前豎一花崗岩墓碑，陰刻楷書「唐學士韓偓之墓」，爲清末舉人曾遒所書；還有五代時雕刻的石翁仲、石獅、石羊等。該墓係一九三三年弘一法師（李叔同）來謁後重修。（文化部文物局主編《中國名勝詞典》福建省南安縣「韓偓墓」條）

在豐州鎮環山村杏田自然村葵山之麓，距村約一百五十米，西向。韓偓，晚唐著名詩人，唐昭宗時官兵部侍郎、翰林學士承旨。後被排斥，攜家入閩依王審知，住南安豐州招賢院。後梁乾化三年（九一三）後卒葬。墓範圍約四百平方米，墓丘成饅頭形，封土高二米左右，周圍塊石壘砌，有花崗岩墓碑，高一點七米，寬零點八米，上陰刻楷書「唐學士韓偓之墓」。墓前有石翁仲、石羊各二對，石虎一對，具五代石雕風格。（福建省南安縣志編纂委員會《南安縣志》卷三十四《文物·歷史名人墓·韓偓墓》）

二、歷代著録

《金鑾密記》一卷。（宋　王堯臣《崇文總目》卷二雜史類）

《韓偓詩》一卷。（宋　王堯臣《崇文總目》卷五别集類）

《金鑾密記》一卷，韓偓撰。繹按：《唐志》五卷。（宋　王堯臣《崇文總目輯釋》卷二）

《韓偓詩》一卷。（宋　王堯臣《崇文總目輯釋》卷五）

《韓偓詩》一卷。（宋　王堯臣《崇文總目》卷十二）

韓偓《金鑾密記》五卷。（宋　歐陽修、宋祁《新唐書》卷五十八《藝文志》二雜史類）

《韓偓詩》一卷、《香奩集》一卷。（宋　歐陽修、宋祁《新唐書》卷六十《藝文志》四别集類）

《徐凝集》、《温飛卿集》、《韓偓集》、《杜荀鶴集》、韓偓《香奩集》。（宋　尤袤《遂初堂書目》）

《金鑾密記》一卷。右唐韓偓撰。天復中爲翰林學士，從昭宗西幸。梁祖以兵圍鳳翔，偓每與謀議，因密記之，及所聞見。事止復京師，偓貶去。（宋　晁公武《郡齋讀書志》卷二上）

《韓偓詩》二卷、《香奩集》一卷。……《香奩集》，或曰和凝既貴，惡其側艷，故詭稱偓

著云。（宋　晁公武《郡齋讀書志》卷四中）

《韓偓詩》二卷、《香奩集》一卷（先謙案：袁本四十六無一卷二字）。……《香奩集》（先謙案：袁本集下作一卷，或曰和凝既貴，惡其側艷，故詭稱偓作云十八字。無沈下云云），沈括《筆談》以爲和凝所作。凝既貴，惡其側艷，故詭稱偓著，或謂括之言妄也。（宋　晁公武《郡齋讀書志》卷十八）

《唐賢絶句》一卷。右莆田柯夢得所選李白、杜甫、元結、王維、韋應物、賀知章、岑參、靈徹、張繼、郎士元、盧綸、司空文明、韓愈、柳宗元、張籍、賈島、陳羽、劉禹錫、元稹、白居易、杜牧、竇庠、竇鞏、張祐、徐凝、王建、于鵠、朱絳、許渾、雍陶、陳陶、李播、劉商、羊士諤、楊敬之、司空圖、薛能、鄭谷、王涯、李涉、楊憑、崔櫓、劉昭禹、陸龜蒙、狄歸昌、章碣、劉得仁、許纏、吉師老、張顛、杜荀鶴、吴融、韓偓、韋莊五十四人之作。白止四首，甫六首，愈八首，宗元四首，惟牧二十五首云。（宋　晁公武《郡齋讀書志》卷第五下）

《衆妙集》一卷。右汴人趙師秀編……王維、孟浩然、錢起、周賀、于武陵、李頻……趙嘏、薛能、劉威、鄭谷、韓偓、羅隱、李群玉、皮日休、杜荀鶴、張籍、任藩、劉商、楊發、處默、戎昱、于良史、王灣、林寬、劉禹錫、王貞白七十六人之作。（宋　晁公武《郡齋讀書志》卷第五下）

《金鑾密記》三卷。唐翰林學士承旨京兆韓偓致堯撰。具述在翰苑時事，危疑艱險甚矣。昭宗屢欲相之，卒不果而貶，竟終於閩。非不幸也，不然與崔垂休輩駢肩就戮於朱温之手矣。（宋　陳振孫《直齋書録解題》卷五）

《香奩集》二卷、《入内廷後詩集》一卷、《别集》三卷。唐翰林學士韓偓致光撰。（宋　陳振孫《直齋書録解題》卷十九）

《韓偓詩》一卷，又《香奩集》一卷。（宋　鄭樵《通志略·藝文略》第八）

《金鑾密記》一卷，唐韓偓撰。記昭宗幸華州，梁太祖以兵圍華事。（宋　鄭樵《通志略·藝文略》第三）

韓偓《金鑾密記》一卷。（元　脱脱《宋史》卷二〇三《藝文志》）

韓偓《香奩小集》一卷，又《别集》三卷。（元　脱脱《宋史》卷二〇八《藝文志》）

《韓偓詩》一卷，又《入翰林後詩》一卷。（元　脱脱《宋史》卷二〇八《藝文志》）

《韓偓詩》二卷、《香奩集》一卷。（元　馬端臨《文獻通考》卷二四三《經籍》七十）

《金鑾密記》一卷（一作三卷）。一本鼇天復二年、三年各爲一卷，首尾詳略頗不同。互相讎校，凡改正千有餘字云。（元　馬端臨《文獻通考》卷一九六《經籍》二十三）

《金鑾密記》一卷，韓偓記昭宗幸華州事。（明　焦竑《國史經籍志》卷三）

《韓偓詩》一卷。（明　焦竑《國史經籍志》卷五）

《香奩集》三卷，韓偓。（明　陳第《世善堂藏書目録》卷下）

韓偓《香奩集》一卷，《翰林集》一卷。（胡震亨《唐音癸籤》卷三十）

按偓集，《唐藝文志》一卷，《香奩集》一卷。《宋志》又有《入翰林集》一卷，別集三卷。偓在閩所爲詩，皆手自寫成帙。宋嘉祐間，龐潁公爲漕，從裔孫奕取奏之，奕因得官，故較《唐志》爲多。《入翰林集》不滿二十篇，別集自出官迄寓閩詩具在，而及第前後諸作亦附焉。若《香奩集》，大概未登第前詩也。兹彙《翰林集》、別集，編年爲四卷；《香奩集》合別集中一二艷詞爲二卷附末，而略譜其年于左，俾讀者晰其出處之概云。（胡震亨《唐音統籤》卷七百九《戊籤》七十五所收《韓偓集》前言）

韓內翰《香奩集》一卷，韓偓。（明　朱睦桔《萬卷堂書目》卷四）

韓偓行書《僕射帖》、《芝蘭帖》。（清　卞永譽《式古堂書畫彙考》卷四）

韓偓《尺牘》一卷（山谷跋）。（清　卞永譽《式古堂書畫彙考》卷四）

《韓偓詩集》一卷，韓內翰《香奩集》三卷。（清　錢遵王《讀書敏求記》卷四）

《韓內翰別集》一卷，叢書堂鈔本。唐翰林學士承旨、行尚書户部侍郎、知制誥、上柱國、萬年韓偓撰。（清　陸心源《皕宋樓藏書志》卷七十一）

《金鑾密記》一卷（一作三卷，學士承旨萬年韓偓撰）。

《翰林集》一卷,《香奩集》一卷,舊鈔本。題:「翰林承旨行户部侍郎知制誥萬年韓偓致堯撰。」《香奩集》後有《無題詩》四首,《浣溪紗》詞二首,《黄蜀葵賦》、《紅芭蕉賦》二首。此從宋刻本影寫,不名《内翰别集》,亦不注「入内廷後詩」五字。(清 瞿鏞《鐵琴銅劍樓藏書目録》十九)

《韓翰林集》一卷,《香奩集》一卷,舊鈔本。璜川吴氏振綺、汪氏藏書。唐翰林承旨、行户部侍郎、知制誥、上柱國韓偓致堯著。……席刻宋本與此本不同。罟里瞿氏書目記云:「《香奩集》有《無題》詩四首,《浣紗溪》詞二首,《黄蜀葵》、《紅芭蕉》兩賦。係宋刊本影寫,不名《内翰别集》,亦不注「入内庭後詩」五字,與此正相符合。附沈存中《筆談》一則,辨和凝僞詞假託之非。有璜川吴氏收藏圖書,汪魚亭藏閲書兩印。(清 丁丙《善本書室藏書志》卷二十五)

《韓内翰别集》一卷,唐韓偓撰。鈔本,席氏刊本。

《韓翰林集》四卷,《香奩集》三卷,附録二卷。唐韓偓撰,麟後山房本。(清 丁仁《八千卷樓書目》卷十五)

韓偓《香奩集》。(清 錢謙益《絳雲樓書目》卷四)

韓偓《翰林詩集》一卷,韓偓《香奩集》三卷。(清 錢曾《錢遵王述古堂藏書目録》卷七)

《韓偓詩集》一卷。昭宗反正，密勿之謀，致光爲多。觀其不草韋貽範詔，正所謂「如今冷笑東方朔，只用詼諧侍漢皇」也。詩以言志，致光可稱卓然不拔之君子矣。

韓内翰《香奩集》三卷。

《香奩集》三卷，予從元人鈔本録出，末卷多《自負》一詩。洪邁《絶句》亦未收。行間字極佳，比流俗本迥異。予嘗命名手繪圖二十六幅，裝潢成帙，精妙絶倫，閲之意蕊舒放。嗟乎，致光遭唐末造，金鑾前席，危捋虎鬚。及乎投老無門，托迹甌閩，竟賫志殁。此豈淺夫浪子所能然耶！後人但知流浪《香奩》，無有洗發其心事者。千載而下，可爲隕涕也。沈括云和凝後貴，以此集嫁名于致光，則宋人已辨之詳矣。（清　錢曾《讀書敏求記》卷四）

《韓翰林詩》一卷，《香奩集》三卷。唐韓偓。

韓偓《香奩集》、李公垂《追昔遊集》三卷。（清　徐乾學《傳是樓書目》）

韓偓《金鑾密記》五卷，見《崇文總目》。《説郛》止五條。（清　佚名《唐書藝文志注》卷二）

《韓偓詩》一卷。又《香匳集》一卷。《全唐詩·傳》：偓字致堯，京兆萬年人。登龍紀中進士第，官至兵部侍郎。依王審知而卒。今存。（清　佚名《唐書藝文志注》卷四）

《韓内翰别集》一卷，江蘇巡撫採進本。唐韓偓撰。《唐書》本傳謂偓字致光。計有功《唐詩紀事》作字致堯。胡仔《漁隱叢話》謂字致元。毛晉作是集跋，以爲未知孰是。按：

劉向《列仙傳》稱偓佺堯時仙人，堯從而問道。則偓字致堯，於義爲合。致光、致元，皆以字形相近誤也。世爲京兆萬年人。父瞻，與李商隱同登開成四年進士第，又同爲王茂元壻。商隱集中所謂「留贈畏之同年」者，即瞻之字。偓十歲即能詩，商隱集中所謂「韓冬郎即席得句，有老成之風」者，即偓也。偓亦登龍紀元年進士第，昭宗時官至兵部侍郎、翰林學士承旨。忤朱全忠，貶濮州司馬，再貶榮懿尉，徙鄧州司馬。天祐二年，復故官。偓惡全忠逆節，不肯入朝，避地入閩，依王審知以卒。偓爲學士時，内預秘謀，外爭國是，屢觸逆臣之鋒。死生患難，百折不渝。晚節亦管寧之流亞，實爲唐末完人。其詩雖局於風氣，渾厚不及前人，而忠憤之氣時時溢於語外。性情既摯，風骨自遒，慷慨激昂，迥異當時靡靡之響。其在晚唐，亦可謂文筆之鳴鳳矣。變風變雅，聖人不廢，又何必定以一格繩之乎？《唐書·藝文志》載偓集一卷，《香奩集》一卷。晁氏《讀書志》云：「韓偓詩二卷」，《香奩》不載卷數。陳振孫《書録解題》云：「《香奩集》二卷，《入内廷後詩集》一卷，《别集》三卷。」各家著録互有不同。今鈔本既曰《别集》，又注曰《入内廷後詩》。而集中所載，又不盡在内廷所作，疑爲後人裒集成書，按年編次，實非偓之全集也。（清　永瑢《四庫全書總目》卷一百五十一）

《韓内翰别集》一卷，唐韓偓，汲古閣本。别有《香奩集》三卷，四庫著録本删去。（清

張之洞《書目答問》）

韓偓集，《崇文總目》載《韓偓詩》一卷。《新唐書·藝文志》亦作一卷，又《香奩集》一卷。《晁氏讀書志》云：《韓偓詩》二卷，《香奩集》不載卷數。陳振孫《直齋書録解題》云：《香奩集》二卷，《入内廷詩後集》一卷，《别集》三卷。各家著録，殊不相同。《四庫全書》以江蘇採進本著録《韓内翰别集》一卷，館臣注云：「今鈔本既曰《别集》，又注曰『入内廷後詩』，而集中所載，又不盡在内廷所作，疑爲後人裒集成書，按年編次，實非偓之全集也。」

瞿鏞子雍《鐵琴銅劍樓藏書目録》十九云（文略）。丁丙松生《善本書室藏書志》二十五收《韓翰林集》一卷，《香奩集》一卷。鈔本，係璜川吴氏、振綺汪氏藏書，題「唐翰林承旨行户部侍郎知制誥上柱國韓偓致堯著」。丁云（文略）。可見瞿、丁兩氏所藏和《四庫》本有所不同。

《四部叢刊》以涵芬樓藏舊鈔本影印，書名題《玉山樵人集香奩集附》，《初編書録》云：「此本不分卷，每體自爲起訖，《香奩集》不名《内翰别集》，《無題》四首，不注『入内廷後詩』，與鐵琴銅劍樓藏影宋寫本合。」

《八千卷樓書目》另有《韓内翰别集》一卷，二種：一係鈔本，一係席氏刊本。《郘亭知見傳本書目》著録汲古閣刻《韓内翰别集》一卷，當與《四庫》本同一來源。拜經樓吴氏藏有《韓翰林詩别集》一卷，吴焯《繡谷亭薰習録》云：

唐翰林學士承旨行尚書户部侍郎知制誥韓偓致堯著。余以《全唐詩》校之，此缺四篇：一《寄禪師》、一《訪明公大德》、一《大酺樂》、一《思歸樂》，後三篇《戊籤》已據《閩南唐雅》補，而《全唐詩》因之，此本卻多《裊娜》、《多情》、《閨怨》、《夜閨》、《詠燈》、《春恨》六篇，《戊籤》云：彙《翰林集》編年爲四卷，《香奩》合《别集》中一二艷詞爲二卷，則此六詩當時原載《别集》中，自後人移攙入《香奩》者也。《戊籤》又云：入《翰林集》不滿二十篇，《别集》自出官迄寓閩詩俱在，而及第先後諸作亦附，今此本首行標題云「入内庭後詩」，下注云：天復元年辛酉五月後，偓以是時入翰林，詩題下繫年遞至癸酉，其後又重繫乙卯甲子者，即所謂及第先後諸作亦附者此也。石林葉氏稱：吾藏偓集僅百餘篇，世傳别本，與《新唐書·藝文志》合。其及第先後諸作併入者，乃嘉祐間從裔孫奕以取奏之本而附益者也。

錢曾遵王《讀書敏求記》著録《韓偓詩集》一卷，又《韓内翰香奩集》三卷，並云：「《香奩集》三卷，予從元人鈔本録出，末卷多《自負》一詩，洪邁《絶句》亦未收，行間字極佳，比流俗本迥異。」不知係何本。《繡谷亭薰習録》云：《香奩集》三卷，唐韓偓著。《戊籤》題二卷者，誤也，《别集》中艷體六篇，此編未收，宋世本如是。至和凝僞詞假託，沈存中《筆談》已辨之矣。

閩王氏麟後山房本《韓翰林集》四卷，《香奩集》三卷，《附録》一卷，以致堯後來避地入閩依王審知，故附於南越四家之後。

《四部叢刊》影鈔本，詩後有韓偓自叙……所記篇數和沈括所見手寫稿極接近，但《叢刊》本《玉山樵人集》，粗略計之，已二百二十餘首，《香奩集》尚不在内，想亦爲後人輯入佚篇，非致堯原集矣。

晁公武《讀書志》云：「《香奩集》或曰和凝既貴，惡其側艷，故詭稱偓著云。」當本沈氏之説，《新校正夢溪筆談》（中華書局一九五七年第一版）胡道靜《參考》云：「宋葛立方《韻語陽秋》五及宋陳正敏《遯齋閑覽》（曾慥《類説》四十七引）並引述各種論據，以證韓偓實有《香奩集》，非和凝所作而嫁名者，和凝自另有《香奩集》不行於世，故不得以今《香奩集》爲凝作。清錢曾《讀書敏求記》與清何文焕《歷代詩話考索》，並從其説，以沈括此説爲誤。」但葉夢得卻又以《香奩》係韓熙載所作。

《北京圖書館善本書目》載《香奩集》一卷，係明末毛氏汲古閣刻《五唐人詩集》本，有傅增湘校跋，並録屈大均題識，未見。（萬曼《唐集叙録·韓翰林集（附香奩集）》）

三、歷代序、跋、提要

韓偓《香奩集》二卷，蜀本詩一百一篇；京本詩、賦二篇，詩一百七篇，曲調二章；秘閣本同亡詩十篇。三家篇什相糅莒差次不倫，以讎比，除複重，定著賦詩曲詞一百十二。以朱墨辨，閣、京本皆已刊正可傳。

偓字致堯，唐翰林學士承旨。朱全忠顓命，以偓行禮爲簡傲，放外以死，事見唐傳。曰字致光者，譌也。偓爲詩有情致，形容能出人意表，有集二卷。其一此書。晉相和凝亦嘗著《香奩集》，皆委巷艷詞，猥褻不可示兒。時已有「曲子相公」之號。沈括《筆談》著論，乃以是爲凝書。陳正敏爲辨之，設二事以驗。謂吴融集有和致光《無題詩》二，與《香奩詩》韻正同，而此集序中正載其事，一也。向嘗於偓裔坰所見偓親書所作詩卷，其《裊娜》、《春盡》、《多情》等篇多出卷中，二也。偓富才情，詞致婉麗，固非凝及。而《北夢瑣言》載凝小詞布於汴洛，作相之後收拾焚毀，則凝之集乃浮艷小詞，安得遂以《香奩》爲凝作。走謂正敏辯得矣。傳稱凝嘗自刊己集爲板本，而特謂《香奩集》不行於時。行不行在凝，則此集爲可知也。況詩與詞曲固有不言之辨。其詩有岐下作者，而凝未嘗在岐。《江表志》：王延彬子繼士與偓子寅亮，幼日通家。寅亮母尼，即《薦福院講筵偶見又别》者也。今詩亦在此什，則斯集也爲偓語可不疑。夫人之著書，上世猶不免沿襲，《春秋》大典亦有十數家書，學者不究謂何，泛以名取，則晏、吕之傳爲孔氏之經矣。以凝艷曲歸偓集者，不幾於此乎。信筆談者雖甚，或於此必自有辨。年月日叙。（宋　薛季宣《浪語集》卷三十《香奩集叙》）

《香奩集》綺靡而乏風骨，視開元、大曆之風遠矣。昭宗末年，朱温篡形已就，此時韓偓在翰林，蘇檢苦欲推轂入相。……昭宗累欲相偓，偓辭而薦趙崇。崔胤怒，使温譖而逐之。昭宗與之别，偓泣曰：「臣得遠貶及死乃幸，不忍見篡弑之辱也。」其志節如此。韓熙載不欲爲江南相，而以聲色自涴。偓之爲辭，豈其方與？抑賦梅花者，與鐵心石腸自不相礙與？世鮮此集，偶得寫本，命侍史録一通，而書此於首，令覽者知其人焉。（明　焦竑《焦氏澹園續集》卷九《書後題跋》）

沈夢溪云：「和魯公凝有艷詞一編，名《香奩集》。凝後貴乃嫁其名爲韓偓。今世傳韓偓《香奩集》乃凝所爲也。」此説惟劉潛夫信之，石林、遁齋、虚谷諸公俱以爲誤，引吴融和韓侍郎《無題》詩三首及致光親書《裊娜》、《多情》等詩爲證；則斯編是致光作無疑矣。如凝之《香奩》，乃浮艷小詞，集名偶同耳。況凝自謂不行于世，後人又何必借韓侍郎行本

以實之耶？（《五唐人詩集》本（商務影汲古閣本）《香奩集》末毛晉跋語）

《書香奩集》：《唐書·藝文志》載《韓偓集》一卷，《香奩集》一卷。《晁公武讀書志》：《韓偓詩》二卷，《香奩》詩無卷數。辛丑歲遊鴛湖，偕竹垞朱丈訪南州草堂徐氏，得睎宋槧本《香奩集》。計古今體詩一百一首，拾遺四首，無卷數，與晁志合。即席借鈔，珍存行篋。是集聞有謂和凝嫁名者，試開卷披讀，夫豈彼詅癡者之所能哉？番禺屈大均記。（録自北京大學圖書館藏屈大均手鈔本《香奩集》後記）

致堯詩格不能出五代諸人上，有所寄託，亦多淺露。然而當其合處，遂欲上躪玉溪、樊川，而下與江東相倚軋。則以忠義之氣，發乎情而見乎詞，遂能風骨内生，聲光外溢，足以振其纖靡耳。然則，詩之原本不從可識哉。（清 紀昀《紀文達公遺集》卷十一《書韓致堯翰林集後二則》）

《香奩》一集，詞皆淫艷，可謂百勸而並無一諷矣，然而至今不廢。比以五柳之《閒情》，則以人重也。著作之士惟知文之能傳人，而不知人之能傳文，於此亦可深長思矣。閱《翰林集》，竟因併此集點閱之，並識其末。

身列士林而詞效俳優，如律之以名教，則居然輕薄子矣。然而唐室板蕩之時，視長樂老之醇謹，其究竟何如也？九方皋之相馬也，取之於牝牡驪黄外有以也哉！

《香奩》之詞亦云褻矣，然但有悱惻眷戀之語，而無一決絶怨懟之言，是亦可以觀心術焉。（清　紀昀《紀文達公遺集》卷十一《書韓致堯翰林集後三則》）

《韓内翰別集》一卷，叢書堂鈔本。唐翰林學士承旨、行尚書户部侍郎、知制誥、上柱國、萬年韓偓撰。

毛氏手跋曰：「據列傳云：『偓字致光，京兆萬年人。』計有功云：『字致堯，今曰致光，誤矣。』胡仔云致元，未知孰是。自號『玉山樵人』，小字冬郎。開成六年進士韓瞻之子。李義山與瞻同年，偓童時即席爲詩送之，一座盡驚，李因贈詩云：『十歲裁詩走馬成，冷灰殘燭動離情。桐花萬里關山路，雛鳳清於老鳳聲。』《藝文志》載詩一卷，《香奩集》一卷。余梓《香奩》已十餘年矣。兹吴匏庵叢書堂抄。《別集》皆天復元年辛酉五月入内庭後詩也。自辛酉迄甲戌凡十有四年，往往借自述入直、扈從、貶斥、復除，互叙朝廷播遷，奸雄纂弑始末，歷狀如鏡，可補史傳之缺。第乙卯、丙辰未入翰苑，不知何人混入？惜未得慶曆間温陵所刻致光手書詩帖一訂正耳。其亂後依王審知，本傳與李、晁諸家言之甚詳，惟劉克莊謂審知據福唐，韓致光乃居南安，曷嘗依之乎？又見墨林方氏所藏《祭裴君文》，自書唐故官，不書梁年號，稱其賢于楊風子輩，且以宋景文不與表聖同列爲欠事。此皆克莊極贊致光不事二姓也。若王審知爲閩王，始于丁卯，卒于乙酉，相去十九年。致光即匿影于三山九曲之間，何損其爲李唐遺民耶？況朱全忠被刺，刀腹出於背，瘞以敗氈，致光亦可以含笑見昭宗于地下矣。當寓沙陽天王院歲餘，其詩奚止《藴明》一篇？若得章僚碑記，考其傳外遺事，則群疑涣然冰泮云。隱湖毛晉跋於續古草廬。（清　陸心源《皕宋樓藏書志》卷七十一）

薄宰相而不爲，而不忍去其君，卒被斥逐。論者謂致光之去雖晚，其志操可尚，固已然。當與崔胤定策誅劉季述之時，欲盡除宦官，獨力持不可。而謂帝王之道，當以厚重鎮之，公正御之。先收方鎮之權，猶冀天下可治。帝前膝曰：「此一事終始屬卿。」令狐涣機巧，又悔曰：「涣作宰相或誤國，朕當先用卿。」因辭而薦趙崇。夫既知可屬，胡一辭而即弗用？第嘉其能讓於師。昭宗憒憒若是，尚可日侍左右。因討宦官，不得不借三使相之力。而北司復横，遂留李繼筠宿衛。以爲不可，胤不納。語涣，涣亦不聽，曰：「無兵則家與國不安，有兵則家與國不可保。」既不能止之，可以勿言已。乃復請逐彦弼，赦其黨。帝不用，而彦弼譖之，帝則怒。繼昭等飲殿中自如，帝則怒。於是請勿令三使相與政事，詔茂貞還其衛軍。而胤又召朱全忠討韓全誨，所議未及用，而全誨等已劫帝西幸，夜追及鄠。致光之忠誠不可及，而惜乎所事者非聖君，所共事者非良相也。貽範奪情，謂「腕可斷，麻不可草」。帝畏茂貞，卒詔還相，益結宦黨之怒。馬從皓讓之，而不敢對。時事若此，顧不忍去其君。觀招至尚食局，哭謂帝曰：「崔胤甚健，全忠軍必濟。」而戒以還宮，無爲人知。嗚呼，翦除社鼠城狐，而不顧引虎入室，致光亦難辭其咎也。斯時帝既反正，勵精政事，欲相則相之，已即三四讓，亦何妨。固予之致光，知相不可爲，則宜去。如全忠與胤者，侍宴乃不去席，以倨傲賈禍。全忠不足責，而平日相附者亦貳之。已既辭相，何必再薦贇、崇。若無元規一言，不幾死於全忠之手耶！君臣泣別，君則曰：「我左右無人！」臣則曰：「是人非復向來之比！」主暗國危，莫此爲甚。而致光忠有餘而智不足，夫豈若王官谷之司空表聖，超然遠引，進退不污也哉！（清　方濬頤《二知軒文存》卷四《書韓偓傳後》）

往歲余用桐城吴先生群書點勘，讀公詩至《香奩集》，嘗題七字句近體詩於後，謂與李義山無題諸作皆可當賈生之痛哭。蓋公詩法初受之義山，最爲深隱難讀。及其後國亡家破，身世亂離所感，公乃別創一境。其忠孝大節形於文墨者，非唯義山不能與抗顔行而調適，上遂追及杜公軼塵，並殿全唐爲後勁，則今所傳《韓翰林詩集》是也。其初傳者後惟《香奩》，鳩集復得百篇，而所謂歌詩千首，十蓋不能一二，觀公自叙其《香奩》可見也。

梁主被弑，後昭宗死纔十年，此公所最快意而喜爲攄寫者也。其先昭宗又早出之於外，辟地遠方，心有所感，皆可以昌言直斥。惟盜未入關之先，藴藴棼棼，大亂將作，諸在勢要猶自瞢然，恣其威福，語多忌諱，此則公與義山所遇之時略同。默爾不可，語又不能，不得已而假物寓興，主文譎諫，甚至下乃託於男女媟褻之事。賈生痛哭，蓋猶不足以喻之。嗚呼，士生不時，痛哭亦多途矣！醇酒美女，游仙佞佛，日卜星相，託一技以自混者勿論已。後漢氣節，兩晉風流，宋元至明之道學，清之考據，群焉爭驅，視爲博取富貴，弋獲聲名之具。而亦竄身其中，自謀老死，與痛哭天生所異唯遲早耳。五三去我日遠矣，材識愈高，偶合愈難，不唯人事然也。

義山之詩至深隱，知之者尚多。公則生氣凜凜，鬱勃紙上，灼如觀火，光與日月爭明。自唐至今經千年，後生之與斯文者猶未絶於天下。人皆熟視若無睹，而時俗所好香奩體，公所自謂傳在人口者，則嫁名他人，甚且被以不肖之名也。嗚呼，此公輯綴舊詩所爲悲無人會。而一吟一泣，而後人讀之，亦可爲痛哭。吴先生表章之不容已也。冀州趙衡。（趙衡《韓翰林集叙》，見吴汝綸《吴評韓翰林集》）

韓致堯爲晚唐大家，其忠亮大節，亡國悲憤具在篇章。而含意悱惻，詞旨幽眇，有香草美人之遺，非陸務觀、元裕之之所及。自來選詩者罕有論列。嘗謂七言律詩，古今工者絶少，自杜公外，唐惟樊南、樊川及致堯三家，唐以後惟蘇黄陸元四家耳。姚惜抱今體詩選一代正宗，於元遺山獨未及之，及至曾文正公始表而出之。而韓翰林詩，則論者廑儕之晚唐諸家之列，未有察乎其微者也。論世之難如此。

士不得意於世，輒曰我待後之子，云其可必乎。世之稱翰林者，徒以其《香奩》詩耳。或謂《香奩》爲和凝之作嫁名於韓，方虛谷已辨其非。夫志節皦皦如韓致堯，即《香奩》何足爲累，此不必爲諱。然世之知致堯者，惟此則不幸。苟無《香奩》之作，不且湮没無聞矣乎。名之顯晦有時，或顯矣而其孤懷所寄，乃益以汨喪而莫彰，此尤秉筆者所不自料也。李長吉好言身後事，世輒目爲鬼才；韓翰林作《香奩集》，世遂賞其艷體。此皆淺識炫於目前，與作者之意相去絶遠。譬之相馬者，徒顛倒于牝牡驪黄之間，而不復知有千里也，豈不哀哉！雖然，繇二子觀之，殆亦如莊生所云彼直寄焉。以爲不知己者詬厲也，則其真之不出，豈必爲二子之不幸也哉！士之懷奇抱質而懼不得當於後世者，可以爽然自失矣。先大夫讀翰林詩，考論其出處本末甚詳。賀君性存取而刊行，闓生既爲讎校，爰敬識於後。壬戌秋七月闓生謹記。（吴闓生《韓翰林集跋》，見吴汝綸《吴評韓翰林集》末附）

右《韓翰林集》三卷、《香奩集》三卷，附《補遺》，唐翰林學士承旨萬年韓偓撰，其評注則清桐城吴氏汝綸所著也。偓之事蹟具《新唐書》本傳。考四庫提要集部列有《韓内翰别集》一卷，即此書。惟《香奩集》不載，蓋彼時館臣奉詔删去。然盛稱其詩有忠憤之氣，慷慨激昂，迥異當時靡靡之響，在晚唐可謂文筆鳴鳳。推許甚至。要之，偓仕唐昭宗時屢預秘謀，卓著風節。晚居閩嶠，肥遯終身，實爲唐代完人。其詩骨格極高。《香奩》亦多寄託之辭，不足爲病。吴氏評注，於偓之出處本末考論甚詳，評語亦多所激勸，今之善本也，故亟印行之云。民國二十五年一月校。長安宋聯奎、蒲城王健、江寧吴廷錫（宋聯奎、王健、吴廷錫《韓翰林集跋》，見吴汝綸《吴評韓翰林集》書後附）

震鈞《香奩集發微序》：韓致堯有唐之屈均也，《香奩集》有唐之《離騷》、《九歌》也。自後人不善讀，而古人之命意晦。自後人不能尚論古人，而古人扶植綱常之詞，且變爲得罪名教之作矣。不亦重可惜哉！致堯官翰林承旨，見怒於朱温，被忌於柳璨，斥逐海嶠，使天子有失股肱之痛，唐季名臣未有或之先者。似此大節彪炳，即使其小作艷語如廣平之賦梅花，亦何貶於致堯。迺夷考其辭，無一非忠君愛國之忱，纏綿於無窮者。然則靈均《九歌》所云「滿堂兮美人，忽獨與余兮目成」，信爲名教罪人乎！《香奩》之作，亦猶是也。然自唐末至今近千歲矣，絶無一人表而出之。徒使耿耿孤忠，不白於天下，世之閲者，遂與《疑雨集》等量齊觀，可異哉！即以其序所云「若有責其不經，亦望以功掩過」。夫果爲艷詩，亦何足言功。作者深心，於兹可會。奈爲後人粗心讀過，沈薶久矣。作者又爲之發明曰：「緝綴小詩鈔卷裏，尋思閑事上心頭。自吟自淚無人會，腸斷蓬山第一流。」則致堯亦早見及。後人但以艷體詩待之矣，其奈後人依然不解也。至此《香奩集》真可付之劫火，沈之濁流矣。然而彼蒼降鑒，竟使之流傳至今，是天知之矣。天知之而人不察，依然以艷詩待之，不幾疑於綺語之可無罪，而馬腹之説爲虚言也。是不可不爲之發明，以彰忠藎之苦心。俾綺語讕言無所藉口，仁人志士，庶幾瞑目。亦史遷表彰《離騷》之義也。爰以簿鐙餘暇，加之評釋。史公所謂爭光於日月可也。掩過云乎哉！震鈞序於白下之古東府城。（見震鈞《香奩集發微》）

雷瑨《香奩集發微·跋》：晚唐詩人以温李冬郎並稱，《金荃》一集，明曾益注之，而清顧予咸、嗣立父子復爲增補。義山詩集，清朱鶴齡、姚培謙迭爲箋釋，而馮浩集其大成，固已家絃户誦，人有其書。獨韓氏則翰林一集，世鮮傳本，即《香奩》一集，亦等諸《疑雨》、《疑雲》，不復臧弆，冬郎之詩幾湮没弗彰。蓋致堯仕唐昭宗爲翰林承旨，爲朱温所怒，貶斥海嶠，依王審知而卒。見忌權奸，洊遭離亂，於是憤逆臣之竊命，慨唐室之不興，乃本詩人忠厚之旨，爲屈子幽憂之辭，託諸美人，著爲篇什，以抒忠愛，此《香奩集》之所爲作也。然無人爲之詮釋，則作者之意終焉晦塞。而辭深旨遠，其難殆倍於温李。今得曼殊震鈞氏爲之發微，並作年譜附後。探賾索隱，能將作者心事曲曲道出，遂使承旨忠憤之氣躍然紙上。而讀者知人論世，亦當不僅以艷體目之，洵足媲美顧、馮二家而爲韓氏功臣矣。惟是書鋟板京師，南方傳本絶稀。掃葉主人乃覓得初本，重付石印，以廣流傳，庶與顧、馮之書並垂不朽云。甲寅夏至，松江雷瑨跋。（見震鈞《香奩集發微》）

唐季變亂，中原士族徙閩者衆。偓以孤忠奇節，抗忤權奸。既遭貶謫，因隱南閩。蔬食修禪，冥心至道。求諸季世，亦希有也。勝進居士爲撰偓傳，以示青年學子。俾聞其風者，勵節操，祛卑污，堪爲世間完人，漸次薰修佛法。則是書流布，循循善誘，非無益矣。夫豈世俗文學典籍所可同日語耶。撰録既竟，爲題其端，爰志讚喜云。歲集鶉尾秋暮。晚晴老人，居茀林。（弘一大師爲高文顯《韓偓》一書所作《序》）

高文顯《韓偓》一書，記弘一法師爲其《韓偓》一書所撰第一《序》，此《序》云：「癸酉小春，驅車晉水西郊，有碑矗路旁，題曰『唐學士韓偓墓道』。因憶兒時居南燕，嘗誦偓詩，喜彼名字，乃五十年後，七千里外，遂獲展其墦墓。因緣會遇，豈偶然耶？余於晚歲，遯居南閩。偓以避地，亦依閩王而終其身。俯仰古今，能無感愴。爾者高子勝進摭偓遺事，輯爲一卷。余覽而善之，略述所見，弁其端云。歲次玄枵，薝蔔老人。」（見高文顯《韓偓》一書所引）

四、歷代贈酬題詠詩文

李商隱《留贈畏之》（原注：「時將赴職梓潼，遇韓朝迴三首。」）：清時無事奏明光，不遣當關報早霜。中禁詞臣尋引領，左川歸客自迴腸。郎君下筆驚鸚鵡，侍女吹笙弄鳳凰。空寄（一云當作記）大羅天上事，衆仙同日詠霓裳。（《全唐詩》卷五三九）

李商隱《韓冬郎即席爲詩相送一座盡驚他日余方追吟連宵侍坐裴回久之句有老成之風因成二絶寄酬兼呈畏之員外》詩：十歲裁詩走馬成，冷灰殘燭動離情。桐花萬里丹山路，雛鳳清於老鳳聲。（《全唐詩》卷五四〇）

吴融《和韓致光侍郎無題三首十四韻》：珠佩元消暑，犀簪自辟塵。掙燈容燕宿，開鏡待雞晨。去懶都忘舊，來多未厭新。每逢憂是夢，長憶故延真。杏小雙圓壓（一作靨），山濃兩點嚬。瘦難勝寶帶，輕欲馭飆輪。篦鳳金雕翼，釵魚玉鏤鱗。月明無睡夜，花落斷腸春。解舞何須楚，能箏可在秦。怯探同海底，稀遇極天津。緑柰攀宫艷，青梅弄嶺珍。管纖銀字咽，梭密錦書勻。厭勝還隨俗，無疑不避人。可憐三五夕，婉媚善爲鄰。

舞轉輕輕雪，歌霏漠漠塵。漫遊多卜夜，慵起不知晨。玉箸和妝裛，金蓮逐步新。鳳笙追北里，鶴馭訪南真。有恨都無語，非愁亦有嚬。戲應過蚌浦，飛合入蟾輪。杯様成言鳥，梳文解卧鱗。逢迎大堤晚，離别洞庭春。似玉曾誇趙，如雲不讓秦。錦收花上露，珠引月中津。木爲連枝貴，禽因比翼珍。萬峰酥點薄，五色繡妝勻。獺髓求魚客，鮫綃托海人。寸腸誰與達，洞府四無鄰。

綺閣臨初日，銅臺拂暗塵。鷓鴣偏報曉，烏鵲慣驚晨。魚網裁書數，鵾弦上曲新。病多疑厄重，語切見心真。子母錢徵笑，西南月借嚬。擣衣嫌獨杵，分袂怨雙輪。貝葉教丹觜，金刀寄赤鱗。捲簾吟塞雪，飛楫渡江春。解織宜名蕙，能歌合姓秦。眼穿回雁嶺，魂斷飲牛津。藥自偷來絶，香從竊去珍。茗煎雲沫聚，藥種玉苗匀。草密應迷客，花繁好避人。長干足風雨，遥夜與誰鄰。（《全唐詩》卷六八五）

吴融《倒次元韻》：南陌來尋伴，東城去卜鄰。生憎無賴客，死憶有情人。似束腰支細，如描髮彩匀。黄鸝裁帽貴，紫燕刻釵珍。身近從淄右，家元接觀津。雨臺誰屬楚，花洞不知（一作如）秦。淚滴空床冷，妝濃滿鏡春。枕涼欹琥珀，簟潔展麒麟。茂苑廊千步，昭陽扇九輪。陽城迷處笑，京兆畫時嚬。魚子封箋短，蠅頭學字真。易判期已遠，難諱事還新。艇子愁衝夜，驪駒怕拂晨。如何斷岐路，免得見行塵。（《全唐詩》卷六八五）

貫休《江陵寄翰林韓偓學士》：久住荆溪北，禪關挂緑蘿。風清閒客去，睡美落花多。萬事皆妨道，孤峰謾憶他。新詩舊知己，始爲味如何。（《全唐詩》卷八三一）

李綱《讀韓偓詩并記有感》：韓偓唐昭宗時爲翰林學士承旨，頗與國論，爲崔胤、朱全忠所不容，謫濮州司馬。其後復官，不敢入朝，挈其族依閩中王審知。嘗道沙陽，寓居天王院者歲餘，與老僧藴明相善，以詩贈之。至後唐時，邑令章僚爲之記，叙偓始末甚詳，且述唐末亂離之事，頗與唐史合。予來沙陽聞之，竊願一觀，而其碑因寺中廢，爲有力者取去，祕不示人。久之始得見其副本，感而賦之，且録偓詩卷中，傳諸好事者云。

《偶訪明公大德贈長句四韻》（前翰林學士承旨户部侍郎知制誥韓偓）：寸髮如霜袒右肩，倚肩筇竹貌怡然。懸燈深屋夜深坐，移榻向陽齋後眠。刮膜且揚三毒論，攝心徐指二宗禪。清涼藥分能知味，各自胸中有醴泉。

李綱詩：唐室昔不競，天網遂陵遲。閹豎擅朝政，姦雄肆覦窺。天子遭迫脅，翠蓋蒙塵飛。矢石集黄屋，四郊皆鼓鼙。群兇雖殄滅，國命亦已移。韓子司翰苑，實被昭宗知。忠言雖屢貢，顛厦誠難支。謫官旅南土，召復不敢歸。當時白馬驛，縱横卿相尸。投之濁流中，至今耆舊悲。夫子乃幸免，禍福良難期。假道寓沙陽，空門知所依。雖踰二百載，猶傳贈僧詩。邑令真好事，作記刊豐碑。文辭雖淺陋，事實頗可追。讀之三嘆息，弔古情悽洏。寄聲藏去者，擅有將奚爲。

又：詞臣謫去墮天南，詩墨從來榜寺簷。好事不須收拾去，世間遺集有《香奩》。（宋李綱《梁溪集》卷十一）

韓偓集有自撫州往南城縣，舟行見拂水薔薇之詩。南城吾鄉也，因題八句：韓偓當年赴七閩，舟行過此倍凝神。江邊石上知誰處，緑戰紅酣別是春。往事幾多書不記，仙源

依舊地無塵。花光柳色今何限，更有才人勝古人。（宋　李覯《直講李先生文集》卷三十七）

《燈下讀韓致光外集》：吴宫花草弄纖柔，西子粧成特地羞。笑我老情難娬媚，愛渠好句儘風流。《香奩》詩在人何處，斷腕名高事已休。更欲與誰論此恨，遺編讀罷一燈留。（宋　周紫芝《太倉稊米集》卷十四）

陳從易《題韓侍郎致光詩》：鼇頭遺集自揮毫，三世傳來紙有毛。跡爲亂離飄嶺海，文從歌頌變風騷。故都禾黍身難到，寶劍塵埃思漫勞。百二十篇皆讀徹，可憐先笑後號啕。（見明何炯纂輯《清源文獻》卷三）

仗下千官走似麏，倉皇誰扈屬車塵。禁中陸九艱危共，殿上朱三苦死嗔。當日横身抗岐汴，暮年避地客甌閩。小窗細讀《金鑾記》，始信《香奩》屬别人。自注曰：「《香奩集》和凝作，非致光也。」（宋　劉克莊《後村集》卷九《讀金鑾密記》）

傅定保（慶按，宋咸淳時人）《四賢祠次韻》：四傑唐遺迹，千年此妥靈。草荒丞相冢，雲鎖隱君亭。助教衣猶緑，翰林山尚青。因懷水南令，愁思遶春汀。（《泉州府志》云：「四賢祠祀唐姜公輔、秦系、韓偓、席相。」按，詩中「助教衣猶緑」句，疑所祀乃歐陽詹，非席相也）（清　鄭傑《閩詩録》戊集卷一）

韓致光以文章際遇昭宗，君臣相得，欲大用之。值朱温將篡，非獨力能支，去位而已，不然徒死無益。觀致光過湖湘食櫻桃詩，令人愴然：「時節雖同氣候殊，未知曾薦寢園無？合充鳳食留三島，誰許鶯偷過五湖。苦筍恐難同象匕，酪漿無復瑩蠙珠。金鑾歲歲長宣賜，忍淚看天憶帝都。」意與少陵同，尤悽惋。黄竹外有《讀韓偓傳》詩：「堂陛中間飛戰塵，君臣相顧淚沾巾。百年富貴輸前輩，一旦艱危屬老臣。自古舟中爲敵國，從今君側已無人。酬恩報主他生事，偷向蠻夷老此身。」（元　盛如梓《庶齋老學叢談》卷中之下）

先生早去國，不見受終時。未遂冥鴻志，常懷捋虎危。史書湮舊跡，野老斵殘碑。賴有《香奩》句，高吟續《楚辭》。（見高文顯《韓偓》一書《出版前言》引明徐孚遠《釣璜堂存藁》卷九「韓學士偓入閩後無記者，王愧兩司馬云，近有斵山得其斷碑，知終歿於此矣。捋虎爲朱梁所忌，見本集」後引録）

《贈星士朱怡雲》：怡雲卷裏許多詩，中有斯文兩故知。葉適退休韓偓死，春風秋雨一般思。（明　王越《黎陽王太傅詩文集》卷上）

《和唐人本事詩三首》其三：爲輯妝臺記事珠，晴窗破卻繡工夫。未知韓偓香奩體，曾荷霜毫載入無？（清　畢沅《靈巖山人詩集》卷十五《江湖載酒集》）

《花朝詞》：玉關二月春無迹，好花不到黄沙磧。繁華轉眼夢全非，落寞良時真可惜。少年選勝治遊狂，白袷衫輕泥衆香。鬭草嬉春傳繡閣，湔裙祓禊記銀塘。説著花朝尤旖旎，金罍傾倒繁枝下。紅雨簾櫳玳瑁筵，緑楊庭院葳蕤瑣。鬻蠶撲蝶舊聞傳，何處芳菲不可憐。燕市酒杯闌塞月，花期孤負又今年。年前客走洮陽道，隴頭踏遍傷心草。玉樹凋殘春雨中，生香連理枝難保，人琴痛絶涕沾袍。小句冬郎恨寂寥，每到百花生日日，未曾淒斷似今朝（慶按：此句下原有小注「韓偓句」，今檢《韓偓集》未見）。去年此日巡春去，臨風握手丁寧語。雲箋半幅報平安，雪版長途慎居處。杏梁零落燕泥空，無那東風怨落紅。花開花謝腸堪斷，便是無花也惱公。（清　畢沅《靈巖山人詩集》卷二十四《崆峒山房集》）

王慧《宿田家偶見粘窗破紙乃韓偓香奩詩惜而有賦》：麗情佳句有誰知，瞥見窗前字半欹。爲惜風流埋没甚，自攜紅燭拂蛛絲。（清　蔡殿齊《國朝閨閣詩鈔》第一册《凝翠樓詩集》卷七）

《仙霞嶺四首和周櫟園石刻詩即次其韻》：千載吟魂有夢通，山棲曉枕射曈曨。智囊事久留江上，承旨詩多出道中（謂羅隱、韓偓）。人到深秋情易感，景逢平世畫難工。縱然此去君門遠，來往因風一塞鴻。（清　陳兆崙《紫竹山房詩文集》卷一）

《約庵招同節庵印伯喆甫飲集限此五韻同賦梁鼎芬節庵同作詩》：酒深得病此身閒，桐館鈔詩又自删。佳句有時疑隔世，清談無礙似禪關。死生聚散那能説，摇落栖遲尚未還。韓偓笑人相待淺，疏才多負合藏山。（清　程頌萬《石巢詩集》卷九《閒山社詩》）

《無題四首次韻》之二：風自淒淒雨自來，昨宵鴛枕不驚雷。空聞楚館烏嗁好，幾見秦臺鳳引回。繡被鄂君愁褪色，香奩韓偓悔多才。檀牀坐暖薰鑪冷，自拔金釧自畫灰。

（清　程頌萬《楚望閣詩集》卷八）

《晚唐書記十三首》之九：濮州司馬冠清流，宵騎天南海盡頭。莫怪解裳詞繾綣，《金鑾密記》本離憂（威武韓偓。司空圖、韓偓詩皆有情）。（清　儲大文《存硯樓二集》卷二）

《上雅雨盧丈》：落落晨星父執稀，頻年拂拭荷公知。已叨密戚同韓偓，更喜逢人説項斯。匹馬暫容辭北闕，倦禽還倚向南枝。廣陵婪尾開芳宴，金帶圍前佐一卮。（清　董元度《舊雨草堂詩》卷二）

《讀五代詩雜題其後十六首・韓偓》：忠愛何曾一飯忘，金鑾話舊亦淒涼。可憐身後搜塵篋，殘燭猶遺淚萬行。（清　陸元鋐《青芙蓉閣詩鈔》卷二）

《韓偓》（字致光，京兆萬年人。昭宗時歷官侍郎、學士、承旨，欲以爲相，固辭。後貶濮州司馬，依王審知卒）：宮鄰金虎鬱猜嫌，丹陛長辭隱恨添。鳳掖淚痕緘晝燭，鑾箋忠悃託《香奩》。流離供奉人猶忌，倉卒平章秩不兼。天氣已涼寒漸逼，碧欄干外鎮垂簾。（金虎，張平子《東京賦》云：「始於宮鄰，卒於金虎。」五臣注云：「幽厲小人，與君子爲鄰。堅若金，惡若虎，此卒以亡。」長辭，朱全忠見帝，指斥偓罪。帝數顧崔胤，胤不爲解。全忠至中書，欲召偓殺之。鄭元規曰：「偓位侍郎學士承旨，公無遽。」全忠乃止，貶濮州司馬。鳳掖，初偓常侍宴，及全忠謫之，帝執其手流涕曰：「我左右無人矣。」再貶榮懿尉，徙鄧州司馬。香奩，偓有《香奩集》。流離，先是王溥薦爲翰林學士，遷中書舍人。韓全誨等已劫帝西幸，偓夜追及鄠，見帝慟哭。至鳳翔，遷兵部侍郎，進承旨。倉卒，帝反正，勵精政事。偓處斷機密，率與帝意合。欲相之三四，讓不敢當。蘇檢復引同輔政，遂固辭。已涼，用致光詩語意）（清　羅惇衍《集義軒咏史詩鈔》卷四十）

《投贈王阮亭先生有引》：……廣陵垂柳碧紛紛，竹馬蹁躚識使君。花落訟庭春已暮，吏歸仙署夜初分。詩名清綺同韓偓，門第風華本右軍。玉管牙籤誰不羨，一時江鮑盡相聞。（清　冒襄《巢民詩文集》詩集卷四）

《韓偓》：餔糟擬逐五湖船，烏雀聲悲意黯然。鳳燭燒殘歸院日，龍衣揮淚去朝年。篋餘金縷心同繫，集著《香奩》手自編。最是草麻甘斷腕，饒他鐵石寸心堅。（清　史夢蘭《爾爾書屋詩草》卷四）

《讀韓致堯集》：身世阽危事不堪，孤臣銜淚灑天南。沉湘有恨生無益，賣國何人死尚慚。造膝誰能容陸九，撩鬚終是怕朱三。美人香草皆離怨，莫道香奩語太憨。（清　唐孫華《東江詩鈔》卷十二）

《題韓偓香奩集》：

其一：早傳鸚鵡是郎君，三日吟來尚齒芬。似此傷春復傷別，人間不止杜司勳。

其二：紅箋小疊寄天涯，腕力偏難草白麻。若使當年真作相，箇詩何異宋梅花。（清　舒位《瓶水齋詩集》卷四）

《冰山曲》：……槨成空鑿三年石，扇舉難遮十丈塵。半生千載憂，一死萬事足。生當有癖敵王戎，死竟無詩嫁韓偓。銅山有時傾，玉山有時積。盡償髮怨絲恩了，終見乾啼濕哭來。（清　舒位《瓶水齋詩集》卷七）

《暮寒戊戌四月二十七日感事》：宫中二聖自稱歡，滄海歸人感暮寒。旅力既愆時竟失，風波垂定事尤難。是非坐共微言絶，恢復終憑老眼看。料得淚痕潛漬筆，卅年密記在金鑾。（韓偓有《金鑾密記》五卷）（清　孫雄《道咸同光四朝詩史》甲集卷五）

《歲莫陽羨雜詩》：銅官山色最相思，放櫂重來歲晏時。阮籍未歸韓偓去，瓣香獨拜大蘇祠（時阮師奉調赴省，韓旭亭都講已歸吴門。大蘇祠在蜀山書院東偏）。（清　孫原湘《天真閣集》卷十一）

《覽古》：韓偓秉雅操，終不拜平章。側身爲近臣，中情滋可傷。丈夫感知己，安忍棄危亡。薦賢竟得罪，從此阻恩光。生離與死别，君臣永相望。太阿□□□，無益徒沾裳。□□苦多淚，敢不誡後王（王阮亭曰：「至性之言，得小雅之悱惻。」）。（清　孫枝蔚《溉堂集》前集卷一）

《無題次韓偓韻四首》（有小引）：昔唐臣韓偓首製《無題》十四韻，一時士大夫和者有王相國、吴融、令狐涣、劉崇譽、王涣諸人。香奩之味於斯特甚。予友去矜和韓之作，前後二十四首，嗣後虎臣馳黄飛濤鴻征間作。諸子雲思逸藻，都復擅場。繁欽《定情》，方斯爲下；曹植《薄命》，曾何足云。藉令偓生今日，亦當舌撟不閤。比如毛、施掩面，南威避席。若僕平生，不善艷詩，又才致謭劣，效顰爲此，恐亦傖父面目矣。

□□臨紫陌，狹路起紅塵。列騎歸趨晚，鳴雞曉唱晨。千金一笑直，百□兩鬟新。不惜巫山妄，應憐洛浦真。蓮鋪傾弱態，菱鏡引嬌顰。沉水款缸室，都梁廣翠輪。情隨雲裏雀，書密錦中鱗。不夜昧沉□，流蘇帳度春。名倡原出衛，蕩子實家秦。幾歲黄華戍，經年白馬津。兩襠時染淚，一字比加珍。黛遠頻難畫，慵來懶拂勾。歌殘湖就同，恨結漢皋人。獨處多愁悵，傷心未有鄰。

傾國延年妹，窺臣宋玉隣。上官誰絶寵，下邑有佳人。生本聰明勝，翛然骨肉匀。馭横金雀貴，魯挽木難珍。結佩遺溯沽，乘車出孟津。才人方怨趙，公主舊悲秦。鏡掩芙蓉暮，粧殘楊柳春。桂□□□□，□□□游鱗。儂處如推櫓，歡心似獨輪。盈盈施小靨，的的斂愁顰。玳瑁還猜薄，明珠好似真。前溪舞尚舊，讀曲怨彌新。片石支機夜，雙桐凍井晨。留觀桃葉渡，佇望李文塵。

淚盡昆明劫，魂消大海塵。幾能憐子夜，徒爾娛劉晨。素女紘如昔，湘姬竹尚新。三年歌宛轉，七夕會靈真。未遣韓童恨，先愁西子顰。榆星徒負曆，桂月自重輪。無路迴青鳥，多情緘赤鱗。繡緯時剪燭，綢户更傷春。巫峽雲行楚，華山畿屬秦。鴛鴦惟有嫁，風雨競迷津。何處同心結，相從連理珍。四弦調獨苦，百和粉難勻。恍惚思公子，彷徨憾妾人。相思何所寄，奇樹在南隣。

從來愁遠道，何處結芳隣。油壁西陵路，驪駒南陌人。裁金臉靨勝，編貝口脂勻。墮髻從梁製，纖腰實楚珍。相於上巳日，合沓小平津。金屋原嬌漢，阿房好劇秦。千秋惟樂，百戲共臨春。珀盌浮清酒，銀柈鱠紫鱗。璿臺珠作砌，彫轤玉爲輪。不惜冬將夏，惟憐笑與顰。魂消原不惡，情死總爲真。荳蔻含中密，葡萄錯綵新。香迷烏柏夜，花返汝南晨。一曲歌聲繞，羅巾已拂塵。（清　孫治《孫宇台集》卷三十八）

《論詞絶句一百首·韓偓》：猩色屏風畫折枝，已涼天氣未寒時。《香奩》語艷無人儷，奈僅《生查子》一詞。（清　譚瑩《樂志堂詩集》卷六）

王廷紹《韓偓》：誰繼《離騷》賦美人，《香奩》詩裏淚痕新。聽他烏雀悲君后，看到緦麻有相臣。濮上莫談東内事，少陽空寫故宮春。當年草制心如鐵，肯與徐陵步後塵？（清　陶梁《國朝畿輔詩傳》卷五十六）

《丁巳八月同張晴峰移工部郎中戲成四絶即柬晴峰》之四：《香奩》才思劇清狂，斗帳濃花每斷腸。詩格怪君似韓偓，人呼小字是冬郎。（清　田雯《古歡堂集》卷十三五言絶句七言絶句）

《讀李義山詩集傷之題以四絶句》之四：白老無文那足疑（義山子名），晚唐人物儘能知。後生收拾殘編内，須認冬郎與桂兒（冬郎，韓偓小名；桂兒，鄭畋小名，皆詩集中人也）。（清　王昊《碩園詩稿》卷三十五）

王慧字蘭韻，太倉人，同年長源督學（發祥）之女。有雋才，所著《凝翠軒詩》一卷，極多佳句。……「楊柳溪橋初過雨，杏花樓閣半藏烟」，「淚淹紅袖傷離日，愁在黄昏細雨中」，「硃添小印思題扇，釧擘輕羅憶點籌」，「牆角紅殘桃結子，石盆青淺菊分芽」，「柳絮飛殘青滿徑，荳花零亂緑圍邨」，「棠梨謝後猶花信，櫻筍過時已麥秋」，「幾處溪山留薜荔，一秋風雨在芭蕉」，皆佳句也。又，《宿田家偶見粘窗破紙乃韓偓香奩詩惜而賦絶句》云：「麗情佳句有誰知，瞥見窗前字半欹。爲惜風流埋没甚，自攜紅燭拂蛛絲。」此等懷抱，亦非尋常閨閣所解。（清　王士禛《帶經堂詩話》卷二十《閨閣類》）

《韓偓集二首》：

其一：燒殘宫燭淚條條，死戀君恩恨未消。《感事》一篇風義在，史家合恕玉山樵。

其二：堪笑高人王右丞，名汙猶靦竊聲稱。詩家若不論心跡，臣賊翩翩果擅能。（清

吳銘道《古雪山民詩後》卷三）

《顧明經（宗泰）招飲月滿樓》：韓偓新詞客，王維老畫師。近窗同聽雨，翦燭互論詩。萍梗蹤無定，雲龍志可期。悤悤仍惜別，莫忘盍簪時。（清　趙懷玉《亦有生齋集》卷一）

《自泉州至漳州道中作》：曾讀冬郎艷體詩，飄零遺跡最堪思。夕陽荒草南安路，何處空山訪墓碑（韓偓流寓南安，有墓）。（清　趙翼《甌北集》卷三十一）

《精嚴寺僧房感舊有作三十韻》：憶昔初髫歲，來遊著綵衣。每隨春共到，恰好燕同歸。水竹紆深徑，香花隱半扉。文章州府辟，燈火父兄依。雅令三更集，清談十日圍。從人呼小友，要我賦明妃。考就沉壺漏，歡譁刻燭輝。……大膽驅今古，潛心辨是非。陳思自求試，韓偓衆稱稀。孔雀詠諧妙，高軒過從揮。揶揄憑俗輩，趨步效前徽。鳴鏑期穿札，摩編必斷韋。（清　鄭世元《耕餘居士詩集》卷二《敝篋賸稿》二）

麗澤社中所得詩人如謝靜希、蕭雅堂、黄樹勳、葉季允、陳伯明、李汝衍、盧桂舫，皆流寓也，而尤以黄樹勳爲冠。丁酉冬月，課詞章，題《詠史十律》，作者幾及百人。求一廉悍慓鋭，能突過黄者，正未易言也。今將原稿具録左方。……《韓偓》云：「悱惻芬芳絶妙詞，誰知風骨竟如斯。都將家國無窮淚，寫入香奩艷體詩。斷腕能爭貽範相，痛心誰召汴梁師。劉楊亦是西崑派，亮節忠規炳一時。」（清　邱煒萲《五百石洞天揮麈》卷三）

許迎年《春閨詞和韓偓〈香奩集〉韻》：

想從恨處歡還在，思到歡時恨已亡。春掩重門人寂寂，落花和雨下池塘。

望中新緑暗谿橋，香徑行來草没腰。燕子不歸春已老，柳絲牽恨一條條。（清　阮元《淮海英靈集》乙集卷二）

《曬書》其二：琉璃天子月，寫盡洞庭秋。一語堪千古，青燈易白頭。竇韜徒組織，韓偓苦雕搜。胸次無邱壑，聱牙只算偷。（清　鄭炎《雪杖山人詩集》卷三）

《平定州閲京兆榜目知家園牧獲雋喜成一首》：誰言才大用違時，畢竟高文獨見知。縱使百家工纂組，難追五十老鬚眉。鳳雛早喜如韓偓（長嗣於庚午先捷京兆），磨蝎何曾困退之（園牧素精星平，按科推測總屬數奇。今捷壬申恩科，原不在子午卯酉也）。待我歸來問衣鉢，羲經能薦是何師。（清　周長發《賜書堂詩鈔》卷七）

《同年王少林（嵩高）謁選來京以桃葉歸舟圖屬題八首》：

其五：評郎家帖把郎嘲，玉版臨摹著意教。吟就温柔韓偓句，簪花宫體不辭鈔。（清　祝德麟《悦親樓詩集》卷七）

《得韓冬郎集》（泰初）：鳳蠟燒殘未忍看，《香奩》詩格獨登壇。後人莫便輕訾議，細膩風光正自難。（清　茹綸常《容齋詩集》卷十七《秦樹集》）

《韓冬郎》：六宫慟哭出都門，學士衣裾帝淚痕。朱札三通空草制，緇郎四入竟忘恩。難憑氣力支殘局，賸把心肝奉至尊。零落《香奩》詩一卷，美人一一楚騷魂。（清　孫原湘《天真閣集》卷二十九）

清李鈺《葵山弔韓冬郎》：「抔土荒涼夕照横，豐碑端合署文貞。投荒虎口餘生在，向日葵心抵死傾。不草白麻留勁節，空栽紅杏寄閒情。九原莫唱思歸引，舊殿金鑾久已更。」（引自高文顯《韓偓·詩人的墓地》）

陸彡石《讀五代詩雜題·韓偓》云：「忠愛何曾一飯忘，金鑾話舊亦淒涼。可憐身後搜塵篋，殘燭猶遺淚萬行。」（民國　楊鍾羲《雪橋詩話餘集》卷五）

南清河吴古音明經……就潘四農問詩法，告以作詩之道，不當求之於詩，工夫自在詩外也。其詩激宕沈雄，晚年爲《淮陰鸛鶴樓題壁》二十章，比之張船山《寶雞題壁》諸詩尤爲藴藉。《司空圖》云：「墮笏歸來國亦亡，敕書無復舊君王。餓夫自爲求仁死，始信中條近首陽。」《韓偓》云：「一出宫車便不歸，侍臣無復淚沾衣。濮州遷謫尋常事，忍見山頭凍雀飛。」《陶潛》云：「采采東籬不滿筐，膽絣清供自平章。傷心彭蠡湖中水，一夜西風下建康。」（民國　楊鍾羲《雪橋詩話三集》卷十一）

林瀛士《葵山弔韓冬郎墓》詩：「善讀《香奩集》，方知血淚傾。孤臣亡國恨，芳草美

人情。莽莽葵山路，蕭蕭學士塋。徘徊碑碣下，不覺暮雲横。」（見《南安縣志》卷四十八）

郭金台《曉發南安驛》詩：「高峰殘月尚依依，旅客行程逐鳥飛。野店有霜關樹曉，家山無夢雁書稀。江湖浪跡身將老，琴劍天涯事已非。偶向冬郎墳畔過，野花零露欲沾衣。」（見《卧星樓集》卷九）

洪世澤《葵山弔韓偓墓》詩：「茫茫天意苦相辜，隻手難將唐室扶。綺歲能吟堪震李，丹心猶抱肯從朱。捷身豈願爲蛇足，報國無如捋虎鬚。回首金鑾長已矣，千秋蠟淚不模糊。」（見陳敦貞《唐韓學士偓年譜》附録）

黄爾漚《葵山弔韓偓墓》詩：「問君何事此棲遲，蔓草荒煙膭壠碑。幽澗泉寒生闃寂，古松鱗老作之而。霜深破院狐吹火，秋冷孤墳鬼唱詩。一集《香奩》抒幽憤，《離騷》千古有同悲。」（見陳敦貞《唐韓學士偓年譜》附録）

陳曾壽《偶題冬郎小像二首》其一起云：「爲愛冬郎絶妙詞，平生不薄晚唐詩。」其二結云：「憔悴如斯終不死，書生留命亦符天。」其《尤物》詩云：「詩中尤物成雙絶，惟有冬郎及玉谿。」（陳曾壽《蒼虬閣詩集》）

陳寅恪《王觀堂先生輓詞》：「曾訪梅真拜地仙，更期韓偓符天意。」又《立秋前數日有陳雨炎暑稍解喜賦一詩》中云：「韓偓偷生天莫問，范文祈死願偏違。」（見《陳寅恪詩集》）

五、歷代評述

東坡常謂余曰：「凡造語貴成就，成就則方能自名一家，如蠶作繭，不留罅隙矣。子華、韓致光所以獨高于唐末也。」（宋　李之儀《姑溪居士集》前集卷四十題跋《跋吴師道詩》）

和魯公凝有艷詞一編，名《香奩集》。凝後貴，乃嫁其名爲韓偓，今世傳《香奩集》乃凝所爲也。凝生平著述分爲《演綸》、《遊藝》、《孝悌》、《疑獄》、《香奩》、《籯金》六集。自爲《遊藝集序》云：「予有《香奩》、《籯金》二集，不行于世。」凝在政府，避議論，諱其名；又欲後人知，故於《遊藝集序》述之，此凝之意也。予在秀州，其曾孫和惇家藏諸書，皆魯公舊物，末有印記甚完。（宋　沈括《夢溪筆談》卷十六）

韓偓《香奩集》百篇，皆艷詞也。沈存中《筆談》云：「乃和凝所作，凝後貴，悔其少作，故嫁名於韓偓爾。」今觀《香奩集》有《無題詩序》云：「余辛酉年，戲作《無題》詩十四韻，故奉常王公、内翰吴融、舍人令狐涣相次屬和。是歲十月末，一旦兵起，隨駕西狩，文稿咸棄。丙寅歲，在福建，有蘇暐以稿見授，得《無題》詩，因追味舊時，闕忘甚多。」予按《唐書·韓偓傳》：偓嘗與崔胤定策誅劉季述，昭宗反正爲功臣，與令狐涣同爲中書舍人。

其後韓全誨等劫帝西幸，偓夜追及鄠，見帝慟哭。至鳳翔，遷兵部侍郎。天祐二年，挈其族依王審知而卒。以《紀運圖》考之，辛酉乃昭宗天復元年，丙寅乃哀帝天祐二年（慶按，應是三年），其序所謂丙寅歲在福建，有蘇暐授其稿，則正依王審知之時也。稽之於傳與序，無一不合者。則此集韓偓所作無疑，而《筆談》以爲和凝嫁名於偓，特未考其詳爾。《筆談》云：「偓又有詩百篇，在其四世孫奕處見之。」豈非所謂舊詩之闕忘者乎？（宋　葛立方《韻語陽秋》卷五）

詩中有俱指一物而下句不同者，以類觀之，方見優劣。……又如子美云：「魚吹細浪摇歌扇。」李洞云：「魚摇清影上簾櫳。」韓偓云：「池面魚吹柳絮行。」此三句皆言魚戲，而韓當爲優。……（宋　陳善《捫蝨新話》卷八）

内相韓公偓居南安，尤有詩名。其家刻之碑，有吾伯祖龍學公簡夫之跋可信。（宋　陳知柔《墨妙堂記》）

又《香奩集》，唐韓偓用此名所編詩。南唐馮延巳亦用此名，所製詞又名《陽春》。偓之詩，淫靡類詞家語，前輩或取其句，或剪其字，雜於詞中。歐陽文忠嘗轉其語而用之，意尤新。（宋　張侃《張氏拙軒集》卷五《跋楝詞》）

韓偓在唐末粗有可取者，如「沙頭有廟青林合，驛步無人白鳥飛」、「細水浮花歸別浦，斷雲含雨入孤村」、「白髭兄弟中年後，瘴海程途萬里長」。五言如「鳥啼深不見，人語靜先聞」，雖神氣短緩，亦微有深致。其《秋夜憶家》絶句云：「垂老何時見弟兄，背燈悲泣到天明。不知短髮能多少，一滴秋霖白一莖。」悽楚可悲，亦善於詞者。若「挾彈少年多害物，勸君莫近五陵飛」，又「蕭艾轉肥蘭蕙瘦，可能天亦妬馨香」，是直訕耳，詩人比興掃地矣。（宋　范晞文《對床夜語》卷四）

韓偓《香奩集》麗而無骨。（蔡正孫《詩林廣記》前集卷九引高秀實語）

非潛心字學，其作語不能迨此。後人有得其石本詩以贈，謂字體遒麗，辭句清逸。（宋《宣和書譜》卷十）

香奩體，韓偓之詩，皆裾裙脂粉之語。有《香奩集》。（宋　嚴羽《滄浪詩話·詩體》）

讀《玉山樵人》詩，脂澤之氣君然滿懷，使人想見風采。至《香奩》，則又殆有甚焉者也。然偓當唐末宗社顛隮之際，竄身於戈戟森羅之中，雖扈從重圍，猶復有作。當是之時，獨能崢嶸於姦雄群小之間，自立議論，不至詭隨。唐史臣稱之，以謂有一韓偓尚不能容，況於賢者乎？則知偓非荏苒於閨房衽席之上者，特遊戲於此耳。頃時王荆公叙四家詩，不取太白，爲其十詩九説婦人與酒，然則偓之不見取於公又可知矣。（宋　周紫芝《太倉稊米集》卷六十七）

十年前曾評君樂章，耄矣復覩新腔一卷。賦梨花云：「一春花下，幽恨重重。又愁晴，又愁雨，又愁風。水仙花自側，金卮臨風，一笑酒客吹盡……」其清麗，叔原、方回不能加；其綿密，騷騷秦郎「和天也瘦」之作矣。昔和凝貴顯，時稱曲子相公；韓偓抗節唐季，猶以《香奩》爲累。惟本朝廬陵、臨淄二公，於高文大册之外，時出一二，存於集者可見也。君他文皆工，余恐其爲樂章所掩，因以箴之。（宋　劉克莊《後村集》卷一百八《再題黄孝邁短長句》）

韓致光、吴子華皆唐末詞臣，位望通顯，雖國蹙主辱，而賦詠唱和不輟。存於集者不過流連光景之語，如感時傷事之作，絶未之見。當時公卿大臣往往皆如此。（宋　劉克莊《後村詩話·續集》卷二）

吴融《和韓學士秋夕禁直偶雪》云「大華積秋雪，禁闈生夜寒。硯冰憂詔急，燈燼惜更殘。正遂攀嵇願，翻追訪戴歡。更爲三日約，高興未將闌」。吴子華詩五言合作絶少，七言佳者不減致光。致光以忤朱三貶竄，子華詩有《南遷》七絶，未知所坐何罪，以詩意度之，豈其坐致光之黨耶！（宋　劉克莊《後村詩話·新集》卷四）

宋景文修唐史合列於司空表聖之後，不知何以不收，豈爲《香奩集》所累耶？……烏乎，以致光歲晚大節如此，世徒以其少作疵之，故曰君子不可不早有譽於天下也。（宋　劉克莊《後村先生大全集·劉原父陳跡古帖》）

遺文散失未暇薈萃，平日遊戲爲長短句甚多，深得唐人風韻，其得意處雖雜之《花間》、《香奩集》中，未易辨也。（宋　樓鑰《玫瑰集》卷五十二《求定齋詩餘序》）

高秀實云：「韓偓《香奩集》麗而無骨。李端叔意喜致堯詩，誦其序云：『咀五色之靈芝，香生九竅。咽三危之瑞露，美動七情。』秀實云：勸不得也，勸不得也。」（宋　蔡正孫《詩林廣記》前集卷九）

唐人詩偏工靡麗，雖李太白亦十句九句言婦人。其後王建、元稹、韓偓之徒皆然。如裴説者，蓋未嘗以詩名，至作《寄邊衣》詩，則美麗可喜，蓋當時詞章習尚如此，故人人能道此等語也。（宋　費衮《梁溪漫志》卷七《唐詩工靡麗》）

《通鑑》中所引援二百二十餘家，試以唐一代言之，叙王世充、李密事用《河洛記》，魏鄭公諫争用《諫録》，李絳議奏用《李司空論事》，睢陽事用《張中丞傳》，淮西事用《涼公平蔡録》，李泌事用《鄴侯家傳》，李德裕太原澤潞回鶻事用《兩朝獻替記》，大中吐蕃尚婢婢等事用林恩《後史補》，韓偓鳳翔謀畫用《金鑾密記》……（宋　高似孫《史略》卷五）

《金鑾密記》一卷，唐韓偓記昭宗幸華州，太祖以兵圍華事。（宋　高似孫《史略》卷五）

正其身然後能格君，其君正然後能定國。治世者衆，正之積也。……唐室之勢至于懿、僖，亂則甚矣，而亡形未必成。及昭宗辨急輕佻，欲速見小利，始任張濬，終任崔胤，於是唐亡可決。向使王摶、杜讓能、韓偓諸人獲輔初政，久於其位，亦必維持國勢，不至疾顛。一相之任，其重如此。（宋　胡寅《致堂讀史管見》卷二十六）

天子内臣無外交，朝于諸侯，《春秋》貶之。交私議論，漢法誅之。況結强藩以爲援，劫脅朝廷，禁制君父乎！此義也，愚人容有不能知，姦人則固不肯守。所以然者，計利害也。王室微，方鎮盛，政在奄寺，陵駕縉紳，不外有所倚，何以保其身，安其位。小人趨利避害，自以爲得矣。使其永利而無害，其何善如之。惟逆理也，故所欲未遂，所惡已及。是故盧攜之結高駢，崔昭緯之結王行瑜、李茂貞，張濬，崔胤之結朱全忠。雖煒煒俄傾間如槿花石火，未充把玩而誅夷勦族，有不可勝受之酷。然則向之求全者，乃所以自滅也。或曰：「杜讓能、王摶皆賢者而亦不免，何歟？」曰：「賢而事昏亂之朝，固有不免之理矣。儻如韓偓、司空圖者，又豈有此患耶！（宋　胡寅《致堂讀史管見》卷二十六）

昭宗用韓偓言，不起復貽範，君臣纔兩乂，而茂貞以朋黨目之。他日朱全忠惡趙崇，斥爲輕薄之魁。又怒裴樞，斥爲輕浮之黨。然則朋黨云者，真小人憎君子之名也。與己同，則謂之忠信；不與己同，則謂之朋黨。人君豈可輕聽此言，而妄加諸士大夫乎！伊尹告太甲以逆心者，爲道孫志者爲非道，其取舍乃如此，此人君聽言之要術也。（宋　胡寅《致堂讀史管見》卷二十七）

小人逐利，雖錙銖圭撮，有決性命而爭之者，況一品之貴，萬鍾之富乎？故雖蹈危垂亡之時，其圖之益急。大抵僥倖一得，謂後日之患未必相及，以此自寬焉耳。獨韓偓以宰相爲汙己，不屑就焉。他日寧以罪去，在昭宗朝可謂賢者矣。（宋　胡寅《致堂讀史管見》卷二十七）

主暗國危，韓偓久於近密而不去何也？昭宗多與之謀議，君臣之分有所不忍。宰相，人臣所願欲，雖國瀕於亡，未有無相之日，而偓終不肯拜，甘公斥逐其去，雖晚志操可尚矣。人誰不富貴，免富貴於無道之時，可也。人誰不死，免死於逆亂之手可也。（宋　胡寅《致堂讀史管見》卷二十七）

唐末進退不汙者，惟司空圖一人，其猶在韓偓之右乎。柳璨徵之，即至以鄙野自置，遂得潔身。前史乃謂圖懼璨而來，則誤矣。審有懼心，必黽勉就列，安能爲墜笏失儀之狀？迹近而意遠，情踈而罪微，此蔡邕、伍瓊、周毖之所難也。詳味其事，想見其人，嗚呼，可謂賢矣哉！圖有詩行於世，詩未必工也，世之愛之，則以其賢也。若夫失節犯義，不齒于士君子之列，則雖吟咏比興，上揖屈宋，下友甫白，何足稱而揚之哉！（宋　胡寅《致堂讀史管見》卷二十七）

《遯齋閑覽》云：「《筆談》謂《香奩集》乃和凝所爲，後人嫁其名於韓偓，誤矣。唐吴融詩集中有和韓致元侍郎《無題》二首，與《香奩集》中《無題》韻正同。偓叙中亦具載其事。又嘗見偓親書詩一卷，其《裊娜》、《多情》、《春盡》等詩多在卷中。偓詞致婉麗，非凝言『余有《香奩集》不行於世』。凝好爲小詞，洎作相，專令人收拾焚毀。然凝之《香奩集》乃浮艷小詞，所謂不行於世，欲自掩耳。安得便以今《香奩集》爲凝作也？（宋　胡仔《苕溪漁隱叢話前集》卷二十三）

《許彦周詩話》云：陳克子高作贈别詩云：「淚眼生憎好天色，離觴偏觸病心情。」雖韓偓、温庭筠未嘗措意至此。（宋　胡仔《苕溪漁隱叢話後集》卷三十五）

章句之士溺於所長，以自窘束，不肯棄繩度壞藩維。……自風雅之變，建安諸子，南朝鮑庾謝輩，至唐以詩鳴者，何止數百人。獨杜子美上薄風騷，盡得古今體勢。其它旁門異派，如沈、宋、韓、柳、賀、白、韋應物、劉禹錫、李商隱、杜牧、張籍、盧仝、韓偓、温庭筠之流，其精深雄健，閒淡放逸，綺麗軟美變怪，各自爲家……（宋　李彌遜《筠溪集》卷二十二《舍人林公時雋集句後序》）

又李義府、許敬宗姦邪，而與長孫無忌同傳。以柳宗元、劉禹錫之不正，而與韓愈同傳。高愍之果毅，李氏妻之忠勇，有烈士之慷慨，韓偓之正直，皆不爲立傳。而僧神秀、普寂、義福、一行反爲立傳。獨孤及之才行兼全，皇甫湜之文章秀穎，韋丹之善政，何易于之

愛民，皆不爲立傳。而道士王知遠、潘師正、吴筠反爲立傳。《舊史》之失也。（宋 林駉《源流至論》前集卷二《新舊唐史》）

俗説唐五代間事，每及功臣多云賜無畏，其言甚鄙淺。予兒時聞之，每以爲笑。及觀韓偓《金鑾密記》云：「面處分，自此賜無畏，兼賜金三十兩。」又云：「已曾賜無畏，卿宜凡事皆盡言。」直是鄙俚之言亦無畏。以此觀之，無畏者，許之無所畏憚也。然君臣之間，乃許之無所畏憚，是何義理？必起於唐末耳。（宋 陸游《老學庵筆記》卷六）

六月壬午，以監鐵判官虞部郎中樊若水爲荆湖轉運使，封故燕國長公主次女高氏爲延昌縣主。乙酉，麟州防禦使李克文來朝，以唐僖宗賜其祖夏州節度使拓跋思恭鐵卷朱書御扎上獻。上因觀其詞旨卑替，謂宰相曰：「朕嘗覽韓偓《金鑾記》，見昭宗在鳳翔，梁太祖引兵至城下，號爲迎駕，其實脅君。韓偓爲翰林學士，昭宗欲見之而爲中官所隔，潛匿伺便，方遂一見，可爲歎息也……（宋 錢若水《太宗皇帝實録》卷三十）

韓偓自號玉山樵人，有《香奩集》行於世。（宋 葉廷珪《海録碎事》卷九下《私謚門·玉山樵人》）

鄭誠之《哀詞》云：「有唐翰林韓偓因左遷，遂家焉。」（宋 祝穆《方輿勝覽》卷十二）

梁祖嘗言於昭皇，趙崇是輕薄團頭，於鄂州座上佯不識駱乳，呼爲山驢，王遂阻三事之拜，此亦挫韓偓也。（宋 錢易《南部新書》卷一）

劉志學，字師孔，晉江人，咸淳進士。宋亡杜門不出，暮年種菊數十本，號秋圃，以陶潛、韓偓自方。（宋　邱葵《釣磯詩集》卷三）

韓偓《香奩集》百篇皆艷詞也。沈存中《筆談》云乃和凝所作，凝後貴，悔其少作，故嫁名於韓偓爾。今《香奩集》有《無題》詩序云：「余辛酉年戲作《無題》詩十四韻，故奉常王公，内翰吴融，舍人令狐涣相次屬和。是歲十月，一旦兵起，隨駕西狩，文藁咸棄。丙寅歲在福建，有蘇暐以藁見授，得《無題》詩，因追咏舊時，闕忘甚多。」予按《唐書·韓偓傳》，偓嘗與崔嗣（慶按：崔嗣即崔胤，「胤」乃宋諱，故避改爲「嗣」）定策誅劉季述，昭宗反正爲功臣，與令狐涣同爲中書舍人。其後韓全誨等劫帝西幸，偓夜追及鄠，見帝慟哭。至鳳翔，遷兵部侍郎。天祐二年，挈其族依王審知而卒。以《紀運圖》考之，辛酉乃昭宗天復元年，丙寅乃哀帝天祐二年。其序所謂丙寅歲在福建有蘇暐授其藁，則正依王審知之時也。稽之於傳與序，無一不合者，則此集韓偓所作無疑。而《筆談》以爲和凝嫁名於偓，特未考其詳爾。《筆談》云：偓又有詩百篇，在其四世孫奕處見之。豈非所謂舊詩之闕忘者乎！

（宋　阮閲《詩話總龜》後集卷十六）

僞蜀歐陽炯嘗應命作宫詞，淫靡甚於韓偓。江南李坦時爲近臣，私以艷藻之詞聞於主聽。蓋將亡之兆也，君臣之間，其禮先亡矣。（宋　田況《儒林公議》卷下）

《覽韓偓鄭谷詩因呈太素》：風騷夐古少知音，本色詩人百種心。順熟合依元白體，清新堪儗鄭韓吟。搜來健比孤生竹，得處精於百鍊金。唯我與君相唱和，天機自見不勞尋。（宋　田錫《咸平集》卷十五）

香奩體，韓偓之詩，有裾裙脂粉之語。有《香奩集》。（宋　魏慶之《詩人玉屑》卷二）

陳克子高作贈別詩云「淚眼生憎好天色，離腸偏觸病心情」，雖韓偓、温庭筠未嘗措意至此。（魏慶之《詩人玉屑》卷六《措意》引《許彦周詩話》）

高秀實言：元微之詩艷麗而有骨，韓偓《香奩集》麗而無骨。李端叔意喜韓偓詩，誦其序云：「咀五色之靈芝，香生九竅。咽三危之瑞露，美動七情。」秀實云：「勸不得也，勸不得也。」（宋　魏慶之《詩人玉屑》卷十六《香奩集》引《許彦周詩話》）

慶曆七年丁亥三十九歲。是年作《禮論後語》……《海南編集》、《題韓偓詩後》、《答黄漢傑書》，……《題韓偓詩後》因遊閩而作。（宋　魏峙《直講李先生年譜》）

案：《宋朝類苑》：和魯公凝有艷詞一編，名《香奩集》。凝後貴，乃嫁其名爲韓偓，今世傳韓偓《香奩集》乃凝所爲也。凝生平著述分爲《演綸》、《遊藝》、《孝弟》、《疑獄》、《香奩》、《籝金》六集。自爲《遊藝集序》：「予有《香奩》、《籝金》二集不行於世。」凝在政府避議論，諱其名，又欲後人知，故于《遊藝集序》實之，此凝之意也。（宋　薛居正《舊五代史》卷一

二七《和凝傳》注引《舊五代史考異》）

《香奩集》，和魯公之詞也。惟其艷麗，故貴後嫁其名于偓。凝平生著述，分爲《演論》、《遊藝》、《孝悌》、《疑獄》、《香奩》、《籯金》六集。自爲《遊藝集序》云：「予有《香奩》、《籯金集》不行于世。」凝在政府，避議論，諱其名，又欲後人知，故《遊藝集序》實之，此凝之意也。沈存中云。（宋　尤袤《全唐詩話》卷五）

漢時宮禁與外間無大別異。樊噲排闥而入，吕后跪謝周昌，袁盎郤謹夫人之坐，皆以爲常。至唐亦然。「户外昭容紫袖垂，雙瞻御坐引朝儀」之句，見於杜甫之詩。韓偓《金鑾密記》亦得見趙夫人之屬，蓋習見如此。國朝家法最爲嚴備，群臣雖肺腑，無得進見宮禁者。（岳珂《愧郯録》卷十二《宮禁進見》）

《筆談》謂《香奩集》乃和凝所爲，後人嫁其名於韓偓，誤矣。唐吴融詩集中有《和韓致堯侍郎無題三首》，與《香奩集》中《無題》韻同。偓序中亦具載其事。又嘗見偓親書詩一卷，其《嬝娜》、《多情》、《春盡》等詩多在卷中。偓詞致婉麗，非凝能及。凝言「予有《香奩集》不行於世」。凝好爲小詞，洎作相，專令人收拾焚毀。然則凝之《香奩集》乃浮艷小詞，所謂不行於世，欲自掩耳！安得便以今《香奩集》爲凝作也！（宋　曾慥《類説》卷四十七《香奩集》）

「風暖鳥聲碎，日高花影重」，此杜荀鶴《春宫怨》中一聯也。歐陽文忠公詩話乃云周朴所作，誤矣。荀鶴有詩三百篇，顧雲目之曰《唐風集》。《春宫怨》一篇，集以冠之卷首，正以此一聯也。顧雲序其集云：「壯語大言，則決起逸發，可以左攬工部袂，右拍翰林肩。」是以荀鶴可並李杜也。荀鶴之詩溺于晚唐之習，蓋韓偓、吴融之流以方李杜則遠矣。然解道寒苦羈窮之態，往往有孟郊、賈島之風。（宋　張淏《雲谷雜記》卷二）

世言白少傅詩格卑，雖誠有之，然亦不可不察也。元、白、張籍詩，皆自陶、阮中出，專以道得人心中事爲工，本不應格卑。但其詞傷于太煩，其意傷于太盡，遂成冗長卑陋爾。比之吴融、韓偓俳優之詞，號爲格卑，則有間矣。若收斂其詞而少加含蓄，其意味豈復可及也。蘇端明子瞻喜之，良有由然。皮日休曰：「天下皆汲汲，樂天獨恬然。天下皆悶悶，樂天獨舍旃。仕若不得志，可爲龜鑑焉。」此語得之。（宋　張戒《歲寒堂詩話》卷上）

僞蜀歐陽炯嘗應命作宫詞，淫靡甚於韓偓。江南李煜時，近臣私以艷薄之詞聞於王聽，蓋將亡之兆也，君臣之間其禮先亡矣。（宋　田況《儒林公議》）

吴融《金樓感事》：「太行和雪疊晴空，二月郊原尚朔風。飲馬早聞臨渭北，射鵰今欲過山東。百年徒有伊川歎，五利寧無魏絳功。日暮長亭正愁絶，哀笳一曲戍煙中。」吴融、韓偓同時，慨歎兵戈之間，詩律精切，皆善用事如此。中四句微而顯也。（元　方回《瀛奎律髓》

卷三十二）

吴融《寄貫休》：「休公何處在，知我宦情無。已似馮唐老，方知武子愚。一身仍更病，雙闕又須趨。若得重相見，冥心學半銖。」向承阮梅峰秀實惠書，言詩不可多用古人名，謂之點鬼簿。晚唐人皆不敢下，惟老杜最多。吴融、韓偓在晚唐之晚，乃頗參老杜，如此一聯豈不佳。（元　方回《瀛奎律髓》卷四十七）

夫次韻唱酬，其法不古，元和以前，未之見也。暨令狐楚、薛能、元稹、白樂天集中，稍稍開端。以意相和之法漸廢間作。逮日休、龜蒙，則飆流頓盛，猶空谷有聲，隨響即答。韓偓、吴融以後，守之愈篤，汗漫而無禁也。於是天下翕然，順下風而趨，至數十反而不已，莫知非焉。夫才情斂之不盈握，散之彌八紘，遺意於時間，寄興於物表。或上下出入，縱横流散，遊刃所及，孰非我有，本無拘縛瀄㴔之忌也。今則限以韻聲，莫違次第，得佳韻則杳不相干，齟齬難入；有當事則韻不能强，進退雙違，必至窘束長才，牽接非類。求無瑕片玉，千不遇焉，詩家之大弊也。更以言巧稱工，誇多鬥麗，足見其少雍容之度。然前修有恨其迷途既遠，無法以救之矣。（元　辛文房《唐才子傳》卷八《皮日休》）

《參政徐忠肅公（宗仁）挽詩》：從橐頻憂治（原注：咸淳左史），鋒車急濟時。猶傳相韓偓，竟莫返家羈。歌斷龍蛇盡，天長猿鶴哀。（元　劉將孫《養吾齋集》卷五）

《送方叔高之泉州南安尉》：枳籬茅屋共桑麻，韓偓詩中是縣衙。政喜簿書辭帥府，久勞弓劍慰山家。海州風靜來犀象，岩洞巢空竄虺蛇。有詔令民皆復業，繞城新植刺桐花。（元　錢惟善《江月松風集》卷十）

樂府詞亦其所自作，前二首道退居之趣，恬淡閒雅，有稼軒、遺山風。後《無題》一首規模《香奩》、《花間》，豔麗而媟，非莊士所欲聞。然古今詞人極意以爲工者往往若是，豈惟伯機父哉？（元　吴師道《禮部集》卷十七《鮮于伯機自書樂府遺墨》）

吴師道《吴禮部詩話》引時天彝語：「子華、致光著名晚唐，俱直翰苑，以文章領袖衆作。方昭宗時，群邪内訌，凶頑外擅，致光間關其間，執義彌堅，如不草韋貽範詔，凜然有烈丈夫之風，非子華所能及也。然其詩過於纖巧，淫靡特甚，不類其所爲。或言《香奩集》和凝所作，誤歸之致光，豈信然邪？」（元　吴師道《吴禮部詩話》）

《香奩集》，沈存中尤延之並以爲和凝作。凝少日爲此詩，後貴盛，故嫁名韓偓；又不欲自没，故于他文中見之。今其詞與韓不類，蓋或然也。方氏《律髓》以偓同時吴融有此題爲證。不知此正凝假託之故。不然，胡弗託之温韋諸子而託之偓？葉少藴以爲韓熙載，則姓與事皆近之。總之俱五代耳。葉以不當見《唐志》爲疑，此不然，《唐志》如羅隱、韋莊、劉昭禹輩皆五代人也。（明　胡應麟《少室山房筆叢》卷三十二《四部正譌》下）

韓致堯偓冶遊情篇，艷奪温、李，自是少年時筆。翰林及南竄後，頓趨淺率矣。（明　胡震亨《唐音癸籤》卷八）

表聖綸閣舊臣，詭隱瞻烏之日；致堯閩南逋客，完節改玉之秋。讀其詩，當知其意中別有一事在。此等吟人，未論工拙，要爲無負昭陵。（明　胡震亨《唐音癸籤》卷八）

余每讀韓偓臨歿遺所藏召對燭跋，及顔蕘、朱葆光諸人正旦嶽祠號慟，望拜舊闕事，爲淚落。至讀羅昭諫請錢鏐舉兵討梁，又不禁髮上衝冠矣。當年誤國者，不知幾何人，亦又不知易面向何處去。獨留此數老，爲忠義碩果，亦王澤之猶存，而詩教之未盡墜地也。（明　胡震亨《唐音癸籤》卷二十六）

按唐人多自書其集傳後，如韓偓生時，嘗手寫所爲詩成卷。宋嘉祐間，裔孫奕出以示人，麗穎公爲漕奏之，因得官，事見《葉石林集》。始知不獨用晦然也。（明　胡震亨《唐音癸籤》卷三十三）

嘗見韓書，乃爲詩數十章，其優遊不及此也。丙辰五月十四日，西閣觀。長樂冲元題。右韓偓手書。紹興九年四月七日，臣米友仁恭覽審定。每愛歐陽詢緊結無比倫，不意韓公手雍容，解寫真。（明　汪砢玉《珊瑚網》卷二《法書題跋》）

舊聞韓偓有《香奩集》，意其爲人才情風調而已。今觀此心畫，與其簡中所及，亦骨鯁之人，是可尚也。至元辛卯夏六月戊寅，因之江西，拜别吾友清臣侍御于真陽，獲觀。滏陽馬昫題。（明　汪砢玉《珊瑚網》卷二《法書題跋》）

唐韓致堯《手簡十一帖》，計其歲月四百餘年矣。觀古人率爾而作，八法俱備。今人雖盡思爲書，不能到也。中有楊學士一帖，簡齋慕其姓職相同，因以市之，爲拾襲之藏。暇日出示，命識其後云。延祐丙辰冬十月既望後三日，張仲壽題於有何不可之閣。崇禎辛巳，留觀此卷於韻石齋。五日玉水記。（明　汪砢玉《珊瑚網》卷二《法書題跋》）

莊子注《中興書》，竊人之書以爲己作者也。《周秦行紀》、《香奩集》、《龍城録》、《碧雲騢》，以己之書嫁名於人者也。竊爲己作者，不過穿窬之心；嫁名於人者，幾成口舌之禍，罪業莫大焉。《周秦行紀》是李德裕門人韋瓘作，托牛僧孺。《香奩集》是和凝作，托名韓偓。《龍城録》是王銍作，托名柳宗元。《碧雲騢》是襄陽魏泰作，托名梅聖俞。（明　謝肇淛《文海披沙》卷七《托名》）

今夫士一操觚翰而業詩，即知有五七言近體。業五七言近體，即知有唐，而不知唐之盛而衰孽之，蓋至於懿、昭之際而極矣。温、韋、韓、羅諸君子不能有所救改，而廛廛焉用其小給之才，偏悟之識，泛獵之學，苟就之思，以簧鼓聾蟲之耳。粗者快於事，精者巧於情，其萎薾颯沓之氣不待詞畢，而小夫爲鼓掌，大雅之士有掩耳而歎息矣。以故黄齊白馬之禍，淺者不見用，用者不見免，而唐遂瓜剖而爲六七，歷數世而弗能一，寧非其徵也。（明 王世貞《弇州山人四部續稿》卷五十《宋太史詩集序》）

陶潛不仕宋，所著詩文但書甲子。韓偓不仕梁，所著詩文亦書甲子。偓節行似潛，而詩綺靡，蓋所養不及爾。薛西原曰：「立節行易，養性情難。」（明 謝榛《四溟詩話》卷一）

或問予：「子嘗言陸機、謝客，非有才不足以濟變。今於許渾又云才力既小，何耶？」曰：「許渾才力較錢、劉、子厚爲小，非較衆人爲小耳。以李郢、薛逢、鄭谷、韓偓諸子相比，則知之矣。杜牧、李商隱，其才實勝於渾。（明 許學夷《詩源辯體》卷三十）

商隱七言古，聲調婉媚，太半入詩餘矣。與温庭筠上源於李賀七言古，下流至韓偓諸體。如「柔腸早被秋眸割」，「海闊天翻迷處所」，「衣帶無情有寬窄」，「香眠冷襯琤琤珮」等句，皆詩餘之調也。（明 許學夷《詩源辯體》卷三十）

庭筠七言古，聲調婉媚盡入詩餘。與李商隱上源於李賀，下流至韓偓諸體。如「家臨長信往來道」一篇，本集作《春曉曲》，而詩餘作《玉樓春》，蓋其語本相近，而調又相合，編者遂采入詩餘耳。其他略摘以見，如「四方傾動烟塵起，猶在濃團夢魂裏。……蜂争粉蕊蝶分香，不似垂楊惜金縷」等句，皆詩餘之調也。（明 許學夷《詩源辯體》卷三十）

韓偓《香奩集》，《唐詩紀事》以爲「五代間和凝之詞，嫁其名於偓耳」。《韻語陽秋》

云：「《香奩集》有《無題詩序》云『余辛酉年，戲作《無題》詩十四韻，故奉常王公、内翰吴融、舍人令狐涣相次屬和。是歲十月末，一旦兵起，隨駕西狩，文稿咸棄。丙寅歲在福建，有蘇暐以稿見授，得《無題》詩』云云。偓傳：『天祐二年，挈其族依王審知而卒。』序所謂『丙寅在福建，蘇暐授其稿』，正依王審知時也。稽之於傳，與序無一不合，則此集韓偓所作無疑。」愚按：《韻語》考證甚明，《紀事》之説實不足信。又吴融集有《和韓致堯侍郎無題三首》，與《香奩集》中《無題》韻正同，亦一驗也。（明　許學夷《詩源辯體》卷三十二）

吾懼讀詩者以綺知然明，而以《香奩》、《比紅》之綺同類而並稱之也。（明　董其昌《容台文集》卷四《汪然明綺集引》）

或謂沈子詩則工矣，然何不遂追開元、大曆而上之，乃似未能忘情於《金荃》、《香奩》之作者，豈性有所近耶？（明　陳子龍《安雅堂稿》卷三《沈友夔詩稿序》）

聯翩秀句，傾翠館之梁塵；旖旎芳詞，動青樓之扇影。不揣蕪陋，欲窺室堂，乃效苧蘿之顰，敢學邯鄲之步。庶《金荃》之句使復見於當年，而《香奩》之篇不獨稱於前代。（明　梁辰魚《江東白苧》卷上《雜詠效沈青門唾窗絨體序》）

問：鄒志完爲潁昌教授，值范純仁爲守，屬撰樂語。志完辭之，曰：「翰林學士則可，祭酒、司業則不可。」信斯言也。豈司教之官，方以道義自持，而學士僅可爲詞人耶？何祝欽明爲祭酒，雖八風之舞亦爲之。而韓偓爲學士，則不肯爲宰相草麻，重以君命强之而不從耶？是固係於人，不係於官矣。志完之言，無乃過歟。夫以純仁之賢，欲樂語何爲？且又不知志完之爲人，而屬之撰者何歟？此雖一事，而處己處人之道有在焉，亦不可以不講也。（右考嘉興、平湖二縣學）（明　薛應旂《方山先生文録》卷二十《策問》）

唐昭宗天復元年六月癸亥，韓偓對曰：「夫帝王之道，當以重厚鎮之，公正御之。至於瑣細機巧，此機生則彼機應矣，終不能成大功，所謂理絲而棼之者也。況今朝廷之權散在四方，苟能先收此權，則事無不可爲者矣。」上深以爲然。臣若水通曰：「君臣上下，其感應之機，捷於影響。上以誠感之，則下以誠應之。上下一出於誠，然而不王者，未之有也。上以機巧馭之，則下亦以機巧應之。上下一於機巧，然而不亡者，未之有也。爲人君者，烏可不誠其意，慎其所以感天下者，而顧以機巧爲哉！（明　湛若水《格物通》卷八）

韓偓之作，情思淪洽而氣骨優柔，其《香奩集序》似非端人介士所爲。豈值時多難，概將是自涴耶？（明　朱奠培《松石軒詩評》）

似道留心書畫，家藏名蹟多至千卷。其宣和、紹興秘府故物，往往乞請得之。……第録其稍隱者著于篇：……薛濤《萱草》詩，韓偓《芝蘭帖》……（明　張丑《清河書畫舫》卷五上）

《元詩體要》載楊廉夫《香奩》絶句，有極鄙褻者，乃韓致光詩也。（明　李東陽《麓堂詩話》

卷九）

……韓偓尺牘一卷（山谷跋）。……（明　張丑《清河書畫舫》卷六下引《困學齋雜録》）

于慎行曰：「崔胤謀誅宦官，其畫已泄。宦官懼誅，將謀不利于上。上召韓偓問之，偓擇其尤無良者，明示其罪，置之于法，然後撫諭其餘，許其自新，庶幾可息。若一無所問，彼必知陛下心有所貯，益不自安，事終未了。上善其言而不能用也。大凡行軍御下，事勢危疑，人心反側。不有所誅，衆心益懼。故必有所不貸，然後信其有所不誅，而可以安人心耳。末世不能及，此往往以姑息含容，養成禍亂。此非其明鑒哉！（明　張萱《西園聞見録》卷九十八）

（裴）坦後拜相，從子贄昭宗時亦繼其位。帝疑其外風檢，而暱帷薄，以問學士韓偓。偓曰：「贄，咸通中大臣坦從子，内雍友，合疏屬以居，故臧獲猥衆，出入無度，殆此致謗。」帝爲釋然。偓真長者，遇他人坦難乎免矣。偓又解陸扆之阨。（明　朱國禎《湧幢小品》卷三《韓裴》）

鄭綮有歇後之稱，蓋自度力不任宰相也。然初爲廬州刺史，移檄黄巢無犯州境，巢笑爲斂兵去。羸錢十萬緡，藏州庫，他盜至終不犯鄭使君錢。……孫偓字龍光，唐末宰相，性通簡，嘗曰：「士有行，必不以己長形彼短，己清彰彼濁。」同時朱朴有經濟才，亦入相。

惜末造與韓偓皆不盡用，可惜。（明　朱國禎《湧幢小品》卷九）

韓偓，歲寒之松柏，社稷臣也。（明　祝允明《祝子罪知録》卷三）

唐詩七律……韓致光《香奩》秀麗，别自情深。（清　施端教輯《唐詩韻彙》）

義山七律，逐首擅場，特須鄭箋耳。蓋義山諸體之工，唐人實無出其右者，不獨七律也，又不獨《香奩》也。温飛卿、韓致光輩，比事聯詞，波屬雲委，學之成一家言，勝於生硬乾酸者遠矣。（清　田雯《古歡堂集》卷十七《論七言律詩》）

韓偓、韋莊，亦宗中唐，而砥柱晚唐。（清　黄叔燦《唐詩箋注》）

晚唐有許用晦、曹堯賓、韓致堯、羅昭諫諸人，專爲近體，古意寖衰。（清　王鳴盛《蛾術編》）

唐末七言律，韓致堯爲第一。去其《香奩》諸作，多出於愛君憂國，而氣格頓近渾成。（清　管世銘《讀雪山房唐詩序例》）

以文章工拙論之，則（吴）融詩音節諧雅，猶有中唐遺風，較（韓）偓爲稍勝焉。在天祐諸詩人中，閑遠不及司空圖，沉摯不及羅隱，繁富不及皮日休，奇辟不及周朴。然其餘作者，實罕與雁行。（清　紀昀《四庫全書總目》卷一五一《唐英歌詩》三卷）

張仲壽讚美韓偓書法云：「率爾而作，八法具備。今人雖盡思爲書，不能到也。」（見馬

宗霍《書林藻鑑》卷八）

韓偓，字致堯，京兆萬年人。龍紀元年進士，累官中書舍人。劉季述之變，佐崔胤，反正爲功臣。隨幸岐下，遷兵部侍郎，進承旨。上欲用爲相，力辭，薦趙崇自代。忤朱全忠，貶濮州司馬。上與泣別，偓曰：「是人非向來之比，臣得貶死爲幸，不忍見篡弒之辱。」及昭宗被弒，挈族依王審知以終。偓少歲喜爲香奩詩，後一歸節義，得風雅之正焉。（清　沈德潛《唐詩别裁集》卷十六）

慶按：沈德潛《唐詩别裁集》選韓偓《春盡》、《中秋禁直》、《安貧》三詩，並於《安貧》詩「窗裏日光飛野馬，案頭筠管長蒲蘆」句「蒲蘆」旁加注「即螟蛉蟲」。（見沈德潛《唐詩别裁集》卷十六）

七律至唐末造，惟羅昭諫最感慨蒼涼，沈鬱頓挫，實可以遠紹浣花，近儷玉溪。蓋由其人品之高，見地之卓，迥非他人所及。次則韓致光之沈麗，司空表聖之超脱，真有念念不忘君國之思。孰云吟詠不以性情爲主哉！若吴子華之悲壯，韋端己之淒艷，則又其次也。（清　洪亮吉《北江詩話》卷六）

韓致堯《香奩》之體，溯自《玉臺》。雖風骨不及玉溪生，然致堯筆力清澈，過於皮、陸矣。何遜聯句，瘦盡東陽，固不應盡以脂粉語擅場也。（清　翁方綱《石洲詩話》卷二）

致堯詩格不能出五代諸人上，有所寄託，亦多淺露。然而當其合處，遂欲上躪玉溪、樊川，而下與江東相倚軋，則以忠義之氣，發乎情而見乎詞，遂能風骨内生，聲光外溢，足以振其纖靡耳。然則，詩之原本不從可識哉？（清 紀昀《紀文達公遺集》卷十一《書韓致堯翰林集後》）

《香奩》一集，詞皆淫艷，可謂百勸而並無一諷矣。然而至今不廢，比以五柳之《閑情》，則以人重也。著作之士，惟知文之能傳人，而不知人之能傳文，於此亦可深長思矣。……《香奩》之詞，亦云褻矣。然但有悱惻眷戀之語，而無一決絶怨懟之言，是亦可以觀其心術焉。（紀昀《紀文達公遺集》卷十一《書韓致堯翰林集後》）

韓致堯……富於才情，詞旨靡麗。初喜爲闉閣詩，後遭故遠遁，出語依於節義，得詩人之正。（清 余成教《石園詩話》卷二）

詩至晚唐，各體俱不振，獨七律不乏名篇。韓致堯完節孤忠，蒼涼激楚之音，洵屬一時無兩。（清 曹毓德《唐七律詩鈔》）

韓致光哀音怨亂，不害其爲丹山雛鳳。（清 翁方綱《七言律詩鈔》）

韓致堯身遭杌隉，激而去國，託之《香奩》，具有寄意。即論艷體，亦是高手。（清 胡壽芝《東目館詩集》卷一）

晚唐收《風》、《雅》之塵，沿綺麗之體，詞趨綿縟，芳澤粗存，高薄盛唐，卑淪初宋。温李韓偓，以温潤名家；江東皮陸，以疏朗掞製；情詞芳悱，則表聖爲足多焉。自餘數家，視兹爲亞。綜其得失，源始盛音，藴藉所存，琅然盡致。然或刻鏤以傷巧，或枯淡而鮮珍，或鋪張以害體，或浮露以略格，此其失也。（清　宋育仁《三唐詩品》）

晚唐末季，詩尚艷體，復涉穠纖，而典雅遠遜前人。唯（韓）偓與李咸用、吴融新穎精切，有温、李風格。（清　丁儀《詩學淵源》卷八）

風懷之作，段柯古《紅樓集》不可得見矣，存者玉谿生最擅場，韓冬郎次之。由於緘情不露，用事艷逸，造語新柔，所以擅絶也。後之爲此體者，言之惟恐不盡，詩焉得工？故必琴瑟鐘鼓之樂少，而寤寐反側之情多，然後可以追韓軼李。金沙王次回結撰深得唐人遺意，誦之感心娉目，蕩氣回腸。（清　朱彝尊《静志居詩話》）

彦泓，字次回，金壇人，恭簡公樵之諸孫也。以歲貢爲華亭訓導，卒於官。博學好古，與其叔叔聞爲同志。詩多艷體，格調似韓致光，他作無聞焉。（清　錢謙益《列朝詩集》丁集）

王彦泓，字次回，歲貢生，博雅有俊才。詩工艷體，格調逼真韓致光。所著有《泥蓮》、《疑雨》等稿。嘗手録成帙，筆墨精妙，人稱雙絶。任松江訓導，年甫艾而没。（清　郭毓秀《金壇縣志》）

唐宦豎自昭宗以後，已成積重難返之勢，崔胤極力謀之，祗自速亡。當時惟韓偓之策頗多可採，若能用之，亦可潛消禍根。崔胤欲倚外兵以制之，步步失策。既失之於密召全忠以啟亂萌，又失之於諷李茂貞留兵宿衛，以制敕使。厥後敕使衛兵合而爲一，汴兵一來，互相格鬭，而天下事益不可爲矣。（清　蔡新《緝齋文集》附録上）

何應龍，字子翔，錢唐人。嘉泰間進士，曾知漢州。《橘潭詩藁》一卷，俱七言絶句。其詩本法晚唐，所存之作，兼多纏綿旖旎之思。如寫情云：「青箱再展箋雲看，蠹卻相思字不完。」《東風》云：「新裁白紵春衫薄，猶怯東風一陣寒。」此種句調，全似韓偓香奩體，其佳處正不盡在此。（清　曹庭棟《宋百家詩存》卷二十八）

《太原二子詩序》：固哉，今人之爲詩也。狗其所好，必己之爲是，而他人之爲非。交相詬厲，而莫之勝也。古之論詩者不然，觀其邪正，以知其志。觀其哀樂，以知其情。觀其曲直，以知其行。觀其廣狹，以知其量。觀其壯老，以知其氣，而詩之道盡於此矣。不然，不論其世，不知其人，而徒譏譏焉求之文字之工拙，音律之乖和，是豈真知詩者耶？是故讀「雙文」、「錦瑟」與「揚州一夢」之詩，則知其人必不矜細行。讀「松月夜窗」之章，則知其人必不屑韓朝宗之援引。讀《北征》、《諸將》，則知其人必情不忘君。此觀其邪正，以知其志也。天下無事，賦詩相樂，則有漢之《栢梁》，貞觀之《功成慶善》，貞元之《曲江亭宴》。及其不幸而丁衰亂之朝，則韓偓著《感舊》之篇，韋莊有《思歸》之作。此觀其哀樂，以知其情也。（清　陳瑚《確庵文稿》卷十二）

問：晚唐諸家，有可取者否？

唐彦謙，特立之士也。嚴滄浪謂馬戴詩在諸人之上，若論唐宋完人，則惟韓偓、司空圖耳。其次羅隱、黄滔，正不當徒以詩人目之。（清　陳僅《竹林答問》）

《夔夔堂詩集叙》：……夫吾閩詩教，歷唐五代而未大昌。而名宦流寓之入閩中者多詩人，若常衮、薛逢、李頻、程師孟，以及秦系、周朴、韓偓、崔道融、江爲之倫，視中原諸州而無不及。故其氣力風采，遂與黄滔、陳陶、陳貺諸人相振蕩，濡染於一時。（清　陳衍《石遺室文集》卷九）

……又云詩之爲刺，固有不加一詞而意自見者，清人《猗嗟》之屬是已。然嘗試玩之，則其賦之之人猶在所賦之外，豈有將欲刺人之惡，乃反自爲彼人之言，以陷身於所刺之中，而不自知也哉？又云以是爲刺，不惟無益，殆恐不免於鼓之舞之，而反以勸其惡也。余按《桑中》一篇，但有歎美之意，絶無規戒之言。若如是而可以爲刺，則曹植之《洛神賦》，李商隱之《無題》詩，韓偓之《香奩集》，莫非刺淫者矣！夫《子虚》、《上林》，勸百諷一，古人猶以爲譏，況有勸而無諷，乃反可謂之刺詩乎？（清　崔述《讀風偶識》卷二）

周錫疆（字小山，布衣）。小山以布衣而名動公卿。……詩本性靈，出語雋妙，尤雅擅香奩。

小山次韻香奩詞，可奪韓偓、羅虬之席。其尤佳者如：「錦瑟無端五十絃，雁橋秋水柘皋煙。一雙翡翠相憐影，衹在荷花落照邊。到晚何人唤小憐，風吹長袖獨飄然。捲簾斜指樓頭月，笑問今宵圓不圓。」（清　丁宿章《湖北詩徵傳略》卷二十九）

白畦伯高祖元春，祖襄，柳州太守，父洪，蚤逝。幼奇慧過人，稍長入邑庠，詩名已遍江漢間。……至如《初見》云：「嬉情何處最勾留，小小柴門細路幽。日午風温春睡起，緑楊影裏看梳頭。」……《艷送》云：「渡口催人莫景忙，明珠翠袖待帆張。可堪回首踈林岸，灩灩秋波送小船。」《題周小山香奩詞》云：「沙才董白藐姑姿，長板橋西舊酒旗。題徧桃華扇頭血，更無人比杜紅兒。」白畦天才放逸，每秋風團扇寄興掃眉。論者謂不以古今軒輊，雖韓偓《香奩》，羅虬《比紅》，無以過矣。……（清　丁宿章《湖北詩徵傳略》卷二十九）

嘗戲論唐人詩，王維佛語，孟浩然菩薩語，劉昚虚、韋應物祖師語，柳宗元聲聞辟支語，李白、常建飛仙語，杜甫聖語，陳子昂真靈語，張九齡典午名士語，岑參劍仙語，韓愈英雄語，李賀才鬼語，盧仝巫覡語，李商隱、韓偓兒女語；蘇軾有菩薩語，有劍仙語，有英雄語，獨不能作佛語、聖語耳。（清　獨逸窩退士《笑笑録》卷四《詩評》）

歇後、影略、尊題、建除、百一、宫體、香奩，皆因體而名也。鮑明遠有《建除》詩，號建除體。應璩有《百一》詩，號百一體。宫體起於徐摛，和凝作《香奩》，托名韓偓，而弱侯猶爲偓惜。（清　方以智《通雅》卷三）

《鄭衛非淫詩》：朱子《詩傳》曰：「鄭衛之樂，皆爲淫聲。」然以詩考之，衛詩三十有九，而淫奔之詩四之一；鄭詩二十有一，而淫奔之詩七之五。衛猶爲男悦女之辭，而鄭皆爲女惑男之語。故夫子謂爲邪，獨以鄭聲爲戒，而不及衛，蓋舉重而言也。《詩序辨説》曰：「《桑中》、《溱洧》諸篇，皆淫奔者所自作。」序云刺奔，誤矣。豈有將欲刺人之惡，乃反自爲彼人之言，以陷其身于所刺之中，而不自知者哉！……乃知鄭、衛之詩，未嘗不施于燕享。而此六詩之旨意、訓詁，當如序者之説，不當如文公之説也。履按：文公所以指鄭衛爲淫詩者，因夫子謂鄭聲淫耳。夫子謂其聲淫，文公遂謂其詩淫，不亦誤乎？且十五國風爲詩百五十有七篇，其爲婦人而作者，男女相悦之辭，幾及其半。若文公之傳是，徐陵之《玉臺新咏》、韓偓之《香匳集》而已，豈先王厚人倫，美教化，移風俗之云乎？蓋古人深心于君臣朋友之間，托言于夫婦男女之際。所謂言之者無罪，聞之者足以戒。故《離騷》以美人比君子，子長稱其兼風雅。即不盡然，亦序所云刺奔刺亂，而夫子所不删者，决非淫泆之人所自賦也。（清　方中履《古今釋疑》卷一）

自秦火，後漢開獻書之路，置寫書之官。又使陳農求遺書於天下，諸子傳説皆充秘府，而托者加者謁者應不能免。然漢以前之僞書尚可觀，後此之僞書不足齒矣。……王銍之作《龍城録》，托名於柳，猶《杜解》之托名于蘇也。魏泰之嫁名于梅聖俞以《碧雲騢》，猶和凝之嫁名于韓偓以《香奩集》也。《黄帝内傳》、《飛燕外傳》，并後人所爲，淫邪荒誕，尤無足取。大抵百家小説，無論真僞，可一覽而置之。……（清　方中履《古今釋疑》卷三《僞書》）

香奩體，晚唐韓偓之詩。費經虞曰：「《香奩》皆裾裙脂粉之辭，和凝亦善此體。」（清　費經虞《雅倫》卷二）

往年同在灣橋上，見倚朱闌詠柳綿。今日獨來香徑裏，更無人跡有苔錢。傷心闊别三千里，屈指思量四五年。料得他鄉過佳節，亦應懷抱暗凄然。（韓偓）（清　費經虞《雅倫》卷十一《扇對格》）

沈存中《筆談》論律詩偏正格甚詳，但不知所本，蓋相傳如此。唐人絶句不黏者爲折腰體，《河嶽英靈集》序中有黏綴字，韓偓《香奩》云聯綴體，蓋唐人之法，疑始沈、宋也。（清　馮班《鈍吟雜録》卷七）

葉紹袁，字仲韶。父重，第進士，仕至貴州僉事。紹袁少有藻思，工詩賦。天啟五年舉進士，選南京武學教授，遷國子助教、虞衡主事。念母在家，又不耐吏職，遂乞終養，歸居汾湖之濱，與妻沈宜修菽水盡歡。宜修字宛君，副使玧女，工詩。五子三女，並有文藻，一門之中更相倡和以自娱。無何，母及妻女相繼殁，幽憂憔悴，杜門蕭然如枯衲。乙酉後，棄家入餘杭之徑山，薙髮爲僧，號粟庵。輯一時死節諸臣爲書，未就，感愴成疾卒。其詩詞韶秀，忠君愛國間出《香奩》，有韓偓之遺風焉。幼子燮，别有傳。（《乾隆志》參《縣志》及《通志》）（清　馮桂芬《（同治）蘇州府志》卷一百零五）

僞蜀歐陽炯嘗應命作宫詞，淫靡甚於韓偓。江南李坦時爲近臣，私以艷藻之詞聞於主聽。蓋將亡之兆也，君臣間禮先亡矣！（清　馮金伯《詞苑萃編》卷十《十國春秋拾遺》）

陶淵明以宋元嘉四年卒，而顔延之身爲宋臣，乃其作誄，直云「有晉徵士」。……韓偓自書《裴郡君祭文》，書「甲戌歲」，書「前翰林學士承旨、銀青光禄大夫、行尚書户部侍郎、知制誥、昌黎縣開國男、食邑三百户韓偓」。是歲朱氏簒唐已八年，猶書唐官，而不用梁年號。（清　顧炎武《日知録》卷十三《書前代官》）

碑高五尺六寸，廣二尺四寸五分，二十六行，行六十五字，正書，今在忻州韓巖村。遺山先生爲有金一代名宿，其遭亂離，形歌詠，與周庾信、唐韓偓際遇略同。而其爲後人所沾溉者，亦與庾、韓相埒，故風雅者常爲愛之至。今丘壟完好，碑文清整，無斑剥難辨之字，可稱善本矣。（清　胡聘之《山右石刻叢編》卷二十九《元好問墓銘》）

《論詞絶句》之二：香山夢得與張王，流派無人較短長。名氏不傳詞更妙，莫將艷體認冬郎。（白居易、劉禹錫、張志和、王建、韓偓）（清　華長卿《梅莊詩鈔》卷五《嗜痂集》下）

偓所論宦官不可盡誅，君道不尚機巧，皆通達治體之言。但所云擇尤無良者置之于法，以釋餘人之疑，而更爲擇長。恐此時行之，亦非易易。觀後監軍、守陵者皆不奉詔，則知偓策之未必行也。……偓言君道當御以公正，不尚機巧，實切中帝病。帝固志在有爲，而好以機巧御下，雖迫于時勢，亦氣鋭而量狹，有以致之，胡身之以爲？世固有能知之言之而不能究于行者，韓偓是也。竊謂時勢至此，所謂雖有善者，無如之何，非偓能言不能行也。（清　黄恩彤《鑒評别録》卷五十）

工部侍郎平章事韋貽範遭母喪，宦官薦姚洎爲相。洎謀于韓偓，偓曰：「若圖永久，莫若未就爲善。倘出上意，固無不可。且汴軍旦夕合圍，孤城難保，家族在東，可不慮乎？」洎乃移疾。

觀偓之語洎者，則知偓之必不欲爲相也。此時爲相，無益于國，而適足殺身破家，智者不爲也。……

命韓偓草貽範起復制，偓曰：「吾腕可斷，此制不可草。」上即命罷草，仍賜敕褒賞之。

起復爲金革變禮，是時不得謂無軍旅之事也。偓不草制，特以貽範志在營私戀棧，並

非墨經從戎，故不爲之屈耳。然亦欲藉此立異，俾茂貞等不肯引己入相也。（清　黄恩彤《鑒評别録》卷五十）

蘇檢數爲韓偓經營入相，言于李茂貞及中尉樞密，且遣親吏告偓。偓怒曰：「公與韋公自貶所召歸，旬月致位宰相，訖不能有所爲。今朝夕不濟，乃欲以此相污邪？」士值板蕩之時，若自度得君足以有爲，即人相亦所不辭。成則主臣俱榮，不成則與國同盡耳。若明知不能有爲而貪位忘禍，誤國因以自誤，則君子必不爲也。（清　黄恩彤《鑒評别録》卷五十）

韓偓以貶謫爲幸，圖以衰野自全，皆唐末詩人之不失名節，而能以明哲保身者也。（清　黄恩彤《鑒評别録》卷五十）

劉繪《答喬學憲三石論詩書》：唐家三百餘年，詩人成集者，起貞觀虞、褚，歷元和迄開成李、許、温、杜，至崔塗、韓偓，止五百餘人耳。（清　黄宗羲《明文海》卷一百六十）

國風亦好色，詩人無不采。《香奩》及《玉台》，珠璣雜珍卉。（清　傅占衡《湘帆堂集》卷二十六）

清代許宗彦《蓮子居詞話序》：「《香奩》本非詞格，後生小子矜其一得，競爲穢褻之語，豈大雅所屑道者哉。」（清　江順怡輯《詞學集成》）

孔氏穎達《詩正義》謂風雅頌有一二字爲句，及至八九字爲句者，所以和人聲而無不均也。《三百篇》後《楚辭》，亦以長短爲聲。至漢《郊祀歌》、《鐃吹曲》、《房中歌》，莫不皆然。……而唐時優伶所歌則七言絶句，其餘皆不入樂府。李太白、張志和以詞續樂府，不知者謂詩之變，而其實詩之正也。由唐而宋，多取詞入於樂府，不知者謂樂之變，而其實所以合樂也。且夫太白之「西風殘照」，「黍離」、「行邁」之意也；志和之「流水桃花」，「考槃」、「衡門」之旨也。嗣是温岐、韓偓稍及閨襜，然樂而不淫，哀而不怨，亦猶是「蔓草」、「摽梅」之意。至柳耆卿、黄山谷輩，然後多出於褻狎，是豈長短句之正哉？（清　江順詒《詞學集成》卷一）

常州張皋文先生校録唐宋詞凡四十四家，僅一百十六首，可謂嚴矣。其序論云：「唐之詞人李白爲首，其後韋應物、白居易、王建、劉禹錫、皇甫松、司空圖、韓偓並有述造。而温庭筠最高，其言深美閎約。五代之際，孟氏、李氏君臣爲謔，競作新調，詞之雜流由此起矣。至其工者，往往絶倫，亦如齊梁五言依託漢魏近古然也。」（清　江順詒《詞學集成》卷一）

《詞繹》云：「詞亦有初盛中晚，不以代也。牛嶠、和凝、張泌、歐陽炯、韓偓、鹿虔扆輩不離唐絶句，如唐之初不脱隋調也，然皆小令耳。至宋則極盛，周、張、康、柳蔚然大家。至姜白石、史邦卿，則如唐之中。（清　江順詒《詞學集成》卷一）

《韓偓論》：嘗讀史至光化、天復之際，愀然興舉國無人之嘆。其超然遠引，不降不辱者，獨一司空圖敻不可及，其次莫如翰林學士韓偓。當蘇檢爲偓經營入相，岐王李茂貞既已許之矣，中尉樞密輩又皆許之。檢乃遣親信吏告偓，偓怒曰：「公不能佐天子有所爲，乃欲以此相汙耶。」未幾，遂貶濮州司馬。天祐二年，復召爲學士還故官，卒挈其族逃之閩南。迹其出處，縱未若司空之超然，亦可謂進義退禮者矣。夫古之人，其處危亂也，或知其不可而爲之，或知其不可而不爲，或知己之不可而愈不爲，知不可而爲之，非孔孟莫與，其後僅得一諸葛武侯。然隆中數語，武侯内度之身，外度之國家，自有其所謂可，故卒能成鼎足之功。若夫治則進，亂則退，古之賢者律度莫不同。然雖以天民之才之學之望，尤必審其達可行而後行，有其可行而後行，必有其不可行而即止。是故，此兩端之人，皆足以處危亂而不至有自失之嫌。其所謂不可者，類在時勢而不在于己。苟其不可在于己，則雖值時勢之可，不以易吾不可，而況兩不可之合併，而互乘，而又豈煩于再決哉！吁，偓之時，崔胤、朱朴、裴樞、鄭綮之徒，其所謂不可，不僅在時勢也。而時勢又復如是，貿貿然取人國以嘗試之，吾見其殆焉而已。胤也，朴也，樞也，不自知不可。綮也，自知不可，而亦貿貿嘗試，吾見其獲免于殆者，幸焉而已。偓之告昭宗者曰：「帝王之道，當以重厚鎮之，公正御之。至于瑣細機巧，此機生則彼機應矣，終不能成大功，所謂理亂絲而棼之也。」吾以其言觀之，偓殆優于爲天下者。然則偓之不可，非其己之有罪明矣。……歲月日時之感生，則君子之在下僚者，又不免嘆老嗟卑之意。偓何遂獨遠于人情而勃然以怒，非其審時度勢之精且密，其孰能之。吾以爲偓之怒，殆庶幾乎。（清　李祖陶《石莊先生文録》卷三《國朝文録》）

韓冬郎「已涼天氣未寒時」七字最耐人尋繹。福山鹿木公先生林松《立秋夜同星船先生》云「露坐入深夜，不知秋已生。感人先以氣，到樹尚無聲」，感人十字，奥妙處正與冬郎同，非真得秋氣者見不到説不出耳。若立秋夜聞秋聲，便是衆人筆下所有。（清　林昌彝《射鷹樓詩話》卷四）

侯官李香苹家瑞，嘗從宜黄陳少香師及余友王偉甫孝廉學詩。少香先生嘗以其詩集見示香苹，詩多綺懷之作，迹遍青樓，詩題《碧玉》。其《十二金釵》詩，則韓偓替人也。又句如「漏盡聲誰續，燈寒影可憐」，可以想其風趣。又句如「斷雲穿石罅，清磬出林梢」、「夜火隔江寺，疎鐘何處樓」、「小院有秋意，疎林來雨聲」……（清　林昌彝《射鷹樓詩話》卷十六）

閩縣家石甫茂才夢郊，著《此中軒詩稿》，謂此中之味，難爲外人言也。詩瓣香陳元孝、屈翁山二家，音調宏亮，筆力廉悍。……《書韓偓傳後》云：「腕可斷，詔不可草，一朝人物獨先生。清流幾輩能謀國，香草如君總寄情。時事直須長醉夢，苦心誰與共功名。干戈滿地詩才老，曾向閩州萬里行。」（清　林昌彝《射鷹樓詩話》卷十七）

武進黄仲則《綺懷詩》「玉鈎初放釵初墜，第一銷魂是此聲」，傳神之筆，可爲綺懷詩絶唱。前明王次回、近代袁香亭喜作香奩詩，皆不能有此神妙。然仲則天生情種，以此促其天年；杜樊川薄倖之名，亦才人之一病也。（清　林昌彝《射鷹樓詩話》卷十八）

元遺山七言律詩氣格高壯，結響沈雄，足合少陵西崑爲一手。集中多拗體，余所不喜。今專録其尤純者若干首以覘梗概……《淮右》云：「淮右城池幾處存，宋州新事不堪論。輔車漫欲通吴會，突騎誰當擣薊門。細水浮花歸别澗，斷雲含雨入孤村。空餘韓偓傷時語，留與纍臣一斷魂。」（清　林昌彝《射鷹樓詩話》卷二十三）

《寄示濤兒》：獨坐衙齋漏五更，紙窗殘月動離情。天真自喜吾愚種，人事翻嫌爾小生。省學陳思爲梵唱，須知韓偓有清聲。深山原是讀書處，鍵户埋頭莫務名。（典重莊雅，想見家風）（清　林良銓《林睡廬詩選》卷上）

晚唐詩綺靡乏風骨，或者并其人而薄之。然氣節之士，亦往往出于其間。昭宗末年，朱温篡形已成，韓偓在翰林，蘇檢數爲經營入相。偓怒曰：「公不能有所爲，今朝夕不濟，乃欲以此相汙耶。」昭宗欲相偓，偓辭而薦趙崇。崔胤怒，使温譖而逐之。昭宗與之泣别，偓泣曰：「臣得遠貶及死乃幸，不忍見篡弑之辱也。」司空圖初爲禮部員外郎，棄官隱居王官谷，累徵不起。柳璨以詔書徵之，圖懼詣洛陽。入見佯爲衰野，墜笏失儀，乃下詔以爲傲代釣名放還山。羅隱乾符中舉進士，十上不第。黄巢亂，歸依錢鏐。及朱温篡詔至，痛哭，勸鏐舉義，鏐不能從。温聞其名，以諫議大夫招之，不就。事鏐終于著作佐郎。若三子者，又可以晚唐詩人薄之乎？（清　凌揚藻《蠡勺編》卷十三《晚唐氣節》）

臣謹案：小説之興，遠在西京，至唐代而始盛。如沈亞之、陸龜蒙，元稹，韓偓，馮贄，段成式輩，矜奇炫異，各著一篇，以鳴於時。然窮其弊，則怪力亂神，皆吾夫子所不語。況是編首登《隋唐佳話》，於風俗人心，俱有關係。讀者苟取長舍短，藉備參稽，亦未始非博聞强記之助也。（清　劉錦藻《清續文獻通考》卷二百七十一）

詞亦有初盛中晚，不以代也。牛嶠、和凝、張泌、歐陽炯、韓偓、鹿虔扆輩不離唐絶句，如唐之初未脱隋調也。然皆小令耳。至宋則極盛，周、張、柳、康蔚然大家。至姜白石、史邦卿，則如唐之中。而明初比唐晚，蓋非不欲勝前人，而中實枵然，取給而已，於神味處全未夢見。（清　劉體仁《七頌堂詞繹》）

此卷有董文敏跋，昔另録一紙，今已遺失。……唐人顔柳以後，若温飛卿、杜牧之皆名家。按《宣和書譜》，唐詩人善書者賀知章、李白、張籍、白居易、許渾、司空圖、吴融、韓偓、杜牧，而不載飛卿。王阮亭云：曾見李商隱書，亦絶妙。知唐人無不工書，特爲詩所掩耳。此卷藏宋太宰牧仲家。聽松山人識於鈎本。（清　陸時化《吴越所見書畫録》卷二《唐杜牧之書

張好好詩并序卷》）

嚴滄浪、高廷禮輩分唐詩爲初盛中晚，以爲晚不如中，中不如初盛。此非篤論也。凡詩只是隨其人爲盛衰耳。有其人則有其詩，無其人則無其詩。如初唐推沈、宋，沈、宋之爲人何如者？其詩亦殊無氣骨。中唐如韓愈、白居易、韋應物詩皆有識，而蘊藉得三百篇意，豈反出沈宋下？盛唐之妙，全在李杜。晚唐自是無人物，稱雄如李義山輩，皆風流浪子耳。趙畋、韓偓稍勝，然憂讒畏譏，氣已先怯，何能爲詩？賢者如聶夷中、張道古，又困于下位，即有詩，何由傳？故不論人論世而論詩，論詩又不論志而論辭，總之不知詩者也。（清　陸世儀《思辨録輯要》卷三十五）

《讀五代詩雜題其後十六首》其四《和凝》：《香奩》枉自費清詞，名嫁冬郎艷一時。偏忘詅癡符醜惡，編成曲子相公詩。（清　陸元鋐《青芙蓉閣詩鈔》卷二）

韓偓借米，與魯公乞米，何異哉！（清　繆荃孫《雲自在龕隨筆》卷五《韓偓手迹跋》）

山谷《猩猩毛筆》詩，不失唐人豐致，反自題爲戲作，失正眼矣。唐人詩意不在題中，亦有不在詩中者，故高遠有味。雖作詠物詩，亦必意有寄託，不作死句。老杜《黑白鷹》，曹唐《病馬》，韓偓《落花》可證。今人論詩，唯恐一字走卻題目，時文也，非詩也。（清　納蘭性德《通志堂集》卷十八）

宋賈似道家有韓偓《芝蘭帖》。（悦生《古蹟記》）（清　倪濤《六藝之一録》卷三百三十二）

《王審知德政碑》：雷雨黄碕港，甘棠錫號新。王言翻媚賊，文士守和親。韓偓傷心讀，黄滔屈意陳。民庸終不朽，留此石嶙峋。（清　彭元瑞《恩餘堂輯稿》卷四）

《論風人多託意男女，不可以文害辭》：漢唐諸家近於比興者，陳沆《詩比興箋》已發明之。初唐四子託於男女者，何景明《明月篇序》已顯白之。古詩如傅毅《孤竹》、張衡《同聲》、繁欽《定情》、曹植《美女》，雖未知其於君臣朋友何所寄託，要之必非實言男女。唐詩如張籍「君知妾有夫」一篇，乃在幕中卻李師道聘作，託於節婦而非節婦。朱慶餘「洞房昨夜停紅燭」一篇，乃登第後謝薦舉作，託於新嫁娘而非新嫁娘，皆不待箋釋而明者。即如李商隱之《無題》，韓偓之《香奩》，解者亦以爲感身世，非言閨房。以及唐宋詩餘温飛卿之《菩薩蠻》，感士不遇。韋莊之《菩薩蠻》，留蜀思唐。馮延巳之《蝶戀花》，忠愛纏綿。歐陽修之《蝶戀花》，爲韓、范作，張惠言《詞選》已明釋之。此皆詞近閨房，實非男女。言在此而意在彼，可謂之接迹風人者。不疑此而反疑風人，豈非不知類乎？孟子曰：「故説詩者，不以文害辭，不以辭害志。以意逆志，是爲得之。」以託意男女，而據爲實言，正以文害辭，以辭害志，而不知以意逆志者也。（清　皮錫瑞《經學通論》）

僕嘗欲萃宋元明三朝儒者詩爲一册，曰《道學詩鈔》。又自漢迄明，凡良弼循吏賢士大夫之作爲一册，曰《名臣詩鈔》。又採古今節烈之士有篇什者，如漢之蘇武、孔融，唐之李憕、蘇源明、顔真卿、張巡、韓偓、司空圖，宋之靖康……諸臣爲一册，曰《忠義詩鈔》。……俾遊心藝苑者，知詩外尚有人在也。（清　喬億《劍溪説詩》又編）

（朱）彝尊未入翰林時，嘗編其行稿爲《竹垞文類》，王士禛爲作序，極稱其永嘉詩中《南亭》、《西射堂》、《孤嶼》、《瞿溪》諸篇。……蓋以詩而論，與王士禛分途各騖，未定孰先。以文而論，則漁洋文略，固不免瞠乎後耳。惟原本有《風懷二百韻》詩，及《静志居琴趣長短句》，皆流宕艷冶，不止陶潛之賦《閒情》。夫綺語難除，詞人常態。然韓偓《香奩集》，别有篇帙不入《内翰集》中，良以文章各有體裁，編録亦各有義例，溷而一之，則自穢其書。今併刊除，庶不乖風雅之正焉。（《四庫書目曝書亭集提要》）

十一月初六日奉諭旨：昨閲四庫館進呈書有朱存孝編輯《迴文類聚補遺》一種，内載《美人八詠》詩，詞意媟狎，有乖雅正。夫詩以温柔敦厚爲教，孔子不删鄭、衛，所以示刺示戒也。故三百篇之旨，一言蔽以無邪。即美人香草以喻君子，亦當原本風雅，歸諸麗則，所謂托興遥深，語在此而意在彼也。自《玉臺新詠》以後，唐人韓偓輩務作綺麗之詞，號爲香奩體，漸入浮靡。尤而效之者，詩格更爲卑下。今《美人八詠》内所列《麗華髮》等詩，毫無寄托，輒取俗傳鄙褻之語，曲爲描寫，無論詩固不工，即其編造題目，不知何所證據。朕輯四庫全書，當採詩文之有關世道人心者。若此等詩句，豈可以體近香奩，概行採録。所有《美人八詠》詩，著即行撤出。至此外各種詩集内，有似此者，亦著該總裁督同總校分校等詳細檢查，一併撤出，以示朕釐正詩體，崇尚雅醇之至意。（清　慶桂《國朝宫史續編》卷八十三）

詩莫備於有唐三百年。自初盛之渾雄，變而爲中唐之清逸，至晚則光芒四射，不可端倪，如入鮫人之室，謁天孫之宫，文彩機杼，變化錯陳。密麗若温、李，奥峭若皮、陸，爽秀條暢若韓、薛、韋、羅，大氽細入，無不鑿之方心，實殿三唐之逸響，著兩宋之先鞭者也。（清　查克宏《晚唐詩鈔序》）

太和、會昌而下，詩教日衰，獨李義山矯然特出，時傳子美之遺；特用事過多，涉於濃滯，或掩其美。次則杜牧之律體，寓拗峭以矯時弊，猶有健氣。……其餘皮、陸、許渾、馬戴、趙嘏、韋莊、羅隱、唐彦謙諸人，雖間有逸韻，靡靡無足觀；降而韓偓之《香奩》，風益下矣。（清　魯九皋《詩學源流考》）

十國文物，首推南唐、西蜀。閩則韓、黄、翁、徐諸君子連茵接軫，美秀而文，所謂永嘉之末，猶聞正始之音者也。楚風不競，而天策十八學士炳炳琅琅，亦拔戟自成一隊。吴越似稍亞，然有羅江東一人，便大爲浙水吴山生色；孫光憲之於荆南也亦然。誰謂賢者之無益於人國哉！　韓致光爲玉溪之别子，韋端己乃香山之替人，羅昭諫感事傷時，激昂排冪，以追配杜紫微，庶幾無愧。三公競爽，可稱華嶽三峰，佳話流傳，並秀句之膾炙人口者，正難枚舉。……三公不獨以詩鳴也，其大節固自可觀。當朱三飛揚跋扈時，致光以一詞臣，觸虎狼之怒而去。迨後流落閩南，紫氣黄旗，日望乘輿返正，所作詩文止署唐朝官職，此與淵明之書甲子何異。昭諫説錢武肅舉兵討梁，事見《通鑑》。其詠松云：「陵遷谷變須高節，莫向人間作大夫。」行芳志潔，有慨乎其言之也。端己爲蜀王作書，所云「墨詔之中，淚痕猶在，枕戈待旦，思爲主上報仇者」，大義凛然，自天復、天祐以還，未聞斯語。《聞再幸梁洋》之作，戀闕情深，與羅之《中元甲子》，韓之《六月四日》諸律，如響應聲，同其忠愛。文人浮薄，賴三君子一雪此言。史不云乎，皜皜焉與琨玉秋霜比質也。（鄭方坤《五代詩話·例言》）

五季自開平逮顯德，不五十年，五易國而八姓，電光泡影，田地閉，賢人隱，葉紹藴謂之空國無人。然而板蕩流離，瑣尾興悲，何嘗不與二《雅》、三《頌》并歸删輯。於稽其世，唐末詩人如羅隱、韋莊、韓偓輩，往往流落江南、吴越、荆楚諸國，觸事愴懷，固不乏激昂清越之音，其雕琢禽魚，流連花草，則亦時有賦物能工者焉。蓋李唐之殿，趙宋先路，風流依依未泯也。（清　邱仰文《五代詩話序》）

《遐追山二廟碑》：歐陽公以五代少全節之士深爲歎恨，推原其故，謂自白馬清流之禍，士氣喪而人心壞。吾以爲是時天下崩裂，文獻脱落，蓋亦或有其人，而世竟泯然未之知者。如唐自司空圖、韓偓、梁震、羅隱而外，尚有如許儒之不屈於梁王，居巖之不屈於吴，朱葆光、顔莌、李濤之不屈於楚，孫郃之不屈於吴越，黄岳之不屈於閩，張鴻、梁炅之不屈於漢，皆不媿爲唐之貞士，而史臣失載。嘗欲合爲一卷，以補歐公之憾。（清　全祖望《鮚埼亭集》卷二十三）

唐之學士初入院者，試以制書批答三篇。如白居易試《段祐加兵部尚書領涇州制》，韓偓試《武臣授東川節度制》是也。若舍人則不復試，多自學士遷授。宋制，知制誥必召試中書而後除，欲觀其敏也。其不試者，號爲異禮，當時以爲榮。凡試之日，制誥三篇，宰相視其納卷方上馬。次日進呈，除目方下，蓋重之也。（清　阮葵生《茶餘客話》卷一）

且舊史於咸通以後紀傳疎略，新書則於韓偓之納忠，高仁厚之平賊，與夫雷滿、趙匡凝、楊行密、李罕之之僭割，具書於傳。一代興廢之蹟備焉，豈得謂其無補於舊史歟？（清　邵晉涵《南江詩文鈔》文鈔卷十二《新唐書提要》）

有集百卷，自篆於版模，印數百帙，分惠於人焉。案：《宋朝類苑》，和魯公凝有艷詞一編，名《香奩集》，凝後貴，乃嫁其名爲韓偓。今世傳韓偓《香奩集》乃凝所爲也。凝生平著述分爲《演綸》、《遊藝》、《孝弟》、《疑獄》、《香奩》、《籝金》六集，自爲《遊藝集序》云：

「予有《香奩》、《籝金》二集，不行於世。」凝在政府避議論，諱其名，又欲後人知，故於《遊藝集序》實之，此凝之意也。（清　邵晉涵《舊五代史考異》卷四《和凝傳》）

和成績艷詞每嫁名於韓偓，因在政府諱之也。又欲使人知之，乃作《遊藝集序》曰：「予有《香奩》、《籝金》，不傳於世。」（清　沈辰垣《歷代詩餘》卷一百十三《樂府紀聞》）

今何故無之。按：後世亦有之。唐韓偓《中朝故事》：長安有豢龍户，觀水即知龍色目，有無悉知之。（清　沈欽韓《春秋左氏傳補注》卷第十一）

《花間集》曰：「和凝少時好爲曲子，布於汴洛。洎入相，契丹號爲曲子相公。有集百卷，自鏤板以行。世識者非之曰：『此顔之推所謂詅癡符也。』」《樂府紀聞》曰：「和成績每嫁名於韓偓，因在政府諱之也。又欲使人知之，乃作《遊藝集叙》曰：『予有《香奩》、《籝金》不傳於世。』」（清　沈雄《古今詞話》詞評卷上《和凝紅葉稿》）

司空表聖……真有唐一代偉人也，豈僅高士二字足以盡之哉！（梁震、韓偓、羅隱三人，庶可並跡虞鄉）（清　宋長白《柳亭詩話》卷十四）

《舒城葉處士翁壽序》：學原聞鯉，誼近乘龍。爲舉震觴，先施錦障。乃以冬郎老鳳，曾同先甲之名；春酒介眉，適當降寅之日。因推製序，難謝慚文。（清　檀萃《草堂外集》卷六）

王士禛《菩薩蠻・彈琴》：玲瓏嵌石紅蕉葉，蕉陰寶鴨香初爇。獨整素琴彈，琴清玉手寒。　聲聲珠作串，彈出湘君怨。今夜夢瀟湘，琴心秋水長。（鄒程村云：「青溪遺事諸首，摹畫坊曲瑣事可謂盡態極妍。阮亭拂箋吮毫時，便如杜牧、韓偓身經遊歷，尋歡窈窕，含睇纏綿。青樓紫陌得此點染，又何必周昉輩以寫生論工拙耶？」）（清　王昶《國朝詞綜》卷二）

韓偓、司空圖處無可救藥之時也，君即唯我之是聽，而我固無如之何也。去之可也。（清　王夫之《讀通鑑論》卷二十七《懿宗》）

國家將亡必有妖孽，妖孽者非但草木禽蟲之怪也，亡國之臣允當之矣。唐之亂以亡也，宰執大臣實爲禍本。……僖昭之際，豈復得爲朝廷哉！河東叛，朱邪攘臂而仍之，岐邠搆難於肘腋。關以東朱温、時溥、孫儒、高駢、李罕之、朱瑾戰壘相望，天子孤守一城，不能當一縣令。即爲宰相，如鄙夫之志欲安富尊榮者何有！於是稍有知者，非誓以一死報宗廟，則必視爲荆棘犴狴而不能一朝居，豈忍效濬、昭緯、胤、緯、谿之奔鶩如狂哉！蕭遘、杜讓能且以端人自命夫，亦念何忠之可效，何功之可成，而營營汲汲于平章之虚號，何爲者也。非愚也，狂也。是亦桃李之榮於冬，麏鮒之遊於市也。妖風方熺，蕩之，扇之，相逐而流，自好者不免焉，亦可悲矣。生斯時也，鄭遨尚矣，陳摶託遊仙以自逸，其亦可矣。司空圖、韓偓，進不能自靖，而退以免於汙辱，其尚瘥乎，又其下者梁震、羅隱、孫光憲之寓食於偏方，而不爲亂首。更不能然，則周庠、嚴可求、韋莊，小效於割據之主，猶知延禍之非，而苟免於天人之怨怒。若張濬之流，竊衛主之名，貪晨霜之勢，含毒起穢以速君之死亡，而血流于天下。嗚呼，至此極矣！故曰妖也。（清　王夫之《讀通鑑論》卷二十七《昭宗》）

唐之將亡，無一以身殉國之士，其韓偓乎！偓之貶也，昭宗垂涕而遣之。偓對曰：「臣得貶死爲幸，不忍見篡弑之辱。」斯聞者酸心，見者裂肝之日也。而偓不仰藥絶吭以死於君側，則偓疑不得爲捐生取義之志矣。然而未可以責偓也。君尚在，國尚未亡，無死之地。而時方貶竄，於此而死焉，則是以貶故死也，匹夫匹婦之婞婞者矣。偓去國而君弑，未幾而國亡，偓之存亡無所考見，而不聞絶粒赴淵以與國俱逝，此則可以死矣，建文諸臣所以爭光日月也。而偓不逮，乃以義審之，偓抑可以無死也。僞命不及，非龔勝不食之時，而謝枋得賣卜之日也。湮没鬱抑以終身，則較家鉉翁之談經河上爲尤遂志耳。紂亡而箕子且存，是亦一道也。人臣當危亡之日，介生死之交，有死之道焉，有死之機焉。蹈死之道而死者正也，蹈死之道而或不死者，時之不偶也。蹈死之機而死者，下愚而已矣。昭宗反辟，劉季述伏誅之謀，偓與贊焉，蹈死之道一也。王摶請勿聽崔胤之謀殺宦官以賈禍，胤怒而誣殺之。偓爲昭宗謀，亦云：「帝王之道，當以重厚鎮之。此曹不可盡誅以起禍。」其忤胤也與摶同，蹈死之道二也。韋貽範求宦官與李茂貞起復入相，命偓草制。偓堅持不草，中使曰：「學士勿以死爲戲。」茂貞曰：「學士不肯草制，與反何異。」蹈死之道三也。從昭宗於播遷幽辱之中，白刃之不加頸者一綫耳，而守正不撓。季述不能殺，崔胤不能殺，茂貞不能殺，非偓可取必於凶人之見免也，偶然而得之也。乃偓之終不蹈死之機，則愛其生以愛其死，固有超然於禍福之表者也。姚洎之將入相也，謀於偓，而偓告以不就。爲人謀者如是，則自爲之堅貞可知矣。蘇檢欲引爲相而怒曰：「君奈何以此相污！」昭宗欲相之，則薦趙崇、王贊以自代。其時之宰相皆汴、晉、邠、岐之私人，樹以爲内主者也。權雖倒持於逆藩，而唐室一即一離之機，猶操于宰相。尸其位，則已入其彀中。而姦貪之小人，趨入於阱中，猶見榮焉。此所謂死之機也。偓惟堅持必不爲相之節，抑知雖相而無救唐亡，祇以自危之理。且知雖不爲相，而可以盡忠。唯不爲相，而後可盡忠於主之勢。故晉人不疑其黨汴，汴人不疑其黨岐，宦官不疑其附崔胤，胤不疑其附宦官。立于四虚無倚之地，以衛孤弱之天子，而盡其所可爲。疑忌淺，怨毒不生，雖茂貞且媿曰：「我實不知書生禮數。」而惡亦息矣。此其可生可死，可抗群凶，而終不蹈死之機者也。無死之機，是以不死，履死之道，是以不辱。若偓者，其以處危亡之世，誠可以自靖焉矣。其告昭宗曰：「萬國皆屬耳目，不可以機數欺之。」推誠直致，日計不足，歲計有餘，其奉以立身也，亦此道也夫。（清　王夫之《讀通鑑論》卷二十七《昭宗》）

宰相數易，則人皆可相。人皆可相，則人皆可爲天子之漸也。……自龍紀元年至唐亡天祐三年，凡十九歲。而張濬、孔緯、劉崇望、崔昭緯、徐彦若、鄭延昌、杜讓能、韋昭度、崔胤、鄭綮、李谿、陸希聲、王摶、孫偓、陸扆、朱朴、崔遠、裴贄、王溥、裴樞、盧光啟、韋貽範、蘇檢、獨孤損、柳璨、張文蔚、楊涉，或起或廢者二十七人。强臣脇之，奄人制之，而朝廷不能操黜陟之權固矣。抑昭宗輕率無恒，任情以爲喜怒。聞一言之得，而肝膽旋傾；幸一事之成，而營魂不定。乃至登進可驚可愕之人，爲天下所姗笑，猶自矜特達之知，餗覆無餘而猶不知悔，其識闇而自用，以一往之情爲愛憎，自取滅亡，固千古必然之債軌也。抑就諸人言之，人之樂居尊位者，上之以行其道，次之以成其名，其下則榮利之饜足耳。……自僖宗以來，天子屢披荆榛，兩都鞠爲茂草，國門之外號令不行，雖有三台之號，曾無一席之安。計其恫喝塗人而招納賄賂者，曾不足當李林甫、令狐綯之傔從。不安而危，不富而貧。其尊也，藩鎮視之如衙官；其榮也，奄宦得加以呵詈。一旦有變，則天子以其頸血而謝人，或殺或族或斥遠方而斃于道路。此諸人者，稍有識焉，何樂以身試沸膏之鼎，而思霑其滴瀝乎？故蘇檢欲經營韓偓入相，而偓怒曰：「以此相污！」誠哉其污也。而一時風會所淫，如飲莨菪之酒，奔馳恐後而莫之能止。前者殊死，後者彈冠，人之無良亦至是哉！嗚呼，士貴有以自立耳，無以自立而寄身於炎寒之世局。……嗚呼，士若此而猶不以宰相爲人生不易得之境，鼎烹且俟之，崇朝鼎食且僥於此日，其能戒心戢志如韓偓者凡幾人也。世亂君昏，正其逞志之日，又何怪焉？（清　王夫之《讀通鑑論》卷二十七《昭宗》）

嬴政坑儒未坑儒也，所坑者皆非儒也。朱温殺清流沈之河，未殺清流也，所殺者非清流也。信爲儒，則嬴政固不能坑之矣。信爲清流，則朱温固不能殺之矣。温誠誅鋤善類不遺餘力，而士大夫無可逃之彀中邪？乃於韓偓弗能殺也，司空圖弗能殺也，於鄭綮亦弗能殺也。又下而爲梁震、羅隱之流，且弗能殺也。凡此見殺者，豈以身殉國而與唐偕亡者乎，抑求生於暴人之手而不得其術者耳？（清　王夫之《讀通鑑論》卷二十七《昭宣帝》）

自太祖勒不殺士大夫之誓以詔子孫，終宋之世，文臣無歐刀之辟。……夷考自唐僖懿以後，迄于宋初人士之以名誼自靖者張道古、孟昭圖而止。其辭榮引去，自愛其身者韓偓、司空圖而止。高蹈不出，終老巖穴者鄭遨、陳摶而止。（清　王夫之《宋論》卷一）

唐杜牧之《張好好詩并序》真蹟卷，用硬黄紙，高一尺一寸五分，長六尺四寸，末闕六字，與本集不同者二十許字。卷首楷書「唐杜牧《張好好詩》」，宣和御筆也。……董其昌跋云：「樊川此書深得六朝人氣韻，余所見顔、柳以後，若温飛卿與牧之，亦名家也。」愚按《宣和書譜》，唐詩人善書者賀知章、李白、張籍、白居易、許渾、司空圖、吴融、韓偓、杜牧，而不載温飛卿。然余從它處見李商隱書亦絶妙，知唐人無不工書者，特爲詩所掩耳。此卷今藏宋太宰牧仲家。（見《漁洋詩話》）（清　王士禛《帶經堂詩話》卷二十三）

《吴薗次閨情三十咏小序》：閨帷之什莫備風詩，女士「飛蓬」之咏，風人「搔首」之篇，莫不結想綢繆，抽思婉約。自是高岨歌雲，長門賦月。風吹羅帳，花妬紅妝。露濕金屏，蟲依芳夢。何刺史綿眇之音，江詹事淒清之唱。綴彩筆而芬流，劈錦牋而艷絶。良以人間有憶，彤管偏深；天上多情，香奩獨至。笑則徙倚欄花，啼則纏綿溝水。帳前卿壻，偏許夫人；閣裏憐姬，仍聞公主。罷琴掩鏡，觸緒愴然；卻扇分杯，歡情如昔。至若樓中小史，偶影成仙；塚上佳人，同心俱化。北山路隔，石可憑魂；南隴阡分，樹能合魄。可爲鬱綿邈之幽思，覺日月之有窮。通婉孌之芳心，非山川之能間者已。余友薗次先生，白璧爲人，青鏤作管。簷垂弱柳，重見畫眉；臺起香塵，更聞刻玉。桓子野一往深情，阮步兵居然作達。衾花濕淚，善寫柔腸；窗鳥籠烟，巧摹昵態。都爲五律，共賦若干。可謂雕玉爲文，吐蘭成氣。徐陵之新咏未妍，韓偓之芳辭失麗者也。……（清　王嗣槐《桂山堂詩文選》卷八）

《燕在閣唐絶句選凡例》：王弇州謂七言絶句盛唐主氣，氣完而意不盡工。中晚主意，意工而氣不甚完。予謂不然。盛唐王、李意氣俱工，中晚氣不完而意工。若其造想翻新，如錢起、李益、顧況、武元衡、張仲素、張祐、唐彦謙、李群玉、杜牧、雍陶、李商隱、陸龜蒙、鄭谷、韓偓、韋莊輩，皆爲一時之選。雖稍讓王、李一籌，若較盛唐諸公，恐皆并轡康莊耳。（清　王棠《燕在閣知新録》卷二十二）

《黔東雜吟四首》之一：廉纖韓偓詩中雨，朦朧元暉畫裏山。判取風餐三十日，歸田容我占清閒。（自雲南至鎮遠，陸行約三十日）（清　王文治《夢樓詩集》卷十《歸人集》）

微婉頓挫，使人蕩氣迴腸者李義山也。自劉隨州而後，漸就平坦，無從覩此丰韻。七律，則遠合杜陵。五律、七絶之妙，則更深探樂府。晚唐自小杜而外，惟有玉溪耳。温岐、韓偓，何足比哉！（清　翁方綱《石洲詩話》卷二）

按，方朱温篡唐，司空圖以禮部尚書召不起，聞哀帝弑，不食而卒。韓偓以侍郎、學士避地閩中，不赴梁召，並不附助王氏。孫郃以左拾遺隱奉化山，著書但紀甲子，以示不臣。羅隱説錢鏐舉兵討梁，馮涓以諫王建稱帝，不從，杜門不出，尚矣！圖著《段章》、《竇烈婦傳》；郃著《春秋無賢臣論》，皆扶植節義之文。《全唐文》悉已收入。（清　吴光耀《五代史記纂誤續補》三）

《記紅集序》：……竊謂詞雖小道，義在大晟。究其源流體製，實由于樂府。相爲表裏，興觀允助于騷壇。是以三唐偉士，兩宋名賢，無論秦、柳之專工，以及辛、蘇之媲美。

他若考亭理學，猶歌緑酒飛紅；萊國清貞，亦念杏花芳草。忠如武穆，尚矢韻于凭闌；烈似文山，復和歌于缺鏡。趙忠簡之一枕，夢入江南；范文正之孤城，心傷塞北。皆有懷于白苧，曾何累于青編。至如供奉之名重開元，三調實爲星海；太傅之集高長慶，諸編獨擅春江。歐廬陵文冠八家，小令偏多旖旎；蘇眉山書傳千古，長謳更自雄奇。蓋詞章原非兩途，而詩筆誠歸一致。或以才難兼勝，遂言義有相妨。斯則淺見之拘攣，實少英流之卓犖矣。若夫和凝入相，輒羞曲子之名；韓偓登庸，便悔《香奩》之作。斯又唱渭城而不暇，寧闋皺春水以爲嫌耶？予與程子掇拾無遺，編摩最久。譜蒐古逸，寧言葑菲之微；詞尚淹通，用冀棗梨之壽。務令記歌娘子，數紅豆以傳聲；勿使度曲才人，望青蓮而閣筆。

（清　吴綺《林蕙堂全集》卷六）

《風》、《雅》、《頌》中時事不少，《詩》本經史之學，漢詩此意已微。子美不然，所以獨勝，太白不及也。人讀經史，須知是詩材，讀詩須回顧經史。明人分作二截，惟于字面間求爲大家而已。葛常之曰：「韓偓《香奩集》百篇，皆艷體詞也。」沈存中《筆談》以爲和凝所作，貴後諱之，嫁名于偓。而《香奩集》有《無題》詩序云「余辛酉歲戲作《無題》詩十四韻，故奉常王公、内翰吴融、舍人令狐涣相次屬和。是歲十一月兵起，隨駕西狩，文藁咸棄。丙寅歲在福建，有蘇暐者以稿見授，得《無題》詩，因追味舊詩，闕亡甚多」云云。《香奩集》之爲韓偓所作無疑，存中未考其詳，《遯齋閒覽》已引吴融和詩爲證矣。余考昭宗天復元年辛酉正月元日斬王仲先等，復位，進孫德昭等爲三使相。十一月，韓全誨劫帝幸鳳翔，韓偓扈蹕。三年十月，帝召韓偓、姚洎于土門外，執手涕泣。甲子閏四月，朱温遷帝于洛陽，八月被弑，立昭宣帝。丁卯四月，温篡位。則余所説此二詩意（慶按，二詩指《詠浴》和《倚醉》），非傅會也。（清　吴喬《圍爐詩話》卷一）

《和王賡堂（廷選）懷人八首（有序）》：原夫鶼青鰈紫，天生共命之儔；玉碧珊紅，地有交柯之樹。……時也草萋春淺，月淡宵深。一水愈横，群巒偏直。飛東南之孔雀，憶西北之高樓。啟篋則手爪絲絲，入夢則心頭草草。山似眉而方秀，霧侵鬢以餘香。無不悵觸新愁，盡供雅咏。粉飛奩畔，豈韓偓之淫思；玉映臺前，乃徐陵之艷體。君誠才子，皆言夫壻之殊；僕本恨人，大有别離之意。（清　吴榮光《石雲山人集》詩集卷二《計偕吟草》）

十載江湖常載酒，等閑孤負春風。莫愁湖畔板橋東，垂楊千萬樹，何處繫遊驄。爲愛緑窗人似玉，卿偏憐我情濃，翻教恨晚惜相逢。清歌聽未已，離夢又匆匆。（《臨江仙》）溪水碧于油，溪娃能蕩舟。慣淩波，秀靨明眸，生長闌干船上住，渾不解别離愁。佳節快，臨流蘭橈枉駐留。憶台江競渡，芳遊鬢影衣香，簾盡卷，人都上水邊樓。（《南樓令》）此小庚詞也。艷情當家，雖未比芳彭十庾公南樓，亦興復不淺矣。小庚輯《本事詞》，自序云：

「凡兹麗制，問何事以干卿？偶輯艷聞，正鍾情之在我。」又云：「仆也頗比柘枝，癡同竹屋。癖既耽乎綺語，賦更慕乎閑情。」吴縣石敦夫（同福）謂小庾學蘇、辛多豪語，小庾示以「手爐」、「脚爐」，調《驀溪山》二闋，謂「蘇辛亦有艷體，非不能也」。然則小庾何嘗不步韓偓之塵，而作廣平之賦乎？其《自題詞集》云「且喜拈來無綺語，差慰平生」，亦奮言已。（清　謝章鋌《賭棋山莊詞話》卷四）

又「笑拈霜管題詩句，難道今生不再逢」。原注：郎士元、韓偓。檢之本集，皆無。蓋竹垞出之腹笥，記憶不無偶疏。（清　謝章鋌《賭棋山莊詞話》卷十二）

偓與吴融同時爲詞臣，偓忠於唐，爲朱三面斥貶責不悔。如「捋虎鬚」之句，人未嘗誦，似爲《香奩》所掩。及朱三篡弑，偓羈旅於閩，時王氏割據，偓詩文止稱唐朝官職，與淵明稱晉甲子異世同符。余讀其集，壯其志，録其警聯於編内三數篇，自述其玉堂遭遇。唐季非復承平舊觀，而待詞臣之禮猶然存之，以備金鑾記之闕。（補《後村詩話》）（清　鄭方坤《五代詩話》卷六）

《書司空圖韓偓集》：晚唐詩人，二公所遇皆滄海横流之時。韓脱身虎口，司空大隱於條山，較然不欺其志，蓋詩人之有骨氣者。（清　熊文舉《雪堂先生文集》卷二十）

錢遵王云：「沈括《筆談》云：『和凝貴後，以《香匳集》嫁名於致光。』則宋人已辨之詳矣！昭宗反正，密勿之謀，致光爲多。觀其不草韋貽範詔，正所謂『如今冷笑東方朔，只用詼諧侍漢皇』也。」案，致光召對詩，詩以言志，致光可稱卓然不拔之君子矣！嗟乎，致光遭唐末造，金鑾前席，危捋虎鬚。案，致光詩集中語及乎投老無門，託迹甌閩，竟齎志以殁，此豈淺夫浪子所能然耶！後人但知流浪《香匳》，無有洗發其心事者，千載而下，可爲隕涕也。石林葉氏曰：「世傳《香匳集》，江南韓熙載所爲，誤。沈存中《筆談》又謂漢相和凝所爲，後貴，惡其側艷，嫁名於偓，亦非也。余家有唐吴融詩一集，其中有和韓致堯《無題》三首，與《香匳集》中《無題》韻正同，而偓序中亦具載其事。又余曾在温陵于偓裔孫埛處，見偓親書所作詩一卷，雖紙墨昏淡而字畫宛然，其《裊娜》、《多情》、《春盡》等詩多在卷中，此可驗矣。偓富于才情，詞致婉麗，能道人意外事，固非凝所及。據《北夢瑣言》云：『凝少年好爲小詞，令布于汴洛。洎作相，專令人收拾焚毁。契丹入寇，號爲曲子相公。』然則，凝雖有集名《香匳》與偓同，仍浮艷小詞耳，安得便以今世所行《香匳集》爲凝作耶？」愚案，二説未知孰是？竊意《無題》及《裊娜》、《多情》、《春盡》等作實係偓詩，和凝欲嫁名于偓，特以偓詩錯雜其間，故令真贋莫辨，亦未可知。致光功業心術，卓然不群，「如今冷笑」云云，非泛然作鄙夷語也。宋王應麟入元不仕，晚歲自撰誌銘，有曰：「其仕其止，如偓如圖。」圖則司空表聖，偓則致光也。伯厚欽仰致光可謂至矣，後人何爲輕議乎！致光自書《裴郡君祭文》，首書「故唐天祐十一年甲戌歲」，是歲朱氏篡唐已八年，爲乾化四年，猶書故唐官銜而不用梁年號。宋景祐中，麗籍奏上偓詩，詔官其四世孫奕，亦忠臣食報之一證也。（清　杭世駿《訂訛類編》卷四《〈香匳集〉》）

按，《全唐詩》采晚唐之詩兼及五代，是以韓偓、韋莊、孫光憲等之小詞，均歸甄録。蓋韓偓諸人，雖託身覇國，而俱係唐臣。是五代之于唐，猶餘分閏，位當比附以傳，不能離異也。（清　楊芳燦《芙蓉山館全集》文鈔卷二）

唐詩人温、李皆得罪時相，被擯終身，當時至以爲戒。……然考其得罪之由，不過語言文字之小故耳。……若夫狹邪之遊，纖靡之作，乃唐代習俗，巨公多不能免。人品邪正，固不存乎此也。唐文皇纖麗之詩，不如隋煬帝長城飲馬之什，而李林甫、盧杞之不邇聲色，豈賢于郭汾陽、白香山、韓偓哉？（清姚瑩《康輶紀行》卷四）

《玉臺新詠》十卷，徐陵撰。又《簡明目録》曰：「《玉臺新咏》大抵皆緣情之作，而去古未遠，猶有温柔敦厚之遺。或與韓偓《香奩集》並稱，殊非其比。或以爲選録女子之詩，則尤未睹而臆説矣。（清　姚振宗《隋書經籍志考證》卷四十）

《朱怡雲廣文遺集序》：……余惟先生之文，可以一言賅之，曰「澹思濃采」。漢魏云季，歌頌滋繁。揚玉軑而並馳，總金羈而齊鶩。蕭梁錦帶，流爲記室之詞；韓偓《香奩》，等於《玉臺》之選。緝事比類，直爲偶説。飾羽尚畫，吴錦虚艷。是知尚裝則章，散樸非美，文章之外，固有事在。一字染神，惟澹是已。（清　葉昌熾《奇觚廎文集》卷上）

《題徐積餘觀察小檀欒室勘詞圖》：建安以後得偉長，繡衣江左開文房。宋廛雕本競流布，學者津逮始謨觴。即我亦蒙精槧贈，金薤琳琅持作媵。喜從天水見留真，豈惟皖山能紀勝。樂府刊成絶妙詞，婦人集可比然脂。宫中傳誦猶花蕊，陌上催歸是柳枝。溯自《花間》首著録，家自編珠入《漱玉》。輯本雖標林下風，雅音難語房中樂。巾箱惟是整籤題，鐙盞誰能諧柄曲。《玉臺》自古在君家，又見《香奩》出韓偓。寫韻宜題緑斐軒，著書最好青團屋。此君聊可伴丹鉛，笑指亭前萬竿竹。别裁僞體見真詮，《琴趣》何妨有外篇。海内論才推不櫛，尊前索解到無絃。表微上援元風雅，夢内衣冠拜秀野。作者九京若有知，定有佩環來月下。劫後美人香草情，雨絲風片過清明。不堪海上逢佳節，獨自樓頭歌倚聲。絶好迦陵圖後事，一時佳話付虹亭。（清　葉昌熾《奇觚廎文集》卷下）

《與張秀才書》：某白秀才足下。伏蒙示新詩一卷，諷繹數四，令吾舌撟而不得下，何詞之工而才之多耶！敬羨！敬羨！其中《麗人篇》一首，語尤怪奇瓌麗，可喜可愕。然揆諸古作者之旨，似有未盡合者。請爲吾子陳之：僕聞卜氏之序詩曰：「在心爲志，發言爲詩。情動於中，而形於言。」然君臣父子之間，有直致之而不能者，則或托於閨房婦女，纏綿悱惻以寓其感憤無聊之意。十五國風百五十七篇，男女相悦之辭居其半。《關雎》、《桃夭》，王化之首，其所稱述亦不過情欲燕私之事。而聖人録之爲經，後世尊信之者，豈非以發乎情，止乎禮義。雖其言近於褻昵，而志之所在，貞淫之辨，如黑白之不容掩歟！屈、宋之爲騷也，靈修美人以媲於君，宓妃佚女以譬於臣。蘇、李之贈答也，興别離，則引征夫思婦爲喻；叙懽愛，則借連枝鴛鴦爲比。流連往復，一唱三嘆，令人感慕奮興而不能已，豈特言之工哉！其和平忠厚，油然以生者，雖千歲之久，其志皆可考也。至於元稹之《會真》，韓偓之《香奩》，秦少游、晏叔源輩作爲樂府，備狹邪妖冶之趣。其言非不工矣，而考其志無可取焉，故醇儒莊士嚴斥之以爲戒。由是觀之，言之本於志，不可不慎如此。僕誠未知吾子之志，然即吾子之言考之，則有可疑者矣。我子年甚少，身列爲士。……士之相見，如女之從人，有願見之心，而無自行之義，必有紹介爲之先焉。所以以吾子之才，騰天潛地，何所不可。苟能知立言之有本，而反求志之所在，雖上泝國風之遺，而與屈、宋、蘇、李諸人並馳争騁，未知孰先而孰後。奚元稹、韓偓、秦少游、晏叔源輩之足云哉！（清葉方靄《葉文敏公集》）

閩王氏延彬，審邽之子，忠懿之姪也，爲泉州刺史。工詩歌，頗通禪理。性豪華，巾櫛冠履，凡日一易。詞客謁見，多爲所屈。一時徐寅、韓偓諸名士，自爲不及之。有詩云：

「兩衙前後訟堂清，軟錦披袍擁鼻行。雨後緑苔侵履跡，春深紅杏鎖鶯聲。因携久醞松醪酒，自煮新抽竹笋羹。也解爲詩也爲政，儂家何似謝宣城。」詩頗楚楚，於諸王中亦可謂錚錚矣。（清　葉矯然《龍性堂詩話續集》）

歐陽公作《五代史》，悲其時人臣之無義，特爲著《唐六臣傳》。稱受禪之日，朱温衮冕南面，坐金祥殿。臣張文蔚、蘇循奉册，楊涉、張策奉傳國璽，薛貽矩、趙光逢奉金寶，以次進。百官北面，舞蹈再拜賀，廉耻道喪，而唐亡矣。嗚呼，王莽、朱温，不過一騃愚狡黠之庸流猾盗耳。使漢廷人人如王章，則無毒酒之進矣。使唐室人人如韓偓，則無椒殿之弑矣。惟永禹六臣等相與羽翼而諂戴之，不斷送漢唐之天下不止，孰謂其罪尚可得而逭哉！（清　葉良儀《餘年閑話》卷二）

《庾開府集箋注》十卷，少詹事陸費墀家藏本。兆宜字顯令，吴江人，康熙中諸生。嘗注徐、庾二集。又注《玉臺新詠》、《才調集》、《韓偓詩集》。今惟徐、庾二集刊版行世，餘惟鈔本僅存云。（清　永瑢《四庫全書總目》卷一百四十八）

《唐英歌詩》三卷，江蘇巡撫採進本，唐吴融撰。融字子華，越州山陰人。龍紀元年登進士第，昭宗時官翰林學士承旨、户部侍郎、知制誥。事蹟具《新唐書·文藝傳》。融與韓偓同爲翰林學士，故偓有與融玉堂同直詩。然二人唱酬僅一兩篇，未詳其故。以立身本末論之，偓心在朝廷，力圖匡輔。以孱弱文士，毅然折逆黨之凶鋒，其詩所謂「報國危曾捋虎鬚」者，實非虚語。純忠亮節，萬萬非融所能及。以文章工拙論之，則融詩音節諧雅，猶有中唐之遺風，較偓爲稍勝焉。在天祐諸詩人中，閑遠不及司空圖，沈摯不及羅隱，繁富不及皮日休，奇闢不及周朴。然其餘作者，實罕與雁行。（清　永瑢《四庫全書總目》卷一百五十四）

《蕊雲集》一卷，《晚唱》一卷，浙江汪汝瑮家藏本，國朝毛先舒撰。《蕊雲集》皆所作艷體，其曰「蕊雲」者，取古《織錦詞》「蕊亂雲盤相間深，此意欲傳傳不得」語也。《晚唱》皆摹李商隱、李賀、温庭筠、韓偓四家之體，以別於初唐、盛唐之格，故以晚名焉。（清　永瑢《四庫全書總目》卷一百八十一）

《唐詩叩彈集》十二卷，《續集》三卷，内府藏本。國朝杜詔、杜庭珠同編。……是書以明高棅《唐詩品彙》所録皆貞元以前之詩，故選録元和迄唐末諸作凡一千八百七十餘篇，以補所遺。名曰「叩彈」，取陸機《文賦》語也。諸人繫以小傳，卷末間有品評。其訓釋考證，亦頗多可採。然如元稹《鶯鶯詩》，李群玉《杜丞相筵中作》，及韓偓《香奩集》諸詩，皆所謂靡靡之音，一概濫登，於精審猶有愧焉。（清　永瑢《四庫全書總目》卷一百九十四）

《後村詩話前集》二卷，《後集》二卷，《續集》四卷，《新集》六卷，編修汪如藻家藏本。……又如謂（慶按，指劉克莊謂）杜牧兄弟分黨牛李，以爲高義而不知爲門户之私。

謂吴融、韓偓，國蹙主辱，絶無感時傷事之作，似但據《唐英歌詩》、《香奩集》，而於《韓内翰集》則殊未詳閲，持論亦或偶疏。（清　永瑢《四庫全書總目》卷一百九十五）

《五代詩話》十卷，福建巡撫採進本。原本方干、鄭谷、唐球諸人上連唐代。方坤既已刊削，而司空圖之不受梁官，韓偓之未食閩禄，例以陶潛稱晉，仍是唐人。列之五代，亦乖斷限。（清　永瑢《四庫全書總目》卷一百九十六）

《圍爐詩話》八卷，江蘇巡撫採進本。……至於賦比興三體并行，源於三百。緣情觸景，各有所宜。未嘗聞興比則必優，賦則必劣。況唐人非無賦體，宋人亦非盡無比興。遺詩具在，吾將誰欺。乃劃界分疆，誣宋人以比興都絶。而所謂唐人之比興者，實皆穿鑿附會，大半難通。即所最推之李商隱、韓偓二家，李則字字爲令狐而吟，韓則句句爲朱温而發。平心而論，果盡如是哉？閻若璩《潛邱劄記》載喬自譽之言曰：「賀黄公《載酒園詩話》，馮定遠《鈍吟雜録》，及某《圍爐詩話》，可稱談詩之三絶。」是何言歟！（清　永瑢《四庫全書總目》卷一百九十七）

昭宗用韓偓爲學士，朱全忠惡而欲殺之，再貶榮懿尉。天祐中還故官，偓不敢入朝，挈其族南依王審知而卒。偓可謂見幾而作，不然則裴樞、陸扆之續耳。然審知據福唐，偓乃居南安，未嘗依之也。偓癸亥去國，至甲戌悼亡，十有二年。其自書《裴郡君祭文》，銜稱前翰林學士、承旨云云。是歲朱氏篡唐已八年，猶書唐故官，此可比于陶潛義熙，豈止梁震前進士乎？宋祁修《唐史》，不列于司空圖之後，僅與畢、崔、劉、陸同傳，豈爲《香奩》累耶？不知《香奩集》乃和凝作，既貴而嫁名于偓。後人遂以冬郎爲艷情之祖，豈不掩其忠節乎？（清　尤侗《看鑒偶評》卷五）

後世造作僞書頗衆。……《歲華紀麗》，明胡震亨造。《於陵子》，明姚士粦造。《陳后金鳳傳》，明徐𤊹造。他如郭象之《莊子注》、何法盛之《中興書》、宋齊邱之《化書》、韓偓之《香奩集》，皆不在此數也。（清　袁棟《書隱叢説》卷十四《僞書》）

唐學士入直，許借飛龍廊馬。白香山《贈錢翰林》詩曰「分班皆命婦，對苑即儲皇」，蓋最親宫禁也。是以韋綬學士也，而覆以蜀額之袍；韓偓學士也，而暗藏金蓮之燭。後蜀王建待翰林過優，人尤之。建曰：「我昔直禁軍，見唐天子待翰林之厚，雖朋友不如也。我不過萬分之一耳。」（清　袁枚《隨園隨筆》卷七《唐翰林學士最榮》）

某太史掌教金陵，戒其門人曰：「詩須學韓、蘇大家，一讀温、李，便終身入下流矣。」余笑曰：「如温、李方是真才，力量還在韓、蘇之上。」太史愕然。余曰：「韓、蘇宜皆尚書、侍郎，力足以傳其身後之名。温、李皆末僚賤職，無門生故吏爲之推挽，公然名傳至今，非其力量尚在韓、蘇之上乎？且學温、李者，唐有韓偓，宋有劉筠、楊億，皆忠清鯁亮人也。

一代名臣如寇萊公、文潞公、趙清獻公，皆西崑詩體，專學温、李者也。得謂之下流乎？」（清　袁枚《隨園詩話》卷五）

譚獻《夢辭叙》：韓偓憂危之日，傳寫《香奩》；子瞻忠愛之言，沈吟「玉宇」。尤貴略其迹象，所當通以興觀。（清　張鳴珂《國朝駢體正宗續編》卷八）

崔國輔體，韓偓效之。（清　張潛《詩法醒言》卷十《盛唐詩體》）

香奩體，韓偓之詩。或謂和凝託偓之名而作也。（清　張潛《詩法醒言》卷十《晚唐詩體》）

唐昭宗執韓偓手流涕曰「我左右無人矣」，可爲千古髮指。（清　張尚瑗《三傳折諸·左傳折諸》卷二十四《昭公》）

《晚唱》，毛先舒撰。皆摹李商隱、李賀、温庭筠、韓偓四家之體，以别於初唐、盛唐之格，故以晚名。（清　張維屏《國朝詩人徵略二編》卷六引《四庫提要》）

國朝詩人善言情者不少，以黄仲則、樂蓮裳、郭頻伽三家爲最。頻伽含情若柳，吹氣如蘭，於憔悴婉篤之中有悱惻芬芳之致。偶録數句於左（《聽松廬詩話》）「詩思逢秋容易瘦，美人如月本來孤」……「此生若再來人世，又是垂髫欲上時」，「韓偓《香奩》義山格，一般淒絶與誰論」。（清　張維屏《國朝詩人徵略二編》卷五十六《郭麐》）

韓偓之詩，皆裾裙脂粉之語。有《香奩集》。（清　張英《淵鑒類函》卷一百九十八文學部七《香奩

體》）

昭宗自是始知崔胤任用機數，固無足論，獨惜韓偓立朝屢進忠言，亦曰：「是人非復向來之比。」則前此固不知其爲奸黨矣。就令作相，亦不過以身殉國，諒亦別無補救。然雖不致仕而力辭相位，薦人自代，固非貪榮者比矣。（清　章邦元《讀通鑑綱目札記》卷十四《貶韓偓爲濮州司馬》）

香奩體，韓偓之詩，皆裙裾脂粉之語，有《香奩集》。（清　趙吉士《寄園寄所寄》卷四）

《臨嘯閣詩餘自序》：……嗟乎一池皺水，何事干卿。千疊亂雲，傷心惟此。即空即色，遥參兜率之天；非艷非哀，小署惜華之字。從此落花片片，休繞徐陵；何妨虛箔垂垂，更題韓偓。……乙酉竹醉日，惜花詞客書于臨嘯閣。（清　朱駿聲《傳經室文集》卷五）

瞑庵曰：「韓偓處置頗當（指韓偓諫止回鶻發兵事）。國之安危在我，我不能自强而以戎狄爲援，終無善策。此時國勢垂危，心膂肘腋且不可保，況遠人乎？」（清　朱克敬《邊事彙鈔》卷五）

《附録杜律雙聲疊韻表引》：……韓偓云：「静中樓閣春深雨，遠處簾櫳夜半燈。」樓閣簾櫳固正應矣，静春與静深，遠夜與遠半，非各間應乎。中燈與處雨，非互應乎？……韓偓云：「窗裏日光飛野馬，案頭筠管長蒲盧。」窗日、案筠，固間應也。飛馬乃輕脣與重脣，長盧乃舌上與半舌，亦間應也。裹頭與光管各合應，而野馬蒲盧則以疊韻正應也。（清　朱休度《小木子詩三刻·壺山自吟稿》卷下）

至元稹、杜牧、李商隱、韓偓，而上宫之迎，垝垣之望，不惟極意形容，兼亦直認無諱，真桑、濮耳孫也。（清　賀裳《載酒園詩話》卷一《艷詩》）

《紀事》、《品彙》具無劉兼姓名。詩雖不高，頗有逸致，如「蓮塘小飲香隨艇，月榭高吟水壓天」，「白鷺獨飄山面雪，紅蕖全謝鏡心香」，語俱可觀。《春怨》尤佳：「繡林紅岸落花鈿，故去新來感自然。絶塞杪春悲漢月，長林深夜泣湘絃。錦書雁斷應難寄，菱鏡鸞孤貌可憐。獨倚畫屏人不會，夢魂飃別戍樓邊。」風調翩翩，可爲韓致堯之驂乘。（清　賀裳《載酒園詩話又編·劉兼》）

吾于汴宋，最愛子由，杭宋則深喜至能，真有驊騮騄耳歷都過塊之能，雖時亦霜蹄一蹶，要不礙千里之步。《代聖集贈别》曰：「一曲悲歌水倒流，樽前何計緩千憂。事如夢斷無尋處，人似春歸挽不留。草色黏天啼鴂恨，雨聲連曉鷓鴣愁。迢迢緑浦帆飛遠，今夜新晴獨倚樓。」《南徐道中》曰：「半生行路與心違，又逐孤帆擘浪飛。吴岫擁雲遮望眼，楚江浮月冷征衣。長歌悲似垂垂淚，短夢紛如草草歸。若使一廛供閉户，肯將青雀易柴扉。」《入秭歸界》曰：「山根繫馬得漿家，深入窮鄉事可嗟。蚯蚓祟人能作瘴，茱萸隨俗强煎茶。幽禽不見但聞語，野草無名都着花。窈窕崎嶇殊未艾，去程方始問三巴。」《鄂州南樓》曰：「誰將玉笛弄中秋？黄鶴飛來識舊遊。漢樹有情横北渚，蜀江無語抱南樓。燭天燈火三更市，摇月旌旗萬里舟。卻笑鱸鄉垂釣手，武昌魚好便淹留。」此石湖帥蜀過鄂州作也。古云「寧飲建業水，莫食武昌魚」，卻如此點化，何減回道人半黍。《再渡胥口》曰：「古來此地快蓬心，天繞明湖日照臨。一雁雲平時隱見，兩山波動對浮沉。衰髯都共荻花老，醉面不如楓葉深。罾户釣徒來聞訊，去年盟在肯重尋？」以上諸詩，有似元、白者，有似許渾、韓偓者。（清　賀裳《載酒園詩話又編·范成大》）

詠物至詞更難于詩，即「昭君不慣風沙遠，但時憶江南江北」亦費解。放翁一個飄零身世，十分冷淡心腸，全首比興，乃更遒逸。酒璧釋褐，韓偓之特遇也；太液波翻，浩然之數奇也。（清　鄒祗謨《倚聲初集》卷一《詞話》）

《詠青溪遺事畫册同其年程邨作》詩後小注：「八首摹畫坊曲瑣事，可謂盡態極妍。妙處更在淡寫輕描，語含蘊藉。昔趙吴興畫馬作馬相，李龍眠畫觀音作觀音相。阮亭拂箋吮毫時，便如杜牧、韓偓身經遊歷，尋歡窈窕，含睇纏綿。青樓紫陌得此點染，又何必周昉輩以寫生論工拙耶。（清　鄒祗謨《倚聲初集》卷四）

董文驥《昨夜》：昨夜銀虬覺未長，合歡離席玉交觴。三聲碧樹留人夢，一點硃砂染妾腸。……烏啼山月疎鐘後，鳳脛青青冷半床。（阮亭云：「侍御情艷之作，在杜牧、韓偓之間。詞手固應爾爾。」）（清　鄒祗謨《倚聲初集》卷九）

《湯胤勣》：湯胤勣，字公讓，吴人。能詩。……胤勣嘗作六體香奩詩六百首，有《素腕守宫》之一，詩曰：「惟解秦宫一粒丹，記時容易守時難。鴛鴦夢斷腸堪冷，蜥蜴魂消血未乾。榴子色分金釧曉，茜花光映玉韝寒。何時試捲番羅袖，笑語東君仔細看。」後以武籍歷將守邊，日哦不已。一夕登樓望見黄沙白草，喟然興歎：「吾胤勣一腔熱血，委此地矣。」輕出赴小敵，陣死。（清　查繼佐《罪惟録·列傳》卷十八）

《萬紅友養痾僧舍暇日戲取南北曲牌名爲香奩詩三十首用填此闋寄跋卷尾》（清　陳維崧《迦陵詞全集》卷二十二）

或問詩詞曲分界，予曰：「『無可奈何花落去，似曾相識燕歸來』，定非香奩詩。『良辰美景奈何天，賞心樂事誰家院』，定非草堂詞也。」（清　馮金伯《詞苑萃編》卷二）

《書吴修齡〈圍鑪詩話〉六卷後》：閲《詩話總龜》、《漁隱詩話》，如講僧稗販語録，都不識祖師西來意。此編極力掀翻，一掃纏縛，可謂舌吐萬里唾一世，眼高四海空無人矣。……其讀《香奩》詩，謂冬郎感在身世，前人所未道及者。（清　郭尚先《郭大理遺稿》卷八）

《家徽亭兄將之京師舟次章門以予客昌邑不得别寄語索詩賦此郤寄兼贈行》：芙蕖

要眇帶飛鴻，夕照龍沙遠望中。滕閣書回玉露白，天衢馬踏彩雲紅。文歸大雅皇猷著，世薄黄金士氣通。笑我一生真潦倒，香奩詩又讓群公。（家兄詩文工麗，試輒冠軍）（清　胡蘇雲《芥浦詩删》卷九）

汪苕文《説鈴》云：「二王好香奩詩，每唱和至數十首。劉比部寓書輒問訊博士曰：『王六西樵不致墮韓冬郎雲霧否？　此雖慧業，併此不作可也。』」（清　鄒祇謨《倚聲初集》卷三）

《西溪漁隱詩序》：……觀集中題湘花女史詩卷，及戲效香奩體諸作，則又宛然西崑，信乎才力之大。凡有所作，期于言各肖事，事各肖題，而規仿前人之習，所不屑也。（清　洪亮吉《卷施閣集》文甲集卷十）

動以美人香草爲護身符帖，未學無知，又因之而變爲香奩體。世道人心欲以復古難矣。夫詩者心之樂也。濂溪云：「樂聲淡，則聽心平；樂詞善，則歌者慕。」西崑之音不唯不能平其心，適足以助欲而長怨耳。噫，如義山者，謂之爲三百篇之罪人可也。（清　黄子雲《野鴻詩的》）

二王好香奩詩，倡和至數十首。劉公勇寓書於予，問訊博士曰：「王六不致墮韓冬郎雲霧否？　此雖慧業，然併此不作可也。」案：博士《香奩詩自序》云：「情至之語，風雅掃地，然不過使我于宣尼廡下俎豆無分耳。」蓋其託興如此。（清　惠棟《漁洋山人自撰年譜注補》卷上）

《香奩詩草》二卷。（梅墟別録周履靖繼婦桑貞白月姝著，歸安茅鹿門爲之序）（清 嵇曾筠《（雍正）浙江通志》卷二百五十一）

《題蓮坡雙鳳圖》（蓮坡于丙寅春夢雙鳳飛集屋櫋，各銜金篆字，一曰貞，一曰福。後納二小姬，名適與之同，因作此圖）：娉婷市裏見雙身，好夢分明證宿因。瑶水生來千百媚，彩雲飛下一重春。蕙蘭元是含貞性，風月何妨號福人（楊廉夫晚號「江山風月福人」）。記取辟寒金上字，香奩詩話最鮮新（蓮坡著有詩話）。（清 厲鶚《樊榭山房集》續集卷七）

《無題詩》：無題詩與香奩詩界若鴻溝，李義山之詩，無題詩也；韓冬郎之詩，香奩詩也。蓋無題之什，不必盡寫情懷，而香奩之篇，則竟專作膩語。至閒情、風懷，則指實事矣。客有以《無題》詩示余者，余曰：「此香奩體也。」因作《無題》十六首和之……（清 梁紹壬《兩般秋雨盦隨筆》卷五）

《填詞二首》：……好詞好在鬚眉氣，怕殺香奩體，便能綺怨似閨人，可奈先抛骯髒自家身。剛腸似鐵經千鍊，肯作遊絲罥。仰天不惜效歌烏，正要歌姝幾輩獻揶揄。（清 劉熙載《昨非集》卷四）

《王士正》：王士正，字貽上，號阮亭，新城人。……士正詳於吏幹，不廢風雅，而公事亦無濡滯。吳梅村擬以劉穆之，謂其「日了公事，夜接詞人」也。少與兄士禄好爲香奩體，其年作詞懷二王有云「名士終朝能妄語」。士正讀至此笑曰：「家兄與下官不敢多讓。」初入都，與海鹽彭孫遹常以香奩詩酬答，有《彭王倡和集》。以詩贄錢尚書，年二十八，其詩皆少作也。錢一見欣然序之，贈古詩一首。（清　錢林《文獻徵存録》卷二）

汪鈍翁琬《説鈴》云：「二王好作香奩詩，倡和每至數百首。」劉公體仁曰：「此雖慧業，然并此不作可也。」蓋余少時與兄西樵，及海鹽彭少宰羨門孫遹倡和香奩體詩，世多傳之。彭有句云：「仙路無緣逢巨勝，珠胎有淚滴方諸。」西樵有句云：「下杜城邊分驛路，上闌門外足長亭。」余亦有句云：「洛浦神人工拾翠，魏家公子妙彈棊。梅根冶裏春逢信，蘭葉舟中晚趁潮。」詳載《彭王倡和集》（《古夫于亭雜録》）。（清　王士禛《帶經堂詩話》卷二十六）

《分題晚唐人詩集得飛卿金荃集》（友聲七集十）：披卷閒吟播搭詞，就中風骨幾人知。《浣花》流麗《香奩》媚，誰與《金荃》鬥色絲。（清　茹綸常《容齋詩集》卷十七《秦樹集》）

《周履靖》：周履靖字逸之，號梅墟，嘉興人。……所居編茅引流，雜植梅竹，讀書其中，自號梅癲。時時標勒古今蟲書鳥篆，漢隸章草，行楷金石，所録百千種及山經水品草譜禽言。又爲《詩林賦海》百千帙，至老無倦色。平生負氣任俠，能赈人之急。邑有重役，破産任之。中歲喪妻，娶同郡桑氏女，名貞白，能詩相倡和，有《香奩詩草》及《二姬倡和詩》一卷。（清　盛楓《嘉禾徵獻録》卷四十七）

評曰：湯胤績與蘇州劉參政昌善嘗作六體香奩詩，昌序之。其中之警策者有《素腕守宮》一詩……此亦何減李義山耶？然當時妒之者衆，生則呼之曰「湯一面」，死則笑之曰「湯一箭」。「世人皆欲殺，吾意獨憐才」，從古嘆之矣。（清　譚吉璁《（康熙）延綏鎮志》卷三《官師志》）

《補元遺山王漁洋論詩絶句》：斷簡零編幾許傳，香奩詩在致堯先。談兵夙負幽燕氣，翻令傾心沈下賢（義山、樊川皆有沈下賢詩，其語大抵香奩之類）。丁卯詩名末造誇，風雲氣少似張華。從來甜俗投時易，爭賞徐熙没骨花（「許渾詩李遠賦，不如不作」，唐人已有定評。而陳雲伯大令《頤道堂集》，論詩極推尊之，深不可曉）。（清　譚宗浚《荔村草堂詩鈔》卷三《過庭集》上）

《記客語》：客有自皋蘭歸閩過吴訪予者，客閩之莆田人也，能詩。予見其集中香奩詩，因問之曰：「喜作香奩乎？」客曰：「非喜爲是也。吾里中結詩社，有僧與焉，以此體窮之。僧下筆如飛，工美冠一社。予亦同作，存之集中耳。」予異是僧，因詢其生平。客曰：「是僧拳勇異甚，故宦家子，少年出家……」（清　汪縉《汪子文録》卷八）

《蠡塘雜詠五十二首》之四十九：才似蘇溪信崛奇，超然難近白雲姿。鎬京春酒陪周宴，絶倒香奩兩句詩。《水東日記》：海昌詩人蘇秉衡嘗言：宋一代近體彷彿唐人者僅王禹玉《元夕》一詩耳。猶嫌其三四一聯「霑」字音調未諧，易作「陪」可耳。騫按：雪溪持論之嚴如此，然少日乃以《繡鞋》詩得名。此詩音調既卑，又脱胎于瞿宗吉香奩詩也。（清　吴騫《拜經樓詩集》卷三）

《香屑集》十八卷，江蘇巡撫採進本，國朝黄之雋撰。之雋字石牧，號唐堂，華亭人。康熙辛丑進士，官至右春坊右中允。是編皆集唐人之句爲香奩詩，凡古今體九百三十餘首。前有自序，亦集唐人文句爲之。凡二千六百餘言。（清　永瑢《四庫全書總目》卷一百七十三）

《陳次山和香奩詩序》：銅官山下，罨畫溪邊，鶩籠每出。書生石洞，時來玉女。鴻儒驚坐，向説髯蘇。驥子空群，今稱小阮。纔度騎羊之歲，便騰吐鳳之才。枚叔遊梁，古詩繼作；陸生入洛，《文賦》先成。方研練于京都，尚羈棲于館舍。曹植西園之暇，愛咏情詩；江淹南浦而還，閒摹雜體。偶檢香奩之什，因題彤管之編。演似連珠，疊成合組。瑶笙寶瑟，字裏聞歌；繡户珠簾，行間見畫。洵《玉臺》之後勁，亦《蘭畹》之前驅。在昔正則廉貞，猶懷香草；廣平鐵石，卻寫梅花。語雖涉于纏綿，意實深于寄託。不緣神女，誰傳宋玉之微詞；未覩楊妃，豈播青蓮之絶調。長卿《美人》之賦，原類《子虚》；中郎幼婦之辭，衹名虀臼。是知三千佳麗，未免有情；十五輕盈，非云無禮矣。子誠奇士，獨秀錦心；僕本恨人，重留綺語。玉山樵客，故當喜爲倡予；曲子相公，并無悔其罪我。（清　尤侗

《西堂雜組》三集卷四）

《劍峰集中頗多香奩詩戲效坡公贈張子野之作以調之》：我笑東吴顧文學，才癡兩絶是家傳。銀鉤柘彈遊春曲，雅步纖腰贈婦篇。芳草樓前愁啟户，采蓮谿畔惜迴船。玉山他日開文讌，定有瓊花醉老仙。（清 曾燠《賞雨茅屋詩集》卷九）

江寧揚州才士被擄者最多，逆黨肆虐，目擊心傷，不敢明言，往往託諸吟咏，甚至以香奩詩爲寓意者。惜逃出之人不能全記，兹就其記憶者載之：「朝暉隱約逗檐端，絳幘雞人促曉餐。驚起睡魔呼去去，歸來仙步惜珊珊。蝦蟆坐上聞新法，蟋蟀燈前憶舊歡。來日鴻溝還有約，暫謀將息到更闌。」此指清晨役使婦女挑磚瓦，聽講道理，及來日挑濠溝也。其斷句云：「惱煞一灣衣帶水，青藤隔斷小虹腰。」此指禁女人過橋，以藤條拍打也……（程奉璜説）（清 張德堅《賊情彙纂》卷十二《雜載》）

香奩詩向推王次回爲作手，尚嫌其能細膩而不能超脱。近人堆砌滿紙，矜腹笥而汩心靈，剪綵花耳。讀黄仲則《綺懷》詩，始知天地間自有一種筆墨，可謂前無古人。詩云：「楚楚腰肢掌上輕，得人憐處最分明。千回步障難藏艷，百結葳蕤不鎖情。朱鳥窗前眉欲語，紫姑乩畔目將成。玉鈎初放釵初墮，第一銷魂是此聲。妙諳諧謔擅心靈，不用千呼出畫屏。斂畫搊成絃拉雜，隔窗摻碎鼓丁寧。湔裙鬥草春多事，六博彈棋夜未停。記得酒

闌人散後，共搴珠箔數春星。……」（清　張培仁《靜娛亭筆記》卷九《綺懷》）

《斑竹塘車中》：翕翕紅梅一樹春，斑斑林竹萬枝新。車中婦美材婆看，筆底花濃醉墨勻。理學傳應無我輩，香奩詩好繼風人。但教弄玉隨蕭史，未厭年年踏軟塵。（清　張問陶《船山詩草》卷九）

《蛟門納姬爲賦香奩詩八首》：

其一：紙閣秋深翠幔重，暖香紅玉琢芙蓉。湘雲迢遞三千里，來自西陵南北峰。（姬本山陰人）。

其二：曾向曹娥江上行，曹山如畫水痕清。西施不盡江山秀，香水谿頭春又生。

其三：於越明姝照上都，等閒佳麗屬兒夫。眉痕曲曲描秦望，波影盈盈翦鑑湖。

其四：客窗新見繡簾遮，良夜迎來七寶車。百尺梧桐猶憶否？風流應不數瓊花。（百尺梧桐蛟門閣名）

其五：狂客無端近繡帷，京華兄弟最相知。錢塘兒女嬌癡慣，背著紅鐙小立時。

其六：夜闌客醉語尤顛，被酒還來玉鏡前。簾内雙鬟遮道語，帳中人已卸花鈿。

其七：定情初賦入承明，夫壻連朝直禁城。落筆綸扉開御帙，蘭香今日滿西清。

其八：錦字千行酒一卮，舍人吾輩最能詩。水晶簾下閒時節，無數香奩絕妙詞。（清

張英《文端集》卷十六）

《香奩詩五十首》之一至十：

其一：百花釀酒醉春風，蜂蝶誰家鬬落紅。隔院鞦韆人影亂，鶯聲燕語在牆東。

其二：百和香温銀蠟殘，合歡帳裏聽風酸。呼奴喂飽饑鸚鵡，莫使深宵唤未餐。

其三：芭蕉深緑映紗窗，折學名書美女腔。寫到鴛鴦頻住筆，倩郎合寫湊成雙。

其四：十二樓中玉笛横，朝臨新鏡兩傾城。兒郎怪道逢奴笑，秋水芙蓉一様清。

其五：茉莉花開似素馨，空堦紈扇撲流螢。夜長撤下冰綃帳，擬當牽牛織女星。

其六：杏花釵畔趁春濃，静院深沉柳萬重。欲打秋千忽又住，恐郎嗔道鬢鬅鬆。

其七：爲看金魚臨小池，萍開湊巧見奴姿。微風忽起春波皺，誰教郎來若様遲。

其八：上元十五競繁華，打謎從來數慣家。故把紅絲綰巾字，會心正是在猜差。

其九：堦下亭亭吐素葩，臨風摇曳競爭誇。兒郎故意來相問，可是人間夜合花。

其十：畫樓燕子任飛來，剪落梨花滿緑苔。好夢驟驚成未半，補全應否待郎回。（清趙吉士《寄園寄所寄》卷四《撚鬚寄》）

細膩纖麗，詩中不可少之境。唐人香奩詩不能出其蹊徑，況後人乎！沈休文才華富健，人所艶稱，然其佳處，不盡在此。（清震鈞《天咫偶聞》卷四）

《桑貞白二首》：貞白號月窗，嘉興人，處士周履靖繼室，有《香奩詩草》。《詩話》：周逸之處士作詩不暇持擇，宜其閨人亦然。……

《寄遠》：日暮登樓强自歌，陌頭楊柳望中多，思君書劍天涯客，三月春光有幾何。

《春日即事》：雨晴春暖百花香，戲蝶遊蜂各自忙。也擬東郊踏青去，門前流水又斜陽。（清　朱彝尊《明詩綜》卷八十四）

胡星阿，字紫峰，滿洲人，諸生，官户部。筆帖式詩清而腴，幽而艷，香奩體能擺脱一切脂粉，詣最超矣。陋巷蓬門，琴書遣日，胸次間直無纖塵點垢擾之。下筆修潔，有由然也。（清　法式善《八旗詩話》）

《塞上吟序》：集古句爲詩，始晉傅咸。今見於《藝文類聚》者寥寥數語耳。劉勰明詩，不列此體，以繼之者無人也。唐人詩無格不備，集句獨闕。如宋石延年、王安石，間以相角而未入於集。孔武仲始以入集，然别録成卷，未單行也。南宋李龏之《梅花衲翦綃集》、文信公之集杜詩，始别著録，然卷帙亦無多也。國朝華亭黄中允之雋著《香屑集》，爲古今體九百三十有奇，可謂富矣。然全集並作香奩體，雖變化渾成，不脱綺羅脂粉氣，於風騷正軌固未協，而於山川風土、古今治亂得失之數，更無所關也。（清　李元度《天岳山館文鈔》卷二十七）

《石泉書屋詩鈔自序》：……或以稿中間有香奩體，疑其傷雅。然聖人删詩，不廢採蘭、贈芍之章。況唐之元、白、温、李、杜牧之諸公，亦多饒風趣。後世且有專工艷體者。誠以言志永言，苟能得性情之真，即無愧雅音。若必以正言莊論苛繩詩人，恐無異高叟之言詩也。是爲序。（清　李佐賢《石泉書屋類稿》卷二）

詩家最低惡品如唐伯虎《花月吟》，及迴文五平五仄之類。次則香奩體、李長吉體，皆不入格者也。今之學詩者，往往喜效諸家。夫詩以導性情，花月迴文性情何在？喜效香奩、長吉，則其性情不入於淫，必入於鬼矣。學之何益？如溺而不改，則其人亦不足重。（清　陸世儀《思辨録輯要》卷五）

《高廉雷三郡旅中寄懷道香樓内子》：課妾香奩體，娱姑緑綺聲。燠寒勤診問，甘毳苦經營。廡下書能著，牆東隱已成。因人又于役，貧使别離輕。（清　屈大均《翁山詩外》卷七）

《雪鴻山人管櫝》：字無棘，諸生。在萬曆、天啟間有盛名。管氏由西皋遷南湖説詩。……及予求其詩，則寥寥矣。後得《閨麗咏》于屠氏，蓋屠運使漢陂譜《閨麗》三種，曰《雅麗》、《韻麗》、《幽麗》。山人按目賡和，而以己意廣之。同時沈太常泰藩輩亦和之成什，然以山人爲最。予性不喜香奩體，同學張君寧永强予破戒，以備詩格，且存其人，固録次之。既乃得其《悲遼東》詩，則又恍然韓學士之志節，固不當以綺語貶價也。（清　全祖望

《續耆舊》卷十八《漢陂唱和諸子》之二《麗閨咏》）

樓子駿（字跨千，東陽人，梯霞弟，著《樂知小稿》。《金華詩録》：「子駿少喜作香奩體，後乃規撫古風。」）（清　阮元《兩浙輶軒録》卷九）

葉丰，字少曾，號仁圃，臨海人。乾隆甲子舉人，著《瑞鹿堂今又園集》、《鏡水集》。戚學標曰：「黄河清《臺故隨筆》稱：仁圃好讀書不知生産，累世仕宦。至君貧無立錐，往往賣文自給，得錢則沽酒與婦燒燭共飲，勿問家有隔宿儲也。……詩工香奩體，咏物之作尤多。所著《鏡水集》一帙，其甥陳南岳手編。」（清　阮元《兩浙輶軒録》卷三十）

沈愚（通理，崑山人。通理風流藴藉，喜作香奩體。其《題閶門竹枝詞》云：「小蠻能唱白家詞，笑把纖腰鬪柳枝。愁絶尊前春未老，風流太守髩成絲。」和者甚衆）（清　徐釚《本事詩》卷三）

汪韞玉（字蘭雪，安徽休寧人，歸安諸生。……《汪瀹原傳略》：蘭雪性耽吟咏，雅不喜香奩體。吮墨含毫，字字俱從靈府中流出，然不輕出片紙以夸耀于人。嘗賦《春晝》詩云：「多愁怕見東風面，一任花飛不卷簾。」其風致可見）（清　潘衍桐《兩浙輶軒續録》卷五十四）

《本事詩》，查此詩係國朝康熙中編修徐釚所輯，雍正初李本宣重爲訂刊。其書乃裒集明初以來香奩體各詩，蓋仿《玉臺新詠》而作。所録皆綺羅脂粉之詞，查無違礙，應請毋

庸銷燬。惟内載有錢謙益、屈大均各詩，及錢謙益《詩話》，仍請抽毁。（清　姚覲元《清代禁毁書目四種》）

十八日讀彭芝亭先生集，施擁百自盛湖來，攜示書畫數册，皆徐山民家舊物，從黎川購得者。欵識附録於左。凝香主人自繪小影，簡首題「渌水汛香蓮」五字。後附絶句百首，皆香奩體。主人姓吴，字幼倪，據爰旡咎跋爲明季才女。又有陳竹士題絶句一首。（清　葉昌熾《緣督廬日記抄》卷一）

《璧月詞序》：或者謂詩餘一道，刻畫閨襜，恐傷綺語。不知貽彤管、贈芍藥，三百篇已開香奩體矣。《離騷》滿堂美人，又何艶也。少陵野老猶有翠袖、修竹之思，豈獨呵十五王昌近于無禮乎？故評詞者尊鐵板而絀紅牙，非定論也。（清　尤侗《西堂雜組》三集卷三）

《香奩體廣喻言》：蓋聞七九嬉春，送客則何嫌交舄；十千沽酒，窺臣則無事登牆。是以哆口瑶英，每恥金夫之醜；醉心佳麗，難爲静女之媒。蓋聞雙銀約指，繫主簿之定情；四角流蘇，焦仲卿之同夢。是以意感於微，則報道金釵指纖微露；情喻於獨，則覆來翠被眉語初成。（清　張培仁《静娯亭筆記》卷九）

《瞿泖濱》：張文昌作《節婦吟》卻李師道之聘，陳後山賦《妾薄命》以明不負曾豐。即至近時吕李輩，皆以香奩體答友，此即三百篇之比體也。瞿泖濱灝《謝同社贈詩》云：

「纏頭頻擲感難辭，可惜王嫱鬢已絲。月下那堪歌舊曲，花前無復記相思。腰支何幸還承寵，眉樣而今不入時。誰使多情來買笑，教儼顧影爲郎癡。」（清　鄒弢《三借廬贅譚》卷二）

《夔夔堂詩集叙》：特舟太守以蜀中名孝廉出宰吾閩，循聲翕然且四十年，乃累官至郡將。與先兄木庵先生，爲文章道義交者二十年。……夫吾閩詩教，歷唐五代而未大昌，而名宦流寓之入閩中者多詩人，若常衮、薛逢、李頻、程師孟，以及秦系、周朴、韓偓、崔道融、江爲之倫，視中原諸州而無不及。故其氣力風采，遂與黄滔、陳陶、陳貺諸人相振蕩，濡染於一時。（清　陳衍《石遺室文集》卷九）

《黄之雋》：……（《詩話》：唐堂幼解四聲，有舉古語天子聖哲者，因歷指經書中康子饋藥，何以報德，妻子好合，於女信宿，鐘鼓既設，充耳琇實等句。釋珂月稱爲神童。少壯屢困場屋，戲集唐句爲香奩體千首，曰《香屑集》。聖祖南巡，又集唐七律九十首欲獻，未果。詩爲海寧陳文簡、静海勵文恭所賞。）（民國　徐世昌《晚晴簃詩匯》卷六十一）

錢豫章《先外舅查梧岡先生詩集寄園新刻者感題》：池陽官罷魏塘棲，網户封塵草没啼。破屋風摧梅影失，荒田露泣稗花低。誰同韓偓夸雛鳳，空憶喬公感隻雞。華屋山丘悲自昔，遺篇賴爾手親題。（民國　徐世昌《晚晴簃詩匯》卷一百五）

張振凡《讀史》：東漢尚名節，矯枉或過之。吾觀晉王祥，其行何足師。……守身義孰大，出處偏多疵。揚雄莽大夫，著書擬《論語》。韓偓拒朱温，詩麗若好女。兩人使不仕，美惡何由著。……孰爲旋風蓬，孰作中流柱。聖哲固知人，弗由言貌取。奈何後世士，憑文以薦舉。（民國　徐世昌《晚晴簃詩匯》卷一百四十一）

兆騫字漢槎，亦十四年舉人，以科場蜚語逮繫，遣戍寧古塔。兆騫與弟兆宜皆善屬文，居塞上二十年，侘傺不自聊，一發之於詩。已而友人顧貞觀言於納蘭成德、徐乾學，爲納鍰，遂於康熙二十年赦還。著《秋笳集》。兆宜嘗注徐、庾二集，《韓偓詩集》。又注《玉臺新詠》、《才調集》，並行於世。（民國　趙爾巽《清史稿》列傳二百七十一）

唐末如李建勛、杜荀鶴、吴融、韓偓、羅隱諸詩，皆與梁、後唐相及者，今皆列唐詩中。他如王仁裕、孫光憲、皮光業、韓熙載、和凝詩，多散見於小説中。惟徐鉉《騎省集》獨傳，皆晚唐一派也。（鍾秀《觀我生齋詩話》）

吴北江曰：「晚唐唯韓致堯爲一大家，其忠亮大節，亡國悲憤，具在篇章，蓋能于杜公外自樹一幟。」（高步瀛《唐宋詩舉要》）

致堯少年，喜爲香奩詩。其後節操岳然，詩格亦歸雅正。（俞陛雲《詩境淺説》）

偓以香奩詩得名一時，《唐詩紀事》以爲五代間和凝嫁名。葛立方《韻語陽秋》據《香奩集》中《無題》詩序證爲偓作，許學夷《詩源辯體》又舉出吴融集有和偓《無題》三首，與

《香奩集》中《無題》詩同韻，斷定《香奩》非和嫁名。考晚唐詩有兩種：一沿白居易新體樂府道路，詩中多寓諷刺，流爲宋代以議論爲詩；一效温、李綺麗之體，而有香奩一類之作，流爲五代之閨情詞。蓋風氣推移有如此者，不足怪也。（劉永濟《唐人絶句精華》）

韓偓遯閩，王審知誠加賙給，惟居止無定，故詩反而少作；或謂不録傳，蓋是時中原動亂，王閩亦少有寧日。審知死後，王鈞、王鏻雖皆知所禮遇，無奈荒侈多變，弑殺頻仍，客寓者那得靜趣？相傳韓偓有數十首，而士林得見者，則不外十數首而已，王倜嘗録其《大酺樂》兩首於題襟録中。其一云：「紫氣迴金殿，柔楊舞暖風。酒酣歌入破，索寞長春宮。」其二云：「淚滴珠難盡，容殘玉易消。儻隨明月去，莫道夢魂遥。」讀者莫不謂格已大降，僅留《香奩》軀殼，不復見著風流氣運矣。英雄老而寶刀亦鈍。（陳香《晚唐詩人韓偓》引《閩事鉤沉》）

六、集句擬仿與影響

黄庭堅《菩薩蠻·漁父》：半煙半雨溪橋畔（鄭谷），漁翁醉著無人唤（韓偓）。踈懶意何長（杜甫），春風花木香（杜甫）。　江山如有待（杜甫），此意陶潛解（杜甫）。問我

去何之，君行到自知（朱松）。（宋　黄庭堅《山谷琴趣外篇》卷二）

《寓居劉倉廨中晚步過鄭倉臺上》：紗巾竹杖過荒陂，滿面東風二月詩。世事紛紛人老易，春陰漠漠絮飛遲（《東坡看潮詩》「造物亦知人易老」。韓偓《春陰》詩「春陰漠漠土脈潤」）。（宋　陳與義、胡穉撰《箋注簡齋詩集》卷十四）

漁曲飄秋野調清（陸龜蒙），半窗殘月帶潮聲（雍陶）。不知短髮能多少（韓偓），一夜新添白數莖（王叡）。（宋　李龏《剪綃集》卷下《西陵旅夜》）

十里宜春下苑花（唐彦謙），濃香染著洞中霞（韓偓）。採夫移得將何處（劉言史），擔入宫城許史家（吴融）。（宋　李龏《剪綃集》卷下《馬塍賣花者》）

釋紹嵩《江浙紀行集句詩·贈李先輩》：饑食松花渴飲泉（盧綸），寂寥芳草茂芊芊（韋莊）。巖邊石室低臨水（韋莊），窟裏陰雲不上天（方干）。難與英雄論教化（寶曇），等將身世付罤笭（韓偓）。無由住得吟相伴（杜荀鶴），目送歸鴻籬下眠（李頎）。

釋紹嵩《走筆代顔西叔次途中即事之什》：邐迤前岡壓後岡（韋莊），鳥鳴山館客思鄉（薛逢）。孤村樹色昏殘雨（盧綸），滿耳蛙聲正夕陽（來鵬）。對酒已成千里客（盧綸），懷人空結九回腸（洪景盧）。平生憂患諳償遍（張君量），迴避紅塵是所長（韓偓）。

釋紹嵩《代和韻》：石路無塵竹徑開（温飛卿），幽園尋勝獨登臺（李彭）。橋邊野水通漁路(林和靖),城上秋山入酒杯(方干)。紫闥青雲俱未遂(汪信民),紅顏白髮遞相催(韓偓)。悠悠蘭渚動歸思(祖可),歸思臨高不易裁(曹松)。

釋紹嵩《留題江亭》:晚涼閑步向江亭(韓偓),山色偏於晚有情(趙昌國)。緑索平時牆婉娩(温飛卿),飛花滿眼句縱横(張君量)。五峰遥拱千巖秀(張君量),四水縈紆十里程(張君量)。鵲噪鴉啼俱喜色(誠齋),望中渾忘是蓬瀛(張君量)。

釋紹嵩《貽康兼善》:遍繞籬邊日漸斜(元稹),盡無雞犬有鳴鴉(韓偓)。風凋古木秋陰薄(杜荀鶴),煙鎖西山暝色賒(張君量)。題柱未期歸蜀國(韋莊),繫船長得傍蘆花(黄華)。雲林好處欲留腳(王士俊),要趁新詩挽物華(張君量)。

釋紹嵩《陪趙知府登桃嶺山亭》:誰向雲端著此亭(劉褒),簷前樹木映窗櫺(方干)。野田流水濺濺白(繆瑜),芳草隨人段段青(韓偓)。春服照塵連草色(温飛卿),雲蘿幽信寄茶經(林和靖)。使君領客遍遭看(誠齋),鐘送遥帆落晚汀(林和靖)。

釋紹嵩《寓龍峰遣興》:可要棲身向薜蘿(方干),閑門空掩半庭莎(鄭谷)。天寒日暮遊人少(誠齋),花落僧禪覆地多(司空曙)。六尺屏風遮晏坐(陳與義),數椽月屋愛岩阿(王子俊)。我今客氣渾消盡(張君量),無奈千莖鬢雪何(韓偓)。

釋紹嵩《途次遇雨和丘德高》:白葦黄茅路四通(張君量),芙蓉憔悴菊垂叢(張鎡)。

川原繚繞浮雲外（盧綸），樓閣朦朧細雨中（韓偓）。蔽野吞村飄不住（方干），重山複水去無窮（林和靖）。丘郎蠟屐能從我（翁元），一任此身同轉蓬（廣祖可）。（以上均見宋　陳起《江湖小集》卷六）

釋紹嵩《春日郊行》：春送人家入畫屏（盧襄），草香沙暖水雲晴（白樂天）。凝眸不覺斜陽盡（韓偓），閑恨閑愁觸處生（王禹偁）。

釋紹嵩《同周湛二上人遊西湖之北山天竺晚歸得十絶》：幽刹尋春傍翠微（宋庠），幡竿殘日迥依依（韓偓）。西湖兩岸千株柳（誠齋），何似先教畫取歸（方干）。（以上均見宋　陳起《江湖小集》卷七）

釋紹嵩《咏梅五十首呈史尚書》：湖邊春色十分深（京鏜），恨滿枝枝被雨霖（韓偓）。羌笛一聲何處曲（温飛卿），等閑驚起故園心（林和靖）（宋　陳起《江湖小集》卷八）

釋紹嵩《郊行》：默默看雲旋旋行（韓偓），風光清美日華明（誠齋）。愁腸斷處春何限（温飛卿），勾引詩人太瘦生（謝逸）。

釋紹嵩《浩西堂見和因再用韻》：道方險阻擬如何（韓偓），今古踈愚似我多（方干）。否去泰來終可待（韋莊），尚須客裏訪蹉跎（楊濟翁）。（以上均見宋　陳起《江湖小集》卷九）

陳允平《香奩體》：小院薰風滿，閑庭白晝長。蜻蜓楊柳岸，鸂鶒芰荷塘。雲合朱簷卸，山高翠閣涼。蔓滋青薜荔，芽長紫良薑。簾幙深深地，闌干曲曲廊。淡煙瑶草細，流水碧桃香。旛影重門静，苔痕小篆荒。螭盤丹鼎雪，龍吸露臺漿。琴古翻新調，笙沉艶舊簧。雨聲犀角枕，月色象牙床。掌上雙鸚鵡，屏間兩鳳凰。石函藏寶劍，金鑰啟瑶箱。扇雉團清影，奩鴛試曉粧。霞綃衣窄索，雲錦佩玎璫。鬟攏金蟬轟，釵横玉燕翔。袂飄天水碧，裙濺鬱金黄。太液簫初遠，蓬壺漏未央。流星飛碧落，零雨下銀潢。去去人千里，迢迢天一方。斷腸春洛浦，殘夢夜瀟湘。（宋　陳起《江湖小集》卷十七）

張至龍《擬韓偓體》：一聲阿鵲顫鸞雙，學調新詞未得腔。拜了夜香郎唤睡，旋收鍼綫背銀缸。（宋　陳起《江湖後集》卷十八）

李龏《西陵旅夜》：漁曲飄秋野調清（陸龜蒙），半窗殘月帶潮聲（雍陶）。不知短髮能多少（韓偓），一夜新添白數莖（王叡）。

李龏《馬塍賣花者》：十里宜春下苑花（唐彦謙），濃香染著洞中霞（韓偓）。採夫移得將何處（劉言史），擔入宫城許史家（吴融）。（以上均見宋　陳起《江湖小集》卷二十二）

釋紹嵩《分得春禽効香奩體》：數聲應寄春消息，纔轉花梢濃緑隔。早知襟韻倦逢迎，莫遣臨風情脉脉。（宋　陳起《江湖後集》卷二十四）

葉茵《香奩體》五首：

其一：相思獨向小窗明，試剪春衣趁晚晴。還覺此情絲樣小，欲裁不斷奈何情。

其二：雌蝶雄蜂綴杏枝，此時此意妾心知。等閑繡在香囊上，寄與東風贈所思。

其三：千里相思兩寂寥，東陽應減舊時腰。書中喜有歸來字，攜傍紅窗把筆描。

其四：緑楊紅杏鬧牆頭，畫出眉山卻帶秋。一行珠簾休捲上，怕春知道有人愁。

其五：倚樓目斷暮江邊，約定歸期夜不眠。香篆有煙燈有暈，笑移針線向牀前。（宋陳起《江湖小集》卷四十二）

《橘潭詩藁》：何應龍，字子翔，錢唐人。嘉泰間進士，曾知漢州。《橘潭詩藁》一卷，俱七言絶句。其詩本法晚唐，所存之作兼多纏綿旖旎之思。如《寫情》云：「青箱再展𤷄雲看，蠹卻相思字不完。」《東風》云：「新裁白紵春衫薄，猶怯東風一陣寒。」此種句調全似韓偓香奩體，其佳處正不盡在此。（清曹庭棟《宋百家詩存》卷二十八）

周紫芝《清樾晚雨效韓偓》：池上風荷香撲衣，紅妝鏡裏雨如絲。試呼小艇尋煙去，便是苕溪五月時。（清張豫章《四朝詩》卷六十八）

張至龍《擬韓偓體》：一聲烏鵲顫鸞雙，學調新詞未得腔。拜了夜香郎喚醒，旋收鍼綫背銀釭。（清張豫章《四朝詩》卷七十三）

何應龍《效香奩體》：雲幙重重雨未收，嫩寒先到玉簾鈎。一杯晚酒無人共，羞帶雙

花下小樓。（宋　陳思《兩宋名賢小集》卷二百八十九《橘潭詩稿》）

《淮右》：淮右城池幾處存，宋州新事不堪論。輔車漫欲通吴會，突騎誰當擣薊門。細水浮花歸别澗，斷雲含雨入孤村。空餘韓偓傷時語，留與纍臣一斷魂。（元　元好問《遺山先生文集》卷八）

謝無競《效香奩體》：臙脂濕透污羅衣，春盡蕭郎又不歸。香冷篆盤簷影轉，一簾紅雨燕雙飛。（元　陳世隆《宋詩拾遺》卷二十一）

《續奩集并序》：陶元亮賦《閑情》……不害其爲處士節也。余賦韓偓《續奩》，亦作娟麗語，又何損吾鐵石心也哉！法雲道人勸魯直勿作艷歌小辭，魯直曰：「空中語耳，不致坐此墮落惡道。」余於《續奩》亦曰空中語耳，不料爲萬口播傳。兵火後，龍洲生尚能口記，又付之市肆梓而行之，因書此以識吾過。時道林法師在座，余合十曰：「若墮惡道，請師懺悔。」桃花夢叟楊維楨氏自叙。

楊維楨《續奩二十首》：

《學琴》：阿琰胡笳不足傳，離鸞别鵠意淒然。請郎爲洗箏琶耳，不惜爲郎彈絶絃。

《學書》：歌徹陽春酒半醺，玉尖搦筦醮香雲。新詞未上鴛鴦扇，醉墨先污蛺蝶裙。

《演歌》：鶯鶯舌巧言猶獤，字字使君親口教。今日金錢初受賞，倚聲同合鳳凰巢。

《習舞》：十六天魔教已成，背反蓮掌苦嫌生。夜深不管排塲歇，尚向燈前蹋影行。

《上頭》：新年攏鬢及笄期，雲綰盤龍一把絲。掩鏡問人人盡道，南梳北裏總相宜。

《染甲》：夜搗守宫金鳳蕊，十尖盡换紅鴉觜。閑來一曲鼓瑶琴，數點桃花泛流水。

《照畫》：畫得崔徽卷裏人，菱花秋水脱真真。只今顔色渾非舊，燒藥幭頭過一春。

《理繡》：揀得金針出象筒，鴛鴦雙刺扇羅中。卻嗔昨夜貍奴惡，抓亂金床五色絨。

《出浴》：初訝洗花難抑按，終疑沃雪不勝任。豈知侍女簾帷外，剩取君王數餅金。

《甘睡》：漏減良宵晝日遲，困人天氣酒中時。東家女伴太嬌劣，偷解裙腰竟不知。

《相見》：酥凝背甲玉搓肩，只訝紅綃覆白蓮。底事太陰藏火性，狂夫夜夜爲君然。

《相思》：深情長是暗相隨，月白風清苦苦思。不是東姑癡醉酒，幙天席地了無知。

《的信》：早時詭語難爲信，醉後微言卻近真。昨夜寄將雙荳蔻，始知的的爲東鄰。

《私會》：月落花陰夜漏長，相逢疑是夢高唐。夜深偷把銀缸照，猶恐憨奴瞰隙光。

《成配》：眉山暗淡向殘燈，一半雲鬟撒枕稜。四體著人嬌欲泣，自家揉碎砑繚綾。

《洗兒》：曾向金盆弄化生，寶珠親見掌中擎。從今不帶宜男草，荳蔻含胎恐太并。

《秋千》：齊雲樓外紅絡索，是誰飛下雲中仙。剛風吹起望不極，一對金蓮倒插天。

《蹋踘》：月牙東勒紅幧首，月門脱落葵花斗。君看腳底軟金蓮，細蹴花心壽郎酒。

《釣魚》：敲針作釣投水隅，豈圖口味膾王餘。鯉魚腹裏牽芳餌，萬一行人有素書。

《走馬》：健兒牽來獰叱撥，輕身飛上電光抹。半兜玉鐙裹湘裙，不許春泥汙羅襪。

（元　楊維楨《復古詩集》卷六）

《閨情效香奩體》（四首）：

其一：金鴨煙消一字香，滿懷春恨强梳妝。看花又怕東風惡，偷隔紗窗看海棠。

其二：淚浣香腮粉未乾，相思成病怯春寒。此情欲向琵琶訴，整得琵琶又倦彈。

其三：黛眉愁裏斂雙蛾，别久無書争奈何。欲待怨他還又憶，怨時較少憶時多。

其四：嬾向妝臺對鏡鸞，羅衣怯薄正春寒。黄金絡索珊瑚墜，獨立春風看牡丹。（元張觀光《屏巖小稿》，又見元黄庚《月屋漫稿》）

《客有索賦香奩體者用窩字韻戲成春興十首（闕一首）》：

其一：吹花小户避人多，細曲傳嬌款款歌。風遞軟香通密訊，雲迷暖翠抱團窩。

其二：何處逢迎惱客多，别時言語醉時歌。香留蝶粉花成陣，果護鶯黄葉作窩。

其三：知隔銀河路幾多，夢中依約似聞歌。星分恨抱蓮心苦，露浥啼深柳眼窩。

其四：幽懷冉冉爲誰多，春曲新教碧玉歌。緑字書題裙褶縐，金杯暖覆掌心窩。

其五：落花風老欲無多，白苧裁成自解歌。鵲若有橋皆可渡，燕寧無處不爲窩。

其六：五雲驕信踏花多，歡倒春壺倚馬歌。朱瑟久孤新格調，烏衣重覓舊泥窩。

其七：唾茸窗暖印紅多，針指停來掩肩歌。秋水溜成波際滑，春絲盤作頂中窩。

其八：繡得鴛鴦字不多，教成鸚鵡解嬌歌。今從寶騎來時喚，字在香囊結裏窩。

其九：牡丹庭閣錦香多，困不能眠立自歌。吹瞙對開雙竹管，密脾熟釀百花窩。（元吴會《吴書山先生遺集》卷八至卷十五）

吴西逸《壽陽曲·效香奩體》：惚蟬鬟怯鏡鸞，雁聲寒不禁，腸斷碧紗窗。夜長鴛夢短，怕黄昏一燈相伴。（元　楊朝英《朝野新聲太平樂府》卷二）

《香奩體》：唐人用此體言閨閣之情，乃艷詞也，與玉臺體相似。今人倣之者雖多，要之發乎情止乎禮義者則少，故取而列於左云。

黄伯暘《香奩四首》：

其一：與君生別離，朱簾長不開。春風故相撩，燕子雙歸來。

其二：雙雙相思鳥，飛上相思樹。相思雖不同，同是相思苦。

其三：昨夜海棠花，睡足西窗雨。春夢苦無憑，知在阿誰處。

其四：下階拜新月，空庭夜如水。相思隔千里，未有團圓意。

黄伯暘《香奩八詠》：

《翠袖啼痕》：石竹繡羅雙袂單，綺窗日暮籠輕寒。秋波浣漾落鉛水，相思幾點春斑斑。脂膿粉膩半塵土，玉臂嬌柔懶輕舉。東風十日吹不乾，六曲闌邊海棠雨。《黛眉顰色》：落花雨歇春日西，楊柳鎖烟鶯亂啼。玉人緘恨不能語，兩蛾對蹙春山低。離愁一味如嘗膽，額上蘭煤香半減。風流京兆知不知，它日歸來看濃淡。《月奩勻面》：揚州青銅出深井，粉綿拂拭冰光冷。粧樓筭指揉紅玉，素蛾飛出嬌相並。櫻脣斂氣不敢呵，脂濃粉淡勞揩磨。雙鸞掩罷出門去，一陣落花紅雨過。《冰盆沐髮》：井花滿注玻瓈緑，一片春澌瑩如玉。晴窗解下十八鬟，三尺青絲漾寒淥。蘭膏洗盡香膩消，滿手緑苔新帶潮。露蟬翅濕飛不起，花霧曉收紅日高。《繡床凝思》：碧紗如霧針如芒，茜紅絨索三尺長。越羅幅寬金縷細，緑波飛起雙鴛鴦。啙蘭含蕙春無語，一寸柔腸千萬緒。青鸞錦字期不來，恨滿城南杏花雨。《金錢卜歡》：寶猊爇香蟠紫烟，玉葱拈出雙團圓。春心一點怕人識，舉頭暗語蒼蒼天。欲擲未擲還再祝，聲動瓠犀三十六。小桃開後是歸期，分付陰陽莫翻覆。《香塵春迹》：七寶方床冰樣潔，軟粉半鋪紫檀屑。凌波小韈曉痕輕，一鈎淺印纖纖月。金蓮襯步身欲浮，雁沙踏破春應羞。嬴得纖腰柳枝瘦，珍珠百斛知誰收。《霜杵秋聲》：青娥節空冰粉乾，石光如鏡敲清寒。更長月白響不絶，碧梧驚起雙棲鸞。堂上阿姑身未暖，千音萬韻勞玉腕。要使離人枕上聽，憑仗西風莫吹斷。

錢樞《香奩八詠》：

《金盆沐髮》：一片香雲濕不飛，翠光浮動影娥池。盈盈蟬翅含風冷，剪剪雅翎帶雨垂。泉沫亂跳珠錯落，指尖微露玉參差。粧成倦把闌干倚，滑墮金釵不自知。

《月奩勻面》：春盡花枝瘦幾分，曉粧不覺暗消魂。羞蛾謾自横眉黛，薄粉何由掩淚痕。青歲難留人易老，翠鸞飛去影空存。愁來拍塞成長嘆，嘘得清光慘欲昏。

《玉頰啼痕》：愁思無心整玉容，幾番花下立東風。漬殘嬌靨娟娟翠，界破蜂黄縷縷紅。羅袂揾時香欲溢，春纖抹處暈微融。小環欲解人憔悴，笑指梨花暮雨中。

《黛眉顰翠》：悶拽羅裙下玉除，小桃花下立踟躕。幾分春色傷心處，一點梅酸濺齒初。山蹙空青渾欲暝，柳緘寒緑未全舒。龍沙北睇三千里，倚遍闌干思有餘。

《芳塵春迹》：按舞霓裳點拍頻，紫鸞簫底步香塵。故將羅韈雙鈎玉，踏破紅雲一片春。殘月淡籠烟漠漠，並鴛交卧水粼粼。莫教燕子啣將去，留向東風擬洛神。

《雲窗秋夢》：桂花香冷夜沉沉，睡熟銀屏小鳳衾。杳杳不辭湘水遠，悠悠直過楚雲深。紅椒樹底鴛鴦比，黄葉風前蟋蟀吟。預報砧聲莫驚覺，暫容攄盡别離心。

《繡床凝思》：緑窗人静晝厭厭，抛卻金針懶再拈。香臉托殘紅一線，黛眉蹙損翠雙尖。愁如亂絮隨風落，恨似飛花帶雨粘。小玉謾將簾幙捲，忍看雙燕拂雕簷。

《金錢卜歡》：寶鴨香飄篆縷浮，金錢倒擲思悠悠。雲邊昨夜聞歸雁，花外何時聽紫騮。幸得如期猶慰意，若爲歸晚更添愁。無憑莫似簷前鵲，幾度空教倚畫樓。

王德璉《香奩·踏莎行八闋》：

《金盆沐髮》：寶鑑凝膏，温泉流膩，瓊纖一把青絲墜。冰膚淺漬麝煤春，花香石髓和雲洗。玉女峰前，咸池月底，臨風細把犀梳理。陽臺行雨乍歸來，羅巾猶帶瀟湘水。

《月奩匀面》：冰鑑懸秋，璚腮凝素，鉛華夜搗長生兔。玉容自擬比姮娥，粧成又恐姮娥妬。花影涵空，蟾光籠霧，芙蓉一朵溥清露。年年只在廣寒宫，今宵鸞影驚相遇。

《玉頰啼痕》：粉凝紅冰，香銷獺髓，鏡鸞影裏人憔悴。梨花帶雨不禁愁，玉纖彈盡東風淚。恨鎖春山，嬌横秋水，臉桃零落胭脂碎。故將羅帕濕薇魂，寄情欲比相思字。

《黛眉顰色》：淡掃春痕，輕籠芳靨，捧心不效吴宫怨。楚梅酸蹙翠尖纖，湘烟碧聚愁萋蒨。紺羽寒凝，月鈎金灔，鶯吭咽處微偷歛。新翻嫵態太嬌嬈，鏡中蛾緑和杏點。

《芳塵春迹》：金谷遊情，消磨不盡，軟紅香裏雙鴛印。蘭膏步滑翠生痕，金蓮脱落凌波影。蝶徑遺蹤，雁沙凝潤，爲誰留下東風恨。玉兒已化夢中雲，青蘋流水空仙詠。

《雲窗秋夢》：煙冷瑶稜，神遊貝闕，芙蓉城裏花如雪。仙郎同躡鳳凰翎，千門萬户皆明月。海碧山青，天荒地老，滿身風露飄環玦。高樓畫角苦無情，一聲吹散雙蝴蝶。《繡床凝思》：翠藻文鴛，交枝連理，金針停處渾如醉。楊花一點定春心，鵑聲啼斷人千里。喚醒離魂，猶疑夢裏，此情恰似東流水。雲窗霧閣没人知，綃痕揾透紅鉛淚。《金錢卜歡》：暗擲龍文，尋盟鸞鏡，龜兒不似青蚨準。花房羞化彩蛾飛，銀橋密遞仙娥信。錦屋璚樓，薄情飄性，碧雲望斷紅輪暝。珠簾立盡海棠陰，待温遥夜鴛衾冷。（以上均見明　宋緒《元詩體要》卷八）

沈愚爲人風流蘊藉，舊有《續香奩》四卷，蓋仿韓致堯之作。《繡鞋》一首曰：「幾日深閨繡得成，著來便覺可人情。一醉暖玉淩波小，兩瓣秋蓮落地輕。南陌踏青春有跡，西廂立月夜無聲。看花又濕蒼苔露，曬向窗前趁晚晴。」（明　蔣一葵《堯山堂外紀》卷八二）

《三憶效香奩體》：

情隨飛絮遠悠揚，夢繞梨雲去渺茫。憶得芳卿春睡覺，含羞懶下合歡床。　曉鶯啼歇曙烟收，花氣薰櫳日影浮。憶得起來相伴坐，緑陰深處看梳頭。　梨園樂府羨才名，傳得龎師指下聲。憶得小軒明月夜，倚床微醉聽鳴箏。（明　謝晉《蘭庭集》卷下）

《自題荷戈小像集唐四首》之二：捧日惟愁去國遥（盧肇）。……未有涓埃答聖朝（杜甫）。幸與野人俱散誕（陸龜蒙），不嫌門徑是漁樵（韓偓）。此行領取從軍樂（章孝

標），清弋江邨柳拂橋（杜牧）。（清弋江，在宣城縣西五十里）（明　姜埰《敬亭集》卷四）

《嬉春曲戲效香奩體四首》：

其一：醉國新除録事銜，又憑鸚鵡作花監。逋觴那敢搖香片，進酒從他濺汗衫。蜨過捉教臨席舞，燕來充作賽香喃。松箋檄得憐芳伴，別向燈前發幾函。

其二：暗接脂唇酒共甜，月明長恨捲珠簾。香浮捧硯雙雲娜，花染彈箏十指尖。柳帶贈詩情自結，梨魂如夢醉全淹。宜人賴有微微霧，避入深叢過短簷。

其三：渡頭桃葉笑歌還，半搦腰圍杏色慳。鴿鴿對爲癡絶舞，鴛鴦長得夢中閑。書空裊裊晴絲挂，旋頰融融熱暈頑。眉黛可容春幾許，滿堤圖畫譜青山。

其四：軟紅團砌日和南，爲祝行雲結小菴。鬬艷豈容遭妒女，逢仙剛又還童男。青衣倍稱騎羊戲，玉管生憐駕鳳堪。願與花神乞延壽，共將垂鬢續春三。（明　黎遂球《蓮鬚閣集》卷七）

《和武林梁夫人孟昭香奩體詩即用元唱限韻四首》：

其一：永晝真堪怨日官，枕逢三月幾曾安。雲蹤攬夢方交睫，花韻勾吟又嘔肝。晴久窗臨春帖燥，煖深閨進夜餳酸。詩標倦繡無人和，十索何心問所歡。

其二：病辭脂粉似辭官，小愈偏憎滕問安。肌熱需涼求熨體，面赬知怒願平肝。寒開班扇啼痕密，夜輟蘇機腕力酸。韭葉印腮誰唤夢，又尋睡譜續幽歡。

其三：閑效宫粧豈女官，眉心翠帖更黄安。國姿久斥鉛華面，寸媛新抒錦繡肝。照寫鏡臺心自死，哦環花砌足微酸。朝來鬭草渾無賴，預戒鄰姬恕合歡。

其四：親持歌拍比伶官，身侍蛾眉死亦安。委贄繡幃甘頫首，陳詞香閣願披肝。蜂貪早蜜多儲馥，鶯咽新櫻未擇酸。不分吴儂妖冶語，浪將游婿也名歡。

《香奩體重和梁夫人韻四首》：

其一：肯慕昭容殿陛官，尋常閨閣頗相安。按歌已覺偷鸚舌，知味何心辨馬肝。妬極嗔篁施粉媚，慵深嫌蔗壓漿酸。朝來乳燕初辭母，追憶將雛慘不歡。

其二：惜花御史豈閑官，但到花時坐欠安。顧影翻虞銅照膽，忘愁除是鐵爲肝。眼能通語差防瞰，笑帶微嚬似嚙酸。偷看下堦佯不見，海棠枝上鳥交歡。

其三：謾説新官與舊官，破來臺鏡可能安。願香熱恨兼邀媚，淚字描心更瀝肝。迎妾渡邊江面喜，望夫天際石腸酸。撫衾玉筯頻承睫，恨殺床名是合歡。

其四：生憎眉史缺專官，黛硯螺丸位置安。管截舜妃斑竹淚，詞抽李賀錦囊肝。捲書臂怯茶甌重，吮筆脣嫌杏酪酸。鏡對遠山還自笑，兩峰舒蹙是悲歡。（以上均見明沈德符《清權堂集》卷十二《奇觚塾草》）

《月夜彈琴記（附《譚節婦集句三十首》）》：……即濡毫集古句七言近體詩二十首以賜……詩曰：

第四首：雲想衣裳花想容（李太白詩），青春已過亂離中（劉文房詩）。功名富貴若長在（李太白詩），得喪悲歡盡是空（温飛卿詩）。窗裏日光飛野馬（韓偓詩），岩前樹色隱房櫳（王維詩）。身無彩鳳雙飛翼（李商隱詩），油壁香車不再逢（晏殊詩）。

第九首：形容變盡語音存（蘇東坡詩），地蔓難招自古魂（韓偓詩）。閑結柳條思遠道（范鎮詩），欲書花葉寄朝雲（李商隱詩）。窗殘夜月人何在（胡曾詩），樹蘸蕪香鶴共文（【缺】）。今日獨經歌舞地（趙嘏詩），娟娟霜月冷侵門（康伯可詩）。

第十六首：處處斜陽草似苔（韓偓詩），野塘晴暖獨徘徊（韓偓詩）。侍臣最有相如渴（李義山詩），欲賦慚非宋玉才（温飛卿詩）。絃管變成山鳥弄（李遠詩），屧廊空信野花埋（皮日休詩）。情知到處身如寄（高士談詩），莫遣黄金謾作堆（張祜詩）。

第十九首：繞門清槿絶塵埃（韓偓詩），白石蒼蒼半緑苔（許渾詩）。酒力漸消風力軟（蘇東坡詩），桃花净盡菜花開（劉禹錫詩）。一泓海水杯中瀉（李賀詩），萬里銘旌死後來（張祜詩）。世上英雄本無主（李賀詩），爭教紅粉不成灰（張建封妾詩）。（明　李昌祺《剪燈餘話》卷一）

《效香奩體二首》：

其一：碧桃落盡海棠開，簾幕春深燕子來。心爲惜花身病酒，一牀絃索鎖塵埃。

其二：花影重重上繡簾，日高針線已慵拈。試將紅葉題詩了，閑把金鎞剔指尖。（明董紀《西郊笑端集》卷一）

《和遜菴效香奩體》：

其一：揚州夢斷十三年，底事猶存未了緣。不見擁鬟簾下立，斷腸騎馬過門前。

其二：曾看梳頭傍玉臺，後堂春曉翠屏開。重尋未省雙文去，只道羞郎不出來。（明高啟《高太史大全集》卷十八）

《戲效香奩體和韻》：綺閣流霞映錦川，胭脂細唾草綿芊。凝粧忽妬嬌紅色，碎擲飛花掩鏡眠。（明　郭濬《虹暎堂詩集》卷十四）

有才士蕭鳳儀作《桑寄生傳》，其中藥名詩清新俊麗可愛，録之。其一云：「牽牛織女別經年，安得鸞膠續斷絃。雲母帳空人不見，水沉香冷月娟娟。」其二云：「澤蘭憔悴渚蒲黄，寒露初凝百草霜。不共玉人傾竹葉，茱萸甘菊自重陽。」其三云：「免絲曾附女蘿枝，分手車前又幾時。羞折紅花簪鳳髻，懶將青黛掃蛾眉。丁香謾比愁腸結，豆蔻長含別淚垂。願學空中雙石燕，庭烏頭白竟何遲。」其四云：「天門冬日曉蒼涼，落葉愁驚滿地黃。

清淚暗銷輕粉面，凝塵間鎖鬱金裳。石蓮未嚼心先苦，紅豆相看恨更長。鏡裏孤鸞甘遂死，引年何用覓昌陽。」詩效韓偓香奩體，而轃泊無痕過之，亦一奇也。（明　郭良翰《續問奇類林》卷十四）

《香奩詩草題辭》：嘗讀詩之《關雎》以下，竊感古之后妃，而能於琚瑀環珮之間，發之以琴瑟鐘鼓之音，化行江漢，傳之至今。秦以後若漢之班姬、曹大家，唐之徐惠妃，千百年間寥寥然不數人耳。甚矣，婦人女子之能言而載之彤管者固少也！近得嘉禾周逸之囊其妻桑氏月姝所手著《香奩詩草》，予三復之。其《課織篇》曰：「淫雨春風併作狂，殘紅飛絮影紛忙。瑣窗課女勤機杼，玉指拋梭日正長。」《暮春》詩云：「日上綠槐垂屋蔭，夢回欹枕睡初醒。金鉤半控簷前色，無數殘紅積蘚庭。」《春宮》詩曰：「啼鳥數聲醒倦夢，杜鵑花映碧窗紅。」《春霽》詩云：「破卻閑愁調幼女，織成錦縷入新詩。」《睡燕》云：「忽成莊子夢，不向漢宫飛。」《翠雲草篇》曰：「渾疑鸊鵜遺雙翅，恍似蒼苔石上斑。寄語西家憐美色，莫移屐齒步庭間。」其櫛句比字而鏗音聲，大較上薄唐人，下雜宋元，而簪珥間所絶少者。周君且欲刻之，乞予言弁之首。嗟乎，其殆古所稱國風好色而不淫者與！予於是次第其言以歸之。（明　茅坤《茅鹿門文集》卷三十二）

《香奩詩》二卷，桑貞白撰。（明　祁承㸁《澹生堂藏書目》）

予按：石屏州學偶染瘴癘，遂輿至臨安公館。藥之稍愈，因集唐人之句聊以自遣云：「病多慵引架書看（譚用之），老去悲秋强自寬（杜工部）。文軌盡同堯曆象（權德輿），蠻方今有漢衣冠（韓偓）。黄花浥露開江岸（劉長卿），山鳥將雛傍藥闌（錢起）。慚愧流年筋力少（包佶），不如高卧且加餐（王維）。（明　童軒《清風亭稿》卷八）

《月夜彈琴記（附《譚節婦集句三十首》）》其十：起看天地色淒涼（王介甫），塵夢那知鶴夢長（宋邕）。血污遊魂歸不得（杜甫），新墳空築舊衣裳（韓偓）。（明　烏斯道《春草齋集》卷十二）

《五索效韓偓》：

爲性好梳裹，料鬟更均腮。手把百神鏡，千回自照來。可憐手無力，從郎索鏡臺。

昨日下河橋，多被行人見。花稀無處藏，見我新粧面。一向不禁羞，從郎索羅扇。

幾回畏春寒，不向庭中走。杏花都落盡，雨長春苔厚。我欲掃落花，從郎索鸞帚。

琵琶性裹好，曲調手中便。一朝絃斷盡，欲接卻無緣。待彈不可得，從郎索新絃。

閑將紅色絲，結取承露囊。一面芙蓉花，一面雙鴛鴦。不藏鍼與線，從郎索麝香。

（明　徐賁《北郭集》卷一樂府）

《閑居感興六首》之三：往事空成半醉來（陸魯望），寸心爭忍不成灰（胡曾）。眼看朝市爲陵谷（韓偓），莫遣黄金漫作堆（張裕）。

《暮春言懷五首》（選三首）：

其二：一片花飛減卻春（杜甫），半隨流水半隨塵（朱淑貞）。臨堦一盞悲春酒（韓偓），似共東風别有因（羅隱）。

其四：帶葉梨花獨送春（杜工部），先期零落更愁人（李義山）。莫辭酒琖十分醉（林逋），明日池塘是緑陰（韓偓）。

其五：明日池塘是緑陰（韓偓），池邊扶杖欲閑吟（來鵬）。一春酒費知多少（胡宿），誰乞長安取酒金（沈佺期）。

《悼亡二十五首》（選二首）：

其四：鸞鏡佳人舊會稀（李義山），況逢寒食欲沾衣（韓偓）。桃花落盡深紅色（杜牧之），惆悵朱顔不復歸（宋邕）。

其九：劍逐驚波玉委塵（温庭筠），重泉一念一傷神（白樂天）。西樓望斷芳菲節（韓偓），不見當時勸酒人（宋邕）。

《客懷三首》之二：

爲客偏驚節序催（傅若金），獨尋春色上高臺（薛能）。清江碧石傷心麗（杜工部），紫陌紅塵拂面來(劉禹錫)。事不關身皆是累(陳摶),心從到處即成灰(韓偓)。山中舊宅無人住(戴淑倫),風雨惟知長緑苔(李遠)。

《感懷》:

三百六旬皆擾擾(韓退之),紅顔白髮遞相催(韓偓)。消磨歲月書千卷(楊載),牢落生涯酒一杯(歐陽修)。江上形容吾獨老(杜工部),眼前人事秖堪哀(趙嘏)。好乘范蠡扁舟興(吴商浩),家在五湖歸去來(羅隱)。

《秋思四首》其四:

秋風丹葉動荒城(張泌),無處登臨不繫情(戎昱)。萬里山川分曉夢(許渾),千家砧杵共秋聲(錢起)。蕭何只解追韓信(李義山),賈誼何須吊屈平(王維)。古往今來只如此(杜牧之),遣人懷抱薄浮生(韓偓)。(以上均見明 江源《桂軒稿》卷十《集古》)

《擬韓偓香奩十題和公遠》:

《密意》:情深常覺語言疏,一寸閑心那敢舒。午夜鎖窗花影静,挑燈偷寫寄人書。

《背面》:芙蓉紅遍一池秋,女伴相邀下玉樓。笑倚碧欄同照水,可憐無計唤回頭。

《忍笑》:何事濃妝出繡幃,幾回疑笑又還非。昨同姊妹拈針指,聞道蕭郎薄暮歸。

《卸頭》:半醉歸來夜漏遲,卸妝含態復含疑。日斜鬬草欄干外,墜落金釵竟不知。

《半睡》：漏殘香冷燭成灰，轉展寒衾薄似苔。纔覺朦朧到巫峽，一聲鷄唤夢回來。
《醉著》：銜歡不覺話微微，醉倚圍屏笑語稀。彩袖半攲雙眼重，上牀無力解羅衣。
《聞雨》：剩枕蕭蕭夜獨清，一簾暗雨濕燈檠。莫嫌牆角芭蕉響，贏得今宵失五更。
《欲去》：花裏相携上石臺，隔簾鸚鵡苦相催。幾回只恐傷郎意，徙倚空堦一樹梅。
《五更》：殘更欲盡月如銀，咿喔鷄聲聽未真。計得送郎前夜別，此時茅店有行人。
《復偶》：春光已盡客歸家，錦帳香濃紫霧斜。卻笑一生離别慣，夢中猶自憶天涯。

（明　徐爾鉉《核菴集》卷下）

清明日，金潼墓祭後，仲益令季十郎誦陳剛中《安南十首》，因取剛中所棄餘，如數集成付之，皆唐句，十首。

其一：四千里外北歸人（柳宗元），陌上愁看淚滿巾（劉長卿）。正是落花寒食雨（韓偓），每逢佳節倍思親（王維）。

其六：千村萬落如寒食（韓偓），多少樓臺煙雨中（杜牧）。不用憑闌苦回首（杜牧），故人牆樹五秋風（杜牧）。

庚辰廣中寒食時，予將有入覲之行，再用故事，集唐十章。楚鄉、秦川，去者予十年前嘗遊楚，今潯州有秦川堡在焉。

其五：柳不成絲草帶烟（温廷筠），踏青過後寒食前（韓偓）。可憐持節堪歸去（趙嘏），泣把山花奠几筵（皮日休）。

其六：遊客春來不到家（崔顥），應將性命逐輕車（李頎）。今朝寒食行野外（韓愈），不見人煙空見花（韓偓）。

其十：終日思歸此日歸（韓愈），況逢寒食欲沾衣（韓偓）。桂江東過連山下（柳宗元），恨不身先去鳥飛（韓愈）。（以上均見明　葉盛《菉竹堂稿》卷四）

《效韓偓贈新婚四首號四索詩》：

其一：紅酥融兩頰，朝日畏人睞。額黄仔細安，釵重嫌不戴。認郎猶未真，羞闞雙眉對。自欲畫新月，從郎索石黛。

其二：歌絶非所宜，鍼妙無至理。暗聽諸兄誦，嘿記如流水。不惟通二南，兼曉道書指。喻麋可細書，從郎索佳紙。

其三：癡小有貴徵，人道勝常福。不圖試玉麈，不願盛金屋。登科娶某氏，正配書名馥。恐渠不分曉，從郎索齒録。（王廣《津宫詞》：新睡起來思舊夢，堯人忘卻道勝常）

其四：洗手均麯糵，紅葉煮黄粱。醖成真一酎，越宿鬱金香。春波不如緑，那敢私自嘗。高堂介麋壽，從郎索玉觴。（明　鄭以偉《靈山藏·笨菴吟》卷六）

銀燭秋光冷畫屏（杜牧），遶廊行處思騰騰（韓偓）。美人一去無消息（王士熙），敲遍欄干唤不膺（韓偓）。（明　朱誠泳《小鳴稿》卷九）

高啟《效香奩體二首》：

其一：揚州夢斷十三年，底事猶存未了緣。不見擁鬟簾下立，斷腸騎馬過門前。

其二：曾看梳頭傍玉台，後堂春曉曲屏開。重尋未省乘鸞去，只道羞郎不出來。（清　錢謙益《列朝詩集》甲集卷五下）

《張光州綖》：綖字世文，高郵人，正德癸酉舉人。八上春官不第，謁選爲武昌通判，遷知光州，罷歸。少從王西樓遊，刻意填詞。每填一篇，必求合某宫某調某調第幾聲，其聲出入第幾犯，抗墜圓美必求合作。著《詩餘圖譜》，詞家以爲指南。喜作艷體詩，有《南湖集》四卷。

張綖（綖字世文，高郵人，正德癸酉舉人）《香奩詩（三首）》：

其一：翡翠籠深燭影昏，當時一見已銷魂。歌殘玉宇雲千葉，醉損珠簾月一痕。欲説竟成閑拈袖，偷看多是半銜樽。而今惜蕊憐花意，只有垂楊半倚門。

其二：行遍回廊小立時，輕風吹動隔牆枝。年光荏苒偏傷客，往事參差欲怨誰。繡被香温催解佩，綺窗月淡稱彈棋。釀成一種風流病，對月看花總淚垂。

其三：飛絮遊絲舞作團，小樓春事又斕珊。錦鱗青羽書難覓，寶唾珠啼跡未乾。蛺蝶芳魂花里瘦，蟾蜍清影月邊寒。嗟予苦乏如皋技，莫怪蛾眉一笑難。（清　錢謙益《列朝詩集》丙集卷十四）

《戲效香奩體二十六韻》：淥水橋横度，紅樓壁暗鑿。軒窗開了鳥，洞壑隱空嵌。絶世歌難得，同生感至諴。裁通心叩叩，愛執手摻摻。匐葉垂么鳳，釵梁綴小蜮（禾中女子有以纖蛤簇蝶綴鬢花者）。緗桃簪後放，碧草鬭來芟。淺黑鴉頭韈，微黄杏子衫。粉融研麝和，香潤避梅黬。點筆能成陣，聽詩便發凡。聰明箋様改，放誕酒籌監。舊譜修簫史，繁聲擘阮咸。目因留客送，語以解圍儳。捕雀容貓戲，移花信鳥鵮。繡闥鶯睍睆，坐久燕詀諵。鈿鏡清於水，妝階白勝瑊。住須金作屋，行即錦爲帆。鬱鬱亭前柳，青青閘口杉。回船同別鵠，去馬逐驚颿。角枕千行淚，蛾眉衆女讒。車輪腸内轉，石闕口中銜。積思凝瓊樹，輕郵達菭函。犀文擣寒玉，兔穎蘸秋毚。益智忘留贈，當歸費遠緘。神光渚離合，夢雨峽嶃喦。虎阜東西寺，烏山上下巖。當年並遊地，悔不姓名劖。（清　朱彝尊《曝書亭集》卷第七）

《感逝詞集唐二十首（時宗室夫人殁）》（選二首）：

其十：欲詠無才是所悲（韓偓），兩三行淚忽然垂（賈島）。欲知腸斷相思處（趙光遠）,細雨春風花落時（李白）。

其十二：簾外春風杜若香（劉禹錫）,百花狼藉柳披猖（唐彦謙）。光陰負我難相遇（韓偓）,春日偏能惹恨長（賈至）。（清　柏葰《薜箖吟館鈔存》卷一）

周文璞《方泉集·擬韓偓體》：一聲烏鵲鸇鸞雙,學調新詞未得腔。拜了夜香郎喚睡,旋收針線背銀釭。（清　曹庭棟《宋百家詩存》卷三十）

菏澤李龏,字和父。《湖上》：湖上新正逢故人（嚴維）,天明騎馬入紅塵（王建）。憑君莫話封侯事（曹松）,栲栳量金買斷春（盧延讓）。《馬塍》：十里宜春下苑花（唐彦謙）,濃香染著洞中霞（韓偓）。采來移得將何處（劉言史）,擔入宮城許史家（吴融）。右集唐二首,見《翦綃集》。（清　查慎行《得樹樓雜鈔》卷七）

……崔塗：「蜂蝶無情極,殘香更不尋。」又：「蝴蝶夢中家萬里,子規枝上月三更。」楊發：「從今北窗蝶,長是夢中身。」韓偓：「碧玉眼睛雲母翅,輕于粉蝶瘦于蜂。」又：「蜂黄蝶粉兩依依,狎客臨春日正遲。」……（清　陳邦彦《春駒小譜》卷下）

韓偓：「果樹陰成燕翅齊,西園永日閑高閣。」又：「卷簾燕子穿人去,洗硯魚兒觸手來。」……（清　陳邦彦《烏衣香牒》卷三附《雜著》）

《集句題春帆細雨圖》：風送輕帆浪送船（李士瞻）,詩家眷屬酒家仙（白居易）。緑楊深入隋宮院（李涉），早是傷春夢雨天（韋莊）。柳邊風緊緑生波（羅鄴），水國春帆向晚多（韓偓）。二十四橋空寂寂（韋莊），獨憐風景奈愁何（杜牧）。（清　陳昌圖《南屏山房集》卷一）

《河瀆神集句題朱安齋觀察春山拾翠圖》：山遠樹參差（皇甫曾），三月盡草青時（韓偓）。盤厓緣壁試攀躋（岑參），風臺水榭逶迤（鄭綮）。唯有春風最相惜（楊巨源），無計得傳消息（柳永）。望盡青山獨立（盧綸），紅桃處處春色（魚玄機）。

《臨江仙（集句題江天攬勝圖）》：兩岸青山相對出（李白）……林間小檻接波平（吴融），謝鯤吟未廢（韓偓），潘岳賦初成（盧綸）。最是一年春好處（韓愈），矜粧嫩臉花盈（尹鶚），卻疑身在小蓬瀛（方干）。遥懷浩無極（徐鉉），且貴賞心并（白居易）。（以上均見清　陳昌圖《南屏山房集》卷十二）

《擬唐韓偓〈紅芭蕉賦〉》（以題爲韻）有序：

唐承旨翰林學士韓偓，累貶鄧州司馬，後隱南安九日山。石林葉氏稱在閩著作甚夥。唐《藝文志》載其文，皆閨房不雅馴。《紅芭蕉賦》亦猶是也。偓出處頗知大義，豈其流落無聊，姑以爲戲，然不可爲訓矣。今效揚雄反騷之作，規其體而舍其詞，曰：

萬緑叢裏，雲隨朵起。其色嫣然，其花卓爾。揚翠扇以飄摇，矗青旗而旖旎。芳蕤匝地，一庭之蒼翠堪娱；嘉蔭彌天，六月之光風可擬。有芭蕉焉，青油細點，黛葉徐揚。朝迎薄靄，暮納微涼。席常招夫鹿覆，陰未許夫鴉藏。幾疑地近仙居，是色是相；雅見光生佛國，亦皇亦唐。其爲紅也，繽紛霧結，的皪星攢。燦若猩脣之染紫，斑若鶴頂之凝丹；爛若鳳苞之揚頳，奇若鷸彩之聚冠。火然雨後，金剪雲端。依稀寶相之花，生當午殿；恍惚珊瑚之樹，貢達辰韓。則見紺宇牆邊，琳宫屋角；葉密陰團，花濃翠駁。映曉日以全烘，灑浮塵而細撲。印寫金經，園張赤幄。掩映菩提旃樹，參世界於葛懷；交加珠草瑶花，住仙人之籛偓。其在紫薇省畔，紅杏林中。亭亭帶雨，灑灑迎瓜。月映蟾而遠界，雲移雉以輕籠。紙敲窗而鹿鹿，蓮撤炬以熊熊。以爲臺閣絲綸，藹曾抽碧；可有文章黼黻，箋亦題紅。若夫屋横烏几，櫺透絳紗；籬疎穿眼，簷矮垂牙。浸紅瓷而穠郁，連碧砌以横斜。誰俾予美，曰惟汝嘉。結緑成天，恰喜書工。懷素研朱滴露，允堪易點侯芭。亦有望郵亭之渺渺，瞻驛路之迢迢。植依辛塢，生傍午橋。霞明絳點，露挺紅翹。華半舒而半卷，華弗琢而弗雕。旁若無人，肯效女蘿施柏；引爲知己，喜逢修竹彈蕉。夫豈以綺結羅張，炎趨勢附。窈窕襲人，嬝嫋成維。覆蔭以無私，乃堅貞其永固。偉質天修，恩光日鑄。朱草合朔，可能儗於其倫；冬蕉卷心，正是全其所賦。（清　陳慶鏞《籀經堂類稿》卷六）

子雲道：「這個説得甚好，竟句句湊拍。」次賢道：「倒實在難爲他。」寶珠道：「他的比我好，不比我的雜湊。」便覺兩頰微紅，大有愧色。……寶珠得了這一番寬慰，稍爲意解，便又擲了一個紫燕穿簾，便道：「這個題目倒好。」便細細的想了好一會，問子雲道：「我記得有『繡窗愁未眠』這一句，是詩還是詞？」子雲道：「是韓偓的詩。」寶珠道：「這個略好些兒」，便念道……（清　陳森《品花寶鑒》第十五回）

《夏日戲爲香奩體》（四首）：

其一：花紈日永夢初殲，纔喚青衣捲翠簾。怨疊輭痕傳灼灼，刺看比影慕鶼鶼。新羅自許雙纏好，急管争憐十甲纖。卻訝欄前蜂蝶侶，也隨香氣到幽奩。

其二：桃笙重展試微眠，清晝沉沉魂欲憐。薄帳囒餘寒若月，輕綃蒙處澹如烟。腕香頻染輸金釧，鬢艷時親妬翠鈿。戲作短詞招女伴，玉臺自簡小魚箋。

其三：淺立珠扉待燕還，香闌鵲尾繡纔閑。暫移緤影嬌新月，微蹙眉痕落小山。意密向曾傳玉盌，詞通近許贈金環。依人誰似空庭柳，細拆垂條鬬舞蠻。

其四：輕雲徐遏斷垣東，知是鄰娥一曲工。吹玉乍聞疑折柳，歌珠纔度怯迴風。響從小閣魂俱瘦，吐憶香脣字亦紅。夢去定隨餘囀繞，月黄難辨影濛濛。（清　胡文學《適可軒詩集》卷四）

《題黄荃仕女戲效香奩體六首》：

其一：神仙眷屬水晶屏，並坐隨肩學誦經。願化彩雲偎弄玉，遍尋錦瑟叩湘靈。閬風可畏寒拌忍，明月無聲夜獨聽。遮算情多心不死，薄嗔微怒任丁寧。（戀）

其二：殘妝半面暈啼痕，綦縞非同倚市門。鏡合應償難了願，珠沈翻斷欲銷魂。浣餘紗綫貧將母，拍遍笳聲老受恩。只怪朱顔憔悴極，牽蘿辛苦向誰論。（怨）

其三：遠山眉黛雖華舒，一笑曾褰百寶車。索看手文朝盥後，戲牽裙綯晚風餘。雙聲又誤仙郎顧，散髮何堪阿母梳。熟誦心經重懺悔，那知愁煞病相如。（憨）

其四：笄纓初上翠雅盤，愛好天然索耐看。羅韈生塵容我賦，玉釵微醉挂臣冠。紅蕉紋窄書何懶，修竹風和倚卻安。底事三年壓金綫，尚須惆悵嫁衣難。（懶）

其五：盈盈年紀試妝新，眉翠纔添粉未勻。花靨半舒仍匿笑，眼波微漾卻迴身。藏嬌有待終迎汝，記曲能多或殢人。聽徹玉簫渾不寐，可能騎鳳一歸秦。（昵）

其六：相悦相憐姊妹行，寒宵驀忽遠相望。靈風定送憑虛影，好月宜窺絶世妝。醒易睡難教輾轉，愁多歡少耐思量。導師解證三生事，卻恨雲窗隱曲房。（憶）（清　蔣士銓《忠雅堂文集》卷九）

《戲效香奩體二十八韻》：夢斷鴛鴦牒，春輪翡翠巢。朱樓甘獨處，繡户許誰敲。生小明珠似，周身瑞錦包。蛾眉初掃黛，鴉鬢漸垂髫。倚檻愁花妬，開簾怕燕捎。輕軀宜霧縠，細咽稱蘭肴。織就天孫學，簫經月姊教。毛詩心自解，班誡手親鈔。鎮日金閨掩，流星綺歲拋。締昏求玉杵，擇婿卜瓊茅。信總青鸞杳，郎多碧鸖嘲。良媒疑是鴆，歸妹竟無爻。衒嫁東鄰早，凝妝北里姣。衣香濃紫陌，履印滿青郊。蕩子工眉語，秋孃恃色交。軟風飄弱絮，零露拆芳苞。恥受琴心誘，寧爲瑟柱膠。焚香供寂莫，引鏡惜娥媌。愁緒拈裙帶，啼痕漬枕坳。魂飛曾莫繫，心癢定難抓。誓截牽絲藕，微吟苦葉匏。案頭燒艷製，牆角避鳴鞘。女伴爭調笑，親知或訾謷。含情羞半吐，托病謝群呶。野鄙休穿竹，游魚任戲茭。輕紈防蛺蝶，華鑷罥蠨蛸。雪冷雲無色，泉清水不泡。夜深鸚䳇睡，人影傍梅梢。

（清 樂鈞《青芝山館詩集》卷十二）

石孝友《浣溪沙》集句云：宿醉離愁慢髻鬟（韓偓），緑殘紅豆憶前歡（晏幾道），錦江春水寄書難（晏幾道）。紅袖時籠金鴨暖（秦觀），小樓吹徹玉笙寒（李璟），爲誰和泪倚闌干（李煜）。集成語尚能自寫其意。然如竹垞之《浣溪紗》（同柯寓匏《春望集句》）云：烟柳風絲拂岸斜（雍陶），遠山終日送餘霞（陸龜蒙），碧池新漲浴嬌鴉（杜牧）。閬苑有書多附鶴（李商隱），春城無處不飛花（韓翃），馬蹄今去入誰家（張籍）？又前調（《惜别集句》）云：惜别愁窺玉女窗（李白），遥知不語泪雙雙（權德輿），綺羅分處下秋江（許渾）。暮雨自歸山悄悄（李商隱），殘燈無焰影幢幢（元稹），仍斟昨夜未開缸（李商隱）。又前調

（《春閨集句》）云：十二層樓敞畫檐（杜牧），偶然樓上卷珠簾（司空圖），金爐檀炷冷慵添（劉兼）。小院回廊春寂寂（杜甫），朱欄芳草緑纖纖（劉兼），年年三月病懨懨（韓偓）。……又《鷓鴣天》（《鏡湖舟中集句》）云：南國佳人字莫愁（韋莊），步摇金翠玉搔頭（武元衡）。平鋪風簟尋琴譜（皮日休），醉折花枝作酒籌（白居易）。日已暮，郎大家，水平流（白居易），亭亭新月照行舟（張祜）。桃花臉薄難藏泪（韓偓），桐樹心孤易感秋（曹鄴）……又《瑞鷓鴣》（《閨思集句》）云：春橋南望水溶溶（韋莊），半壁天台已萬重（許渾）。心寄碧沈空婉孌（劉滄），語來青鳥許從容（曹唐）。更爲後會知何地（杜甫），難道今生不再逢（韓偓）。……諸篇皆脱口而出，運用自如，無湊泊之痕，有生動之趣，出古人之右矣。（清　陳廷焯《白雨齋詞話》卷八）

淑頤雅善集唐，音節悠揚，無集句痕跡。《與周青士七歌集句》，可謂異曲同工。《四時》辭云：雲母空窗曉煙薄（温庭筠），池邊雨過飄帷幕（許渾）。日長風暖柳青青（賈至），銀線千條度虚閣（韓偓）。捲簾巢燕羨雙飛（羅隱），芳草王孫莫不歸（韋莊）。曾寄錦書無限意（劉兼），篋香消盡别時衣（錢珝）。午睡醒來愁未醒（張子野），煩襟乍觸冰壺冷（韓偓）。白蓮池畔送清香（皮日休），樓角漸移當路影（白居易）……煙生密竹早歸鴉（郎士元），向鏡輕勾襯臉霞（韓偓）。遲日未能消野雪（皇甫冉），故穿庭樹乍飛華（韓

愈）。（清　丁宿章《湖北詩徵傳略》卷十九）

《白水寺謁漢光武帝祠》集唐云：白水龍飛已幾春（韓愈），鳳樓回首落花頻（李郢）。曾經轉戰平堅寇（楊巨源），重與江山作主人（張籍）。片石孤雲窺色相（李頎），荒祠古墓對荆榛（劉禹錫）。相逢莫話金鑾事（韓偓），魯酒何堪醉近臣（鮑防）。……（清　丁宿章《湖北詩徵傳略》卷三十七）

《卜算子·秋閨集唐詩》：花點石榴裙（李元紘），蟲響燈光薄（李賀）。心怯空房不忍歸（王維），風動鞦韆索（韓偓）。望月想蛾眉（元淳），菊露淒羅幕（韓偓）。幾度金刀試剪裁（盧延遜），紅淚雙雙落（薛維翰）。（清　董元愷《蒼梧詞》卷二）

《春閨》：弱柳千條杏一枝（温庭筠），已涼天氣未寒時（韓偓）。故將别淚和鄉淚（戎昱），莫遣佳期更後期（李商隱）。兩不見（李白），暗相思（白居易），淺深更漏妾偏知（施肩吾）。低頭悶把衣襟撚（韓偓），爲報春風且莫吹（盧綸）。

《秋閨》：山檻晴歸漠漠烟（李紳），緑窗紅淚冷涓涓（李郢）。長疑好事皆虚事（李山甫），可得潸然是偶然（鄭谷）。蘭燭燼（馮延巳），江波漣（陸厥），當時惆悵不曾眠（韓偓）。起來自擘紗窗破（陸暢），病眼開時月正圓（温庭筠）。

《即席》：莫怪頻頻上此臺（鮑溶），翠蘿深處遍蒼苔（許渾）。能令瀑水清人境（郎士元），更取峰霞入酒杯（李嶠）。堤柳動（温庭筠），野蒺開（孫光憲），林下輕風待落梅（孫逖）。從來此地黄昏散（李商隱），往事空成半醉來（韓偓）。

《春怨》：年年縱有春風便（羅鄴），楚竹離聲爲君變（王昌齡）。點破繁花四五枝（白居易），零落胭脂兩三片（施肩吾）。未解多情夢梁殿（韓偓），幾度相思不相見（武元衡）。爲他人作嫁衣裳（韋莊），粉淚凝珠滴紅線（李賀）。

《閨情》：金絲蹙霧紅衫薄（張祜），絶代佳人何寂寞（韓偓）。烏飛殘照水烟開（劉滄），霜覆鶴身松子落（賈島）。朝來始向花前覺（元稹），瘦竹彈烟遮板閣（韋莊）。但曾行處遍尋看（劉禹錫），不然日暮還家錯（于鵠）。

《閨憶》：櫻花永巷垂楊岸（李商隱），桃葉傳情竹枝怨（劉禹錫）。滿庭芳草易黄昏（吴融），一去那知行近遠（常浩）。寶匣塵昏蟬鬢亂（魚玄機），斜插玉釵鐙影畔（張祜）。錦囊封了又重開（韓偓），千里夢隨殘月斷（李中）。

《瑞鷓鴣·閨情集唐詩》：日照深紅幾樹絲（姚合），只應閑看一枝枝（孫魴）。孤溪月滿維舟夜（韋莊），分隔休燈滅燭時（李商隱）。多爲過防成後悔（韓偓），誰憐夢好轉相思（韓偓）。纖腰舞盡春楊柳（薛能），惟有春風仔細知（葛亞兒）。

《春閨即事》：長望涕沾巾（王維），深院無人獨倚門（韋莊）。惆悵春歸留不得，紫藤花下漸黄昏（白居易），静夜名香手自焚（皇甫曾）。邀我對芳樽（吴筠），蟬翅低從兩鬢分（羅隱）。唯有風光與蹤跡（韓偓），圖遺蕭郎問淚痕（無名氏）。

《秋晚集唐詩》：客路不歸秋又晚（張喬），孤舟日暮行遲（劉長卿），緑潭紅樹影參差（李涉）。荒城臨古渡（王維），驚月繞疎枝（駱賓王）。隔年擬待春消息（王初），花開花謝相思（韓偓），莫愁還自有愁時（李商隱）。寸心言不盡（錢起），一種亂如絲（孟浩然）。

《閨憶集唐詩》：好去出門休落淚（雍陶），津頭日日人行（皇甫冉）。晚添山雨作江聲（羊士諤），幾回驚妾夢（金昌緒），十里斷孤城（劉阜）。總然一夜風吹去（司空曙），秋河悵望平明（韓偓）。多情卻恨似無情（杜牧），空餘庭草色（李嘉祐），不遣柳條青（李白）。

《閨情集唐詩》：鈿合釵寒龍腦凍（李賀），衫薄香銷（韓偓），舞怯銖衣重（賈至）。疑是落花還碧洞（趙象），銀箏夜久殷勤弄（王維）。愁撚銀針信手縫（盧延遜），翠帳雲屏（盧仝），一夕秋砧動（崔國輔）。憑仗東風好相送（李賀），只應添得清宵夢（元稹）。

又：白日當天三月半（李商隱），各自無聊（韓偓），粧好方長歎（韓偓）。紫燕銜花向庭滿（劉元暉），花前拭淚情無限（權德輿）。衣帶相思日應緩（戴叔倫），風雨蕭蕭（韓偓），吹我夢魂斷（李白）。今夜偏知春氣暖（劉方平），紗窗只有燈相伴（盧延遜）。（以上均

見清　董元愷《蒼梧詞》卷三）

《天仙子・閨情集唐詩》：二八三五閨心切（王琚），行拾落花比容色（王翰），卻愁紅粉淚痕生（司空曙）。長思憶（韓偓），何可得（元稹），惟有風光與蹤跡（韓偓）。夜半酒醒憑檻立（王之渙），暗想儀形執刀尺（盧延遜）。誰憐夢好轉相思（韓偓），魂欲絶（李白），涕如雪（李白），涼月清輝滿牀席（白居易）。（清　董元愷《蒼梧詞》卷五）

《野桃效香奩體同竹泉侍御湛溪河帥作》：

其一：灼灼山村第幾家，門前流水自橫斜。春深睡起渾無賴，生看游蜂鬧晚霞。

其二：番番愁雨更愁風，寂寞探芳野逕中。一笑隔籬春又晚，映人誰憶去年紅。

其三：問訊當年萬柳塘，鶯鶯燕燕爲誰忙。於今寂寞天台路，莫誤劉郎共阮郎。

其四：種來天上露華新，無限風光無限春。看到開花連結子，三千年伴蕊珠人。（五月望日皂河寺廬作）

附倪竹泉同作：

其一：夭夭村畔映晴波，玉洞因緣入夢多。燕子已歸春又暮，桃根桃葉近如何。

其二：不隨凡艷共飄茵，移向天台別有春。莫恨劉郎歸去早，多情猶有看花人。

其三：裁紅暈碧總爭妍，煊染春光二月天。誰識成蹊千樹好，無言含笑晚風前。

其四：綽約風光占小園，倡條冶葉漫同論。從今一洗繁華眼，看到儂家水竹村。（癸酉五月望日）

附黎湛溪同作：

其一：無復雕欄護麴塵，短籬灼灼占青春。仙源猶記前番路，瘦倚東風笑看人。

其二：江村細雨落花時，竹外猶留三兩枝。惆悵兔葵和燕麥，劉郎回首鬢成絲。

其三：見説元都道士家，春來日日飯胡麻。若教共喫桃花粥，也向瑶池掃落花。

其四：家住清淮灣復灣，年年春到畫簾間。情深誰似桃花水，一片紅波映髻鬟。（清張百齡《守意龕詩集》卷二十八）

影娘者吴門人也，喜讀詩，每有會意，輒忘眠食。居傍虎丘，築小樓數椽，碗茗爐香，蕭然有出塵之致。入其中者，幾忘爲風流淵藪，時世梳妝也。蘭陵夢生，僑寓於吴，工詩詞，於香奩體尤有夙慧。偶偕二三知己，放棹於七里山塘，遂與影娘遇。柳眉掩月，棠臉羞霞，不覺傾倒。迴舟過訪影娘，喜曰：「傾慕已久，乃幸遇也耶。」即促開筵，備極欵洽。生乃即席贈以集唐三首，其詞曰：「賺得佳人出繡幃，黛眉輕蹙遠山微。畫羅金縷難相稱，玉檻瑶軒任所依。掩醉惟知弄花鈿，行雲莫自濕仙衣。殷勤更把鳴琴撫，塵壓鴛鴦廢錦機。冠剪黄綃帔紫羅，石榴花裹笑聲多。一鈎冷霧懸珠箔，百尺清潭寫翠蛾。紅錦帳中歌白雪，緑雲鬟下送横波。知君也解相輕薄，香炧燈光奈爾何。蘭蕙芬芳見玉姿，膩於瓊粉白於脂。乍啼羅袖嬌遮面，貪弄金梭懶畫眉。緑扇紅絃相掩映，長鬟弱袂動參差。請君細看風流意，休話如皋一笑時。」影娘得詩諷詠不去口……（清　百一居士《壺天録》卷中）

《送春擬韓致光》：「循例作詩三月盡，眼遭飄落太心驚。折成片片思全盛，綴得疏疏祝久禁。肯記帽檐曾競戴，無情屐齒便相侵。冬郎謾把傷春酒，早日池塘已緑陰。」（清　林旭《晚翠軒集》）

《集古題熊媛澹仙詩集四首》之三：帔子花明照屋除（陸游），緑羅裙帶展新蒲（白居易）。鴛鴦有伴誰能羨（女威），翡翠雙飛不待呼（薛蘭芳）。卻要因循添逸興（韓偓），懶將心事話凡夫（王福娘，澹仙所適非偶）。春光雖好多風雨（朱淑貞），還許春風得見無（梁意娘）。（清　馮雲鵬《掃紅亭吟稿》卷二）

《是夜餘興未闌同退庵夫子等步月遣興復成集古四絶句》之二：頭上花枝照酒卮（邵雍），晚來裝飾更相宜（韓偓）。憑君細看紅兒貌（羅虬），不似當初傅粉時（劉賓客）。（清　馮雲鵬《掃紅亭吟稿》卷四）

《梅花集句録》之十二：滿地飄零更斷腸（林季謙），恐隨春夢去飛揚（林季謙）。柳摇臺榭東風軟（介甫），花撲玉缸春酒香（周詞岑）。驛使不來羌管歇（張桀），燕釵初試漢

宫妝（韓偓）。巡檐説盡心期事（晦菴），幾度凭闌到夕陽（王叔安）。（清　顧嗣立《元詩選》二集卷十八）

李俊民《集古·寒食席次》：鞦韆打困解羅裙（韓偓），把酒相看日又曛（韋莊）。處士不知巫峽夢（蓮花奴），春來猶見伴行雲（韋氏子）。

李俊民《集古·惜花》：繡軛香韉夜不歸（崔塗），看花只怨看來遲（韓偓）。今朝幾許風吹落（楊巨源），多在青苔少在枝（崔櫓）。

李俊民《集古·春夜》：春風二月落花時（武元衡），憶得前年君寄詩（崔途）。共道人家惆悵事（牛僧孺），向燈彎盡一雙眉（韓偓）。

李俊民《集古·醉眠》：糝逕楊花鋪白氈（杜子美），日西鋪在古苔邊（王建）。滿山明月東風夜（韓偓），留與遊人一醉眠（鄭谷）。（以上均見清　郭元釪《全金詩》卷四十四）

李俊民《暮春》：一年春色負歸期（韓偓），緑葉成陰子滿枝（杜牧）。公子王孫莫求好（韓琮），如今不似洛陽時（崔櫓）。

李俊民《送春》：可憐寥落送春心（高駢），負郭依山一徑深（李涉）。燕子不歸花著雨（韓偓），小溪猶憶去年尋（山谷）。

李俊民《有感》：風輕簾幙燕爭飛（《才調集》），到處烟花恨别離（韋莊）。倚柱尋思倍惆悵（張泌），映人匀卻淚胭脂（韓偓）。

李俊民《懷古》：暮雲宫闕古今情（韓琮），芳草長含玉輦塵（韓偓）。春意自知無主惜（崔櫓），落花猶似墮樓人（杜牧）。

李俊民《關中》：岳北秋空渭北川（司空圖），一村桑柘一村烟（韓偓）。行人莫訝頻回首（貫休），記得春深欲種田（薛能）。

李俊民《答籌堂》：一夕秋風白髮生（《才調集》），相思迢遞隔重城（李商隱）。前歡往恨分明在（韓偓），贏得青樓薄倖名（杜牧）。

李俊民《宫柳》：寒食東風御柳斜（韓翃），輕盈嫋娜占年華（劉禹錫）。試看三月春殘後（李山甫），不見人烟空見花（韓偓）。

李俊民《春望》：半似羞人半忍寒（韓偓），風和時拂玉欄干（段成式）。門前不見歸軒跡（錢起），强把花枝冷笑看（張祜）。

李俊民《寒食夜雨》：風景依稀似去年（趙渭南），鳥啼花發柳含烟（顧況）。夜深斜搭鞦韆索（韓偓），獨向簷牀看雨眠（雍陶）。

李俊民《遊仙》：霧爲襟袖玉爲冠（韓偓），委佩低簪彩仗閑（劉禹錫）。上界真人足官府（韓退之），不如歸去舊青山（東坡）。

李俊民《李道者》：麻衣少年雪爲顔（施肩吾），聞説經旬不啟關（韓偓）。弄玉已歸蕭史去（趙嘏），洞門深鎖碧窗寒（高駢）。

李俊民《怨别》：書來未報幾時還（竇鞏），終日昏昏醉夢間（李涉）。别易會難長自歎（韓偓），不堪重過望夫山（真氏）。

李俊民《恨别》一：悽悽常似别離情（韋莊），冰簟銀牀夢不成（温庭筠）。昨夜秋風今夜雨（盧綸），篝燈愁泣到天明（韓偓）。

李俊民《恨别》二：君問歸期未有期（李商隱），邇來中酒起常遲（韋莊）。鴻來雁度無消息（駱賓王），指點庭花又過時（韓偓）。

李俊民《感舊》：碧欄干外繡簾垂（韓偓），曾識雲仙至小時（李涉）。見我佯羞頻顧影（李商隱），滿頭猶自插花枝（劉得仁）。

李俊民《重九日》：二十餘年别帝京（劉禹錫），可能朝市汙高情（韓偓）。秋光何處堪消日（李泫），漫遶東籬嗅落英（東坡）。

李俊民《落梅》：每到花時把酒杯（韓偓），暮天何處笛聲哀（趙渭南）。縱然一夜風吹去（司空文明），不恨凋零卻恨開（杜牧之）。（以上均見清郭元釪《全金詩》卷五十）

元好问《淮右》：淮右城池幾處存，宋州新事不堪論。輔車漫欲通吴會，突騎誰當擣薊門。細水浮花歸別澗，斷雲含雨入孤邨。空餘韓偓傷時淚（一作語），留與纍臣一斷魂（五六全用韓致光語，即於結聯標出，自成一體。遺山詩用前人成語極多，陶杜句尤甚。又，未可以此例槩之也）。（清　郭元釪《全金詩》卷六十五）

《正月十二日西園見梅是日立春》：臘前年後匆匆過（杜詩：「梅蕊臘前破，梅花年後多。」），如見東風第一枝。應是有心魁萬樹，不關愁睡破顏遲（東坡詩「怕愁貪睡獨聞遲」。韓偓詩「曾愁香結破顏遲」）。（清　恒仁《月山詩集》卷一）

傍訝【丑上】。【内】有旨宣高公公。【丑】來了。狎宴臨春日正遲（韓偓）。（清　洪昇《長生殿傳奇》卷上）

陷關【淨領二番將四軍執旗上】。旦：交鋒晚未休（王遒），動天金鼓逼神州（韓偓）。潼關一敗番兒喜（司空圖），倒把金鞭上酒樓（薛逢）。（清　洪昇《長生殿傳奇》卷上）

梅村詩本從香奩體入手，故一涉兒女閨房之事，輒千嬌百媚，妖艷動人。幸其節奏全仿唐人，不至流爲詞曲。然有意處，則情文兼至，姿態横生。（清　趙翼《甌北詩話》卷九）

《懷清橋》：夫婦同堅殉國心，不曾聞訃已淵沉。挽詩難用香奩體，冤魄猶留血影砧。江上有魂應遠慰，人間無路可哀吟。可憐一片秦淮水，嗚咽寒流直至今。（清　趙翼《甌北集》卷四十八）

《幽窗》：暗上紅樓立，花前念舊歡。無人同帳望，使我復悽酸。信譜彈琴誤，臨風整線難。何時一尊酒，一見一相寬。（無人，韓偓《早玩雪梅有懷親屬》）慶按：括弧中所示「無人，韓偓《早玩雪梅有懷親屬》」，意指詩中「無人同悵望」句，乃用韓偓《早玩雪梅有懷親屬》詩中句。下數條用例同此。

《欲去二首》之二：殘花春浪闊，願卜挂帆期。每憶閑眠處，還勝獨睡時。色爲天下艷，影到月中疑。背面偷垂淚，旁人那得知。（背面，韓偓《懶卸頭》）

《箇儂》：爲有傾人色，其如作病何？羞中含薄怒，坐上轉横波。范蠡舟偏小，阿嬌年未多。肺腸無處説，但恐歲蹉跎。（其如，韓偓《答友人見寄》）

《無題五首》之二：醉纈抛紅網，飛絲惹緑塵。相思凡幾日，一顧及佳晨。翠帶花錢小，青袍草色新。……（相思，韓偓《寄京城親友》）

《無題五首》之三：寶帳垂連理，雕梁起暗塵。暫過當永夜，幽興惜今晨。紙亂紅藍壓，杯香緑蟻新。雜花飛爛漫，微月憶清真。以分難相捨，非愁亦有顰。薄雲欹雀扇，輕縷絆蟾輪。錦袖盛朱橘，瑚盤膾紫鱗。風傳琴上意，酒發臉邊春。……（酒發，韓偓《無題》）

《無題五首》之四：欲將紅錦緞，暗拂玉樓塵。永夜疑無日，連宵復達晨。香隨青靄散，葉就緑情新。直得吟成病，誰言影似真。羅衣羞自解，眉黛看時顰。……（直得，韓偓《寄

京城親友》)

《倒押前韻》：越艷誰家女，風光動四鄰。鳥喧金谷樹，花伴玉樓人。粉汗紅綃拭，朱脣素指勻。必投潘岳果，休獻楚王珍。惆悵桃源路，徘徊楊柳津。雨臺誰屬楚，湍水不流秦。……(惆悵，韓偓《欲去》)

《擁鼻二首》之一：應凭欄干獨自愁，尋思閑事到心頭。春帷懶卧鴛鴦被，珍簟新鋪翡翠樓。唯恨仙桃遲結實，不如庭草解忘憂。人生豈得輕離别，望斷長川一葉舟。(尋思，韓偓《思録舊詩於卷上淒然有感》)(以上均見清　黄之雋《香屑集》卷二)

朝來香閣裏，日宴始能起。朝來明鏡裏，自言花相似。細語人不聞，微微啟玉齒。解鬟雲滿梳，露花香旖旎。羅幕生春寒，金壺貯春水。春色柔四肢，春風媚羅綺。……(羅幕，韓偓《效崔國輔體》)(清　黄之雋《香屑集》卷三)

二月三月花冥冥，啼鶯相唤亦可聽。花裏嬌鶯百般語，玉容驚覺濃睡醒。……二月三月花如霰，等閑弄水浮花片。羅衣點着渾是花，映葉多情隱羞面。石榴裙裙蛺蝶飛，水晶鸚鵡釵頭顫。閑花照月愁洞房，好鳥迎春歌後院。……(水晶，韓偓《忍笑》)

菖花發艷無人識，隔院聞香誰不惜。渡頭翠柳艷明眉，宅後緑波棲畫鷁。王孫草色正如煙，花樣還如鏤玉錢。……黄鸝欲棲白日暮，鳴機札札停金梭。博山炯炯吐香霧，千金麗人捲綃幕。懷裏不知金鈿落，紅妝透出水晶簾。侍兒扶下蕊珠閣，迴鸞舞鳳意自嬌。醉時紅臉舞時腰。……（懷裏，韓偓《五更》）

金樓美人花屏開，紅妝寶鏡珊瑚臺。……横釵欲墮垂著肩，身作匡牀臂爲枕。翡翠被重蘇合薰，肌理細膩骨肉勻。滿懷春色向人動，暖得曲身成直身。珊瑚葉上鴛鴦鳥，交頸千年尚爲少。暗中惟覺繡鞋香，覺後忽聞清漏曉。天星牢落雞喔咿，翠眉蟬鬢生別離。片時歡娛自有極，爲君起唱長相思。（暗中，韓偓《五更》）

茂苑綺羅佳麗地，樓上樓前盡珠翠。撥開珠翠待相逢，一花一竹如有意。密竹繁花掩映間，朱脣一點桃花殷。……飛鳥銜花日將没，彤霞著地紅成堆。衆中遺卻金釵子，牽我心靈入秋水。留情深處駐横波，三尺屏風隔千里。此身願作君家燕，飛入君家彩屏裏。（此身，韓偓《不見》）

珠箔銀屏晝不開，夭花愁艷蝶飛迴。俱飛蛺蝶元相逐，併是今朝鵲喜來。明朝鬭草多應喜，今朝歡喜緣何事。春日偏能惹恨長，春風也是多情思。寂寂風簾信自垂，銀燈空照不眠時。扇裏細妝將夜並，月中流艷與誰期？側聽空堂聞静響，都大此時深悵望。影籠殘月到窗前，風引漏聲過枕上。半欲天明半未明，緑窗殘夢曉聞鶯。鶯偷舊韻還成曲，不忿朝來鵲喜聲。（側聽，韓偓《地爐》）

君如天上雨，爲逐春風斜。君爲河邊草，斫卻園中花。斜日空園花亂飛，韶風澹蕩無所依。爲君裁破合歡被，寂寞洞房寒燭微。紅粉邀君在何處，青春背我堂堂去。終須一夜抱琴來，含羞斂態勸君住。落花飛絮正紛紛，停辛佇苦留待君。不語思量夢中事，妾身願作巫山雲。（斜日，韓偓《避地寒食》）

百尺金梯倚銀漢，北斗七星横夜半。夜半醒來紅蠟短，空持感激終昏旦。……時時欲得横波盼。莫愁簾中許合歡，珊瑚枕膩鴉鬟亂。三更風作切夢刀，時聞寒雁聲相唤。所以傾國傾城人，别易會難長自歎。情似藍橋橋下水，碧海之波浩漫漫。抽刀斷水水更流，揮刃割情情不斷。（别易，韓偓《復偶見》）

剪妾身上巾，與郎作輕履。殷勤爲看初著時，持此相憐保終始。……風條月影皆堪重，淚草傷花不爲春。雲母空窗曉煙薄，散入珠簾濕羅幕。日高深院斷無人，風動玲瓏水晶箔。莫道斷絲不可續，莫言朝花不復落。歸來看取明鏡前，願倚郎肩永相著。（願倚，韓偓《意緒》）（以上均見清　黄之雋《香屑集》卷四）

門掩杏花叢，簫聲秘不通。有時裁尺素，無計惜殘紅。暄入瑶房裏，春生綺户中。畫明金冉冉，何處一屏風。（何處，韓偓《草書屏風》）

欄杆枕芰荷，金幌半垂羅。清晝開簾坐，微涼待扇過。玉窗通日氣，珍簟接煙波。莫

怪消炎熱，天將奈爾何。（天將，韓偓《信筆》）

暑氣簷前過，煙蘿更幾層。花光晴漾漾，蟲翅曉薨薨。衫薄偏憎日，釵斜只鏤冰。扇因秋棄置，乍可在炎蒸。（暑氣，韓偓《登樓有題》）

燭引銀河轉，追涼在北軒。疎簾留月魄，微路入花源。委墜金釭燼，葳蕤玉露繁。取琴弾一遍，芳意過湘沅。（取琴，韓偓《南亭》）

秋帳燈華翠，羅衣胡粉香。盈盈天上艷，薄薄睡時妝。到處花爲雨，高樓月似霜。玉壺增夜刻，爲我憶檀郎。（薄薄，韓偓《春閨》）

風露動相思，梧桐碧玉枝。旋書紅葉落，閑捻紫簫吹。窗裏憐燈暗，泉邊待月欹。一宵猶幾許，寧覺曉鐘遲。（風露，韓偓《早歸》）

共賦瑶臺雪，終難狀此心。玉花珍簟上，瓊樹粉牆陰。繡閣香燈滅，紅爐夜火深。畫樓初夢斷，寂寂不成吟。（終難，韓偓《寄京城親友》）

詠絮知難敵，何人意不降。雨聲籠錦帳，雪影拂瓊窗。帶火遺金斗，拋杯瀉玉缸。牖光窺寂寞，飛鷺白雙雙。（雨聲，韓偓《寒食日沙縣雨中看薔薇》）（以上均見清　黄之雋《香屑集》卷五）

飛花滿四鄰，絃管牡丹晨。懸圃珠爲樹，香車玉作輪。卻成雙翅蝶，願得一心人。背日分明見，紅妝帶臉春。（懸圃，韓偓《漫作》）

巧解逢人笑，琴棋亦自能。畫樓終日閉，瑶席幾回升。繡段裝簷額，玉釵垂枕稜。歡娱方在此，耿耿背斜燈。（玉釵，韓偓《三憶》）

羞澀佯牽伴，扶行一侍兒。新苔侵履濕，殘月下窗遲。爛漫惟愁曉，纏綿會有時。愛花持燭看，清夜幸同嬉。（羞澀，韓偓《無題》）

風亞珊瑚朵，春生荳蔻枝。邀人裁半袖，勸爾畫長眉。有樹皆相倚，無花不作期。夢狂翻惜夜，斜月到罘罳。（夢狂，韓偓《無題》）

柳絮伴鞦韆，春風正可憐。無心花裏鳥，來訪月中仙。舞轉迴紅袖，書幽截碧牋。繡窗携手約，約我一來眠。（繡窗，韓偓《春悶偶成》）

相思天半樓，三五玉蟾秋。遮語迴輕扇，憐香占彩毬。倘隨明月去，試上大堤遊。歸路羞人問，遲回送阿侯。（倘隨，韓偓《思歸樂》）（以上均見清　黄之雋《香屑集》卷六）

斗酒少留歡，同心揖蕙蘭。雨餘憐日嫩，燈燼惜更殘。睡髻休頻攏，寒衣不要寬。閑情兼默語，須作一生拌。（睡髻，韓偓《信筆》）

羅敷初總髻，小玉更焚香。春看玫瑰樹，魂消玳瑁牀。最憐雙翡翠，亦畫兩鴛鴦。回首似調謔，邀人解袷襠。（亦畫，韓偓《信筆》）

梅院重門掩，春苔雙履痕。幽簾宜永日，翠幙自黄昏。密坐移紅毯，留歡盡緑樽。兩

情含眷戀，魚水見深恩。（兩情，韓偓《薦福寺講筵偶見又别》）

華裀織鬬鯨，錦帳兩邊横。白日知丹抱，通宵款素誠。低鬟若無力，欹枕不勝情。報曙窗何早，流鶯三數聲。（白日，韓偓《凄凄》）

月色明如晝，秋堂復夜闌。瑶池何悄悄，銀箭尚珊珊。素影紗窗霽，清輝玉臂寒。芙蓉褥已展，半睡待郎看。（半睡，韓偓《半睡》）

夙昔影中疑，蜂雄蛺蝶雌。卻思同宿夜，猶識合昏期。楚柳腰肢嚲，宫花錦繡欹。一宵相見事，唯願兩人知。（一宵，韓偓《半夜》）

十指剥春葱，斜抽半袖紅。畫堂初點燭，錦瑟忽聞風。月魄侵簪冷，妝華映箔通。徘徊將就寢，連影在香中。（月魄，韓偓《贈吴顛尊師》）（以上均見清 黄之雋《香屑集》卷七）

疑是夢中歡，啼妝曉不乾。玉釵斜白燕，銅鏡立青鸞。就枕渾無睡，更衣又怕寒。琴聲消别恨，柔指發哀彈。（更衣，韓偓《半睡》）

半夜獨眠時，燈挑皓腕肌。肺腸無處説，情分不曾移。素面凝香雪，靈津嗽玉池。自然堪下淚，風月詎相思。（半夜，韓偓《半夜》）

玉漏莫相催，陽臺行雨迴。初逢花上月，幾泛竹間杯。夜醉晨方醒，春眠曙不開。枕痕霞黯淡，知著臉邊來。（枕痕，韓偓《懶起》）

露洗百花新，蜂來一徑春。翠釵金作股，絲幰玉爲輪。畫舸横青雀，行厨煮白鱗。峽雲尋不得，羞問陌頭人。（絲幰，韓偓《無題》）

望望情何極，飛絲送伯勞。落花行處遍，明月坐來高。翡翠交妝鏡，麒麟落剪刀。有時閑弄筆，詞體近風騷。（有時，韓偓《信筆》）

麗藻終思我，非關筆硯靈。雨多疑濯錦，花煖似依屏。冉弱樓前柳，空涼水上亭。謝鯤吟未廢，鄰女映籬聽。（謝鯤，韓偓《春悶偶成》）

吴娃狎共纖，侍女動妝奩。邂逅當投珮，尋常不下簾。羅綃垂薄霧，燈燭掩寒蟾。今夕知何夕，風情事事兼。（侍女，韓偓《懶卸頭》）

佳人應誤拜，驚似客來時。學鳳年猶小，棲娥月未虧。琳琅鋪柱礎，金縷畫門楣。此地如攜手，相過人不知。（驚似，韓偓《賦雪》）（以上均見清 黄之雋《香屑集》卷八）

佳人雪藕絲，薄膩力偏羸。盼睞花爭姹，徘徊夜轉宜。月高羅幙捲，燈暗錦屏欹。奈許今宵度，無言攏鬢時。（無言，韓偓《春悶偶成》

佳人淡妝罷，乞巧繡瓊樓。盤用黄金縷，簾垂白玉鉤。情來偏似醉，嬌甚卻成愁。步轉闌干角，珠房折海榴。（步轉，韓偓《三憶》）

佳人掩鸞鏡，照妾兩眉顰。艷極翻含怨，嬌多不顧身。烟和魂共遠，花與思俱新。爲

别晨昏久，香奩已染塵。（烟和，韓偓《幽獨》）

佳人不在此，緑綺爲誰彈。已覺良宵永，猶傳清漏殘。人間春蕩蕩，花路水漫漫。悵望緘雙鯉，私書欲報難。（私書，韓偓《幽窗》）

美人樓上歌，微睇轉横波。晚日催絃管，繁英耀綺羅。千金傳一曲，半額畫雙蛾。彼此雖流盼，珠櫳無奈何。（晚日，韓偓《大酺樂》）

美人照金井，避險側身行。獨與花相對，長疑畫不成。應憐脂粉氣，誰見綺羅情。隔葉傳春意，圖郎聞笑聲。（圖郎，韓偓《三憶》）

美人閉紅燭，非是爲腰身。見月長憐夜，爲花不讓春。肌膚真可惜，羅綺自相親。著指痕猶濕，情通破體新。（情通，韓偓《無題》）

美人醉燈下，酒色上來遲。徙倚情偏適，低斜力不支。玳筵方盼睞，朱閣更逶迤。羞入鴛鴦被，雙蛾嚬翠眉。（羞入，韓偓《懶卸頭》）

美人紅袖垂，力弱自難持。調笑來相謔，招邀屢有期。薄寒燈影外，斜月枕前時。一晌偎人顫，歡餘玉燕欹。（歡餘，韓偓《春悶偶成》）

美人河嶽靈，繡轂下娉婷。圓月時堪惜，微風韻可聽。落花疑悵望，勸酒太叮嚀。去是黄昏後，雙飛照水螢。（去是，韓偓《早歸》）

美人隔湘浦，款曲擘香牋。贈遠聊攀柳，相思寄采蓮。前溪徒自緑，明月爲誰圓。夢即重尋熟，繡窗愁未眠。（繡窗，韓偓《效崔國輔體》）

美人曠延佇，獨斂向隅眉。拂枕憐長夜，迴燈檢舊詩。何時來比目，未足解相思。已帶傷春病，春風亦不知。（獨斂，韓偓《向隅》）（以上均見清　黄之雋《香屑集》卷九）

水精簾箔繡芙蓉，斜掩朱門花外鐘。遥夜獨棲還有夢，當時一笑也難逢。横垂寶幄同心結，解寄繚綾小字封。爲報高唐神女道，陽臺雲雨過無蹤。（解寄，韓偓《余作探使以繚綾手帕子寄賀》）

些些私語怕人疑，脈脈春情更泥誰。何處相思不相見，歸來如夢復如癡。一鈎冷霧懸珠箔，六曲連環接翠帷。想得那人垂手立，落花牆隔笑言時。（想得，韓偓《想得》）

一鈎新月未沉西，花外烟濛月漸低。碧幌青燈風灩灩，錦裀羅薦夜淒淒。天星墜地能爲石，玉水清流不貯泥。應笑楚襄仙分薄，惟留雲雨怨空閨。（應笑，韓偓《妬媒》）

青銅鏡裏一枝開，曾與如花並照來。緑綺韻高湘女怨，銀泥衫穩越娃裁。須知化石心難定，便逐行雲去不迴。此夜分明來入夢，粉屏香帕又重偎。（此夜，韓偓《偶見背面是夕兼夢》）

鴛鴦怕捉竟難親，鸚鵡嫌籠解罵人。愁倚錦屏低雪面，羞將角黍近香脣。黛眉印在

微微緑，寶帳迎回暗暗春。咫尺畫堂深似海，魂消目斷未逢真。（黛眉，《韓偓余作探使以繚綾手帕子寄賀》）

博山猶自對氤氳，氣味濃香幸見分。莫道風流無宋玉，枉拋心力畫朝雲。當時叢畔唯思我，忽到窗前疑是君。曾向楚臺和雨看，窄羅衫子薄羅裙。（莫道，韓偓《席上有贈》）

思量長自暗消魂，十二樓前花正繁。玉簟微涼宜白晝，紗窗落日漸黄昏。鴛鴦有伴誰能羡，鸚鵡前頭不敢言。一種蛾眉明月夜，此心難捨意難論。（思量，韓偓《蹤跡》）

慵紅悶翠掩青鸞，蕙炷香銷燭影殘。遥想洞房眠正熟，若非魂夢到應難。信題霞綺緘情重，風入羅衣貼體寒。早晚廬家蘭室外，刺桐花發共誰看。（慵紅，韓偓《浣溪紗》）

亦知蹇分巧難拋，翻向天涯困繫匏。何處春風吹曉幙，頻來語燕定新巢。碧窗月落琴聲斷，石徑人稀蘚色交。卻共海棠花有約，花緣網結姤蠨蛸。（翻向，韓偓《有感》）

洞房侍女盡焚香，賴有詩情合得嘗。持贈敢齊青玉案，往來曾約鬱金牀。一宵光景潛相憶，二月春風最斷腸。空記大羅天上事，臉紅眉黛入時妝。（往來，韓偓《五更》）

淺笑低鬟初目成，香侵蔽膝夜寒輕。珠簾月上玲瓏影，金井秋啼絡緯聲。血色羅裙翻酒污，白編椰席鏤冰明。爲君留下相思枕，鸞鳳曾於此放情。（香侵，韓偓《聞雨》）

直似當時夢中聽，春腸遥斷牡丹庭。謝家詠雪徒相比，顧氏傳神實有靈。低檻晚晴

籠翡翠，入簾斜照礙蜻蜓。畫人畫得從他畫，寫向人間作畫屏。（低檻，韓偓《御製春遊長句》）

遶廊行處思騰騰，夜色樓臺月數層。此日別離那可久，何時攜手更同登。珊瑚枕上千行淚，蟋蟀聲中一點燈。直爲相思腰轉細，曲欄愁絶每長憑。（遶廊，韓偓《倚醉》）

夜宿嫦娥舊桂潭，因思往事卻成憨。踏青堤上烟多緑，漱齒花前酒半酣。蘭臉別春啼脈脈，柳絲妨路翠毿毿。光陰負我難相遇，若覩紅顔死亦甘。（光陰，韓偓《青春》）

誰能夜夜立清江，暫寄華筵倒玉缸。曉色入樓紅靄靄，殘燈無燄影幢幢。同心梔子徒誇艷，並蒂芙蓉本自雙。不爲旁人羞不起，日高方始出紗窗。（日高，韓偓《中庭》）

樹名從此號相思，生魄隨君君豈知。寶瑟不能邀卓氏，濁泥猶得葬西施。微波有恨終歸海，流水無情自入池。應裊緑窗殘夢斷，斷腸烟柳一絲絲。（生魄，韓偓《惆悵》）

馨香惟解掩蘭蓀，深院無人獨倚門。雲髻罷梳還對鏡，繡裙斜立正銷魂。莫教回首匀粧面，何忍將身臥淚痕。柳絮杏花留不得，空留鶯語到黄昏。（繡裙，韓偓《宫詞》）

朱門半掩擬重關，雲色鮫綃拭淚顔。翠帳緑窗寒寂寂，碧桃紅杏水潺潺。綺羅堆裏春風畔，牛斗星邊女宿間。借問流鶯與飛蝶，夢魂何處訪三山。（綺羅，韓偓《北齊》）

應非脈脈與迢迢，何事牽牛在碧霄。天外鳳凰誰得髓，岸邊烏鵲擬爲橋。熏籠玉枕無顔色，羅襪金蓮何寂寥。心火自生還自滅，佛前香印廢晨燒。（羅襪，韓偓《金陵》）

女牀唯待鳳歸巢，出入朱門未忍抛。燭燼香殘簾半捲，紅深緑暗徑相交。未容言語還分散，不破工夫漫解嘲。侍女常時教合藥，無人解合續弦膠。（女牀，韓偓《有感》）

繁華穠艷竟如何，坐見西風裊燕窠。白玉窗中聞落葉，緑雲鬟下送横波。一鈎初月臨妝鏡，百尺清潭寫翠蛾。猶自保郎心似石，莫嫌談笑與經過。（莫嫌，韓偓《贈友人》）

瘦去誰憐舞掌輕，卻愁紅粉淚痕生。東風澹蕩慵無力，白日蕭條夢不成。欲託清香傳遠信，好題幽怨寫閨情。紗窗只有燈相伴，斜倚熏籠坐到明。（瘦去，韓偓《偶見》）

花落花開淚滿膺，夜來明月爲誰升。簾斜樹隔情無限，粉薄香殘恨不勝。金縷機中抛錦字，茶鐺影裏煮孤燈。夢爲遠别啼難唤，一半雲鬟墜枕稜。（一半，韓偓《半睡》）

鳳梭停織鵲無音，小婢將行力未禁。好鳥豈勞兼比翼，青山何用隔同心。閑尋綺思千花麗，卻鎖重門一院深。日欲暮時人静處，水精簾外冷沉沉。（好鳥，韓偓《妒媒》）

榆莢堆牆水半淹，山榴似火葉相兼。數枝紅蠟啼香淚，四面朱樓捲畫簾。錦帳羅幃羞更入，金爐檀炷冷慵添。蒲葵細織團圓扇，願託涼風篋笥嫌。（榆莢，韓偓《春盡》）（以上均見清　黄之雋《香屑集》卷十）

粉著蘭胸雪壓梅，輕梳小髻號慵來。羅衣隱約金泥畫，珠帳玲瓏寶扇開。如折芙蓉栽旱地，先將芍藥戲妝臺。花間自欲徘徊立，已怕堂前阿母催。（粉著，韓偓《席上有贈》）

謝家諸婢笑扶行，時引流鶯送好聲。仙路迷人應有術，春光於爾豈無情。林花著雨燕脂落，荇草牽風翠帶横。外院池亭聞動鎖，已教紅袖出門迎。（外院，韓偓《春盡日》）

翡翠簾前日影斜，玉肌香膩透紅紗。峽中尋覓長逢雨，屋裏新妝不讓花。眉斂湘烟袖迴雪，臉横秋水髻盤鴉。殷勤爲囑纖纖手，摘得蘼蕪又一扠。（摘得，韓偓《咏手》）

傾國傾城勝莫愁，逢花卻欲替花羞。鸞裾鳳帶行烟重，錦幨銀珂觸雨遊。圖把一春皆占斷，大都爲水也風流。歸來困頓眠紅帳，宿酒猶酣懶卸頭。（宿酒，韓偓《閨情》）

靚妝纔罷粉痕新，金繡羅衫軟著身。杯裏紫茶香代酒，樓前紅燭夜迎人。映盤皎潔非資月，行步欹危實怕春。景狀入詩兼入畫，巫山雲雨洛川神。（景狀，韓偓《冬日》）

争引秦娥下鳳臺，長眉畫了繡簾開。杏花滿地堆香雪，蓮朵含風動玉杯。競挽春衫來比竝，且將團扇共徘徊。閨幃不得偷迴避，横卧烏龍作妒媒。（横卧，韓偓《妒媒》）

桐花暗淡柳惺忪，步步猶疑是夢中。細路獨來當此夕，小樓昨夜又東風。烟分頂上三層緑，蠟想歌時一燼紅。年紀未多猶怯在，背人撩髩道匆匆。（背人，韓偓《李波小妹歌》）

曾如劉阮訪仙蹤，別有深情一萬重。蜀紙麝媒添筆媚，錦帷鴛被宿香濃。好將花下承金粉，每坐臺前見玉容。春色惱人遮不得，繡羅紅嫩袜酥胸。（蜀紙，韓偓《横塘》）

不及金蓮步步來，有心還得傍瑶臺。綺窗夜閉玉堂静，紅粉春妝寶鏡催。爲報眼波

須穩當，莫將芳意更遲迴。海棠花下鞦韆畔，第二房門手自開。（海棠，韓偓《李波小妹歌》）

霏霏霧雨杏花天，解語花枝在眼前。雙帶繡窠盤錦薦，滿筵紅蠟照香鈿。將同玉蝶侵肌冷，但得鴛衾枕臂眠。爲逐朝雲來此地，始知地上有神仙。（但得，韓偓《厭花落》）

未解知羞最愛狂，巧匀輕黛約殘妝。銜杯微動櫻桃顆，飛盞遥聞荳蔻香。畫扇紅絃相掩映，玉鈎銀燭共熒煌。酡顔一笑夭桃綻，且放春心入醉鄉。（飛盞，韓偓《裊娜》）

玉堂西畔響丁東，心有靈犀一點通。紅袖青蛾留永夕，羅帷繡被卧春風。海樓翡翠閑相逐，巫峽烟花自不同。喧夢卻嫌鶯語老，日高猶睡緑窗中。（玉堂，韓偓《雨後月中玉堂閑坐》）

能歌姹女逐誰迴，席上新聲花下杯。盡寫風流在軒檻，好將心力事粧臺。横拖長袖招人別，笑映珠簾覷客來。怪得獨饒脂粉態，滿庭紅杏碧桃開。（好將，韓偓《席上有贈》）

月映東窗似玉輪，從來祇得影相親。爲雲爲雨徒虛語，傾國傾城總絶倫。頻動横波嗔阿母，遍將宜稱問傍人。今宵好向郎邊去，頓遜杯前共好春。（遍將，韓偓《新上頭》）

閑立風吹金縷衣，玉搔頭裊鳳雙飛。鶯傳舊語嬌春日，蝶遶低枝愛晚暉。翠袖自隨迴雪轉，黛眉輕蹙遠山微。無端卻向陽臺畔，猶逐朝雲暮雨歸。（閑立，韓偓《遥見》）

紅粉女兒窗下羞，幾回擡眼又低頭。麗詞珍貺難雙有，活色生香第一流。坐上弄嬌

聲不轉，夜來攜手夢同遊。莫嫌恃酒輕言語，百斛明珠異日酬。（幾回，韓偓《復偶見》）（以上均見清　黄之雋《香屑集》卷十一）

雲髻盤時未破瓜，桃源仙子不須誇。燈前自繡芙蓉帶，醉裏同看荳蔻花。婉約娉婷工語笑，輕盈嫋娜占年華。蜂偷崖蜜初嘗處，一抹濃紅傍臉斜。（蜂偷，韓偓《多情》）

妝成皓腕洗凝脂，薄粉輕朱取次施。好與檀郎記花朵，最憐京兆畫蛾眉。鶯啼燕語芳菲節，蝶影蜂聲爛漫時。處處風光今日好，碧欄杆外繡簾垂。（碧欄，韓偓《已涼》）

真珠簾箔掩蘭堂，寶簟玲瓏透象牀。偶助笑歌嘲阿軟，也知情願嫁王昌。玉爐香煖頻添炷，畫閣春紅正試妝。惆悵引人還到夜，銀釭斜背解鳴璫。（惆悵，韓偓《重遊曲江》）

嫌羅不著索輕容，卻繫裙腰伴雪胸。碧沼共攀紅菡萏，秋房初結白芙蓉。重吟細把真無奈，浩態狂香昔未逢。如在廣寒宫裏宿，蘭窗繡柱玉盤龍。（卻繫，韓偓《余作探使以繚綾手帕寄賀》）

花邊白犬吠流鶯，拾翠人歸楚雨晴。自是夙緣應有累，也知心許恐無成。今朝何事偏情重，一顧難酬覺命輕。縱使被雷燒作燼，此生終不負卿卿。（一顧，韓偓《病憶》）

卧簟乘閑乍逐涼，袴裁宫纈砑裙長。情多最恨花無語，齒折仍誇笑不妨。縹粉壺中沉琥珀，青羅帳裏寄鴛鴦。玉爲通體依稀見，怪得輕風送異香。（玉爲，韓偓《湖南梅花一冬偶

發》）

小院珠簾著地垂，半開香閤見嬌姿。今年春色還相誤，昨夜消魂更不疑。倚醉無端尋舊約，好風偏似送佳期。此時若有人來聽，休遣玲瓏唱我詩。（倚醉，韓偓《倚醉》）

故揀繁枝折贈君，看朱成碧思紛紛。玉樓冰簟鴛鴦錦，寶鈿香蛾翡翠裙。睡到午時歡到夜，眼如秋水鬢如雲。已嫌刻蠟春宵短，紅蠟先教刻五分。（已嫌，韓偓《妒媒》）

紅燈爍爍緑盤龍，此處搴帷正面逢。羅襪況兼金菡萏，麝熏微度繡芙蓉。楚王雲雨迷巫峽，玉女窗扉報曙鐘。最是五更留不住，幾時歸去願相從。（羅襪，韓偓《浣溪紗》）

一朵能行白牡丹，雪肌仍是玉琅玕。可憐顔色經年別，須盡笙歌此夕歡。夾幕繞房深似洞，含詞忍笑膩於檀。畫圖省識春風面，穩稱菱花子細看。（雪肌，韓偓《浣溪紗》）

收裙整髻故遲留，遥被人知半日羞。卧晚不曾抛好夜，春陰只欲傍高樓。花光來去傳香袖，燭影熒煌映玉鈎。難得相逢容易別，恩情須學水長流。（收裙，韓偓《踏青詞》）

楚腰纖細掌中輕，抱向閑窗卻怕明。雲髻半偏新睡覺，春風一面曉妝成。畫羅金縷難相稱，湘瑟秦簫自有情。此日令人腸欲斷，玉釵敲著枕函聲。（玉釵，韓偓《聞雨》）

送我殷勤酒滿卮，已涼天氣未寒時。慢攏彩筆閑書字，貪弄金梭懶畫眉。烟格月姿曾不改，朝雲暮雨鎮相隨。夜來會吐紅裀畔，醉後抛眠恐負伊。（已涼，韓偓《已涼》）

風流大抵是倀倀，雲雨歸時帶異香。推醉唯知弄花鈿，忍寒應欲試梅粧。金盤解下叢鬟碎，玉腕斜封綵縷長。正面偷勻光滑笏，嬌羞不肯點新黃。（風流，韓偓《寒食夜有寄》）

北窗殘月照屏風，粉頸韓憑雙扇中。滅燭每嫌秋夜短，解衣唯見下裳紅。血凝血散今誰是，人去人來自不同。心折此時無一寸，青鸞飛入合歡宮。（解衣，韓偓《晝寢》）

柳暗朱樓多夢雲，鞦韆打困解羅裙。涼簪墜髮春眠重，花樹留歡夜漏分。爐火欲消燈欲盡，博山微煖麝微熏。低迷隱笑原非笑，切莫教他孫壽聞。（鞦韆，韓偓《偶見》）

無力嚴妝倚繡櫳，自疑身在畫屏中。越羅冷薄金泥重，水閣虛涼玉簟空。應有妖魂隨暮雨，巧將花貌占春風。嬌嬈不耐人拳跼，一朵紅酥旋欲融。（應有，韓偓《太平谷中玩水上花》）

焚香宴坐晚窗深，暗覺馨香已滿襟。十五翠蛾羞水色，一雙紅臉動春心。風條月影皆堪重，玉液金華莫嫌斟。簾幕四垂燈燄暖，解衣先覺冷森森。（解衣，韓偓《咏浴》）

催整花鈿出繡閨，能將一笑使人迷。宜須數數謀歡會，未可匆匆便解攜。撲粉更添香體滑，彈琴常到月輪低。與郎酣夢渾忘曉，翠幙紗窗鶯亂啼。（撲粉，韓偓《晝寢》）

殘燈和燼閉朱櫳，一隻橫釵墜鬐叢。誰信好風清簟上，不知明月出牆東。傳情每向馨香得，細筭還緣血脈同。四體著人嬌欲泣，可憐容色奪花紅。（四體，韓偓《半睡》）

寒輕夜淺遶迴廊，勾引花枝笑凭牆。蠟照半籠金翡翠，羅裙宜著繡鴛鴦。相思莫救燒心火，事過方聞鎖骨香。鐘動紅娘喚歸去，向人枕畔著衣裳。（事過，韓偓《感舊》）

信知尤物必牽情，不獨文君與馬卿。銀燭焰前貪勸酒，沉香火底坐吹笙。和風細動簾帷暖，朧月斜穿槅子明。總在人間爲第一，直疑蹤跡到蓬瀛。（信知，韓偓《病憶》）（以上均見清黄之雋《香屑集》卷十二）

嬌羞不肯入鴛衾，月淡花閑夜已深。寒色滿窗明枕簟，好香和影上衣襟。通宵道意終無盡，半醉狂心忍不禁。常恐便隨巫峽散，真珠簾下曉光侵。（半醉，韓偓《厭花落》）

酥凝背胛玉搓肩，漆點雙眸鬢繞蟬。卻斂細眉歸繡户，重梳短髻下金鈿。含嬌含態情非一，傾國傾城併可憐。置向漢宮圖畫裏，紅屏風掩緑窗眠。（酥凝，韓偓《偶見背面是夕兼夢》）

臉膩香熏似有情，東風斜揭繡簾輕。劉家牆上花還發，卓氏門前月正明。何必向來曾識面，不妨高處便題名。青蛾莫怪頻含笑，一笑從教下蔡傾。（一笑，韓偓《偶見》）

花髮月鬢緑雲重，不競春妖冶態濃。鸂鶒杯中浮竹葉，鴛鴦帳裏暖芙蓉。教移蘭燭頻羞影，慢束羅裙半露胸。定是風光牽宿醉，靜眠珍簟起來慵。（教移，韓偓《詠浴》）

自有池荷作扇搖，紅薔薇映碧芭蕉。瓊幄繡帳開明月，珠箔銀鈎對綵橋。直遣麻姑

與搔背，偶逢神女學吹簫。長來枕上牽情思，枕上芳辰豈易消。（紅薔，韓偓《深院》）

看取妖容露雪肌，膩於瓊粉白於脂。堪臨薤簟閑憑月，斜背銀釭半下帷。洛浦風光何所似，楚天雲雨盡堪疑。此時不敢分明道，唯有妝樓明鏡知。（此時，韓偓《嬝娜》）

再整魚犀攏翠簪，正熏龍麝煖鴛衾。朝來始向花前覺，煖處偏知香氣深。曾恨夢中無好事，不將今日負初心。小憐玉體横陳夜，報爾千金與萬金。（再整，韓偓《咏浴》）

春風吹我入仙家，舞榭妝樓處處遮。繡户遠籠寒焰重，簾鈎半捲緑陰斜。粉香汗濕瑶琴軫，腕白膚紅玉筍芽。引得嬌鶯癡不去，惹他頭上海棠花。（腕白，韓偓《咏手》）

嬝娜腰肢澹薄妝，窗窗院院户相當。三花秀色通春幌，一曲歌聲繞翠梁。每到月圓思共醉，不因風起也聞香。昨宵綺帳迎韓壽，卻有餘薰在繡囊。（嬝娜，韓偓《嬝娜》）

嫩紅雙臉似花明，飛燕身輕未是輕。楚雨含情皆有託，御香聞氣不知名。黄金鸂鶒當筵睡，白雪猧兒拂地行。長憶小樓風月夜，玉杯春煖許同傾。（御香，韓偓《偶見》）

合眼逢君一夜歡，芙蓉面上粉猶殘。縱爲夢裏相隨去，爭奈人前忍笑難。偶語閑攀芳樹立，轉身應把淚珠彈。情知點污投泥玉，不敢公然子細看。（轉身，韓偓《復偶見》）

東樓日出照凝酥，曾伴瑶花近玉壺。比目鴛鴦真可羨，黄鶯百舌正相呼。此時欲别魂俱斷，昨夜邀歡樂更無。好是向人柔弱處，薄羅衫子透肌膚。（此時，韓偓《五更》）

夜色纔侵已上牀，雨沾雲惹侍襄王。覺來依舊三更月，過去唯留一陣香。已厭交歡憐枕席，有時顛倒著衣裳。天明又作人間別，懶對菱花暈曉妝。（懶對，韓偓《閨怨》）

合是愁時亦不愁，只將羞澀當風流。一雙笑靨嚬香蕊，十五紅妝侍綺樓。小鳳戰篦金颭灩，繡檀迴枕玉雕鎪。向人雖道渾無語，眼意心期卒未休。（眼意，韓偓《青春》）

雲飄雨送到陽臺，覺後精神尚未迴。膩粉暗消銀鏤合，瓊筵不醉玉交杯。誰知春色朝朝好，莫道遊蜂日日來。悵望昔逢褰繡幔，朱門深巷百花開。（悵望，韓偓《咏手》）

殘燭猶存月尚明，與奴方便送卿卿。綠鬟女伴含愁別，玉色郎君弄影行。蘭室絪縕香且結，朱唇掩抑悄無聲。早知有此關身事，悔不天生解薄情。（與奴，韓偓《偶見》）

美人簾下妬盈盈，今日消魂事可明。多爲過防成後悔，唯將舊物表深情。黃金盒裏盛紅雪，碧玉盤中弄水晶。鸚鵡偷來話心曲，傍簾呼喚勿高聲。（多爲，韓偓《妬媒》）

獨自嬋娟色最濃，一枝嬌臥醉芙蓉。柔腸早被秋眸割，倦枕徐欹寶髻鬆。曉夢未離金夾膝，殘香猶煖繡熏籠。請君細看風流意，半在眉間半在胸。（倦枕，韓偓《晝寢》）

半胸酥嫩白雲饒，背面羞人鳳影嬌。好似文君還對酒，始知嬴女善吹簫。舞衫斜捲金條脫，攏髻新收玉步搖。聞道神仙不可接，魂隨暮雨此中銷。（攏髻，韓偓《浣溪紗》）

沉水熏衣白璧堂，畫簾垂地紫金牀。二年芳思隨雲雨，半夜潛身入洞房。涼月照窗

欹枕倦，輕花委砌惹裾香。多情更有分明處，紅縷綃中玉釧光。（半夜，韓偓《五更》）

不趁音聲自趁嬌，芙蓉帳煖度春宵。卻教鸚鵡呼桃葉，引得黄鶯下柳條。垂手亂翻雕玉珮，背燈初解繡裙腰。紗窗月影隨花過，須把風流暗裏消。（背燈，韓偓《浣溪紗》）

繡户徘徊明月光，月明還照半張牀。豈知侍女簾帷外，暫醉佳人錦瑟傍。肌骨細勻紅玉軟，髻鬟狼籍黛眉長。袴花自似秋雲薄，惹得巫山夢裏香。（豈知，韓偓《咏浴》）

小樓纔受一牀横，指滑音柔萬種情。羅帳四垂紅燭背，香雲雙颭玉蟬輕。窗前人静偏宜夜，枕上相看直到明。兩意定知無説處，醉聞花氣睡聞鶯。（羅帳，韓偓《聞雨》）

簾鈎纖挂窗葱條，深鎖東風貯阿嬌。月若半環雲若吐，花如雙臉柳如腰。粉融香汗流山枕，妝發秋霞戰翠翹。整頓衣裳皆著卻，黛眉偎破未曾描。（月若，韓偓《南浦》）

十三初學擘箜篌，蜀柳絲絲羃畫樓。家醖滿瓶書滿架，碧天如鏡月如鈎。宓妃腰細纔勝露，韓壽香焦亦任偷。慢鞁輕裙行欲近，只能歡笑不能愁。（韓壽，韓偓《閨情》）（以上均見清　黄之雋《香屑集》卷十三）

金雀鴉鬟年十七，酒酣雙臉卻微紅。名題小篆矜垂露，花學嚴妝妒曉風。閑引鴛鴦芳徑裏，先過翡翠寶房中。從來天下推尤物，韶艷朱顔竟不同。（酒酣，韓偓《和嘆白菊衰謝》）

窈窕年華方十九，夜深偷送好聲來。紫金地上三更月，白玉堂前一樹梅。酒蕩襟懷

微駊騀，手拈裙帶獨徘徊。春心莫共花爭發，笑指庭花昨夜開。（酒蕩，韓偓《多情》）

隴禽山曉隔簾呼，許到風前月下無。安得千金遺侍者，且隨五馬覓羅敷。至誠無語傳心印，相見休言有淚珠。好是紅窗風月夜，高燒銀燭卧流蘇。（至誠，韓偓《厭花落》）

魂消千片玉樽前，冰雪顔容桃李年。菱鏡也知移艷態，寶釵長欲墜香肩。柳遮門户横金鎖，桐下空堦疊緑錢。想得佳人微啟齒，茶教纖手侍兒煎。（想得，韓偓《荔支》）

妙妓新行峽雨迴，嶺雲微步下陽臺。霓旌玉珮參差轉，珠箔銀屏迤邐開。從此不知蘭麝貴，相期共鬬管絃來。春風一夜吹香夢，欲結靈姻愧短才。（妙妓，韓偓《錫宴日作》）

乍入深閨玳瑁筵，兩重門裏玉堂前。女蘿力弱難逢地，桐葉風翻欲夜天。只爲從來偏護惜，可能無礙最團圓。芙蓉帳小雲屏暗，明月相隨何處眠。（兩重，韓偓《想得》）

宜在紗窗繡户中，畫樓西畔桂堂東。丁當玉珮三更雨，簇簌金梭萬縷紅。蝴蝶有情牽曉夢，麝臍無主任春風。殷勤爲訪桃源路，一水盈盈路不通。（宜在，韓偓《恩賜櫻桃分寄朝士》）

蘭蕙芬芳見玉姿，帶風楊柳認蛾眉。不眠特地重相憶，欲咏無才是所悲。曲項琵琶催酒處，深紅衫子映門時。再遊巫峽知何日，雲雨荒臺豈夢思。（欲咏，韓偓《見花》）

花恨紅腮柳妒眉，前年曾見兩鬟時。風流肯落他人後，春思翻教阿母疑。蟬鬢鳳釵慵不整，牙牀角枕睡常遲。何時斗帳濃香裏，結作雙葩合一枝。（何時，韓偓《有憶》）月過花西尚未眠，夜深閑到戟門邊。石家蠟燭何曾剪，嬴女銀簫空自憐。酬贈既無青玉案，風流合在紫微天。一雙笑靨纔迴面，心火因君特地燃。（心火，韓偓《偶見背面是夕兼夢》）

鬌根鬆慢玉釵垂，正是女郎眠覺時。愁傍翠蛾深八字，便將濃墨掃雙眉。凝顰掩笑心相許，鬬艷傳情世不知。可惜鶯啼花落處，故教迢遞作佳期。（鬌根，韓偓《鬆髻》）

嬌嬈意緒不勝羞，身帶春風立岸頭。獨結香綃偷餉送，續教啼鳥説來由。何當歸去重攜手，此後相思幾上樓。應是離魂雙不得，淚珠時傍枕函流。（嬌嬈，韓偓《意緒》）

舊窗風月更誰親，石上青苔思殺人。處士不生巫峽夢，少年應遇洛川神。半身映竹輕聞語，微步凌波暗拂塵。此日相逢魂合斷，緑楊宜作兩家春。（半身，韓偓《復偶見》）

鈿暈羅衫色似煙，未梳雲髻臉如蓮。水香剩貯金盆裏，蘭沐初休曲檻前。見倚小窗親襞染，静尋春譜認嬋娟。驚鴻瞥過游龍去，只得相看不得憐。（水香，韓偓《多情》）

莫教雲雨晦陽臺，銀鴨金鳧也變灰。空遺横波傳意緒，偶因翻語得深猜。寸心誓與長相守，仙境那能卻再來。今日看君顔色好，愁眉和笑一時開。（偶因，韓偓《妒媒》）

同有詩情自合親，鳳銜瑶句蜀牋新。殷勤留滯緣何事，消息佳期在此春。阿母幾嗔花下語，侍兒堪感路旁人。忽看月滿還相憶，惟願瓊枝入夢頻。（消息，韓偓《新上頭》）美人扶踏金堦月，侍女親擎玉酒巵。水精簾外轉逶迤，動静防閑又怕疑。早爲不逢巫峽夢，何因重有武陵期。莫怪當歡卻惆悵，明朝拂曙與君辭。（動静，韓偓《不見》）寳匣鏡昏蟬鬢亂，錦堂畫永繡簾垂。一尺紅綃一首詩，淚痕點點寄相思。須知入骨難銷處，盡在停針不語時。春風澹蕩無人見，自守空房斂恨眉。（一尺，韓偓《别錦兒》）（以上均見清　黄之雋《香屑集》卷十四）

雙燕雙飛繞畫梁，蜂爭粉蕊蝶分香。此時月色同需醉，何處春陽不斷腸。金匣掠平花翡翠，舞裀揉盡繡鴛鴦。低頭悶把衣襟撚，半是思郎半恨郎。（低頭，韓偓《厭花落》）

相思那得夢魂來，一日須來一百迴。何處畫橈尋緑水，豈無香跡在蒼苔。更深欲訴蛾眉斂，醉後仍教笑口開。連理枝前同設誓，便期攜手上春臺。（豈無，韓偓《太平谷中玩水上花》）

月過疎簾夜正涼，卻來閑處暗思量。靈妃不降三清駕，侍婢先焚百和香。别後料添新夢寐，秋深初换舊衣裳。鴛鴦鈿帶抛何處，紅粉雲鬟空斷腸。（秋深，韓偓《秋深閑興》）

夜夜孤眠枕獨欹，兩三行淚忽然垂。長疑好事皆虚事，莫遣佳期更後期。魂魄不曾來入夢，身情常在暗相隨。吴刀剪破機頭錦，織得回文幾首詩。（身情，韓偓《惆悵》）

直恐金刀易剪裁，錦囊封了又重開。蘭釵委墜垂雲髮，玉筯闌干界粉腮。滅燭何曾妨夜坐，畫眉猶自待君來。相思倘寄相思子，一寸相思一寸灰。（錦囊，韓偓《厭花落》）

鏡裏紅顔不自禁，自知明艷更沈吟。玉釵斜篸雲鬟重，鈿盒重盛繡結深。欲寄相思千里月，只因偏照兩人心。畫眉此日空留語，笑看妝臺落葉侵。（畫眉，韓偓《別錦兒》）

誰憐夢好轉相思，入骨相思知不知。羅幙畫堂深皎潔，玉珂瑶佩響參差。惜逢金谷三春盡，休話如皋一笑時。試逐佳遊芳草路，王孫還自負佳期。（誰憐，韓偓《有憶》）

豈知平地似天台，豈肯離情似死灰。鈿合金釵寄將去，花袍白馬不歸來。殷勤莫使清香透，嗔怒難逢笑靨開。一院無人春寂寂，起行殘月影徘徊。（嗔怒，韓偓《席上有贈》）

澹澹春風花落時，收將鳳紙寫相思。一緘書札藏何事，萬種恩情只自知。瑶瑟玉簫無意緒，竹窗松户有佳期。莫令溝水東西別，腸斷紅牋幾首詩。（萬種，韓偓《中春憶贈》）

翡翠横釵舞作愁，可堪分袂又經秋。四時最好是三月，萬里誰能訪十洲。曾向春窗分綽約，再來南國見風流。因思往事成惆悵，雙淚如珠滴不休。（四時，韓偓《三月》）

雨餘虚館竹陰清，別後啼痕上竹生。絶代佳人何寂寞，一塲春夢不分明。軒窗簾幕皆依舊，風月煙花豈有情。正是客心孤迥處，誰家玉笛暗飛聲。（絶代，韓偓《意緒》）

相望銀河隔淺流，畫屏無睡待牽牛。組紃長在佳人手，歌舞疑停織女秋。遥夜定嫌

香蔽膝，雙鬟慵整玉搔頭。月娥未必嬋娟子，望月還登乞巧樓。（遥夜，韓偓《青春》）（以上均見清　黄之雋《香屑集》卷十五）

八字如相許，雙杯未可辭。石橋春暖後，羅幌月明時。困立攀花久，貪吟放盞遲。如何抛錦帳，已得並蛾眉。猶豫應難抱，嬌嬈不自持。楚腰知便寵，無語枕頻欹。（貪吟，韓偓《寒食日雨中看薔薇》）

借問妝成未，佯羞不出來。洞房閑窈窕，香步獨徘徊。懶整鴛鴦被，輕斟瑪瑙杯。繡屏金作屋，鸞鏡玉爲臺。水弄湘娥佩，鹽牽謝女才。隔花聞一笑，竹裏夜窗開。（繡屏，韓偓《無題》）

燕語雕梁晚，龍盤畫燭新。屏開金孔雀，梳陷鈿麒麟。粉蕊粘妝籠，紅綿拭鏡塵。艷迴秦女目，態比洛川神。月好頻移座，花飛復戀人。春風誰識面，雲雨是前身。（紅綿，韓偓《無題》）

綵女搴羅幙，仙姬出畫堂。手持雙荳蔻，被捲兩鴛鴦。見欲迷交甫，教他喚阮郎。五更樓下月，一夜夢中香。落絮縈衫袖，飄花遶洞房。春風傳我意，特地引紅妝。（手持，韓偓《無題》）

屏掩芙蓉帳，高樓挂玉繩。漫眠人不喚，獨卧妾何曾。翠匣開寒鏡，紗窗背曉燈。花情羞脈脈，春夢困騰騰。髣髴曾相識，纖毫欲自矜。酥融香透肉，蘇合點難勝。（春夢，韓偓

《三憶》）

笑脱繡衣裳，遠屏燈半滅。玲瓏合歡袴，解帶翻成結。（遠屏，韓偓《五更》）

池北池南草緑，山南山北雪晴。花間一杯促膝，羅襪繡被逢迎。（羅襪，韓偓《六言》）

半寒半暖正好，明日後日花開。宿翠殘紅窈窕，聽歌弄影徘徊。（半寒，韓偓《六言》）

樓上新妝待夜，簾垂斜月悠悠。夜後邀陪明月，還應先照西樓。（還應，韓偓《六言》）

絶代佳人難得，春樓處子傾城。含情咫尺千里，落日微風送行。（春樓，韓偓《六言》）

美人病來遮面，揉損聯娟澹眉。花落家僮未掃，掃即郎去歸遲。（揉損，韓偓《六言》）

門掩殘花寂寂，心隨挂鹿摇摇。紅袖不乾誰會，空餘淚滴迴潮。（紅袖，韓偓《六言》）

花裏暫時相見，閨中獨坐含情。桃源洞口來否，月色今宵最明。（桃源，韓偓《六言》）

惆悵空教夢見，相思無處通書。若向陽臺薦枕，何殊西子同車。（惆悵，韓偓《六言》）（以上均見黄之雋《香屑集》卷十六）

夜擁雙姬暖似春，其間豈是兩般身。猶疑未滿情郎意，不見心中一個人。（猶疑，韓偓《厭花落》）

與君相見即相親，必怨顛狂泥摸人。詎得將心入君腹，與君雙棲共一身。（必怨，韓偓《早起探春》）

池邊釣女日相隨，姊姊教人且抱兒。手把楊枝臨水坐，便是觀音手裏時。（便是，韓偓《咏

柳》）

大堤女兒郎莫尋，春衣一對直千金。至今衣領臙脂在，剛被恩情誤此心。（至今，韓偓《自負》）

月自斜窗夢自驚，黄雞催曉丑時鳴。被頭不暖空沾淚，秖共寒燈坐到明。（被頭，韓偓《惆悵》）

三月江城柳絮飛，蜂黄蝶粉兩依依。緑鶯長叫香閨畔，絆惹春風莫放歸。（蜂黄，韓偓《侍宴》）

六月清涼緑樹陰，睡容新起意沈吟。翠屏閑掩垂珠箔，自試香湯更怕深。（自試，韓偓《咏浴》）

晴景悠揚三月天，踏青爭近緑潭邊。花間自欲徘徊立，見倚朱欄咏柳綿。（見倚，韓偓《寒食日重遊李氏園亭》）

槐柳陰陰五月天，捲簾初聽一聲蟬。中庭自摘青梅子，碾玉蜻蜓綴鬢偏。（中庭，韓偓《中庭》）

採蓮湖上紅更紅，蓮花不肯嫁春風。輕舟短櫂唱歌去，驚散遊魚蓮葉東。（蓮花，韓偓《寄恨》）

小桃閑上採蓮船，蓮葉出水大如錢。玉纖折得遥相贈，寄與湘妃作翠鈿。（玉纖，韓偓《咏

柳》）

微風細雨徹心肝，偷折蓮時命也拚。採蓮無限蘭橈女，半似羞人半忍寒。（半似，韓偓《復偶見》）

東南日出照高樓，誰家女兒樓上頭。分明一任傍人見，不使珠簾下玉鈎。（分明，韓偓《厭花落》）

樓檻層層映水紅，王昌只在此牆東。影遭碧水潛勾引，碧玉搔頭落水中。（王昌，韓偓《晝寢》）

也同歡笑也同愁，簾下三重幙一鈎。知道相公憐玉腕，魚犀月掌夜通頭。（簾下，韓偓《雨村》）

秋天寂寞夜雲凝，深映寒窗一盞燈。分明窗下聞裁剪，半匹紅紗一丈綾。（分明，韓偓《倚醉》）

萬種恩情只自知，萬般饒得爲憐伊。相思一夜知多少，天欲明前睡覺時。（萬種，韓偓《中春憶贈》）

故故推門掩不開，心從別處即成灰。金缾落井無消息，昨夜因何入夢來。（心從，韓偓《午寢夢江外兄弟》）（以上均見清黄之雋《香屑集》卷十七）

甘得貧閑味甚長，書家院裏遍抄將。可憐饌玉燒蘭者，卻笑雕花刻葉忙。（甘得，韓偓《秋

深閑興》)(清　黄之雋《香屑集》,《自題〈香屑集〉卷末》)

《瑞鷓鴣·懷仙》:香飄金屋篆煙清(戴叔倫),瘦去誰憐舞掌輕(韓偓)。艷骨已成蘭麝土(皮日休),丹書應换蘂宫名(王貞白)。寧知玉樹後庭曲(温庭筠),多似霓裳散序聲(白居易)。重上鳳樓追故事(李頻),水流花謝兩無情。(崔涂)

又:玉筯闌干界粉腮(劉兼),霧綃雲縠稱身裁(羅虬)。花應洞裏常時發(韓偓),水到人間定不回(曹唐)。愁態自隨風燭滅(李紳),離筵只惜暝鐘催(錢起)。會須攜手乘鸞去(趙嘏),且作行雲入夢來(包何)。(以上均見清　蔣景祁《瑶華集》卷五)

城郭蕭條隱夕暉(劉滄),洞庭橘柚早霜微(李順)。擣衣碪上江流急(顧瑛),長笛聲中海月飛(李白)。漢苑蘼蕪秋已老(韓偓),楚天雲雨意多違(朱灣)。故鄉自此扁舟去(顧瑛),碧水鱸魚墜釣肥(岑参)。(清　蔣景祁《瑶華集》卷附一)

挽留無策夜何其,春盡江南草木知。紅淚祇憂殘蠟短,緑窗長祝曉雞遲。靈威好在期仍見,慓怒徐催莫便移。一盞真同傾臘酒,穠陰明日遍枝枝。(杜牧詩:「即此醉殘花,便同嘗臘酒。」韓偓詩:「明日池塘是緑陰。」)(清　揆叙《益戒堂詩集·後集》卷三《賦得未到曉鐘猶是春》)

《春興二十首》:處處斜陽草似苔(韓偓),天時人事日相催(杜甫)。籠中嬌鳥暖猶睡（温飛卿），山下碧桃春自開（許渾）。萬里雄心摧説劍（吴國倫），百年多病獨登臺（杜甫）。歸家但革凌雲賦（蘇軾），莫遺黄金謾作堆（張祜）。

曉鶯啼破夢忽忽（蘇軾），得喪悲歡盡是空（温庭筠）。細水浮花歸别澗（韓偓）……桃夭杏艷清明近（羅鄴），天澹雲閑今古同（杜牧）。……

今日殘花昨日開（崔惠），暮潮歸去早潮來（韋應物）。爲文無出相如右（韓愈），欲賦慚非宋玉才（温庭筠）。道自升沈寧有定（王守仁），心從到處即成灰（韓偓）。……（以上均見清　黎景義《二丸居集選》卷三）

其十：紗窗日落漸黄昏（劉方平），侍女移燈掩殿門（韓偓）。無那楊花起愁思（李頻），卻將春色寄苔痕（長孫佐輔）。

其十三：舞衣頓減舊朝香（李建勳），回首東風一斷腸（羅隱）。無限春愁莫相問（趙嘏），一生贏得是淒涼（韓偓）。

其三十一：雨憐鶯曉落殘梅（韓偓），片片香雲出苑來（薛逢）。無路從容陪笑語（杜甫），獨尋春色上高臺（薛能）。

其三十九：幃幌蕭條日又斜（劉兼），更將何事送年華（皮日休）。新愁舊恨知無奈（韓偓），閑閉春風看落花（秦系）。

其四十：鳳脛青燈照洞房（韓偓），閉門不出自焚香（司空曙）。更無人處垂簾地（李商隱），晝閣春紅正試粧（鄭谷）。

其六十八：花外煙濛月漸低（陸龜蒙），紅綿粉絮裛粧啼（崔國輔）。西樓惆悵芳菲節（韓偓），塵起春風滿御堤（王建）。

其九十一：月當銀漢玉繩低（李紳），秘殿崔嵬拂彩霓（李商隱）。此夜分明來入夢（韓偓），五雲仙珮曉相攜（譚用之）。

其一百十三：天門閶闔降鸞鑣（趙彥昭），清吹泠泠雜鳳簫（李乂）。何事神仙九天上（劉禹錫），珊瑚玉佩徹清霄（韓偓）。（以上均見清　李天馥《古宮詞》）

集成句：造物與閑兼與壽（陸游），書生得句勝得官（陳與義）。明月清風應愜意（韓偓），落花芳草本無情（李中）。敢吟莫莫休休句（周必大），看放重重疊疊山（范成大）。紅波碧巘相吞吐（蘇軾），朗月清風悵別離（杜牧）。（清　李佐賢《石泉書屋類稿》卷八《銘贊聯》）

《秋寒》：前日驕陽尚滿林，天機陡轉冷光侵。蕭森已識閑中味，淒緊初關別後心（時送欒城幼魯北行）。四壁圖書溫破帽，千家簾幕促疎砧。多情那得如韓偓，灑背微霜擁鼻吟。（清　厲鶚《樊榭山房集》卷五）

陳克：淚眼生憎好天氣，離腸偏觸病心情。（《贈別》）《許彥周詩話》：「韓偓、溫庭

筠未嘗措意及此。」（清　厲鶚《宋詩紀事》卷四十六）

又集唐人句云：四時最好是三月，萬里誰能訪十洲。（韓偓、李商隱）（清　梁章鉅《楹聯續話》卷四）

……露氣暗通青桂苑（李商隱），日華摇動鬱金袍（許渾）。絳節幾時還入夢（薛逢），御香聞氣不知名（韓偓）。應是無幾承雨露（長孫佐輔），不教容易損年華（李商隱）……

……鴻雁不堪愁裏聽（李頎），鷓鴣休向耳邊啼（韓愈）。畫眉今日空留語（韓偓），遠目非春亦自傷（李益）。愁占蓍草終難決（劉長卿），欲採蘋花不自由（柳宗元）……（以上均見清　梁章鉅《巧對録》卷七）

閩中鄭荔薌方坤，乾隆時守兖州，爲政風流，到今猶存。兹見其集唐和杜子美《秋興》元韻八首，并叙……詩曰：迭和山歌逗遠林（陸龜蒙），解衣先覺冷森森（韓偓）……託身須上萬年枝（韓偓）……（清　馬星翼《東泉詩話》卷三）

《擬唐三十種并序》：……舊巢牢落委群鳩，矯翼雲衢汗漫遊。令屋長鳴寧浪語，雕陵聊息肯深留。紛隨車騎旌賢淑，接比銀河慰女牛。違向不訛棲自穩，無勞譙羽事綢繆（韓偓《咏鵲》）。（清　毛曙《野客齋詩集》卷三）

繆試雋《預千叟宴集唐恭紀》：禁城春色曉蒼蒼（賈至），繞仗偏隨鵷鷺行（錢起）。

願上玉宸千萬壽(吴融),遒文更祝日重光(張説)。日月天衢仰面看(白居易),風吹歌管下雲端(韓偓)。瑶池宴罷歸來晚(韋莊),中使頻傾赤玉盤(王維)。(清　潘衍桐《兩浙輶軒續録》卷十)

紫楫青《西高秋集句時客尖山》:山形如峴首(白居易),況是月臨江(元稹)。風物悲遊子(杜甫),琴樽寄此窗(陳子昂)。恨深書不盡(韓偓),愁極酒難降(許渾)。白髮三千丈(白居易),子言得無哤(韓愈)。(清　潘衍桐《兩浙輶軒續録》卷十一)

《柳亭詩話》卷三云:文信國集杜有二百首,王文節思任集陶爲律三十四首,沈太常延銘集唐至數十卷,各體皆備。施廣文端教集唐至三千首,皆絶句。……無波徵君之舉鴻博也,以鍾中丞見其春夏秋冬登黄鶴樓集唐三十二首,愛而薦之。《春》云:「江邊黄鶴古時樓(白居易),崔顥題詩在上頭(無名氏)。一自神仙留笑語(李山甫),至今鄉土盡風流(李遠)。吟哦但寫胸中恨(許堅),簡貴將求物外遊(韓翃)……地迥難招自古魂(韓偓)……别無塵士翳虚空(韓偓)……傷心闊别三千里(韓偓)……因向此隅建此樓(韓偓)。」(平步青《霞外攈屑》卷八下《眠雲舸釀説》下《陳慕陵詩》)

李布政楨《月下彈琴記集句詩二十首》(選四首):

其三:雲想衣裳花想容(唐李白詩),青春已過亂離中(《唐音》劉文房詩)。功名富貴若長在（唐李白詩），得喪悲歡儘是空（唐温飛卿）。窗裏日光飛野馬（《鼓吹》韓偓詩），岩前樹色隱房櫳（《唐音》王維）。身無彩鳳雙飛翼（《鼓吹》李商隱），油壁香車不再逢（《詩統》晏殊詩）。

其八：形容變盡語音存（《詩統》蘇東坡詩），地夐難招自古魂（《鼓吹》韓偓詩）。閑結柳條思遠道（《詩統》范鎮），欲書花葉寄朝雲（《鼓吹》李商隱）。窗殘夜月人何在（《鼓吹》胡曾詩），樹蘸蕪香鶴共聞（《鼓吹》陸龜蒙）。今日獨經歌舞地（《三體》趙嘏詩），娟娟霜月冷侵門（《草堂》詩，康伯可詞）。

其十七：處處斜陽草似苔（《鼓吹》韓偓），野塘晴暖獨徘徊（《鼓吹》韓偓）。侍臣最有相如渴（《唐音》李義山），欲賦慚非宋玉才（《唐音》温飛卿）。弦管變成山鳥弄（《三體》李遠詩），屧廊空信野花埋（《鼓吹》皮日休）。情知到處身如寄（《詩統》高士談），莫遣黄金謾作堆（《鼓吹》張祜）。

其十九：繞門清槿絶塵埃（《鼓吹》韓偓），白石蒼蒼半緑苔（《鼓吹》許渾）。詩酒漸消風力軟（《草堂》東坡），桃花浄盡菜花開（唐劉夢得）。一泓海水杯中瀉（唐李賀詩），萬里銘旌死後來（《鼓吹》張祜）。世上英雄本無主（唐李賀詩），爭教紅粉不成灰（唐張建封妾盼盼詩）。（以上均見清錢謙益《列朝詩集》閏集卷五）

麗澤社中所得詩人如謝靜希、蕭雅堂、黄樹勳、葉季允、陳伯明、李汝衍、盧桂舫，皆流寓也，而尤以黄樹勳爲冠。丁酉冬月，課詞章，題《詠史十律》，作者幾及百人。求一廉悍慓鋭，能突過黄者，正未易言也。今將原稿具録左方。《賈誼》云：「政事書陳策萬言，無端痛哭壯心存。憂深七國空流涕，遇感三閭此弔魂。宣室鬼神關道治，長沙謫宦亦君恩。憐才惟有河南守，絳灌諸公曷足論。」……《杜甫》云：「身世曾經天寶亂，關山祇益少陵悲。干戈宇宙偏爲客，忠愛文章盡付詩。花落成都懷故國，秋高夔府望京師。堪嗤無病呻吟者，學杜誰知僅得皮。」……《韓偓》云：「悱惻芬芳絶妙詞，誰知風骨竟如斯。都將家國無窮淚，寫入香奩艷體詩。斷腕能爭貽範相，痛心誰召汴梁師。劉楊亦是西崑派，亮節忠規炳一時。」（清　邱煒萲《五百石洞天揮麈》卷三）

李義賢《秋日寄方峙中客粤西》：秋至含霜動（宋之問），懷君不自持（岑參）。雁翻蒲葉起（崔湜），魚静蓼花垂（温庭筠）。縱得相逢處（韓偓），都非少壯時（杜甫）。烟波千里隔（賈島），莫怪尺書遲（韓翃）。

李義賢《漫成一律贈朱更生》：舒卷忘饑渴（李咸用），貪吟放醆遲（韓偓）。微風時動牖（韋嗣立），衆鳥各歸枝（聶夷中）。零落星欲盡（薛據），徘徊夜轉宜（葉季良）。投甎聊取笑（李端），把筆學題詩（韋應物）。

李義賢《春閨》：真成薄命久尋思（王昌齡），誤嫁長安遊俠兒（崔顥）。清露下時傷旅鬢（許渾），黄金何日贖蛾眉（白居易）。花開花謝常如此（羅隱），春去春來那得知（孟郊）。慚愧流鶯相厚意（韓偓），百般言語滯空枝（方干）。

李義賢《春閨》：愁坐蘭閨日過遲（羅鄴），梁間棲燕欲雙飛（徐寅）。風飄雨灑簾帷故（白居易），海闊天長音信稀（宋之問）。深院不關春寂寂（韓偓），高樓獨上思依依（皇甫冉）。分明更想殘宵夢（吴商浩），聞道鄰家夫婿歸（魚元機）。

李義賢《過桐廬》：錢塘江盡到桐廬（韋莊），偶滯長途半月餘（羅隱）。路遠漸憂知己少（韓偓），情高原與世人踈（方干）。嵇康懶慢仍躭酒（蘇廣文），方朔家貧未有車（皮日休）。何以嚴陵灘上客（戴叔倫），一竿竹不换簪裾（黄滔）。

江昉《晴綺軒集詞句》：悄倚西樓第幾闌（周密），六銖衣薄惹輕寒（韓偓）。金徽昨夜初賡月（俞彦），折得梅花獨自看（潘昉）。（以上均見清 阮元《淮海英靈集》戊集卷四）

劉淑頤《四時詞》之一：雲母空窗曉煙薄（温庭筠），池邊雨過飄帷幕（許渾）。日長風暖柳青青（賈至），銀綫千條度虚閣（韓偓）。卷簾巢燕羨雙飛（羅隱），芳草王孫歸不歸（韋莊）。曾寄錦書無限意（劉兼），篋香消盡别時衣（錢珝）。

劉淑頤《四時詞》之二：午睡醒來愁未醒（張子野），煩襟乍觸冰台冷（韓偓）。白蓮池畔送清香（皮日休），樓角漸移當路影（白居易）。臨風興嘆落花頻（魚玄機），又喜幽亭蕙草新（杜牧）。永日迢迢無一事（韋莊），雙雙鬥雀動階塵（元稹）。

劉淑頤《四時詞》之四：城上暮雲凝鼓角（許渾），狐裘不暖錦衾薄（岑參）。樓寒院冷接平明（李商隱），簷外霜花染羅幕（陸龜蒙）。煙生密竹早歸鴉（郎士元），向鏡輕勻襯臉霞（韓偓）。遲日未能消野雪（皇甫冉），故穿庭樹作飛花（韓愈）。○音節悠揚，無集句痕跡，與周青士《七歌集句》可云異曲同工。（以上均見清　沈德潛《清詩别裁集》卷十四）

高郵王轂椒卻《滄浪亭集唐》：洛陽自古多才子（徐凝），聲價如今滿日邊（羅鄴）。聞道公餘多攬勝（李郢），每逢魚鳥即依然（趙嘏）。南天任重同分陝（李穀），不似爲官似散仙（朱慶餘）。茂苑綺羅佳麗地（白居易），昔人遺蹟遍山川（栖一）。樽前多暇更懷古（楊乘），不矜軒冕窮林泉（白居易）。昨日韓家後園裏（張籍），更無人跡有苔錢（韓偓）。有客有客字子美（杜甫）……（清　宋犖《滄浪小志》下卷）

《附四時詞》：雲母空窗曉煙薄（温庭筠），池邊雨過飄帷幕（許渾）。日長風暖柳青青（賈至），銀線千條度虚閣（韓偓）。……煩襟乍觸冰臺冷（韓偓），……向鏡輕勻襯臉霞（韓偓）。……（清　宋犖《筠廊偶筆二筆·偶筆》卷上）

《天仙子》（惜春集句）：何處相逢緑楊路（劉禹錫），萬疊春波起南浦（張泌）。碧雲芳草兩依依（韋莊），君莫訴（無名氏），相思苦（王勃），況是青春日將暮（李賀）。昨夜東風還入户（郎士元），燕子不歸花著雨（韓偓）。今朝誰是拗花人（李賀），春已去（王建），留不住（李蕚），此地獨來空繞樹（張籍）。（清　譚獻《篋中詞·今集》二）

《憶金壇故人》：鱗差甲子漸衰遲（韓偓），永擬東歸把釣絲（李頻）。豈料殷勤洮水上（吕温），山人勾引住多時（姚合）。

《無題二首》其二：南陌春園碧草長（許渾），羅衣欲換更添香（薛逢）。此時不敢分明道（韓偓），擘破雲鬟青鳳皇（曹唐）。

《寄喬疑莽》：鬢惹新霜耳舊聾（韓偓），紅顔銷盡兩成翁（武元衡）。脱巾斜倚繩牀坐（裴度），除我無人與子同（姚合）。

《書去武昌寄意》：直道從來不入時（劉兼），鬢邊添得幾莖絲（韓偓）。相逢半是雲霄客（譚用之），不薦揚雄欲薦誰（白居易）。

《寄喬無功昆弟》：惠連群從總能詩（高適），夢裏春風玉樹枝（鮑溶）。坐久暗生惆悵意（韓偓），未知攜手定何時（竇叔向）。（以上均見清　陶季《舟車集·集唐》）

王士禎《菩薩蠻·彈琴》：玲瓏嵌石紅蕉葉，蕉陰竇鴨香初爇。獨整素琴彈，琴清玉手寒。聲聲珠作串，彈出湘君怨。今夜夢瀟湘，琴心秋水長。（鄒程村云：青溪遺事諸首，摹畫坊曲瑣事可謂盡態極妍。阮亭拂箋吮毫時，便如杜牧、韓偓身經遊歷，尋歡窈窕，含睇纏綿。青樓紫陌得此點染，又何必周昉輩以寫生論工拙耶？）

朱彝尊《浣溪沙·春閨·集句》：十二層樓敞畫檐（杜牧），偶然樓上卷珠簾（司空圖），金爐檀炷冷慵添（劉兼）。小院迴廊春寂寂（杜甫），朱欄芳草緑纖纖（劉兼），年年三月病懨懨（韓偓）。

朱彝尊《鷓鴣天·鏡湖舟中·集句》：南國佳人字莫愁（韋莊），步摇金翠玉搔頭（武元衡）。平鋪風簟尋琴譜（皮日休），醉折花枝作酒籌（白居易）。日已暮（郎大家），水平流（白居易），亭亭新月照行舟（張祜）。桃花臉薄難藏淚（韓偓），桐樹心孤易感秋（曹鄴）。（以上均見清　王昶《國朝詞綜》卷八）

《迎春》：青帝來時值遠方（王初），暖絲無力自悠揚（韋莊）。休憐柳葉雙眉翠（張祜），已見繁英嫩眼黄（司空圖）。幸不折來傷歲暮（杜甫），行看臘破好年光（杜牧）。章臺街裏芳菲伴（李商隱），自向深冬有艷陽（韓偓）。

《木槿》：不禁秋露半離披（韋莊），似有朝開暮落悲（李嘉祐）。戲蜨遊蜂狂欲死（齊己），美人詞客易傷離（韓偓）。芙蓉殿上中元日（薛能），金谷樓前委地時（張泌）。莫問人間興廢事（殷堯藩），榮華零悴總奚爲（酒肆布衣）。（以上均見清　王相《友聲集·借園詩存》

卷下）

《桃花疊韻》：洞裏仙家是舊鄰（施肩吾），曉紅初坼露香新（崔櫓）。兩重秦苑成千里（温庭筠），一飯胡麻度幾春（王昌齡）。漫道落花能頳面（和凝），可憐仙女善迷人（施肩吾）。如今冷笑東方朔（韓偓），未悟三山也是塵（李咸用）。（清　王相《友聲集·蒼水詩鈔》）

史慶義《仿園倡和詩（集唐）》：冰雪浄聰明（杜甫），韻高無俗情（韓偓）。烟霞多放曠（孟貫），詞氣皓縱横（杜甫）。石上題詩處（李頎），花間笑語聲（王維）。羨君無外事（鄭常），我亦舉家清（李商隱）。（清　王豫《淮海英靈續集》庚集卷二）

《浣溪沙》（集唐）：露下金莖鶴未知（劉筠），牙牀角枕睡常遲（白居易），已涼天氣未寒時（韓偓）。花裏亂飛金錯落（韋莊），月明秋聽玉參差（杜牧），無端和淚拭臙脂（張泌）。（清張應昌《烟波漁唱》卷一）

《南鄉子·度甓社湖》：柳拂浮橋（韓偓），青山隱隱水迢迢（杜牧）。行盡江南數千里（岑參），蓮風起（李賀），羅袖動香香不已（楊太真）。

《生查子·別思》：楊柳映春江（崔國輔），露葉凝愁黛（盧照鄰）。獨立俯閑階（韓偓），離別人誰在（杜甫）。千里夢難尋（温庭筠），恨極同填海（吴融）。本是細腰人（陸龜蒙），數急芙蓉帶（李商隱）。

《浣溪沙・春閨》：十二層樓敞畫檐（杜牧），偶然樓上卷珠簾（司空圖）。金爐檀炷冷慵添（劉兼）。小院迴廊春寂寂（杜甫），朱欄芳草緑纖纖（劉兼），年年三月病懨懨（韓偓）。

《減蘭・憶别》：我行自北（顧況），薄暮欲歸仍佇立（李建勳）。言告離衿（宋華），一寸迴腸百慮侵（唐彦謙）。吁嗟萬里（歐陽詹），回首可憐歌舞地（杜甫），風雨蕭蕭（韓偓），二十年前舊板橋（劉禹錫）。

《減蘭・落花》：叢芳爛熳（陳子昂），庭影離離正堪翫（儲光羲）。碧樹溟濛（上官昭容），一片西飛一片東（王建）。絲纏露泣（韓偓），惟有春風最相惜（楊巨源）。灞岸分筵（徐堅），觸忤愁人到酒邊（杜甫）。

《采桑子・秋日度穆陵關》：穆陵關上秋雲起（郎士元），習習涼風（蕭穎士），於彼疎桐（宋華），摵摵淒淒葉葉同（吴融）。平沙渺渺行人度（劉長卿），垂雨濛濛（元結）。此去何從（宋之問），一路寒山萬木中（韓偓）。

《清平樂・春感》：平陽花塢（李賀），寂寞春山路（杜甫）。花亦不知春去處（王建），黄鳥緜蠻芳樹（韓翃）。孤舟日暮行遲（劉長卿），花開花謝相思（韓偓）。世事不同心事（劉禹錫），何年更是來期（韓翃）。

《清平樂·維揚春暮》：春融艷艷（韓偓），燕外晴絲卷（杜甫）。回首夕嵐山翠遠（李紳），芳草落花無限（丘丹）。比來寒食佳期（鮑防），風臺水榭逶迤（鄭槩），楊子津頭月下（白居易），遊人處處歸隨（陳元初）。

《賣花聲·紅橋後遊寄懷柯翰周》：雁齒小紅橋（白居易），惟以招邀（蕭穎士）。一渠春水柳千條（白居易），正是江南好風景（杜甫），煙月迢迢（韓偓）。夢楚山遥（許渾），各自無聊（韓偓）。玉人何處教吹簫（杜牧），客路不歸秋又晚（張喬），木落蕭蕭（貫休）。

《鷓鴣天·鏡湖舟中》：南國佳人字莫愁（韋莊），步摇金翠玉搔頭（武元衡）。平鋪風簟尋琴譜（皮日休），醉折花枝作酒籌（白居易）。日已暮（郎大家），水平流（白居易），亭亭新月照行舟（張祜）。桃花臉薄難藏淚（韓偓），桐樹心孤易感秋（曹鄴）。

《瑞鷓鴣·别思》：春橋南望水溶溶（韋莊），半壁天台已萬重（許渾）。心寄碧沉空婉孌（劉滄），語來青鳥許從容（曹唐）。更爲後會知何地（杜甫），難道今生不再逢（韓偓）。最憶當時留讌處（吕温），桐花暗澹柳惺忪（元稹）。

《臨江仙·客東甌懷歸》：何處春風吹曉幕（顧況），蠻江豆蔻連生（韓偓），故鄉七十五長亭（杜牧）。欲尋芳草去（孟浩然），不遣柳條青（李白）。自是不歸歸便得（崔塗），津頭日日人行（皇甫冉），可憐寒食與清明（明皇）。落花相與恨（韋承慶），江樹遠含情（宋之問）。

《臨江仙·懷歸寄周青士繆天自》：流落天涯誰見問（韋莊），一生判卻歸休（柳宗元）。漁竿消日酒消愁（高駢），黍苗侵野徑（虚中），竹樹繞春流（張謂）。想得故園今夜月（錢翊），還應先照西樓（韓偓）。挐煙閑弄箇漁舟（陸龜蒙），名山思遍往（賈島），作意共君遊（張籍）。

《南樓令》：香萼媚紅滋（徐彦伯），微芳不自持（張九齡）。陟秦臺（上官昭容），俯盼喬枝（上官昭容）。獨倚闌干正惆悵（張蠙），三月盡草青時（韓偓）。揮手碧雲期（楊諫），空歌悲莫悲（閻寬）。落花飛（王勃），遠近涼颸（宋華）。别恨最深何處寫（李端），兩不見，但相思（李白）。

《天仙子·惜春》：何許相逢緑楊路（劉禹錫），萬疊春波起南浦（張泌）。碧雲芳草兩依依（韋莊），君莫訴（無名氏），相思苦（王勃）。況是青春日將暮（李賀），昨夜東風還入户（郎士元）。燕子不歸花著雨（韓偓），今朝誰是拗花人（李賀）。春已去（王建），留不住（李㝩），此地獨來空繞樹（張籍）。

《風入松·憶别》：楚腰纖細掌中輕（杜牧），出水舊知名（李商隱）。數聲風笛離亭晚（鄭谷），猶宛轉（陸士修），久住雲駢（樂章）。獨望天邊初月（竇弘餘），殷勤遠别深情

（嚴維）。流年堪惜又堪驚（趙嘏），秋水緑痕生（楊巨源）。魂銷事去無尋處（李中），西陵下（李賀），蕭颯松聲（上官昭容）。惆悵空教夢見（韓偓），如何作得雙成（魚玄機）。

《滿江紅·春日懷歸》：燕燕于巢（顧況），卷翠幕（李咢），花張錦織（鮑溶）。芳菲節（柳姮），光風轉蕙（樂章），漏添遲日（韓偓）。世事浮雲何足問（王維），簾前春色應須惜（岑參）。勸少年（李紳），放意且狂歌（翁承贊），陳瑶席（王維）。春向晚（劉禹錫），日西夕（李白）。閑徙倚（吴融），長思憶（韓偓）。只將琴作伴（白居易），東西南北（貫休）。鄉信漸稀人漸老（許渾），流光易去歡難得（鮑防）。早歸來（杜甫），已是十年遊（張喬），江南客（鮑溶）。（以上均見清朱彝尊《曝書亭集》卷第三十）

【尾聲】夜深沉，人酩酊。【四侍兒提燈照介】把蘭焰蓮燈高秉，願歲歲年年醉醁醽。高館張燈酒復清（高適），舉杯酹月祝長庚（朱灣）。四時最好是三月（韓偓），竹杖紗巾遂稱情（崔峒）。（清　鄒式金《雜劇三集·長公妹》）

《集唐》：集成句爲詩，須要自然。吴縣金子春《四十述懷》有集唐四律，工力悉敵。詩云：……一想流年百事驚（薛能），青袍今已誤儒生（劉長卿）。時難何處披懷抱（劉象），身賤多慚問姓名（盧綸）。薄有文章傳子弟（白居易），更無書札答公卿（方干）。白髮新添四五莖（薛逢），壯心暗逐高歌盡（韓偓）。（清　鄒弢《三借廬贅譚》卷二）

《香奩體同許士雲孫和王阮亭原韻》：

其一：生小藏嬌白玉扉，牆頭馬上見應稀。春寒珍重加窮袴，日煖遲回換溽衣。頰際桃花常欲笑，鄒時燕子舊相依。銅街輕薄知多少，那得尋常近紫幃。

其二：一聲何處學梁鶯，驚起游魚落雁行。嗽玉脣乾櫻乍破，彈箏甲卸筍原長。新梳閙掃鬟宜墮，慣着方空體自涼。誰到後堂還不避，道書終日對明粧。

其三：芬芳楚畹露華滋，人似空山未采時。花有低昂原並蒂，籬分内外本連枝。一床翠管臨王帖，半局楸枰下女棋。當日砑羅裙子上，啼痕只有養娘知。

其四：秦珠一琲值三千，卻聘心情事可憐。難使羿妃長入月，然教吴女竟爲烟。相思願委枯河畔，薄倖羞過明鏡前。目望銅輿天上去，照人偏恨月娟娟。

其五：愁多最苦夕陽遲，秋夜雖長有夢時。小葉煎殘芳艾蒳，落花吹掩細罘罳。欲添畫汁眉偏聚，懶戲藏鈎手鎮垂。便到緑熊重席上，不曾安穩枕紅蕤。

其六：由來名士悦傾城，況復西軒曲更清。每過玉臺留一醉，還將金屋訂三生。避人欲語頻回顧，送客無言最愴神。歸聽汝南雞再唱，誰家樓館尚吹笙。

其七：烏龍横卧近樓居，鸚鵡聲聲欲詈予。怯重翻迷歸去路，疑多頻憶寄來書。犀簾愰動移燈後，銀剪聲停卸髻初。暗想程姬應有避，未傳消息定何如。

其八：爝火微昏一徑通，依稀猶認石欄東。扶來小袖銀泥白，話到遺簪玉筯紅。漫飲茱萸沉醉後，翻憐蝴蝶夢魂中。熏香依舊空歸去，枉自更殘逐曉鴻。

其九：金梭欲織又還收，怕聽閑人話女牛。巴錦裁裙虧半束，鸞箋寫字學雙鈎。粧成坐惜芙蓉晚，賦就行悲紈扇秋。欲上朱樓人不見，鮫珠常向唾盂流。

其十：朝來擁髻訴分離，正值香風撲面吹。六出奩前描柳汁，四條絃上拂蛛絲。分杯每出仙人掌，鬬葉常燒懶婦脂。只此歡娛消肺病，神君何必見靈祠。

其十一：花徑朱欄曲曲遊，園亭應説小瀛洲。櫻桃照日偏開暈，楊柳禁風自放愁。筆陣攜來青玉几，笛聲吹下緑珠樓。無端侍女傳私語，脉脉情懷似晚秋。

其十二：欲訪仙家路未遥，斜通流水對藍橋。十年曉漏情猶在，一夜春風恨已消。織女機絲留繅井，麻姑書信達江湖。從今自着凌虚骹，肯向章臺再逞腰。（清　董以寧《正誼堂詩文集》）

《咏簾和錢黍谷香奩體》：海棠原不罥游絲，龜背蝦鬚細細垂。銀蒜乳邊鶯鳥弄，水晶屏下耐人窺。風迴湘簟香來遠，月觸金徽響未知。纖手揭來蜂蝩亂，憑春小起立多時。（魏云：丰致飄然，不見律體拘束之苦。）

莫愁情性憐珠箔，細語青鬟作意垂。煖氣隔沙鸂鶒醉，香痕落砌鷓鴣窺。賣花聲入春猶淺，待月人歸動始知。最恨封家姨太劣，朅來偏是斷腸時。（魏云：「詩之美者自能移人性情，原不必向道學先生索解。」）（清　杜濂《湄湖吟》卷四）

《香奩詩有序》：僕生性粗豪，爲詩不耐作兒女子語。少年偶作或代人作，都不存稿。老復憶及，有不得盡忘情，老拉雜補録得六首耳。作非一時，皆無題也，統命曰《香奩詩》。

珠簾畫閣列江干，江景憑臨日日看。能使美人長倚傍，幾生修得到欄杆。

銀刀剪綵作簪釵，斜插青紅鬭麗華。可笑無情是蝴蝶，尋香不到鬢邊花。

望斷星河易感秋，無聊自起掛簾鈎。殷勤守出深宵月，轉爲蕭條欲下樓。

記送郎行教妾回，閉門好好理粧臺。人生莫遣眉頭縐，萬囑千叮不肯開。

一落風塵萬事差，相逢飄泊等無家。酒杯恰似麻姑爪，遇着牢騷處便抓。

送別爲官扇一枝，扇頭寫滿贈行詩。詩中句句箴規語，莫使官兒愧女兒。（清　馮詢《子良詩存》卷十八）

舊於友人處見《香閨雜詠》五十首，欵題錢塘素嫺，并序云：「偶讀會稽祁夫人手録閨秀間靚所製《香奩詩》三十首，愛其工艷，輒戲效之，得五十章。後之覽者，得毋笑某爲東家施否。」兹録十首，詩云：朝霞如綺照粧樓，出帳春蛾淡欲羞。同此雙彎新月影，一經郎畫便無愁。艷體摩挲欲卻難，一宵深似一宵歡。笑顰解識嬌癡性，嫁得檀郎當母看。曾約西園載酒過，相携團扇賭新歌。愛郎詩句清如雪，繡上梅花小幅多。……後有西泠張憶蘭跋云「此錢塘平夫人所作，兒女深情，閨房韻事，寫來無不入妙。亦可知夫人琴瑟之間，清才並擅」云。（清 金武祥《粟香隨筆》卷四）

集句爲詩始於晉傅咸，今載於《藝文類聚》者不過寥寥數句。有唐一代無格不備，而是體亦闕如。至北宋石延年、王安石、孔武仲等間作之。南宋李龏之《梅花衲剪綃集》、文天祥之集杜詩，始編爲集，而皆不偶句，卷帙亦無多。至我朝黄之雋《香屑集》，則集唐句爲香奩詩至十八卷。對偶渾成，排比工整，誠不可無一之才。而不知吾閩侯官之陳長源，在前朝已有宫閨組韻之作，亦集唐律爲之，分宫詞、閨詞爲上下卷。徐興公以爲句皆天成，對皆巧合。則《香屑集》不得專其美於後矣。今黄書已著録。（清 梁章鉅《巧對録》卷七）

《集句》：晉傅咸《毛詩》一篇爲集句之始。咸作《七經詩》，其《毛詩》一篇略曰：「聿修厥德，令終有淑。勉爾遁思，我言維服。盜言孔甘，其何能淑。讒人罔極，有靦面目。」後來文人因難見巧，往往有清切湊泊如天衣無縫者，甚至有從經史中成語摘爲佳對者，亦筆墨游戲之一端也，然大雅猶且弗取。晁美叔嘗以集句示劉貢父，貢父曰：「君高明之識，何至作此等伎倆。」集古人句，譬如蓬蓽之士，適有佳客，器皿肴蔌悉假貸于人，意欲强學豪奢，而寒酸之氣終是不脱。東坡《答孔毅父集句見贈》亦云：「羡君戲集他人詩，指呼市人如小兒。天邊鴻鵠不易得，便令作對隨家雞。退之驚笑子美泣，問君久假何時歸。世間好事世人共，明月自滿千家墀。」是貢父、東坡皆不以是體爲貴矣。時惟荆公晚年喜爲集句，如「風定花猶落，鳥鳴山更幽」之類，有多至百韻者。文文山集杜詩亦至二百首。我朝華亭黄唐堂中允有《香屑集》，皆集唐人之句爲香奩詩。凡古今體九百三十餘首，前有自序，亦集唐人文句爲之。《四庫提要》謂：「雖取諸家之成句，而對偶工整，意義通貫，排比聯絡，渾若天成。且惟第二卷五言長律中，用杜甫二句，陸龜蒙二句，餘雖纚纚鉅篇，亦每人惟取一句。有疊韻不已，至倒押前韻，而一一如自己出。可謂前無古人，後無來者。」嘉慶十四年，我仁宗睿皇帝五旬萬壽，先諭群臣曰：「近年慶典，諸臣所進，每集用《文選》各書成語，而恭集御製詩文者尤多，究非正裁。況進呈文字當華實並茂，如古人頌不忘規者，庶合對揚之義。嗣後宜歸體要，毋仍習恌巧，致失修辭立誠之旨。」見邸報。（清凌揚藻《蠡勺編》卷二十四）

丙戌，仙李成進士秋歸，在曹郡寄其《露坐見懷》一律：「中庭露坐自吟哦，風月今宵奈我何。花露明於珠樣小，樹風凉似雨聲多。玉繩當座情難綰，銀漢亘天秋有波。不爲離懷亦生感，故人又是隔巖阿。」……又《用余贈李十二韻戲爲香奩體見寄》一律：「當時衫袖舞專長，百琲明珠繫錦囊。一自琵琶輕出塞，幾番綺羅倦熏香。繡裙再著知無分，牙

板全抛自不妨。卻被教歌鄰女笑，新聲久未按伊涼。」（清　馬星翼《東泉詩話》卷五）

馬萬方《香奩體》：角門斜倚半闌干，月上層樓素影殘。小步羅屏問金鴨，沈香風裏玉釵寒。（清　沈季友《檇李詩繫》卷二十）

吴烺（字荀叔，號杉亭，全椒人。乾隆十六年召試舉人，官山西同知）《效香奩體》：最憐曲榭近東牆，長夏風微院宇涼。綵線閑抛貪鬭草，繡簾不捲爲熏香。窗中避暑揮團扇，花下窺人佩錦囊。眉語目成都省記，何時夢雨到高唐。（清　王昶《湖海詩傳》卷十四）

《倣香奩體》（十首）：

其一：春情似花濃，春夢如雲薄。睡眼自挼抄，微紅浸眉角。

其二：昨日踏春回，露濕金縷鞵。花街日當午，纖指剔青苔。

其三：垂鬟嫌鬆重，盤髻訝簪長。烏雲纏綃帕，近道懶梳妝。

其四：摘花不插鬢，暗中納雲髻。爲底輟蘭膏，髮入梅天膩。

其五：晚風透輕紗，桐院靜無暑。借問河漢星，那個是牛女。

其六：穿鍼嗔孔小，刺繡嫌線大。旋螺打珠纈，嚼絨向郎唾。

其七：手取菱花照，滿面生紅潮。午醒是誰勸，倚醉將郎嘲。

其八：擘柑香透爪，分橘冷侵肌。無事相棖觸，酸心先上眉。

其九：細霞穿重幙，如冰冷繡衾。篝燈濃結蕊，似報夜深沈。

其十：黄昏睡鴨銷，暗并檀郎坐。錦幔若無人，銀釭不催火。（清　許瑶光《雪門詩草》卷一《悠游集》）

《次韻效香奩體》：連宵數雨滴分明，閑倚熏籠夢不成。料得玉樓花睡醒，也難禁此斷腸聲。（清　葉奕苞《經鋤堂詩稿》卷八）

汪元慎《老子》：五氣雲龍下泰清（杜光庭），可能朝市污高情（韓偓）。青牛漫説函關去（無名氏），白髮從他繞鬢生（李嘉祐）。莊叟著書真達者（趙嘏），韓非入傳濫齊名（李益）。五千言裏教知足（白居易），此世榮枯豈足驚（劉得仁）。（民國　徐世昌《晚晴簃詩匯》卷一百三十九）

林旭《送春擬韓致光》用韓偓《惜春》詩原韻，云：「循例作詩三月盡，眼遭飄落太心驚。折成片片思全盛，綴得疏疏祝久禁。肯記帽檐曾競戴，無情屐齒便相侵。冬郎漫把傷春酒，早日池塘已緑陰。」

陳曾壽亦依韓偓《惜春》原韻作《緑陰》詩，云：「碧樹人家往往深，殘紅滿架恨難任。單衣時節寒仍戀，絶世芳菲夢一尋。浩渺流波沉素鯉，氤氲朝夕换鳴禽。不須極目愁煙裏，占斷江南是緑陰。」

七、近現代評述與年譜資料選

震鈞《香奩集發微》卷首論《香奩集》

致堯一序，自有深指，非倉卒所可解。大抵云「鱻得捧心之態，幸無折齒之慙。柳巷青樓，未嘗糠粃；金閨繡户，始與風流」，均致堯自況語也。夫以《香奩》艷語連篇，而云得捧心之態，無折齒之慙，金閨繡户，始足與此，此豈論詩之優劣乎！直是自叙其身世耳。明眼人自能辨之。

序中所書甲子，大都迷謬其詞，未可信也。其謂庚辰、辛巳迄己丑（慶按，己丑應作己亥）、庚子之間者，考其時在僖宗之代，致堯方居翰林也。而一卷《香奩》，全屬舊君故國之思，彼時安所用此，此未可信也。又謂大盜入關者，似指黃巢矣，而云遷徙不常厥居，求生草莽之中，豈復以吟詠爲意，則益可疑。考巢賊亂後，致堯始貴，並無避地之舉，直至梁移唐祚，致堯始不常厥居。所謂天涯逢故舊，辟地遇故人者，正此時也。然則大盜，蓋指朱温，而辟地則貶濮州，貶榮懿，徙鄧州，南依王審知，均是也。故《無題》詩序云「丙寅年在福建寓止」，可徵《香奩》一卷，編於晚年梁氏既禪以後，故不得不迷謬其詞，以求自全云爾。

一卷《香奩》，須知其純是自況。《落花》則比西子，《詠浴》則自比合德，《遥見》則自比楊妃，至於明妃、弄玉、玉兒，處處陪襯，以自形其身分之高，其命意於詩中别是一格，然實三百篇之遺法。小儒以綺語呵之，固致堯所不受。即《全唐詩録》於《李波小妹歌》，疑其别有所感，亦未道出致堯心事也。

《香奩集》命意，去詞近，去詩卻遠。然三百篇之西方美人，靜女其姝，何一非比物此志也。

詩有六義，後代賦多而比興少。《香奩集》則純乎比興矣，所以最近三百篇。自序謂百篇，實則詩百一篇，詞二篇，賦二篇，共百五篇也。（見震鈞《香奩集發微》卷首論《香奩集》語）

震鈞《香奩集發微序》

韓致堯有唐之屈靈均也，《香奩集》有唐之《離騷》、《九歌》也。自後人不善讀，而古人之命意晦。自後人不能尚論古人，而古人扶植綱常之詞，且變爲得罪名教之作矣，不亦重可惜哉！致堯官翰林承旨，見怒於朱温，被忌於柳璨，斥逐海嶠，使天子有失股肱之痛，唐季名臣未有或之先者。似此大節彪炳，即使其小作艷語，如廣平之賦梅花，亦何貶於致堯。迺夷考其辭，無一非忠君愛國之忱，纏綿於無窮者。然則靈均《九歌》所云「滿堂兮美人，忽獨與余兮目成」，信爲名教罪人乎？《香奩》之作，亦猶是也。然自唐末至今近千歲矣，絶無一人表而出之，徒使耿耿孤忠，不白於天下，世之閲者，遂與《疑雨集》等量齊觀，可異哉。即以其序所云若有責其不經，亦望以功掩過。夫果爲艷詩，亦何足言功。作者深心，於兹可會。奈爲後人粗心讀過，沈薶久矣。作者又爲之發明曰：「緝綴小詩鈔卷裏，尋思閒事上心頭。自吟自淚無人會，腸斷蓬山第一流。」則致堯亦早見及後人但以艷體詩待之矣。其奈後人依然不解也。至此《香奩集》真可付之劫火，沈之濁流矣。然而彼蒼降鑒，竟使之流傳至今，是天知之矣。天知之而人不察，依然以艷詩待之，不幾疑於綺語之可無罪，而馬腹之説爲虚言也。是不可不爲之發明以彰忠藎之苦心，俾綺語之讕言，無所藉口，仁人志士，庶幾瞑目，亦史遷表彰《離騷》之義也。爰以籌鐙餘暇，加以評釋。史公所謂爭光於日月可也，掩過云乎哉！震鈞序於白下之古東府城。（見震鈞《香奩集發微》卷首）

雷瑨《香奩集發微跋》

晚唐詩人以温李冬郎並稱。《金荃》一集，明曾益注之，而清顧予咸、嗣立父子復爲增補。義山詩集，清朱鶴齡、姚培謙迭爲箋釋，而馮浩集其大成，固已家絃户誦，人有其書。獨韓氏則《翰林》一集，世鮮傳本，即《香奩》一集，亦等諸《疑雨》、《疑雲》，不復臧弆，冬郎之詩，幾湮没弗彰。蓋致堯仕唐昭宗爲翰林承旨，爲朱温所怒，貶斥海嶠，依王審知而卒。見忌權奸，洊遭離亂於是，憤逆臣之竊命，慨唐室之不興，乃本詩人忠厚之旨，爲屈子幽憂之辭，託諸美人，著爲篇什，以抒忠愛，此《香奩集》之所爲作也。然無人爲之詮釋，則作者之意終焉晦塞，而辭深旨遠，其難殆倍於温李。今得曼殊震鈞氏爲之發微，並作年譜附後，探賾索隱，能將作者心事曲曲道出，遂使承旨忠憤之氣躍然紙上，而讀者知人論世，亦當不僅以艷體目之，洵足媲美顧、馮二家，而爲韓氏功臣矣。惟是書鋟板京師，南方傳本絶希。掃葉主人乃覓得初本重付石印，以廣流傳。庶與顧、馮之書並垂不朽云。甲寅夏至，松江雷瑨跋。（見震鈞《香奩集發微》卷首）

岑仲勉《韓偓南依記》

《新書》一八三《韓偓傳》：「貶濮州司馬，帝執其手流涕曰：我左右無人矣。再貶榮懿尉，徙鄧州司馬。天祐二年，復召爲學士，還故官，偓不敢入朝，挈其族南依王審知而卒。」按偓自天復元年已後一紀之事跡，從其詩集（全詩十函七册）中攟拾之，尚得大概，不辭瑣屑，節略爲次記。

昭宗天復元年辛酉　先後作《無題十四韻》三首。當時和者宰相王溥一首，侍郎學士吴融、舍人學士令狐涣各三首，舍人劉崇譽一首，吏部員外郎王涣二首（《無題詩序》）。隨又倒押前韻成第四首，吴融亦屬和一首（參拙著《讀全唐詩札記》）。

十月末在内直（《無題詩序》）。

十一月，兵起，隨駕幸岐下，文藁咸棄（《無題詩序》。及《辛酉歲冬十一月隨駕幸岐下作》）

天復二年壬戌　隨駕在鳳翔府。其《恩賜櫻桃分寄朝士》（在岐下），《秋霖夜憶家》（隨駕在鳳翔府），當均是年之作。又《冬至夜作》（天復二年壬戌隨駕在鳳翔府）云，「不道慘舒無定分，卻憂蚊響又成雷」，則已怵乎讒口之可憎矣。

天復三年癸亥　正月丙午（四日），上令偓及趙國夫人寵顏宣諭於朱全忠軍。（舊紀二〇

上）

己巳（二十七日），車駕入京師。（同上舊紀）

二月十一日（壬午），貶濮州司馬。（《出官經硤石縣》注）

二十二日（癸巳），經硤石縣（同上注）。　硤石屬陝州，地志從山不從石。　詩云：「謫官過東畿，所抵州名濮。……尚得佐方州，信是皇恩沐。」按偓自濮州再貶榮懿，榮懿屬江南道溱州，又徙山南道鄧州，是否通履三任，無可確考。　偓在湖南賦《早翫雪梅有懷親屬》詩，又《家書後批二十八字》詩注，「在醴陵時聞家在登州」，偓原籍京兆萬年，則似家屬隨至濮州，故得東徙海岸。　唐末朝命不行，且偓之貶，出於權姦排擠，爲保身計，意偓以泝江之便，遂轉入湖南，未嘗至榮懿也。

天復四年（天祐元年）甲子　二月，在湖南（《訪同年虞部李郎中》注）；《小隱》詩，「借得茅齋岳麓西，擬將身世老鋤犁」，蓋在潭州也，時節度使爲馬殷。

五月，自長沙赴醴陵，詩題云：「甲子歲夏五月自長沙抵醴陵貴就深僻以便疏慵由道林之南步步勝絶去緑口分東入南小江山水益秀。」按緑口今圖作渌口。

天祐二年乙丑　至袁州。　按《贈孫仁本尊師》洎《易卜崔江處士》二詩，均注在袁州，偓以去年抑今年至袁，不可確考，惟九月在蕭灘，則已逾袁而東，繫諸本年，斷不至全誤。

九月，在蕭灘鎮駐泊兩月，得商馬楊迢員外書，賀復除兵部侍郎依舊承旨；詩題云《乙丑歲九月在蕭灘鎮駐泊兩月忽得商馬楊迢員外書賀余復除戎曹依舊承旨還緘後因書四十字》。太平寰宇記一〇六清江縣云：「本吉州蕭灘鎮，僞唐昇元年中以其地當要衝，升爲清江縣，以大江清流爲名。」按偓《病中初聞復官》二首末聯云「宦途巇險終難測，穩泊漁舟隱姓名」，其不復北上，早具決心矣。

天祐三年丙寅　二月在撫州（《丙寅二月二十二日撫州如歸館雨中有懷諸朝客》）。又有《和王舍人撫州飲席贈韋司空》。

三月二十七日，自撫州往南城縣（《三月二十七日自撫州往南城縣舟行見拂水薔薇因有是作》）。

秋，到福州（《荔枝三首》注：「丙寅年秋到福州。」）。

九月，前東都度支院侍御史蘇暐以淪落詩藁見還。（《無題詩序》）

《在福州寄上兄長》詩云：「兩地支離路八千，襟懷淒愴鬢蒼然，亂來未必長團會，其奈而今更長年。」按新《書》偓傳：「兄儀，字羽光，亦以翰林學士爲御史中丞。偓貶之明年，帝宴文思毬場，全忠入，百官坐廡下，全忠怒，貶儀棣州司馬。」《寰宇記》一百、福州至長安七千二百九十五里，路八千豈其指原居京兆歟。

天祐四年丁卯　正月十八日乙未，王審知於開元寺設二十萬人齋，號無遮會；是日，中朝官與偓同在座者，有右散騎常侍李洵，中書舍人王滌，右補闕崔道融，司農卿王標，吏部郎中夏侯淑，司勳員外郎王拯，刑部員外郎楊承休，弘文館直學士楊贊圖、王倜，集賢殿校理歸傳懿等。（全文八二五黄滔《丈六金身碑》）

天祐五年戊辰　觀下己巳兩詩題，則是歲殆已移居汀州沙縣矣。

天祐六年己巳　在汀州沙縣養病；詩題云《余寓汀州沙縣病中聞前鄭左丞璘隨外鎮舉薦赴洛兼云繼有急徵旋見脂轄因作七言四韻戲以贈之或冀其感悟也》（己巳年）。璘，故僖宗相從讜子也。

正月十二日，自沙縣抵邵武軍，將謀撫、信之行，會王審知有急召，卻請，赴沙縣；詩題云《己巳年正月十二日自沙縣抵邵武軍將謀撫信之行到纔一夕爲閩相急腳相召卻請赴沙縣郊外泊船偶成一篇》。按邵武是時稱軍疑，説見拙著《讀全唐詩札記》。

寒食日在沙縣，有《寒食日沙縣雨中看薔薇》（原注己巳）詩。

天祐七年庚午　自沙縣抵尤溪縣；詩題云《自沙縣抵龍（一作尤）溪縣值泉州軍過後村落皆空因有一絶》（此後庚午年）。按龍字誤，應作尤，説見拙著讀《全唐詩札記》。

是歲居南安縣桃林場。按前題之後爲《此翁》，注云「此後在桃林場」，又下有《騰騰》詩云「八年流落醉騰騰」，自癸亥被貶起至此八年也，又《多情》詩亦注「庚午年在桃林場作」。《寰宇記》一〇二泉州永春縣,「唐長慶二年,析南安縣西界兩鄉置桃林場,福州僞命壬寅歲改爲永春縣」,又清溪縣云「唐咸通五年,析南安縣西界兩鄉置桃林場,江南僞命乙卯歲升爲清溪縣」,兩記桃林場之置年雖不同,但均是南安西界,今永春南之晉江上源,猶稱桃林溪,偓當日所居即其地。新《書》一九〇《王審邽傳》:「中原亂,公卿多來依之,振賦以財,如楊承休、鄭璘、韓偓、歸傳懿、楊贊圖、鄭戩等,賴以免禍,審邽遣子延彬作招賢院以禮之。」考偓初至福州,後乃之泉,觀《此翁》詩有「高閣群公莫忌儂,儂心不在宦名中」等語,知審知左右忌之者衆,故偓謀撫、信之遷,及奉急足相留,既卻其請,遂改而依泉也。詩題《桃林場客舍之前有池半畝木槿櫛比閞於遮山》,豈即傳稱招賢院之客舍歟。其《中秋寄楊學士》詩,一作《中秋永夕奉寄楊學士兄弟》,余謂楊學士贊圖也,新表,承休、楊堪之子,虞卿之孫,與贊圖爲從昆,故曰學士兄弟也;《全文》八二九《手簡帖》「楊學士兄弟來此」,亦同。劉克莊謂審知據福唐,韓居南安,曷嘗依之云,考《廣記》三七四引「《稽神録》,閩王審知初爲泉州刺史,州北數十里地名桃林」,劉殊未詳審。

天祐八年辛未　在南安縣,有《深院》詩。(見汲古香奩集)

天祐九年壬申　在南安縣;其《江岸閑步》詩注云「此後壬申年作,在南安縣」,又汲古本《闺恨》詩注:「壬申年在南安縣作。」

天祐十年癸酉　在南安縣；其《驛步》詩注云「癸酉年在南安縣」，又《南安寓止》詩云：「此地三年偶寄家。」汲古香奩集《閨情》詩亦注：「癸酉年在南安縣作。」

天祐十一年甲戌　是歲偓妻裴郡君卒。劉克莊《跋韓致光帖》云：「致光自癸亥去國，至甲戌悼亡，十有二年，流落久矣，而乃心唐室，始終不衰，其自書《裴郡君祭文》首書『甲戌歲』，銜書『前翰林學士承旨、銀青光禄大夫、行尚書户部侍郎、知制誥、昌黎縣開國男、食邑三百户韓某』。是歲朱氏篡唐已八年，爲乾化四年，猶書唐故官而不用梁年號，賢於楊風子輩遠矣。」按偓此篇今《全文》不收，想已佚。

綜觀偓詩文，其卒最早不過是年，但無可確考。

《全文》八二九所收偓手簡十一帖，如云「旬日前所諮啟乞一書與建州，爲右司李郎中經過，希稍延接。……偓雖承建州八座眷私，自是旅客，難於托人」，如云「泉州書謹封納」，洎前引楊學士帖，顯皆南依後所作（慶曆温陵所刻），惜祇見月日而闕紀年，亦無從條繫矣。（《唐集質疑》，見《唐人行第録》（外三種），中華書局二〇〇四年版，第四七五至四八〇頁）

岑仲勉《讀全唐詩札記》（節選）

【十函七册】　韓偓《己巳年正月十二日自沙縣抵邵武軍將謀撫信之行到纔一夕爲閩

相急脚相召卻請赴沙縣郊外泊船偶成一篇》。按舊新《地志》、邵武屬建州，均無軍稱，《寰宇記》一〇一邵武軍云「皇朝太平興國五年，以户口繁會，路當要衝，於縣置邵武軍，從轉運司之奏請也」，豈宋人錯改邵武縣爲邵武軍歟，抑審知已有此臨時設置歟。

同人《自沙縣抵龍（一作尤）溪縣值泉州軍過後村落皆空因有一絶》。按唐尤溪屬福州，龍溪屬漳州，龍字草寫略類尤，故兩本不同，但考當日偓自邵武還沙縣，其後又留居南安之桃林場，則自沙縣南下，必經尤溪，作龍者誤，偓斷非西南行至龍溪也。

同人《大慶堂賜宴元璫而有詩呈吴越王》，暨又和、再和、重和凡四首，皆收十一函八册吴越失姓名人下，彼題元璫下無「而」字，又和之銅鳥作銅壺，乍（一作半）坼作折，重和之八米作八采；按偓未嘗入吴越，此殆誤收（内翰、香匳兩集均未收）。

同人《效崔國輔（一作輔國）體四首》，按作輔國者誤。

同人《無題序》云：「余辛酉年戲作無題十四韻，故奉常王公相國首於繼和，故内翰吴侍郎融、令狐舍人涣、閣下劉舍人崇謩、吏部王員外涣相次屬和，余因作第二首卻寄諸公，二内翰及小天亦再和，余復作第三首，二内翰亦三和，王公一首，劉紫微一首，王小天二首，二學士各三首，余又倒押前韻成第四首，二學士笑謂余曰：『謹豎降旗，何朱研如是也。』遂絶筆。」按下同册吴融今收《和韓致光侍郎無題三首十四韻》，與序符，又有《倒次元韻》一首，則與序謹豎降旗異。（《讀全唐詩札記》，見《唐人行第録》（外三種），中華書局二〇〇四年版，第二六七至二六八頁）

陳寅恪《讀書札記二集·韓翰林集之部》（節選）

卷首

繆荃孫《韓翰林詩譜略》

唐武宗會昌四年甲子

偓生年無明文。以玉谿生詩「十歲裁詩走馬成」句考之，馮譜編入宣宗大中七年癸酉，上溯十歲，當生於是年。

庚午，偓在尤溪之排林鎮。

唐同光元年癸未，偓卒於南安龍興寺，年八十。

寅恪案：繆荃孫韓翰林詩譜略據李義山贈冬郎詩，定其生於會昌四年。蓋是年冬郎十歲。而柳仲郢以大中六年鎮東川，義山是年冬赴東川，冬郎作詩送義山，次年乃追憶作詩，是爲七年。會昌四年爲八四四年，距大中七年（爲八五三）適十年，推計而得之。故依此，則龍德三年即九二三年，是年冬郎應爲八十二歲。震鈞《韓承旨年譜》依繆譜定冬郎生於會昌四年，而書卒於同光元年即龍德三年，年八十，少計二歲。因繆據李義山馮譜定義山贈冬郎詩作於大中七年，非是。此詩應作于大中五年，則是冬郎實生於會昌二年壬戌即八四二年，卒於龍德三年即同光元年癸未，年八十二歲。……

韓翰林集卷一

六月十七日召對，自辰及申方歸本院（是時崔胤爲相，欲盡誅宦官。昭宗獨召韓公問計，公請擇數人置之于法，撫諭其餘，使咸自安。此詩召對，是其事也）

清署簾開散異香，恩深咫尺對龍章。花應洞裏常時發，日向壺中特地長。坐久忽疑查犯斗，歸來兼恐海生桑。如今冷笑東方朔，唯用詼諧侍漢皇。

天復元年六月辛亥朔，是月十七日爲丁卯。通鑑天復元年六月丁卯，「上獨問偓」云云，即是其事也。摯甫先生説甚碻。

與吴子華侍郎同年，玉堂同直，懷恩叙懇，因成長句四韻，兼呈諸同年

往年鶯谷接清塵，今日鼇山作侍臣。二紀計偕勞筆研，（余與子華俱久困名場。）一朝宣入掌絲綸。聲名烜赫文章士，金紫雍容富貴身。絳帳恩深無報路，語餘相顧卻酸辛。

摭言六公薦條：韓偓天復初入翰林，其年冬，車駕出幸鳳翔府，偓有扈從之功。返正初，上面許偓爲相，奏云：「陛下運契中興，當復用重德鎮風俗，臣座主右僕射趙崇，可以

副陛下是選，乞迴臣之命授崇，天下幸甚。」上嘉歎。翌日，制用崇暨兵部侍郎王贊爲相。時梁太祖在京，素聞崇之輕佻，贊復有嫌釁，馳入請見，於上前具言二公長短。上曰：「趙崇是偓薦。」時偓在側，梁主叱之，偓奏曰：「臣不敢與大臣爭。」上曰：「韓偓出。」尋謫官入閩。故偓有詩曰：「手風慵展八行書，眼暗休看九局圖。窗裏日光飛野馬，案前筠管長蒲盧。謀身拙爲安蛇足，報國危曾捋虎鬚。滿世可能無默識，未知誰擬試齊竽。」

……李□（原注：韓偓有「訪同年虞部李郎中詩」，又「春陰獨酌寄同年虞部李郎中詩」，又「同年前虞部李郎中自長沙赴行在，以紫石硯贈之詩」。按李郎中未知其名，偓「和孫舍人荆南重圍中寄諸朝士詩」有李郎中冉，疑即其人也）。……

訪同年虞部李郎中（天復四年二月在湖南。天復四年即天祐元年，蜀王建以天祐爲朱全忠所改，故祇稱天復年號，韓公殆與建同恉。）

寅恪案：天復四年閏四月乙巳，改元天祐。韓公此詩既作於天復四年二月在湖南時，故無論如何不得署天祐年號也，摯甫先生説未諦。

病中初聞復官二首

抽毫連夜侍明光，執靮三年從省方。燒玉謾勞曾歷試，鑠金寧爲欠周防。也知恩澤招讒口，還痛神祇誤直腸。聞道復官翻涕泗，屬車何在水茫茫。（天祐元年八月，朱全忠弑昭帝，此昭帝被弑後作。)

繆譜謂詳詩意爲昭宗未弑前作,然「屬車何在」句亦可依吴解。

淨興寺杜鵑一枝繁艷無比

一園紅艷醉坡陀,自地連梢簇蒨羅。蜀魄未歸長滴血,祇應偏滴此叢多。

嘉慶清一統志三五六湖南省長沙府寺觀門:靖興寺(原注:在醴陵縣西,唐建。)

故　都

故都遥想草萋萋,上帝深疑亦自迷。塞雁已侵池籞宿,宫鴉猶戀女牆啼。天涯烈士空垂涕,地下强魂必噬臍。掩鼻計成終不覺,馮驩無路斆鳴雞。(天涯烈士公自謂,地下强魂蓋指當時貶死諸人。)

詳見《舊唐書》一百七十七崔慎由附胤傳及《新唐書》一百四十八下《崔胤傳》。胤本與朱全忠表裏相結,卒傾唐室,而胤亦爲全忠所殺,韓公曾爲胤賓僚,故以馮驩自況。新傳云:時傳胤將挾帝幸荆襄,而全忠方謀脅乘輿都洛,懼其異議,密表胤專權亂國,請誅之。全忠令其子友諒以兵圍開化坊第,殺胤。

寅恪案:「掩鼻計」者,即鄭元規之謀及傳胤欲挾帝幸荆襄之説,於全忠之類是也。

舊傳云：初，全忠雖竊有河南方鎮，憚河朔、河東，未萌問鼎之志。及得胤爲鄉導，乃電擊潼關，始謀移國。自古與盜合從，覆亡宗社，無如胤之甚也。又云：其年（天復三年）十月，全忠子友倫宿衛京師，因擊鞠墜馬而卒。全忠愛之，殺會鞠者十餘人，而疑胤陰謀，由是怒胤。初，天子還宫，全忠東歸，胤以事權在己，慮全忠急于篡代，乃與鄭元歸謀招致兵甲，以捍茂貞爲辭。全忠知其意，從之。胤毁城外木浮圖，取銅鐵爲兵仗。全忠令汴州軍人入關，應募者數百人。及友倫死，全忠怒，遣其子宿衛軍使友諒誅胤，而應募者突然而出。四年正月初，貶太子賓客，尋爲汴軍所殺。

韓翰林集卷二

夢中作

紫宸初啟列鴛鸞，直向龍墀對揖班。九曜再新環北極，萬方依舊祝南山。禮容肅睦纓緌外，和氣熏蒸劍履間。扇合卻循黄道退，廟堂談笑百司閑。

「再新」、「依舊」一聯希望唐室復興之意極顯，宜其以「夢中作」爲題也。

寄禪師

他心明與此心同，妙用忘言理暗通。氣運陰陽成世界，水浮天地寄虚空。劫灰聚散銖錙黑，日御奔馳繭栗紅。萬物盡遭風鼓動，唯應禪室静無風。

《續高僧傳》十九《菩提達磨傳》四行第二：隨緣行雲者，逆順風靜，冥順於法也。敦煌本楞伽師資記作：喜風不動，冥順於道。餘參考治禪病秘要經。

贈僧

盡説歸山避戰塵，幾人終肯別囂氛。缾添澗水盛將月，衲挂松枝惹得雲。三接舊承前席遇，一靈今用戒香熏。相逢莫話金鑾事，觸撥傷心不願聞。（《唐詩鼓吹》解此詩，未得本旨。此因僧爲唐帝舊人，自觸其故君故國之思耳，此乃亂後相遇之作也。）

《新唐書》三八《藝文志》史部雜史類：韓偓《金鑾密記》五卷。

感舊

省趨弘閣侍貂璫，指座深恩刻寸腸。秦苑已荒空逝水，楚天無恨更斜陽。時昏卻笑朱弦直，事過方聞鎖骨香。入室故寮流落盡，路人惆悵見靈光。

繆譜：昭宗龍紀元年禮部侍郎趙崇知貢舉，擢偓登第。狀元李瀚，同年可考者温憲、吴融、唐備、崔遠、李冉（登科考失名）。

寅恪案：徐松已據荆南重圍中寄諸朝士詩定爲李冉，繆氏若無別據，何可掠美耶？

即目

動非求進靜非禪，咋舌吞聲過十年。溪漲浪花如積石，雨晴雲葉似連錢。干戈歲久諳戎事，枕簟秋深減夜眠。攻苦慣來無不可，寸心如水但澄鮮。（此爲梁乾化二年壬申作，自貶濮州至此，凡十年也。）

繆譜：乾寧二年乙卯三月，崔胤拜河中節度使，偓爲幕府。按偓爲刑部員外郎，本傳不載，見於其翰林集。集云：「余自刑部員外郎爲時權所擠，值盤石出鎮藩屏。朝選賓佐，以余充職掌書記，鬱鬱不樂，因成長句。」本傳所謂「佐河中幕府」，當即指此。

八月六日作四首（壬申六月，梁主被弑，八月六日，閩中始知之耳，於是昭宗死十年矣。）

日離黄道十年昏，敏手重開造化門。火帝動爐銷劍戟，風師吹雨洗乾坤。左牽犬馬誠難測，右袒簪纓最負恩。丹筆不知誰定罪，莫留遺跡怨神孫。（是時梁主屢爲晉王李存勖所敗，梁主謂近臣曰：「太原餘孽，昌熾如此，其志不小，吾無葬地矣。」未幾，梁主爲其子朱友珪所弑。此詩所謂「敏手」謂晉王也，「左牽犬馬」謂唐六臣送玉册、傳國寶與梁者，「右袒簪纓」則諸臣死心歸梁者也。「神孫」謂昭宗。）

據繆譜，「八月六日作」下有注云：「壬申年作。」此吴説所由來也。然依詩語，絶不可通，疑此注誤入耶？俟得佳本校之。但全唐詩本無此注。又繆譜：昭宣帝天祐二年，病中初聞復官。（注：此編入甲子爲天祐之元年，詳詩意尚是遷洛未弑時語云。甲子非謬也，乃史稱召命在天祐二年乙丑，豈復官在甲子而徵召則在乙丑歟？）

唐昭宗被弒於天祐元年八月壬寅，是年八月壬辰朔，壬寅爲八月十一日。「六」字殆由「十一」兩字聯一之譌，蓋形近致誤。又所謂「八月十一日作」者，非真此日所作，不過以此爲題耳。又作於天祐元年八月十一日，昭宗被弒之後，哀帝猶未禪之前，其詳悉年月，不能詳考矣。「日離黄道」者，蓋指僖宗於廣明元年丁未又幸鳳翔，至昭宗龍紀元年己酉即位，適爲十年，故「敏手」乃指昭宗言。韓公意在推崇昭宗，謂自僖宗幸蜀後，王室昏亂，至昭宗繼立，重開造化，滌蕩乾坤。雖不免有過美之詞，然是冬郎故君之思也。此詩上四句頌美昭宗堪爲中興之君，無奈其臣皆亡國叛逆之臣也。

《和孫舍人肇荆南重圍中寄諸朝士》詩亦有「敏手何妨誤汰金」之句。

右袒：《史記》九《吕太后本紀》云：吕禄以酈兄（況）不欺己，遂解印屬典客，而以兵授太尉。太尉將之入軍門，行令軍中曰：「爲吕氏右袒，爲劉氏左袒。」軍中皆左袒爲劉氏。

丹筆定罪：《史記》八七《李斯傳》云：二世二年七月，具斯五刑，論腰斬咸陽市。斯出獄，與其中子具執，顧謂其中子曰：「吾欲與若復牽黄犬，俱出上蔡東門逐狡兔，豈可得乎？」遂父子相哭，而夷三族。

寅恪案：韓公意謂朱友恭、氏叔琮等之被朱全忠所誅，誠難測，但其右袒朱梁則真負恩矣。「丹筆定罪」，莫怨哀帝，「神孫」目哀帝，蓋天祐元年十月甲午誅李彥威、氏叔琮也。

金虎挺災不復論，搆成狂猘犯車塵。御衣空惜侍中血，國璽幾危皇后身。圖霸未能知盜道，飾非唯欲害仁人。黃旗紫氣今仍舊，免使老臣攀畫輪。（「侍中血」謂王溥、趙崇等死於白馬驛，「皇后」謂何后嘗使宮人達意於柳璨、蔣元暉等，求禪代之後，子母生全也。何后爲全忠所弒，云「幾危」者，諱之也。又昭帝被弒時，行逆者欲並殺何后，后求哀於元暉，乃止。此詠昭帝被弒時事也。）

《舊唐書》二百下《黃巢傳》：賊巢僭位，國號大齊，年稱金統。且陳符命曰：「土德生金，予以金王，宜改年爲金統。」寅恪案：「虎」爲唐太祖諱，太祖之廟不祧，不可援已祧不諱之例。疑「虎」與「統」形近致誤。韓公意謂朱溫出身黃巢之黨姑不論，而竟搆成弒逆則極可痛恨也。

《舊唐書》二十上《昭宗紀》：天祐元年八月壬辰朔。壬寅夜，朱全忠令左龍武統軍朱友恭、右龍武統軍氏叔琮、樞密使蔣玄暉弒昭宗於椒殿……是夜二鼓，蔣玄暉選龍武衙官史太等百人叩內門，言軍前有急奏面見上。內門開，玄暉每門留卒十人，至椒殿院，貞一夫人啟關，謂玄暉曰：「急奏不應以卒來。」史太執貞一，殺之，急趨殿下。玄暉曰：「至尊何在？」昭儀李漸榮臨軒謂玄暉曰：「院使莫傷官家，寧殺我輩。」帝方醉，聞之遽起。史太持劍入椒殿，帝單衣旋柱而走，太追而弒之。漸榮以身護帝，亦爲太所殺。復執何皇后，將害之，后求哀於玄暉，玄暉以全忠止令害帝，釋后而去。通鑑亦同。據此，則「國璽幾危皇后身」當正是實録，何云諱之耶？「侍中」詩以嵇紹比李漸榮。

又《舊唐書》二十下《哀帝紀》：天祐元年八月己酉，矯制曰：「昭儀李漸榮、河東夫人裴貞一，今月十一日夜持刃謀逆，懼罪投井而死，宜追削爲悖逆庶人。」蔣玄暉夜既弒逆，詰旦宣言於外曰：「夜來帝與昭儀博戲，帝醉，爲昭儀所害。」歸罪宫人，以掩弒逆之跡。然龍武軍官健備傳二夫人之言於市人。尋用史太爲棣州刺史，以酬弒逆之功。

寅恪案：此所謂「飾非唯欲害仁人」。

國璽幾危皇后身：《漢書》九八《元后傳》：及［王］莽即位，請璽，太后不肯授莽，莽使安陽侯舜諭旨。舜既見，太后知其爲莽求璽，怒駡之。太后因涕泣而言。舜亦悲不能自止。良久，乃仰謂太后：「臣等已無可言者，莽必欲得傳國璽，太后寧能終不與邪？」太后聞舜語切，恐莽欲脅之，乃出漢傳國璽，投之地，以授舜曰：「我老已死，知而兄弟今族滅也。」舜既得傳國璽，奏之，莽大悦。

《後漢書》十下《獻穆曹皇后紀》：魏受禪，遣使求璽綬，后怒，不與，如此數輩。后乃呼使者入，親數讓之，以璽綬抵軒下，因涕泣横流，曰：「天不祚爾！」左右皆莫能仰視。

「黄旗紫氣今仍舊」者，謂昭宗被弑，其子哀帝猶得嗣位，不同禪代，故有免使老臣如王琨之攀晝輪也。

《宋書》二十七《符瑞志》上：漢世術士言：「黄旗紫蓋，見於斗、牛之間，江東有天子氣。」文選三十謝玄暉始出尚書省詩注及五六陸佐公石闕銘注引司馬德操與劉恭嗣書：「黄旗紫蓋恒見東南，終成天下者，揚州之君子。」庾子山哀江南賦：昔之虎踞龍盤，加以黄旗紫氣，莫不隨狐兔而窟穴，與風塵而殄瘁。

寅恪案：冬郎作「黄旗紫氣」，當是用庾賦。是時吴之楊行密、閩之王審知皆不可以「黄旗紫蓋」天子所在目之，故此句必指哀帝而言。然則此四首詩爲昭宗被弑，哀帝嗣立時所作，斯其碻證矣。

《吴志》三孫皓建衡三年注引《江表傳》曰：初，丹楊刁玄使蜀，得司馬徽與劉廙論運命曆數事，玄詐增其文以誑國人曰：「黄旗紫蓋見於東南，終有天下者，荆、揚之君乎！」《吴志》二孫權黄武四年注引《吴書》曰：陳化爲郎中令，使魏，魏文帝因酒酣嘲問曰：「吴魏峙立，誰將平一海内者乎？」對曰：「易稱『帝出乎震』，加聞先哲知命，舊説『紫蓋黄旗，運在東南』。」

庾信《哀江南賦》倪注引司馬德操與劉恭嗣書，改「紫蓋」作「紫氣」以遷就庾賦，非原文作」氣，「不過子山以叶韻故改作「氣」，未必真有本作「氣」，倪注引其逕作「氣」，恐非。《南史》二三王華附琨傳：順帝遜位，百僚陪列，琨攀畫輪獺尾，慟泣曰：「人以壽爲歡，老臣以壽爲戚。既不能先驅螻蟻，頻見此事。」嗚噎不自勝，百官人人雨淚。

簪裾皆是漢公卿，盡作鋒鋩劍血腥。顯負舊恩歸亂主，難教新國用輕刑。穴中狡兔終須盡，井上嬰兒豈自寧。底事亦疑懲未了，更應書罪在泉扃。

坐看包藏負國恩，無才不得預經綸。袁安墜睫尋憂漢，賈誼濡毫但過秦。威鳳鬼應遮矢射，靈犀天與隔埃塵。隄防瓜李能終始，免媿於心負此身。

《舊唐書》二十下《哀帝紀》：天祐元年十月壬辰，「朱」全忠自河中來朝，赴西内臨祭訖，對於崇勳殿。甲午勅：「檢校太保、左龍武統軍朱友恭可復本姓名李彦威，貶崖州司户同正。檢校司徒、右龍武統軍氏叔琮可貶貝州司户同正。」又勅：「彦威等主典禁兵，妄爲扇動，既有彰於物論，兼亦繫於軍情。謫掾遐方，安能塞責？宜配充本州長流百姓，仍令所在自盡。」河南尹張廷範收彦威等殺之。臨刑人呼曰：「賣我性命，欲塞天下之謗，其如神理何？操心如此，欲望子孫長世，可乎？」呼廷範，謂曰：「公行當及此，勉自圖之。」

寅恪案：朱友恭檢校太保，氏叔琮司徒，故云「簪裾皆是漢公卿」也。「穴中狡兔」疑指朱全忠，「井上嬰兒」則目哀帝也。

惜花

皺白離情高處切，膩紅愁態静中深。眼隨片片沿流去，恨滿枝枝被雨淋。總得苔遮猶慰意，若教泥污更傷心。臨軒一醆悲春酒，明日池塘是緑陰。（闓生案：此傷唐亡之恉，韓公詩多有此意。）

《援鶉堂筆記》四二《談藝》引《吴修齡詩話》，極推韓偓落（惜）花詩，以爲指朱温將篡而作，句句箋釋，以爲子美見偓詩，當亦心服。

見別離者因贈之

征人草草盡戎裝，征馬蕭蕭立路傍。尊酒闌珊將遠別，秋山迤邐更斜陽。白髭兄弟中年後，瘴海程途萬里長。曾向天涯懷此恨，見君嗚咽更淒涼。

《新唐書》一八三《韓偓傳》：兄儀，字羽光。亦以翰林學士爲御史中丞。偓貶之明年，帝晏文思毬場，全忠入，百官坐廡下，全忠怒，貶儀棣州司馬。寅恪案：此即「白髭兄弟」、「瘴海程途」、「天涯懷恨」者也。

太平谷中翫水上花

山頭水從雲外落，水面花自山中來。一溪紅點我獨惜，幾樹蜜房誰見開[一]。應有妖魂隨暮雨，豈無香跡在蒼苔。凝眸不覺斜陽盡，忘逐樵人躡石回。

《嘉慶一統志》四百三十福建延平府山川門：太平里溪。（原注：在南平縣西七十里，源出沙縣界黄泥隔，流三十餘里，至篔簹峽入西溪。）

韓翰林集卷三

甲子歲夏五月，自長沙抵醴陵，貴就深僻，以便疎慵。由道林之南，步步勝絶。去緑口，分東入南小江，山水益秀。村籬之次，忽見紫薇花，因思玉堂及西掖廳前，皆植是花，遂賦詩四韻，聊寄知心。

《嘉慶清一統志》三五四湖南省長沙府山川門渌江條引〔醴陵縣〕舊志：渌江發源有二：一借萍鄉縣麻山水，西北至醴陵縣東五十里，名萍水。一出瀏陽縣界白沙溪，西南至雙江口，會流經醴陵縣南前渌水池，名渌口，又西流，合姜嶺水，由渌江入湘。

寅恪案：前書三五六寺觀門：道林寺（原注：在善化縣西嶽麓山下，有唐歐陽詢書道林寺碑。）然則此詩爲韓由長沙嶽麓山至醴陵渌口途中作也。

香奩集

繆譜：懿宗咸通元年庚辰：《香奩集序》：「自庚辰辛巳之際，迄己亥庚子之間，所著歌詩，不啻千首。」孫棨《北里志序》：「自大中皇帝好儒術，進士由此日盛。京中飲妓，籍屬教坊，新進士設宴，可行牒追，其所贈資優於常數。諸妓居平康里，如不恡所費，則下車，水陸備矣。余頻隨計吏久寓京華，時亦偷遊其中。常欲紀述其事，以爲他時談藪。俄逢喪亂，鑾輿巡省，靜思陳事，追念無因，聊以編次爲太平遺事耳。中和甲辰。」按：咸通二年至廣明元年皆盛極之時，與偓序恰合，疑皆即事詩也。

沈括《夢溪筆談》十六《藝文》三云：和魯公凝有艷詞一編，名《香奩集》。凝後貴，乃嫁其名爲韓偓，今世傳韓偓《香奩集》，乃和凝所爲也。

方回《瀛奎律髓》七《風懷類》録韓偓《香奩集》詩共六首。

震鈞《香奩集發微》附《韓承旨年譜》：懿宗咸通元年庚辰下《香奩集序》：「自庚辰辛巳之際，迄己亥庚子之間，所著歌詩，不啻千首。」又云：「大盜入關，緗帙都墜，遷徙不常厥居，求生草莽之中，豈復以吟詠爲意。」審如此説，則致堯之詩均作於未及第以前咸通廣明之間矣。乃今集中詩凡有年之可考者，均在貶官以後。即翰林集亦始於及第之年，未及第前無一詩在，抑又何也？以此見《香奩集序》乃故爲迷謬之詞，用以避文字之禍，都非正言[之]也。

又《香奩集發微序》後題云：序中所書甲子，大都迷謬其詞，未可信也。其謂庚辰辛巳、己亥庚子之間者，考其時在僖宗之代，致堯方居翰林也，（寅恪案：冬郎昭宗龍紀元年及第，何得謂在僖宗時在翰林？誤甚。）而一卷香奩全得舊君故國之思，彼時安所用？

此未可信也。又所謂「大盜入關」者，似指黄巢矣，而云「遷徙不常厥居，求生草莽之中，豈復以吟詠爲意」則尤可疑。考巢賊亂後，致堯始貴，並無避地之舉，直至梁移唐祚，致堯始不常厥居。所謂「天涯逢舊識，避地遇故人」者，正此時也。然則「大盜」蓋指朱温，而「避地」則貶濮州、貶榮懿、徙鄧州、南依王審知均是也。故《無題詩序》云：「丙寅年九月在福建寓止。」可徵《香奩》一卷，編於晚年。梁氏既禪以後，不得不迷謬其詞，以求自全云爾。

自序謂百篇實則詩百一篇、詞二篇、賦二篇，共百五篇也。又年譜天復三年癸亥下云：「二月出關。」按《香奩集序》云：「大盜入關」，應即指此年全忠舉兵入朝事。明年，全忠弑帝，故名之曰「大盜」，紀實也。此後致堯即貶濮州、榮懿。徙鄧州，故云「遷徙不常厥居」，正指此年事耳。

《黄御史文集》五《答陳磻隱論詩書》云：咸通乾符之際，兹道隳明，鄭衛之聲鼎沸，號之曰「今體才調歌詩」。援雅音而聽者懵，語正道而對者睡。噫，王道興衰，幸蜀移洛，禍兆於斯矣。

寅恪案：壬辰癸巳爲咸通十三、十四年，己亥爲乾符六年，庚子爲廣明元年。

韋縠《才調集序》云：今纂諸家歌詩，總一千首，每一百首成卷，分之爲十目，曰《才調》。

《四庫總目》一五一《别集類》四《韓内翰别集》一卷，提要云：《唐書》（一八三）本傳謂偓字致光，計有功《唐詩紀事》（六五）作致堯，胡仔《漁隱叢話》（前集二三）謂字致元，毛晉作是集跋，以爲未知孰是。案劉向《列仙傳》稱偓佺堯時仙人，堯從而問道，則偓字致堯，於意爲合。致光、致元，皆以字形相近誤也。

寅恪案：《新唐書》一八三《韓偓傳》云：「兄儀，字羽光，亦以翰林學士爲御史中丞。偓貶之明年，帝晏文思毬塲，全忠入，百官坐廡下，全忠怒，貶儀棣州司馬，侍御史歸藹登州司户參軍。」則偓之字致光，亦與其兄儀字羽光相類，其作致光，未必便是以字形相近致誤，或者以兄字羽光，因據之以偓字亦作「光」耶？俟考。

今又據汲古閣《唐四名家集》本《唐英歌詩》上末作：「和韓致光侍郎無題三首十四韻。」

寅恪案：陸芝榮《唐才子傳考異》《永樂大典》本作「致光」。

香奩集卷二

薦福寺講筵偶見又别

見時濃日午，别處暮鐘殘。景色疑春盡，襟懷似酒闌。兩情含眷戀，一餉致辛酸。夜静長廊下，難尋屐齒看。

《嘉慶清一統志》二三〇陝西省西安府寺觀門：薦福寺（原注：在咸寧縣南三里。長安志：開化坊大薦福寺，隋煬帝在藩舊宅，唐武德中，賜蕭瑀爲園，後爲英王宅。文明元年，立爲大獻福寺。自神龍後翻譯佛經，並於此寺。安仁坊西北隅，爲寺之浮屠院，院門北開，正與寺門隔街相對。景龍中，宫中率錢所立。縣志：寺有塔十四級，俗呼爲「小雁塔」）。

無題第一

余辛酉年戲作無題十四韻，故奉常王公相國首於繼和，……二學士笑謂余曰：「謹豎降旗，何朱研若是也？」遂絶筆。

吴融《唐英歌詩》卷上（汲古閣唐四名家集本）和韓致光侍郎無題三首，卷中倒次元韻，據此，則融亦倒次元韻，「謹豎降旗」之語，特撝謙之戲言耳。（見陳寅恪《讀書札記二集·韓翰林集之部》）

高文顯《韓偓》（節選）

偓墓在舟山的異聞

異聞是據晚明徐闇公的《釣璜堂存藁》（卷九、三十二葉）所載的一首五言律詩，題曰：

「韓學士偓入閩後無記者，王愧兩司馬云，近有斵山得其斷碑，知終歿於此矣，捋虎爲朱梁所忌，見本集。」

先生早去國，不見受終時。
未遂冥鴻志，常懷捋虎危。
史書湮舊跡，野老斵殘碑。
賴有《香奩》句，高吟續《楚辭》。

既然有王愧兩看到舟山韓偓的斷碑，還有徐孚遠的五言律詩一首，正如永春孝廉鄭翹公所説的「雖無確徵，可博異聞。」在此也只好不多作論斷。

……

綜合以上所討論的結果，當然還要搜集資料以補足證據，……我去年看到《釣璜堂集》中所載的五言律詩，足證斷碑或者是韓偓的衣冠塚，因爲韓偓與羅隱，都是忠義之士，他們兩人都曾勸説錢武肅王討朱梁，民間必定會尊敬他們而爲立些紀念的碑文；至於韓墓的在安南三都葵山之麓，我尚記得和進士吳增（桂生）初次見面時，他曾告訴我南安的金淘區，出産「龍鬚草」，可以織蓆，所以韓詩的「八尺龍鬚方錦褥，已涼天氣未寒時」，就是寓居南安時作的。偓終於安南，當没有問題。（以上屬「出版前言」）

韓偓傳略

《通鑑綱目》載曰：

「蘇檢數爲韓偓經營入相，言於茂貞及中尉樞密，且遣親吏告偓；偓怒曰，公不能有所爲，乃欲以此相污耶？」

《通鑑綱目》載説：

「上欲用偓爲相，偓薦趙崇王贊自代，胤怒其分己權，使朱全忠白上曰：『趙崇輕薄，王贊不才，韓偓何得妄薦。』」

……

韓偓既被貶逐，經過數年後，政府又復召他。據史家所稱，很不一致；在《新唐書》中，只書天祐二年（乙丑）一召而已。《泉州府志》書天祐二年一召外，又曰：「梁篡唐，乾化三年召，復辭。」那麽據此則應有兩召了。

宋葉石林（一〇七七——一一四八）曰：「《唐史》偓傳，貶濮後，即不甚詳。吾家所得偓詩，皆以甲子歷歷自記；有天祐二年乙丑在袁州得人賀復除戎曹依舊承旨詩，又有丁卯年聞再除戎曹依前充職詩，蓋兩召皆辭不赴也，終身不食梁禄，大節與司空表聖（八三七—九〇八）略相等，惜乎《唐史》止書乙丑一召，不爲少發明之。」

其實還没有這樣簡單就可以解决的。《唐才子傳》曰：「天祐六年（九〇九）復召爲學士。」書中雖只書一召，但年代又不同了。吴任臣的《十國春秋》曰：「昭宗被殺，哀帝復召爲學士。……天祐三年復有前命，偓又辭，爲詩曰：『豈獨鴟夷解歸去，五湖漁艇且餔糟。』已而梁篡唐，乾化三年復召，亦辭不往。』」這樣看起來，則當有三召了，但據上面各書所載，年代真是難以斷定，而且無從依據。現在我們更據韓偓的詩集，來看看吧。

第一次的召他復官，年代雖不可考，但當係弑昭立哀的時候，即《十國春秋》所説的：「昭宗被殺，哀帝復召爲學士。」我想這一説是可靠的，他自己有《病中初聞復官》道：「抽毫連夜侍明光，執靮三年從省方。燒玉謾勞曾歷試，鑠金寧爲欠周防。也知恩澤招讒口，還痛神祇誤直腸。聞道復官翻涕泗，屬車何在水茫茫。」「又挂朝衣一自驚，始知天意重推誠。青雲有路通還去，白髮無私健亦生。曾避暖池將浴鳳，卻同寒谷乍遷鶯。宦途巇嶮終難測，穩泊漁舟隱姓名。」第二召當係《新唐書》所言之天祐二年了。他也有詩曰：《乙丑歲（即天祐二年）九月，在蕭灘鎮駐泊兩月，忽得商馬楊迢員外書，賀余復除戎曹依舊承旨，還緘後，因批四十字》：

「旅寓在江郊，秋風正寂寥。紫泥虚寵獎，白髮已漁樵。事往凄涼在，時危志氣銷。

若爲將朽質，猶擬杖於朝。」

第三召即石林所謂《丁卯年聞再除戎曹依前充職》的詩了。現剩有句曰：「豈獨鴟夷解歸去，五湖漁艇且餔糟。」他三召均辭不往，挈族南依王審知去了。

關於朝廷的召他及南依王審知這兩件事，宋朝的劉後村先生有一段很值得注意的話，我們假如不爲之辨正，讀者們也許又會再誤解韓偓了。我們看他的《跋韓致光帖》吧：「史言天祐二年，復召爲學士，偓不敢入朝，挈其族南依王審知。按天祐二年，弑昭入哀，政出朱氏，尚能召致光返禁林耶？謂其不敢入朝，得其實矣；至謂依審知，然審知據福唐，致光乃居南安，曷嘗依之乎？」後村有點冒失了！天祐二年之召，俱見於《新唐書》本傳，偓詩集中亦記此事，難道還會錯嗎？至於「弑昭入哀，政出朱氏」，可是要曉得朱全忠既有心篡逆，他是有心羅致賢士的，安知他不想再用韓偓呢？看看關於朱氏的史傳，自然可以知道他對於文士也是很賓禮及尊敬的。此外我們還可以得到好的史料來證實的，如宋袁樞的《通鑑紀事本末》載曰：

「戊辰（？）大赦改元，國號大梁，奉唐昭宗爲濟陰王，皆如前代故事；唐中外舊臣，官爵並如故。」

至於韓偓的不入朝，原來也是有志引退的；況且天下大勢已去，還有可爲的地方嗎？有些史家尚且要責其去得太晚呢？胡致堂有一段話評曰：「主暗國危，韓偓久於近密而不去何也？昭宗多與之謀議，君臣之分，有所不忍也。宰相人所願欲，而偓終不拜，甘心斥逐。其去雖晚，其志操可尚矣。」這種論斷，倒能平穩。超然於禍福之外的韓偓，自然不致被香餌所釣而再入朝的，他自己難道還不清楚嗎？宋黄震《古今紀要》曰：「審邽喜儒術，善吏治，守泉州。中原亂，公卿多依之。審知亦儉約禮士，仕宦者亦多依之。」

以上所討論的，史實遺蹟俱在。（詳見下篇《韓偓與王審知》。）後村所説的，或者是出於誤解了。

偓晚年居南安，頗能薰修佛法。（詳見《韓偓的佛教思想》）他曾有一首很著名的《安南寓居》詩，專門描寫在南安時的生活。

後梁龍德三年（九二三），卒於南安縣三都的龍興寺。邵誠之爲哀詞。葬在三都的葵山之麓。他享年八十。子寅亮，亦家於南安。（以上屬「一、韓偓的生平」）

王氏的開閩及賓禮賢士

光化三年（九〇〇）春，昭宗更使威武節度使王審知同平章事，這便是審知在唐時所做的最高官職了，後來他被封爲閩王，卻是梁篡唐後，開平三年呢。所以我們的詩人韓偓被審知請來的時候，也正是審知還在做相的時候啊！……

《重纂福建通志》亦載曰：

「廣明之亂，王氏據有全閩，雖號不知書，然一時浮光士族，多與之俱，凡唐末士大夫避地而南者，王氏率皆厚禮延納，作招賢館以館之。」因爲他們對于文士的賓禮，所以閩的文學，也因此放了十分燦爛的異彩，晚唐的詩家如韓偓、羅隱、黄滔、徐夤、崔道融、翁承贊……等，在唐代的文學史上，都是佔了很重大的地位，而他們也都是被賓禮於招賢院中的，其中的人物真是濟濟一堂，實在是極一時之盛況了。……我們從招賢院中的主人黄滔所作的《丈六金身碑》一文中，可以看出來了。這篇是記當時王審知鑄佛像圓滿後，於開元寺設二十萬人齋的齋僧勝會的。當時的盛況怎樣呢？文曰：

「是日也，彩雲纈天，甘露粒松。香花之氣撲地，經梵之聲入空。座客有右省常侍隴西李公洵；翰林承旨制誥、兵部侍郎昌黎韓公偓；中書舍人，琅琊王公滌；右補闕，博陵崔徵君道融；大司農，瑯琊王公標；吏部郎中，譙國夏侯公淑；司勳員外郎王公拯；刑部員外郎，弘農楊公承休；弘文館直學士，弘農楊公贊圖；弘文館直學士，瑯琊王公倜；集賢殿校理，吴郡歸公傅懿；皆以文學之奥比偃商，侍從之聲齊褒向，甲乙昇第，巖廊韞望。東浮荆襄，南遊吴楚，謂安莫安於閩越，誠莫誠於我公。……交轍及館，值斯佛之成，斯會之設，俱得放心猿於菩提樹上，歇意馬於清涼山中。我公乃顧幕下者滔，俾刻貞石以碑之。……」

以上所舉出的「中原士族」們，都是招賢院中的人物呢！人數真是不少啊！此外《泉州府志》還提及一個，大概這一天他没有來參加吧？《府志》説：「杜襲禮，昭宗時爲水部員外郎，朱全忠篡唐，避亂來泉，依刺史王審邽；與常侍李洵，承旨韓偓諸公，同賓禮於招賢院。」（以上屬「二、韩偓與王審知」）

南安的名勝

南安的名勝很多，但最著名的當然要算在一都的九日山了。

山號九日，因邑人於重九日登高於此故名。還有一説則謂有道人自戴雲山來，九日方到，因此名九日，但不知那一説是對呢？

山中的風景究竟怎樣呢？據《福建通志》所載，頗稱讚其山：「……奥衍明秀，溪流演漾，峰巒映發，隱爲一區，自晉以來，縉紳多探憩焉。」……

後來韓偓也因避地南閩，亦寄跡其間，於是遂使名山更加生色了。偓在安南久，九日山當然也是他的遊蹤之一；而寺中的方外朋友，定也是不俗的了。偓有《贈九日山僧》詩曰：

「盡説歸山避戰塵，幾人終肯别囂氛。缾添澗水盛將月，衲挂松梢惹得雲。三接舊承前席遇，一靈今用戒香熏。相逢莫話金鑾事，觸撥傷心不忍聞。」

此外尚有南臺岩，偓亦曾遊到。他有《登南臺僧寺》的詩道：「無奈離腸日九迴，强攄懷抱立高臺。中華地向城邊盡，外國雲從島上來。四序有花長見雨，一冬無雪卻聞雷。日宫紫氣生冠冕，試望扶桑病眼開。」（慶按，此文作者有注云：「《登南台僧寺》的詩，於《韓翰林集評注》及《瀛奎律髓》（卷四十七，第廿四葉）均作《登南神光塔院》。此詩或謂作於福州南台，故《竹窗雜録》載曰：『釣龍臺上有槃石，越王餘善釣白龍處也。又名越王臺。韓偓流寓閩中，題詩云「無奈離腸日九迴，强舒懷抱立高臺……」』按釣龍臺係在福州。《太平御覽》（卷一百七十）曾引《福州圖經》曰：『勾踐六代孫爲楚所併，其後有無諸以其境南泉山之地因而都之，稱閩越王。……』但據《南安縣志》卷四十七也曾載説：『九日山中亦有一釣龍臺，或簡稱釣臺。因秦系自號「東海釣客」，故以此名之。』究竟此詩作於何處，未敢遽即斷定，只能按其所歌詠的景物，而推測係作於泉南一帶而已。」）

晉水夏質夫所集之《閩中名勝詩》曾附注曰：「此韓偓不仕於梁自閩來泉登覽感慨，故有中華地盡，外國雲來之句。頸聯二句，極切泉中時景，確非福州南臺。泉南有金廈二島，常通外國番舶。」

還有其他的一山一水，詩人都有歌詠及稱頌南安風景的秀美，但我們無暇再述了。

我們的詩人既流寓閩中，遂使吾閩生色不少；而他那皦皦的大節，不仕朱梁，也大爲閩人所欽仰，所以在九日山中的石佛岩也有祀他的祠。這個祠也來得特别，因爲並不是一個人的專祠。其中共祀姜公輔、秦系、韓偓、席相等四人，所以號曰四賢祠（此處此文作者注云：「據《泉州府志》卷十四載曰：『四賢祠祀唐姜公輔、秦系、韓偓、席相；後廢，改爲程信吾祠，程信吾祠在九日山石佛巖。……』」）。他們都是中原的士族，且爲唐季名臣，而係流落在閩中的飄泊者啊！

後來的人，因登九日山，謁四賢祠而憑弔的很多，有元之傅定保詩曰：「四傑唐遺跡，千年此妥靈。草荒丞相塚，雲鎖隱君亭。助教衣猶緑，翰林山尚青。因懷水南令，愁思遶春汀。」歐陽至也有詩道：「唐相衣冠古，空山筆硯靈。老僧新棟宇，隱士舊池亭。茶竈雲根白，書燈鬼火青。殘碑蘚化碧，小篆雁書汀。」

到了明時李廷機亦有詩憑弔：「往哲遺香火，聚英託地靈。懷人爭有待，弔古已無亭。舊事悲回禄，芳名照汗青。臨風重掩首，落日映沙汀。」還有傅國琛的《九日山弔古詩》，則更無限感愴了。詩曰：「唐祚匡扶舊日勳，荒臺今日剩浮雲。白楊芳草都零落，淚洒空山故相墳。」

詩人的卜居

唐時南安的疆域很廣，盡有今之龍溪，永春，興化……等地，到了後來才分割爲現在的各縣。

韓偓於庚午年（九一〇）曾在南安之桃林鎮（今之永春縣）住過。那時亦作了很多的詩，其中有一首寫在桃林時的生活狀況道：《桃林場客舍之前，有池半畝。木槿櫛比，閟水遮山。因命僕夫運斤梳沐，豁然清朗，復覩太虚，因作五言八韻以記之》：

插槿作藩籬，叢生覆小池。爲能妨遠目，因遣去閑枝。鄰叟偷來賞，棲禽欲下疑。虚空無障處，蒙閉有開時。葦鷺憐瀟灑，泥鰌畏赫曦。稍寬春水面，盡見晚山眉。岸穩人偷釣，階明日上棊。世間多弊事，事事要良醫。

以後不久即到招賢院來，而卜居於安南城内。招賢院是在南安三都的招賢里，離縣城很近，所以來往是很便當的。

他在安南卜居時，詩做得很多，而那幾首最有名的《安貧》，《殘春旅舍》，……都是在縣城裏作的。此時他的年紀很大了。所以都是充滿着隱逸的思想，而且他所觀察的景物，也是多麽精細啊！

……他寓居南安時，有家刻的碑。宋陳知柔在他的《墨妙堂記》中説：「内相韓公偓居南安，尤有詩名。其家刻之碑，有吾伯祖龍學公簡夫之跋可信。」但是所刻的些什麽詩，我們均不知道。而陳從易的跋文也無從覓得，真是遺憾之至！

詩人僑居南安時，已將近七十歲了。所以他晚年所過的生活，都是平淡而幽静的生活，且與方外朋友往來最多。他當然是佛教中所謂「居士」一流的人物了。而他殁時，也是在南安三都的龍興寺裏面。可惜寺今廢，現在也無從覓其遺址了。

詩人的墓地

詩人的墓地是在南安的葵山之麓。《泉州府志》載曰：「葵山在南安三都，距縣北六七里。疊石如筴，號疊經石，又如葵花然。宋時上有法華院，下有三華院，今並廢。」葵山的風景，也是不錯的。但是因爲人跡絶少，詩人長眠於此，未免太寂寞了。可是墓地也不是絶無人跡之所。靠近墓的西邊，也有一所深隱在山谷裏的鄉村，名叫做杏塘。這個村名倒也很雅，但是命名並非無因的。相傳韓偓隱居南安時，曾於是地種杏花，所以到而今還留下可紀念的村名。

詩人的墓碑，聽説被鄉民打斷，且抬回家裏去供種種的應用了。所以到現在一點標記也没有，只是靠着幾個老前輩以口相傳而已，真是想不出詩人的身後如此蕭條啊！

韓墓雖然没有碑碣可以辨認，但是墓前尚有幾種唐代的石刻，樸拙可愛，還留着唐代藝術的作風。其形狀爲石將軍（四尊），馬、虎、羊（各二）。

韓墓的淒涼荒廢，《南安縣志》也談到：「學士韓偓墓在葵山之麓，墓甚荒穨，僅存白石一堆。清邑令盛本爲立墓道於潘山市，以昭示來者。」

唉，詩人飄零的身世如此，而夜臺的淒清又如此，千載而下，誰爲灑同情之淚呢？加以他的墓離人跡太遠，而憑弔者亦少。這或者他死後，也喜歡做隱士吧！但據我所知道的，憑弔者只有邑人林瀛士曾有《葵山弔韓冬郎墓》的詩而已，且他又是錯認《香奩集》是韓氏所作的，詩曰：「善讀《香奩集》，方知血淚傾。孤臣亡國恨，芳草美人情。莽莽葵山路，蕭蕭學士塋。徘徊碑碣下，不覺暮雲横。」此外郭金台在《星卧樓集》中，也有一首《曉發南安驛》的詩，當係過偓墓時，描寫他所見到的景色的。詩道：「高峰殘月尚依依，旅客行程逐鳥飛。野店有霜關樹曉，家山無夢雁書稀。江湖浪跡身將老，琴劍天涯事已非。偶向冬郎墳畔過，野花零露欲沾衣。」（以上屬「三、南安寓止」）

跋

……是年暮春，我又伴他（慶按，指晚晴老人，即弘一法師）往遊惠安，我於無意中在圖書館裹披閲《螺陽文獻》，獲得韓偓《題松陽洞》（惠安縣城南）的逸詩一首，抄給老人看時，他馬上戴起眼鏡來，重新寫成一中堂給我，作爲遊惠水的紀念。

不久我背着他往南洋（他是不許我去的），他對韓偓的遺事，仍舊很注意，屢次來信，催促我重新抄録。同時還送給我他到永春後所聽到的關於韓偓的遺跡，他説在陳山岩有韓偓所寫的對子，寫的是「千尋瀑布如飛練，一簇人煙似畫圖」，他很希望能將石刻拓起來，「以此拓本張諸座右，不啻與偓晤談也」。後來又報告説他晤永春的名儒鄭翹松孝廉，（别號卧雲老人）孝廉告訴他一則異聞，「謂偓實終浙島，非瘞閩地」。並且要我回國後去見孝廉，重新考證一下，又鄭重地吩咐道：「《永春縣志·流寓傳補遺·韓偓傳》全文，朽人已託人録出，因文繁紙重，未能寄上，今檢交性常法師，代爲收貯，俟仁者返國時，向彼領取可也。」

鄭孝廉又告訴他異聞的根據：

「……舟山見偓斷碑，爲王忠孝所發見，載在徐闇公《釣璜堂集》；此書共二十卷，民國初年新刊，卷首年譜及七絶句中頗可徵信。……」

……唉！大師的行徑，實在太有趣了，他對本書那麽地關切，怎不令人感念呢！他先後曾作序文三篇，立意都不同，第二篇與偓稿同遭難，没有存稿，現在就抄録他第一次所寫的遺序來作本文的結束吧！

「癸酉小春，驅車晉水西郊，有碑矗路旁，題曰唐學士韓偓墓道，因憶兒時居南燕，嘗誦偓詩，喜彼名字，乃五十年後，七千里外，遂獲展其墦墓，因緣會遇，豈偶然耶？余於晚歲，遯居南閩，偓以避地亦依閩王而終其身，俯仰古今，能無感愴。爾者高子勝進摭偓遺事，輯爲一卷，余覽而善之，略述所見，弁其端云。歲次玄枵，薝蔔老人。」

後記

韓偓的墓，距泉約二十五里，且山路居多，要去時頗感困難；幸而得了性願法師及道侶瑞闌同往，並且請得兩位鄉民……帶路，才得親臨墓地憑弔，也算是難得的機緣。……在泉城午餐後，才驅車出西門，預備在蓮花峰的不老亭留宿。路上經過了墓道碑，但未下車瞻仰。碑是矗立在未到潘山市的斜坡上的。過了潘山市也須下了一斜坡，坡下卻有一條小溪流橫過，……正在過橋未久，我回頭望着田野間的風景，……卻於無意中看到一石碑，立在一小小的石橋前端。仔細一認碑的字，隱約可察出招賢橋三字。我即時驚呼起來，便跳下車前往細看，果然是招賢橋三字無疑。於是我馬上斷定此碑一定和招賢院有關係，就開始攝起影來。後來翻閱縣志，才證實我的斷定並沒有錯誤。

……俯瞰南安古城，萬家燈火，……天未明，星月在天，即起來趕路。翻過了重重的山嶺，到達墓地時已經是將近中午了。……及抬頭仰望高入雲表的葵山出神，同時還傾聽着鄉民講述關於葵山的種種神話及故事。他們説山中有一洞名蝙蝠洞，便是當時楊文廣平閩十八洞之一。在墓地逡巡甚久，更把那些石刻及在修葺中的韓墓拍照。不久即下山坡，……是晚留宿於浄覺寺（便是當時弘一法師欲到該寺時，因而中途發現墓道碑者。）……冬郎的墓，冬郎的忠節，千餘年來未聞有人替他修墳及表彰；且據志書所載，唯有清嘉慶十二年南安縣令四明盛本爲立墓道碑一事；但我當時到達墓地時，冬郎的墓，卻已經焕然一新。舊有的墓碑重新安上用花崗石新刻的，而其他均用水門汀修造。原來這段因緣也是值得記述的。當弘一法師最初囑我編一部韓偓的傳記時（二十四年十一月間）。，於是在寒假的時候，我就先到泉州一行，想會會當地的名流，及搜集些古書，希望也許可以得到些材料。所以我第一次去訪問吴桂生老進士時，他開頭就説韓墓年久失修，並被劫盗，進士就有意想爲修葺。他還叮囑我説，既然弘一法師注意到韓偓的事，那麽大家來提倡提倡，替他修造一番，也是好事，想不到我回廈讀書，只一學期，他卻已經向邑之名士黄仲訓募化八百金，作爲修築的費用，而工程已大部分完竣了。進士於修墳後又賦詩誌盛。當時泉州名士多人和之，曾輯爲一卷，已别刊行。同時弘一法師又爲偓寫《藥師經》一卷迴向菩提，真是好一段千載難逢的盛事啊！（見高文顯《韓偓》，新文豐出版公司，一九八四年版）

黄世中《韓偓其人及「香奩詩」本事考索》（節録）

「香奩詩」本事考索

韓偓「香奩詩」所抒發的是一種純真誠摯的愛情，是對一位李姓女子的摯著的追求。恩格斯在《家庭私有制及國家的起源》中指出：人類家庭自從進入一夫一妻制以後，「佔居特殊地位的人物」往往「過着多妻制生活」〔一〕。封建社會，有條件的士大夫莫不如此。因此，所謂「純真的愛情」是極少有的。正如唐代女詩人魚玄機所感嘆的：「易求無價寶，難得有情郎」。（《贈鄰女》）但是也正因爲「貞情難得」，所以人們對那些摯著追求的癡男怨女也總是給予熱烈的頌讚和很高的評價。韓偓《香奩集》愛情詩的抒情主人公，就是一個對愛情摯著追求，貞情操守的形象。詩人把純真專一的愛情奉獻給自己所傾心依戀的女子，其熱切愛戀，雖經數十年而不衰，甚而更顯其深沉摯至。《香奩集》中的「寒食詩」透露了這一消息。先看《寒食日重遊李氏園亭有懷》：

往年同在鸞橋上，見倚朱闌詠柳綿。
今日獨來香徑裹，更無人跡有苔錢。
傷心闊别三千里，屈指思量四五年。

料得他鄉遇佳節，亦應懷抱暗淒然。

這是一首真摯的憶舊懷人詩。有時間，寒食日；有地點，李氏園亭；有對象，某一女子（或李姓）。更重要的是它告訴我們：四、五年前的寒食日，同所戀在李家園亭的鸞橋上倚着朱欄傾訴吟詠，五年後的今天，她已經到了「三千里」外的「他鄉」了。作者「獨來香徑」，舊地重遊，感物是人非而「傷心」，想到她在異鄉遇此節日，亦當會淒然想起往事吧。題目「有懷」，分明即是懷念其人。

下面我們從愛情發生的時間、地點及具體對象加以論證考索。

首先，關於愛情發生的時間。三月寒食日當是他（她）們相遇定情、互訴衷曲的日子。上篇七律之題目首揭「寒食日」，即可爲據。此外《集》中直接點出「寒食」並有戀情寄託或憶念者尚有八首：《寒食夜》、《夜深》（一作《寒食夜》）、《寒食夜有寄》、《想得》、《夕陽》、《避地寒食》、《三月》、《寒食日沙縣雨中看薔薇》（後三首在《翰林集》）。連前篇共有九首。看來詩人每逢寒食日即憶及其人，並據其相思哀怨之作。如《寒食夜》云：「正是落花寒食夜，夜深無伴倚南樓。」《寒食夜有寄》云：「風流大抵是悵悵，此際相思必斷腸。」《夕陽》云：「花前灑淚臨寒食，醉裏回頭問夕陽。不管相思人老盡，朝朝容易下西牆。」《想得》云：「兩重門裏畫堂前，寒食花枝月午天」，這當然是一次未成眷屬的愛情，所以歎夜深無伴，此際相思，感花前灑淚，纏綿哀怨。

寒食爲清明前二日，一般在陰曆三月上旬，所以作者不僅逢寒食即寄怨情，且對「三月」、「暮春」這一季節亦極爲敏感。考《集》中「三月詩」亦皆寓戀情，共有十首。如《江樓》云：「楊柳酒旗三月春」、「爭奈多情是病身」，《春盡日》云：「年年三月病懨懨」，《六言》云：「一燈前雨落夜，三月盡草青時。半寒半暖正好，花開花謝相思」，《惜春》云：「一夜雨聲三月盡，萬般人事五更頭」，《傷春》云：「三月光景不忍看」，《流年》云：「三月傷心仍晦日」。更有以《三月》爲題者，詩云：「辛夷纔謝小桃發，踏青過後寒食前。四時最好是三月，一去不回唯少年」。作者把「三月」「寒食」與自己的青春年華聯繫在一起，而極歎流年一去不復返！不難看出，若「寒食」、「三月」與作者心中的感情了無關緣，又何必每爲之感慨呢？

其次，愛情發生的地點。詩人與那女子相遇定情的地點當是寒食夜海棠花下鞦韆架畔。我國古代士女於春日，特別是寒食日皆有打鞦韆之戲。《荊楚歲時記》載：「春時懸長繩於高木，士女彩衣服坐其上而推引之，名曰打鞦韆」。《古今藝術圖》云：「北方寒食爲鞦韆戲，以習輕趫。後乃以彩繩懸木立架，士女坐其上推引之。」可見「寒食日」每與「打鞦韆」聯繫在一起。韓偓「寒食詩」寫到所戀女子因與詩人相遇，立在鞦韆畔而害羞的情景是十分逼真的。

想得那人垂手立，嬌羞不肯上鞦韆。

而當他數年後在一個寒食夜里想起往事時，無限悵惘地踱到鞦韆架畔，緬懷少年時之所戀。這時夜深了，輕寒惻惻，春風翦翦；白梅如雪，紅杏如火。詩人望着斜搭着的鞦韆索，望着煙中的樓閣，朦朧恍惚，一種景物依舊、人事全非的思緒襲上心頭而不能勝情，因此寫下那首有名的《寒食夜》：

惻惻輕寒翦翦風，小梅飄雪杏花紅。
夜深斜搭鞦韆索，樓閣朦朧煙雨中。

此外，《集》中雖未直接點出「寒食」而寫到「鞦韆」，實際上與「寒食詩」所詠同一情事的詩尚有八首。如《效崔國輔體》云：「獨立俯閒階，風動鞦韆索」。《後魏時相州人作李波小妹歌》云：「海棠花下鞦韆畔，背人撩鬢道匆匆」。又《闺怨》云：「初坼鞦韆人寂寞，後園青草任他長」。《偶見》云：「鞦韆打困解羅裙，指點醍醐索一尊」。更有一首以《鞦韆》爲題的古體，直接描寫「那人」打了鞦韆後「下來嬌喘未能調，斜倚朱欄久無語」的情景。看來，詩人與所戀自始即未能諧，其原因當不在愛戀雙方本身，恐在於外力的干預。所以才又寫到「那人」下了鞦韆斜倚朱欄不説一句話，心中十分哀愁而不便言明，只好對天長歎的情景：「無語兼動所思愁，轉眼看天一長吐」。觀察入微，表現細貼。末一句「轉眼看天一長吐」，以景結情，宕出遠神，極其含蓄。

由此可以推斷，他（她）們於寒食海棠花下鞦韆畔初遇後，便經常在園中鞦韆架下相會，或打鞦韆，或傾談吟詠。這些當然給詩人留下不可磨滅的印象，以致日後每逢「寒食」、「三月」，或見鞦韆，或舊地重遊都會有深情的回憶、親切的懷戀和發出無望的哀吟。此所以物動於外，情發於中而深長綿邈也。

除了相約於園中鞦韆架下相會外，有時也能「偶見」之。看來詩人與此女子似曾同住一處坊院或一處園亭。《集》中有「偶見詩」六首。《薦福寺講筵偶見又别》寫與此女日午時相見，傍晚分手，有「兩情含眷戀，一餉致辛酸」句。《復偶見三絶》云：「别易會難長自歎，轉身應把淚珠彈」。又一次《偶見背面是夕兼夢》，詩云：

酥凝背甲玉搓肩，輕薄紅綃覆白蓮。
此夜分明來入夢，當時惆悵不成眠。
眼波向我無端艷，心火因君特地然。
莫道人生難際會，秦樓鸞鳳有神仙。

原來詩人看到「那人」的背影，夜來便作了夢，夢見她多情的眼波向自己瞟來，引起了心中愛火的燃燒。最后歎人生際會之難而幻想能像仙人蕭史弄玉那樣結爲夫妻。

由於阻力很大，際會之難，所以詩人時常在夜裏到「那人」的卧室外長廊中「繞廊」等待，冀她出來一訴衷情。《集》中有「繞廊詩」四首。如《繞廊》云：「繞廊倚柱堪惆悵，細雨輕寒落花時」。寫自己繞着回廊走，靠着柱子站着等待的情景。又一次詩人半夜看到「那人」簾櫳之中還亮着燈，就憑着酒興，倚醉到「那人」樓閣的廊下，一會兒「抱柱立」，一會兒「繞廊行」，直走到她的窗下，希望她能出來相會一下。可是那人只管在内裁剪衣服，没有理他。他於是只好敲敲欄干喚她了，但裏面卻仍没有作聲。詩人寫了《倚醉》記下這一次相思：

倚醉無端尋舊約，卻憐惆悵轉難勝。
靜中樓閣深春雨，遠處簾櫳半夜燈。
抱柱立時風細細，繞廊行處思騰騰。
分明窗下聞裁剪，敲遍闌干喚不應。

最後他（她）們終於衝破阻力，歡會在一起。這有《自負》、《意緒》、《閨情》、《惜春》、《春恨》、《春盡》、《春盡日》、《欲明》以及兩首《五更》（五、七言各一首）共十首可以爲證。那是詩人學韓壽偷香而「半夜潛身入洞房」（《五更》）的。《閨情》云：「韓壽香焦亦任偷」。《自負》詩就更明白説出他（她）們的歡會共有三次：「偷桃三度到瑤臺」。但是，或許這第三次的私遇爲阻絶者（如長輩）發覺，立即採取措施，隔斷了他（她）們的來往。所以《五更》詩末云：「光景旋消惆悵在，一生贏得是淒涼」。關於這一點另一首《五更》可證：

秋雨五更頭，桐竹鳴騷屑。
卻似殘春間，斷送花時節。
空樓雁一聲，遠屏燈半滅。
綿被擁嬌寒，眉山正愁絶。

這是一個秋雨的五更，雨點打在桐枝、竹葉上，沙沙作響。詩人由此興悲，回憶殘春那個五更的情景。「斷送花時節」，以比「那人」的被遣。末聯不説自己相思哀愁，而設想那女子擁着綿被而雙眉緊蹙哀怨，這是進一層法。大約此女不住這園亭搬往外面以後，他（她）們還曾不止一次地相見過。薦福寺那次相遇就盤桓了半天，相互傾訴了别后的辛酸。末云：「夜靜長廊下，誰尋屐齒看。」可證那女子確已外遷，詩人感歎地問自己，即使夜裏再在那廊下繞行，又有誰來尋找他的足跡呢？

正因爲「五更」對詩人一生是一個可紀念的時刻，所以除了有兩首以《五更》爲題外，

《惜春》又云：「一夜雨聲三月盡，萬般人事五更頭」。這裏「三月盡」即三月的最後一天。筆者更據以推斷：他（她）們這最後的一次歡會當是三月最後一日。因此又有《春盡日》詩，云：「年年三月病懨懨」，《流年》云「三月傷心仍晦日」。「晦日」即陰曆每月最後一日，也就是《五更》詩所説的「殘春」。

綜上所述可見詩人曾與所戀女子同住在一個坊院，同一園亭内。最初之相遇在園中的海棠花下鞦韆架畔，此後他（她）們曾多次相會，或在園中，或在廊下，或在女子樓閣居室。分開以後還有一次在薦福寺「偶見」。這都是《香奩集》中有地點可考者。

第三，關於所戀的具體對象。此女子應爲李姓，筆者疑其爲李商隱之女，即韓偓之姨表妹。證之如下：

一、《香奩集》中有一首頗有意思的詩，詩題爲《後魏時相州人作〈李波小妹歌〉，疑其未備，因補之》。考《北史》卷三十二《李安世傳》載：「初，廣平人李波宗族强盛，殘掠不已。前刺史謝道擶親往討之，大爲波敗，遂爲逋逃之藪，公私成患。百姓語曰『李波小妹字雍容，褰裙逐馬如卷蓬，左射右射必疊雙。婦女尚如此，男子那可逢！』」〔二〕這是一首歌頌李波的小妹勇武善戰的雜歌謡辭，與詩人所戀女子了無關係，只不過其姓李氏，便有意拈來，託言「疑其未備，因補之」爲詩。實際上那時無所謂「未備」，而韓偓此首亦非

「補」，而是「改」。詩云：「李波小妹字雍容，窄衣短袖蠻錦紅。未解有情夢梁苑，何曾自媚妬吴宫。難教牽引知酒味，因令悵望成春慵。海棠花下鞦韆畔，背人撩鬢道匆匆。」作者留第一句，分明只爲了取「李」其姓，「小妹」其稱，「雍容」其態；改第二句、去三、四、五句，以「李氏小妹」窄衣紅錦、苗條纖弱的裝束儀態去取代「李波小妹」褰裙逐馬、雄武善射的英姿，可謂「不愛武裝愛紅裝」矣！三句言其年尚幼，「未解有情」。四句稱其貌美。五、六云難以牽動其心，令己悵望。七句點出私遇地點「海棠花下鞦韆畔」。結以描寫「李氏小妹」背向詩人，用手撩撥着鬢髮的含羞及初戀的緊張之態。這首「小妹」二字最須重看：稱其「小妹」即暗寓其爲表妹。末云「海棠花下鞦韆畔，背人撩鬢道匆匆」，是即「寒食」、「鞦韆」詩所懷之同一女子。

二、韓偓生於武宗會昌二年（八四二），商隱子袞師生於宣宗大中二年（八四八）〔三〕，小偓六歲。但袞師有一姐，疑即爲韓偓之所戀。李商隱《嬌兒詩》云：「階前逢阿姐，六甲頗輸失。凝走弄香奩，拔脱金屈戌。」此「香奩」二字，極是一緊要處。馮浩云：「此謂奩具之紐，索姐所輸物而拔脱之。」此「香奩」當是「阿姐」之奩具，袞師與姐比賽書寫或背誦干支計數，輸了「六甲」（時日的干支，即六十甲子所記時日之類。我國古代兒童入學教數和書寫干支皆用「六甲」），乃凝頑不認賬，惱而向其姐索還「六甲」。大約阿姐不肯還，袞師即「癡走」將她香奩上的環紐拔脱。可見此奩具爲其姐所有，而李商隱當時即稱其爲「香奩」。韓偓與袞師姐弟住在一起（詳後），當知這位表妹有一心愛之「香奩」。故其年齡稍長而摯著追求時，遂將抒寫這段戀情的詩作題爲《香奩集》，以誌紀念。《香奩集序》云：「柳巷青樓，未嘗糠秕；金閨繡户，始預風流。」明確告訴讀者自己的戀詩非青樓薄倖、柳巷狹邪之作。而「金閨繡户，始預風流」卻可悟其所戀乃大家閨秀，李商隱門庭自是可當。這一年（八五一）韓偓十歲（能即席爲詩送其姨父使一座盡驚，當是早慧早熟），袞師四歲，而能與阿姐賭勝「六甲」，且贏後不還，則「阿姐」其年當與袞師相差不多，或即六歲。則商隱此女當生於武宗會昌六年（八四六），恰好是李商隱丁母憂期滿後之第二年，甚合情理。

三、李商隱妻王氏逝於大中五年（八五一）七、八月間，十一月，商隱即赴東川柳仲郢幕，而將六歲的女兒、四歲的兒子寄養於長安。這有《玉溪集》中《楊本勝説於長安見小男阿袞》詩可證。詩云：「寄人龍種瘦，失母鳳雛癡。」但長安只有三家可寄：或寄韓瞻家，或寄妻舅王十二家，或即寄養於商隱妻子的舅舅李執方家。據《寒食日重遊李氏園亭有懷》，似以李執方家之可能性爲大。李執方文宗時爲金吾衛將軍，家住長安招國坊，第宅廣大，並有園館之勝。商隱婚於王氏即是李執方作合，並借其第宅南園内爲洞房〔四〕。韓瞻妻與商隱妻爲親姐妹，執方是其親舅，則韓偓少時亦可常住李家。因此商隱女與韓冬郎當是青梅竹馬，日日相處而耳鬢斯磨矣。

四、李商隱逝於大中十二年（八五八），時女兒十三歲，尚未上頭及笄，兒子僅十一歲（而韓偓應是十七歲）。由於父母雙亡，姐弟當仍依倚李執方家，或時而往來於韓家與王家。韓《香奩集》中有《新上頭》一首，寫女子及笄上頭，意即詠李氏女十五歲上頭事。詩云：「學梳鬆鬢試新裙，消息佳期在此春。爲愛好多心轉惑，偏將宜稱問旁人。」第三句清楚表明他（她）們的相遇定情所謂「佳期」是在這一年的春天，即李氏女十五歲時。但是在哪一天呢？就是在寒食日這天。原來我國古代女子上頭，不僅要在十五歲，而且一定在寒食這一天，這與上文關於愛情發生時間的考索正合。且看吴自牧《夢粱録》卷二的一則記載：「清明交三月，節前兩日謂之寒食……凡官民不論大小家，子女未冠笄者，以此日上頭。」又孟元老《東京夢華録》卷七也記寒食日「女子及笄者多以是日上頭」。由於李氏女上頭那日正是他（她）們定情之時，所以當日後闊别千里，韓即有《别緒》詩云：「山巔更高處，憶上上頭吟。」由此可見《香奩集》中的「寒食詩」、「三月詩」、「鞦韆詩」、「偶見詩」、「繞廊詩」、「五更詩」、「上頭詩」等數十首（以上各類共四十九首，已佔《香奩集》之半，此外如《青春》、《春恨》、《中春憶贈》、《舊館》、《有憶》、《兩處》……等皆是），所詠實同一情事，其所懷皆爲李氏女一人。

五、韓偓與商隱女開始相戀之時，恰巧爲《香奩集》開始寫作之時日。據上考可知，李年十五歲，而偓則是十九歲猶未冠。熾烈的愛情，當然要燃起詩人心中的情焰，情化而爲詩。《香奩集》就是從這年開始寫的。《香奩集》自序云「自庚辰、辛巳之際，迄己亥、庚子之間」，這裏「庚辰」「辛巳」即咸通元年（八六〇）、二年（八六一），即是韓偓十九、二十歲時（參閱前題）。十九歲開始與表妹戀愛，十九歲恰開始寫「香奩詩」，那麽「香奩」不是爲她所寫卻是爲誰呢？

六、正因爲《香奩集》隱藏着冬郎韓偓青年時期的一段隱秘的愛情，而且所戀又是自己的表妹、著名詩人李商隱的女兒，所以才願冒後世的「責之不經」而毅然「鳩集」保存下來。反之，若是狹邪之作，像韓偓這樣一個「凜然有烈丈夫之風」的「上品」、「完人」，是不會冒後世之詆詬而將它「鳩集」留傳下去的。再看《自序》中的又一段話：

大盜入關，緗帙都墜。遷徙流轉，不常厥居。求生草莽之中，豈復以吟詠爲意。或天涯逢舊識，或避地遇故人，醉詠之暇，時及拙唱。自爾鳩集，復得百篇，不忍棄捐，隨即編録……柳巷青樓，未嘗糠粃；金閨繡户，始預風流。咀五色之靈芝，香生九竅；咽三危之瑞露，美動七情。若有責其不經，亦望以功掩過。

這一段話值得注意的有四：其一、「香奩詩」原不啻千首，而散佚後僅收集得百首；其二、編録此《集》已在晚年「避地」福建之時；其三、作者聲明雖是情詩，然非青樓柳巷之作，其所預「風流」之事，乃一「金閨繡户」之女子；其四、甘冒後人「不經」之責而「不忍棄捐」。可證「香奩」確非尋常艷詩之可比，確乎青年時期的一段戀情和血淚的記録，是不能不留也。

以上我們對韓偓與所戀從時間、地點和具體對象三個方面加以考索，説明「香奩詩」是一束感情真摯的戀歌，是韓偓對李氏表妹傾心愛戀、摯著追求的一集愛情詩。其後雖事情不諧、天各一方，然其纏綿哀怨、沉摯思念未嘗少衰。「此生終獨宿，到死誓相尋」（《别緒》），感人至深！令我們不禁會想起李商隱《無題》詩那千古不朽的名句：「春蠶到死絲方盡，蠟炬成灰淚始乾。」直至晚年編録此《集》時，還有《思録舊詩於卷上淒然有感因成一章》云：

緝綴小詩鈔卷裏，尋思閒事到心頭。
自吟自泣無人會，腸斷蓬山第一流。

當然，由於《香奩集》爲晚年編録，由於要湊足百數，也收進少數幾首不那麽健康的詩，如《席上有贈》、《六言》之一、《詠手》及上引《詠浴》、《自負》諸詩。但瑕不掩瑜，「香奩詩」仍應是我國古代文人愛情詩中僅次於李商隱《無題》的上品。

可是，對韓偓「香奩詩」的評價卻自來極低，舊説我們可以不去管它，只就近年來各家的觀點來看，也存在很大的誤解。文研所主編的《文學史》稱「『香奩詩』的基本内容是反映了戰亂時代上層士大夫沉湎於享樂生活的腐朽情調」，「引導人對那種享樂生活的羨慕」。同是文研所編的《唐詩選》在介紹韓偓時也認爲他的《香奩集》「純係描寫閨中艷情及婦女的服飾體態」，「是赤裸裸地色情描寫」、「表現了亂世士大夫的精神的頹唐與墮落」〔五〕。這種評價實在是令人不能同意的。究其所以如此，除了對《香奩集》本事缺乏考辨，因而未能做到「知人論世」外，對我國古代文人愛情詩的認識存在着片面性，恐怕是其主要原因。（見黄世中《古代詩人情感心態研究》一書，浙江大學出版社一九九〇年版）

【注　釋】

〔一〕《馬克思恩格斯全集》第二十一卷第七十三頁。

〔二〕《魏書》卷五十三《李安世傳》所載略同。《李波小妹歌》清沈德潛採入《古詩源》，「那可逢」誤作「安可逢」。

〔三〕李商隱大中元年（八四七）於桂管鄭亞幕作《鳳》詩寄妻云「新春定有將雛樂」，又大中五年（八五一）《嬌兒詩》云「四歲知姓名」，可定袞師生於大中二年（八四八）。

〔四〕參見拙作《李商隱生平事蹟考索二題》，本書第四十七至六十二頁。

〔五〕《唐詩選》下册第三七八頁。

繆荃孫《韓翰林詩譜略》

韓翰林名偓，字致堯（史作致光誤），小字冬郎，自號玉山樵人。京兆萬年人。父瞻，字畏之。母王氏，河陽節度使茂元之女。兄儀，官御史中丞。偓貶之明年，亦貶棣州司馬。

唐武宗會昌四年甲子

偓生年無明文，以玉谿生詩「十歲裁詩走馬成」句考之，《馮譜》編入宣宗大中七年癸酉。上溯十歲，當生於是年。

宣宗大中七年癸酉

偓送父執李商隱過大梁，即席賦詩，一座盡驚。商隱贈以絶句：「十歲裁詩走馬成，冷灰殘燭動離情。桐花萬里丹山路，雛鳳清於老鳳聲。」

懿宗咸通元年庚辰

《香匳集序》：「自庚辰、辛巳之際，迄己亥、庚子之間，所著歌詩不啻千首」（孫棨《北里志序》：自大中皇帝好儒術，進士自此日盛，京中飲妓，籍屬教坊，新進士設筵，可行牒。追其所贈資，優於常數。諸妓皆居平康里，如不吝所費，則下車水陸備矣。予頻隨計吏，久寓京華，時亦偷遊其中，常欲紀述其事，以爲他時談藪。俄逢喪亂，鑾輿巡省，靜思陳事，追念無因，聊以編次，爲太平遺事耳。中和甲辰。按咸通元二年至廣明元年皆盛極之時，與偓序恰合，疑皆即事詩也）。

僖宗廣明元年庚子

十二月，黄巢陷長安。帝走興元。

中和元年辛丑

正月，帝幸成都。

三年癸卯

五月，李克用破黄巢，復長安。

光啟元年乙巳

三月，帝還京師。十二月，田令孜奉帝幸鳳翔。

二年丙午

二月，帝幸興元。

三年丁未

三月，帝還鳳翔。

文德元年戊申

二月，帝還長安。三月崩，昭宗即位。

昭宗龍紀元年己酉

禮部侍郎趙崇知貢舉，擢偓登第。狀元李瀚。同年可考者温憲、吴融、唐備、崔遠、李冉(《登科考》失名)。偓與吴子華侍郎詩注云「予與子華俱久困名場」。按，偓登第已四十有六，故云久困。

詩：《及第過堂日作》、《余作探使以繚綾手帛子寄賀因而有詩》、《及第後出京别錦兒》

大順元年庚子

夏四月，削李克用官爵，以張濬爲招討使會諸道兵討之。

二年辛亥

二月，復李克用官爵，貶張濬。

景福二年癸丑

八月，討李茂貞。十月，以茂貞爲鳳翔兼山南西道節度使。以崔胤同平章事。

乾寧二年乙卯

三月，崔胤拜河中節度使，選偓爲幕府，偓時爲刑部員外郎。按偓爲刑部員外郎，本傳不載，見《翰林集》。集云：「余自刑部員外郎爲時權所擠，值盤石出鎮藩屏，朝選賓佐，以余充職掌記，鬱鬱不樂，因成長句」。本傳所謂佐河中幕當即指此。五月，李茂貞、王行瑜、韓建犯闕。六月，李克用舉兵討三鎮，茂貞等還鎮。留茂貞養子繼鵬、行瑜弟行約將兵留宿衛。七月，宿衛兵作亂，帝如石門鎮。茂貞斬繼鵬，帝還京師。崔胤復拜平章事。偓本傳召拜左拾遺，以疾辭，當在是年。十二月，進克用爵晉王，克用還晉陽。

詩：《因成長句寄所知》（全題見上）、《亂後卻至近甸有感》，注「乙卯年作」。

三年丙辰

七月，李茂貞犯闕，帝幸華州。八月，李克用入援，崔胤免。朱全忠疏薦，仍拜平章事，兼領度支。胤舉偓自副。十月，復李茂貞官。

詩：《乾寧丙辰在奉天重圍作》。

光化元年戊午

八月，帝還長安。

二年己未

正月，崔胤免。

三年庚申

六月，崔胤復拜平章事。十一月，劉季述等幽帝於少陽院。

天復元年辛酉

正月，偓時擢左諫議大夫，與崔胤定策説孫德昭、周承誨、董彦弼討劉季述等，皆伏誅。帝復位，三人皆賜姓名，留宿衛，時人謂之「三使相」。崔胤進司空，偓等賜號功臣。孫德昭等又附韓全誨，忌崔胤。胤召李茂貞入朝，使留族子繼筠宿衛。偓以爲不可，胤不納。五月，擢偓爲翰林學士，平章事王溥薦也。院試文五篇：《萬邦咸寧賦》、《禹拜昌言詩》《武臣授東川節度使制》、《答佛誓國王進貢書》、《批三功臣讓圖形表》。偓數召對，訪以機密。帝疾宦官，欲盡去之，偓以爲未可盡誅對。帝前膝曰：「此一事終始屬卿。」八月，上問陸扆不樂反正事，偓爲解釋。九月，董彦弼見帝無禮，偓請逐之，赦其黨。又諫三使相有功，不如厚與官爵、金帛，不可使豫政事。帝不用。彦弼譖偓漏禁省語，不可與圖政。帝曰：「卿有官屬日夕議政，奈何不欲我見學士。」中書舍人令狐涣，帝欲以當國，俄又悔之，欲用偓。偓因薦御史大夫趙崇，崇，座主也。帝嘉其能讓。與吴子華侍郎融同年同直，與吴子華、王相國溥、令狐舍人涣、劉舍人崇譽、王吏部涣倡和《無題》詩。十月，朱全忠舉兵發汴梁，偓勸胤督茂貞還衛卒。又勸表暴内臣，罷韓全誨等，未及用，全誨等劫帝西行。偓追及鄠縣，見帝慟哭，至鳳翔，遷兵部侍郎，進承旨。

詩：《雨後月中玉堂閒坐》、《六月十七日召對自辰至申方歸本院》、《與吴子華侍郎同年同直懷恩叙懇因成長句四韻兼呈諸同年》、《和吴子華侍郎昭化舍人嘆白菊衰謝之絶次用本韻》、《中秋禁直》、《秋雨内宴》、《錫宴日作》（注：「天復元年辛酉」）、《雨中》、《宫柳》、《侍宴》（注：「天復元年翰苑作」）、《辛酉歲冬十一月隨駕幸岐下作》、《從獵三首》（注：「天復元年」）

二年壬戌

三月，回鶻入貢，請發兵赴難。上令偓答書許之，偓諫止其事。五月，宰相韋貽範母喪，溝通宦官欲還位，偓不草制，宦官益側目。十一月，帝行武德殿，因至尚食局，使宫人招偓，偓至再拜曰：「崔胤無恙，全忠軍必捷。」帝喜。偓曰：「願陛下還宫，毋爲人知。」帝賜以麪豆而去。蘇檢數爲偓經營入相，偓怒，乃止。

詩：《冬至夜作》（注：「隨駕在鳳翔府」）、《秋霖夜憶家》（注：「同上」）、《恩賜櫻桃分寄朝士》（注：「在岐下」）、《寄遠》（注：「同上」）。

三年癸亥

正月，李茂貞殺韓全誨等，遣偓詣朱全忠營，囊全誨等首示之。鳳翔圍解，帝幸朱全忠營，因還京師，大誅宦官。帝欲誅宫人與韓全誨謀者，偓諫止之。崔胤請以輝王爲大元帥。帝問偓，偓附胤議。帝反正，厲精政事，偓處機密，率與帝意合，欲相者三四，讓不敢當。偓侍宴，全忠、胤臨陛宣事，坐者皆去席，偓持故事不爲動，全忠銜之。會偓薦王贊、趙崇爲相，全忠見帝，斥偓罪。帝顧胤，胤不爲解。全忠欲殺偓，京兆尹鄭元規救止之，遂貶濮州司馬。帝泣與偓别。偓曰：「是人非復向來之比，臣得貶死爲幸，不忍見篡弑之辱。」再貶榮經尉。二月，出關。

詩：《出關經硤石縣》（注：「天復三年二月二十二日」）

昭宣帝天祐元年甲子

正月，梁王全忠屯河中，表請遷都。帝發長安，二月至陝。四月，帝至洛陽。八月，朱全忠弑帝於椒殿。昭宣帝即位。

偓在湖南長沙。五月，復至醴陵縣。

詩：《過漢口》、《漢江行次》、《洞庭玩月》、《訪同年虞部李郎中》（注：「天復四年二月在湖南」）、《贈處士》、《春陰獨酌寄同年虞部李郎中》（注：「在湖南」）、《奉和峽州孫舍人肇荆南重圍中寄諸朝士三篇時李常侍洵嚴諫議龜李起居殷衡李郎中冉皆有繼和余久有是債今至湖南方暇牽課》、《雪中過重湖信筆偶題》、《贈湖南李思齊處士》、《同年前虞部李郎中自長沙赴行在余以紫石硯贈之賦詩代書》、《夏五月自長沙抵醴陵貴就深僻以便疏慵由道林之南步步勝絶去緑口分東入南小江山水益秀村籬之次忽見紫薇花因思玉堂及西掖廳前皆植是花遂賦詩四韻聊寄知心》、《翫水禽》（注：「在湖南醴陵縣」）、《早翫雪梅有懷親屬》（注：「甲子醴陵作」）、《欲明》（注：「在醴陵」）、《梅花》、《小隱》、《曛黑》（注：「甲子醴陵作」）、《早起五言三韻》（注：「甲子醴陵作」）、《曉日》、《醉著》、《柳》、《花時與錢尊師同醉因成二十字》（注：「甲子醴陵作」）。

二年乙丑

二月，朱全忠殺德王裕等九人。六月，殺裴樞等於白馬驛。十二月，弒何太后。偓由醴陵至袁州。以兵部侍郎、翰林院承旨召，不赴。

詩：《病中初聞復官》（注：此編入甲子爲天祐之元年。詳詩意尚是遷洛未弒時語。云甲子，非謬也。乃史稱召命在天祐二年乙丑，豈復官在甲子，而徵命則在乙丑與？）、《早起》、《家書後批二十八字》（注：「在醴陵，時家在登州。」按偓兄儀先貶棣州司馬，偓家因隨之至海上也。）《湖南梅花一冬再發偶題於花榱》、《湖南絶少含桃偶有以新摘者見惠感事傷懷因成四韻》、《即目》、《净興寺杜鵑一株繁麗無比》、《避地》、《息兵》、《翠碧鳥》（注：「以上並在醴陵縣」）、《贈孫仁本尊師》（注：「在袁州」）、《贈易卜崔江處士》（注：「袁州」）、《乙丑歲九月在蕭灘鎮駐泊兩月忽得商馬楊迢員外書賀余復除戎曹依舊承旨還緘後因批四十字》。

三年丙寅

二月，偓在撫州。三月，自撫州往南城縣。秋至福清王黄滔家。

詩：《丙寅二月二十二日撫州如歸館雨中有懷諸朝客》、《三月二十七日自撫州往南城縣舟行見拂水薔薇因有是作》、《和王舍人撫州飲贈李司空》、《荔枝三首》（注：

「丙寅年秋到福州」)、《九月前東都度支院蘇暐以無題殘藁見授依次編之》、《寄上兄長》、《寶劍》、《登南神光寺塔院》(注:「丙寅福州」)、《兩賢》、《再思》、《有矚》、《秋深閒興》、《故都》、《夢仙》、《向隅》(注:「丙寅秋至福州作」)、《贈吴顛尊師》(注:「丙寅年作」)、《送人棄官入道》。

丁卯

二月,帝禪位於梁,唐亡。以兵部侍郎依前充職召,不赴。

詩:《感事三十四韻》(注:「丁卯作」)、《社後》、《息慮》、《早起探春》(注:「丁卯福州」)、《味道》、《裛娜》、《秋郊閒望有感》、《李太舍池上翫紅薇醉題》。

戊辰

偓在汀州之沙縣,寓天王院歲餘,與老僧蘊明善,贈詩刻碑。

詩:見上。

己巳

正月,偓自沙縣抵邵武軍,將赴撫、信,爲閩相急召,仍回沙縣。

詩:《己巳年正月十二日自沙縣抵邵武軍將謀撫信之行到纔一夕爲閩相急腳召卻請沙縣郊外泊船偶成一篇》、《余寓汀州沙縣病中聞前鄭左丞璘隨外鎮戲以贈之或冀其感悟》（注：「己巳年」）、《又一絶請爲申達京洛親友知余病廢》、《夢中作》、《建溪灘波心目驚眩余生平溺奇境今則畏怯不暇因書二十八字》、《寒食日沙縣雨中看薔薇》（注：「己巳年」）。

庚午

偓在尤溪之桃林鎮

詩：《自沙縣抵尤溪鎮值泉州軍過後村落皆空因有一絶》（注：「此後庚午年」）、《此翁》（注：「此後在桃林場」）、《多情》、《失鶴》、《卜隱》、《晨興》（注：「庚午桃林場」）、《暴雨》（注：「庚午桃林場作」）、《山院避雨》、《閒適》、《漫作》、《騰騰》（注：「庚午桃林場」）、《寄隱者》、《閒居》、《僧影》、《贈隱逸》、《南浦》、《桃林場客舍之前有池半畝木槿櫛比間水遮山因命僕夫運斤梳沐豁然清朗復視太虛因作五言八韻》（注：在庚午）、《中秋寄楊學士》、《寄禪師》。

辛未

偓在南安。

詩：《清興》（注：「辛未南安縣」）、《深院》、《凄凄》（注：「辛未南安縣」）、《火蛾》（注：「辛未南安縣」）、《信筆》、《雷公》、《船頭》、《喜涼》（注：「辛未南安縣」）、《天鑒》（注：「辛未在南安縣」）。

壬申

偓在南安。

詩：《江岸閒步》（注：「此後壬申年作，在南安縣」）、《野塘》（注：「壬申南安」）、《閨怨》、《余卧疾深村聞一二郎官今稱繼使閩越笑余迂古潛於異鄉聞之因成此篇》、《八月六日作》（注：「壬申年作」）。

癸酉

偓在南安。

詩：《安貧》、《殘春旅舍》、《鵲》、《露》、《贈僧》、《感舊》、《即目》（注：「癸酉南安」）、《驛步》（注：「癸酉年在南安縣」）、《訪隱者遇沈醉書其門而歸》、《疏雨》、《南安寓止》（按此詩首句云「此地三年偶寄家」推之，當在是年）、《氣疾初愈》。

甲戌

偓在南安。按書裴郡君祭文首書甲戌歲，銜書前翰林學士承旨、銀青光禄大夫行尚書户部侍郎知制誥昌黎縣開國男食三百户韓某。見《困學紀聞》。甲戌後詩文無可考。

後唐同光元年癸未

偓卒於南安之龍興寺，年八十。鄭誠之爲哀詞。今墓在南安。温陵帥聞其家藏箱笥頗多，扃鐍甚固。發觀得燒殘龍鳳燭、金縷紅巾百餘條，蠟淚尚新，巾香尚鬱，乃偓爲學士日視草金鑾，夜還翰苑，當時皆秉燭以送，悉藏之。鄭文寶見延平老尼，亦談斯事，尼即偓妾。子寅亮家於南安。四世孫奕，慶曆中獻偓手寫詩百餘篇，授司士參軍，終於殿中丞。《金鑾密記》一卷，唐韓偓撰。偓天復元年爲翰林學士，從昭宗西幸，朱温圍岐三年，偓因密記其謀議及所聞見事，止於貶濮州司馬。予嘗謂偓有君子之道四焉：唐之末南北分崩而忘其君，偓崔胤門生，獨能棄家從上一也；其時搢紳無不交通内外以躐取爵禄，偓獨能力辭相位二也；不肯草韋貽範起復麻三也；不肯致拜於朱温四也。詩曰：「風雨如晦，雞鳴不已」，偓之謂矣。而宋子京薄之，奈何！一本鼇天復二年、三年各爲一卷，首尾詳略頗不同。互相讎校，凡改正千有餘字云。（《晁氏讀書志》）

具述在翰苑時事，危疑艱險甚矣！昭宗屢欲相之，卒不果而貶，竟終於閩，非不幸也。不然，與崔垂休輩駢首就戮於朱温之手矣！（《陳氏書録解題》按此書久佚，《説郛》中存五段，只一段爲偓事，餘無涉）。

詩二卷，《香匳集》一卷。《香匳集》，沈括《筆談》以爲和凝所作，凝既貴，惡其側艷，故詭稱偓著。或謂括之言妄。《許彦周詩話》：高秀實言，元微之詩艷麗而有骨，韓偓《香匳集》麗而無骨。李端叔意喜韓偓詩，誦其序云：「咀五色之靈芝，香生九竅；咽三危之瑞露，美動七情。」秀實云：勸不得也！（《晁氏讀書志》）（繆荃孫《韓翰林詩譜略》，北京圖書館出版社二〇〇一年據民國間南陵徐氏刻《煙畫東堂四譜》本印行）

震鈞《韓承旨年譜》

唐武宗會昌四年甲子

繆譜以玉溪生詩考之，承旨應生是年。今從之。承旨名偓，字致堯，號玉山樵人。京兆萬年人。父瞻，字畏之。母王氏，河陽節度使茂元女。

宣宗大中七年癸酉，十歲

送父執李玉溪生賦詩。李贈以絶句，序云：「韓冬郎即席爲詩相送，一座盡驚，他日余方追吟連宵侍坐裴回久之句，有老成之風，因成二絶寄酬，兼呈畏之員外。」詩云：「十歲裁詩走馬成，冷灰殘燭動離情。桐花萬里丹山路，雛鳳清於老鳳聲。」其二云：「劍棧風檣各苦辛，别時冰雪到時春。爲憑何遜休聯句，瘦盡東陽姓沈人。」原注：

「沈東陽約嘗謂何遜曰：吾每讀卿詩，一日三復，終未能到。余雖無東陽之才，而有東陽之癖矣！」

懿宗咸通元年庚辰

《香奩集序》：「自庚辰、辛巳之際，己亥、庚子之間，所著歌詩，不啻千首。」又云：「自大盜入關，緗帙都墜，遷徙不常厥居，求生草莽之中，豈復以吟詠爲事。」審如此說，則致堯之詩，均作於未及第以前，咸通、廣明之間矣。乃今集中詩，凡有年之可考者，均在貶官以後，即《翰林集》，亦始于及第之年，未及第前無一詩之在，抑又何也？以此見《香奩集序》，乃故爲迷謬之詞，用以避文字之禍，都非正言也。

僖宗乾符元年甲午

是年王仙芝作亂，明年黄巢起應仙芝。

廣明元年庚子

十二月，黄巢陷長安，帝走興元。

中和元年辛丑

正月，帝幸成都。

二年壬寅

九月，朱温降，以爲節度使，賜名全忠。

光啟元年乙巳

三月，帝還長安。十二月，田令孜劫帝幸鳳翔。

二年丙午

二月，帝幸興元。

三年丁未

三月，帝幸鳳翔。

文德元年戊申

二月，帝還長安。三月，帝崩，昭宗即位。

昭宗龍紀元年己酉

禮部侍郎趙崇知貢舉，擢偓登第，狀元李瀚。同年可考者：温憲、吴融、唐備、崔遠、李冉（登科考失名）。偓與吴子華侍郎詩注云：「予與子華俱久困名場。」按，是年公四十有六。《翰林集》始於是年，有詩三首。

大順元年庚戌

景福元年壬子

二年癸丑

十月，以崔允同平章事。

乾寧元年甲寅

二年乙卯

三月崔允拜河中節度使，選偓爲幕府，時偓爲刑部員外郎，見《翰林集》。云：「余爲刑部員外郎，爲時權所擠。值盤石出鎮藩屏，朝選賓佐，以余充職掌記。」本傳所謂佐河中幕是也。五月，李茂貞、王行瑜、韓建犯闕。六月，李克用舉兵討三鎮，茂貞等還。七月，宿衛兵作亂，帝如石門鎮，尋還京師。崔允復拜平章事。

《翰林集》詩二首。

三年丙辰

八月，崔允免，朱全忠疏薦，仍拜平章事，兼領度支。七月，李茂貞犯闕，帝幸華州，允舉偓自副。

《翰林集》詩一首。

光化元年戊午

八月，帝還長安。因全忠表請遷都，故茂貞懼而上得還。

二年己未

正月，崔允免。

三年庚申

六月，崔允復拜平章事，以全忠表論之也。十一月，劉季述等幽帝於少陽院。

天復元年辛酉

正月，偓擢諫議大夫。與崔允定策，説孫德昭、周承誨、董彦弼討季述等，皆伏誅。帝復位，三人皆賜姓，爲節度使，同平章事，留宿衛，時人謂之三使相。崔允進司空，偓等賜號功臣。五月，擢翰林學士。數召對，訪以機密。崔允志欲盡除宦官，偓屢諫曰：「事禁太甚。此輩亦不可全無，恐其黨迫切，更生他變。」胤不從。丁卯，上獨召偓曰：「敕使中爲惡者如林，何以處之？」對曰：「東内之變，敕使誰非同惡。處之當在正旦，今已失其時矣。」上曰：「當是時，卿何不爲崔允言之？」對曰：「陛下詔云『自劉季述四家之外，一無所問』。人主莫重於信，若復戮一人，則人人懼死矣。夫帝王之道，當以重厚鎮之，公正御之，至於瑣細機巧，此機生則彼機應矣。況今朝廷之權，散在四方，苟能先收此權，則事無不可爲者。」上曰：「此事終以屬卿。」八月，上問偓曰：「聞陸扆不樂返正，有諸？」對曰：「陛下責其爲宰相無死難之志則可，至於不樂返正，恐出讒人之口。」上乃止。及崔允謀召全忠，宦官益懼。上問偓外間何所聞？對曰：「惟聞敕使憂懼，與功臣交結，將致不安。」上曰：「是不虛矣。比日繼誨、彦弼輩，語漸倔强，令人難耐。」九月壬戌，上又謂偓曰：「繼誨輩驕横益甚。」對曰：「臣知其必然，兹事失之於初。當正旦立功之時，但應以官爵田宅金帛酬之，不應令出入禁中。崔允留衛兵，欲以制敕使也，今相與爲一。汴兵若來，必與岐兵鬭於闕下，臣竊寒心。」上愀然。彦弼譖偓漏禁省語，不可與圖政，帝曰：「卿有官屬，日夕議事，奈何不欲我見學士？」戊戌，上遣趙國夫人出語偓：「朝來彦弼輩無禮極甚，欲召卿對，其勢未可。」且言：「上與皇后但涕泣相向。」自是，學士不復得對矣。十一日壬子，韓全誨等逼帝幸鳳翔，偓追至鄠縣，見帝慟哭。至鳳翔，遷兵部侍郎，進承旨。

是歲曾與諸公倡和《無題》詩。

《翰林集》詩十一首。《香奩集》詩始於是年詩四首。

二年壬戌

四月，回鶻入貢，請發兵赴難。上令偓答書許之，偓諫止之。六月，全忠圍鳳翔。七月，韋貽範母喪謀起復，宦官及李茂貞爲之求。偓曰：「吾腕可斷，此制不可草。」上即命罷草。十一月，帝行武德殿，因至尚食局，使宫人（《通鑑》作趙國夫人）招偓。偓至，再拜曰：「崔允無恙，全忠軍必捷。」帝喜。偓曰：「願陛下還宫，毋爲人知。」帝賜以麪豆而去。全忠久困鳳翔，諸宦官自度不免。蘇檢數爲偓經營入相，偓怒曰：「今公自知朝夕不濟，乃欲以此相污耶！」

《翰林集》詩三首，《香奩集》詩一首。

《香奩集》中《寄遠》七古，作於是年。所云「望美人兮隔雲端」，豈指崔允乎？又《五更》七律一首，應是在貶所追憶尚食局一召而賦也。

三年癸亥

正月，誅韓全誨。遣偓及趙國夫人詣全忠營，囊全誨等首示之。帝遂還京師，大誅宦官。偓侍燕，全忠、允當陛宣事，坐者皆去席，偓持故事不爲動。全忠銜之。上返自鳳翔，欲用偓爲相。偓薦趙崇、王贊自代，上欲從之。崔允惡其分己權，使全忠入爭之。全忠見上曰：「趙崇輕薄之魁，王贊無才用，偓何得妄薦！」上見全忠怒甚，不得已，二月癸未，貶偓濮州司馬。上密與偓泣别。偓曰：「是人非復前來之比，臣得遠貶及死乃幸耳。不忍見篡弑之辱。」再貶榮懿尉。二月出關。按《香奩集序》云「大盜入關」，應即指此年全忠舉兵入朝事，明年全忠弒帝，故名之曰大盜。紀實也。此後，致堯即貶濮州，貶榮懿，徙鄧州，故云「遷徙不常厥居」，正指此年事耳。上嘗謂偓曰：「崔允雖盡忠，然比卿頗用機數。」對曰：「凡爲天下者，萬國皆屬之耳目，安可以機數欺之。莫若推誠直致，雖日計之不足，而歲計之有餘也。」此語《通鑑》載於是年。然未知在幾時，故附於此。

《翰林集》詩一首。

昭宣帝天祐元年甲子

正月，梁王全忠屯河中，表請遷都，帝發長安。二月，至陝。四月，至雒陽。八月，朱全忠使蔣元暉、朱友恭、氏叔琮弒帝於椒殿。昭宣帝即位。十月，全忠貶友恭崖州司户，叔忠白州司户，尋皆賜自盡。友恭臨刑呼曰：「賣我以塞天下之謗，如鬼神何！」偓在湖南長沙。五月，復至醴陵縣。

《翰林集》詩二十二首。

《香籢集》中《寒食重游李氏園庭有作》當是湖南李郎中，然於四五年語不合。或當别屬耳。

二年乙丑

二月，全忠殺德王裕等九人。六月，殺裴樞、獨孤損、崔遠、陸扆、王溥、趙崇、王贊等於白馬驛，投屍於河。十二月，弒何太后，殺柳璨、蔣元暉。璨臨刑呼曰：「賣國柳璨，死其宜也！」時士大夫避亂，多不入朝，敕所在州縣督遣，無得稽留。偓由醴陵至袁州，以兵部侍郎、翰林院承旨召，不赴。故《病中初聞復官》詩有「宦塗巇險終難測」句，蓋指白馬驛事也。詩又云「屬車何在水茫茫」，指昭宗被弒也。

《翰林集》詩十三首。

《香奩集》《哭花》詩，傷何太后也，故以西施比之。

三年丙寅

正月，羅紹威引朱全忠入魏，自誅其將士八千家，嬰孺無遺。全忠留至七月始去，魏州積蓄一空，紹威悔之。

二月，偓在撫州。三月，往南城縣。秋至福清，寓黄滔家。

《翰林集》詩十六首，《香奩集》詩三首。

梁開平元年丁卯

二月，全忠篡帝位。以兵部侍郎、翰林承旨召偓，不至。

《翰林集》詩七首,《香奩集》詩一首。

按,《香奩集》《裊娜》一首乃感唐亡賦也,故自注爲「丁卯年作」。詩中所謂「此時不敢分明道」,是其意矣。

梁開平二年戊辰

晉王李克用卒,子存勖立。救上黨,戰於三垂岡,大破梁軍,全忠喪膽。

偓在汀州之沙縣,寓天王院歲餘,與老僧藴明善,贈詩刻碑。

《翰林集》詩一首。

梁開平三年己巳

正月,偓自沙縣抵邵武軍,將赴撫、信,爲閩相急腳召回沙縣。

《翰林集》詩六首。

四年庚午

偓在尤溪之桃林鎮。客舍之前,有池半畝,木槿櫛比,間水遮山。因命僕夫運斤清沐,豁然清朗,有詩記之。

《翰林集》詩十七首,《香奩集》詩二首。

《多情》一首自注云「庚午在桃林塲作」。所云「水香賸置金盤裏,瓊樹長須浸一枝」。

國破家亡，一身僅在，亦如瓊樹之賸此一枝而已。《南浦》一首，亦作於此年，當指淮南遣張知遠修好於王審知。知遠當筵倨傲，審知斬之，表上其書於全忠，故有「應是石城艇子來」語。又有「不宜此際兼微雨」。偓殆自恐不保，故有「難狀分明苦」語。

梁乾化元年辛未

偓在南安。

《翰林集》詩八首，《香奩集》詩一首。

二年壬申

六月，全忠爲子友珪所弑。

偓在南安。

《翰林集》詩四首，《香奩集》詩一首。

《闺怨》詩「初拆鞦韆人寂寞，後園青草任它長」，似指全忠被弑，而梁室兄弟相爭之亂，聽其滋長如青草而已。

三年癸酉

二月，友貞殺友珪。偓在南安。

《翰林集》詩十二首，《香奩集》詩一首。

《閨情》一首，與集中《感舊》一首相應，皆爲座主趙崇也。《感舊》有「指座恩深刻寸腸」句，又有「入室故僚零落盡」句。《閨情》「何郎燭暗」，用何遜與親故别事。「韓壽香焦」，用賈充壻韓壽事。皆《感恩》意也。

梁龍德元年辛巳

後唐同光元年癸未

致堯卒於南安之龍興寺，年八十，遂葬南安。邵誠之爲哀詞。温陵帥聞其家藏箱笥頗多，扃鐍甚固。發視則燒殘龍鳳燭百餘條，金縷紅巾百餘幅。蠟淚尚新，巾香尚鬱。乃偓爲學士日視草金鑾，夜還翰苑。當時皆秉燭以送，悉藏之。鄭文寶遇延平老尼，亦談斯事。尼即致堯妾也。子寅亮家於南安。四世孫奕，慶曆中獻致堯手寫詩百餘篇，授司士參軍。終於殿中丞。（見震鈞《香奩集發微》，掃葉山房石印本，一九一四年出版）

主要引用書目録

A

安雅堂稿　明陳子龍撰，偉文圖書出版有限公司一九七七年版

B

博物志　晉張華撰，上海古籍出版社《漢魏六朝筆記小説大觀》本，一九九九年版
抱朴子　晉葛洪撰，清文淵閣四庫全書本
北齊書　唐李百藥撰，中華書局一九七二年版
白孔六帖　唐白居易原本，宋孔傳續撰，清文淵閣四庫全書本
本事詩　唐孟棨撰，上海古籍出版社二〇〇〇年版
賓退録　宋趙與旹撰，上海古籍出版社一九八三年版
百菊集譜　宋史鑄撰，清文淵閣四庫全書本

補注東坡編年詩　宋蘇軾撰，清查慎行補注，文淵閣四庫全書本
北郭集　明徐賁撰，四部叢刊三編景明成化刻本
（弘治）八閩通志　明陳道修纂，明弘治刻本
八閩通志　明黄仲昭修纂，福建人民出版社一九九一年版
筆精　明徐𤍞撰，清文淵閣四庫全書本
曝書亭集　清朱彝尊撰，四部叢刊景清康熙本
拜經樓詩集　清吴騫撰，清嘉慶八年刻增修本
拜經樓詩話　清吴騫撰，清嘉慶刻愚谷叢書本
薜箖吟館鈔存　清柏葰撰，清同治三年鍾濂寫刻本
補五代史藝文志　清顧櫰三撰，清光緒刻廣雅書局叢書本
邊事彙鈔　清朱克敬編，清光緒六年刻本
本事詩　清徐釚撰，清光緒十四年徐氏刻本
白雨齋詞話　清陳廷焯撰，人民文學出版社一九八三年版
八千卷樓書目　清丁仁撰，民國本
八旗詩話　清法式善撰，稿本

C

陳書　唐姚思廉撰，中華書局一九七二年版

初學記　唐徐堅等撰，中華書局一九六二年版

才調集　後蜀韋縠編，傅璇琮主編《唐人選唐詩新編》本，陝西人民教育出版社一九九六年版

滄浪詩話　宋嚴羽撰，清何文焕《歷代詩話》本，中華書局一九八一年版

（咸淳）重修毗陵志　宋史能之撰，明初刻本

春明退朝録　宋宋敏求撰，明《歷代小史》本

遂初堂書目　宋尤袤撰，清海山仙館叢書本

崇文總目輯釋　宋王堯臣撰，清汗筠齋叢書本

朝野新聲太平樂府　元楊朝英輯，四部叢刊景元本

詞品　明楊慎撰，明刻本

春草齋集　明斯道撰，民國四明叢書本

蒼梧詞　清董元愷撰，清康熙刻本

長生殿傳奇　清洪昇撰，清康熙稗畦草堂刻本
滄浪小志　清宋犖撰，清康熙刻本
詞律　清萬樹撰，上海古籍出版社一九八四年版
池北偶談　清王士禎撰，中華書局一九八二年版
春駒小譜　清陳邦彦撰，清乾隆養和堂叢書本
陳檢討四六　清陳維崧撰，清文淵閣四庫全書本
賜書堂詩鈔　清周長發撰，清乾隆刻本
存硯樓二集　清儲大文撰，清乾隆京江張氏刻十九年儲球孫等補修本
草堂外集　清檀萃撰，清嘉慶元年刻本
詞苑萃編　清馮金伯編，清嘉慶刻本
春融堂集　清王昶撰，清嘉慶十二年塾南書舍刻本
船山詩草　清張問陶撰，清嘉慶二十年刻道光二十九年增修本
春秋左氏傳補注　清沈欽韓注，清功順堂叢書本
春草堂詩話　清謝堃撰，清刻本
傳是樓書目　清徐乾學藏，清道光八年味經書屋鈔本

詞學集成　清江順詒輯，清光緒刻本

楚望閣詩集　清程頌萬撰，清光緒二十七年刻本

傳經室文集　清朱駿聲撰，民國劉氏刻求恕齋叢書本

辭源　商務印書館一九七九年版

蒼虬閣詩集　陳曾壽撰，上海古籍出版社二〇〇九年版

陳寅恪詩集　陳寅恪撰，清華大學出版社一九八九年版

D

大唐新語　唐劉肅撰，中華書局一九八四年版

東觀奏記　唐裴庭裕撰，中華書局一九九四年版

大學衍義　宋真德秀撰，清文淵閣四庫全書本

釣磯詩集　宋丘葵撰，清道光汲古書室刻本

對床夜語　宋范晞文撰，丁福保輯《歷代詩話續編》本，中華書局一九八三年版

大事記續編　明王禕撰，清文淵閣四庫全書本

東越文苑　明陳鳴鶴撰，清同治十二年刻本

澹生堂藏書目　明祁承㸁撰，清宋氏漫堂鈔本
讀通鑑論　清王夫之撰，清《船山遺書》本
讀書敏求記　清錢遵王撰，清雍正四年松雪齋刻本
帶經堂詩話　清王士禛撰，人民文學出版社一九八二年版
讀史方輿紀要　清顧祖禹撰，中華書局二〇〇五年版
登科記考　清徐松撰，中華書局一九八四年版
鈍吟雜録　清馮班撰，清借月山房彙鈔本
東目館詩集　清胡壽芝撰，清嘉慶刻本
東華續録（乾隆朝）　清王先謙撰，清光緒十年長沙王氏刻本
睹棋山莊詞話　清謝章鋌撰，清光緒十年刻睹棋山莊全集本
讀通鑑綱目札記　清章邦元撰，清光緒十六年銅陵章氏刻本
東江詩鈔　清唐孫華撰，上海古籍出版社一九七九年版
東泉詩話　清馬星翼撰，清刻本
道咸同光四朝詩史　清孫雄撰，清宣統二年刻本
得樹樓雜鈔　清查慎行撰，民國適園叢書本

訂訛類編　清杭世駿撰，民國嘉業堂叢書本
讀韓偓詞札記　施蟄存撰，《中華文史論叢》一九七九年第二期
讀書札記二集　陳寅恪撰，生活·讀書·新知三聯書店二〇〇一年版

E

二丸居集選　清黎景義撰，舊鈔本
爾爾書屋詩草　清史夢蘭撰，清光緒元年止園刻本
二知軒文存　清方濬頤撰，清光緒四年刻本

F

方輿勝覽　宋祝穆撰，中華書局二〇〇三年版
復古詩集　元楊維楨撰，明成化刊本
方山先生文録　明薛應旂撰，明嘉靖東吴書林刻本
樊榭山房集　清厲鶚撰，四部叢刊景清振綺堂本
（乾隆）福州府志　清魯曾煜撰，清乾隆十九年刊本

樊南文集詳注　清馮浩注，清乾隆德聚堂刻本
芙蓉山館全集　清楊芳燦撰，清光緒十七年活字印本

G

高士傳　晉皇甫謐撰，清文淵閣四庫全書本
姑溪居士集　宋李之儀撰，清文淵閣四庫全書本
古今紀要　宋黄震撰，清文淵閣四庫全書本
紺珠集　宋朱勝非撰，清文淵閣四庫全書本
觀林詩話　宋吴聿撰，丁福保輯《歷代詩話續編》本，中華書局一九八三年版
高太史大全集　明高啟撰，四部叢刊景明景泰刊本
桂軒稿　明江源撰，明弘治盧淵刻本
國史經籍志　明焦竑輯，明徐象橒刻本
廣輿記　明陸應陽輯，清康熙刻本
古今説海　明陸楫編，清文淵閣四庫全書本
格物通　明湛若水撰，清文淵閣四庫全書本

高士奇集　清高士奇撰，清康熙刻本
古今詞話　清沈雄撰，唐圭璋編《詞話叢編》本，中華書局一九八六年版
古宫詞　清李天馥撰，清康熙刻本
溉堂集　清孫枝蔚撰，清康熙刻本
桂山堂詩文選　清王嗣槐撰，清康熙青筠閣刻本
耕餘居士詩集　清鄭世元撰，清康熙江相書帶草堂刻本
古今詞論　清王又華撰，清康熙刻本
古今釋疑　清方中履撰，清康熙十八年楊霖刻本
古雪山民詩後　清吴銘道撰，清乾隆刻本
廣事類賦　清華希閔輯，清乾隆二十九年華希閔刻本
國朝詞綜　清王昶輯，清嘉慶七年王氏三泖漁莊刻增修本
國朝閨閣詩鈔　清蔡殿齊撰，清道光娜嬛别館刻本
國朝文録　清李祖陶輯，清道光十九年瑞州府鳳儀書院刻本
國朝畿輔詩傳　清陶梁撰，清道光十九年紅豆樹館刻本
國朝詩人徵略二編　清張維屏輯，清道光二十二年刻本

桂留山房詩集　清沈學淵撰，清道光二十四年郁松年刻本
郭大理遺稿　清郭尚先撰，清道光二十五年刻本
古謠諺　清杜文瀾撰，清咸豐刻本
國朝駢體正宗續編　清張鳴珂輯，清光緒十四年寒松閣刻本
古代詩人情感心態研究　黄世中撰，浙江大學出版社一九九〇年版
管錐編　錢鍾書著，中華書局一九八六年版

H

漢武故事　佚名撰，《漢魏六朝筆記小説大觀》本，上海古籍出版社一九九九年版
漢書　東漢班固撰，中華書局一九六二年版
後漢書　南朝宋范曄撰，中華書局一九六五年版
韓翰林詩集附香奩集　唐韓偓撰，舊鈔本，台灣中央圖書館藏
韓偓集　唐韓偓撰，明胡震亨《唐音統籤》本
香奩集　唐韓偓撰，明胡震亨《唐音統籤》本
韓内翰別集　唐韓偓撰，明毛晉汲古閣本

韓翰林集　唐韓偓撰，關中叢書本
翰林集　唐韓偓撰，清嘉慶十五年王遐春麟後山房刻本
黄御史集　唐黄滔撰，四部叢刊景明本
後村集　宋劉克莊撰，四部叢刊景舊鈔本
後村詩話　宋劉克莊撰，中華書局一九八三年版
鶴林玉露　宋羅大經撰，中華書局一九八三年版
海録碎事　宋葉廷珪撰，中華書局二〇〇二年版
侯鯖録　宋趙令畤撰，中華書局二〇〇二年版
核菴集　明徐爾鉉撰，明崇禎二年刻本
虹暎堂詩集　明郭濬撰，清順治刻本
弘簡録　明邵經邦撰，清康熙刻本
弇州山人四部續稿　明王世貞撰，清文淵閣四庫全書本
紅雨樓題跋　明徐𤊹撰，清嘉慶三年刻本
（雍正）河南通志　清王士俊修，清文淵閣四庫全書本
湖海詩傳　清王昶輯，清嘉慶刻本

淮海英靈續集　清王豫、阮亨輯，清道光刻本

壺天録　清百一居士撰，清光緒申報館叢書本

湖北詩徵傳略　清丁宿章輯，清光緒七年孝感丁氏涇北草堂刻本

漢語大詞典　羅竹風主編，《漢語大詞典》出版社一九九三年版

韓翰林詩譜略　繆荃孫編，民國間南陵徐氏刻《煙畫東堂四譜》本

韓偓　高文顯撰，臺灣新文豐出版公司一九八四年版

韓偓簡譜　孫克寬撰，臺北廣文書局一九七〇年版

韓偓詩與香奩集論考　徐復觀撰，見《中國文學論集》，台灣學生書局一九七六年版

韓偓生平及其詩作簡論　陳伯海撰，《中華文史論叢》一九八一年第四期

韓偓詩集箋注　齊濤注，山東教育出版社二〇〇〇年版

韓偓詩注　陳繼龍注，學林出版社二〇〇一年版

J

荆楚歲時記　梁宗懔撰，《漢魏六朝筆記小説大觀》本，上海古籍出版社一九九九年版

晉書　唐房玄齡撰，中華書局一九七四年版

舊唐書　五代劉昫撰，中華書局一九七五年版
舊五代史　宋薛居正等撰，中華書局一九七六年版
郡齋讀書志　宋晁公武撰，《中國歷代書目叢刊》本，現代出版社一九八七年版
箋注簡齋詩集　宋陳與義、胡穉撰，元刻本
剪綃集　宋李龏撰，清毛氏汲古閣景宋鈔本
江湖小集　宋陳起編，清文淵閣四庫全書補配清文津閣四庫全書本
記纂淵海　宋潘自牧撰，清文淵閣四庫全書本
江湖後集　宋陳起編，清文淵閣四庫全書本
金石例　元潘昂霄撰，清文淵閣四庫全書本
敬齋古今黈　元李冶撰，清海山仙館叢書本
江月松風集　元錢惟善撰，清武林往哲遺著本
菊坡叢話　明單宇輯，明成化刻本
江東白苧　明梁辰魚撰，續修四庫全書本
剪燈餘話　明李昌祺撰，明正德六年楊氏清江堂刻本
焦氏澹園續集　明焦竑撰，明萬曆三十九年朱汝鼇刻本

敬亭集　明姜埰撰，清康熙刻本

經鋤堂詩稿　清葉奕苞撰，清康熙刻本

今世説　清王晫撰，清康熙二十二年霞舉堂刻本

迦陵詞全集　清陳維崧撰，清康熙二十八年陳宗石患立堂刻本

寄園寄所寄　清趙吉士輯，清康熙三十五年刻本

（乾隆）江南通志　清趙宏恩修，清文淵閣四庫全書本

芥浦詩删　清胡蘇雲撰，清乾隆刻本

緝齋文集　清蔡新撰，清乾隆刻本

積翠軒詩集　清高述明撰，清乾隆三年高晉刻本

舊雨草堂詩　清董元度撰，清乾隆四十三年刻本

己未詞科録　清秦瀛撰，清嘉慶刻本

紀文達公遺集　清紀昀撰，清嘉慶刻本

鮚埼亭集外編　清全祖望撰，清嘉慶十六年刻本

靜志居詩話　清朱彝尊撰，清嘉慶扶荔山房刻本

卷施閣集　清洪亮吉撰，清光緒三年洪氏授經堂刻洪北江全集增修本

金文最　清張金吾輯，清光緒二十一年重刻本
鑒評别録　清黄恩彤撰，清光緒三十一年家塾刻本
尖陽叢筆　清吴騫撰，清鈔本
嘉禾徵獻録　清盛楓撰，清鈔本
静娱亭筆記　清張培仁撰，清刻本
舊五代史新輯會證　陳尚君輯纂，復旦大學出版社二〇〇五年版

K

愧郯録　宋岳珂撰，四部叢刊續編景宋本
困學紀聞　宋王應麟撰，四部叢刊三編景元本
看鑒偶評　清尤侗撰，清康熙刻本
康輶紀行　清姚瑩撰，清同治刻本

L

列子　列禦寇撰，四部叢刊景北宋本

梁書　唐姚思廉撰，中華書局一九七三年版
李文饒集　唐李德裕撰，四部叢刊景明本
劉禹錫集　唐劉禹錫撰，中華書局一九九〇年版
歷代名畫記　唐張彦遠撰，人民美術出版社一九八四年版
李義山詩解　唐李商隱撰、清陸崑曾解，清雍正四年刻本
老學庵筆記　宋陸游撰，明津逮秘書本
兩宋名賢小集　宋陳思編，清文淵閣四庫全書本
梁溪集　宋李綱撰，清文淵閣四庫全書本
浪語集　宋薛季宣撰，清文淵閣四庫全書補配清文津閣四庫全書本
類説　宋曾慥編，北京圖書館古籍珍本叢刊，書目文獻出版社一九八八年版
梁溪漫志　宋費衮撰，上海古籍出版社一九八五年版
蓮堂詩話　元祝誠輯，清光緒琳瑯秘室叢書本
禮部集　元吴師道撰，清文淵閣四庫全書本
吴禮部詩話　元吴師道撰，丁福保輯《歷代詩話續編》本，中華書局一九八三年版
黎陽王太傅詩文集　明王越撰，明嘉靖九年刻本

麓堂詩話　明李東陽撰，丁福保輯《歷代詩話續編》本，中華書局一九八三版
留青日札　明田藝蘅撰，明萬曆重刻本
歷代名臣奏疏　明王錫爵輯，明萬曆刻本
類選箋釋草堂詩餘　明陳仁錫撰，明萬曆四十二年刻本
靈山藏　明鄭以偉撰，明崇禎刻本
菉竹堂稿　明葉盛撰，清初鈔本
蓮鬚閣集　明黎遂球撰，清康熙黎延祖刻本
蘭庭集　明謝晉撰，清文淵閣四庫全書本
列朝詩集　清錢謙益輯，清順治九年毛氏汲古閣刻本
柳亭詩話　清宋長白撰，清康熙天茁園刻本
林睡廬詩選　清林良銓撰，清乾隆二十年詠春堂刻本
林蕙堂全集　清吴綺撰，清文淵閣四庫全書本
靈巖山人詩集　清畢沅撰，清嘉慶四年經訓堂刻本
兩浙輶軒録　清阮元輯，清嘉慶刻本
李義山詩解　唐李商隱撰，清陸崑曾解，清雍正四年刻本

奩史　清王初桐撰，清嘉慶刻本
老老恒言　清曹庭棟撰，清文瑞樓石印本
蠡勺編　清凌揚藻撰，清嶺南遺書本
兩般秋雨盦隨筆　清梁紹壬撰，清道光振綺堂刻本
樂志堂詩集　清譚瑩撰，清咸豐九年吏隱園刻本
柳南隨筆　清王應奎撰，清借月山房彙鈔本
龍性堂詩話續集　清葉矯然撰，清稿本
蠡勺編　清凌揚藻撰，清嶺南遺書本
歷代詩話　清吴景旭撰，嘉業堂刊本《吴興先哲遺書》，一九一四年版
兩浙輶軒續録　清潘衍桐撰，清光緒刻本
荔村草堂詩鈔　清譚宗浚撰，清光緒十八年廖廷相羊城刻本
螺陽文獻　清陳澍輯，張大川補刊，光緒癸未年開雕，宣統乙酉補刊，泉州城内上峰二銘館藏板
靈谿詞説　繆鉞、葉嘉瑩合撰，上海古籍出版社一九八七年版

M

穆天子傳　《漢魏六朝筆記大觀》本，上海古籍出版社一九九九年版
夢溪筆談　宋沈括撰，岳麓書社一九九七年版
墨莊漫録　宋張邦基撰，中華書局二〇〇二年版
名賢氏族言行類稿　宋章定撰，清文淵閣四庫全書本
攻媿集　宋樓鑰撰，商務印書館叢書集成初編本
夢粱録　宋吴自牧撰，清學津討原本
捫蝨新話　宋陳善撰，民國校刻儒學警悟本
茅鹿門文集　明茅坤撰，明萬曆刻本
明一統志　明李賢撰，清文淵閣四庫全書本
閩書　明何喬遠編撰，福建人民出版社一九九五年版
閩小紀　清周亮工撰，清康熙周氏賴古堂刻本
明詩綜　清朱彝尊編，清文淵閣四庫全書本
湄湖吟　清杜溎撰，清康熙刻道光九年杜堮增修本

夢樓詩集　清王文治撰，清乾隆刻道光補修本
閩詞鈔　清葉申薌輯，三山葉氏清道光十四年刻本
梅莊詩鈔　清華長卿撰，清同治九年刻本
明文海　清黄宗羲編，清涵芬樓鈔本
閩詩録　清鄭傑輯，清宣統三年刻本
閩中金石志　清馮登府撰，民國希古樓刻本
閩中書畫録　清黄錫蕃撰，民國三十二年合衆圖書館叢書本

N

南齊書　梁蕭子顯撰，中華書局一九七二年版
南史　唐李延壽撰，中華書局一九七五年版
南唐近事　宋鄭文寶撰，民國景明寶顔堂秘笈本
南部新書　宋錢易撰，《宋元筆記小説大觀》本，上海古籍出版社二〇〇一年版
能改齋漫録　宋吴曾撰，上海古籍出版社一九七九年版
南村輟耕録　元陶宗儀撰，中華書局一九五九年版

毛詩稽古編　清陳啟源撰，清文淵閣四庫全書本
南屏山房集　清陳昌圖撰，清乾隆五十六年陳寶元刻本
南安縣志　福建省南安縣志編纂委員會纂，江西人民出版社一九九三年版

O

甌北集　清趙翼撰，上海古籍出版社一九九七年版
甌北詩話　清趙翼撰，人民文學出版社一九八一年版

P

莆陽黄御史集　唐黄滔撰，商務印書館叢書集成初編本
屏巖小稿　元張觀光撰，民國續金華叢書本
曝書亭集　清朱彝尊撰，四部叢刊景清康熙本
佩文韻府　清張玉書撰，清文淵閣四庫全書本
品花寶鑒　清陳森撰，清刊本
瓶水齋詩集　清舒位撰，清光緒十二年邊保樞刻十七年增修本

Q

青瑣高議　宋劉斧撰，上海古籍出版社一九八三年版
全芳備祖　宋陳景沂撰，明毛氏汲古閣鈔本
全唐詩話　宋尤袤撰，清何文焕輯《歷代詩話》本，中華書局一九八一年版
清權堂集　明沈德符撰，明刻本
泉南雜志　明陳懋仁撰，明寶顔堂秘笈本
清風亭稿　明童軒撰，清文淵閣四庫全書本
清河書畫舫　明張丑撰，清文淵閣四庫全書本
清源文獻　明何炯纂輯，明萬曆二十五年刻本
確庵文稿　清陳瑚撰，清康熙毛氏汲古閣刻本
全唐詩　清曹寅編，中華書局一九六〇年版
全唐文　清董誥等輯，上海古籍出版社一九九〇年縮印版
全唐文紀事　清陳鴻墀纂，上海古籍出版社一九八七年版
全唐詩録　清徐倬編，清文淵閣四庫全書本

全金詩　清郭元釪編，清文淵閣四庫全書本
秋江集　清黄任撰，清乾隆刻本
全閩詩話　清鄭方坤撰，福建人民出版社二〇〇六年版
青芝山館詩集　清樂鈞撰，清嘉慶二十二年刻後印本
巧對録　清梁章鉅撰，清道光二十九年甌城文華堂刻本
全史宫詞　清史夢蘭撰，清咸豐六年刻本
全五代詩　清李調元撰，清函海本
七頌堂詞繹　清劉體仁撰，清别下齋叢書本
篋中詞　清譚獻編，清光緒八年刻本
清代禁毁書目四種　清姚覲元編，清光緒刻咫進齋叢書本
奇觚廎文集　清葉昌熾撰，民國十年刻本
清續文獻通考　清劉錦藻撰，民國景十通本
清史稿　趙爾巽撰，民國十七年清史館本
全唐五代詞　張璋、黄畬編，上海古籍出版社一九八六年版
全唐詩典故辭典　范之麟、吴庚舜主編，湖北辭書出版社一九八九年版

全唐詩補編　陳尚君輯校，中華書局一九九二年版
全唐詩重出誤收考　佟培基撰，陝西人民教育出版社一九九六年版
全唐五代詞　曾昭岷、曹濟平等編撰，中華書局一九九九年版
全唐詩人名彙考　陶敏撰，遼海出版社二〇〇六年版

R

容齋隨筆　宋洪邁撰，上海古籍出版社一九七八年版
儒林公議　宋田況撰，明刻本
能改齋漫録　宋吴曾撰，上海古籍出版社一九六〇年版
榕陰新檢　明徐𤊹輯，明萬曆三十四年刻本
容台文集　明董其昌撰，四庫全書存目叢書本，齊魯書社一九九七年版
日知録　清顧炎武撰，清黄汝成《日知録集釋》本，岳麓書社一九九四年版
容齋詩集　清茹綸常撰，清乾隆三十五年刻乾隆五十二年嘉慶四年十三年增修本
然脂餘韻　清王藴章撰，民國本

S

史記　漢馬遷撰，中華書局一九五九年版
説苑校證　漢劉向撰，向宗魯校證，中華書局一九八七年版
説文解字　漢許慎撰，社會科學文獻出版社二〇〇六年版
三輔黄圖　東漢佚名撰，何清谷校注本，三秦出版社一九九五年版
水經注　北魏酈道元注，楊守敬、熊會貞疏，段熙仲點校、陳橋驛復校《水經注疏》本，江蘇古籍出版社一九八九年版
搜神記　晉干寶撰，中華書局一九七九年版
搜神後記　晉陶潛撰，《漢魏六朝筆記小説大觀》本，上海古籍出版社一九九九年版
三國志　晉陳壽撰，中華書局一九五九年版
世説新語　南朝宋劉義慶撰，劉孝標注，上海古籍出版社一九八二年版
拾遺記　前秦王嘉撰、梁蕭綺録，《漢魏六朝筆記小説大觀》本，上海古籍出版社一九九九年版
宋書　梁沈約撰，中華書局一九七四年版

詩品注　梁鍾嶸撰，陳延傑注，人民文學出版社一九八〇年版
述異記　梁任昉撰，清文淵閣四庫全書本
北夢瑣言　宋孫光憲撰，上海古籍出版社一九八一年版
事實類苑　宋江少虞撰，清文淵閣四庫全書本
史略　宋高似孫編，古逸叢書景宋本
山谷琴趣外篇　宋黄庭堅撰，四部叢刊三編景宋本
詩話總龜　宋阮閲編，人民文學出版社一九八七年版
實賓録　宋馬永易撰，明鈔本
詩人玉屑　宋魏慶之編，上海古籍出版社一九七八年版
詩林廣記　宋蔡正孫撰，中華書局一九八二年版
山谷别集詩注　宋黄庭堅撰，宋史季温注，清文淵閣四庫全書本
山谷内集詩注　宋黄庭堅撰，宋任淵注，清文淵閣四庫全書本
（淳熙）三山志　宋梁克家撰，清文淵閣四庫全書本
施注蘇詩　宋蘇軾撰，宋施元之注，清文淵閣四庫全書本
事類備要　宋謝維新編，清文淵閣四庫全書本

三體唐詩　宋周弼編，宋釋圓至注，清文淵閣四庫全書本
苕溪漁隱叢話　宋胡仔纂集，人民文學出版社一九九三年版
歲寒堂詩話　宋張戒撰，丁福保輯《歷代詩話續編》本，中華書局一九八三年版
庶齋老學叢談　元盛如梓撰，清知不足齋叢書本
氏族大全　元佚名撰，清文淵閣四庫全書本
宋史　元脱脱撰，中華書局一九七七年版
宋詩拾遺　元陳世隆輯，清鈔本
書史會要　明陶宗儀撰，上海書店一九八四年版
説郛　明陶宗儀撰，涵芬樓一九二七年版
（嘉靖）山東通志　明陸釴撰，明嘉靖刻本
宋史新編　明柯維騏撰，明嘉靖四十三年杜晴江刻本
詩家直説　明謝榛撰，明萬曆刻本
詩藪　明胡應麟撰，上海古籍出版社一九七九年版
删補唐詩選脈箋釋會通評林　明周珽輯，齊魯書社二〇〇一年影印本
詩源辯體　明許學夷撰，人民文學出版社一九八七年版

水東日記　明葉盛撰，清康熙刻本
蜀中廣記　明曹學佺撰，清文淵閣四庫全書本
石倉歷代詩選　明曹學佺編，清文淵閣四庫全書補配清文津閣四庫全書本
升菴集　明楊慎撰，清文淵閣四庫全書補配清文津閣四庫全書本
説略　明顧起元撰，清文淵閣四庫全書本
山堂肆考　明彭大翼撰，清文淵閣四庫全書本
珊瑚網　明汪砢玉撰，清文淵閣四庫全書本
四溟詩話　明謝榛撰，丁福保輯《歷代詩話續編》本，中華書局一九八三年版
世善堂藏書目録　明陳第撰，清知不足齋叢書本
識小録　明徐樹丕撰，涵芬樓秘笈景稿本
松石軒詩評　明朱奠培撰，齊魯書社二〇〇五年版
適可軒詩集　清胡文學撰，清康熙十二年李文胤刻本
孫宇台集　清孫治撰，清康熙二十三年孫孝楨刻本
思綺堂文集　清章藻功撰，清康熙六十一年刻本
式古堂書畫彙考　清卞永譽撰，清文淵閣四庫全書本

宋百家詩存　清曹庭棟編，清文淵閣四庫全書本
宋詩紀事　清厲鶚撰，清文淵閣四庫全書本
（雍正）陝西通志　清沈青峰撰，清文淵閣四庫全書本
藝林彙考　清沈自南撰，清文淵閣四庫全書本
十國春秋　清吴任臣撰，中華書局一九八三年版
三傳折諸　清張尚瑗撰，清文淵閣四庫全書本
四朝詩　清張豫章輯，清文淵閣四庫全書本
詩經通義　清朱鶴齡撰，清文淵閣四庫全書本
思辨録輯要　清陸世儀撰，清文淵閣四庫全書本
四庫全書總目　清永瑢撰，清乾隆武英殿刻本
書隱叢説　清袁棟撰，清乾隆刻本
詩法醒言　清張潛輯，清乾隆刻本
詩法指南　清蔡鈞輯，清乾隆刻本
隨園隨筆　清袁枚撰，清嘉慶十三年刻本
賞雨茅屋詩集　清曾燠撰，清嘉慶刻增修本

瑟榭叢談　清沈濤撰，清道光刻本
守意龕詩集　清百齡撰，清道光讀書樂室刻本
掃紅亭吟稿　清馮雲鵬撰，清道光十年寫刻本
石雲山人集　清吴榮光撰，清道光二十一年吴氏筠清館刻本
宋論　清王夫之撰，清道光二十七年聽雨軒刻本
石洲詩話　清翁方綱撰，郭紹虞編選、福壽蓀校點《清詩話續編》本，上海古籍出版社一九八三年版
詩比興箋　清陳沆撰，上海古籍出版社一九八一年版
射鷹樓詩話　清林昌彝撰，清咸豐元年刻本
石泉書屋類稿　清李佐賢撰，清同治十年刻本
善本書室藏書志　清丁丙輯，清光緒刻本
書目答問　清張之洞撰，清光緒刻本
粟香隨筆　清金武祥撰，清光緒刻本
（同治）蘇州府志　清馮桂芬撰，清光緒九年刊本
珊瑚舌雕談初筆　清許起撰，清光緒十一年木活字印本

八三年版

思益堂集　清周壽昌輯，清光緒十四年王先謙等刻本

山右石刻叢編　清胡聘之撰，清光緒二十七年刻本

三借廬贅譚　清鄒弢撰，清光緒申報館叢書餘集本

石園詩話　清余成教撰，郭紹虞編選、福壽蓀校點《清詩話續編》本，上海古籍出版社一九八三年版

石遺室文集　清陳衍撰，清刻本

碩園詩稿　清王昊撰，清五石齋鈔本

四書改錯　清毛奇齡撰，清嘉慶十六年金孝柏學圃刻本

四庫全書考證　清王太岳撰，清武英殿聚珍版叢書本

隋書經籍志考證　清姚振宗撰，民國師石山房叢書本

三唐詩品　清宋育仁撰，民國間鉛印本

詩學淵源　清丁儀撰，民國十九年鉛印本

書林清話　葉德輝撰，中華書局一九五七年版

詩史釋證　鄧小軍撰，中華書局二〇〇四年版

T

唐六典　唐李林甫等撰，中華書局一九九二年版

唐國史補　唐李肇撰，上海古籍出版社一九七九年版

唐朝名畫録　唐朱景玄撰，四川美術出版社一九八五年版

唐摭言　五代王定保撰，上海古籍出版社一九七八年版

太平廣記　宋李昉等編，中華書局一九六一年版

太平御覽　宋李昉等編，中華書局一九六〇年版

太平寰宇記　宋樂史撰，中華書局二〇〇七年版

唐語林　宋王讜撰，上海古籍出版社一九七八年版

圖畫見聞誌　宋郭若虛撰，人民美術出版社一九六三年版

太宗皇帝實録　宋錢若水撰，四部叢刊三編景宋鈔本舊鈔本

唐大詔令集　宋宋敏求編，學林出版社一九九二年版

唐百家詩選　宋王安石編，清文淵閣四庫全書補配清文津閣四庫全書本

通鑑紀事本末　宋袁樞撰，四部叢刊景宋刻大字本

通鑑綱目　宋朱熹撰，清文淵閣四庫全書本

唐詩紀事　宋計有功撰，上海古籍出版社一九七八年版

唐詩紀事校箋　宋計有功撰，王仲鏞校箋，巴蜀書社一九八九年版

太倉稊米集　宋周紫芝撰，清文淵閣四庫全書補配清文津閣四庫全書本

通志　宋鄭樵撰，清文淵閣四庫全書本

艇齋詩話　宋曾季貍撰，丁福保輯《歷代詩話續編》本，中華書局一九八三年版

唐詩鼓吹　金元好問撰，清文淵閣四庫全書本

唐才子傳校注　元辛文房撰，孫映逵校注，中國社會科學出版社一九九一年版

唐才子傳校箋　元辛文房撰，傅璇琮主編校箋，中華書局一九九〇年版

唐音　元楊士宏編，清文淵閣四庫全書補配清文津閣四庫全書本

鐵崖樂府注　元楊維楨撰，清樓卜瀍注，清乾隆聯桂堂刻本

唐詩歸　明鍾惺、譚元春輯，明刻本

唐詩鏡　明陸時雍撰，清文淵閣四庫全書本

天中記　明陳耀文撰，清文淵閣四庫全書本

唐音癸籤　明胡震亨撰，上海古籍出版社一九八一年版

唐詩叩彈集　清杜詔編，清康熙四十三年采山亭刻本
通雅　清方以智撰，清文淵閣四庫全書本
聽秋聲館詞話　清丁紹儀撰，唐圭璋編《詞話叢編》本，中華書局一九八六年版
天真閣集　清孫原湘撰，清嘉慶五年刻增修本
鐵琴銅劍樓藏書目録　清瞿鏞撰，清光緒常熟瞿氏家塾刻本
天咫偶聞　清震鈞撰，清光緒甘棠精舍刻本
天岳山館文鈔　清李元度撰，清光緒六年刻本
唐書藝文志注　清佚名撰，清藕香簃鈔本
唐方鎮年表　吴廷燮撰，中華書局一九八〇年版
唐宋詩舉要　高步瀛選注，上海古籍出版社一九七八年版
唐集叙録　萬曼撰，中華書局一九八〇年版
唐代文學論叢》（總第三輯），陜西人民出版社一九八三年版
唐僕尚丞郎表　嚴耕望撰，中華書局一九八六年版
唐韓學士偓年譜　陳敦貞撰，臺灣商務印書館一九八七年版
唐代政治史述論稿　陳寅恪撰，上海古籍出版社一九九七年版

唐人行第録（外三種），岑仲勉撰，中華書局二〇〇四年版
唐詩叢考　王達津撰，上海古籍出版社一九八六年版
唐翰林學士傳論·晚唐卷　傅璇琮撰，遼海出版社二〇〇七年版

W

文選　南朝梁蕭統編，唐李善注，上海古籍出版社一九八六年版
王荆公唐百家詩選　宋王安石編，黄永年、陳楓校點，遼寧教育出版社二〇〇〇年版
萬首唐人絶句詩　宋洪邁編，明嘉靖刻本
文苑英華　宋李昉編，中華書局一九六六年版
王荆公詩注　宋王安石撰，宋李壁注，清文淵閣四庫全書本
五百家播芳大全文粹　宋魏齊賢輯，清文淵閣四庫全書本
五代史記注　宋歐陽修撰、清彭元瑞注，清道光八年刻本
文昌雜録　宋龐元英撰，清學津討原本
緯略　宋高似孫撰，清守山閣叢書本
文獻通考　元馬端臨撰，中華書局一九八六年版

吳禮部詩話　元吳師道撰，丁福保輯《歷代詩話續編》，中華書局一九八三年版
文海披沙　明謝肇淛撰，明萬曆三十七年沈儆炌刻本
（正德）武功縣志　明康海撰，清文淵閣四庫全書本
萬姓統譜　明凌迪知撰，清文淵閣四庫全書本
萬曆野獲編　明沈德符撰，清道光七年姚氏刻同治八年補修本
萬卷堂書目　明朱睦㮮撰，清光緒至民國間觀古堂書目叢刊本
翁山詩外　清屈大均撰，清康熙刻凌鳳翔補修本
烏衣香牒　清陳邦彦撰，清乾隆刻養和堂叢書本
王右丞集箋注　唐王維撰，清趙殿成注，上海古籍出版社二〇〇七年版
吳下方言考　清胡文英撰，清乾隆刻本
文端集　清張英撰，清文淵閣四庫全書本
汪子文録　清汪縉撰，清道光三年張杓刻本
五代史記注　宋歐陽修撰，清彭元瑞注，清道光八年刻本
吳書山先生遺集　元吳會撰，清乾隆刻本
文獻徵存録　清錢林撰，清咸豐八年有嘉樹軒刻本

圍爐詩話　清吴喬撰，丁福保輯《清詩話續編》本，上海古籍出版社一九八三年版
五代詩話　清王士禛原編，清鄭方坤删補，書目文獻出版社一九八九年版
五代史記纂誤續補　清吴光耀撰，清光緒十四年刻本
温州經籍志　清孫詒讓撰，民國十年刻本
晚翠軒集　清林旭撰，民國墨巢叢刻本
吴評韓翰林集　唐韓偓撰，清吴汝綸評注，陝西通志館所印關中叢書本
晚晴簃詩匯　徐世昌輯，民國退耕堂刻本
晚唐詩人韓偓　陳香編撰，臺灣「國家出版社」一九九三年版
晚唐四家詩合論　蘇仲翔撰，見《唐代文學論叢》總第三輯，陝西人民出版社出版

X

續玄怪録　唐李復言撰，中華書局一九八二年版
香奩集　唐韓偓撰，北京大學圖書館藏清屈大均手鈔本
樂府詩集　宋郭茂倩輯，中華書局一九七九年版
詳注片玉集　宋周邦彦撰、清陳元龍注，宋刻本

西溪叢語　宋姚寬撰，中華書局一九九三版
宣和書譜　宋佚名撰，上海書畫出版社一九八四年版
新唐書　宋歐陽修、宋祁撰，中華書局一九七五年版
新五代史　宋歐陽修撰，中華書局一九七四年版
新雕皇朝類苑　宋江少虞撰，日本元和七年活字印本
咸平集　宋田錫撰，民國宋人集本
西清詩話　宋蔡絛撰，明鈔本
續問奇類林　明郭良翰輯，明萬曆三十七年黄吉士等刻增修本
西郊笑端集　明董紀撰，清文淵閣四庫全書本
小鳴稿　明朱誠泳撰，清文淵閣四庫全書本
西園聞見録　明張萱撰，民國哈佛燕京學社印本
雪堂先生文集　清熊文舉撰，清初刻本
西堂雜俎　清尤侗撰，清康熙刻本
隙光亭雜識　清揆叙撰，清康熙謙牧堂刻本
香屑集　清黄之雋撰，清文淵閣四庫全書本

雪杖山人詩集　清鄭炎撰，清嘉慶五年鄭師尚刻本
小木子詩三刻　清朱休度撰，清嘉慶刻匯印本
續唐書　清陳鱣撰，清道光四年士鄉堂刻本
雪門詩草　清許瑶光撰，清同治十三年刻本
續甬上耆舊詩　清全祖望輯，清槎湖草堂鈔本
湘帆堂集　清傅占衡撰，清康熙六十一年活字本
西河詩話　清毛奇齡撰，清宣統三年版
笑笑録　清獨逸窩退士撰，清光緒五年申報館叢書本
雪橋詩話　楊鍾羲撰，民國求恕齋叢書本
香奩集發微　清震鈞撰，掃葉山房民國三年石印本
香奩集跟韓偓　閻簡弼撰，《燕京學報》第三十八期

Y

玉臺新詠　南朝陳徐陵編，清吴兆宜注，成都古籍書店影印
幽明録　南朝宋劉義慶，《漢魏六朝筆記小説大觀》本，上海古籍出版社一九九九年版

元和郡縣圖志　唐李吉甫撰，中華書局一九八三年版
因話録　唐趙璘撰，上海古籍出版社一九七九年版
玉山樵人集附香奩集　唐韓偓撰，四部叢刊影舊鈔本
雲仙雜記　後唐馮贄編，文淵閣四庫全書本
益州名畫録　宋黄修復撰，人民美術出版社一九六四年版
吟窗雜録　宋陳應行編，明嘉靖二十七年崇文書堂刻本
韻語陽秋　宋葛立方撰，清何文焕《歷代詩話》本，中華書局一九八一年版
優古堂詩話　宋吴幵撰，清丁福保輯《歷代詩話續編》本，中華書局一九八三年版
筠溪集　宋李彌遜撰，清文淵閣四庫全書本
源流至論　宋林駉撰，清文淵閣四庫全書本
野客叢書　宋王楙撰，明刻本
輿地紀勝　宋王象之撰，中華書局一九九二年版
玉海　宋王應麟撰，清文淵閣四庫全書本
雲谷雜記　宋張淏撰，清武英殿聚珍版叢書本
遊城南記　宋張禮撰，西安地圖出版社一九八九年版

瀛奎律髓　元方回編，清文淵閣四庫全書補配清文津閣四庫全書本
瀛奎律髓彙評　元方回選評，李慶甲集評校點，上海古籍出版社一九八六年版
養吾齋集　元劉將孫撰，清文淵閣四庫全書本
月屋漫稿　元黃庚撰，清文淵閣四庫全書本
堯山堂外紀　明蔣一葵撰，明刻本
湧幢小品　明朱國禎撰，明天啟二年刻本
元詩體要　明宋緒編，清文淵閣四庫全書補配清文津閣四庫全書本
玉芝堂談薈　明徐應秋撰，清文淵閣四庫全書本
元音　明孫原理輯，清文淵閣四庫全書本
豫章詩話　明郭子章撰，清刻本
倚聲初集　清鄒祗謨、王士禛輯，清順治十七年刻本
瑶華集　清蔣景祁輯，清康熙二十五年刻本
餘年閑話　清葉良儀撰，清康熙四十五年葉士行三當軒刻本
雅倫　清費經虞撰，清康熙四十九年刻本
筠廊偶筆二筆　清宋犖撰，清康熙刻本

燕在閣知新録　清王棠撰，清康熙刻本

益戒堂詩集　清揆叙撰，清雍正刻本

元詩選　清顧嗣立編，清文淵閣四庫全書本

淵鑒類函　清張英撰，清文淵閣四庫全書本

玉溪生詩詳注　唐李商隱撰，清馮浩注，清乾隆德聚堂刻本

（康熙）延綏鎮志　清譚吉璁撰，清康熙刻乾隆增補本

悦親樓詩集　清祝德麟撰，清嘉慶二年姑蘇刻本

頤道堂集　清陳文述撰，清嘉慶十二年刻道光增修本

亦有生齋集　清趙懷玉撰，清道光元年刻本

元遺山詩集箋注　元元好問撰，清施國祁箋注，清道光二年南潯瑞松堂蔣氏刻本

援鶉堂筆記　清姚範撰，清道光姚瑩刻本

楹聯續話　清梁章鉅輯，清道光南浦寓齋刻本

友聲集　清王相輯，清咸豐八年信芳閣刻本

烟波漁唱　清張應昌撰，清同治二年西昌旅舍刻增修本

野鴻詩的　清黄子雲撰，上海古籍出版社《清詩話》本，一九七八年版

月山詩話　清恒仁撰，清藝海珠塵本

一瓢詩話　清薛雪撰，上海古籍出版社《清詩話》本，一九七八年版

葉文敏公集　清葉方靄撰，鈔本

夜航船　清張岱撰，清鈔本

漁洋山人自撰年譜注補　清惠棟撰，清紅豆齋刻本

緣督廬日記抄　清葉昌熾撰，民國上海蟫隱廬石印本

元白詩箋證稿　陳寅恪撰，上海古籍出版社一九八七年版

Z

莊子集解　戰國莊周撰，清王先謙集解，中華書局《諸子集成》本

左傳　左丘明撰，清阮元刻十三經注疏本

戰國策　漢劉向集録，上海古籍出版社一九八五年版

趙飛燕外傳　漢伶玄撰，明顧氏文房小説本

周書　唐令狐德棻等撰，中華書局一九七一年版

致堂讀史管見　宋胡寅撰，宋嘉定十一年刻本

資治通鑑　宋司馬光撰，中華書局一九五六年版

資治通鑑考異　宋司馬光撰，四部叢刊景宋刻本
直講李先生文集　宋李覯撰，四部叢刊景明成化本
直講李先生年譜　宋魏峙撰，明成化刊本
竹莊詩話　宋何汶撰，中華書局一九八四年版
職官分紀　宋孫逢吉撰，中華書局一九八八年版
張氏拙軒集　宋張侃撰，清文淵閣四庫全書本
直齋書録解題　宋陳振孫撰，上海古籍出版社一九八七年版
祝子罪知録　明祝允明撰，明刻本
舟車集　清陶季撰，清康熙刻本
正誼堂詩文集　清董以寧撰，清康熙書林蘭蓀堂刻本
（雍正）浙江通志　清嵇曾筠撰，清文淵閣四庫全書本
檇李詩繫　清沈季友撰，清文淵閣四庫全書本
忠雅堂文集　清蔣士銓撰，清嘉慶刻本
紫竹山房詩文集　清陳兆崙撰，清嘉慶刻本
籀經堂類稿　清陳慶鏞撰，清光緒九年刻本

子良詩存　清馮詢撰，清刻本
賊情彙纂　清張德堅撰，清鈔本
罪惟録　清查繼佐撰，四部叢刊三編景手稿本
竹林答問　清陳僅撰，清鏡濱草堂鈔本
昨非集　清劉熙載撰，清刻古桐書屋六種本
中書典故彙紀　清王正功輯，民國嘉業堂叢書本
雜劇三集　清鄒式金輯，民國三十年董氏誦芬室刻本
中國文學論集　徐復觀撰，臺灣學生書局一九七六年版
中國名勝詞典　文化部文物局主編，上海辭書出版社一九八六年版
中國典故大辭典　辛夷、成志偉主编，北京燕山出版社一九九一年版
中國文學家大辭典·唐五代卷　周祖譔主编，中華書局一九九二年版
中國歷代人名大辭典　張撝之等主编，上海古籍出版社一九九九年版
增訂注釋全唐詩·韓偓集　陳貽焮主编，唐韓偓撰，程光金、彭崇偉注釋，文化藝術出版社二〇〇一年版
中國歷史地名大辭典　史爲樂主编，中國社會科學出版社二〇〇五年版